NORBERT LEITHOLD

Herrliche Zeiten

NORBERT LEITHOLD

HERRLICHE ZEITEN

Roman einer Familie

Deutsche Verlags-Anstalt

BRÜDERLEIN UND SCHWESTERLEIN

Otto sitzt in der hintersten Ecke des Salons auf dem schwarzen Ledersofa und blickt aus dem Fenster zum Wannsee, um nicht weiter seiner Mutter zusehen zu müssen. Lachend hält sie mal einen liebevoll in Seidenpapier gehüllten Karton, mal einen verschleiften Umschlag in Händen, unentschlossen, welches ihrer Geschenke sie als Nächstes öffnen soll.

Segelboote kreuzen, und am Ufer hockt ein Angler in seinem Kahn.

Kinder, ruft Elisabeth Kypscholl und reckt ihren Kopf über vierzig Stück gefüllte Rosen und vierzig Stück Königslilien, dieser Duft.

Die anderen Frauen riechen nun an den Blumen, ebenso Anna.

Hätte Otto sein Fernglas dabei, könnte er beobachten, wer sich auf den Decks sonnt. Er schaut wieder zu seiner Mutter, als sie die Bänder von einer flachen Schachtel löst und dann ein kleines Gemälde in den Händen hält. Es zeigt die Villa, vom Garten aus gesehen.

Wunderschön, Otto, mein Junge, ruft sie und wird sofort umringt von ihren Freundinnen, die Otto nicht kennt, außer Tante Flora und seine Schwester Anna.

Sogar die Taxusbäume, Otto hat sogar die Taxusbäume auf der Terrasse gemalt.

Dann umarmt und küsst Elisabeth ihren Sohn, dass seine sorgfältig gelegte Stirntolle ihre Form verliert.

Wie hast du das nur gemacht?, fragt sie, wendet sich ab und geht zum Tisch in der Mitte des Salons: Wie die Farben leuchten, und genau von meinem Lieblingsplatz im Garten gemalt, mein Junge.

Hermann Kypscholl, der am Büfett neben Schwager Kasimir Bowle in sein Glas füllt, sagt: Ich habe Elisabeth dieses Haus geschenkt, und macht eine Geste, dass die Bowle aus seinem Glas schwappt, soll aber keiner glauben, dass sie mir um den Hals gefallen ist.

Anwalt König tippt auf seine Zigarettenspitze, dass Asche fällt: Warum ist auf dem Bild kein Pinselstrich vom Wannsee und vom Steg?

Unwichtig, nächstes Jahr kommt an den Steg ein Bootshaus für meine Segeljacht.

Woraufhin Anna ihrem Vater zuruft: Kannst du überhaupt segeln?

Ist sie nicht reizend, ist meine Tochter nicht reizend?

Elisabeth legt das Gemälde behutsam zu den anderen Geschenken auf den Flügel.

Junger Mann, malen Sie auch für mich?, wird Otto gefragt, während die Mutter einen Briefumschlag öffnet. Darin zwei Theaterkarten, handschriftlich eingetragen sind Reihe und Sitznummern.

Sie könnten mich malen, junger Mann.

Elisabeth umarmt ihre Schwägerin Flora: Dass ihr das geschafft habt, küsst ihren Bruder Kasimir und sagt zu ihrem Mann: Hermann, Bayreuth.

Wie?

Übermorgen, dritte Reihe Mitte.

Die Bowle ist gut, sagt er, als Anna mit einem Schmucketui in der Hand zu ihrer Mutter geht: Hier, das schenke ich dir, es wird wunderschön an dir aussehen.

Hermann tritt auf die Terrasse zu Anwalt König, der im Korbstuhl den *Völkischen Beobachter* liest.

Bayreuth, da kann sie alleine hinpilgern oder mit ihren Suffragetten.

Anwalt König tippt auf die Zeitung: Der Führer wird übermorgen in Bayreuth sein.

Da lacht Hermann: Ausgerechnet, und schnappt nach Luft, ausgerechnet mein Schwager, der Kommunistenfreund, schickt mich zum Führer.

Junger Mann, Sie sollten Kunst studieren, Sie haben Talent, sagt wieder eine Freundin seiner Mutter, und Otto grinst sie an, weil sie ihren Schönheitsfleck zu dicht an den Mund geklebt hat.

Es wäre klug, sagt Anwalt König beim Zusammenfalten der Zeitung, nach Bayreuth zu fahren.

Oper?, stöhnt Hermann, während das Hausmädchen weitere Gäste meldet. Die Frau, die nun eintritt, wird von Elisabeth so umherzt, dass Otto kaum etwas von ihr sehen kann.

Lilo, Kinder, Lilo ist gekommen.

Elisabeth zupft ihr am blau-weißen Halstuch, streicht über den Matrosenanzug und zieht ihr lachend die Kadettenmütze vom Kopf.

Otto rückt seine Haartolle zurecht und riecht an seinen Fingern, gibt sich dem Duft von Farben und Firnis hin.

Liselott Wilke, lass dich anschauen, wie lange haben wir uns nicht gesehen?

Noch so eine Suffragette, sagt Hermann und zieht Anwalt König am Ärmel: Willst du den Platz für mein Bootshaus sehen?

Wir beide haben eine Ewigkeit nicht mehr auf der Bühne gestanden, sagt Liselott mit tiefer, kratziger Stimme, dass Anwalt König, neugierig geworden, in den Salon hineingeht.

Ich bin nicht allein gekommen, ich habe meinen Komponisten dabei, da ist er. Darf ich vorstellen: Norbert Schultze. Komm her, Norbert, nicht so schüchtern. Er hat ein wunderbares Lied komponiert, das ich dir, liebe Elisabeth, zu deinem Geburtstag schenken möchte.

Anwalt König ist wie Otto bis zum Flügel vorgedrungen.

Mit diesem Lied werden wir bald auf Tournee sein, wir machen nächste Woche sogar eine Plattenaufnahme.

Die Gäste klatschen, auch Otto, der Liselott schon deshalb mag, weil sie einen Hosenanzug trägt.

Dann möchte ich noch etwas sagen, obwohl ich viel lieber singe. Wenn die Tournee beginnt, wird man auf den Plakaten nicht mehr Liselott Wilke, sondern Lale Andersen lesen. Ab jetzt bin ich Lale Andersen, und winkt ihren Komponisten zum Flügel. Schultze schlägt ein paar Töne an, Lale Andersen summt sich in die richtige Stimmlage und singt dann, von Schultze begleitet und Elisabeth zugewandt: Vor der Kaserne, Vor dem großen Tor, Stand eine Laterne Und steht sie noch davor. So wolln wir uns da wiedersehn, Bei der Laterne wolln wir stehn, Elisabeth hört mit auf der Brust gefalteten Händen, weil Lale die Töne so schön schrammt: Wie einst, Lili Marleen.

Kasimir spitzt die Lippen, Otto sieht es deutlich.

Unsere beiden Schatten, Sahn wie einer aus, Dass wir so lieb uns hatten, Das sah man gleich daraus.

Anna umarmt ihren Bruder von hinten.

Und alle Leute solln es sehn, Wenn wir bei der Laterne stehn, Wie einst, Lili Marleen.

Elisabeth singt *Lili Marleen* mit und hält den Ton, als Lale mit der nächsten Strophe beginnen will.

Aus dem stillen Raume, Aus der Erde Grund, Hebt mich wie im Träume, Dein verliebter Mund.

Hat diese Lale eben zu ihm, Otto, geschaut?

Wenn sich die späten Nebel drehn, Werd ich bei der Laterne stehn, Wie einst, Lili Marleen.

Wieder setzt die Beschenkte, nun mit Tränen in den Augen, ein und ruft ins Klatschen der Gäste: Wunderbar, *Lili Marleen* ist ein wunderbares Lied.

Nur Anwalt König schüttelt den Kopf.

Lale Andersen wirft ihre Mütze auf den Flügel, schwenkt die Hüften: Und jetzt Charleston!

Elisabeth fasst nach Anna, die sich geschmeidig wie Lale Andersen bewegt. Die Mutter gerät rasch außer Atem, und Anna ruft ihrem Bruder zu: Tanz oder spiel mit auf dem Klavier.

Komponist Schultze rückt die Hälfte des Klavierhockers frei, und als Otto sitzt, improvisieren beide, bis Elisabeth mit erhobenen Armen unterbricht: Ich möchte auch etwas singen.

Opernsängerin Elisabeth Kypscholl, deren Durchbruch ein Asthmaleiden vereitelte, weshalb sie jahrelang im Varieté aufgetreten ist, bittet Otto um Klavierbegleitung.

Da winkt Hermann ab, um eine Herrenrunde mit Anwalt König und Schwager Kasimir auszurufen. Nebenan im Raucherzimmer mit den schweren Ledersesseln bietet er überseeische Kostbarkeiten im Holzkasten an, doch Anwalt König bleibt bei seiner Seraphin: Ihre Stimme mag originell sein, aber die Frau ist flach wie Friesland.

Rostscharniere, sagt Hermann, die hört sich an wie Rostscharniere.

Ich bin fasziniert, Kasimir reibt sich die Hände, sie wird erfolgreich sein mit ihrer Stimme.

Vielleicht mit der Stimme, aber nicht mit dem, was sie singt. Anwalt König schüttelt den Kopf: So etwas singt nicht, wer Erfolg haben will. Dass diese Lili Marleen vor der Kaserne auf ihren Landser wartet, geht noch an, und hält seine Seraphin hoch, dass der aber längst in der Erde fault, weil er ein tapferer Soldat war, das passt schlecht.

Welches andere Schicksal haben Soldaten?

Schwager, keine Propaganda in meinem Haus. Natürlich ist diese *Lili* Pazifismusgeheul, wo der Pole wieder deutsche Firmen in Danzig angegriffen hat und dann noch das Königin-Auguste-Krankenhaus. Kasimir, du bist Arzt, was meinst du, wenn eine Horde polnischer Juden unser Krankenhaus in Danzig plündert?

Seine Finger spreizend, fragt Kasimir: Haben wir nicht immer noch über dreihunderttausend Arbeitslose in Deutschland?

Wie!, ruft Hermann, was hatten wir denn vor zehn Jahren? 28 war auch ich arbeitslos, und du hast damals umsonst operiert, Schwager.

Was machen die Hämorrhoiden?, fragt Kasimir den Anwalt, und der, seine Zigarette anstarrend, sagt: Genau genommen müsste man die Reichsschrifttumskammer vor dieser *Lili* warnen.

Immer schön Sitzbäder nehmen, damit die Geschwüre nicht wachsen, sagt Kasimir.

Hermann reibt an seiner Glatze: Der Otto macht mir Probleme, die Lale oder Lili ist nur albernes Zeug.

Kasimir streift seine Zigarrenasche ab: Die *Lili Marleen* wird in einem Jahr ein Schlager, da wette ich.

Du und wetten? Hast du jemals gewettet, Schwager?

Zwei Flaschen guten französischen Rotwein.

Hermann hebt seine Hände abwehrend: Der Franzose wird sein Gesöff behalten, hundert Reichsmark werden für das Ahnenerbe gestiftet.

Meine Herren, das gilt, sagt der Anwalt.

Im Salon gibt Komponist Schultze zum Besten, wie ihm einst Liselott, Entschuldigung, meine Herrschaften, Lale

Andersen ein Lyrikbändchen mit der traurigen Geschichte der Lili Marleen darin zeigte: Das war voriges Jahr. Aber wegen der vielen Auftritte habe ich das Gedicht glatt vergessen. Schultze lacht, und die Frauen um ihn herum lachen, er greift an seine gelbe Krawatte und sagt, als wäre es ein Geheimnis: Aber dann, an einem dieser trüben Herbsttage, saß ich in meiner Stammkneipe. Kennt jemand von den Damen den Groschenkeller? Nein? Jedenfalls greife ich in meine Tasche, habe den Gedichtband in der Hand, und mir fällt auf einmal diese Melodie ein. Der Komponist klimpert einige Takte: Ist das nicht unglaublich? Wie aus einem Guss.

Die Damen um Schultze klatschen, gefangen von seinen großen, dunklen Augen.

Ich war beim Notenaufschreiben, der Komponist holt aus seinem Leinenjackett ein kleines Notizbuch, das habe ich immer dabei, da kamen Leute schreiend in die Kneipe, manche waren verletzt, hatten Blut im Gesicht und an den Sachen, ich dachte an ein Busunglück, aber die sagten, draußen brennt die Synagoge, und Geschäfte werden geplündert. Schultze steckt sein Notizbuch wieder ein. Ich habe es dann zu Hause aufgeschrieben, so wie es heute geklungen hat.

Der Beifall ist nun verhaltener, und Elisabeth, deren Gesicht vom Weintrinken fleckig geworden ist, ruft: Kinder, wir feiern heute.

Otto spielt die Melodie, Lale und Anna singen die *Lili Marleen* zusammen, und dann soll Anna über Stockholm und Kopenhagen berichten, von wo sie gerade zurückgekommen ist; von den Schaufensterauslagen, der neuen Damenmode und welche Schlager dort gespielt werden.

Als zum Abend die Sonne nicht mehr brennt, setzt sich Kasimir zu den Damen auf die Terrasse. Auch er hat vom Wein einen hochroten Kopf und lallt etwas: Warum will die Reichsregierung die Sahara kaufen?, und lacht schon los: Damit sie uns noch mehr Sand in die Augen streuen können. Noch einen? Wer ist der größte Bauer im Reich? Der Führer. Er hat fünfundsechzig Millionen Rindviecher und den größten Saustall.

Das Kreischen hallt im Garten, und Kasimir, nun stehend: Kommt jemand zum Bauern, um ein Schwein zu kaufen. Aber arisch, das Vieh.

Anna hakt ihren Bruder unter: Ich zeig dir was aus meinem Kopenhagen-Koffer, das wird dir besser gefallen als die blöden Witze von Onkel Kasimir.

Oben in ihrem Zimmer legt sie die neueste Grammofonplatte von Duke Ellington auf, die Musik hört auch Komponist Schultze und hastet die Treppe hoch. In der Tür sieht er Anna und Otto zu, sie hüpfen und ziehen einander und stoßen sich ab, schweißnass ihre Gesichter. Schultze wirft sein Jackett in die Ecke und tanzt mit.

Vor ein paar Jahren ging das noch überall, wir hatten in Berlin ein halbes Dutzend Jazzorchester, die es mit allen aufnehmen konnten, fragt mal eure Mutter.

Unten im Raucherzimmer hält es Anwalt König nun wegen der juckenden Hämorrhoiden nicht mehr im Sessel: Wir haben noch die Sache mit den Zukäufen zu besprechen. Eine Weberei ist im Angebot, und holt Unterlagen aus seiner Tasche.

Hermann blickt auf die Papiere und sagt: Weberei? Was soll ich damit?

Die haben im letzten Krieg Uniformen für die Reichswehr genäht, eine Weberei passt mit unserer Rasiergerätefabrikation zusammen. Mit den Rasierern beliefern wir schon die Wehrmacht, mit der Weberei können wir in Uniformen machen.

Hermann fragt, bis wann entschieden sein muss.

Morgen brauche ich eine Antwort. Jetzt muss ich nach Hause in die Wanne, sagt König, und Hermann: Lass dir von

Kasimir den Arsch auskratzen. Außerdem muss ich mit dir noch über Otto reden.

Stehend umklammert der Anwalt eine Sessellehne, aber er soll sich wieder hinsetzen, Bowle trinken und keine Unruhe verbreiten, sagt Hermann, und dass er nun andere Saiten aufzieht: Das Herumlungern hat ein Ende. Kunststudent, dass ich nicht lache. Der Junge fängt nächste Woche in der Rasierermontage an, wie ein ganz einfacher Arbeiter. Nach einem halben Jahr sehen wir weiter.

Otto mit Schraubenzieher?, fragt der Anwalt und sitzt dann doch.

Wer Farbe kleckst, hält auch einen Schraubenzieher. Der Junge ist neunzehn, und was hat er gelernt? Nichts.

Was sagt deine Frau dazu?

Die frage ich nicht. Sie hat den Jungen völlig verzogen. Ich halte nachher eine kleine Ansprache, dann ist alles gesagt.

Ich glaube, jetzt bluten die Dinger, ich muss mich verabschieden, sagt der Anwalt und grüßt zur Runde auf der Terrasse, wo Lale Andersen, dicht umringt von den anderen Frauen, vom Nachtleben in München und Köln erzählt.

Otto und Anna im Bademantel wollen den Anwalt nicht gehen lassen: Kommen Sie mit schwimmen, Herr Doktor, eine Abkühlung wird Ihnen guttun.

Als wären sie tollende Kinder, laufen Anna und Otto den breiten Gartenweg zum Wannsee entlang, Komponist Schultze hinterher, Lale Andersens: Darling, wo willst du hin?, hört er nicht mehr.

Auf dem Steg lässt Anna ihren Bademantel fallen, sucht mit den Zehen Halt an den Holzbohlen, um mit einem Kopfsprung im Wasser zu verschwinden. Als sie wieder auftaucht, steht Otto noch immer auf dem Steg, und Komponist Schultze nimmt gerade Anlauf.

Was ist mit dir, Brüderlein?, und Wasser vor sich herpustend: Was machst du eigentlich, wenn du nicht feige bist?

Ich schreib Briefe, sagt Otto.

Briefe? Bist du verliebt? Zeit wird es.

Otto hält den Bademantel zu: Ich schreibe Finkel.

Anna klettert aus dem Wasser, während Schultze: Herrlich, ruft und weiterschwimmt.

Du schreibst deinem Judenfreund, ist das dein Ernst?

Du hast mich gefragt, ich habe geantwortet.

Anna trocknet sich ab: Wenn das Vater erfährt.

Nichts dagegen.

Weißt du, was du tust, Otto?

Herrlich, das Wasser, wo bleibt ihr?

Finkel ist in Paris.

Dein Finkel interessiert mich nicht. Was passiert mit dir?

Die Briefe gehen über Kuriere, völlig sicher.

Du weißt, was sicher ist?

Nun im Bademantel, umarmt Anna ihren Bruder: Du darfst das keinen Tag länger machen.

Wo bleibt ihr denn?

Du musst es wissen, sagt Otto, dreht sich aus ihrer Umarmung und geht vorbei an duftendem Sommerflieder und von Buchshecken eingefassten Blumenbeeten, unter seinen nackten Fußsohlen die noch warmen Kieselsteine, zur Terrasse, wo Elisabeth ihrer Schwägerin und Lale Andersen ein Fotoalbum zeigt: Mein Junge, das hier ist nichts für dich, und überblättert die Nacktfotos von Anita Berber, die, untergehakt bei Elisabeth, die Zuschauer von der Bühne anlacht.

Otto kennt das Album längst, nimmt im Liegestuhl pflichtschuldig ein anderes vom Stapel, um Ruhe vor Anna zu haben. Otto als kleiner Junge an der Hand der älteren Schwester, die Zigarre rauchende Mutter im Jahr 29, Otto und Anna mit

Onkel Kasimir vor dem Affenkäfig im Berliner Zoo, Otto als Zehnjähriger am Klavier, die Mutter begleitend, der Vater vor dem gerade aufgekauften Rasiergerätewerk, die Familie vor der neu erworbenen Villa, mit der Bildunterschrift: »15. März 37«.

Nachts steigen Raketen in den Himmel und hinterlassen blaue, rote und gelbe Sternenregen über dem Wannsee.

Mit Verglühen des letzten Feuers ruft Hermann den Familienrat ein.

Aber Hermann, warum nicht morgen?

Dein Geburtstag ist vorbei, jetzt ist morgen. An seinem Stammplatz im Arbeitszimmer wartet er darauf, dass seine Frau, die mit Anna redet, Ruhe gibt.

Otto tritt seiner Schwester vor Langeweile auf die Füße und stellt sich vor, wie Anita Berber in ihrer Wohnung nackt kocht, nackt isst und nackt schläft, während Hermann verkündet, dass er eine Weberei dazukaufen wird und neues Personal benötigt.

Ob Nacktsein Lust macht? Wie schützt die ihre Haut, wenn sie den ganzen Tag nackt ist? Fettspritzer beim Kochen, Katzenkrallen, Streichhölzer, Zigarettenasche.

Alle Deutschen müssen nun zusammenstehen in Anbetracht des gigantischen Aufbauwerkes, das vor dem Reich liegt. Jeder hat seinen Beitrag zu leisten.

Ob Anita Berber Vorhänge vor den Fenstern hat?

Auch du, Otto Kypscholl. Deshalb wirst du ab nächster Woche, wenn wir aus Bayreuth zurück sind, mit einer Ausbildung in meinem Unternehmen beginnen. Du wirst wie dein Vater mit dem Schraubenzieher anfangen. Du wirst dich wie dein Vater hocharbeiten.

Aber Hermann.

Und eines Tages das Unternehmen leiten.

Wie wohl Anita Berbers Haut riecht, vielleicht nach Mandelöl?

In drei Jahren wird Otto ein brauchbares Glied unserer Volksgemeinschaft, er wird seinen Mann stehen, dass ich stolz sein kann.

Aber Hermann, im Herbst wird Otto studieren.

Wird er nicht, die Zeiten sind nicht danach, das Reich, der Führer verlangt nicht nach Kunststudenten.

Der Junge ist eingeschrieben, es ist alles geregelt.

Ob Anita Berber auch so einen Vater mit Rattenblick hat?

Dann wird er gestrichen.

Das lasse ich nicht zu, sagt Elisabeth und klopft mit dem Zeigefinger auf die Tischplatte.

Es ist alles entschieden, Anwalt König regelt das Nötige.

Elisabeth steht auf: Hermann, du bist betrunken, wir reden morgen weiter.

Du bleibst sitzen, bis ich fertig bin. Das Herumlungern kostet mich zweihundert Reichsmark im Monat.

Das ist Ottos Taschengeld, du hast ihm das Konto selbst eingerichtet.

Hermann haut mit der Hand auf die Tischplatte: Damit er selbstständig wird. Aber dieser Jude Finkel hat aus ihm einen Schmarotzer gemacht, und damit ist Schluss, das Konto ist ab sofort gesperrt.

Das ist ja lächerlich, sagt Elisabeth und sieht zu Anna, die auf ihre Sandalen schaut.

Finkel und du haben ihn zum Nichtsnutz gemacht, schon wie er dasitzt, wie ein Sack, sieh dir das an, ich könnte ihn gleich vom Stuhl hauen.

Hermann springt auf, schon halb über den Tisch gebeugt, dass Anna: Vater, ruft.

Hermanns Glatze wird vor Erregung rot: Professor Finkel. Mentor junger Künstler. Dass ich nicht lache. Einen Scheißdreck hat er aus dem Jungen gemacht.

Wer hat sich denn um Otto gekümmert, wer hat ihn ausgebildet, als der Herr des Hauses ständig abwesend war?

Wie! Hätte ich mich nicht gekümmert, säßen wir heute noch in Schöneberg. Ohne Unternehmen, ohne dieses Haus.

Hermann, wir fahren nach Bayreuth, du siehst andere Menschen, die Luftveränderung wird dir guttun, und dann sehen wir weiter.

Wir fahren nach Bayreuth, wir sehen andere Menschen, aber entschieden wird jetzt. Entweder fängt Otto im Unternehmen an, oder er geht als Freiwilliger zur Wehrmacht. Und wenn ich Tote auferstehen lasse.

Lass Otto auch reden, sagt Anna.

Der? Bekommt der seinen Mund denn auf? Mit dem kann man machen, was man will.

Elisabeth verlässt das Zimmer. Otto sieht ihr nach, bis ihr wallendes Abendkleid verschwunden ist. Das unschöne Wort Wehrmacht zerstört endgültig seine Vorstellungen von Anita Berber, die er nackt malen möchte. Das Wort Wehrmacht zwingt ihn, seinen Vater anzusehen, und der scheint bereit zu sein, über den Tisch zu springen, weil Otto schweigt, weshalb Anna ihren Arm über die Platte hält. Elisabeth kommt mit Ottos Geschenk zurück, stellt das Bild auf den Kamin und dreht den Lampenschirm so, dass Villa und Garten zu sehen sind: Was hat diese wunderschöne Impression mit Herumlungern zu tun? Es kann sein, dass nicht jeder etwas damit verbindet, aber es bleibt dennoch Kunst, und die Gaben eines Künstlers sollen gefördert werden, hat der Führer gesagt.

Hat er das? Hermann reißt das Gemälde vom Kamin und schlägt es mit beiden Händen auf die Marmorplatte, dass der Rahmen splittert und die Leinwand zerfetzt. Die Trümmer wirft er seiner Frau vor die Füße: Hat er das?

Das Geräusch von splitterndem Holz hat Otto noch im Ohr, als er auf dem Bahnsteig steht, wohin er seine Schwester begleitet hat. Längst ist der Zug mit Anna hinter der Kurve verschwunden, in vier Stunden wird sie in Wewelsburg sein, weit weg und geschützt vor ihm, der Tote auferstehen lässt, dem Totenhochtreiber. Aber auch Otto wird wegfahren. Anna fährt über Hannover und Paderborn, er wird weiterfahren, bis nach Paris, zu Finkel. Er wird weder Rasiergeräte zusammenschrauben noch Freiwilliger bei der Wehrmacht. Otto lässt sich von der Auskunft mehrere Verbindungen nach Paris heraussuchen, den Zettel mit den Abfahrtszeiten steckt er in seine Innentasche und verlässt den Bahnhof. Die Luft in den Straßen ist stickig. Otto schießt eine leere Zigarettenschachtel vor sich her, mal bleibt sie in fünf Metern Entfernung, mal in acht Metern liegen, immer kann er die Aufschrift »Salem« lesen. Dann bleibt die Schachtel vor den Füßen eines dickbäuchigen Mannes mit weißer Schürze liegen, der ein Rollgitter vor dem Kneipeneingang hochkurbelt.

Liebetkummer, wat? Man darf sich von die Weiber nie unterjubeln lassen, Kleener.

Krachend rastet das Gitter in die Verankerung, und Otto, mit den Händen in den Hosentaschen, sagt: Mein Herr Vater hat dem Juden Eppstein das Patent für den Elektrorasierer geklaut. Brauchen Sie einen Elektrorasierer? Mein Vater beliefert damit die Wehrmacht. Wieso brauchen Sie keinen Elektrorasierer?

Meschugge, wat?, ruft der Wirt Otto nach, als er weitergeht und dabei in Schaufenster blickt. Eisenwaren, Hochzeitskleider, Küchenbestecke, Töpfe und Pfannen von WMF. Gerümpel, die Welt ist voller Gerümpel. Er braucht keinen Rasierapparat und spuckt gegen eine Hauswand, er braucht keine Wehrmacht, er braucht Anna nicht und auch seine Mutter nicht, Kasimir genauso wenig. Obwohl der ihn mit Attesten schon so manches Mal vor Ungemach bewahrt hat. Paris oder Onkel Kasimir.

In der Bismarckstraße 10, dort, wo Finkel bis vor zwei Jahren gewohnt hat, bleibt Otto stehen. Die Kronen der beiden Eschen im Vorgarten reichen nun bis an den Balkon mit seinem geschwungenen Gitter, Finkels Agaven dahinter. Durch die offene Balkontür hört er Kinderstimmen, Finkel hatte da seinen Schreibtisch und seine Bücher. Wie oft hat Otto in den Bildbänden über die großen Museen geblättert? Mit Finkel, dem Direktor der Kunsthochschule Schöneberg, über Expressionisten und Impressionisten gesprochen, deren Bilder miteinander verglichen und darüber gestritten, ob Pferde blau und Menschen grün gemalt werden dürfen, aber viel mehr über die alten Meister geredet, Rembrandt, Vermeer, Dürer. Bis Otto, vierzehnjährig, mit eigenen Zeichnungen zu Finkel ging, damit er korrigieren möge, woraus ein regelmäßiger Privatunterricht wurde, von Elisabeth Kypscholl bezahlt und vor ihrem Mann geheim gehalten.

Paris oder Onkel Kasimir. Otto bekommt seine Hände nicht aus den Hosentaschen. In der nächsten Straße sieht er Kinderspielzeug als Schaufensterdekoration. Vorn ein Militärtransporter aus Holz mit beweglichen Rädern und Türen, auf der Ladefläche sitzen Schwarzkittel, Stahlhelme auf den Köpfen und Gewehre in den Händen. Dicht an das Glas gebeugt, sucht Otto in den Soldatengesichtern vergeblich nach Abweichungen der Bemalung.

In einer Kneipe bestellt er Kotelett mit Sauerkraut. Paris ist weit weg, und Onkel Kasimir hockt ein paar Ecken weiter in der Charité. Bevor seine Eltern nicht nach Bayreuth abgereist sind, wird er die Villa nicht betreten, und wenn sie wiederkommen, ist er fort.

Nach fünf Straßenbahnstationen langt er bei Norbert Schultze an. Der Komponist öffnet im Bademantel die Tür, verwundert, die Türkette haltend, und fragt dann, ob Anna schon abgereist ist: Wohin noch mal? Studiert doch Medizin? Schultze erzählt von der bevorstehenden Plattenaufnahme der *Lili Marleen*, darauf muss er sich vorbereiten, im Studio muss alles klappen.

Otto bleibt den Tag über bei Schultze, schläft auch dort, weil er nicht nach Hause will, nie mehr, und muss bis spätabends über seine Schwester reden,

da

hören Hermann und Elisabeth Kypscholl am Sonntag, den 30. Juli 39, in Bayreuth drei Reihen hinter dem Führer die *Walküre*. Elisabeth beobachtet ihren Mann, ob der den Führer beobachtet. Denn er könnte in einer hochdramatischen Szene eine Geste machen, beim Ritt der Walküren. Alles kann irgendwann von Nutzen sein.

Otto soll dem Komponisten tags drauf weitere Geschichten von Anna erzählen, aber ihm fällt nichts mehr ein.

Ach, deine Schwester Anna, stöhnt Schultze.

Anna sitzt an ihrem Schreibtisch, vor sich den *Völkischen Beobachter*. Mit der Lupe sucht sie auf dem großen Foto vom Führer in Bayreuth nach ihren Eltern, die irgendwo in der Menge sein müssen. Auf ihrem Tisch liegen Dutzende Formulare und Tabellen, die auszufüllen sind, dazwischen ihre Notizzettel aus Kopenhagen und Stockholm. In Gedanken ist sie nun beim schönen Siegfried, der gerade bei ihr gewesen ist und gesagt hat: Fräulein Anna, wo Sie so gern reisen, begleiten Sie mich nach Italien? Fünf Tage Rom, wir werden wie in Kopenhagen genug Zeit haben, um uns schöne Dinge anzusehen.

Anna geht ans Fenster, die Eichendielen knarren bei jedem Schritt, sie blickt auf den Fluss unterhalb der Burg. Dann sagte der schöne Siegfried noch: Das hätte ich fast vergessen, Fräulein

Anna. Ich begehe jetzt eine Indiskretion, aber ich möchte der Erste sein, der es Ihnen mitteilt.

Ja?

Der Gruppenführer hat nach Ihrer Personalakte verlangt, freuen Sie sich. Der schöne Siegfried schaute Anna mit hochgezogenen Augenbrauen an: Das verdanken Sie allein Ihrem Fleiß und Ihrer Intelligenz, Fräulein Anna. Soviel ich weiß, wird der Gruppenführer Sie bald mit besonderen Aufgaben betrauen. Ich habe Sie jedenfalls als besonders geeignet empfohlen.

Danach ist der ausgebildete Frauenarzt und nunmehrige Hauptsturmführer, im Ahnenerbe zuständig für das Referat Rassenhygiene, leise gegangen.

Anna öffnet das Fenster. Paddelboote treiben auf dem Fluss. Rom an der Seite dieses Mannes?

An ihrem Schreibtisch überträgt sie weiter ihre Notizen zu Geschlecht und Rasse der vierhundert in Stockholmer und Kopenhagener Anstalten untersuchten Fälle schwerer Erbkrankheiten, dabei das Lächeln des schönen Siegfried in Erinnerung. Ist das Liebe, wenn einem kein vernünftiger Gedanke mehr kommt?

Von der Landstraße hört sie schwere Automotoren und schaut raus. Drei schwarze Limousinen, eskortiert von Motorrädern, in deren Beiwagen bewaffnete Schwarzkittel sitzen. Die Fahrzeuge verschwinden im Burgtor, Anna eilt zum Flurfenster, sieht von da in den Burghof, wo die Wagenkolonne vor der Haupttreppe hält. Den schönen Siegfried erkennt sie in der hinteren Reihe der Wartenden sofort. Die Wachen salutieren, als der Gruppenführer den Wagen verlässt, dann überspringt der große, hagere Mann drei Stufen auf einmal, und der Tross Wartender folgt ihm. Zurück bleiben die Wachmannschaft, Chauffeure und Eskorte. Die Männer lehnen nun bequem an den Autos und zünden sich Zigaretten an.

Wieder in ihrem Zimmer, räumt Anna ihren Schreibtisch auf, oder soll sie ausbreiten, was noch an Notizen in ihrem Ordner liegt, um den Gruppenführer zu begeistern, falls er visitiert?

Auf dem Flur hallen Schritte, sie lacht bei dem Gedanken, dass Gruppenführer Heydrich nichts anderes vorhat, als nach Anna Kypscholl, einundzwanzigjährige Anwärterin der Stiftung Ahnenerbe, zu sehen, weil sie gerade aus Kopenhagen zurückgekehrt ist. Oder weil sie vor zwei Jahren dem Ahnenerbe einen Aufsatz gesandt hat, der eigentlich für Onkel Kasimir gedacht war, sorgfältig auf der Schreibmaschine getippt und gegliedert wie Aufsätze in Onkel Kasimirs Fachzeitschriften. Aber der Onkel hat nur die Kapitelüberschriften gelesen und: Das ist nichts für mich, gesagt, das kannst du dem Heydrich schicken, den interessiert Menschenzucht.

Das hatte Anna aus Verärgerung über den Onkel getan, woraufhin sie nach Wewelsburg geladen wurde. Nach ihrem Pflichtjahr wurde sie dort als Anwärterin aufgenommen. Dabei war es Onkel Kasimir, und niemand anders als Kasimir, der Anna zahllose Male in den Zoo mitgenommen hat, um ihr verrückt gewordene Schimpansen zu zeigen und deren Verhalten mit dem von Menschen zu vergleichen. Zum dreizehnten Geburtstag schenkte er Anna *Brehms Tierleben* und zwei Jahre später den Darwin, und dann bekam sie vom Vater Hans Friedrich Karl Günthers *Rassenkunde des deutschen Volkes.* Während Mädchen ihrer Klasse mit Jungen vom gegenüberliegenden Gymnasium erste Verabredungen trafen, hat sie in diesen Büchern gelesen, um herauszufinden, aus welcher Notwendigkeit die Natur Verrücktheit hervorbringt.

Dass du liest, ist gut, aber du liest zu viel, hat der Onkel gesagt und ihr das Pflichtjahr in einem Krankenhaus vermittelt. Damit du die Realität kennenlernst.

Schon nach drei Monaten kam sie in die Irrenanstalt, in der Anna mongoloide Kinder zu waschen, zu füttern und anzuziehen hatte. Alles, was sie da gesehen hat, schrieb sie auf, legte Tabellen an, in denen Alter, Geschlecht und Diagnosen vermerkt waren, dazu eigene Beobachtungen. Am Ende des Pflichtjahres schrieb sie den Aufsatz für ihren Onkel, der dann nur die Kapitelüberschriften las: Aus welcher biologischen Notwendigkeit bringen erbgesunde Eltern irre Kinder zur Welt? Dürfen Irre selbst Eltern sein? Wie können Irre der Volksgemeinschaft nützlich werden?

Der schöne Siegfried hat erzählt, dass ihr Aufsatz zuerst bei ihm gelandet ist, er begeistert war vom scharfen Verstand, der unmöglich einem jungen Mädchen eigen sein konnte, weshalb er Gruppenführer Heydrich den Aufsatz gezeigt hat. Heydrich wollte dann Anna auf der Wewelsburg sehen.

Mittags verlässt Anna ihr Büro. Auf dem Weg zur Kantine kommt ihr die Frau des Kastellans mit einem Korb im Arm entgegen: Ach, Fräulein Anna, heute ist wieder was los. Plötzlich ist der Herr Gruppenführer da, und sofort soll alles fertig sein, aber vorher sagt mir keiner was. Er will jetzt frischen Salat und eine Schale mit Obst, dann will er auf den Tennisplatz, und reiten soll auch noch sein.

Die Frau des Kastellans drückt Anna Äpfel in die Hände: Nehmen Sie, die ersten in diesem Jahr.

Auf der Treppe zu ihrem Zimmer im hinteren Teil der Burg stolpert Anna, und die Äpfel rollen vor ein Paar glänzende Stiefel.

Fräulein Anna, fleißig wie immer, sagt der Gruppenführer: Ich schau nachher bei Ihnen vorbei. Dann schreitet der große, hagere Mann weiter, jeder Schritt eine energische Bewegung. Um den Gruppenführer nicht zu verfehlen, geht Anna in ihr Büro, ordnet den Schreibtisch, zieht ihre Bluse stramm und wartet neben dem Tisch. Trotzdem erschrickt sie von dem heftigen Klopfen an der Tür, zwei Posten sind da, mit ihrem Bruder Otto in der Mitte.

Mein Gott, was ist passiert?

Kennen Sie den?

Als die Wachen gegangen sind, hält Anna ihren Bruder am Arm: Was machst du hier?

Otto sagt, was er viele Male während der Eisenbahnfahrt nach Wewelsburg geübt hat: Ich verabschiede mich von dir.

Bist du verrückt, hierherzukommen?

Ich will nach Paris.

Anna schüttelt ihren Bruder an den Schultern: Weißt du, was du tust?

Was sollte ich deiner Meinung nach denn tun?

Es war alles besprochen, du fängst bei Vater in der Firma an und kannst abends Kunst studieren. Du fährst sofort zurück, bevor Vater Tote auferstehen lässt.

Das sagst du?

Wo ist dein Gepäck?

Ich hab kein Gepäck.

Im Flur brüllen Wachen: Achtung, dann hört Anna energische Stiefelschritte und schiebt Otto in das kleine Aktenlager.

Da bleibst du und rührst dich nicht, bis ich dich hole.

Eine Antwort wartet sie nicht ab, weil Posten die Tür aufreißen.

Gruppenführer Heydrich kommt mit so viel Schwung herein, als wäre noch durch viele Räume zu marschieren. An ihrem Platz winkt er einem seiner Sekretäre, der einen Aktenordner vorlegt: Hauptsturmführer Doktor Wagner ist voller Lob über Ihren Einsatzwillen und über Ihre Gedanken zu Rassenfragen. Wir werden diese Gedanken auf das Wesentliche lenken, Fräulein Anna.

Sie zuckt zusammen, weil ihr Name fällt, weil ihr Otto, der seit Finkels Abgang vor zwei Jahren verrücktspielt, auch hier Ärger machen könnte.

Wir sind das Leben, der Tod ist unser Feind. Ihr Feind und meiner. Jeder Tod, den wir nicht wollen, ist ein Angriff auf uns, auf Sie, auf mich. Das ist wesentlich. Da überlegt der Gruppenführer, und Anna hat nur die Archivtür im Blick.

Was Sie zu Erbanlagen nordischer Völker schreiben, ist interessant. Ihre Theorie, durch Blutwäsche die nordische Rasse weiterzuentwickeln, überzeugt mich. Der Gruppenführer lehnt sich zurück und verschränkt seine Arme: Aber, Fräulein Anna, wie viele Jahre braucht es, bis unser Volk durch diese Methode aufgenordet ist? Zehn? Zwanzig? Was geschieht bis dahin mit den Irren, mit den Juden, die unser Blut verseuchen?

Otto hört nichts davon im Archiv, nimmt aus den überbordenden Regalen einen Ordner nach dem anderen. Fotografien menschlicher Krüppel hat er vor sich, Grimassen, reizvoll, aber schwer zu malen. Hängende Lippen und Zahnstumpen, schrundige Gesichter würde er malen können, aber wie malt man einen irren Blick? Wie bekommt man mit dem Pinsel den Irrsinn in die Augen? Otto deckt mit den Händen die Gesichter ab, dass nur die Augen bleiben. Wie haben Rembrandt oder Goya Irrsinn gemalt? Finkel könnte das sagen. Otto reißt Karteikarten mit Fotos heraus, er wird sie Finkel in Paris zeigen, und verbirgt sie unter seinem Hemd.

Um es kurz zu machen, Fräulein Anna, wir beschäftigen uns mit beidem. Sie werden mit Hauptsturmführer Wagner ein Labor bekommen, um die Blutwäsche zum Herauszüchten unerwünschter Erbanlagen zu untersuchen. Aber zuerst werden Sie als Assistentin von Doktor Wagner reisen. Wir wollen im Januar mit der Aktion E beginnen. In einigen Anstalten gibt es Ärzte, die sich zu fein dafür sind. Bevor ich den Herren auf die Sprünge helfe, nehmen Wagner und Sie diese Leute ins Gebet. Alles Weitere lesen Sie selbst.

Der Gruppenführer schiebt eine gelb leuchtende Mappe in die Tischmitte, nickt Anna freundlich zu und verlässt, energisch, wie er gekommen ist, das Zimmer.

Nach einer Woche in der Kaserne ist Otto von Wut und Hass besessen. Wut auf seine Schwester, die ihn mit einer Polizeistreife zurück nach Berlin schaffen ließ, Hass auf den Totenhochtreiber und Anwalt König, die ihn in diese Kaserne gesteckt haben, Hass auf Spieß Blond, der früh um halb sechs mit Trillerpfeife zum Zählappell antreten lässt, zum kalt Duschen unter seiner Aufsicht, der zum Essenfassen zehn Minuten gibt, um sofort mit der Ausbildung zu beginnen, und sich Otto vornimmt: Brust raus, Arsch rein, dreißig Liegestütze, Kopp hoch das. Zurück ins Glied. Woraufhin Otto gleich wieder vorzutreten hat, atemlos, wie er ist, um der Truppe Schlagzeilen aus dem *Völkischen Beobachter* zuzuschreien: Polnischer Wirtschaftskrieg gegen Danzig. Der Führer besucht die Salzburger Festspiele.

Hass auf Blond, der dann: Stillgestanden das, brüllt und unter Absingen eines Volksliedes zum Exerzierplatz marschieren lässt, wo die Kompanie den trockenen Sand mit Wasser aus Feuerwehrschläuchen in ein Schlammloch zu verwandeln hat. Sie hangeln an Seilen, robben durch Dreck, klettern Bretterwände hoch, laufen tausend Meter mit Sturmgepäck.

Hass auf Zöllner, Pinske und Kuperske und wie die Maschinen zum Fressen und Scheißen heißen, die ihn treten, stoßen und anschreien, weil er zu nicht mehr als zum Zeitunglesen taugt und der Truppe nur Strafen einbringt.

Kypscholl, vorgetreten das. Wieso ist das Bett nicht auf Kante?

Alles raus, angetreten das.

Nur Franzke, der im Stockbett unter Otto schläft, der Otto in die Kaserne schleppt, wenn er im Dreck liegen bleiben will, weil er keinen Schritt mehr tun kann, nur Franzke, der dickschädlige Autoschlosser, stellt sich vor Otto, wenn die Truppe Fußtritte verteilen will. Aber Franzke kann nicht verhindern, dass Otto nachts schweißnass von Blonds Gebrüll hochschreckt und dass Spieß Blond immer wieder Ottos Spind inspiziert.

Kypscholl, das hier?

Kölnisch Wasser, Herr Oberfeldwebel.

Gesoffen?

Nein, Herr Oberfeldwebel.

Sondern?

Zur Erfrischung, sagt Otto und sieht den Spieß an, woraufhin Blond das Kölnisch Wasser in Ottos Stiefel laufen lässt, die Otto dann anziehen muss, um dreimal um den Tisch zu hüpfen.

Otto denkt an Selbstverstümmlung, zwei Finger der linken Hand, Franzke könnte sie ihm abklemmen.

Ick gloob, du darfst den Spieß nie ankieken, ist Franzkes Antwort. Immer jeradeaus kieken.

Kypscholl, vorgetreten das, lesen.

Der Führer empfängt heute auf dem Obersalzberg den italienischen Außenminister. Die Tagesförderung an der Ruhr steigt auf 437383 Tonnen Steinkohle.

Spieß Blond reißt seine Augen auf: Deutsche Männer. Tag und Nacht unter der Erde. Und ihr?, und pustet in seine wulstigen Lippen.

Beim Dauerlauf in voller Montur und mit baumelnder Gasmaske entscheidet Otto, dass er keine Familie mehr hat. Seine Mutter hat nichts verhindert, Onkel Kasimir ebenso wenig, Anna hat ihn verraten. Das Laufen mit Gasmaske übersteht Otto, weil er an Flucht denkt, die dieses Mal gelingen wird, nur eine Kugel kann ihn noch aufhalten, und an diese Kugel denkt Otto abends im Bett, wach vor Erschöpfung, er atmet flach, Mutter und Vater umstehen ihn, aber alles Weinen und Streicheln ist vergebens, er ist tot, rücklings erschossen. Er wird in einen Sarg gelegt, der Zerfall beginnt, längst hat alles Blut den Körper verlassen, er liegt schon Tage im Sarg, nur die Fingernägel wachsen noch, dann wird er begraben, zwei Meter Erde fallen auf ihn, und oben weinen Schwester und Mutter und der Herr Vater, und dann schläft Otto mit Tränen in den Augen ein.

Nach der dritten Woche schmerzen die Muskeln kaum mehr. Seitenstechen quält ihn nur noch selten, er hat gelernt, beim Laufen richtig zu atmen und Spieß Blond nicht anzusehen, sondern ins Weite zu schauen, er hat auch gelernt, die Briefe seiner Mutter und seiner Schwester ungeöffnet in den Spind zu legen. Nur Finkel würde er schreiben. Abends hält er Zwiegespräch mit seinem Lehrer, seinem brüderlichen Freund, der nicht aufbegehrte, als man ihn von einem Tag auf den anderen aus seiner Hochschule entließ, beschimpft und verspottet, den Otto zu Hause weiterhin besuchte, um über Vermeer und den Blauen Reiter zu streiten, ohne dass Finkel über sein Los geklagt hätte.

Alarm schrillt, als Otto sein Tablett vor die Essensluke schiebt. Die Reihe, in der er steht, löst sich augenblicklich auf, Stiefelgetrampel zu den verschiedenen Kantinenausgängen, jeder weiß, welchen er zu nehmen hat. An den Türen gibt es dennoch Gedränge, Otto läuft dann zur vorgeschriebenen Position auf dem Appellplatz. Spieß Blond macht dem Regimentschef Meldung. Major Ney tritt vor, und Franzke flüstert Otto zu: Ick gloob, ihm seine Alte hat den zu früh rausjeschmissen.

Heute Nacht hat der Pole unseren deutschen Sender in Gleiwitz überfallen. Es gab viele Tote unter der deutschen Wachmannschaft.

Spieß Blond reckt seinen Kopf in den Himmel und hält die Augen geschlossen.

Seit zwei Stunden sind wir nunmehr im Krieg mit Polen.

Scheiß, sagt Franzke.

Der Pole wird sich in den nächsten Tagen warm anziehen müssen, daran wird weder der Franzose noch der Engländer etwas ändern.

Otto kaut vor Hunger Luft.

Der Pole wird in drei Wochen um Frieden winseln. Bis dahin habt ihr eure Ausbildung zwar noch nicht beendet, aber ich werde mich persönlich dafür verwenden, dass auch ihr an diesem Spaziergang des Ruhms teilnehmen dürft. Ihr liebt Spaziergänge?

Jawohl, Herr Major, und alle richten noch einmal ihre Stiefel im Schotter des Platzes aus.

Anna wirft Kieselsteine in den Fluss, aber keiner springt im Wasser, und schnell verwischt die Strömung die Wellen. Sie blickt über die Wiesen, entfernt, wie eine in die Landschaft gestellte Kulisse, die Wewelsburg, auf deren Turmspitzen die Runenfahnen wehen. Im vorderen Turm ist ihr Zimmer, und dort liegt Heydrichs gelbe Mappe.

Siegfried, der neben Anna am Ufer sitzt, dreht ein Kleeblatt zwischen den Fingern: Der Pole hat uns Rom versaut, wir können froh sein, dass uns der Gruppenführer überhaupt vier Tage freigibt. Er wirft das zerbröselte Kleeblatt weg und pflückt ein neues: Wir könnten nach Rügen fahren, kennst du Rügen?

Nein, sagt Anna und wirft den nächsten Stein.

Das Ahnenerbe hat ein Heim auf der Insel, was sagst du?

Meinetwegen.

Wir werden mit dem Zug reisen, der Treibstoff ist rationiert.

Meinetwegen, sagt Anna und legt sich ins Gras. Statt Flussrauschen hört sie nun Grillen.

Der Pole hat in zwei Wochen kapituliert, wenn das Theater vorbei ist, reden wir wieder über Rom.

Kommst du mit?, fragt Anna.

Nach Rom?

Schwimmen. Wir schwimmen rüber.

Bei den Stromschnellen?

Der Gruppenführer schwimmt auch hier, sagt Anna und hat schon Rock und Bluse neben sich.

Der Gruppenführer ist sowieso ein Wunderkind, er fliegt, reitet, taucht, macht große Pläne, habe ich etwas vergessen?

Anna steht nackt vor dem schönen Siegfried: Kommst du freiwillig, oder muss ich dich reinwerfen?

Er nimmt Anna in die Arme, küsst ihren Hals, sie reißt sich los, spritzt Siegfried nass und balanciert über Geröll ins tiefe Wasser. Bis in die Flussmitte schwimmt Anna, aber gegen die Strömung kommt sie trotz kräftiger Züge nicht an. Strudel ziehen sie unter Wasser und wirbeln sie wieder hoch, Anna schnappt nach Luft und schlägt mit den Händen, als könnte sie so Halt finden. Siegfried hat sich vom Fluss abgewendet, trocknet sich ab, breitet das Handtuch auf dem Boden aus und sieht dann erst wieder zum Fluss, aber Anna sieht er nicht. Er geht am Ufer auf und ab, ruft ihren Namen und bemerkt dann, dreißig Meter entfernt, ihre wasserschlagenden Arme. Dort läuft er in den Fluss, auch an ihm reißt die Strömung, aber Anna erreicht er dennoch und hält ihren Kopf über Wasser, sie kommen aus der Strömung heraus, die Strudel werden kraftloser. Am Ufer spuckt Anna Wasser. Siegfried trägt sie, fest an ihn geklammert vor Angst, zurück zum Handtuch.

Zwei Tage später warten die beiden in Paderborn auf den Zug nach Hamburg. Er trifft verspätet ein und ist übervoll, aber erst im Hamburger Bahnhof geraten sie in das Gedränge und Geschiebe von abertausend Soldaten, die ihre Einheiten suchen. Die Uniformen der jungen Männer riechen nach Stofflager und die Stiefel nach Leder. Der Zug nach Stralsund ist ersatzlos gestrichen, aber Anna und Siegfried werden im angehängten Postwagen eines Truppentransporters bis nach Rostock mitgenommen. Im letzten Überlandbus, gezwängt in eine Kolonne von Militärfahrzeugen, gelangen sie bis vor die Tore von Stralsund, da winkt eine Streife den Bus von der Straße. Wer in die Stadt will, muss zu Fuß weiter, damit die Wehrmacht freie Fahrt hat. Siegfried zeigt seinen Dienstausweis und sagt, dass er nach Rügen will, woraufhin der Posten erwidert, dass für die Insel ein Passierschein notwendig ist, und ein Pferdegespann über die Reichsstraße in einen Feldweg leitet. Der Kutscher winkt dankend mit seiner Schirmmütze und ruft: Stralsund is ouk dicht.

Sollen wir am Straßenrand kampieren?, sagt Siegfried zum Posten, der nur: Weiter, weiter, ruft.

Mookt ihr eure Heiraatstur, wie ihr aussehen daut, ruft der unrasierte Kutscher lachend Anna zu, die am Straßenrand auf dem Koffer sitzt und Transportfahrzeugen nachsieht, während Siegfried mit seinem Hut vor dem Gesicht des Posten herumwedelt: Wir müssen wenigstens nach Stralsund kommen.

In Lanzerow gewwt dat n Hotel, drei Meilen, dor is Platz, sagt der Kutscher.

Wir fahren mit ihm, morgen sehen wir weiter, sagt Anna zum schönen Siegfried im hellgrauen Anzug.

Der Kutscher schiebt den Koffer auf den Wagen, wo Siegfried zwischen Strohresten, einigen Kartoffeln und verbeulten Milchkannen aus Aluminium hockt und sich bei jeder Bewegung seinen Anzug mehr beschmutzt, während Anna auf dem Kutschbock sitzt.

Fritz Penkuhn, sagt der Mann, dann ziehen die beiden Pferde an.

In Lanzerow is ouk gaud. Wi häwwen dor Water, dor könnt ihr angeln und baden.

Die Sonne verschwindet hinter dem abgeernteten Feld, in der Luft kreisen Bussarde, und vom Lärm auf der Reichsstraße ist nichts mehr zu hören.

Noch twinnich Minuten.

Pappeln säumen den Weg auf eine Anhöhe, wo die Flügel einer Windmühle rauschen.

Dor, sagt Penkuhn und zeigt zu den Häusern und der Kirche in der Niederung: Dat is Lanzerow.

Nebel steht über dem See und den Wiesen.

Kann ich da meinen Anzug reinigen lassen?, fragt Siegfried.

Dat macht bi uns die Hebamme.

Lanzerow ist wohl eher beschaulich?

Bi uns gewwt dat twe Autos, Bürgermeister Schlageter und den ollen Apotheker Mulsow, dat is allens. Dat ander mook ick hiermit.

Das Fuhrwerk rumpelt über eine Holzbrücke, durch das kleine Stadttor, entlang den Katen zu beiden Seiten der Straße. Auf dem Markt mit einer Backsteinkirche und einer Zeile Fachwerkhäuser mit drei Gaslaternen davor kurbelt der Kutscher die Bremse fest: Wi sünn all dor.

Wo ist denn hier ein Hotel?, fragt Siegfried und springt dennoch ab.

Gewwt nur dat, sagt Penkuhn, zeigt auf das Schild »Lanzerower Hof« und wuchtet den Koffer vom Wagen.

Ist doch nur eine Nacht. Anna hustet vom beißenden Zigarrenqualm, als sie die Gaststätte betritt.

Dat sünn Hochtiedslüd unn mooken Flittertid bi uns, sagt Penkuhn zu drei Kartenspielern am Ecktisch.

Na, das ist ja mal eine Überraschung, gestatten, Schlageter, Bürgermeister von Lanzerow, und knöpft seine Joppe zu: Wo kommen Sie her in den stürmischen Zeiten?

Wir wollen nach Rügen, haben es aber nicht mal bis Stralsund geschafft, sagt Siegfried und muss vom beißenden Qualm auch husten: Aber morgen gehts weiter.

Penkuhn, für die Herrschaften das beste Zimmer.

Dor heww ick mine Äppel inlogiert, möd wad anners.

Woraufhin der Bürgermeister mit seiner selbst gedrehten Zigarre pustet: Dieser Mann ist eine Katastrophe, entschuldigen Sie, meine Herrschaften, aber Penkuhn betreibt den Gasthof noch nicht lange, er ist unser Kutscher und hat das Haus geerbt, da kommt dann so was raus.

Ünnerm Dach is ock gaut.

Lassen Sie, Anna winkt ab, um schnell der Räucherkammer zu entkommen.

Penkuhn trägt den Koffer die schmale Treppe hoch, das Zimmer mit zwei Betten, Schrank und Tisch ist so niedrig, dass der schöne Siegfried seinen Kopf einziehen muss.

Entschuldige, sagt er, als Penkuhn gegangen ist, das habe ich nicht gewollt. Morgen sind wir hier verschwunden, und Anna, am Fenster kichernd, von wo aus sie nur Dunkelheit sieht: Ich habe noch nie in einem Dorf übernachtet.

Wegen der Stille bleiben sie lange wach und sehen in das Sternengefunkel.

Am Morgen müssen sie sich am Steinbecken eine halbe Treppe tiefer mit kaltem Wasser waschen.

Die Segnungen des nationalsozialistischen Aufbauwerks, schnauft der schöne Siegfried, sind bis hierher noch nicht vorgedrungen.

Noch eine halbe Treppe tiefer kämmt Anna ihre langen blonden Haare aus, weil dort der einzige Spiegel hängt.

Wo ist dieser Fritz? Der soll meinen Anzug auf Vordermann bringen. Wenn er sauber ist, brechen wir auf, ruft Siegfried.

Sie gehen über den Markt, vorbei am Bäcker, in dessen Auslage die Verordnung zum Bezug von Lebensmitteln liegt, an der Apotheke, an deren Tür ein *Völkischer Beobachter,* von Pflastern gehalten, klebt.

Gut, dass mich hier niemand kennt. Mein Anzug ist zum Lumpen geworden. Wo ist dieser Fritz? Anna bahnt sich einen Weg durch das hohe Gras vor der Kirche. Wo willst du denn hin?, fragt Siegfried. Der Pfad zum Friedhof ist ausgetreten, Papierschnipsel liegen dort wie Wegweiser. Anna liest Grabsteine, die nicht zugewuchert oder umgefallen sind: Seltsam, hier stirbt keiner unter achtzig Jahren. Siegfried reibt mit Spucke einen Fleck vom Revers.

Und das seit Generationen.

Kein Wunder, wenn die keinen Arzt haben, können die sich Krankwerden gar nicht erlauben.

Von der offenen Pforte in der hohen Friedhofsmauer führen Treppen hinunter zum See, Jungen springen da von einem wackligen Steg ins Wasser, mal einen Überschlag versuchend, mal soll es spritzen. Sie johlen dabei, und Anna würde am liebsten mitmachen.

Ottos Einheit rückt in Warschau ein, nachdem der letzte Widerstand gebrochen ist und der polnische Stadtkommandant die Kapitulation unterschrieben hat. Die Zufahrtsstraße zur Kaserne ist notdürftig von Trümmern zerbombter Häuserzeilen geräumt.

Ick gloob, unse haben dem Polen janz schön einjeheizt, sagt Franzke und hält sich beim Betrachten von Pferdekadavern und Leichen seine Nase zu.

Die Kaserne im Norden von Warschau ist unbeschädigt geblieben, im Hof warten Militärtransporter, Kübelwagen und Motorradgespanne. Otto und Franzke beziehen mit zwölf anderen Schützen ein Zimmer. Franzke wirft eine Reichsmark und gewinnt mit Zahl das Bett unter dem von Otto.

Der Einsatzbefehl für den 29. September 39 lautet, die Museumsverwaltung der Stadt Warschau von den Schwarzkitteln zu übernehmen, wozu sich: Freiwillige vor, Spieß Blond gemeldet hat und mit ihm Otto und Franzke. In selten gelöster Stimmung: Wir zeigen den Schwarzen, wos langgeht, brechen sie auf. Otto steigt in den Kübelwagen, den Franzke steuert, und sitzt neben Blond, als wäre da nie Hass gewesen, nie der Vorsatz, diesen Mann bei nächster Gelegenheit umzulegen. Den größten Triumph hat Otto jedoch gehabt, als er Spieß Blond bei sich bietender Gelegenheit auf dem Schießplatz nicht umlegte.

Kypscholl, zu blöd das, hat Blond gerufen, weil Otto kaum einen der Pappkameraden traf, und Blond hat sich neben einen gestellt und mit der Hand gegen das eingezeichnete Herz gepocht. Otto hat seinen Gewehrlauf nur einen Zentimeter weiter rübergezogen, nun ein richtiges Herz im Visier, eine Kugel für, Abgedrückt das, die andere für sich selbst. Aber er nahm den Gewehrlauf zurück, drückte ab und traf, und seitdem brüllt Blond nicht mehr in seinen Träumen.

Schwarzkittel verjagen spielen, sagt Blond und rollt seine Wulstlippen. Zwanzig Minuten lang fahren sie an zerbombten Häusern vorbei. Vom Schloss sind die Dächer zerschossen, Scheiben geborsten, die Ecktürme qualmen noch von Brandbomben. Das Bischofspalais auf der anderen Seite des Platzes, nun Sitz der reichsdeutschen Museumsverwaltung, ist unversehrt.

Wird unsere Kaserne das, sagt Blond, zeigt auf das Palais und kann es kaum erwarten, dass Franzke anhält. Mit einem Sprung ist Blond aus dem Wagen und ebenso schnell die Treppen hoch bis zum Eingang, den zwei Schwarzkittel bewachen.

Noch bevor Otto und Franzke nachkommen, zeigt Blond den Befehl zur Übernahme des Gebäudes. Die Schwarzkittel reagieren nicht. Blond liest den Befehl laut vor und verlangt, den diensthabenden Offizier zu sprechen, noch immer im wohlwollenden Ton von jemandem, der auch anders kann, und zu Otto gewandt: Schöne Kaserne das.

Die Schwarzkittel bleiben unbeeindruckt und schauen, wie auch Otto es gelernt hat, ins Weite. Dann geht Blond zur Tür, aber einen Schritt zu weit, und bekommt einen Gewehrkolben gegen die Brust.

Verrückt, brüllt Blond, wie Otto ihn schon lange nicht mehr hat brüllen hören. Beim zweiten Schlag taumelt der Spieß, dass Otto ihn auffangen muss, einen Moment lang klammert sich Blond an Otto, als er wieder Halt hat, ist es wie eine Umarmung, fast zärtlich, und Franzke ruft: Ick gloob, hier läuft wat schief, und Blond befiehlt: Abgerückt das.

Franzke fährt im Slalom um Trümmer und Bombentrichter und reißt das Lenkrad auch noch hin und her, als die Straße ohne Hindernisse ist.

In der Kaserne erneuert Major Ney den Befehl zur Übernahme des Gebäudes und schickt Blond wieder los, der nun zehn Mann aufsitzen lässt. Die Schwarzkittel am Eingang des Palais blicken angesichts der Übermacht ratlos, Blond verlangt den Diensthabenden, der geholt wird und fragt, was das Theater soll.

Befehl von Major Ney.

Ach, der alte Ney, sagt der Diensthabende, dessen tief ins Gesicht gezogene Mütze nur Mund und Kinn freigibt: Richten Sie dem guten Ney aus, ich habe einen anderen Befehl.

Blond will ihm etwas überreichen, aber der nimmt es nicht an.

Das Museum und das Schloss haben wir, und dieses Haus ist unsere Dienststelle. Aber die Wehrmacht kann am Schloss

Wachen aufstellen, damit der Pole nicht weiter plündert. Und sagen Sie dem guten Ney, er kann zum Tee kommen. Dann dreht sich der Diensthabende um.

Die seit Monaten von Spieß Blond gedrillten Soldaten blicken zu ihrem Ausbilder, der nur die beiden Posten vor sich hat und schnauft wie vor einem Wutausbruch auf dem Exerzierplatz, aber er brüllt nicht, es kommt kein Wort heraus. Otto grinst den Spieß an, das hat er noch nie getan.

Tags drauf rückt der von Spieß Blond befehligte Trupp tatsächlich zum Schloss aus, um es vor plündernden Polen zu bewachen. Otto und Franzke werden am linken Portal aufgestellt; anfangs kontrolliert der Spieß sie stündlich, aber schon bald ist Blond unregelmäßig, fragt nur: Kypscholl, Vorkommnisse? Und Otto riecht einen Hauch von Schnaps. Er zieht sich mit Franzke wegen des kalten Windes in das inzwischen türlose Portal zurück, beide wagen gelegentlich sogar den Rückzug in einen Saal gleich neben dem Durchgang; verkohltes Holz liegt dort, in der Mitte ein Heer von Ritterrüstungen, das Franzke staunend umrundet.

Scheiß, ruft Franzke, als draußen Autotüren zufallen, und läuft mit Otto vor das Portal, wo dem Diensthabenden vom Palais gemeldet wird: Sturmbannführer, die beiden waren nicht auf ihrem Posten.

Warum?, fragt der Sturmbannführer.

Bevor Otto, Wegen der Kälte, sagt, hat Franzke: Kontrollgang, gerufen. Damit der Pole nischt wegschleppt.

Der Sturmbannführer befiehlt beiden mitzukommen, sie durchqueren eine Folge von Zimmern, in denen vergoldete Sofas und Kommoden zusammengeschoben wurden neben leeren Transportkisten für Gemälde.

Der Sturmbannführer zeigt mit seinen schwarzen Lederhandschuhen auf sie und sagt zu Otto und Franzke: Diese fünfzehn Bilder hier wickeln Sie mit Gobelins ein und verstauen sie in den Kisten. Aber vorsichtig, die Bilder sind wertvoll. Berühren Sie nicht die Malflächen, stoßen Sie nicht gegen die Rahmen. Sobald meine Leute da sind, kehren Sie auf Ihren Posten zurück.

Aber schon Franzkes erster Handgriff missglückt, das Bild rutscht ab, der Rahmen splittert, und der Sturmbannführer ruft in Rage: Was machen Sie denn da, das sind keine Strohsäcke, sondern rohe Eier.

Otto hebt das Bild mit einer Ruinenlandschaft auf und hält es gegen das Licht: Am Gemälde ist kaum Schaden, das Krakelee ist in Ordnung.

Woher wissen Sie, was ein Krakelee ist?, fragt der Sturmbannführer.

Aus Büchern.

Wie heißen Sie?

Schütze Kypscholl.

Was sind Krakelees, Schütze Kypscholl?

Risse oder Schuppen auf der Malfläche.

Sie werden die Bilder einpacken, bis meine Leute da sind, Schütze Kypscholl. Das mit dem ramponierten Rahmen lassen Sie hier.

Kaum ist der Sturmbannführer gegangen, zischt Franzke: Ick gloob, det is n Arschloch, Schwarzkittel sind allet Arschlöcher.

Otto traut sich nicht, mit Goldfäden durchwirkte Gobelins zum Verpacken der Bilder zu benutzen, und reißt stattdessen die Vorhänge von den Fenstern. Die teilt er in gleich große Fetzen, umwickelt damit jedes Bild behutsam, dass Franzke mault: So biste morgen noch nich fertig.

Als der Sturmbannführer mit drei weiteren Schwarzkitteln wiederkommt, sind erst fünf Bilder eingepackt.

Wozu ist die Wehrmacht eigentlich zu gebrauchen?, sagt er, die Kiste musternd, und zu Franzke gewandt: Sie schnappen sich vier oder fünf Polen von der Straße und bringen die hierher.

Er schaut Otto über die Schultern, der unsicher wird und noch behutsamer jeden Handgriff ausführt.

Sie machen das gut.

Aber nicht allein wegen des Schwarzkittels ist Otto so langsam, sondern weil er den Firnisgeruch von den Bildern genießt, weil er seine Geschenkbilder an Finkel, an Onkel Kasimir und seine Mutter auch mit Firnis überzogen hat.

Franzke ist mit vier Männern, die Arme hinter dem Kopf, zurück. Sie tragen Kommoden und Sessel aus dem Schloss, zuletzt die Bilderkisten, verladen die Gegenstände auf einen Lastwagen, der über den Platz rollt und vor dem Bischofspalais hält.

Könnt verschwinden, sagt Franzke zu den frierenden Polen, die sich aber nicht trauen. Haut ab!

Der Einsatzbefehl für den 5. Oktober 39 lautet, die ausgebrannte Post von Warschau nach Widerstandsnestern zu durchkämmen, am 6. Oktober sind Otto und Franzke erneut zur Wache am Portal des königlichen Schlosses eingeteilt. Sie suchen wieder im Rittersaal Schutz vor dem kalten Wind. Rüstungen sehen sie keine mehr, auch die Möbel aus den angrenzenden Zimmern sind verschwunden, nur das Bild, das Franzke aus den Händen gefallen ist, liegt in einer Ecke, aus dem Rahmen getreten. Otto hält das Bild am Fenster gegen das Licht wie Onkel Kasimir eine Röntgenaufnahme, mustert die Verletzungen in der Farbe, im Gewebe, die entstellten Gesichter des Liebespaares, versteckt in der Ruinenlandschaft. Franzke reibt beim Rauchen seine Hände warm, und Otto schiebt das Bild unbemerkt unter seine Uniformjacke.

In der Kaserne wartet er, bis der Letzte im Waschraum ist, um das Bild behutsam zu reinigen, um die Wunden genau ansehen zu können, und vielleicht kann er sogar heilen. Den aufgeritzten Hals des Mädchens, ihre zerlöcherte Stirn, ihr abgeplatztes Lächeln, und wohin zeigte ihre linke Hand, nur noch Malgrund ist dort.

Das beschäftigt Otto am nächsten Tag beim Dienst am Schlossportal, bis der Sturmbannführer vorfährt, drei Schwarzkittel hinter sich, die nicht viel höher im Rang sind als er und Franzke. Er fordert beide mit einem Wink auf, ihm durch den Rittersaal und die leer geräumten Zimmer bis an eine verschlossene Tür zu folgen.

Hier machen wir weiter, meine Herren, sagt der Sturmbannführer und verlangt von den Schwarzkitteln, die Tür aufzubrechen.

Der Pole wollte uns an der Reichsgrenze mit einer berittenen Einheit aufhalten, und hier verschließt er eine Tür. Ist das nicht kurios?

Die Schwarzkittel rennen und treten gegen die schwere Tür, dann zersiebt einer mit dem Maschinengewehr das Schloss. Der Sturmbannführer geht zuerst hinein. Otto sieht von der Tür aus ein Baldachinbett mit seidenbestickten Vorhängen, Schalen und mit Silberleuchtern geschmückte Kommoden, auf dem Kamin eine vergoldete Uhr von wohl einem Meter Höhe.

Franzke soll Polen herschaffen. Der Sturmbannführer fragt Otto, was er am Inventar dieses Raumes für bedeutend hält.

Von der Pracht angezogen, mustert Otto das Baldachinbett, dann die vergoldeten Tischchen daneben, woraufhin der Sturmbannführer den Kopf schüttelt und Otto zu einer unscheinbaren Vase winkt: Das ist Chinaporzellan, vielleicht tausend Jahre alt. Und dann die Kaminuhr. Sehen Sie die Signatur auf dem Ziffernblatt? Höchste Pariser Handwerkskunst. Alles andere hier ist Nippes. Mit Bonbonpapier beklebter Plunder. Die beiden Sachen nehmen wir mit.

Als Franzke mit von der Straße Aufgegriffenen im Schlafzimmer der polnischen Könige erscheint, befiehlt der Sturmbannführer, alles andere zu tilgen. Mit vorgehaltenen Gewehren zerschlagen die Polen große Spiegel, Porzellan, Stühle, werfen Kommoden in den Hof, wo Blond das Kleinholz ins Lagerfeuer schmeißt. Otto hört das Krachen von herausgerissenen Paneelen und Türen, von zerfetzten Vorhängen noch im übernächsten Zimmer der Königswohnung. Zwei Gemälde soll Otto von dort einpacken.

In der Kaserne schläft Otto kaum, weil er das Krachen im Ohr behält, das er vergessen will, und holt aus seinem Spind das versteckte Gemälde hervor und küsst das Mädchen auf die Stirn.

Um dem Sturmbannführer und seiner Truppe nicht mehr zu begegnen, melden sich Otto und Franzke zur Nachtwache im Schloss. Räume, durch die sie am Vortag noch gegangen sind, haben nun keine Böden mehr, die herausgesägten Deckenbalken liegen ein Geschoss tiefer.

Ick penn hier, sagt Franzke, als er mit seiner starken Taschenlampe aufgerollte Teppiche ausfindig macht. Otto gelangt über eine schmale Wendeltreppe ins obere Stockwerk, sämtliche Türen stehen offen, in einem der Kabinette sieht er vier große Transportkisten und, an die Wand gelehnt, vier Gemälde, die er sofort aus Kunstbüchern erkennt: Canalettos Ansichten von Warschau. Otto verbringt die Nacht vor den Bildern, beschützt sie, aber in einigen Stunden wird man sie in ein Lager abtransportieren, er wird sie nie wiedersehen. Er meldet sich wegen der Canalettos für den nächsten Tagesdienst und hat dem Sturmbannführer beim Verladen zur Hand zu gehen. Besser verschleppt als zerstört. Zusammengetriebene Polen müssen ein Fenster samt Rahmen aus dem Schloss herausschlagen, um die vier großen Kisten auf den wartenden Lastwagen abseilen zu können.

Der Sturmbannführer trägt zum ersten Mal keine Uniformmütze, und Otto sieht seine kleinen flinken Augen.

Warum sind Sie eigentlich immer hier? Machen Sie Geschäfte? Das kann Sie den Kragen kosten, und hockt sich vor kleinformatige Ansichten polnischer Städte: Der Pole malt seinen Himmel immer grau.

Schwarzkittel, die nicht viel mehr sind als Otto, zertreten auf Befehl des Sturmbannführers die Bilder und rücken ab. Otto sammelt ein, was vielleicht zusammengeflickt werden kann. In seinem Mantel finden außerdem der Arm eines Silberleuchters, eine Mokkatasse und eine Elfenbeinfigur Platz. In den nächsten Tagen wächst sein kleines Lager im Spind bedrohlich an, da sucht Otto nach einem besseren Versteck und findet es auf dem Dachboden der Kaserne, zwischen Verschlägen mit polnischen Uniformen. Nur sein Lieblingsbild behält er im Spind, geschützt von den Briefen seiner Mutter und seiner Schwester, die er nicht öffnet. Beim Ertasten von Fotos war er einmal in Versuchung geraten, aber nur Fotos von Anita Berber würde er sehen wollen.

Während eines Wachwechsels am Schloss halten ihn Schwarzkittel an, er soll seinen Mantel öffnen. Zum Vorschein kommt ein fußloser Pokal. Bei Franzke finden sie den Fuß. Franzke und Otto müssen sich am Schlossportal ausziehen, und unter Triumphgeheul kommen unter Ottos Hemd zwei herausgeschnittene Gemälde zum Vorschein. Dann muss er breitbeinig seinen Hintern zeigen.

Vielleicht scheißt der deutsche Landser ja Goldmünzen.

Dann werden die beiden abgeführt.

Obwohl aktenbeladen, kommt Siegfried beschwingt in Annas Arbeitszimmer, als wollte er mit den roten, blauen und braunen Mappen einen Tanz aufführen: Jetzt kannst du dir goldene Sporen beim Gruppenführer verdienen. Schwitzt du nicht, so warm, wie es hier ist?

Die Wewelsburg ist überheizt mit polnischer Kohle. Er öffnet ein Fenster, Wind und Schneeregen fallen ein.

Das sind die Krankenakten der Anstalt Brandenburg, ich glaube, vierundfünfzig Fälle. Mit diesen Akten legen wir das Auswahlverfahren fest, klare Regeln, die jedes Heim im Reich zu befolgen hat. Der schöne Siegfried tritt an den Schreibtisch: Die Fälle sind vorsortiert, so schlimm wirds nicht. Rote Mappe Schizophrenie, blau mongoloid, braun die leichteren Fälle.

Und Anna, zum Stapel blickend: Du hast gesagt, Aktion E passiert nicht.

Aktion E passiert nicht so, wie der Gruppenführer dachte. Er hat jetzt einen Runderlass herausgegeben, nun müssen die Anstaltsleitungen ran.

Der Gruppenführer wollte uns hier das Labor einrichten, sagt Anna.

Wir brauchen keine Anstaltsleitung mehr zu überzeugen, wir brauchen nicht einmal mehr durchs Reich. Wir legen ein klares Auswahlverfahren fest.

Ich möchte das nicht.

Vielleicht müssen wir ein- oder zweimal in Heime, sagt Siegfried, ein- oder zweimal, ist das zu viel?

Anna schiebt den Aktenstapel an den Tischrand und sagt leise: Ich bin nicht hier, um Kranke umzubringen.

Anna, Liebes, nicht schon wieder die Geschichte. Dein Onkel Kasimir, der Lebensretter, in allen Ehren, ich bin ja auch Arzt. Aber ich habe dir oft gesagt, dass jeder Arzt verpflichtet ist, Kranke nicht leiden zu lassen. Wir können für die unheilbar Kranken nichts tun. In der Natur verreckt auf schreckliche Weise, was krank ist. Wir sind weiter. Du hast es doch selbst in deinem Aufsatz geschrieben. Bevor ein Krankheitsherd nicht beseitigt ist, wird kein Patient gesund.

Wie du sprichst, sagt Anna.

Ich spreche wie immer, und Siegfried schließt das Fenster. Ich bin seit sechs Jahren Arzt, seit vier Jahren im Ahnenerbe, ich habe nie anders gesprochen, und wenn du so zornig schaust, bist du noch schöner, und geht zu Anna, um ihren Mund zu küssen: In einem halben Jahr sind wir mit der Sache durch, den Rest erledigen die Heime selbst, und wir haben Zeit für unsere Arbeit. Nun küsst Anna ihn zurück, und Siegfried streichelt ihren Nacken, ihre Brüste.

Abends fahren sie mit dem Bus nach Paderborn, kommen gerade noch rechtzeitig ins Metropol, um für den *Hund von Baskerville* eine Loge für eine Reichsmark und eine Tüte Salzletten zu erstehen, an denen sie knabbern, als es im Kino dunkel wird und die *Wochenschau* mit Bildern aus dem eroberten Polen beginnt. Auch das zerstörte Warschau und das von polnischen Partisanen gebrandschatzte Königsschloss werden gezeigt, dessen Kostbarkeiten den deutschen Eroberern nur zerstört in die Hände fallen sollten. Einzig die vier berühmten Gemälde von Canaletto konnten vor den polnischen Barbaren gerettet werden und sind nun im bewachten Museumsdepot von Warschau in Sicherheit. Als der Spielfilm beginnt und die Nebelschwaden über dem Moor von Baskerville zunehmen, schiebt Anna mehrere Salzletten auf einmal in den Mund, und als das Hundegeheul im Kinosaal laut wird, drückt sie sich an Siegfried.

Das ist doch nur ein Film.

Anna an seinem Hals sagt: Ich möchte mich aber fürchten.

Als der Film zu Ende ist, hat sie Hunger. Im Deutschen Haus essen sie Schweinebraten mit Bratkartoffeln, und Anna sagt beim Zerkleinern des Fleischs: Ein bisschen gruselt mich hier, sieh dir mal die Greise an, du bist der einzige junge Mann. Und so schön.

Schön, sagt auch Elisabeth Kypscholl am Telefon, schön, dass alles so wunderbar bei dir funktioniert, ich beneide dich darum. Du wirst mit der *Lili Marleen* Triumphe feiern, man wird dir zu Füßen liegen. Du weißt ja, dass Hermann sogar diese alberne Wette gegen die *Lili* abgeschlossen hat. Du solltest sein Gesicht sehen, wenn ich ihm die Platte vorspiele. Ich würde dich ja liebend gern bei deinen Auftritten begleiten, jetzt, wo die Kinder raus sind. Anna hab ich zuletzt bei meinem Geburtstag gesehen, sie studiert in Paderborn Medizin, und Otto ist noch in der Ausbildung. Wo werdet ihr nun auftreten? Amsterdam, Paris? Wieso soll ich so was nicht sagen? Was hast du gegen Paris? Du darfst keine französischen Chansons mehr singen? Wer sagt denn das? Auch nicht von der Piaf? Das ist doch albern. Man sollte sich nie den Mund verbieten lassen. Ob ich mich langweile? Ich hab so viel zu tun, Hermann hat oft Geschäftsleute hier, da muss ich zugegen sein, dann der große Garten, der soll im Frühjahr wieder blühen, und dann muss ich Ottos Briefe beantworten, er schreibt mir fast jeden Tag. Das Militär tut ihm gut, aber er ist ja noch in der Ausbildung. Wo? Ich glaube, im Schwarzwald. Was macht dein Komponist? Er weicht dir nicht von der Seite? Ich beneide dich um ihn. Du stellst Fragen. Ob ich ihn reizend finde? Ich könnte ihn mir gut als Musiklehrer vorstellen. Warum sollte ich keine Chansons singen? Wir können in Berlin gemeinsam auftreten, Schultze komponiert auch für mich. Keine Angst, ich nehme ihn dir nicht weg. Außerdem mag ich nur bittere Schokolade wie unser Führer.

Otto wird von Schwarzkitteln in einem Kellergewölbe des Palais verhört, schreiende Wilde, die sofort Schwarztinte saufen würden, wenn sich ihr Blut färben würde. Für wen er im Schloss gestohlen hat? Wie lange er schon mit polnischen Partisanen gemeinsame Sache macht? Ob er seine polnischen Freunde noch einmal sehen möchte? Sie stoßen ihn über den Gang bis vor eine schwere Holztür, an der ein geschnitzter Bacchus vom Weinfass winkt. Sie öffnen die Tür, vor Otto pendeln zwei nackte Beine, die Hose auf Höhe der Fußgelenke, die anderen Polen stehen in der Ecke des leeren Weinkellers.

Deine Kumpane?

Otto kennt sie, er hat die Polen mit Franzke zum Kistenschleppen aufgetrieben, kennt solche angstverzerrten Gesichter schon lange, hat sie bei Finkel viele Male in Goyas *Schrecken des Krieges* gesehen, die aufgerissenen Augen derer, die in der nächsten Sekunde erschossen oder erhängt werden oder bei denen der Tod gerade einkehrt. Junger Freund, hat Finkel gesagt, das ist nichts für einen fünfzehnjährigen Burschen, doch Otto wollte mit der Lupe den letzten Augenblick ausfindig machen, der aber zerfiel in den Pinselstrichen des Meisters.

Ottos Mund ist staubtrocken, die Kellerratten schreien ihn an.

Wenn nischt mehr looft, hat Franzke gesagt, als Spieß Blond noch auf dem Exerzierplatz wütete, Sieg Heil jebrüllt.

Sie stoßen Otto in seinen Verschlag zurück, es wird Zeit für ein Wunder, für eine Zauberformel, weil Schnapsnase Blond irgendwo besoffen herumliegt, statt ihn und Franzke rauszuhauen.

Die Schwarzkittel, die nicht viel mehr sind als Otto, verstummen, als der Sturmbannführer kommt und im als Depot genutzten großen Kellergewölbe gegenüber von Ottos Verschlag zwischen Kommoden, Bildern und Teppichen etwas sucht. Dann zieht er ein Bild aus dem Stapel und stellt es wegen des besseren Lichtes in den Flur. Er untersucht den Rahmen, die Leinwand und hockt sich vor die Gesellschaft beim Picknick. Vielleicht die letzte Gelegenheit, Sieg Heil zu rufen: Sieg Heil, damit Otto dem Sturmbannführer sagen kann, dass er die Polen nur kennt, weil er und Franzke sie zusammentreiben mussten, mehr war nie. Sieg Heil, damit er in seine Kaserne zurückkann, wenn schon Blond ausbleibt.

Da sieht Otto das Bild, er kennt es aus einem Buch von Finkel und ruft: Silvestre. Louis de Silvestre.

Der Sturmbannführer fährt sich mit der Hand über den Kopf: Ich habe es geahnt, und dreht sich zu Otto: Der Name lag mir auf der Zunge. Schade nur, den von Ihnen zu hören.

Otto macht Meldung und sagt, dass er mit keinem Polen Geschäfte gemacht hat.

Und Ihre vollen Manteltaschen, Schütze Kypscholl?

Das Zeug lag herum.

Der Sturmbannführer setzt seine Mütze wieder auf und zieht sie tief ins Gesicht: Für dieses Zeug wissen Sie zu viel, Schütze Kypscholl. Meine Höllenhunde haben bis vorigen Monat noch nie ein Museum oder ein Schloss von innen gesehen, die fassen nichts an, und deshalb durften sie in meine Sondereinheit. Wieso plündern Sie, Schütze Kypscholl?

Es ist Kunst.

Möglich, aber keine deutsche Kunst, sonst hätte ich den Pokal in Sicherheit gebracht. Der Pokal ist nur für den Polen bedeutsam, aber es gibt kein Polen mehr, und wir sind hier, damit es nie mehr ein Polen gibt. Und da kommen Sie und stopfen sich die Taschen mit polnischem Kunstkrempel voll.

Exekution?, fragt eine Kellerratte.

Der Sturmbannführer bleibt an der Treppe stehen: Wir reden morgen weiter.

Die Schwarzkittel verschwinden im Weinkeller. Warum hat ihm niemand gesagt, dass im Krieg der Feind gar nicht der Feind ist?

In der Nacht schläft er traumlos. Kreuzlahm und ungewaschen macht er dem Sturmbannführer am nächsten Morgen in dessen Büro Meldung.

Sagt Ihnen der Name Vermeer etwas, Schütze Kypscholl?

Holländischer Maler des siebzehnten Jahrhunderts.

Der Sturmbannführer hält seine gefalteten Hände vors Gesicht: Kennen Sie Bilder dieses Malers?

Junge Dame mit Perlenhalsband und *Herr und Dame beim Wein*.

Aus eigenem Anschaun?

Ja, die hängen in Berlin.

Der Sturmbannführer lehnt sich zurück, sieht Otto an und spricht leise, dass es gefährlicher als das Gebrüll von Spieß Blond klingt: Wie lange plündern Sie schon, Schütze Kypscholl?

Es ist unmöglich, ins Weite zu blicken, Otto kommt an diesen kleinen, flinken Augen nicht vorbei.

Seit Wochen?

Er starrt auf seine Stiefel, noch verstaubt vom letzten Gang durchs Schloss.

Hat Schütze Franzke Sie zum Plündern angestiftet?

Franzke hat damit nichts zu tun.

Versteht Schütze Franzke etwas von Kunst?

Nein.

Schütze Kypscholl, nun muss Otto ihn anblicken, ich gehe folgendes Risiko ein. Statt Sie und Franzke dem Feldgericht zu überlassen, gliedere ich Sie in meine Sondereinheit ein. Sie werden zum Rottenführer befördert, sind nun Angehöriger der Waffen-SS. Haben Sie das verstanden? Die Sondereinheit ist für die Sicherung bedeutsamer Kunstwerke im eroberten Ostraum zuständig und untersteht direkt Berlin. Wir haben uns zunächst um staatliche und private Kunstsammlungen in Warschau zu kümmern.

Nur die Lippen dieses Mannes bewegen sich, kein Wimpernschlag, auch Otto guckt starr und bekommt davon tränende Augen.

Sichergestellt werden Kunstwerke in folgenden Kategorien: eins, Werke von Malern wie da Vinci, Vermeer oder Canaletto, Kategorie zwei sind Bilder wie von Silvestre, den Sie erkannt haben, und Kategorie drei sind Bilder von Lokalmeistern. Was dahinter zurückbleibt, wird an Ort und Stelle vernichtet. Das betrifft besonders Bilder polnischer und jüdischer Maler, zum Beispiel jüdische Ahnengalerien. Leuchter, Bestecke, Geschirr aus Gold und Silber und Schmuck werden genauso sichergestellt wie liturgische Gegenstände in den Kirchen. Als Erstes werden Sie inventarisieren, was in unserem Depot ist, die Listen gehen nach Berlin, und die machen ihre Anforderungen für die Ausstattung von Amtsgebäuden. Kategorie eins bleibt dem Führer und dem Herrn Ministerpräsidenten Göring vorbehalten. Arbeiten Sie rasch, damit wir hier Platz bekommen, die Canalettos mussten schon ins Museum rübergebracht werden. Ich rede nachher mit dem guten alten Ney, er wird mir zu Dank verpflichtet sein, dass ich ihm zwei Fälle für das Feldgericht erspare. Sie beziehen ein Büro im ersten Geschoss, liegt genau über dem Depot. Hat Franzke irgendeine Fähigkeit?

Er ist Automobilschlosser.

Gut, dann wird er einen Wagen bekommen, mit dem Sie unterwegs sind, um Kunstwerke zu sichern. Sie schlafen wie Ihre Kameraden unter dem Dach.

Im Schwarzkittel und als Rottenführer, nun genauso viel wie die anderen Kellerratten, fotografiert, beschreibt und vermisst Otto die Depotbestände, während die gefangenen Polen mit kaltem Wasser übergossen und, weil sie stöhnen, gleich wieder geprügelt werden. In einem Blumenbild entdeckt Otto ein Gesicht, zwei Rosenblüten sind Wangen, zwei Kirschen Augen, ein Lilienblatt der Mund.

Achtung, hört Anna, dann fliegt die Tür auf, der Gruppenführer kommt auf sie zu, als wäre da kein Schreibtisch, als gäbe es keine Wände.

Bedauerlich, das mit Doktor Wagner, sagt er.

Anna steht auf, bleibt aber vor dem großen, hageren Mann klein.

Siegfrieds Vater ist einfach umgefallen. Herzschlag, sagt sie.

Dass Wagner nicht hier ist, wenn ich ihn brauche.

Die Beerdigung ist morgen, übermorgen ist er wieder zurück.

Dann könnte Wagner erst in drei Tagen aufbrechen, das ist mir zu spät, Fräulein Anna, und hebt seine großen Hände, Schaufelräder, die ineinandergreifen. Bei Ihrer Intelligenz wird es allerdings ein Leichtes sein, Doktor Wagner zu vertreten, und bei Ihrer Tatkraft wird es Ihnen sogar Freude machen. Er lacht mit seinem breiten Mund, und die Augen strahlen. Sie brechen heute noch auf. Sie erhalten alle nötigen Vollmachten, meinetwegen können Sie in Berlin bei Ihren Eltern übernachten. Aber morgen sind Sie vor Ort. Er wendet sich zur Tür, und Anna kann gerade noch fragen: Wo vor Ort?

Hat Hauptsturmführer Wagner Ihnen nichts gesagt? Sie fahren nach Brandenburg und werden dort in der Anstalt den Stand der Vorbereitungen prüfen. Die Aktion beginnt im Januar, es wäre allerdings ein schönes Weihnachtsgeschenk für unseren Reichsführer, wenn wir damit im Dezember anfingen. Soviel ich weiß, wollen die meisten Anstalten Kohlenmonoxid benutzen statt einer Injektion. Mir ist das egal. Sie berichten mir, was effektiver ist. Ein, zwei Probeläufe reichen, Sie protokollieren das.

Anna sackt auf ihren Stuhl zurück. Ich will das nicht, hat sie Siegfried vor seiner Abreise gesagt, und er: Anna, unsere Zukunft hängt davon ab. Nein, hat Anna gesagt, und der schöne Siegfried: Befehl des Gruppenführers.

Haben Sie etwas, Fräulein Anna, sind Sie schwanger?

Nein, sagt Anna.

Wenn sich Brandenburg für die Injektion entscheidet, dann wünsche ich eine exakte Dokumentation, nicht unseretwegen, wir sind dem Leben zugewandt. Aber die Amerikaner haben großes Interesse an Giftspritzen für ihre Todeskandidaten. Warum sollen wir Nationalsozialisten den Demokraten nicht auf die Beine helfen? Der Gruppenführer klatscht in die Hände, dass Anna zusammenzuckt. Wissen Sie wenigstens, was für eine schöne Aufgabe Sie danach erwartet? Oder hat Ihnen Doktor Wagner den Lebensborn auch verschwiegen, seriös, wie er ist? Der Gruppenführer geht zwei Schritte in den Raum: Weil wir dem Leben zugewandt sind, werden wir überall in Europa Lebensbornheime errichten. Die Irrenanstalten werden verschwinden, und Lebensbornheime werden entstehen, das ist Leben, Fräulein Anna. Wir werden dort rassisch einwandfreien Nachwuchs zeugen, ihn hegen und pflegen, da schlägt doch Ihr Herz höher. Wagner und Sie werden als Erste so ein Heim leiten, es wird das Musterheim. Sie können nach Herzenslust Ihre Vorstellungen verwirklichen. Hier in der Wewelsburg ist das unmöglich. Der Gruppenführer reibt seine Hände und geht noch einen Schritt auf Anna zu: Als Kind haben mich Überraschungen auch überrumpelt, da musste ich erst Fußball spielen.

Beim Packen ihrer Sachen hört Anna im Großdeutschen Rundfunk, dass Hans Frank als Generalgouverneur über das frühere Polen eingesetzt wurde, aber nicht in Warschau, sondern in Krakau seinen Amtssitz haben wird.

Während der Zugfahrt hat sie den Gruppenführer vor Augen, wie er mit großen Schritten den Fußball tritt, er trägt eine blaue Turnhose, ein Strumpf ist von der Wade gerutscht, und so schnell, wie der Zug fährt, läuft der Gruppenführer. Beim Hinaussehen hat Anna ihn immer vor Augen.

Elisabeth Kypscholl holt ihre Tochter vom Lehrter Bahnhof ab. Anna, die sagen will: Mutter, ich muss mit dir reden, damit Elisabeth irgendjemanden anruft und sie nach Wewelsburg zurückfahren kann, wo sie weiter rote, blaue und braune Mappen bearbeitet, damit ihr Brandenburg erspart bleibt, sagt aber nichts.

Der Wagen ist neu, gefällt er dir, mein Kind? Ich habe ihn mir extra in Weinrot liefern lassen, obwohl jetzt Schwarz in Mode ist. Innen helles Leder, also mehr Bequemlichkeit kann ich dir wirklich nicht bieten. Im Dunkeln fahr ich ungern, vielleicht haben meine Augen nachgelassen, aber eine Elisabeth mit Brille? Ich bitte dich, wie sieht das aus, und umklammert in weißen Lederhandschuhen das Lenkrad ihres Mercedes Benz: Weißt du, wer uns heute Abend besucht? Ich verrate es dir aber nicht, du wirst erstaunt sein, und du wirst dich freuen, mein Kind.

Hermann Kypscholl begrüßt seine Tochter an der Tür mit dem stets gleichen Satz: Wie deine Mutter in jungen Jahren, aber aus dir wird was, und winkt sie in sein Arbeitszimmer, um von ihrer Arbeit in der Wewelsburg zu hören.

Sie erzählt ihm, dass sie momentan nur Tabellen ausfüllt.

Ich führe auch täglich Tabellen über die Leistungen meiner Angestellten, und da jetzt die Weberei zum Unternehmen gehört, werden Tabellen noch wichtiger für mich, sagt er.

Tabellen über die Häufigkeit bestimmter Krankheiten, sagt Anna, woraufhin Hermann nur: Aha, erwidert und seine Zigarrenkiste aufklappt: Was macht der Herr Doktor Wagner? Er nimmt eine Zigarre und riecht daran: Immer noch Hauptsturmführer oder schon befördert?

Anna nickt, schaut aus dem Fenster in die Dämmerung zum See, der grau ist wie der Himmel. Sie ist nahe daran, ihrem Vater von Brandenburg zu erzählen, damit er einen seiner neuen Freunde anruft, damit sie sofort zurück nach Wewelsburg kann.

Hermann steckt die Zigarre an: Deine Mutter hätte den Herrn Doktor gern als Schwiegersohn, und lässt das brennende Streichholz in den Aschenbecher fallen, oder seid ihr schon verlobt, mein Gott, du lässt dir jedes Wort aus der Nase ziehen. Er umschließt die Zigarre liebevoll mit seinen Lippen. So eine Verlobung im Frühjahr, nuschelt er, wäre doch was. Wir feiern auf der Jacht. Im März wird das Bootshaus gebaut, im April liefern sie meine Jacht.

So schnell, wie es dunkel wird, verliert Anna den Mut, ihren Vater zu bitten, und als die Mutter ruft: Kinder, der Besuch ist da, möchte sie nur noch auf ihr Zimmer.

Die Suffragette, sagt Hermann, der gehört an die Front.

Im Salon begrüßt Komponist Schultze Anna mit einem Handkuss: Das Fräulein Anna ist hier, so eine Überraschung, und zeigt ihr die Schallplatte.

Dann singt Lale Andersen die *Lili Marleen*, und Elisabeth summt gerührt mit.

Beim Wein sagt der Komponist: Ich habe noch ein paar Takte Marsch vorangesetzt, das passt jetzt besser. Dann erzählt er von den Schwierigkeiten bei der Aufnahme, weil der Strom ausgefallen ist, ein anderes Mal war es eine Hustenattacke.

Was hast du, Anna, fühlst du dich unwohl?, fragt Elisabeth, und um Anna zum Lachen zu bringen, erzählt der Komponist von den Dreharbeiten zu *Lumpazivagabundus:* Da hat der Heinz Rühmann mitgesungen. Schultze setzt sich an den

Flügel, spielt und singt: Wozu ist die Straße da? Zum Marschieren, aber der Mann kann gar nicht singen. Drei Tage habe ich damals mit ihm geprobt, damit er die erste Strophe einigermaßen hinbekommt.

Elisabeth klopft sich vor Vergnügen auf die Brust, Anna klirrt es in den Ohren.

Dafür hat der Rühmann tausend Reichsmark Gage eingesteckt.

Komponist Schultze schlägt ein paar dissonante Akkorde an: Pro Tag, verehrte Herrschaften, pro Tag. Ist das Reichsgerechtigkeit?

Was die Garbo jeden Tag kassiert, das wissen die Götter. Seit die Garbo mit Hinkefuß liiert ist.

Hinkefuß, ruft Elisabeth und lacht, nennt man den jetzt so?

Um Himmels willen, der Herr Reichspropagandaminister ist immerhin mein Brötchengeber, also seit Hinkefuß mit der Garbo zusammen ist, Schultze trinkt Elisabeth zu, spielt Babelsberg verrückt. Dinge, die vorher unmöglich waren, gehen jetzt, ich kann sogar wieder Jazz in die Musik bringen, Fräulein Anna, und andere Dinge gehen gar nicht mehr.

Anna sieht auf ihre Finger.

Wenn Goebbels mit der Garbo zusammen ist, hören die beiden Marlene Dietrich.

Wir sind vernünftig, sagt Elisabeth, wir machen einmal in der Woche Musik, die Herr Schultze für mich komponiert hat, einfache Chansons. Vielleicht trete ich damit auf? Was meinen Sie, mein Freund?

Sie reicht Schultze die Hand zum Kuss und bekommt fleckige Gesichtshaut. Bald lallt sie mehr, als sie lacht, und daraus wird Gähnen.

Anna ist müde, will in ihr Zimmer und fürchtet den nächsten Tag. Schultze fragt, ob sie noch ihre Jazzplatten besitzt, und als Elisabeth eingenickt ist, ob er reinhören darf. Anna steht auf, ohne zu sagen, dass sie allein bleiben möchte, und Schultze folgt ihr die Treppe hoch. Als Anna in ihrem Zimmer die Schuhe auszieht, deutet Schultze das anders, er legt Duke Ellington auf, zieht ebenfalls seine Schuhe aus und beginnt mit den Schultern zu rollen, dann mit der Hüfte, wie es Anna unter anderen Umständen auch getan hätte. Nun erinnern sie Schultzes Verrenkungen nur an die Irren, die sie im Pflichtjahr betreut hat, und morgen muss sie nach Brandenburg.

Fräulein Anna, wenn Sie wüssten, ruft der Komponist.

Sie denkt daran, Schultze von der Wewelsburg zu erzählen, von den roten, blauen und braunen Mappen.

Wie soll ich es Ihnen sagen? Geben Sie mir Ihre Hände, dann sag ich es Ihnen.

Von Kohlenmonoxid und Injektion.

Da küsst Schultze sie.

Anna verlässt den Bahnhof von Brandenburg und weiß nach wenigen Schritten, wie abstoßend diese Stadt ist. Weil die Luft nach Kohleheizung stinkt, weil die Backsteinhäuser vom langen Regen aufgeweicht scheinen, weil sie niemanden sieht, den sie nach dem Weg zur Anstalt fragen kann, einzig einen Plakatkleber am Ende der Straße, der Aufrufe zum Winterhilfswerk über die Porträts der Garbo klebt. Als Anna vor dem zahnlosen Mann steht, spricht sie ihn nicht an. Er überholt sie mit einem verrosteten Fahrrad, die Plakate auf den Gepäckträger geklemmt, den Kleistereimer am Lenker. Anna fragt eine Frau mit schwarzem Kopftuch, die ihr mit einem Ziehwagen voller Holzscheite entgegenkommt, Antwort erhält sie keine. In der nächsten Straße sieht Anna wieder den Plakatkleber, diesmal an einer Litfaßsäule. Nun fragt sie ihn doch nach der Anstalt, und der Mann, Rotz von der Nase leckend, zeigt auf eine hohe

Mauer. An der geht sie entlang bis zur Wachbaracke, in der jedoch niemand wacht. Im weitläufigen Hof fragt sie einen Pfleger nach dem Ärztehaus, der weist sie zu einem Neubau.

In welcher Angelegenheit sie den Anstaltsleiter sprechen möchte, will eine Schwester von Anna wissen.

Wewelsburg, sagt Anna und deutet auf ihre schwarze Aktentasche mit der Vollmacht des Gruppenführers.

Ich hole den Stationsarzt, sagt sie und lässt Anna im Flur stehen.

Der Stationsarzt kommt mit offenem Kittel aus seinem Zimmer: Sie sind außerhalb der Besuchszeiten hier, Frau Wewelsburg. Haben Sie überhaupt eine amtliche Besuchserlaubnis?

Anna zeigt die vom Gruppenführer unterzeichnete Legitimation zur Kontrolle der Vorgaben bezüglich Aktion E. Der Stationsarzt fragt, ob Anna vom Reichsgesundheitsamt geschickt ist: Da war gerade gestern jemand hier, das ist alles geklärt.

Ich möchte den Anstaltsleiter sprechen, ich komme von Gruppenführer Heydrich.

Bei dem Namen gerät der Stationsarzt in Hektik, knöpft seinen Kittel zu und bittet Anna in sein Dienstzimmer. Anna sitzt zwischen einer mit roten Gummitüchern abgedeckten Pritsche und einem Medizinschrank, hält ihre Aktentasche auf den Knien, kann in den Hof blicken, wo der Plakatkleber gerade sein Fahrrad in einen Holzschuppen schiebt.

Mein Name ist Zeichmann, ich bin der Leiter der Anstalt, entschuldigen Sie das kleine Missverständnis, ich freue mich, dass Wewelsburg uns aufsucht, allerdings hatte ich den Hauptsturmführer Wagner erwartet, sagt der untersetzte Mann, der Anna nicht die Hand reicht, sondern seine Nickelbrille richtet.

Er wird Anna nicht den Mut nehmen, denn sie hat auf der Fahrt nach Brandenburg den Entschluss gefasst, mit dem

Anstaltsleiter anders zu reden, als der Gruppenführer es erwartet. Natürlich wird sie von Kohlenmonoxid und Injektion sprechen, aber dann von den drei Stufen der Aktion E, leichte, mittlere und schwere Fälle, und bloß die letzten sollen in Betracht kommen, und auch nur, wenn keine Aussicht auf Heilung mehr besteht. Sie hat die Legitimation des Gruppenführers, sie ist allein, ohne den schönen Zauderer Siegfried.

Der Plakatkleber schlägt die Schuppentür zu.

Wenn sie Zeit hätte, würde sie die Insassen selbst untersuchen.

Ich wusste gar nicht, dass in Wewelsburg Frauen Dienst tun, woraufhin Anna nur fragt: Fünf Prozent schwere Fälle, oder wie viele haben Sie?

Der Plakatkleber tritt nun mit dem Fuß gegen die Schuppentür und dreht sich einmal im Kreis, als wüsste er nicht, wohin.

Was heißt schwere Fälle? Schauen Sie den da draußen an. Er macht, was man ihm sagt, sagt man ihm nichts, macht er nichts. Davon gibt es zu viele.

Dann redet Anna, und je länger sie redet, umso erschrockener blickt Zeichmann, am Ende wie ein Idiot, und Sturmbannführer Amberg mustert zur selben Zeit gelassen drei im Kellergang aufgestellte Bilder, die Rottenführer Kypscholl und Franzke beschlagnahmt haben.

Eine Bauernhochzeit, sagt Otto, siebzehntes Jahrhundert, Kategorie zwei, Diana im Bad, auch zwei, und eine Ansicht von Venedig, eins. Alles bereits inventarisiert. Otto erwartet lobende Worte, wenigstens anerkennendes Nicken.

Rottenführer Kypscholl, sehen Sie, was ich sehe?, und Amberg zeigt auf die Bauernhochzeit: Die im Vordergrund tanzenden Bauern sind kleiner gemalt als das Hochzeitspaar in der Mitte. Die Proportionen sind verhauen. Dann Ihre Diana.

Schauen Sie die Perspektive des Palastes an. Seit wann laufen die Linien für Tiefe nach oben statt nach unten? Und Ihre Kategorie eins, ist das Ihr Ernst, Rottenführer Kypscholl? Venedig in den Farben einer Moorlandschaft? Amberg sagt dann so gefährlich leise zu Franzke: Was machen Sie eigentlich den Tag über?, dass Otto fürchtet, der verliert die Nerven, kann sein Maul nicht halten, plappert über die Missgeschicke in den vergangenen Tagen. Immer kamen sie zu spät. Erbrochene Siegel, keine Spur mehr vom Reichtum vermögender Juden. Fehlt nur noch, dass Amberg von Franzkes Besuchen im Wehrmachtsbordell weiß, Otto wartet dann in einer Kneipe auf ihn, wo er so lange Geschichten über marodierende Polen anhört, die im Dunkeln Wehrmachtsangehörige in den Hinterhalt locken und massakrieren, bis Franzke fertig ist.

Meine Herren, das Zeug beseitigen Sie jetzt, sagt Amberg und gibt Otto eine weitere Adresse: Sie werden niemanden mehr antreffen, der Sicherheitsdienst hat das Haus versiegelt.

Franzke zerkleinert die drei Bilder im Heizungskeller und wirft sie ins Feuer, dann fahren sie an Ruinen vorbei, in denen kleine Feuer lodern, bis in den nördlichen, unzerstörten Villenvorort. In keinem der Häuser brennt Licht, die Abdrücke ihrer Sohlen sind die einzigen Spuren im Schnee. Franzke entfernt das Siegel und schließt die schwere, vergitterte Haustür auf, Otto pustet Schneehauben von den löwenköpfigen Klopfern: Hoffentlich ist hier was zu holen.

Im Lichtpegel ihrer Taschenlampen sehen sie überlebensgroße Bildnisse in prächtigen Rahmen an den Wänden: Ick gloob, dit is ma wat, und eine Standuhr, die gerade sechs Mal schlägt und dann *Üb immer Treu und Redlichkeit* abspielt. Das erinnert Otto an den Leierkastenmann im Berliner Zoo, dem er zugehört hat, als Anna ihre verrückten Schimpansen beobachtete.

Franzke findet einen schweren Silberpokal: Daraus hat der Jude Sekt jesoffen.

Im Gartensaal hinter der Eingangshalle fällt das Licht von Ottos Taschenlampe auf großformatige Gemälde von Zeus, Merkur und Venus.

Wir kommen morgen mit einem Laster, ruft Otto.

Ick gloob, der Alte will dit Zeuch gleich haben.

Guck dir die Kommoden an, die Leuchter, all das Porzellan, das bekommen wir jetzt nicht weg.

Dit Wichtigste. Bisschen jeht immer, sagt die Nutte.

Otto, nun schwitzend, obwohl die Luft im Haus eisig ist, sieht von der halbrunden Treppe flackerndes Kerzenlicht im oberen Flur und geht erst weiter, als Franzke mit gezogener Pistole bei ihm ist.

An einer offenen Tür hält Otto die Taschenlampen zuerst auf einen Leuchter mit fast heruntergebrannten Kerzen, dann auf das Bett daneben, auf dem ein Mann in Schuhen und Mantel liegt. Franzke: Wat issn dit?, zielt auf ihn.

Otto fällt der Siegelring am Finger des Mannes auf, dann der Stapel Folianten neben dem Bett: Was machen Sie hier?

Dit kapiert der Pole nich.

Otto legt dem Mann die heruntergefallene Decke über die Beine, und Franzke sagt beim Funzeln auf ein Bild über dem Bett: Is dit wat?

Ich habe gehofft, sagt der Alte leise auf Deutsch, unterbricht jedoch, weil Franzke wieder in dessen Gesicht leuchtet.

Wat denn, wat denn?

Ich habe gehofft, ihr kommt erst morgen.

Morgen?, fragt Otto und mustert das Bild über dem Bett, ein Jüngling in rotem Gewand und blauem Barett mit Federn lächelt da.

Aber es hätte auch anders sein können.

Is dit wat?

Man hätte zehn Jahre früher beginnen müssen, dann gäbe es jetzt vielleicht den Staat Zions.

Auf den ersten Blick schon. Vielleicht sogar Kategorie eins.

Vielleicht hätten fünf Jahre gereicht.

Otto schiebt einen Stuhl an das Bett, um das Bild besser betrachten zu können.

Ich habe jedenfalls mein ganzes Vermögen dafür gegeben, und zwingt sich zum gleichmäßigen Atmen, aber ich bereue es nicht, auch wenn es wohl zu spät ist.

Wir nehmen das Bild ab, sagt Otto, und Franzke steigt auf den Bettrand, beide nun vornübergebeugt beim Versuch, den schweren Rahmen vom Haken zu heben.

Man wusste doch, was kommt.

Ick kann mich nicht konzentrieren, der soll die Klappe halten.

Was für ein Gedanke, der Staat Zion erklärt eurem Führer den Krieg.

Hochheben, bis der Aufhänger vom Haken ist.

Ich bin zweiundachtzig Jahre alt, aber wenn die Armee Zions gegen euren Führer marschieren würde, wäre ich einer der Soldaten.

Ick seh aber nix von Haken, sagt Franzke und stellt sich zwischen die Beinen des alten Mannes.

Ich hätte dann erlebt, wie in Berlin die größte und schönste Synagoge gebaut wird, da, wo euer Führer jetzt haust.

Mit einem Ruck ist das Bild vom Haken.

Ick gloob, ick stopp dem gleich sein Maul.

Unser Staat wird kommen, ein tröstlicher Gedanke.

Otto und Franzke verlieren wegen des schweren Rahmens das Gleichgewicht, treten auf die Beine des Alten, aber Otto bringt das Bild sicher zu Boden und kniet davor: Wenn das echt ist.

Der Alte hustet schwach und stöhnt.

Wir nehmen das mit, die Bilder im Gartensaal auch.

Momentemang, ick hab keen Laster vor die Tür.

Otto trägt das Gemälde die Treppen runter, langsam, Stufe für Stufe leuchtet ihm Franzke, in der Vorhalle sagt Otto: Wir brauchen Decken zum Einwickeln.

Und wat is mit dem da oben?

Amberg hat gesagt, das Haus ist leer. Also ist es leer.

Franzke geht ins Obergeschoss zurück und zieht dem Alten die Decke weg, aber der Mann schweigt. Stellt dann den Kerzenleuchter dicht ans Bett und wartet, bis das Laken am Saum Feuer fängt, zunächst mehr schwächlich glimmt und räuchert als brennt, dann aber über die gesamte Länge auflodert und den Alten in grelles Licht hüllt, dass Franzke mit der Decke in der Hand erschrocken zurückweicht.

Franzke, ruft Otto von der Treppe, wo bleiben die Decken?

Otto verstaut Zeus, Merkur und Venus im Auto und wickelt noch im Haus das Jünglingsbildnis behutsam ein, da schmilzt auf dem Dach der Villa bereits der Schnee, und vom Feuer leuchten die Fenster.

Auf der Rückfahrt sagt Otto nur: Wenn das echt ist, und Franzke: Sonderurlaub, der Alte gibt uns Sonderurlaub.

Aber Sturmbannführer Amberg kommentiert am nächsten Morgen die Bilderschau bloß mit: Na also, es klappt doch, und beordert beide ins Museum: Da sind die vier Canalettos deponiert, die bringt ihr hierher, die gehen mit dem nächsten Transport nach Berlin. Und diesen hübschen Knaben, den Sie aufgetrieben haben, Rottenführer Kypscholl, den geben wir auch nach Berlin. Vielleicht ein Raffael? Schon kurios, was der Pole gehortet hat.

Mit dem Lastwagen, einem fabrikneuen Opel Blitz, und zwei Posten als Tragehilfen fahren sie bei Sonnenschein und eisigem

Wind zum nahe gelegenen Museum. Vor der Freitreppe parken mehrere Autos, und am Eingang warten Männer in langen Mänteln und Pelzkappen. Otto zwängt sich an ihnen vorbei, bis einer in gebrochenem Deutsch zu ihm sagt: Museum zu.

Für uns nich, sagt Franzke.

Otto winkt seine Posten heran, die den Weg bahnen.

Die Eisentür zum Magazin am Ende des größten Saales steht offen, Otto sieht dort übereinandergestapelt Möbel, davor Transportkisten, an denen Männer in weißen Kitteln warten, und zwei Männer in dunklen Anzügen vor rollbaren Staffeleien, darauf die Canalettos. Einer von ihnen trägt eine rote Fliege, redet unentwegt, erklärt wie ein Dirigent mit Händen und fragt mit schneidender Stimme: Wer sind Sie, was wollen Sie hier?

Ich habe Befehl, die vier Canalettos in das Zentralamt für gesicherte Kunstwerke zu bringen, antwortet Otto.

Sie kommen von Amberg? Sagen Sie Ihrem Sturmbannführer, dass er woanders fischen muss, vorausgesetzt, der Teich untersteht nicht dem Generalgouverneur. Und jetzt verlassen Sie das Museum.

Otto und Franzke werden vor die Eisentür gedrängt, da erst sagt Otto: Aber, doch auf sein Aber reagiert nur Franzke: Ick hör von dir jetzt keen Scheiß, und schlägt die schwere Magazintür zu, schiebt den Riegel vor und grinst: Wer sitzt nu inne Scheiße? Wir holen jetzt den Alten, soll der dit auslöffeln. Wer issn die rote Fliege überhaupt?

Amberg hat gesagt, der war mal Direktor der Berliner Gemäldegalerie, jetzt ist er der Liebling vom Generalgouverneur.

Otto berichtet Amberg von dem Vorfall, der fordert von der Kaserne zwanzig Mann Verstärkung an, die bald mit Motorradgespannen im Hof des Palais eintreffen. Amberg befiehlt den schwer bewaffneten Schwarzkitteln, seinem Wagen zu folgen. Im Museum gibt er den Schritt vor, jeder der Schwarzkittel nimmt ihn auf, auch Otto, der hinter Amberg geht, das Krachen genagelter Stiefelabsätze hallt in den Sälen, und Otto hat ein Gefühl von Sicherheit und Kraft. Das Gefühl hält an, als Franzke die Magazintür öffnet und die Schwarzkittel mit angelegtem Gewehr die Männer darin umstellen. Amberg sagt ruhig: Meine Herren, was geschieht hier?

Die rote Fliege brüllt: Sturmbannführer, sind Sie verrückt geworden? Ziehen Sie sofort diese Leute ab, und dann unterhalten wir uns mal.

Ottos Gefühl von Sicherheit und Kraft weicht der Ahnung, einen Fehler begangen zu haben, als die rote Fliege sagt, dass er als Sonderbeauftragter des Generalgouverneurs die vier Canalettos auf die Burg nach Krakau schaffen wird, wo der Herr Generalgouverneur die Bilder bereits erwartet: Wenn Sie sich das Feldbett an der Front ersparen wollen, Amberg, dann bringen Sie her, was Ihre Leute vergangene Nacht aus unserem Revier geholt haben. Über die Brandstiftung in der Judenvilla reden wir noch.

Scheiß, sagt Franzke leise, aber Otto hat es gehört und würde es am liebsten hundert Mal laut herausschreien.

Die vier Canalettos und die gestern Abend sichergestellten Bilder werden in Berlin erwartet, sagt Amberg und sieht ins Weite.

Nein, die Bilder werden in Krakau erwartet, ich will Ihnen auch sagen, warum, Sturmbannführer. Das Museum untersteht dem Generalgouvernement wie jedes Haus, jede Kirche, jeder Baum, und das seit Beginn der Zivilverwaltung. Sie sind lediglich noch für das Schloss zuständig, das Ihre Leute in einen Trümmerhaufen verwandelt haben.

Und Amberg zur roten Fliege wie zu einem Kind, das schwer begreift: Der Herr Ministerpräsident des Deutschen Reiches erwartet die Bilder in Berlin.

Der Generalgouverneur erwartet die Canalettos und den Jüngling von Raffael bereits heute Abend, soll ich Ihnen sagen, warum, Sturmbannführer? Weil der Herr Generalgouverneur ein Fest gibt, und es sähe armselig aus, wenn nur unser Leonardo da Vinci da hinge.

Ich verstehe, sagt Amberg und befiehlt den Schwarzkitteln: Die Zivilisten hier rausschaffen, während Otto und Franzke die Bilder einwickeln, die Kisten nach draußen tragen und damit zum Palais fahren.

Amberg lässt sein Gebäude von den zwanzig Schwarzkitteln bewachen und verlangt von Kypscholl ausführlichen Bericht über die Vorkommnisse im Museum: Übermorgen schaffen Sie die Bilder nach Berlin. Ich habe Sie übrigens zur Beförderung vorgeschlagen, vielleicht wird mal was aus Ihnen.

Zum Berichtschreiben kommt Otto nicht, weil Kettenhunde die Tür zu seiner Dachkammer aufstoßen, Otto erkennt sie sofort am Blechschild mit der Aufschrift »Gendarmerie« um den Hals. Er soll mit erhobenen Händen aufstehen. Jetzt werden die sein Depot stürmen, und er ist geliefert. Sie bringen ihn in Ambergs Büro, wo schon Franzke mit erhobenen Armen wartet, nur Amberg sitzt auf seinem Platz. Einer der Kettenhunde verliest den Befehl des Generalgouverneurs, wonach die vier Canalettos und das Bildnis eines Jünglings sofort nach Krakau zu schaffen sind, da blickt Amberg ins Weite und reagiert nicht auf den Befehl, die Depotschlüssel herauszugeben.

Die Schlüssel, werden erst Otto, dann Franzke angeschrien, während ein anderer Kettenhund die Schubladen aus dem Schreibtisch reißt und Aktenordner durch das Büro wirft. Einen Moment lang überlegt Otto, Amberg beizuspringen, Franzke würde dazukommen, um den wild gewordenen Sauhaufen in Schach zu halten, bis Verstärkung aus der Kaserne eingetroffen ist, aber seine widerspenstige Haartolle hängt ihm ins Gesicht.

Wie Sie wollen, sagt ein Kettenhund, dann nehmen wir Sie drei mit, das Gebäude ist beschlagnahmt und wird versiegelt.

Fünf Stunden sitzen Otto, Franzke und Amberg auf der harten Rückbank eines Opels. Schneematsch macht die Straßen rutschig, und der Wagen schlingert, dass Otto, den Hunger und Durst plagen, den Haltegriff umklammert. Amberg sagt kein Wort, tief hat er seine Mütze in die Stirn gezogen, unter der nickt er unbemerkt ein.

In der Residenz des Generalgouverneurs rollen Pferdefuhrwerke neben Straßenbahnen, Frauen in Wollmützen schleppen Taschen, und Juden fegen den Bordstein mit Reisigbesen. Die Tore und Innenhöfe der Krakauer Burg bewachen Posten, von denen jeder die drei auf der Rückbank grinsend begutachtet. Otto, Franzke und Amberg müssen aussteigen. Otto schmerzt vom langen Sitzen der Rücken, und er muss pinkeln. Sie werden in einen weiß getünchten, kalten Saal geführt, um nicht zu frieren, gehen sie auf und ab. Die Turmuhr schlägt, und mit jedem weiteren Mal drückt Otto die Blase mehr.

Dann kommt die rote Fliege in den Saal und grüßt mit: Man sieht sich immer zweimal im Leben.

Otto fragt nach dem Klo.

Aber wie ich hören muss, ohne die Bilder. So viel Insubordination macht selbst den Generalgouverneur neugierig. Sollte es allerdings nur Dummheit sein, sehe ich schwarz für Sie.

Otto presst seine Schenkel zusammen, als ein Posten: Achtung, brüllt und Haltung vor einem kleinen Mann mit Sektglas in der Hand annimmt.

Wussten Sie, dass der Pole ein Erdhöhlenbewohner ist?, fragt der Generalgouverneur und schwenkt sein Glas mit goldgelbem Wein; zwanzig solcher Gläser könnte Otto sofort vollpissen.

Der Pole lebt schon seit Jahrhunderten so, am liebsten in Urwäldern. Wie das Erdmännchen legt er Wohnhöhlen und

Gänge und Vorratskammern unter die Erde, erstaunlich, dass daraus noch keine Vierfüßler geworden sind.

Arschloch, Arschloch.

Ich habe mir gestern so eine ausgehobene Erdhöhlensiedlung angesehen, die scheißen selbst unter der Erde. Sturmbannführer, Sie dürfen locker stehen.

Amberg sieht den Generalgouverneur an, verzieht wie gewohnt keine Miene und bleibt in seiner Haltung.

Es wäre schon interessant zu wissen, wie viel Untergrund in Polen haust, das muss weg, das zersetzt jedes Fundament. Da haben Sie es leichter, Sturmbannführer, nur die schönen Dinge vor Augen.

Otto pinkelt, weil er nicht mehr halten kann, in die Hose, es wird mehr, als er wollte, und der Schmerz wird um nichts geringer.

Polen, sagt der Generalgouverneur und trinkt sein Glas leer, ist ein armes Land, das bisschen Zivilisation haben wir hierhergebracht, aber geholfen hats nicht. Wir sammeln also unsere Kunst wieder ein, Sturmbannführer. Kennen Sie meine vorletzte Verordnung zur Beschlagnahme von Kunstwerken im Generalgouvernement? Paragraf drei.

Otto kann kaum noch die Arschbacken zusammenpressen.

Jeder private, kirchliche und museale Kunstbesitz untersteht ab sofort der Verwaltung des Generalgouvernements.

Otto entlässt wieder Urin in seine Unterhose.

Sagen Sie mir, warum Sie so offensichtlich gegen meine Befehle verstoßen, Sturmbannführer?

Und Amberg, ohne jede Geste und fast gelangweilt: Der Führer des Deutschen Reiches hat am 12. Oktober dieses Jahres verfügt, dass sämtlicher Kunstbesitz im besetzten polnischen Gebiet aus Museen, Schlössern, Kirchen, Archiven und privaten Sammlungen durch die von mir geleitete Sondereinheit gesichert wird. Wir haben mit dem Schloss angefangen und werden jetzt den jüdischen Besitz sichern.

Da, ruft der Generalgouverneur, sind Sie aber auf dem Holzweg, Sturmbannführer. Der Befehl unseres Führers vom 12. Oktober ist durch den Befehl vom 19. November zur Errichtung einer Zivilverwaltung im Generalgouvernement außer Kraft gesetzt.

Der Generalgouverneur drückt der roten Fliege sein leeres Glas in die Hand, und Otto entlässt zum dritten Mal Urin in seine Unterhose; er läuft ihm bis zu den Fersen.

Ich habe gestern mit dem Büro des Herrn Ministerpräsidenten des Deutschen Reiches telefoniert.

Der Herr Göring, unterbricht der Generalgouverneur, pflegt sich bedauerlicherweise überall einzumischen.

Amberg, noch gelangweilter, erwidert: Göring hat mir bestätigt, dass der Befehl des Führers vom 12. Oktober nicht durch den Befehl vom 19. November außer Kraft gesetzt ist.

Das hätte er gern, aber Göring hat im Generalgouvernement nichts zu sagen, gar nichts. Und deshalb haben Sie die Canalettos und all die anderen schönen Sachen hier abzuliefern und Ihre Tätigkeit im Generalgouvernement einzustellen.

Die Canalettos hingen im Warschauer Schloss, sagt Amberg, dafür bin ich zuständig, ich habe sie ins Museum bringen lassen, weil sie dort am sichersten sind.

Sturmbannführer, wie begriffsstutzig sind Sie? Laut Führerbefehl bin ich für das Museum von Warschau zuständig und für alles, was sich darin befindet.

In Ottos Stiefeln wird der Urin kalt.

Sind das da Ihre beiden Flegel? Die bekommen bei mir in der Zelle in den nächsten Monaten Manieren beigebracht, darauf sagt Amberg nur: Die Befehlsgewalt über diese Sondereinheit liegt ausschließlich beim Herrn Ministerpräsidenten.

Der Generalgouverneur mustert Otto, dem es vorkommt, als würden seine vollgepissten Stiefel überlaufen.

Sie glauben wohl, Sie sind was Besonderes, oder? Das werden Ihnen meine Leute hier austreiben. Solche Rotzlöffel fassen Canaletto an. Die Befehlsgewalt im Generalgouvernement habe ich.

Als der Generalgouverneur das Zeichen zum Abführen gibt, sagt Amberg: Ich will das Gemälde von da Vinci mitnehmen, das hier hängt.

Der Generalgouverneur ist puppenstarr, nur zitternde Lippen zeigen seine Lebendigkeit an, und Otto fürchtet ihn mehr als die Schikanen von Spieß Blond. Er schüttelt, ohne es zu wollen, den Kopf, warum reizt Amberg den Mann über das Maß? Aber Otto kann nicht wissen, dass Amberg Berlin bereits über die Schwierigkeiten mit dem Generalgouverneur informiert hat, dass man Amberg sagte, der Führer hat den Gouverneur nur wegen einer alten Verbindlichkeit eingesetzt und ist im Grunde froh, den Mann los zu sein, der beim Ministerpräsidenten des Deutschen Reiches überhaupt keinen guten Stand hat, sich deshalb auch nichts gegen das Sonderkommando Kunstsicherung herausnehmen kann, schon gar nicht, wenn es stimmt, dass auf der Burg in Krakau ein da Vinci hängt, der eigentlich dem Führer, zumindest dem Herrn Ministerpräsidenten zusteht, niemals jedoch dem Polenverwalter.

Der da Vinci ist eine Kopie, sagt die rote Fliege, ich habe die Expertise selbst verfasst.

Da lächelt Amberg, wie Otto ihn noch nie hat lächeln sehen: Der da Vinci ist echt.

Der Mann hat Galgenhumor, sagt der Generalgouverneur und wischt mit dem Ärmel über seine Nase: Das gefällt mir.

Die Dame mit dem Hermelin war bis vor fünf Tagen im Warschauer Museum zum Restaurieren. Ich habe sämtliche Unterlagen zu dem Bild, und ich habe die Restauratoren gesprochen. Der da Vinci ist echt.

Der Generalgouverneur nickt: Ich schätze tapfere Soldaten, Sie haben versucht, das Beste aus Ihrer Lage zu machen, meine Achtung. Ich kann solche Kämpfer gebrauchen, ich mache Ihnen ein Angebot. Sie können nach Warschau zurück, arbeiten da aber mit meiner Sondereinheit zusammen. Zur roten Fliege gewandt: Das nützt uns allen, und zu Amberg: Wie ich höre, sind Sie auch ein Kunstliebhaber.

Er hat zugestimmt, ruft Siegfried noch in der Tür, die nur langsam schließt, weshalb Papiere im Durchzug vom Schreibtisch wehen. Wir können morgen aufbrechen, und übermorgen, Liebes, was glaubst du, was übermorgen endlich passiert?

Anna hebt die Blätter vom Boden auf, Siegfried hilft, um Anna schneller in seine Arme nehmen zu können, sie zu küssen, ihren Nacken zu streicheln.

Siegfried, du zerknüllst mir das.

Übermorgen feiern wir nicht nur unsere Verlobung, wir feiern sie in, rate, Anna, er hat zugestimmt, in Paris. Am Tag, an dem der Führer in Paris Einzug hält. Der Führer ist sozusagen unser Verlobungszeuge, es wird wunderbar. Die Straßen werden geschmückt sein, überall Musik, Blumen, der 28. Juni wird ein großartiger Tag werden. Hier, der Gruppenführer hat Passierscheine für uns beide unterzeichnet, zwei Wochen Paris.

Zwei Wochen?

Wir werden uns alles ansehen, die Oper, den Louvre, die Geschäfte mit den schönen Kleidern, du suchst dir aus, was dir gefällt. Deiner Mutter bringen wir Parfüm mit, deinem Vater Rotwein.

Anna geht ans weit geöffnete Fenster und lehnt sich hinaus, um den Sommerweizen zu riechen, um Feldlerchen zu hören.

Sie streicht dabei mit den Fingern über die Perlen ihrer Halskette, die ihr Otto mit den Worten geschickt hat: Liebes Schwesterlein, eine Aufmerksamkeit von mir aus Warschau, damit du siehst, dass ich doch an dich denke. Die Ohrringe zur Kette sende ich dir mit der nächsten Post.

Es wird wunderbar, Anna. Wir können sogar in Zivil nach Paris, wir sind von allen Verpflichtungen entbunden. Siegfried hält Anna an den Schultern: Wir könnten abends in eines dieser Varietés, da soll es Jazz geben.

Anna sagt leise, dass sie noch nie mit dem Paddelboot auf dem Fluss war.

Ich rede von Paris und du vom Paddeln, ist was mit dir?

Wir lassen uns mit dem Boot treiben und übernachten auf der Wiese.

Meinetwegen, wenn wir aus Paris zurück sind, sagt er und küsst Annas Hals, ich vermute aber, dass Paris dir so gefällt, dass du dort bleiben willst.

Ich möchte nicht nach Paris.

Da lacht der schöne Siegfried und drückt Anna mehr, als dass er sie umarmt: Ich hab mir von der Sicherheit ein bisschen über Paris erzählen lassen, die kennen die Stadt bereits wie ihre Westentasche.

Weil Anna nicht reagiert, fragt er: Bist du schwanger?, und lächelt schöne Grübchen. Anna schüttelt den Kopf, und Siegfried geht einen Schritt zurück: Ich begreife dich nicht. Wer kann schon seine Verlobung in Paris feiern, wenn der Führer da ist? Willst du etwa bei deiner aufgedrehten Mutter feiern, soll ich mir deinen ungehobelten Vater anhören?

Anna blickt wieder aus dem Fenster, Hitze flirrt über dem Feld. Siegfried entschuldigt sich für den letzten Satz, der anders gemeint war: Ich habe die Passierscheine für Paris hier, unterschrieben vom Gruppenführer. Heydrich ist immer noch dein

Schutzengel, trotz deiner dummen Geschichte vor einem halben Jahr. Wie sieht das aus, wenn ich die Scheine ungenutzt zurückgebe? Anna, das können wir uns schlecht erlauben. Hat es dir die Sprache verschlagen? Ohne den Gruppenführer wärst du nicht mehr in Wewelsburg, und mich hätten sie auch versetzt. Er hat dich aus der Aktion E herausgenommen.

Woraufhin Anna: Weil ich ihn darum gebeten habe, sagt.

Nein, weil der Anstaltsleiter von Brandenburg beim Gruppenführer über dich geklagt hat, weil du dort aufgetreten sein musst wie ein kleines Mädchen, das seinen Willen nicht bekommt, weil du erfahrenen Ärzten erzählt hast, wie sie mit unheilbar Kranken umzugehen haben, weil du immer noch glaubst, Irrsinn und Missgeburt heilen zu können, aber das funktioniert weder bei Ratten noch bei Affen und am wenigsten bei Menschen. Wir können froh sein, wenn uns der Gruppenführer noch das Lebensbornheim gibt.

Ich will nach Lanzerow, sagt Anna, und Siegfried, mit den Passierscheinen in der Hand, fragt: Du willst was?

Ich möchte herausfinden, warum die Leute in Lanzerow so lange leben und dabei erbgesund sind.

Siegfried setzt sich an den Schreibtisch, wo Ottos gerade eingetroffener Brief liegt.

Liebes Schwesterlein, wir werden bald nach Paris verlegt, ich schicke dir aber von hier noch Armreifen, wie du sie früher so gern im Museum angesehen hast. Achte auf sie, es ist kein Blech.

Und Siegfried sagt leise: Du glaubst, ich bitte den Gruppenführer darum, dass er dich nach Lanzerow lässt?, und lacht laut: Anna, der hält uns beide für verrückt, der schickt uns nach Brandenburg, aber als Kranke.

Er schiebt Ottos Brief beiseite, zieht seine Uniformjacke an und knöpft sie zu.

Mutter hat nächsten Monat Geburtstag, sagt Anna, dafür brauchen wir keinen Passierschein.

Du bist überreizt, wir reden nachher weiter. Aber Anna will nicht reden, will sein Engelsgeflöte: Denk an unsere Zukunft, nicht hören und bleibt bis spät in der Küche der Wewelsburg, sieht der Frau des Kastellans beim Abwaschen zu. Als ihr ein Teller aus der Hand rutscht, sagt sie: Das ist nicht schlimm, unsere Teller sind nicht inventarisiert. Das Besteck schon, da ist das Burgwappen eingraviert.

Wem nützt es, so viele Irre ins Kohlenmonoxid zu schicken, statt herauszufinden, warum sie irre sind.

Einen Monat später verabschiedet sich Anna von Siegfried mit abwehrender Hand: Ich fahre allein zum Geburtstag meiner Mutter nach Berlin.

Bis Hannover hat sie keinen Zweifel an der Richtigkeit ihrer Entscheidung. Je länger jedoch der Zug ins Land rollt und Anna den Rhythmus der Schienenstöße kaum noch wahrnimmt, umso weniger hat sie den diensteifrigen Doktor Wagner, sondern Siegfried in Erinnerung.

In den Vororten der Reichshauptstadt verliert der Zug an Geschwindigkeit, die Schienenstöße werden lauter. Vielleicht wird Otto sie vom Bahnhof abholen. Bei dem läuft alles glatt, der wurde befördert, vor einem Jahr sah das noch anders aus. Otto wird dem Vater und ihr dafür danken, dass sie etwas nachhelfen mussten. Am Ende wird sie noch Rat von ihrem Bruder einholen, und ihr Bruder und Siegfried werden gute Freunde. Anna lehnt sich zurück, die vielen Weichen schütteln sie durch.

Auf Wunsch von Hermann Kypscholl wird der Geburtstag von Elisabeth im Gartenzelt neben dem neuen Bootshaus gefeiert.

Komponist Schultze überreicht Elisabeth einen Blumenstrauß: Verehrte, gnädige Frau, von Lale, sie schafft es nicht, sie muss ihre Tournee verlängern, und von mir ein Zigarettenalbum mit Künstlern aus den zwanziger Jahren. Eigentlich müsste auch von Ihnen ein Bild dabei sein.

Sie Charmeur, sagt Elisabeth und reicht Schultze die Hand zum Kuss: Anna, unser Freund hat immer so originelle Einfälle.

Eine Jacht ist der gnädigen Frau ja zu wenig, nuschelt Hermann zu Anwalt König, bereits seit dem Mittag angetrunken.

Das beantwortet Elisabeth mit dem Recken ihres Kopfes, im Haar ein funkelndes Diadem, Geschenk von Otto aus Paris, der nicht kommen kann.

Kasimir läutet die Tischglocke und bringt zum Einundvierzigsten seiner Schwester einen Toast aus, den Hermann nur klagend erträgt, dass man im Hause Kypscholl nun eine Jacht besitzt, aber niemand außer ihm segelt, geschweige eine Wettfahrt riskiert.

Daraufhin fragt Anna, die neben ihrem Vater sitzt: Das traust du dir zu?

Die Jacht segelt von allein, das bekäme selbst ein Blödhammel wie dein Bruder hin.

Hermann, lass den Jungen, der ist immerhin in Paris.

Das passt zu ihm. Paris, aber ohne je gekämpft zu haben. Der ist erst nach Polen, als dort die Drecksarbeit erledigt war. Jetzt schleicht er sich nach Paris, das unsere Wehrmacht vorher, Elisabeth, ich betone vorher, erobert hat. Der Nichtsnutz kommt immer wieder durch.

Anwalt König, der neben Kasimirs Frau Flora sitzt, hebt seinen Arm: Bevor ich es vergesse, wir haben noch eine Wette offen.

Wette?, fragt Elisabeth, und Hermann mit rotem Kopf haut auf den Tisch: *Lili Marleen!* Schultze, was ist mit Ihrem Welterfolg von *Lili Marleen?* Mein Schwager hat voriges Jahr gewettet, dass der Schmachtschinken ein Riesenerfolg wird. Ist er das?

Hermann.

Wette ist Wette, auch am Geburtstag. Wie viele Platten sind verkauft?

Dreihundert, sagt der Komponist.

Wie! Nur dreihundert?

Hermann klatscht in die Hände: Dreihundert, hör das einer: In meinem Unternehmen werden pro Stunde dreihundert Wehrmachtsuniformen genäht und dreihundert Rasierapparate hergestellt, und die liefern wir in die ganze Welt.

Hermann, wie kannst du das vergleichen? Die *Lili Marleen* ist Kunst, und deine Rasierer sind Maschinen.

Aber unentbehrlich, meine Apparate sind unentbehrlich, das Gejammer von deiner Lalelili will niemand hören.

Immerhin dreihundert Leute, sagt Kasimir, und der Anwalt: Mich wundert viel mehr, dass diese *Lili* nicht verboten worden ist.

Schwager, du spendest hundert Reichsmark an das Ahnenerbe.

Aber, sagt Anwalt König, wir sollten dem Herrn Schultze immerhin entlastend zugutehalten, dass er inzwischen ein vernünftiges Lied geschrieben hat.

Wie!, ruft Hermann. Etwa, und grölt: *Völker hört die Signale.*

Daraufhin ruft Anwalt König: Viel besser, und grölt: *Bomben, Bomben, Bomben auf Engeland.*

Das ist von Schultze? Hermann Kypscholl schiebt beim Aufstehen seinen Stuhl weg und geht zum Komponisten: Ist das von Ihnen? Das ist unglaublich, das wird gefeiert, Elisabeth, dein Musikant ist doch zu was nütze, und mit erhobenem Glas: Schultze, ich lade dich auf meine Jacht ein. Der Wind ist gut, ich will sehen, was noch in dir steckt außer Lalelili. Mein

Anwalt wird uns begleiten und Schwager Schnippeldoktor, der behauptet, immer die kaputten Knochen von Kommunisten flicken zu müssen. Kasimir, meinetwegen musst du das nicht tun, und wankt auf seinen Platz zurück.

Elisabeth rückt näher an Schultze: Lassen Sie sich nicht unter Druck setzen, wenn Ihnen das Segeln unbehaglich ist, und flüstert: Mich schafft jedenfalls keiner auf den Kahn. Lale würde da auch nicht reinklettern.

Wie sind Sie auf das Lied gekommen?, fragt der Anwalt. Fällt einem so etwas über Nacht ein?

Das Lied war eigentlich für den Polenfeldzug gedacht, eine Auftragsarbeit, aber –

Aber, unterbricht Hermann, unsere Wehrmacht marschiert schneller, als unser Beethoven komponieren kann.

So ungefähr, sagt Schultze, der Herr Reichsminister hat dann England vorgeschlagen, ich musste aber wegen des Taktes Engeland daraus machen.

Das ist gut, Schultze, sagt der Anwalt.

Übrigens teile ich als Familienoberhaupt mit, dass Hauptsturmführer Doktor Wagner um die Hand unserer Tochter Anna angehalten hat. Demnächst ist die Verlobung und so weiter.

Anna, mein Kind, das ist das schönste Geburtstagsgeschenk. Elisabeth herzt ihre Tochter: Wir werden morgen deine Brautsachen kaufen, und stöhnt: Bei Seligmann, der hat die schönsten Kleider.

Den gibts nicht mehr, sagt der Anwalt.

Dann ins KaDeWe, mein Gott, wie lange waren wir schon nicht mehr dort, und die herrliche Schweizer Schokolade.

Wer segeln will, kommt mit, Schwager, du darfst auch, aber Kasimir winkt ab: Grüß deinen Führer, woraufhin Hermann ausspuckt: Dich kriegen sie auch noch am Arsch, dich und deine Kommunisten.

Als das Segelboot ablegt, nimmt Elisabeth die Hand des Komponisten und sagt zu ihrem Bruder: Du kennst ihn ja.

Irgendwann glaubt er, was er nicht so meint, sagt Kasimir.

Müssen wir denn immer politisch sein? Das ist mein Geburtstag, Anna wird endlich heiraten, wir werden Enkel haben, ich möchte jetzt singen, mir ist nach *Salome*, ich wünsche mir, von Herrn Schultze begleitet zu werden.

In ihrem langen weißen Kleid, Geschenk von Otto aus Paris, eilt sie durch den Garten ins Haus, trinkt aus einem herumstehenden Glas und singt sich ein. Komponist Schultze sucht im hundertseitigen Klavierauszug nach jener Szene, in der Prinzessin Salome vor Liebe zum Propheten Jochanaan, der aber nur seinen Erlöser liebt, wahnsinnig wird und die Elisabeth ihres Asthmaleidens wegen noch nie geglückt ist, auch dieses Mal nicht.

Doch der Komponist hält den Takt schlecht, und die Sängerin: Lass mich deinen Mund küssen, Jochanaan, liegt einen halben Ton daneben.

Beide hören auf, als Bruder Kasimir und seine Frau Flora noch einen guten Abend wünschen, den Elisabeth dann mit Schultze auf dem schwarzen Ledersofa im Salon verbringt. Elisabeth genießt die Wärme seiner Haut, Komponist Schultze fragt nach Anna und summt Melodien vor sich hin. Elisabeth findet das wunderschön, Schultze haucht nur: Musik, Musik.

Musik hört auch Otto, der neben Amberg im Foyer der Pariser Oper vor der Loge des Ministerpräsidenten und nunmehrigen Reichsfeldmarschalls des Deutschen Reiches darauf wartet, eingelassen zu werden. Otto hört Melodiefetzen von sich einstimmenden Musikern, mal Hörner, mal Flöten, als ein Adjutant sie in die Loge winkt, wird es so laut, dass sie beim Meldungmachen fast rufen müssen. Aber der dicke liebe Gott beachtet sie nicht, sondern flüstert mit einer jungen blonden Frau, die mit dem Opernglas ins Parkett blickt. Er hustet, daraus wird lautes Lachen, und sein Mund wird breit wie das Gesicht. Die Musiker hören einen Augenblick lang auf, ihre Instrumente zu stimmen, und das Publikum in den Rängen und im Parkett schweigt. Otto schwitzt in der Loge, und ihn schmerzen die Füße. Rastlos war er in den vergangenen zwei Wochen unterwegs, um als persönlicher Referent des Dienststellenleiters Kunstsicherung Paris den neuen Dienstsitz in einem beschlagnahmten Palais des französischen Finanzministeriums an der Seine einzurichten. Büromöbel waren auszuwechseln, Akten zu beseitigen. Otto hatte für neue Telefonleitungen zum Sicherheitsdienst, zur Gestapo und zur Militärverwaltung zu sorgen, die Zimmereinrichtungen für Personal und Wachen musste er beschaffen, Kleiderschränke, Betten, Matratzen, Decken, Kypscholl, es fehlen Tischlampen, wieso sind keine Gardinen da?

Otto hatte zugleich Ambergs Dienstzimmer zu möblieren und, als wäre das nicht genug, ihn mit allen Unterlagen zu den Beständen der Pariser Museen und privater Sammlungen zu versorgen, ohne recht auf Franzke, den Chef des Fuhrparks, setzen zu können, der ihm zwar vieles heranschaffte, aber noch öfter verschwand, manchmal unter Angabe wahrer Absichten: Ick probier ma Weiber aus.

Der dicke liebe Gott, in seinen Sitz gepresst, wendet sich zur Seite, Otto sieht die Nasenspitze, das kräftige Kinn und die kurzen Finger, mit denen er schnipst, und Amberg tritt bis an den Sessel, und Otto rückt auf die alte Position von Amberg, um zu hören, was gesagt wird.

Wer von Ihnen beiden hat denn nun das Goldhändchen?

Und zur jungen Frau geneigt: Wahre Künstler, denen es gelingt, aus dem polnischen Sumpf einen Raffael und vier

Canalettos zu holen, und wieder zu Amberg: Großartig, meine Herren, der Führer ist begeistert von Ihrem Eifer. Er versucht, sich noch weiter zur Seite zu drehen: Jedenfalls war das ein Husarenstück, so sitzend, bleibt dem dicken lieben Gott aber die Luft weg, gerade noch kann er: dem Generalgouverneur die Bilder abzujagen, sagen und hustet, woraus ein Lachen wird.

Nur die Offiziere im Parkett unterbrechen ihre Unterhaltung und schauen zu Göring auf. Amberg und Otto sollen noch näher treten, Otto riecht nun das Parfüm der jungen Frau. In Paukenwirbel, Flötenläufe und Geigenstimmen hinein sagt der dicke liebe Gott: Sie haben gemerkt, wie dicht der Generalgouverneur, dieser falsche Fuffziger, Ihnen auf den Fersen war. Ein, zwei Tage später hätte er Ihren Laden auseinandergenommen. Weil Sie so kräftig die eigenen Taschen füllen. Stimmt das? Das hat er unserem Führer geschrieben, aber sein Bericht ist auf meinem Tisch gelandet. Meine Herren, da bleibt er auch. Seien Sie froh, dass ich Sie quasi über Nacht da rausgehauen habe.

Der Generalgouverneur hat noch immer den da Vinci in Krakau, sagt Amberg.

Ärgerliche Sache, Sturmbannführer. Er behauptet Stein und Bein, es sei eine Kopie und Sie lügen.

Der da Vinci ist echt und steht dem Führer zu.

Unter uns, Amberg, dann soll der Führer den da Vinci selbst abholen. Ich habe Sie nach Paris versetzt, weil Sie hier ein märchenhaftes Jagdrevier vorfinden, ohne dass Ihnen Weidwurf vor die Flinte läuft. Allerdings habe ich noch genug sportlichen Ehrgeiz, um Krakau einen kleinen Denkzettel zu verpassen, und wendet sich wieder seiner Begleiterin zu.

Der Dirigent tritt vor das Orchester, und er wartet auf das Nicken Görings, der Amberg noch dichter heranwinkt: Ich habe einen Funkspruch aus Krakau gelesen, man will Ihren alten Dienstsitz durchsuchen. Was Sie in Ihren Zimmern haben, interessiert mich nicht, ein da Vinci oder Vermeer wirds nicht sein. Aber was im Depot liegt, schaffen Sie nach Berlin ins Luftfahrtministerium. Sie fliegen mit einer meiner Maschinen nach Warschau, dort warten meine Fallschirmjäger. In Warschau haben Sie vier Stunden Zeit, damit Krakau nicht Lunte riecht. Worauf warten Sie, brechen Sie auf.

Sofort?

Der dicke liebe Gott nickt dem Dirigenten zu, der hebt den Taktstock, und bevor das Orchester einsetzt, hat der Adjutant Amberg in den Gang begleitet, wo zwei Offiziere warten: Dann wolln wir mal.

Vor der Oper sagt Amberg: Das Spielchen in Warschau liegt Ihnen mehr, Kypscholl. Nehmen Sie Franzke mit, ich habe hier zu tun.

Auch Anna gibt Arbeit vor, um nicht mit ihrer Mutter ein Brautkleid kaufen gehen zu müssen.

Kind, wo ich mich so darauf gefreut habe.

Und um Schultze nicht unter die Augen zu treten, mit dem sie viel getrunken hat, auch getanzt, ihre Bluse abgelegt, die Hände des Komponisten auf ihrer Haut zugelassen, an mehr hat sie keine Erinnerung, nur ein ungutes Gefühl, weshalb sie, statt noch zwei Tage in Berlin zu bleiben, wie sie könnte, früh mit dem Zug nach Stralsund fährt, um nach Lanzerow zu gelangen. Schultze wird sie nicht los, weil ihr Vater gestichelt hat: Warum gibst du dich mit dieser Suffragette ab, wo du den Heydrich haben könntest? Solange du nicht verlobt bist, kannst du dir jeden angeln. Zumindest wenn der dich weiterbringt.

Langsam rollt der Zug, auf den Feldern um sie herum stapeln Männer Strohmieten, weiß sind ihre Hemden und dunkel die Mützen. Einer von ihnen läuft über das Feld, vielleicht jagt er einen aufgeschreckten Hasen.

Schon am Abend sitzt Anna mit dem Bürgermeister von Lanzerow zusammen und begeistert ihn für das, was sie seit Monaten umtreibt, nämlich die Einwohner auf ihre Gesundheit hin zu untersuchen.

Sie werden alt und sind wohl gegen Erbkrankheiten resistent.

Schlageter, seine neuen Knickerbocker betrachtend: Das ist mir noch gar nicht aufgefallen, und rollt das L, aber Sie haben recht, hier ist niemand krank, also richtig krank, Schwachsinn haben wir keinen, Krüppel haben wir auch keine.

Ich habe Untersuchungsbögen vorbereitet, in die sich jeder einträgt.

Kann ich die mal sehen?

Anna reicht Schlageter eines der in Wewelsburg getippten und mit jeweils zehn Kohlebögen vervielfältigten Frageblätter.

Uns interessiert, ob und welche Krankheiten die Eltern und Großeltern hatten. Wenn es hier eine isolierte Gruppe mit erbgesundem Blut gibt, ist das für die Rassenhygiene des deutschen Volkes von außerordentlicher Bedeutung.

Dafür hat Gruppenführer Heydrich Lanzerow ausgewählt?

Ich möchte auch Blutuntersuchungen vornehmen. Vielleicht kann mir der Herr Apotheker dabei behilflich sein?

Das ist natürlich eine ganz besondere Wertschätzung durch den Gruppenführer, Lanzerow bekommt nach neunhundert Jahren Bedeutung, aber Blutuntersuchungen?, sagt der Bürgermeister und gibt Anna den Fragebogen zurück.

Um niemanden zu verwirren, reden wir von einer allgemeinen Volksgesundheitsuntersuchung, und wenn Sie als Bürgermeister dazu aufrufen und wir Plakate aushängen, werden viele kommen.

Man sollte das mit einem zünftigen Fest verbinden, ich stamme aus dem Rheinland, und da wird das Amtliche immer mit Vergnügen verbunden, das hilft.

Ich muss übermorgen in Wewelsburg sein, wir können die Untersuchungen nur morgen durchführen.

Schlageter klopft sich auf seine Knickerbocker: Man hört ja immer wieder, dass beim Gruppenführer alles zackig passieren muss. Er fliegt wohl auch?

Ja.

Und reitet?

Ja.

Nur in Lanzerow geht alles etwas langsamer. Aber sagen Sie ihm das bloß nicht, wir machen das, ich werde sofort meine Beiräte einbestellen, den Apotheker und den Bäcker, das sind echte Lanzerower, die sollen mal zeigen, wie zackig sie den Leuten Beine machen können.

Am Stammtisch des Lanzerower Hofes besprechen Schlageter und Anna mit Apotheker Mulsow und Bäcker Hennich das weitere Vorgehen. Der Text für die Plakate zur ersten allgemeinen Volksgesundheitsuntersuchung am 6. August 40 ist schnell gefunden, der Apotheker wird ihn auf Blätter unverkauft gebliebener großformatiger Kalender vergangener Jahre schreiben, und Fritz Penkuhn wird sie am Dorfplatz und in den Gassen aushängen. Nach der dritten Tasse Kaffee ist für Schlageter die Volksuntersuchung ein Fingerzeig des Schicksals: Vielleicht springt auf diese Weise der nationalsozialistische Funke auf die Lanzerower über, wo doch der Gruppenführer das Dorf ausgewählt hat. Ich bin eine rheinische Frohnatur, ich habe mich, ehrlich gesagt, nie darum bemüht, hier Aufbauarbeit zu leisten. Aber ich mache das gern, Fräulein Anna. Man könnte hier alles verändern, weil nichts passiert ist seit neunhundert Jahren. Eigentlich ist Lanzerow ein Volkskundemuseum, ein Menschenzoo, soll man aber nicht laut sagen. Nehmen Sie den da, der gerade zur Tür hereinkommt: Fritz Penkuhn. Knapp dreißig Jahre alt, hat von seiner Tante diesen schönen Gasthof geerbt, aber glauben Sie, er ist willens oder in der Lage, seiner Aufgabe gerecht zu werden? Er will auf seinem Kutschbock sitzen. Will Küchenabfälle zur Schweinemästerei schaffen, Milch holen und in Stralsund Besorgungen machen. Das reicht ihm, da ist Penkuhn zufrieden. Sein Vater hat das so gemacht, sein Großvater auch. Ehe Penkuhn einen Satz, den er sagen möchte, gedacht hat, weiß ich längst, was er sagen will. Anna sieht flüchtig zu dem jungen Mann. Außer mit meinen Beiräten Mulsow und Hennich ist hier wenig Staat zu machen. Aber das soll, und rollt wieder das L, jetzt ein Ende haben, Fräulein Anna. Was halten Sie davon, wenn wir den Gruppenführer nach Lanzerow einladen? Wenn die Leute hier schon so alt werden und so gesund sind, dann machen wir ein Fest der Volksgesundheit, und hebt die Arme, wenn hier die Luft so gut ist und das Wasser so heilsam, dann kann Lanzerow ein Luftkurort werden, eine Pilgerstätte der Volksgesundheit. Dann verschwinden endlich die elenden Lehmkaten an der Stadtmauer. Frische Luft kommt rein. Dann bauen wir am See ein Sanatorium.

Ja, sagt Anna.

Und für die Lanzerower eine vernünftige Siedlung. Die in der zweiten und dritten Gasse haben ihr Klo im Hof, Fräulein Anna. Und das stört die nicht mal. Plumpsklo im Hof. Da waren wir im Rheinland schon vor vierhundert Jahren weiter. Und ihre Scheiße hauen die hier auf den Acker und glauben, das ist Dünger. Schlageter schüttelt den Kopf und sieht in die leere Kaffeekanne: Spätestens nach dem Krieg ist der Spuk hier vorbei, ich werde für das Aufbauwerk schon vorsorglich Kriegsgefangene beim Gauleiter beantragen.

Anna überlegt, dem Gruppenführer noch in der Nacht einen Aufsatz über die Gründung eines Lebensborns zur Zeugung reinrassigen Nachwuchses in Lanzerow zu schreiben.

Als ich herkam, wollte ich in Lanzerow den Karneval einführen, ich bin Rheinländer, da muss immer Butter bei die Fische. Hab einen Verein gegründet, der Mulsow und Hennich waren dabei. Zum Rosenmontag haben wir den Wagen von Fritz Penkuhn geschmückt. Pappköppe von den größten Pappnasen aus Lanzerow. Freibier, Kamelle für die Kinder. Et hätt noch immer joot jejange. Aber nicht hier. Glauben Sie, da ist einer gekommen? Fritz Penkuhn hat den Wagen dreimal über den Platz gekutscht, und wir saßen auf unserer Tribüne wie die Ölgötzen. Aber das ist noch nicht alles. Die Lanzerower feiern nun Karneval, aber erst im Frühling, damit sie draußen bis zum Umfallen ihren Selbstgebrannten trinken können. Sie sind ein Geschenk des Himmels, Fräulein Anna.

Zum Schreiben des Aufsatzes kommt Anna am Abend vor Müdigkeit nicht mehr. Am nächsten Morgen ist sie früh am See und schwimmt, schlendert dann, einen Umweg machend, durch die dritte Gasse. Vor den schiefen, an die Stadtmauer gebauten Katen mit den kleinen Fenstern und tief heruntergezogenen Dächern sitzen Frauen und flicken Kleider, nehmen Fische aus, flechten Körbe. Ein Mädchen an der Wasserpumpe fragt, ob Anna vom BDM ist. Und ob es stimmt, dass alle BDM-Führerinnen vom Führer geküsst werden. Und ist es wahr, dass man sich alles wünschen kann, wenn der Führer einen küsst?

Gegen neun Uhr rücken Apotheker Mulsow und Anna im Gastraum des Lanzerower Hofes Tische zusammen. Formulare werden dort ausgelegt, dazu Broschüren der Organisation Kraft durch Freude. Auf Blutuntersuchungen muss Anna verzichten, weil es kein Krankenhauslabor in der Nähe gibt.

Schlageter und Hennich geben als Erste Auskunft über eigene Krankheiten und die ihrer Vorfahren. Fritz Penkuhn und Hebamme Kosanke kommen gemeinsam, weil sie danach mit dem Wagen nach Stralsund wollen. Dann erscheint bis zum Mittag niemand mehr.

Schlageter unterhält Anna mit ersten Skizzen zur Neugestaltung Lanzerows als Luftkurort, der von Stunde zu Stunde und mit jeder weiteren Tasse Kaffee Erweiterungen erfährt, bis Schlageter den Einfall hat, den Architekten des Führers um Entwürfe für einen völlig neuen, gegenüber dem See anzulegenden Ort zu bitten: Der kann natürlich unmöglich Lanzerow heißen, Fräulein Anna, diese slawischen Ortsnamen gehören längst ausgewechselt, dafür finden wir etwas Zeitgemäßes.

Nach Mittag kommen weder Schlageter noch Apotheker Mulsow noch Bäckermeister Hennich in die Gaststätte zurück, Anna sammelt, als Fritz Penkuhn aus Stralsund einrollt, ihre Fragebögen ein und bleibt bis zur Abreise am nächsten Morgen auf ihrem Zimmer.

Auf der Bahnfahrt von Stralsund nach Rostock ist sie voller Groll und Wut über die Sturheit dieser Mondmenschen, auf der Strecke nach Hamburg stellt sie sich vor, wie die Antworten in den Fragebögen aussehen müssten, um Gruppenführer Heydrich zu überzeugen. Auf der Fahrt nach Hannover hält Anna die unausgefüllten Fragebögen in Händen, auf der letzten Etappe nach Paderborn füllt Anna die leeren Bögen selbst aus, blickt dabei manchmal ins Weite.

Zur selben Stunde schaut auch Otto ins Weite, der in einem Pariser Straßencafé Amberg zuhören muss und Ablenkung in der Erinnerung an den gelungenen Einsatz in Warschau findet. Weil er trotz der knappen Zeit sein privates Depot komplett ausräumen und seine Kisten sogar zu Hause in der Villa am Wannsee abliefern konnte, wo sie nun im Feuerschutzraum lagern. Weil er Anna beschenken konnte, damit sie merkt, dass er nicht nachtragend ist, weil sie voriges Jahr gemeinsame Sache mit dem Totenhochtreiber gemacht hat.

Wir sind in einer schönen Stadt, aber in einer schwierigen Lage, Amberg holt aus seiner Aktentasche eine Mappe: Unsere Lage ist schwierig, weil wir diese schöne Stadt nicht ohne Gegenleistung bekommen haben, und als Gegenleistung erwartet der Ministerpräsident nichts Geringeres als die *Mona Lisa.*

Otto schaut einem Mann mit Florentiner nach, er trägt ein helles Jackett und hält seine Hände auf dem Rücken, eine Hand umschließt das Gelenk der anderen. Was Otto augenblicklich aus den schönen Erinnerungen reißt, denn so wie dieser Mann geht, geht nur einer.

Der Generalgouverneur hat dem Herrn Ministerpräsidenten, also auch uns, da Vincis *Dame mit dem Hermelin* weggeschnappt, der Führer hat kein Veto dagegen eingelegt, jetzt soll sich die rote Fliege in Paris herumtreiben, um die *Mona Lisa* zu finden. Der Herr Ministerpräsident ist nervös, um es zurückhaltend zu formulieren.

Otto müsste dem Mann nachlaufen, um in dessen Gesicht zu sehen, aber die Angst vor der Gewissheit drückt ihn, macht ihn bewegungslos.

Wir haben einen Vorsprung gegenüber der roten Fliege. Wir können uns auf die Franzosen der früheren Museumsverwaltung verlassen, wir haben den Sicherheitsdienst. Kypscholl, hören Sie zu?

Elias Finkel?

Amberg schlägt seine Mappe auf: Der Franzose hat, das wissen wir genau, vor unserem Einmarsch die meisten Museen in Paris geräumt.

Otto bekam die letzte Nachricht von Finkel vor zwei Jahren, eine Postkarte aus dem Hafen von Marseille, kurz vor der Abfahrt nach Amerika geschrieben.

Entweder sind die Bestände in Privatsammlungen untergekommen oder nach Südfrankreich gebracht worden. Er zeigt auf Fotografien: Wir wissen, dass es drei gute Kopien der *Mona Lisa* gibt, sie tragen auf der Rückseite dieselben Inventarnummern und sind in einer Transportkiste wie das Original. Wir wissen, dass eine Kopie ins Schloss Chambord gekommen ist, eine soll in Paris sein, aber das Original ist wahrscheinlich auch in Paris, weil der Franzose behauptet, sein Nationalheiligtum sei in Südfrankreich.

Elias Finkel würde niemals am helllichten Tag mit einem Florentiner durch Paris spazieren. Elias Finkel kann schon deshalb nicht in Paris sein, weil die Deutschen da sind.

Wie erfolgreich die rote Fliege in Paris wütet, hängt auch von Ihnen ab, Kypscholl. Vergraulen Sie ihn. Vorher will ich von Ihnen hören, mit wem der Geschäfte macht. Kypscholl, verdrehen Ihnen die Franzosenweiber den Kopf?

Nein, Herr Sturmbannführer.

Passt Ihnen Ihr Anzug nicht?

Doch, ich bin froh, nicht mehr in Uniform herumlaufen zu müssen.

Das verdanken Sie dem Ministerpräsidenten, der wünscht, dass seine Heerscharen nicht als schwarze Engel daherkommen.

Otto gibt die Fotos von der *Mona Lisa* zurück, vor Augen ist ihm aber Finkels zufriedener Blick, wenn dem Zeichenschüler Otto Kypscholl eine schwierige Perspektive aufs Papier zu bringen gelungen war.

Wir haben noch ein Problem, Kypscholl. Unser Außenminister möchte nun auch wie unser Führer, wie der Herr Ministerpräsident und der Herr Generalgouverneur eine eigene Kunstsammlung anlegen und hat den Direktor der Dresdner Gemäldegalerie als seinen Agenten nach Paris beordert. Viel Feind, viel Ehr, Kypscholl.

Otto sieht wieder dorthin, wo der Mann mit Florentiner verschwunden ist.

Ich habe hier die Liste von den Pariser Privatsammlungen, wir arbeiten die systematisch ab. Vermutlich wird irgendwann jemand im Sicherheitsdienst diese Liste der roten Fliege verkaufen, wir haben nicht endlos Zeit. Nummer eins und zwei auf der Liste sind die Stadtpalais der Rothschilds. Mit Nummer drei fangen Sie morgen an. Ich gehe davon aus, dass wir in den Häusern auf keinen Widerstand treffen. Franzke bekommt einen Einsatzwagen und einen Lastwagen, dazu vier Posten. Für die Männer sind Sie verantwortlich.

Nachmittags hat Otto frei und klettert auf den Eiffelturm, weil ihn der Anblick prächtiger Fassaden und schöner Plätze von dem Mann mit Florentiner ablenken soll, dem er hätte nachlaufen müssen, um nicht weiterhin von Mutmaßungen bedrängt zu werden. Finkel ist in Amerika.

In welche Richtung Otto auch blickt, er sieht immer Paris. All das zu zeichnen wäre eine erstklassige Übung, Finkel hätte ihn unter anderen Umständen sicher hierhergeführt.

Abends begleitet er Franzke, der herausgefunden hat, wo am Montmartre schöne Pariserinnen auf der Bühne tanzen und in Separees ihre Dienste anbieten.

Tingeltangel is besser wie in Berlin, sagt Franzke und zeigt auf eine blau gestrichene Tür: Ick gloob, man hält hier nur die Angel rinn, und dann zappelt wat.

Im Flur leuchten Lampen unter roten Schirmen, auf jedem der kleinen Rundtische stehen Telefone. Schon nach wenigen Minuten brennen Ottos Augen von der verqualmten Luft. Soldaten stoßen mit Bierkrügen an, während eine neue Dekoration auf die Bühne geschoben wird, dann singt eine Vollbusige mit verbrauchter Stimme Chansons. Frauen mit groß geschminkten Augen streifen um Otto und Franzke herum.

Ich warte draußen, sagt Otto.

Auf der Bank vor dem Varieté überlegt Otto, wie er die schmalen Häuser mit den steilen Dächern und den vielen Gauben darauf zeichnen würde, kann sich jedoch schlecht wegen der Bauchladenverkäufer und der Artisten, die auf dem Brunnenrand Kunststücke vollführen, konzentrieren, keinen von denen scheint es zu kümmern, dass man im Krieg ist.

Früh am nächsten Morgen beginnen Otto und Franzke mit der Nummer drei auf der Liste, Jacques Moulet, Bankjude, Avenue Bosquet 12, Palais, linke Seite. Franzke lenkt an der Seine entlang, vergnügt wegen des neuen Mercedes: Die Kiste bringt hundertfünf, dit sind achtunddreißig PS unter meener Haube, verärgert wegen des zu langsamen Opel Blitz mit den Posten, auf die er warten muss: Lahme Enten, wo ick richtig Gas machen könnt. Jetzt sind dit sechzig Klamotten.

Da vorn muss Nummer 12 sein.

Gleich ham wir siebzig druff.

Wo Otto die Nummer 12 vermutet, steht der Mann mit Florentiner. Als er die beiden Wagen bemerkt, verschwindet er um die nächste Hausecke.

Halt an, ruft Otto und läuft dem Mann nach, aber sieht ihn nicht mehr. Als Otto zurück ist, haben die Posten bereits die Toreinfahrt von Nummer 12 aufgebrochen, und Franzke untersucht zwischen Benzinkanistern aufgestapelte Autoreifen.

Auf der Marmortreppe zur Beletage stößt Franzke mit dem Stiefel gegen Koffer und Körbe: Ick gloob, die hattens eilig.

Otto staunt über den Reichtum in den Zimmern wie ein kleiner Junge. Kein Fleck an Decken und Wänden ohne Kunstwerk. Nach achtunddreißig Zimmern hat Otto genug gesehen, ist geblendet und überlässt Franzke das Kommando.

Wat denn, wat denn?, sagt Franzke, und Otto geht auf die Straße, wo der Himmel frei ist und kein Mensch in Sicht.

Abends auf dem Weg ins Varieté zeigt Franzke Ringe und Ketten, mit denen er die Damen entlohnen wird: Echt Rothschild. Dit zieht mehr als Moneten.

Otto skizziert, auf der Bank vor dem Varieté sitzend, die Gasse, gezeichnete Postkarten für seine Mutter und Anna sollen es werden, aber der Strich ist ungelenk und schwunglos, er drückt auf wie ein Zeichenschüler in den ersten Stunden.

Etliche zerknüllte Blätter Papier liegen vor seinen Füßen.

Und jetzt Édouard de Rothschild, sagt Amberg und will bei dem Einsatz dabei sein.

Franzke lenkt über die Place de la Concorde, gefolgt von zwei Lastwagen.

Rothschild hat Paris in letzter Minute verlassen, wenn die Aussage seines Sekretärs stimmt, hängt in dessen Arbeitszimmer ein Vermeer. Den Vermeer für den Führer, die *Mona Lisa* für den Ministerpräsidenten, ist das nicht kurios? Hätten Sie sich das vor einem Jahr träumen lassen, Kypscholl?

Franzke vermeidet hastiges Lenken, plötzliches Bremsen, schnelles Anfahren, als hätte er die begehrten Bilder bereits im Auto.

Der Führer wird Ihren Namen bald kennen, und für die *Mona Lisa* wird Göring einen Empfang geben.

Amberg findet den Vermeer nach nur wenigen Minuten, und Otto sucht aus, was an Mobiliar, Silberzeug, Teppichen und Porzellan mitgenommen wird.

Nummer zwei auf Ambergs Liste, das Palais von Maurice de Rothschild in der Rue du Faubourg Saint-Honoré, wird nach dem Ausladen der beschlagnahmten Kunstwerke angesteuert. Franzke stöhnt über den Autoverkehr: Dit is schlimmer als in Berlin, wo haben die dit Benzin her?

Amberg sucht fünfundfünfzig alte Holländer aus und Möbel, die einst in Versailles standen, dann sind beide Lastwagen voll beladen. Mit jedem weiteren Einsatz wird Otto leichtfertiger: Schmuck, Taschenuhren, Silberbestecke, Schreibgarnituren, kleine Gemälde und Porzellan füllen bald sein Depot, eine leer stehende Besenkammer unter dem Dach. Im Herbst schickt Otto seiner Mutter eine Brosche, Lale Andersen ein Paar Ohrringe, Tante Flora einen Armreif und Onkel Kasimir einen edelsteinbesetzten Füllfederhalter.

Auch der Louvre, das riesige, vor dem deutschen Einmarsch von den Franzosen evakuierte Museum, füllt sich, wohl aus Furcht vor der Gier der roten Fliege, derart rasch mit sichergestellten Kunstwerken, dass Amberg und seine Helfer den Überblick verlieren und entlassene französische Museumsangestellte zur Zwangsarbeit in den Depots heranziehen. Überall Kunst, eine Plantage voller reifer Äpfel, die ihm vor die Füße fallen. Paris ist ein einziger Garten, und er ist der Gärtner. Wenn er die besten Exemplare dieser Früchte findet, wird er bald auf Ambergs Stuhl sitzen, er muss die Früchte nur dem dicken lieben Gott bringen.

Abends stellt er sich ein Gartenfest am Wannsee vor, wohin alle Freunde und Bekannten eingeladen werden, nur einer nicht, wo die Gäste von Tellern essen, die aus Napoleons Besitz stammen, nur einer nicht, man wird im Garten auf Teppichen gehen wie auf königlichen Festen, nur einer nicht. Man wird alten Bordeaux trinken, nur einer nicht, Lale Andersen wird ihre neuen Lieder singen, auch wenn ihre *Lili Marleen* kein Erfolg geworden ist, nur für einen singt sie nicht. Es wird auf dem Wannsee eine Wassermusik geben, jeder, der kommen will, kann zuhören, nur einer nicht, und dieser eine wird spätabends den Höhepunkt, das Feuerwerk, auch nicht erleben.

Der schöne Siegfried liest zum wiederholten Mal den Einsatzbefehl und weiß nicht, ob er darüber lachen soll: Das ist die Quittung für deinen Auftritt in Lanzerow, dümmer kanns nicht kommen.

Anna, am Ring drehend, den ihr Otto zur Verlobung geschenkt hat, erwidert: Ich versteh nicht, was du willst, der Gruppenführer hat meinen Aufsatz über Lanzerow ausgezeichnet gefunden.

Wir beide sind in ein brandenburgisches Kaff versetzt, strafversetzt. Du hättest mir diesen Aufsatz mindestens vorlegen sollen, bevor Heydrich ihn liest. Er sieht dem Fluss nach, auf dem beide die Kanutour bis zur Mündung in die Lippe bestanden haben.

Warum? Das ist mein Aufsatz, ich war in Lanzerow.

Aber ohne Auftrag. Hoppla, jetzt komm ich, so marschierst du in der Welt herum. Ohne Genehmigung. Und dann verdrehst du diesem Schlageter den Kopf, dass dieser Mensch hierherschreibt, um den Gruppenführer einzuladen. Anna, wir sind kein Sanatorium. Ich trage eine Uniform, und ich bin stolz darauf, und blickt wieder zum Fluss, an dessen Ufer sie sich verlobt haben: Was sollen wir in Klosterheide?

Ich versteh dich immer noch nicht, sagt Anna, der Gruppenführer hat uns das Entbindungsheim Klosterheide gegeben, und daraus machen wir einen mustergültigen Lebensborn.

Anna, wach auf, wo lebst du? Wenn wir uns als Nächstes den Engländer vornehmen, wird uns der Amerikaner den Krieg erklären, dann ist es mit der Ruhe endgültig vorbei. Der Engländer hat Hannover bombardiert. Wenn es zum richtigen Krieg kommt, gibt es für uns keinen Lebensborn, sondern die Front. Ich als Arzt und du als Lazaretthelferin.

Das kann ich doch nicht wissen, sagt Anna.

Deshalb habe ich dir immer und immer gesagt, keine hitzigen Unternehmungen. Ich bemühe mich seit Monaten darum, ins Ministerium nach Berlin versetzt zu werden, damit uns die Front erspart bleibt, und du unternimmst Reisen nach Lanzerow, damit wir an die Front kommen.

Ich will mir deine Geschichten nicht länger anhören, sagt Anna und krümmt sich von plötzlichem Bauchschmerz, und wieder fragt Siegfried: Bist du schwanger?, und geht zu ihr, um sie zu umarmen: Es wäre wunderbar, wenn wir ein Kind bekämen.

Ich bin nicht schwanger.

Diese dummen Träumereien, flüstert Siegfried, er könnte sie stundenlang so halten.

Diese warme Haut, er soll nichts sagen, nur da sein, diese warme Haut an ihrem Bauch, an ihren Beinen, ist das seine oder ihre Wärme, sie hat noch Schmerzen, als er zu stöhnen beginnt, aber er ist warm, und ihre Körper schwingen am Schreibtisch, wo der Einsatzbefehl für Klosterheide liegt. Den Rücken zieht Wärme hinauf und in ihren Bauch Schmerz, der mit jeder seiner Bewegungen kräftiger wird, weshalb sie aus der Wärme herauswill, aber Siegfried hält sie fest, dass auch dieser Griff wehtut, und sie presst die Fäuste zusammen und stöhnt wie Siegfried, sie atmet hektisch, ihre Zunge brennt, sie atmet nicht, der Rachen brennt.

Gut?, fragt Siegfried.

Dann wird Anna bewusstlos.

Für den Vermeer bekommt Otto nur drei statt der erhofften fünf Tage Sonderurlaub. Zu wenig, um ein großes Gartenfest vorzubereiten, aber genug, um seine Mutter zu besuchen. Außerdem muss er all die schönen Dinge aus Paris in den Kisten im Feuerschutzraum deponieren.

Ottos erste Frage an der Wohnungstür lautet jedoch: Ist er da?

Elisabeth umarmt ihren Sohn, begeistert von seinem Aussehen: Du bist jetzt ein stattlicher Mann.

Im Salon öffnet Otto seinen großen Reisekoffer und schenkt seiner Mutter einen Nerz aus dem Hause Rothschild: Der wird dich wunderbar kleiden.

Paris ist wohl das Paradies, sagt Elisabeth, ich bin so stolz auf dich. Es ist ein Geschenk, mit solchen Kindern gesegnet zu sein, auch wenn dein Vater das nicht zugeben will.

Und die Kisten?

Wie du gesagt hast, im Feuerschutzraum.

Otto dankt ihr mit einer Flasche Wein, die Elisabeth schon wegen des alten Etiketts bestaunt: Die muss ein Vermögen gekostet haben.

Der Franzose verkauft alles auf dem Schwarzmarkt.

Und was gebt ihr den Franzosen?

Benzin, Zigaretten, Medikamente.

So ein Wein, diese Farbe.

Und wo ist er?

Mit diesem schrecklichen Menschen zusammen. Wenn ich ehrlich bin, macht mir dein Vater Sorgen. Er ist völlig in der Hand von König. Der hat ihm zweihundert Kriegsgefangene für das Unternehmen verschafft, als ob wir nicht genug eigene Leute hätten.

Wer sagt das?

Kasimir sagt das.

Woher weiß das Onkel Kasimir?

Otto zieht noch ein Etui mit Schmuckstücken aus dem Koffer.

Weil Hermann den Kasimir holt, wenn zu viele Leute in der Firma umfallen.

Otto gießt Wein in Gläser, während Elisabeth den Schmuck anlegt: Dein Vater ist nicht schlecht, der König beeinflusst ihn nur so sehr. Vielleicht kannst du ihn dir mal vornehmen?

Ich, den Anwalt König?

Zieh deine schöne Uniform an, mein Sohn, und sie hält Ottos Hand mit dem Glas fest: Bordeaux muss einige Zeit offen stehen.

Otto stellt das Glas ab. Auf dem Wannsee tuckert ein Motorboot, im Garten blühen Dahlien, jedes Beet in einer anderen Farbe, zum Malen bunt.

Erzähl mir von Paris, mein Junge.

Otto berichtet von Schaufenstern, dem Varieté und Franzke als dessen Dauerbesucher.

Ihr seid jetzt Männer.

Von der langweiligen Büroarbeit mit dem Registrieren von Museumsbeständen und nichts anderem, von deutschen Kinofilmen, die jetzt in Paris laufen: Den *Stern von Rio* habe ich gesehen.

Auch Elisabeth Kypscholl hat ihn gesehen: Ich habe sogar geweint, und will wie Rudi Schuricke singen: Stern von Rio, du könntest mein Schicksal sein.

Jede *Wochenschau* ist spannender, sagt Otto und sieht zur leuchtenden Amaryllis auf dem Flügel, neben der Noten liegen, »In Verehrung gewidmet dein Norbert Schultze«, liest Otto.

Warum ist eigentlich aus der *Lili Marleen* nichts geworden?, fragt er und spielt einige Takte.

In Wahrheit ist Norbert mein einziger Trost. Wer kommt denn noch ins Haus? Dein Vater hat sein Bett in der Firma, ich habe keine Gesellschaft mehr, und nimmt einen Schluck Rotwein. Dein Vater glaubt, er ist kriegswichtig, weil er wie ein Verrückter Mäntel für die Wehrmacht näht. Als ob ganz Deutschland in Wehrmachtsmänteln herumlaufen will. Da lacht Elisabeth und streicht über den Nerz: Wehrmachtsmäntel.

Otto klimpert eine Melodie aus der Lieblingsoper seiner Mutter, deren Partitur er seit seiner Jugend auswendig kennt, und Elisabeth summt mit. Der Wein und die Musik lassen sie bald singend den Flügel umrunden, die Arme verzückt heben, während ihre Stimme keinen Ton halten kann und sich überschlägt. Sie schreitet nun durch den Salon, als trüge sie das glitzernde lange Gewand der liebesbesessenen Prinzessin, und singt Otto zu, als wäre er der gefangene Prophet, der Salome nicht sehen will, nur seinen Gott will er sehen. Otto muss am Flügel ein riesiges Orchester ersetzen, wuchtende Bässe, schrille Flöten, weil Jochanaan aus dem Kerker geholt und Salome vorgeführt wird. Als sie endlich in sein Gesicht sieht, findet Elisabeth die richtigen Töne, kann sie halten, kann sie formen: Ich bin Salome, die Tochter des Herodias, Prinzessin von Judäa, und Otto, als Jochanaan zürnend: Zurück, Tochter Babylons, komm dem Erwählten des Herrn nicht nahe, dabei falsche Tasten anschlagend, was Elisabeth nicht bemerkt, weil sie: Sprich mehr zu mir, Jochanaan, deine Stimme ist wie Musik in meinen Ohren, singt und Otto: Tochter Sodoms, komm mir nicht nahe.

Elisabeths Gesicht wird vom Wein und der Anspannung fleckig, aber in ihrer Stimme schwingt eine Leidenschaft, wie Otto sie schon viele Jahre nicht mehr gehört hat, vielleicht noch nie gehört hat.

Jochanaan! Ich bin verliebt in deinen Leib, Jochanaan! Dein Leib ist weiß wie die Lilien auf einem Felde, von der Sichel nie berührt. Dein Leib ist weiß wie der Schnee auf den Bergen Judäas.

Dazu imitiert Otto das Sirren von Geigen, um dann aufgebracht: Zurück, Tochter Babylons! Durch das Weib kam das Übel in die Welt. Sprich nicht zu mir, zu singen und seine Stimme in Bässen verklingen zu lassen.

Elisabeth, mit auf der Brust gefalteten Händen, holt tief Luft: In dein Haar bin ich verliebt, Jochanaan. Dein Haar ist wie Weintrauben, wie Büschel schwarzer Trauben an den Weinstöcken Edoms.

Otto, bei kaum noch spielbaren Läufen angelangt, schreit: Zurück, Tochter Sodoms! Berühre mich nicht! Entweihe nicht den Tempel des Herrn, meines Gottes, und schlägt Akkorde, dass Blütenstaub aus der Amaryllis auf den Flügel rieselt, dann säuselnd, weil Salome in höchster Erregung fleht: Deinen Mund begehre ich, Jochanaan. Dein Mund ist wie ein Scharlachband an einem Turm von Elfenbein.

Elisabeth greift mit den Händen in die Luft, und Otto fast flüsternd: Niemals, Tochter Babylons, und Salome verzweifelt: Lass mich deinen Mund küssen, Jochanaan!

Niemals, Tochter Sodoms.

Sie beugt sich zu ihrem Sohn, ihr Atem ist heiß, sie streckt ihre Hände nach ihm aus und küsst ihn.

Daran denkt Otto nicht mehr, als er tags drauf im Zug sitzt, um seine Schwester im nahen Klosterheide zu besuchen, der Einfall kam spontan.

Anna hat ihr kleines Büro im zweiten Stock und schaut auf Kiefernwälder. Als Otto in der Tür steht, läuft sie auf ihn zu: Brüderlein, und umarmt ihn, dass Otto beinahe sein Gleichgewicht verliert.

Ich dachte, ich schau mal rein, und stellt einen Karton auf den Tisch.

Für mich?

Damit du dich richtig hübsch machen kannst.

Anna schleift den Karton auf, wickelt aus Seidenpapier einen Zobelschal und Seidenschuhe: Otto, du machst immer so teure Geschenke.

Das bekommt man in Paris auf dem Markt. Der Franzose ist verrückt nach deutschen Zigaretten.

Auf dem Markt?

Ja. Liegt da rum.

Damit hat Otto zu viel gesagt, eigentlich wollte er etwas anderes sagen, nicht sofort, aber beim Spazierengehen oder im Gasthaus. Er wollte Anna klagen, wie ihn das tägliche Wegschaffen von Gemälden aus Pariser Häusern anwidert, das Herumstöbern in fremden Kleiderschränken, das Durchwühlen von Schreibtischen, wozu ihn niemand zwingt, aber er stopft zwanghaft seine Taschen voll, um dann vor dem Zertrampeln und Zerschlagen der verbliebenen Sachen durch seine Männer zu fliehen. Er wollte Anna fragen, ob sie bei ihren Beziehungen einen Posten für ihn besorgen kann, weil er einen Paris-Koller hat. Und einen Amberg-Koller. Stattdessen sagt Otto: Ich will wieder malen.

Wunderbar, Brüderlein.

Und Anna überlegt, ob sie ihrem Bruder erzählen soll, dass Klosterheide kein Müttergenesungsheim ist, wie landläufig angenommen, sondern dass hier die künftige Elite des Reiches nach Vorgaben gezeugt wird, die sie, Anna Kypscholl, zu verbessern hat: noch strengere Auswahlkriterien für vorgesehene Mütter und Zeugungshelfer, zugleich wirkungsvollere Methoden zur Sterilisierung von Erbkranken und Deutschen, die nicht aufnordbar sind, weil die Aktion E abgebrochen werden musste. Die Leichen ließen sich nicht unbemerkt beseitigen, und dann redeten Priester von der Kanzel über die Aktion und verdammten sie, weshalb der Gruppenführer Vergasung und Injektionen einstellen ließ und das Ahnenerbe damit beauftragte, bessere Methoden zur Eliminierung von Kranken zu finden.

Ich freue mich immer, wenn dir die Sachen gefallen, die Auswahl in Paris ist so groß.

Die Pausen zwischen ihren Sätzen werden immer länger.

Zwei Tage danach ist Otto pflichtbewusst mit Franzke in Paris unter blauem Himmel unterwegs. Sonnenschein macht den späten Herbst milde. Die Rue des Saussaies, in die sie fahren, kennt Otto gut, Gestapo und Sicherheit haben hier ihren Sitz. Regelmäßig holt Otto von dort neue Adressen, wird wie auch jetzt von Franzke gefahren, der froh ist, keinen Lastwagen hinter sich zu haben, auf den er warten muss, und noch freudig erregt vom vergangenen Abend im Bordell von Madame Resolut erzählt: Schlimm jenuch, wenn du vor Weiber wegloofst, aber Madame Resolut sollteste kennen. Brauchst keene Angst zu haben, die Resolut hat sich een von unse Militärverwaltung jeangelt, nu jibts keene Kontrollen mehr im Laden.

Otto sieht in die Inventarliste der Sammlung des Bankiers Seligmann, die nur fünf Positionen Gemälde umfasst, darunter zwei Rubens. Amberg will sie noch an diesem Tag nach Berlin schicken, vielleicht wartet der Führer, vielleicht der dicke liebe Gott auf die Bilder.

Jut abjehängt, dit Fleisch, sagt Franzke beim flüchtigen Blick auf die Fotos, die Otto wieder in eine Mappe schiebt. Welche Nummer?

Saussaies 3, rechte Seite, Stadtpalais.

Ick gloob, ick mach uff Taxi in Paris, wenn der Krieg vorbei is. Tags Taxi, abends zu Madame.

Bieg ab, ruft Otto, bieg sofort ab.

Wat denn, wat denn?

Bieg hier ab, verdammt noch mal.

Franzke reißt das Lenkrad herum, was den Wagen gefährlich aus der Kurve trägt, dann ruft Otto: Anhalten.

Wat soll dit nu wieder?

Du bleibst im Wagen, bis ich zurück bin.

Der Mann mit Florentiner. Dieses Mal entgehst du mir nicht, hätte Otto beinahe laut gerufen und rennt bis zur Nummer 3.

Wie bei den vergangenen Einsätzen steht er an der schweren Tür vor einem erbrochenen Siegel. Er schleicht über die Marmortreppe, die Tür zur Beletage steht weit offen, auch dieses Siegel ist erbrochen. Mit dem Zeigefinger streift Otto über die spröde Bruchstelle, drinnen hört er Rumpeln, das lauter wird und lauter, bis er im Salon steht, den Mann mit Florentiner auf einer Leiter sieht, damit beschäftigt, einen gewichtigen Rubens von der Wand zu nehmen.

Soll ich helfen?, sagt Otto mit fester Stimme.

Der Mann mit Florentiner lässt den Rahmen los und behält die Hände oben.

Umdrehen, sagt Otto, aber der Mann nimmt nur die Hände herunter, weshalb Otto: Umdrehen und die Arme hoch, ruft.

Aber der Mann auf der Leiter bleibt mit dem Gesicht zum Bild: Ich habe gewusst, dass wir uns begegnen werden, es war unvermeidlich.

Schnauze halten, umdrehen, ruft Otto.

Manchmal ist das Schicksal schneller als das Leben, sagt der Mann, von dem Otto nichts mehr hören will, weil er die Stimme kennt. Er tritt gegen die Leiter, der Mann stürzt. Im Fallen verliert er seinen Hut, und bevor er auf dem Boden liegt, hat Otto das Gesicht gesehen. Um Otto, der in einem Keil von Sonnenlicht steht, wirbelt Staub hoch, aus dem Teppich, aus den Sachen des Mannes, Tausende Partikel fangen Otto, drohen ihn, den Mann und die Bilder mitzureißen. Der Mann bewegt seine Hände, als wollte er etwas greifen, und Otto hockt sich neben ihn: Mach deine Augen auf.

Der Staub schwebt wieder ruhiger.

Ich hatte einen Schüler, der Maler werden wollte. Der sein Leben der Kunst widmen wollte. Er hatte einiges Talent, und seine Zeichnungen wurden von Mal zu Mal besser. Ich erinnere mich an ein Bild von seinem Vater. Mit wenigen Strichen hatte mein verlorener Freund das Wesentliche erfasst.

Otto sagt leise: Mach deine Augen auf.

Mein Schüler war mutig, weil er seinem Vater ein Bild zeigte, das der fürchten musste. Der Vater hat den Zeichenlehrer seines Sohnes für das Bild verantwortlich gemacht und dem jungen Mann den Unterricht und jeden weiteren Kontakt mit seinem Lehrer verboten.

Nur noch wenig Staub schwebt im Lichtkegel.

Ich riet meinem Schüler, seinem Vater zu gehorchen, später könne er immer noch zeichnen und malen. Mein Schüler sagte, das Einzige, was er in seinem Leben entbehren kann, ist sein Vater.

Otto weint und legt sich auf Finkel, spürt dessen gleichmäßigen Atem.

Nun kriecht mein Schüler in den Arsch des Teufels, mein verlorener Freund.

Mach deine Augen auf.

Ihr werdet keine Freude an mir haben, ihr werdet mich nicht einmal lebend aus diesem Haus schaffen.

Otto wischt seinen Rotz ab, klar ist die Luft über ihm.

Ich hätte gern mehr vor euch in Sicherheit gebracht, am liebsten alles, und wenn es nur die harmlose Zeichnung eines Kindes gewesen wäre. Erst holt ihr euch die Menschen, dann die Kunst, um alles auszulöschen. Den Bankier Seligmann hat es gestern getroffen.

Finkel richtet sich auf und nimmt aus seinem Jackett eine kleine Emailledose: Sind die Leute weg, ist die Sammlung fällig, das spricht sich herum.

Finkel öffnet sie, Otto sieht mehrere Kapseln.

Kannst du dich noch an den *Tod des Empedokles* erinnern? Du hast nach dem Besuch im Theater gesagt, dass Empedokles mit seinem Sturz in den Vulkan wohl den schönsten aller Tode hatte. Im Moment seines Todes würde auch sein Körper verglühen, du hast gesagt, mein verlorener Freund, eine vollkommenere Auslöschung gibt es nicht, das hat mich sehr beeindruckt. Ich wäre jetzt gern auf dem Kraterrand des Ätna.

Er dreht eine Kapsel zwischen den Fingern: Dass freundlich mir der Vater Ätna beugt, und wenn das unterirdisch Gewitter festlich erwacht, zum Wolkensitz –

Er will die Kapsel in den Mund stecken, aber Otto schlägt sie Finkel aus der Hand, reißt ihm die Dose weg, und die Kapseln fliegen durch den Salon, drei, fünf, sechs zählt er. Otto ist schneller als Finkel, aber der ist entschlossener, er packt Otto mit einer Wucht, die der nicht für möglich gehalten hat, packt ihn mit Händen, die einst Zeichenstifte geführt haben. Was Otto bei Spieß Blond im Dreck des Übungsplatzes eingeprügelt bekam, wendet er nun an; mit wenigen Griffen hat er Finkel die Arme auf den Rücken gedreht.

Kypscholl, wo biste?

Otto sucht nach einer Tür, hinter die er ihn bringen kann: Niemand stirbt hier. Ich komme nachher zurück, rühr dich nicht.

Otto zieht die Tür zu, und Franzke sagt im Salon: Wat issn hier los?

Ich bin von der Leiter gefallen, halt das Ding fest, ich nehm die Bilder ab, du bringst sie ins Auto, dann sofort Rückfahrt.

Ick dacht schon, is wat passiert.

Otto sammelt ein, was von den Zyankalikapseln noch auf dem Teppich liegt.

Auf der Rückfahrt zittert er, erst die Hände, dann die Arme, beim Eiffelturm befiehlt er Franzke anzuhalten.

Ick gloob, du weest nich, wat wir für Bilder rumkutschieren.

Halt an.

Ohne Posten? Wenn der Alte dit spitzkriegt, dann jute Nacht, Marie.

Franzke stoppt dennoch, und Otto geht zum Turm, wird mit jeder Stufe hinauf schneller, überspringt zwei, dann drei Stufen, ist schneller als sein Zittern, bis er erschöpft an der Brüstung keucht, nun ohne Belästigung des Körpers. Paris liegt im Sonnenlicht, Otto wird Amberg um Versetzung bitten, ausgeschlossen, gemeinsam mit Finkel in Paris zu sein. Er wird sich an die Front melden.

Eine halbe Stunde später stehen Otto und Franzke in Ambergs Büro, der keine Fragen zum Erfolg beim Juden Seligmann stellt, sondern in gefährlich ruhigem Ton sagt: Ich habe das Gefühl, Sie nehmen Ihre Aufgaben nicht ernst, meine Herren. Ich habe hier ein Telegramm des Herrn Außenministers, können Sie lesen, ich kann es Ihnen auch vorlesen, es ist nur ein Satz: Porträt von Raffael in Paris für den Führer sichergestellt. Aber nicht von Ihnen.

Amberg legt das Fernschreiben wieder in seine Mappe.

Ich möchte an die Front, Otto muss den Satz nur noch aussprechen, das verdammte Maul aufmachen, aber Otto denkt an Flucht. Mit Elias Finkel. Die Suche nach der *Mona Lisa* als Vorwand, kommt er mit Ambergs Passierschein bis Chambord. Er wird sein Depot auflösen, den Schmuck beim dicken Juwelier Lewy verkaufen, bei dem Otto schon einmal ein Tauschgeschäft gemacht hat. Mit dem Geld werden sie bis Lissabon, von dort mit dem Dampfer bis nach Amerika fahren können und immer noch über ein üppiges Startkapital verfügen, Weihnachten sind sie in Amerika.

Aber Weihnachten 40 ist Otto nicht in Amerika, sondern bei seinen Eltern in Berlin, auch Siegfried in gut sitzender Uniform ist da und erheitert die Gesellschaft: Kommt der Führer um die

Ecke und sagt: Volksgenosse, warum lungerst du hier herum, statt an der Front zu stehen? Mein Führer, ich warte nur auf den Einsatz am Nordpol, sonst bleibt ja nichts mehr.

Oder: Steht der Dicke am Eiffelturm und will hinauf, es sind ihm aber zu viele Stufen. Herr Ministerpräsident, dann machen wir den Turm einen Kopf kürzer.

Am lautesten lacht Hermann Kypscholl, er klopft dem schönen Siegfried auf die Schulter und wirft seinen Zigarrenrest ins Kaminfeuer hinter sich. Auch Anna lacht, und Otto denkt, was wisst ihr vom dicken lieben Gott, ich habe neben ihm gestanden, so dicht kommt ihr bis zum Lebensende nicht an ihn heran.

Minister Hinkefuß bekommt Besuch von Lale Andersen, die möchte im Film eine Rolle mit Gesang. Klopft der Minister auf ihren Hintern: Sitzfleisch vorhanden, begutachtet auch die Brust: Flach wie ein Kanonier. Fragt Lale Andersen: An wessen Kanone soll ich denn?

Elisabeth verzieht den Mund, und bevor sie aufstehen kann, sagt Hermann zu ihr: Es wird jetzt nicht gesungen.

Kypscholl, schauen Sie mal, sagt Amberg, bevor Otto mit der Einsatzliste für den 10. Mai 41 das Zimmer verlässt. Amberg reiht Fotos aneinander, als wäre es der Grand Hand eines Skatspiels: Sind Sie das am Eingang vom Juweliergeschäft? Und der dicke Mensch ist Juwelier Lewy? Verstehen Sie mich nicht falsch, Kypscholl, ich habe keine Zeit, Ihre Ausflugsziele zu kontrollieren. Aber diese Aufnahmen stammen von der Sicherheit. Man sagt mir, Sie verkehren öfter beim Lewy.

Otto geht einen Schritt zurück, als würde ihm das Schutz bieten.

Ich zeige Ihnen noch mehr, und tippt auf ein Foto mit Finkel vor Lewys Juweliergeschäft: Ich frage Sie nicht nach dem Mann im Sommerhut, er ist uns bekannt. Die Sicherheit schreibt zu ihm: geboren 1890 in Berlin, Professor an der Kunsthochschule Berlin-Schöneberg und bis 35 deren Direktor. 37 Flucht aus Deutschland, lebt seitdem in Paris, das haben viele gemacht. Interessant ist, dass Finkel seit drei Jahren Bilder für seine jüdischen Freunde kauft, die wir als entartet ausgesondert haben. Er hat dabei anscheinend gute Geschäfte gemacht. Aber Finkel macht noch mehr: Er stiehlt Sammlungen, Kypscholl. Bevor wir kommen, ist Finkel schon da gewesen, wie finden Sie das? Wären Sie so freundlich, mir zu erklären, welcher Art die Geschäfte sind, die Sie mit Lewy und Finkel betreiben? Das können Sie sich auch ansehen, Kypscholl, kein schöner Anblick, aber vielleicht hilft es, Ihre Zunge zu lösen. Die Leute am Galgen kennen Sie, französische Museumsmitarbeiter, die wir im guten Glauben übernommen haben, damit sie im Louvre Bilder schützen. Sie wurden beim Diebstahl erwischt. Der SD hat sie leider vorschnell liquidiert, ich hätte die Helden Kunstschützer gern gefragt, ob Finkel und Lewy mit von der Partie sind. Der Franzose ist gerissen, legt gern falsche Fährten und liebt das Spiel, aber er hat bislang nicht begriffen, dass jedes Spiel Verlierer hat.

Würde Amberg noch weiter so reden, würde Otto gestehen, dass er Elias Finkel regelmäßig trifft, dass er Beschlagnahmungen so spät beginnt, dass Finkel und dessen Leute noch Zeit haben, einiges wegzuschaffen. Das reicht für einen kurzen Prozess, den er schon oft vor Augen gehabt hat, aber dann hört er wieder Spatzen von Dächern über Geschäfte anderer Schwarzkittel mit dem Franzosen pfeifen.

Vielleicht, weil Amberg auch Spatzen hört, wartet der keine Antwort ab, sondern will von Otto hören, wo sich Finkel derzeit verborgen hält: Seit vier Tagen ist er verschwunden.

Woraufhin Otto glaubhaft ahnungslos erwidert: Ich weiß nicht, wo Finkel ist, und an sein mit Reichtümern angefülltes Depot denkt.

Überlegen Sie, Kypscholl, manchmal fällt einem das Wichtige später ein.

Nachdem er abgetreten ist, hastet er die Treppen zu seinem Versteck hoch, stopft an Schmuck in seine Aktentasche, was sie fassen kann, und bringt alles auf den Boden. Nur den Nippes lässt er zurück.

Dann muss er wieder mit Franzke los. Während Franzke die Adressen abfährt: Otto, wat haste, is dir wat über die Leber jeloofen?, überlegt Otto, ob Ambergs Verhör die Aufforderung war, das Weite zu suchen, bevor die Spatzen seine Vergehen von den Dächern pfeifen.

Nachdem die sichergestellten Bilder im Louvre abgeliefert sind und Otto flüchtig Protokoll geschrieben hat, nimmt er seine prall mit Schmuck gefüllte Aktentasche und geht auf Wegen, die er noch nie gegangen ist, zu Lewy, drückt einem Jungen in der Nähe des Juweliergeschäfts einen Zettel in die Hand, auf den er geschrieben hat: »Treffen in zehn Minuten auf dem Wochenmarkt, Scherenschleifer.«

Otto übergibt dem Scherenschleifer seine Aktentasche, obendrauf stumpfe Messer, die holt er heraus und hält sie hoch, als hätten sie zu prüfende Wasserzeichen, und dann ist Lewy da, eine viel zu kleine Baskenmütze auf dem Kopf. Mit einem weißen Einstecktuch wischt er sich den Schweiß von der Stirn, nimmt die Tasche und sagt beiläufig: Fünf Minuten, zu Otto.

Der Scherenschleifer schärft ein Messer nach dem anderen, und Otto folgt ihm mit den Blicken.

Zehntausend, hört Otto von hinten.

Zwanzig, sagt er, ohne sich umzudrehen.

Der Juwelier bietet Wehrmachtsgeld. Otto sagt nur: Dollar, und: Wo ist Finkel?

Zehntausend Dollar?

Zwanzigtausend. Wo ist Finkel?

Geht ihm schlecht.

Otto hält nun prüfend ein Messer nach dem anderen hoch: Ich muss ihn sprechen.

Komm nach, sagt Lewy.

Otto bezahlt den Scherenschleifer und folgt ihm in großem Abstand, vorbei am Blumenhändler, am Vogelhändler, in ein heruntergekommenes Haus. Der Juwelier wartet vor den offenen Briefkästen, geht mit Otto dann auf den Hof, in die aufgegebene Werkstatt eines Schusters. Es riecht nach Leder, kaltem Rauch und Leim. Finkel liegt im Kontor auf übereinandergestapelten Matratzen, zugedeckt bis zum Hals, die Augen sind geschlossen, seine Wangen eingefallen, die Lippen gesprungen.

Schwere Lungenentzündung, sagt Lewy. Er bekommt gute Medizin, er ist über den Berg. Und: Zwanzigtausend Dollar sind auch für mich viel Geld.

Otto kniet neben den Matratzen, berührt zum ersten Mal in seinem Leben, Schweiß von der Stirn tupfend, Finkels Gesicht. Die Haut ist vom Fieber weich.

Was für Medizin bekommt er, hat er einen Arzt?

Er kommt durch, sagt Lewy und räumt den Schmuck aus Ottos Tasche in seine.

Finkel muss raus aus Paris, sagt Otto und riecht an seinen schweißnassen Fingerspitzen: Finkel, hörst du mich? Du musst aus der Stadt. Du bist in Gefahr.

Elias Finkel hält seine Augen geschlossen und flüstert: Ich weiß nicht, ob ich morgen noch, und atmet aus, zehn Sammlungen.

Er soll sich beruhigen, sagt Lewy.

Keiner weiß davon, kümmere dich, mein verlorener Freund.

Es ist genug, sagt der Juwelier.

Finkel zeigt auf das Fensterbrett, wo Otto zwischen einer leeren Weinflasche, Dosen und Nägeln einen Briefumschlag findet.

Lewy drängt zum Aufbruch. Finkel ist eingeschlafen, bevor Otto noch etwas sagen kann.

Fünfzehntausend, bietet Lewy im Treppenhaus.

Otto ist als Erster auf der Straße und riecht wieder an seinen Fingern. Er hat nun Finkel an sich.

In einem Café kommt Otto bei tosendem Verkehr zur Ruhe, den Umschlag von Finkel in Händen. Adressen von zehn Sammlungen, die er schützen soll. Wie viel Kredit würde das beim dicken lieben Gott bringen? Ambergs Posten? Passierscheine für Finkel und ihn? Oder kurzen Prozess. Er hört Schritte hinter sich, Schritte von seinesgleichen, er kennt sie, er macht täglich selbst solche Schritte. Lässt Amberg ihn jetzt vor die Stadt schaffen, wo irgendwer ihn mit fünf Einschusslöchern im Leib findet? Partisanenüberfall, wird man seiner Mutter sagen, er sei heldenhaft gestorben, und der Totenhochtreiber wird sagen: Das musste so enden, der war zu nichts tauglich.

Am nächsten Tag beginnt Otto seinen Dienst früher, um Finkel vor den Beschlagnahmungen aufzusuchen, ihm den Umschlag zurückzugeben, er kann diese Aufgabe nicht übernehmen, er kann nur mit Finkel aus Paris fliehen. Doch er ist nicht mehr im Kontor der Schusterei, das Matratzenlager umgeworfen. Die leeren Weinflaschen liegen in Scherben, ebenso Finkels Medizinglas, und Otto wühlt, als gäbe es da etwas anderes als Gestank. Er bleibt auf einer der längst kalten Matratzen sitzen, bis er in das Juweliergeschäft von Lewy läuft. Es ist versiegelt. Seinesgleichen haben Finkel und Lewy geholt. Den Umschlag mit den zehn Adressen wird Otto nicht los, oder weiß Amberg längst, dass er diesen Umschlag besitzt? Und wo Finkel ist? Und er, Otto Kypscholl, wird nur als Kurier benutzt? Weil Amberg und Finkel gemeinsame Sache machen?

Anna hält die Hand der jungen Hochschwangeren: Hab keine Angst, vielleicht wird es völlig schmerzlos.

Ich hab keine Angst, sagt Eike, ich bin ja erbgesund.

Eine Wehe nimmt Eike die Fröhlichkeit, Anna schaut, ob die Fruchtblase geplatzt ist.

Ich bin wirklich die Erste?

Ja, sagt Anna, es wird auch meine erste Geburt auf diese Art sein.

Eike krümmt sich und stöhnt, und weil die Wehe länger anhält, ruft Anna die Schwester: Lassen Sie Wasser in das Becken, halb voll bei 35 Grad.

Ich bin stolz, dass ich die Erste bin, sagt Eike und hält Annas Hand: Wenn es ein Junge ist, soll er Siegfried heißen, wie dein Verlobter.

Anna hat die neunzehnjährige Waise vor zwei Monaten aus einem Heim für Schwererziehbare geholt, wo sie ihrer Schwangerschaft wegen untergebracht war.

Wenn es ein Mädchen ist, nenne ich es Anna.

Du wirst dich im Becken wie ein Fisch im Wasser fühlen.

Eikes Fingernägel drücken tief in Annas Haut: Erzählst du mir was?

In Polynesien sind Frauen schon viele Stunden vor der Geburt ihres Kindes im Wasser, und die ganze Familie ist bei ihnen. Sie essen und trinken im Wasser und singen, und der Schwangeren werden Kränze geflochten.

Kränze?

Aus Kräutern, das lindert den Schmerz, aber am meisten helfen warmes Wasser und das Salz im Meer.

Du machst auch Salz ins Becken?

Ja, viel Salz, sagt Anna und reibt sich die Druckstellen, und die Schwester ruft von der Tür: Das Becken ist jetzt halb voll.

Von Anna und der Schwester geführt, geht Eike über den

Flur ins Badezimmer, in dem es nach Mörtel und Farbe riecht und in dem noch am Vortag Handwerker Haltegriffe in der Wanne befestigt haben. Eike steigt in das Becken, zwei mal drei Meter groß und ausgeführt nach Annas Vorgaben.

Ich hoffe, Sie haben sich das gründlich überlegt, sagt die Schwester, die Arme verschränkt und den Kopf schüttelnd, da nimmt man so junge Dinger für Experimente.

Eike schreit unter Krämpfen, dreht sich auf die Seite und gerät mit dem Kopf unter Wasser, taucht wieder auf, spuckt hustend aus, und die Schwester, mit der Hand vor dem Gesicht: Das ist widernatürlich. Sie wird ersaufen und das Kind auch.

Eine weitere Wehe hindert Eike daran, aus dem Becken zu steigen. Anna hält sie an den Schultern, sagt: Ruhig atmen.

Die Schwester an der Tür fuchtelt mit den Armen: Pressen soll sie, pressen.

Eike will aufstehen, aber Anna drückt sie ins Wasser zurück.

So ein Affentheater, ich mache Meldung, damit das Affentheater aufhört, sagt die Schwester im Gehen, und Anna ruft: Sie bleiben hier, Sie kommen her.

Sind Sie der Doktor?, entgegnet die Schwester.

Eike schreit, und Anna ruft: Es kommt.

Sie steigt in das sich rot färbende Wasser, Eike klammert sich an den Haltegriffen fest, und Anna sagt zur Schwester: Ich bring Sie vors Kriegsgericht, wenn Sie nicht sofort anfassen.

Später schreibt Anna ihrem Verlobten, der noch in Wewelsburg ist, von der erfolgreich verlaufenen Wassergeburt, über die sie Gruppenführer Heydrich in einem Aufsatz ausführlich berichten wird.

Am Vormittag, als Franzke in Ottos Zimmer: Ick gloob, dit jeht los, ruft, hält Anna das Neugeborene im Arm, staunt über die winzigen Finger, berührt zaghaft die weiche, warme Haut, während Otto aufspringt, seine gepackte Aktentasche nimmt und vor Ambergs Büro in Haltung wartet. Der verlässt im zugeknöpften Mantel das Zimmer, eilt die Treppen hinunter, Otto, an diesem Tag ebenso in Uniform, hinterher. Franzke ist bereits am Auto, um dem Sturmbannführer die Tür zu öffnen, dann fährt er behutsam, wie der Führer gefahren wird, in den *Wochenschauen* hat er das gesehen. Die fehlende Eskorte denkt sich Franzke, die fehlenden Stander übersieht er, die fehlenden vierhundert PS des Führer-Mercedes W07, der es auf hundertachtzig Klamotten bringen kann, spielen bei der Fahrweise keine Rolle, aber die Illusion endet am Kontrollpunkt von Sicherheitsgürtel drei, wo ihnen niemand salutiert, sondern die Passierscheine verlangt, Kofferraum und Aktentaschen durchsucht werden. Am Kontrollpunkt zwei haben sie erneut die Papiere zu zeigen und werden erst durchgelassen, als von Kontrollpunkt eins die Erlaubnis dazu durchtelefoniert wird. Am Posten vor dem Eingang zum Louvre haben Amberg seine Waffe, Franzke sein Pfadfindermesser und Otto sein mitgeführtes Fläschchen Kölnisch Wasser abzugeben. Der Staatssekretär des dicken lieben Gottes empfängt sie in jenem Saal, den Otto in den vergangenen zwei Tagen mit Bildern dekoriert hat. Vor den Bildern sieht Otto Trauben von Schwarzkitteln.

Im Falle von Rückfragen seitens des Herrn Ministerpräsidenten antworten Sie präzise und kurz und halten Unterlagen bereit.

Vor den Bildern sieht Otto nun Trauben von Schwarzkitteln.

Möglichst nicht husten oder niesen, brauchen Sie Hustenpastillen, meine Herren?

Den Militärkommandanten von Paris und den Gestapo-Chef kennt Otto, und, fast traut er seinen Augen nicht, die rote Fliege ist auch dabei. Amberg nimmt seine Mütze ab und Otto als Assistent des Sturmbannführers ebenso. Er bleibt, wie zuvor besprochen, einen Schritt hinter Amberg. Die rote Fliege schleicht um die Ansammlung kostbarer Bilder herum. Dann kommt der dicke liebe Gott im langen grauen Mantel und mit grünem Filzhut, gefolgt von einem Pulk Männer, die im Halbkreis Aufstellung nehmen.

Meine Herren, blasen wir die Wildstrecke ab, sagt der dicke liebe Gott, schlägt mit der Spitze seines Gehstocks aufs Parkett und beginnt, wo er gerade steht, Gemälde zu betrachten.

Jawohl, selbstverständlich, augenblicklich, sagen die Männer, wenn der dicke liebe Gott etwas wissen will. Auch Amberg wird nach Künstler und Herkunft von Bildern befragt, er kennt jedes der ausgestellten Gemälde, braucht nicht in seine Unterlagen zu sehen.

Sicher?, hakt der dicke liebe Gott nach, als berühmte Malernamen fallen, und sieht dabei Amberg an, auch Otto bekommt diesen stechenden Blick aus glänzenden blauen Augen ab und erschrickt, als der dicke liebe Gott sagt: Soso, im Tonfall des Totenhochtreibers. Meint jedoch nicht Otto Kypscholl, sondern die rote Fliege, die viel zu dicht vor eines der Bilder getreten ist: Das gefällt Ihnen wohl?, und klopft mit seinem Stock gegen den Rahmen des Bildes: Dies hier gegen zwei Gobelins aus der Krakauer Burg.

Woraufhin die rote Fliege, sich leicht verbeugend, sagt: Es wird den Generalgouverneur freuen, wenn ich ihm dieses schöne Bild mitbringen kann, allerdings übersteigen unsere Gobelins den Wert des Bildes um einiges.

Sturmbannführer, stimmt das?

Nein, sagt Amberg.

Da lacht der dicke liebe Gott und sagt zur roten Fliege: Jetzt Sie. Was sagen Sie?

Sturmbannführer Amberg kann die Herkunft des Gemäldes nicht zweifelsfrei belegen, sagt die rote Fliege. Er behauptet, es stammt aus dem französischen Königshaus, aus der Sammlung des Herzogs von Orléans. Ich vermute, es stammt lediglich aus jüdischem Besitz.

Und bevor der dicke liebe Gott: Amberg, Sie sind dran, sagt, verlangt der Sturmbannführer mit einer Geste die Unterlagen zum Bild von Otto. Als er sie Amberg reicht, rutscht ihm die Hälfte aus den Händen. Amberg tritt einen Schritt zur Seite, Otto sammelt nun schutzlos, ohne Deckung, ein, was heruntergefallen ist, hört das Räuspern der roten Fliege und muss ihm, weil der dicke liebe Gott seine Hand danach ausstreckt, die Papiere reichen. Doch Otto kann sie nicht loslassen, klebt daran wie an einer Stromleitung, durch die die Energie dieses Mannes strömt, und Otto ist, als verglühte er gleich.

Wir haben die Sammlung des Herzogs von Orléans im Moment der Sicherung fotografiert, dieses Gemälde hier ist deutlich auf dem Foto zu erkennen, sagt Amberg und schließt den Durchschlupf in der Reihe, da steht Otto nun vor Amberg und neben dem Staatssekretär, noch immer mit rotem Kopf.

Das Bild gegen zwei Gobelins, sagt der dicke liebe Gott zur roten Fliege, es klingt wie ein Befehl, gegen den Widerspruch zu erheben selbstmörderisch wäre.

Der dicke liebe Gott wartet auch keine Antwort ab, sondern wendet sich einem kleinen Bild zu, das Otto erst vor zwei Tagen gesichert hat, und Amberg sagt: *Venus* von Lucas Cranach dem Älteren.

Sicher?

Und Amberg: Gestatten?

Er dreht das Bild um und zeigt auf einen Zettel, den der dicke liebe Gott aber nicht liest; er will das nackte Mädchen sehen: Für Cranach zu viel Fleisch, Cranachs Weiber sind dürr wie Lale Andersen.

Herzliches Gelächter um Otto herum, auch der dicke liebe Gott lacht, aber es ist mehr ein Beißen seines kräftigen Kiefers.

Die rote Fliege soll ein Urteil abgeben: Es fehlen mir die für Cranach typischen Katzenaugen.

Der dicke liebe Gott winkt ab: Katzenaugen. Cranach malt kleine Brustwarzen, die hier sind semitisch. Da haben schon tausend Juden dran gehangen, und er schlägt mit seinem Gehstock aufs Parkett, dann schießt der Stock blitzschnell hoch, gegen Ottos Brust, es fehlt nur noch ein kleiner Stoß: Wo ist mein da Vinci? Kein Cranach, kein da Vinci, kein Vermeer.

Aber er stößt nicht, sondern spricht mit Otto wie ein geneigter Vater: Man sagt mir, Sie sind für Überraschungen gut. Überraschen Sie mich morgen? Und dann zur versammelten Runde: Wussten Sie, dass die *Mona Lisa* von einem Nürnberger Kaufmann in Auftrag gegeben wurde? Die *Mona Lisa* war nämlich seine Geliebte. Der Kaufmann hat da Vinci das Bild im Voraus bezahlt, aber der Franzose hat es sich unter den Nagel gerissen. Wer hat nun Anrecht auf das Bild?

Dann geht der dicke liebe Gott weiter, der Pulk hinter ihm her, und Otto pfeift es in den Ohren, sein Kopf glüht, er, Otto Kypscholl, ist als Einziger von all den Kreaturen vom dicken lieben Gott direkt angesprochen worden. Nicht Amberg. Ist er jetzt befördert und Amberg versetzt?

Erst in seinem kleinen Dachzimmer kommt er zur Besinnung, und der Rausch lässt nach. Otto starrt seine Aktentasche an. Wenn nur die Hälfte seiner Erinnerung wahr ist, wenn sein Kopf ihn nicht zum Narren hält, dann ist er einem der antiken Helden begegnet. Hektor oder Achill, Kaiser Nero. Oder Napoleon. Selbst Finkel würde diesem Mann erliegen. Er wird die *Mona Lisa* finden, wo auch immer sie versteckt ist.

Otto schiebt zentimeterweise seine Tasche über den Tisch, bis er aufsteht, als wollte er vor sich selbst Meldung machen, und mit Finkels zehn Adressen in der Tasche zu Franzke geht, der seinen Tagesdienst bereits für beendet hält und sein frisch rasiertes Doppelkinn mit Parfüm betupft.

Wir müssen los, jetzt.

Wat denn, wat denn?

Beeilung, solange es noch hell ist.

Ick kapier nich, baust wieder Scheiß?

Die erste Adresse auf Finkels Zettel ist in der Rue des Saussaies 3, im selben Haus, in dem Otto auf Finkel gestoßen ist, nur eine Etage höher. Die Tür ist unversiegelt, Otto klingelt, und nach kurzer Zeit öffnet eine ältere Frau, ihre nassen Hände an der Küchenschürze reibend.

Otto, der angefangen hat, Französisch zu lernen, gibt sich als Freund der Familie aus, der im Auftrag von Elias Finkel nach den Bildern schaut. Die Frau zeigt ihm ein Versteck, in dem Otto zwei Manet und einen Cézanne findet, aber keinen alten Meister. Nicht anders bei der zweiten Adresse: Kandinsky, Liebermann, vielleicht kürzlich aus dem Reich entfernte Bilder.

Aber zwei Stunden später, dieses Mal öffnet Franzke mit einem seiner Nachschlüssel eine Wohnungstür, hält Otto ein Mädchenporträt von Dürer in Händen. Jetzt ist er ein Zauberer, einer, der Helden überraschen kann; Fragen nach dem Schicksal von Finkel und Lewy quälen ihn nicht, und er präsentiert Amberg in der Dienststelle das Bild, das er dem Ministerpräsidenten überreichen wird.

Sie wollen wohl Karriere machen, Kypscholl?

Der dicke liebe Gott reist vor der Zeit ab, lässt aber zwei Karten für ein Konzert mit Lale Andersen im Maxim hinterlegen.

Währenddessen machen Anna und Siegfried einen Ausflug.

Muss es Lanzerow sein?, fragt der schöne Siegfried im Auto.

Ja.

Bist du schwanger?
Nein.
Bist du glücklich?
Ja.
Und warum muss es dann Lanzerow sein?
Vielleicht bekommen wir dort doch noch unser Heim?
Anna, hör auf zu träumen. Der Gruppenführer will keine neuen Heime bauen, weil es genügend alte gibt. Außerdem ist er kaum noch in Wewelsburg, man sagt, er wird Statthalter von Prag. In Wewelsburg ist seitdem dicke Luft, weil einige Herren Heydrichs Posten haben wollen, und die interessieren sich nicht für den Lebensborn.
Das lässt du zu?
Was soll ich da ausrichten? Keiner weiß, wie es weitergeht, es kann sein, wir sitzen in einem halben Jahr beim Engländer auf der Insel. Du hast doch gesehen, wie schnell das mit Polen ging und mit Frankreich.
Aber du musst nicht nach Polen?
Was sollen wir im Osten, da wird kein Führernachwuchs gezeugt.
Noch einmal Lanzerow, dann nie wieder, versprochen, und fährt ihm über die Lippen, dass Siegfried zuschnappt.
Auf den Landstraßen begegnen ihnen Fuhrwerke, Kühe grasen an einem Koppelzaun.
»Frischer Apfelstreusel mit Sahne – 0,30 RM«, ist an die Tafel eines Gasthofes angeschrieben.
Halt an, ruft Anna und zeigt auf die Tafel, wie lange ich den schon nicht mehr gegessen habe.
Auch Siegfried bestellt sich Kuchen, stochert mit der Gabel im Sahneberg.
Kinder für den Führer, Kinder für den Sieger. Deutsche Frau, denk an deine Pflicht – dem Führer ein Kind – sicherlich.

Siegfried schiebt den Teller zur Seite: Ist mir zu sauer.

Wir beenden nun das Affentum, sagt Anna beim Aufklauben von Streuseln.

Was soll das?, fragt er.

Unser Hausmeister muss das auf Spruchbänder schreiben und in jeder Etage von Klosterheide eins aufspannen.

Wer sagt das?

Eine Anweisung vom Reichspropagandaministerium.

Was haben die mit Klosterheide zu schaffen?

Anna, mit der Kuchengabel auf dem Teller kratzend: Klosterheide untersteht angeblich dem Gauleiter von Berlin, also Hinkefuß.

Das ist ungeheuerlich. Siegfried verscheucht Fliegen, die ihn bislang kaum gestört haben: Klosterheide untersteht dem Ahnenerbe, und das gehört zum Rassehauptamt, und das untersteht immer noch dem Reichsführer SS und nicht Goebbels. All das nur, weil der Gruppenführer auf dem Absprung ist.

Anna legt die Gabel weg, und Siegfried sagt: Diesen Blödsinn werden wir in Klosterheide nicht mitmachen.

Der Hausmeister wird uns dann anschwärzen.

Pass auf den Mann auf, Anna.

Der passt mehr auf mich auf, der weiß alles, der weiß sogar, dass ich –

Wir beenden nun das Affentum – das ist doch lächerlich.

Siegfried lacht so laut, dass der Wirt besorgt gelaufen kommt.

Während der letzten Stunde Fahrt bis Lanzerow singen Anna und Siegfried bei heruntergekurbelten Scheiben Schlager. Das Auto lassen sie auf dem Marktplatz stehen, gehen über den Friedhof zum See, Anna zeigt ihm ihren Lieblingsplatz, die Anhöhe mit Blick zur Windmühle, zieht sich dann aus und läuft ins Wasser, krault und taucht und ruft: Wo bleibst du?

Siegfried sieht einem Falken nach, der Tauben vom Kirchturm aufscheucht, ins Wasser mag er nicht.

Auf dem Weg ins Dachzimmer des Lanzerower Hofes hält Bürgermeister Schlageter sie auf, wie Apotheker Mulsow und Bäckermeister Hennich lässt er das Skatblatt fallen und begrüßt Anna überschwänglich: Fräulein Anna, ihre Hand schüttelnd, ich hätte nie geglaubt, dass Sie noch mal nach Lanzerow zurückfinden, ich meine, wegen des Reinfalls mit der Volksgesundheitsuntersuchung.

Er bietet abwechselnd Anna und Siegfried seinen Stuhl an der Stirnseite des Tisches an und ruft: Penkuhn, Bier für unsere Gäste. Zufälle gibt es, ich habe neulich noch von Ihnen gesprochen. Penkuhn, schläfst du im Stehen, wo bleibt das Bier? Ihnen hat offenbar niemand den Kopf abgerissen wegen dieser dämlich ausgegangenen Untersuchung. Aber was Gutes hatte es, ich habe unseren Gauleiter überzeugt: Lanzerow wird Luftkurort. Was sagen Sie? Sobald dieser Krieg zu Ende ist, werden mir Gelder und ein Heer fleißiger Franzmänner oder Tommys bewilligt, dann sollt, und rollt das L, ihr mal sehen, was aus Lanzerow wird. Die Pläne, Fräulein Anna, alles ausgearbeitet. Wir bauen Lanzerow am See neu, das heißt dann Thingborn, wie die germanischen Brunnensiedlungen, und Fritz Penkuhn bekommt auch einen anderen Namen, wenn ihn die Trägheit nicht zuvor erledigt hat, und wiederholt laut zu Fritz Penkuhn: Nicht erledigt hat. Um dann versöhnlich zu Anna: Es ist ein Glück in dieser Zeit, zu sagen, es klingt wie ein Geständnis.

Als Fritz Penkuhn selbst gebrannten Schnaps auf den Tisch stellt, ein Hoch auf unseren Führer, ein Hoch auf diese Zeit, wird auch Siegfried gesprächig. Er findet ein neues Lanzerow besser als die Ansammlung von Katen.

Thingborn, mein Lieber. Mein Reden, seit ich hier Bürgermeister bin.

Am Sonntagmorgen will der Hauptsturmführer wegen der langen Nacht mit Schlageter und Fritz Penkuhn, der am längsten dem Schnaps standgehalten hat, im Bett bleiben.

Siegfried, wir wollten zum See.

Anna schwimmt und taucht allein und macht am Strand gymnastische Übungen, die sie für Schwangere in Klosterheide eingeführt hat. Sie liegt im morgenwarmen Sand, den weiten Himmel über sich.

Als Anna zurückkommt, sitzen am Stammtisch Männer, die Anna nicht kennt, um einen Volksempfänger herum.

Auch Siegfried, rasiert und angezogen und blass, während ihr die Haut von der Sonne brennt. Die Männer hören Marschmusik. Laut fragt sie: Was ist los?

Wie durch einen Zauberspruch erlöst, erhebt sich Siegfried, nimmt Anna in den Arm und sagt: Wir müssen sofort zurück.

Zurück? Wir wollten wandern.

Wir haben Krieg, sagt Siegfried, nun zwei Stufen auf einmal nehmend.

Wir haben seit zwei Jahren Krieg, und der Sonne und dem Wasser ist das völlig egal.

Anna, sagt Siegfried mit beiden Händen am wackligen Treppengeländer: Der Russe hat uns heute Nacht überfallen, der Führer hat dem Russen den Krieg erklärt.

Am Sonntag?

Anna, ruft Siegfried am Geländer, wir müssen zurück.

Zum Abschied grüßt Fritz Penkuhn mit seiner speckig glänzenden Schirmmütze, als wäre er fröhlich.

Der Herr Ministerpräsident wünscht das Bernsteinzimmer aus dem Palast von Zarin Katharina. Amberg hält das gerade eingetroffene Telegramm hoch, Otto beißt sich auf die Lippen, Franzke hat den Mund offen.

Wir sind nach Russland abkommandiert.

Russland, flüstert Franzke, wieso denn Russland?

Amberg rückt an seiner Mütze: Unsere Truppen nehmen gerade Leningrad ein. Der Sommerpalast der Zarin ist seit gestern von uns besetzt.

Warum denn wir?, sagt Franzke nun laut.

Fragen Sie Kypscholl.

Franzke, unsicher, von wem er Antwort bekommt, bohrt den Zeigefinger ins Doppelkinn, und Amberg schiebt wieder an seiner Mütze: Wollen Sie Ihrem Kameraden nicht antworten, Kypscholl?

Ich habe keine Ahnung, wovon Sie sprechen, sagt Otto.

Keine Ahnung. Wo ist Finkel? Keine Ahnung. Was für Geschäfte machen Sie mit Finkel und Lewy? Keine Ahnung. Dann stelle ich einfache Fragen, Sie brauchen nur mit Ja oder Nein zu antworten. Franzke, Sie werden mir am Ende erklären, was Ihr Kamerad gesagt hat. Kypscholl, haben Sie einen Dürer mitgenommen?

Ja.

Ein Mädchenbildnis?

Ja.

Haben Sie Protokoll über diese Beschlagnahmung geführt?

Nein.

Haben Sie mir die Beschlagnahmung gemeldet?

Nein.

Haben Sie das Gemälde eigenmächtig nach Berlin geschickt?

Ja.

An unseren Ministerpräsidenten?

Ja.

Davon weeß ick aber nix.

Halten Sie die Klappe, Franzke. Mit einem Begleitschreiben von Ihnen, Kypscholl?

Ja.

Warum? Um sich in Berlin als unentbehrlich zu empfehlen? Kypscholl, wie blöd sind Sie? Glauben Sie tatsächlich, dass Sie jemals mehr als Kanonenfutter werden? Amberg trommelt mit einer Hand auf seinen Mützenschirm: Solange ich die Einheit leite, versuche ich auszutarieren, welchem unserer stolzen Kriegsherrn was zu zeigen ist, damit sie nicht übermütig werden, damit sie uns nicht verheizen wie Kanonenfutter. Selbst wenn ich wüsste, wo die *Mona Lisa* steckt, ich würde es für mich behalten, weil wir dann hier weiter Trüffelschwein spielen können, statt in Russland Kohlen aus dem Feuer zu holen. Ich habe gehofft, der Dürer geht in Berlin unter, ich habe mir sogar gewünscht, die rote Fliege schnappt ihn weg, bevor Göring das Bild sieht. Das schöne Gemälde hängt jetzt beim Ministerpräsidenten in Carinhall. Das muss gegen Russland ein Paradies sein, Kypscholl. Glauben Sie ernsthaft, dass Ihnen jemand in Russland hilft, wenn Sie in der Scheiße stecken? Und wenn wir wirklich mit diesem dämlichen Bernsteinzimmer heil aus Russland zurückkommen – Sie werden da bleiben, Kypscholl, dafür werde ich sorgen. Sie haben ein sattes Minuskonto bei mir. Wo ist Finkel?

Otto zuckt mit den Schultern.

Ich weiß es, und unser Sicherheitsdienst weiß es auch. Sie, Kypscholl, werden ihn jetzt aus seinem Versteck aufscheuchen. Franzke, Sie haften persönlich für den glatten Ablauf der Aktion, bei Schwierigkeiten machen Sie von der Waffe Gebrauch. Und Franzke, den Juden lassen Sie am Leben.

Zur Mittagszeit unterbricht Anna ihre Arbeit und dreht am Volksempfänger, um den Bericht der Wehrmacht zu hören. Am 19. September 41 wird die Eroberung von Kiew durch deutsche Truppen gemeldet; über Leningrad, das noch nicht vollständig besetzt ist, wo Otto nun eingetroffen sein muss, sagen sie nichts. Dann hört Anna zum ersten Mal im Radio, einem der wenigen aus Klosterheide mitgenommenen Gegenstände, die *Lili Marleen* – was Anna verwundert, ist das Lied nicht seit kurzem verboten? Sie reißt dann, die Haare unter einem Kopftuch, weiter mürbe Gardinen und Vorhänge von den Fenstern, rollt klamme Teppiche ein, nimmt vergilbte Fotos mit Aufnahmen von Logenbrüdern von den Wänden und wartet darauf, dass Rottenführer Mikoleit endlich Polen aufgetrieben hat, die alles Gerümpel aus dem Haus schaffen. Um den Gestank des seit Jahren leer stehenden Hauses zu vertreiben, um endlich damit zu beginnen, wofür sie hier ist. Das größte Zimmer mit dem Panoramafenster, dem Blick in den Park und zum Stadtsee, hat Anna zu ihrem Büro bestimmt, das kleinere Zimmer daneben wird Sekretariat, die zwei anschließenden Räume werden Registratur und Archiv, wie es sie in Wewelsburg gibt. So heruntergekommen die Villa der einstigen Freimaurerloge ist, Anna hat die Zimmer viele Male durchquert, gemeinsam mit Siegfried, und hatte bereits am ersten Tag feste Vorstellungen von der Raumaufteilung. Die Frauen wohnen sämtlich im Erdgeschoss, dort wird auch untersucht und entbunden, Lager und Waschküche werden im Keller sein, im Anbau wird gekocht. Für sie, Siegfried und das Hauspersonal gibt es Wohnungen im Seitenflügel, von wo aus die Stadt auf der anderen Seeseite, die gedrungenen Türme der Georgskirche, ein Teil der Burg und der Schornstein der Holzwerke zu sehen sind.

Als Anna die Schritte von Mikoleit in der Eingangshalle hört, läuft sie die geschwungene Treppe hinunter, mustert nur kurz den Halbwüchsigen und zwei Männer mit hängenden Schultern: Mehr haben Sie nicht aufgetrieben? Die sollen gleich anfangen, Schränke, Tische, Stühle, alles raus, am besten zu

Kleinholz und in die Heizung, oben die Gardinenkästen abnehmen, wann kommen die Maler?

Ich weejß nich, so schnell jeijt das nich, sagt der Rottenführer.

Da schiebt Anna die Männer ins nächste Zimmer: Das muss alles raus, woraufhin die Polen behutsam, als wären die Dinge aus Glas, einen Stuhl, ein Schränkchen tragen. Anna kann das nicht lange mit ansehen und schleppt dann selbst zwei Stühle: So macht man das, im Laufschritt aus dem Haus.

Rastenburg, hatte Gruppenführer Heydrich im Büro des Berliner Rassehauptamtes gesagt. Siegfried fragte verblüfft: Rastenburg, nicht Norwegen? Dort hätte er gern mit Anna ein Lebensbornheim geführt, in Klosterheide wurden nur Intrigen gesponnen, vom Hausmeister, von der Frau des Hausmeisters, die keine Lust hatte, täglich noch mehr Bettlaken zu bügeln, von der Schwester, die Wassergeburten als widernatürlich und undeutsch verweigerte.

Rastenburg, sagte Heydrich, macht ihr, Norwegen machen andere.

Anna und Siegfried waren zusammengerückt, fast berührten sie einander.

Der Ostraum wird für das Reich jetzt bedeutend, der Gruppenführer drehte sich mitsamt Stuhl Siegfried zu, wir werden vor dem Wintereinbruch den Russen niedergerungen haben, Stalingrad fällt gerade, im nächsten Jahr wird die Ukraine unsere Kornkammer, die Ölfelder am Schwarzen Meer liefern uns Treibstoff, wir ziehen den Kreis bis Nordafrika, das sind gewaltige Herausforderungen. Und zu Anna gewandt: Deshalb hat unser Führer die Wolfsschanze bei Rastenburg als sein neues Hauptquartier bestimmt und damit der Eroberung des Ostraums der des Westraums den Vorzug gegeben. Fräulein Anna, was für eine schöne Aufgabe. Sie werden in Rastenburg einen Lebensborn aufbauen, Sie sind vorerst der östlichste

Posten. Keine Sorge, Sie werden nicht den gesamten Ostraum aufnorden müssen, das ist unmöglich, das ist dem Führer klar und uns auch, und drehte sich wieder Siegfried zu: Um den Ostraum aber beherrschen zu können, brauchen wir da deutsche Eliten. Wir fangen mit Rastenburg an, spannen dann in den nächsten Jahren bis ins Baltikum ein Netz von Heimen, denn dort leben seit Jahrhunderten reinrassige Deutsche, und drehte sich wieder Anna zu: deren Nachwuchs einmal die Ostprovinzen führen wird. Ihr Auftrag, Fräulein Anna, ist also von höchster politischer Wichtigkeit. Das Rassehauptamt wird Sie deshalb mit allem Nötigen versorgen. Sie notieren, was Sie für Ihr Heim benötigen, und Sie bekommen es. Nur eines werden wir nicht liefern können, dafür sind allein Sie zuständig, und das aus gutem Grund: Die geeigneten Frauen werden Sie dort selbst finden müssen. Glückwunsch, Fräulein Anna, Sie können jetzt alle Ihre Vorstellungen verwirklichen. Heydrich hat den Beschwerdebericht vom Hausmeister und der Schwester aus Klosterheide zerrissen. Niemand wird Ihnen mehr das Leben schwer machen. Hauptsturmführer Wagner, Sie werden dem Heim in Rastenburg vorstehen, aber Ihre eigentliche Aufgabe ist die medizinische Betreuung des Personals in der Wolfsschanze. Sie leiten dort eine Krankenstation, Sie werden nicht viel zu tun haben, weil der Führer mit Sicherheit keine Invaliden um sich duldet. Sie haben also genügend Zeit für die Belange des Heimes Rastenburg. Sie bekommen einen Dienstwagen mit Fahrer, obwohl man die fünf Kilometer vom Führerhauptquartier bis Rastenburg zu Fuß gehen könnte, und lachte über seinen Spaß. Sie können aus der Wachmannschaft geeignete Männer als Zeugungshelfer auswählen. Da wird Ihnen sicherlich kein Jude oder Pole unterkommen, und lachte wieder. Nochmals meinen Glückwunsch, Sie werden dem Führer so nahe sein wie kaum jemand. Ich werde meine Koffer auch packen, der Führer hat mich zum stellvertretenden Reichsprotektor von Böhmen und Mähren ernannt. In acht Tagen trete ich in Prag meinen Dienst an. Aber, Fräulein Anna, das soll nicht bedeuten, dass Sie mir nicht mehr schreiben. Ich bitte Sie sogar darum; berichten Sie mir aus Rastenburg, und sobald ich vom Führer dorthin gerufen werde, statte ich Ihnen einen Besuch ab.

Dann hatte Heydrich die Hände gehoben, als wäre er ein Priester und spendete den Segen, und die Unterredung war beendet. Anna und Siegfried standen noch eine Weile auf dem Flur, hörten den Gruppenführer telefonieren und sahen sich an, bis Anna: Ich will ins Kino, sagte. Vom Rassehauptamt in der Hedemannstraße sind sie die wenigen Meter in die Friedrichstraße gegangen, um Marika Rökk in *Frauen sind doch bessere Diplomaten* zu sehen, und als die Rökk endlich sang: Wenn ein junger Mann kommt, der fühlt, woraufs ankommt, war der Schreck über Rastenburg vergessen. Anna, berauscht vom ersten Farbfilm, lag in Siegfrieds Armen.

Anna, ruft Siegfried, den sie nicht hat kommen hören, Anna, wie siehst du denn aus?

Sie hebt ihre verdreckten Hände: Ich miste nur den Saustall aus. Ich bin allein. Mikoleit hat mir drei Polen gebracht, aber die sind schon wieder weg, die hauen einfach ab, wenn man nicht danebensteht.

Ich schick dir Leute aus der Wolfsschanze rüber, kleine Wühlmaus, du musst ins Wasser. Siegfried bindet ihr Schürze und Kopftuch ab: Die Badeanstalt ist nicht weit.

Und das hier?

Morgen, und nimmt sie bei der Hand, morgen machst du weiter.

Sie laufen durch den verwilderten Park, den schmalen Uferweg zur Badeanstalt. Das Sprungbrett am Stegende belagern Jungen. Anna zieht in einer Kabine ihren in diesem Sommer selten getragenen Badeanzug an und staunt über Siegfried, der, ohne eine Miene zu verziehen, in den schon kühlen See geht. Schnell ist Anna ihm um Züge voraus, sie dreht sich im Wasser, schlägt mit den Beinen kleine Fontänen, bis Siegfried schnaubend nachkommt.

Von hier sieht man unsere Villa, sagt Anna.

Heute gabs Theater im Bunker, sagt Siegfried.

Theater?

Wegen Fröschen, und schnauft, dass Wasser aufspritzt.

Frösche? Anna lacht und schwimmt weiter Richtung Seemitte.

Die Idioten von Wachen, und pustet wieder, haben Petroleum –

Was?

In den Froschteich gekippt. Wie weit denn noch?

Warum das?

Um die Mückenlarven auszurotten. Komm zurück.

Habt ihr bald keine Mücken mehr.

Die Frösche sind verreckt. Aber der Führer, und schnauft, will morgens Frösche hören.

Was hast du damit zu tun?

Zum Glück nichts. Zum Glück hab ich, und hustet, nur, und hustet wieder, ein paar Kranke mit Koliken vom schlechten Wasser, und sagt, bis er Boden unter den Füßen hat, nichts mehr.

Auf der Wiese grüßt Siegfried den Fahrer des Führers, eine Sekretärin und zwei Posten von der Wolfsschanze, sie blättern in der *Berliner Illustrierten* und rauchen dabei.

Ich muss dir ein Geständnis machen, sagt Siegfried mit dem Handtuch um die Schultern. Ich bin der Schokolade verfallen, je bitterer, desto besser, und reibt sich die Arme, weil er friert.

Und Anna: Ich habe heute keine junge Frau gesehen, als ich in der Stadt war, nur alte Leute.

Siegfried zieht sein Hemd über: Du bist zu ungeduldig, seit ich dich kenne, bist du ungeduldig und verhedderst dich, nichts geht dir schnell genug, alles muss sofort funktionieren, was glaubst du, was in der Wolfsschanze alles nicht funktioniert.

Achthundertfünfzig Kilometer weiter östlich, in Puschkin, geraten Otto und sein Trupp im Treppenhaus des Sommerpalastes der Zarin unter Beschuss. Granaten bringen Marmorsäulen zum Bersten, schmiedeeiserne Faunsköpfe springen vom Treppengeländer, Wände, von denen Flora und Ceres gerade noch mit ihren Füllhörnern winkten, werden zu Staub, den Otto auf der Zunge schmeckt. Dicht ans Treppengeländer gedrückt, Franzke neben ihm, warten sie auf das Ende der Einschläge.

Dit war nu dit vierte Mal, dit jeht nich immer jut, sagt Franzke beim Aufrappeln. Von dem knappen Dutzend Landser, die Otto kommandiert, melden sich nach dem Angriff sechs zurück. Einen finden sie unter Säulentrümmern, den Kopf halb abgerissen, einen aufgespießt an verbogenen Eisenstäben des Treppengeländers, an vergoldeten Ranken ausgeblutet.

Ich gloob, der lebt, ruft Franzke und rollt einem der Männer einen Deckenbalken von der Brust. Der Landser spricht nur Blut, Otto sieht den irren Blick, dann huscht der Tod vorbei.

Scheiß, flucht Franzke.

Weiter, sagt Otto. Nur mühsam kommen sie durch die Trümmer voran, aber jeder Beschuss durch die Russen eröffnet neue Perspektiven, weil vermauerte Verstecke nun offen liegen, Geheimtreppen sichtbar werden, unter dem Parkett Verborgenes zum Vorschein kommt. Vielleicht sogar das Bernsteinzimmer.

Dit hat der Russe vorher wegjeschleppt, sagt Franzke, erschöpft vom Auf und Ab.

Hat er nicht, als unsere Truppen das Schloss besetzten, war das Bernsteinzimmer noch da, der Alte hat mir Fotos von dem Zimmer gezeigt. Aufgenommen von unseren Leuten.

Otto gibt Befehl, die Dachböden zu durchkämmen. Sie steigen über Halden zerbrochener Dachpfannen, geborstener Balken, Ziegelsteine, an die Otto pinkeln will, aber dazu nicht kommt, weil er unter einem Lumpen Beine sieht. Er stößt den Lumpen weg und hat eine zusammengekauerte junge Frau vor sich. Franzke hilft der Frau auf die Beine. Staub rieselt aus den langen blonden Haaren, unter dem zerrissenen Kleid ist nackte Haut: Ne Russenbraut. Die is janz jung. Wat macht die hier?

Otto rückt seinen Stahlhelm zurecht und blickt durch das zerschossene Dach in den Himmel, Schleier ziehen vor Azurblau, er blickt zum Haus des Kastellans im Park, nun Ambergs Dienstsitz.

Einer der Landser bringt Otto die Umhängetasche des Mädchens, Otto wirft ihren Kamm, die Packung Kekse und zwei Äpfel in den Schutt, das Blatt Papier schaut er sich genau an; kyrillische Schrift, dazu eine Zeichnung wie von Kinderhand: Was ist das, Franzke?

Der dreht das Blatt Papier um: Dit is vielleicht, und greift sich an die Nase. Otto nimmt ihm das Blatt weg und tritt dicht vor das Mädchen: Bernsteinzimmer?

Dit versteht die nich.

Otto schlägt dem Mädchen ins Gesicht, dass sie vom Nasenbluten ihre Engelhaftigkeit verliert.

Franzke gibt dem Mädchen die Kekse zurück: Wat soll dit? Lass die loofen.

Augenblicklich steigt Wut in Otto auf, er tritt das Mädchen, sie hält sich die Hände vor das Gesicht, reißt an ihrem Kleid, dass die Nähte platzen, brüllt wie Spieß Blond.

Ick gloob, dit reicht. Die weeß nix.

Aus Ottos Wut wird Hass. Er fuchtelt mit seiner Pistole herum, bereit, abzudrücken, will das Gesicht loswerden, den Mund, der nichts sagt, den Kopf, der bestimmt so viel weiß, dass er, Otto Kypscholl, nicht als Frontschwein in Russland enden muss. Aber was nützt ihm ein totes Russenweib, was nützen ihm hundert umgebrachte Russen?

Otto liefert das Mädchen und das Blatt Papier bei Amberg ab. Der lässt einen gefangenen Russen holen, Deutschlehrer, und vorlesen: Position eins ist Rundtisch, Platte getragen sechs Mal erigierter Penis. Position zwei ist Sofa, Beine erigierter Penis, auch Lehnen, Bekrönung Vagina offen. Position drei ist Sessel, gleiche Ausfertigung.

Was lesen Sie da?

Der Russe zeigt Amberg die Position: Ist Leuchter, erigierter Penis, Brüste Tropfmanschetten. Position fünf ist Bettgestell. Pfosten vier Mal nackte Männer mit –

Amberg nimmt den Zettel, um ihn gleich wieder zurückzugeben.

Ein Inventarverzeichnis.

Warum sagen Sie das nicht gleich? Wovon?

Ist nicht geschrieben.

Amberg will vom Russen wissen, warum das Mädchen im Schloss war.

Sie ist sechzehn Jahre alt und heißt Galina. Sie wurde von der Schule zum Helfen eingeteilt.

Schule?, fragt Amberg.

Weil keine Männer mehr im Museum. Hat mit Schüler verpackt. Geschirr, Silberzeug, Schmuck. Rote Armee hat abgeholt, Möbel nicht alles. Das ist geblieben, und hält den Zettel hoch.

Unsinn, warum hat sie das aufgeschrieben?

Hat nicht, sollte Zettel Kurator geben, war dann Beschuss, hat sich versteckt, war dann Wehrmacht da.

Was soll das sein?

Sie sagt, im Schloss vermauert.

Kypscholl, klären Sie das. Wo vermauert?

Wo vermauert?, fragt Otto das Mädchen an der Schlosstreppe, vor einem der toten Landser. Galina hält die Hände vors Gesicht, Otto treibt sie weiter, sie stolpert über Balken und Eisen. Wo ist das vermauert?, und sie kommen zum Faun, der am vergoldeten Treppengeländer liegt. Wo?, und er schubst Galina durch das Teezimmer von Zarin Katharina, durch ihre Ankleide und dorthin, wo das Bernsteinzimmer gewesen ist, bis zum Treppenhaus am anderen Ende. Sie gehen durch die untere Etage zurück bis zum toten Faun, in dessen blutverschmiertes Gesicht Otto das Gesicht von Galina drückt: Wo!

Kypscholl, dit reicht nu.

Die blutige Faunsbraut wendet sich um, Otto folgt ihr durch Festsäle bis in ein Verwaltungszimmer, sie zeigt auf einen der großen Schränke, den Otto von der Wand schiebt, die Landser rammen dann mit ihren Gewehrkolben, bis Steine herausfallen.

Franzke schaut als Erster durch das Loch: Ick gloob dit nich, und stöhnt, als schleppte er schwer: Mösen, Möpse, allet voll.

Dann blickt Otto in den Nebenraum, der bis unter die Decke mit Stühlen, Sesseln und Tischen verstellt ist, an denen vergoldete Brüste und Penisse glänzen. Wie besessen, rammt Franzke weiter, bis das Loch groß genug ist, um durchzuklettern. Otto steigt hinterher, da betastet Franzke schon gespreizte Beine auf einer Sessellehne, einem Sofa, einem Stuhl, liebkost Brüste an Leuchtern und Vasen, dass Otto sagt: Es reicht.

Otto meldet Amberg den Fund, woraufhin sich der Sturmbannführer selbst ein Bild macht. Auch er betastet jeden Gegenstand, hält einen Leuchter, dem Kerzen in geöffnete Schenkel gesteckt werden, hoch: Ich gebe zu, so etwas habe ich noch nicht gesehen. Wahrscheinlich haben wir hier eine komplette Zimmereinrichtung, eine Art erotisches Kabinett, selbst der Leuchter, und nimmt seinen Stahlhelm ab, den er wegen russischer Heckenschützen trägt: Aber es ist nicht das Bernsteinzimmer. Und ob der Herr Ministerpräsident an Erotika Gefallen findet, weiß ich nicht. Alles ausräumen, verpacken und abtransportieren. Mehr als die Front kann uns nicht blühen, und hier ist die Front.

Und das Mädchen?

Die überlasse ich Ihnen, Kypscholl.

Lastwagen fahren vor den Palast, stoppen, und Landser beginnen sie im Laufschritt mit dem aufgefundenen Mobiliar zu beladen. Otto trägt, was er für sich behalten will, zu einer Kiste, einen der erotischen Stühle, einen Silberleuchter und Vasen, während Franzke das Mädchen zu bewachen hat. Er wäscht ihr Gesicht mit Wasser aus seiner Trinkflasche, reibt Dreck aus den Haaren, nestelt an ihrem zerschlissenen Kleid, als wollte er ihre nackte Haut verbergen.

In der Dämmerung wird die Ausräumung abgebrochen, um dem Beschuss durch die Russen zu entgehen, und die Laster fahren ohne Licht davon. Schnell ist es dunkel, Otto versucht, Sternenbilder auszumachen.

Wie auch Anna. Sie hat ihre Bettdecke bis unters Kinn gezogen. Im Sternengefunkel wartet sie, dass ein Auto vorfährt, dass Siegfried aussteigt, die Treppe hochkommt, damit sie nicht wieder die Nacht allein in dem Haus verbringen muss. Um eine Stimme um sich zu haben, stellt sie den Volksempfänger an und hört bis zum Sendeschluss Radio Belgrad. Als Letztes sendet er *Lili Marleen*.

Wenige Meter vom Sommerpalast entfernt, klettern Franzke, Otto und zuletzt Amberg an Steigeisen in einen Schacht. Wenn das Bernsteinzimmer nicht im Palast versteckt wurde, dann vielleicht in den Kasematten davor. Sie kriechen, jeder eine Taschenlampe in der Hand, durch Gänge, von deren Wölbungen Wasser tropft, gelangen, nachdem sie viele Stufen hinabgestiegen sind, in eine Halle. Wohin sie auch leuchten, sie sehen bis unter die Decke Kisten.

Da nimmt Amberg seinen Stahlhelm ab, holt tief Luft und wischt sich den Schweiß von der Stirn: Na also.

Franzke hebelt mit seinem Dienstdolch M36 dünne Bretter von einer Kiste, Holzwolle rieselt ihm entgegen.

Machen Sie keinen Schaden, ruft Amberg, beglückt von der Größe des Verstecks, Bernstein ist sehr empfindlich.

Franzke zieht nun Holzwollefäden einzeln heraus, stochert mit seinem Messer in der Kiste herum.

Kypscholl, was gaffen Sie? Finden Sie einen Ausgang, am besten nach oben. Wir werden die Kisten morgen rausschaffen.

Dit sind Panzergranaten, sagt Franzke leise.

Was reden Sie? Amberg funzelt mit seiner Taschenlampe in die Kiste, beugt sich vor, als wollte er hineinkriechen.

Russengranaten, ick hab diese Schrift da druff jesehn.

Dann klettern Sie hoch und untersuchen die anderen Kisten, der Russe ist hinterhältig genug, seine eigenen Sachen in Schutt und Asche zu legen. Nur mit dem Unterschied, dass das Bernsteinkabinett nie russische Kunst war. Kypscholl, was gaffen Sie? Helfen Sie Franzke auf die oberen Kisten.

Otto drückt Franzke am Hintern hoch, Franzke hebelt wieder Bretter auf: Dit sind ooch Panzergranaten. Aber hier is n Ausgang nach oben.

Lassen Sie Kypscholl zuerst raus, falls wir beim Russen ankommen.

Schon nach wenigen Handgriffen scheuern Otto die rostigen Steigeisen an den Händen. Der Schacht wird mit jedem

Meter nach oben schmaler, das Gitter stemmt er mit den Schultern hoch und sieht, als er die Abdeckung beiseitegeschoben hat, herbstbunte Baumkronen. Dann, mit halbem Oberkörper aus dem Schacht, dicht am Waldrand qualmende Russenpanzer, Bombenkrater, ausgebrannte Wehrmachtspanzer, umgestürzte Mannschaftswagen und Geschütze. Otto will wieder in den Schacht, aber da ruft Amberg: Klettern Sie raus.

Hier ist ein Schlachtfeld, wir müssen zurück.

Kypscholl, raus.

Otto steigt aus dem Schacht und robbt, um Schutz zu suchen, in einen Krater, keine fünf Schritte entfernt. Über den Rand sieht er Amberg, für einige Sekunden grinst Otto über das ungläubige Gesicht des Sturmbannführers, aber dann ist Amberg schnell aus dem Schacht und bei Otto im Krater und sucht vergebens das Schloss: Kypscholl, das verdanken wir alles Ihnen. Ihrer Blödheit. Ihrer Saublödheit.

Ick gloob, ick häng fest, ruft da Franzke, mit dem halben Oberkörper über der Erde, mein Arsch is zu dick.

Runter, ruft Otto, da knattert ein Maschinengewehr, runter, und sieht noch, wie Franzke mit seinen Armen schlenkert, der Kopf wackelt ihm, als wäre das Knattern die Musik, zu der er wild tanzt. Am Kraterboden warten Amberg und Otto, bis die Musik verklungen ist.

In den Schacht zurück, sagt Amberg mit gezogener Pistole.

Otto robbt bis zu Franzke, der noch immer feststeckt, nun vornübergebeugt.

Franzke, aber dem läuft dunkles Blut aus dem Mund, und er kann nur noch flüstern: Lass sie loofen.

Franzke!

Dann spielt wieder Kriegsmusik, Otto liegt flach auf dem Boden, während Franzkes abgeschossene Körperteile durch die

Luft fliegen, die Kriegsmusik verklingt, als sein Oberkörper zerfetzt herumliegt.

Kypscholl, ruft Amberg aus dem Krater, hierher.

Otto kriecht in den Krater zurück, da erst überkommt ihn ein Zittern wie zuletzt in Paris, als er Finkel gesehen hat.

Amberg schlägt Otto mit der flachen Hand ins Gesicht: Kypscholl, reißen Sie sich zusammen.

Aus den herbstbunten Baumkronen verschwinden die Sonnenstrahlen.

Franzke muss aus dem Schacht, und dann tauchen wir ab. Verstanden, Kypscholl? Aber Amberg kommt nur knapp aus dem Krater, da spielt erneut die Kapelle, und diesmal trifft es Amberg, der kopfüber Otto vor die Füße fällt. Otto starrt Amberg an, dieses schwarze Stück Scheiße, das ihm die Front eingebrockt hat, das irgendwo verletzt ist und nun hoffentlich seinen Geist aufgibt.

Helfen Sie mir hoch. Mein Arm, der linke. Arm abbinden, sonst verblute ich.

Hochhelfen, hochhelfen, so hoch, dass er zersiebt wird wie Franzke. Als Amberg nach der Trinkflasche greift, stößt Otto sie weg. Amberg bittet wieder um Hilfe, nun kraftlos. Wann ist das Blut aus dem Schwein raus? Aber Otto schafft es nicht, Amberg aus dem Krater zu rollen, noch ihn selbst zu zerlöchern. Sein Kopf ist klar, er kann denken, erkennt die Dämmerung, die Krähen am Himmel, er riecht brennende Reifen und Öl. Aber Arme und Beine sind kraftlos, baumeln nur an ihm herum, wie angeheftet.

Kypscholl, sagt Amberg so leise, dass Otto es kaum hört, aber es klingt wie von seiner Mutter gehaucht, wenn sie nach ihrem Geliebten begehrt: Jochanaan, lass mich deinen Mund küssen.

Otto fasst Amberg an, öffnet den Mantel, zieht ihn vom zerfetzten Arm, reißt den Hemdärmel herunter und bindet damit den Arm über dem Ellenbogen ab. Im Dunkeln legt Otto sich den Sturmbannführer über die Schulter und geht auf das Schlachtfeld, fünfzig Meter geradeaus muss er schaffen, wo ein Lastwagen der Wehrmacht feststeckt. Er setzt den Sturmbannführer auf der Ladefläche zwischen Säcken mit Kartoffeln, Reis, Graupen und Tee ab. Otto legt seine Taschenlampe so, dass er Amberg Wasser einflößen kann, umpolstert ihn mit Säcken, damit er nicht umfällt. In der sternenklaren Nacht sieht Otto die Schatten von streunenden Hunden oder Füchsen und kriecht zu Amberg, um sich an ihm zu wärmen.

Es ist noch immer dunkel, als Amberg sagt: Sobald Sie sehen können, brechen Sie auf. Unsere Truppen können nicht weit sein. Holen Sie Hilfe.

In der Morgendämmerung springt Otto vom Lastwagen, aber der Sprung aus lächerlicher Höhe misslingt, er knickt um und spürt schon nach wenigen Metern stechenden Schmerz. Er kann nur noch humpeln, quält sich wieder auf die Ladefläche.

Ambergs Gesicht ist fieberrot: Wo sind unsere Leute?

Mein Fuß.

Hat man Ihnen wenigstens Morphium mitgegeben?

Mein Fuß, ich –

Kypscholl, erzählen Sie noch mal, wie es war, als Sie Finkel in Paris abholen sollten.

Er war nicht da.

Weil Sie ihn gewarnt haben?

Vielleicht ist das Fußgelenk gebrochen.

Haben Sie sich in Paris nie gefragt, warum Finkel so lange ungeschoren geblieben ist? Geben Sie mir zu trinken, ich erzähl Ihnen eine Geschichte.

Otto füllt Wasser aus dem Kanister in eine Trinkflasche, gefunden auf dem Schlachtfeld. Der Wundbrand kann mir den Garaus machen. Mir ist angenehm warm, nur Sprechen ist mühsam.

Amberg beginnt leise von seinem Studium zu erzählen, das er 25 als Kunsthistoriker abgeschlossen hat, um sich dann als Dozent an der Kunsthochschule Berlin zu bewerben. Finkel in der Aufnahmekommission sagt Nein. Abgelehnt, weil ich gesagt habe, deutsche Kunst kann nur von deutschen Künstlern kommen. Finkel sagt, das ist verwerflich. Zwei Jahre später erneut beworben. Ich zu ihm nach Hause, schöne Wohnung mit vielen Büchern. Haben lange geredet. Sagt Finkel wieder Nein, weil ich verwerflich denke, Kypscholl, ist das nicht kurios?

Amberg kühlt sein Gesicht mit Wasser, und Otto sieht eine Fahrzeugkolonne, dicht genug, um die eigene Truppe zu erkennen.

Nach drei Tagen Paris hat mir der SD gemeldet, Finkel ist da. Kypscholl, Sie mussten auf ihn treffen. Ich war neugierig, welches Spielchen er mit Ihnen spielt und welches mit mir.

Otto fragt, wo Finkel ist.

Amberg flüstert noch: Er ist gut aufgehoben. Solange ich lebe, bleibt auch Finkel am Leben. Ich kenne nämlich Ihre Gedanken, Kypscholl.

Dem Wehrmachtslaster, der die Toten einsammelt, winkt Otto, so heftig er kann, zu.

Auch Anna winkt, als Siegfried im schwarzen Horch vorfährt.

Und?, ruft sie, kaum dass er ausgestiegen ist.

Er kommt.

Sicher?

Es ist amtlich, gerade habe ich die Bestätigung gelesen.

Anna wirft Siegfried von ihrem Fenster Luftküsse zu, läuft über den Flur, die Treppe hinunter bis in die Eingangshalle, küsst erst ihren Verlobten und nimmt dann Eike das Kind ab.

Heydrich kommt schon nächste Woche.

Fräulein Anna, ich bin so glücklich, und Eike umarmt Anna, das ist hier so schön.

Warum schon nächste Woche?, fragt Anna.

Er hat einen Termin beim Führer. Und außerdem, Siegfried zeigt zur Villa, es ist alles eingerichtet: neue Betten, neue Schränke, Entbindungsräume, einer für Wassergeburten, es ist hell und luftig, was bin ich froh, dass wir uns nicht mehr in Klosterheide herumschlagen müssen.

Eike, wie war die lange Fahrt? Anstrengend?

Nein, lacht Eike, von Klosterheide nach Berlin, dann nach Stettin und dann nach Marienburg, immer der Nase nach. Und in Rastenburg hat mich der Herr Doktor Wagner abgeholt.

Such dir ein Zimmer aus, du bist die Erste, die hier einzieht.

Später bringt Siegfried in ihrem frisch nach Farbe riechenden Arbeitszimmer drei gerahmte Ansichten vom Wannsee an der Wand an.

Wenn der Gruppenführer nächste Woche da ist, brauchen wir aber mehr als eine junge deutsche Mutter hier. Ich war im Krankenhaus, da gibt es zwei Hochschwangere, aber Polen.

Anna, Liebes, es gibt immer Geburten, die Welt ist voller Kinder. In Berlin könnten wir gar nicht genug Betten aufstellen, wie Frauen zum Entbinden kämen. Heydrich wird die Patenschaft dieser Kinder übernehmen. Hängt das Bild gerade?

Ich war auch bei Hebammen in Rastenburg.

Gerade oder schief?

Sie sagen, Kinder müssen zu Hause zur Welt kommen.

Anna, du machst dir Gedanken. Wenn die Frauen sich nicht zu uns trauen, dann reden wir mit ihnen. Es sind Deutsche, sie leben für Deutschland, wir schaffen ihnen alle Voraussetzungen für ein gesundes Muttertum. Dieses Haus ist erst der Anfang, in ein oder zwei Jahren werden hier Frauen in einer kleinen Siedlung leben, unsere Zeugungshelfer werden Tag und Nacht ihre Aufgabe erfüllen, es wird hier Werkstätten für die Frauen geben, sie werden arbeiten und gebären, die Kinder werden in eigenen Häusern leben, von unseren Schwestern betreut. So wie der Führer sein Hauptquartier ins größte Sumpfloch gesetzt hat, so werden wir in dieser kargen Gegend ein Musterheim aufbauen. Siegfried schlägt den nächsten Nagel mit so viel Wucht ein, dass er in der Wand verschwindet: Uns hält niemand auf.

Nach einer Nacht in ihrem Zimmer, die nackten Leiber aneinandergepresst, brechen Anna und Siegfried am frühen Morgen ins nahe Sensburg auf. Aber auch im kleinen Stadtkrankenhaus gibt es keine Schwangeren.

Das entmutigt uns nicht, Anna. Ich überlasse dir meinen Fahrer, den Mikoleit, der stammt von hier. Mit ihm fährst du über die Dörfer. Da gibt es keine Krankenhäuser und keine Hebammen. Wenn der Gruppenführer nächste Woche kommt, werden wir ihm etwas zu bieten haben. Ich muss zurück in die Wolfsschanze, ich habe tatsächlich zwei Kranke in meiner Baracke.

Kommst du heute Abend?

Ja. Ich weiß es nicht.

Otto liest erneut den acht Tage alten *Völkischen Beobachter*. Abgegriffen und faltig ist das Blatt, er kennt jeden Artikel, jedes Foto, und den Beitrag auf Seite eins über seinen heldenhaften Kampf beim Niederringen des Feindes mit Panzerfäusten an vorderster Front und seinen selbstlosen Einsatz bei der Rettung des schwer verwundeten Sturmbannführers Amberg kennt er auswendig. Otto mustert wieder das Foto, aufgenommen an seinem Krankenbett. Gut zu erkennen der Gips am Fußgelenk, auch sein Gesicht, aber in der Bildmitte der dicke liebe Gott beim Verleihen des Eisernen Kreuzes Erster Klasse, das Verwundetenabzeichen, und als ob das Füllhorn noch nicht üppig genug gefüllt gewesen wäre, beförderte er ihn zum Scharführer.

Seit zwei Wochen liegt Otto im Krankenhaus, aber um gesund zu werden, braucht er nur diese Zeitung zur Hand zu nehmen, immer wieder, es gibt keine bessere Heilung. Der dicke liebe Gott neben seinem Krankenbett. Niemand aus seiner Familie hat es so weit gebracht. Mit dieser Zeitung ist der Totenhochtreiber nur noch eine armselige Gestalt, eine Witzfigur, die man zeichnen müsste, mit seinem kahlen Schädel, den winzigen Rattenaugen und dem spitzen Kinn. Ihn zeichnen, aber nicht wie früher, um die Furcht vor jenem Gesicht zu verlieren, zeichne, was dir Angst macht, hat Finkel zu ihm gesagt, sondern um das Lachen über ihn auszukosten.

Otto stellt die Zeitung wieder an die Blumenvase, jeder, der kommt, sieht sie, sein Schutzengel ist bei ihm, und die anderen guten Geister sind es auch. Anna hat ihm aus Rastenburg geschrieben, wo auch der Führer sein Quartier hat, du lieber Himmel, Anna beim Führer, er beim dicken lieben Gott, von Lale Andersen hat er Genesungswünsche aus Paris bekommen, wo sie von den Truppen gefeiert wird. Auf seinem Nachtschränkchen liegen an die hundert Briefe und Karten von Leuten, die er nicht kennt. Schultze hat ihn im Krankenhaus besucht, seine Mutter kommt jeden Tag: Junge, da ist wieder eine Kiste angeliefert worden. Und Onkel Kasimir, auf dessen Station Otto liegt, der Otto aus dem Frontlazarett nach Berlin hat schaffen lassen, sieht mehrmals am Tag nach ihm.

Otto schreibt an seiner Inventarliste, wieder fallen ihm Dinge ein, die im Feuerschutzraum der elterlichen Villa lagern, und er denkt daran, einiges zu verschenken: für Anna einen Ring, für seine Mutter zwei Emaillemalereien mit Ansichten von Paris, für Onkel Kasimir eine Repetieruhr mit goldener Westenkette, für Siegfried goldene Manschettenknöpfe, für Lale

Andersen einen Armreif, für Schultze ein Feuerzeug. Für den Totenhochtreiber ein paar Zeichnungen von einer Witzfigur. Otto fühlt sich wohl und blickt von seinem Bett auf die raureifüberzogenen Dächer von Berlin. Hätte Onkel Kasimir es nicht untersagt, würde er in seiner neuen Uniform im Bett liegen, na, Spieß Blond, altes Frontschwein das, wo bleibt die Meldung?

Dann heult vom Krankenhausdach die Sirene, andere Sirenen heulen mit. Auf den Fingerzeig des dicken lieben Gottes müssen Millionen Menschen von einer Minute auf die andere in Luftschutzkellern verschwinden, weil Geschwader Kunststücke am Himmel von Berlin vorführen werden.

Herr Kypscholl, kommen Sie? Wir haben Fliegeralarm, Sie müssen in den Keller, sagt die Schwester und zieht Otto die Bettdecke weg.

Ich kann allein aufstehen.

Aber Otto will das Himmelsschauspiel sehen, die Schwester verlässt eilig sein Zimmer, um die Krankenstühle anderer zu schieben. Männer an Krücken humpeln vorbei, im Hof laufen Ärzte, Pfleger und Fahrer zum nächsten Unterschlupf, und all das, weil der dicke liebe Gott gerade Alarm ausgelöst hat, vielleicht nur, damit er mit dem Feldstecher den Vorführungen seiner Flieger zusehen kann.

Da ist noch einer, ruft eine Schwester im Vorbeigehen.

Eine Sirene nach der anderen verstummt. Otto humpelt ans Fenster, das er öffnet: Kein Autohupen, kein Straßenbahnquietschen, kein Kindergeschrei, der dicke liebe Gott gibt ein Zeichen, und in Berlin ist es still. Ein Brummen kommt in den Himmel, es hört sich an wie zehn gleichzeitig laufende Rasiergeräte Marke Kypscholl. Rasch werden daraus zwanzig, fünfzig, hundert, dann blitzt es am Himmel auf, der dicke liebe Gott wünscht Feuerwerk, die Blitze nehmen zu, das Brummen auch, dann sieht Otto kleine schwarze Punkte. Als die Flieger über das Krankenhaus hinweggezogen sind, explodieren auch vor und neben ihm Bomben, Häuser fallen auseinander, es gibt riesige Löcher, wo gerade noch Autos unter Bäumen standen, schlagen Flammen zum Himmel. Otto bekommt das Fenster nicht zu und seinen Mund auch nicht. Er kennt solche Bilder aus den *Wochenschauen*, aber da brennen London und Coventry.

Nachmittags besucht ihn seine Mutter, geschminkt und mit schönem Hut, doch sie verliert kein Wort über die Vorstellung, die nicht der dicke liebe Gott gegeben hat, die er nicht einmal verhindert hat. Während seine Mutter von Blumenzwiebeln erzählt: Dahlien für die Beete an der Terrasse, starrt Otto auf das Foto im *Völkischen Beobachter*. Da lacht der dicke liebe Gott, und Otto lacht auch.

Wenige Tage vor Weihnachten 41 kommt Otto nach Hause, Anna auch: Lass dich anschauen, Brüderlein, und Siegfried: Ihm steht die Uniform ausgezeichnet.

Kinder, endlich haben wir mal wieder Leben im Haus. Elisabeth zündet den Adventskranz an: Wie lange ich darauf gewartet habe, und ruft nach Hermann.

Der kommt aus seinem Arbeitszimmer mit einer Brille, die Otto an ihm noch nicht gesehen hat, was der Witzfigur das Lächerliche nimmt und dem Rattengesicht das Rattenhafte. Fünfmal hat Otto den Totenhochtreiber im Krankenhaus gezeichnet, die Blätter in Geschenkpapier verpackt, um sie ihm an Weihnachten zu übergeben.

Stalingrad ist fast gefallen, ich habs gerade im Radio gehört, der Russe kapituliert, Hermann Kypscholl wippt in seinen Schuhen, wie Otto das auch noch nicht gesehen hat. Im nächsten Jahr kapituliert der Engländer.

Hermann, kannst du noch von etwas anderem reden? Unsere Kinder sind gerade erst angekommen.

Der Totenhochtreiber setzt sich an seinen Platz, rückt Kuchenteller und Kaffeetasse zurecht: Nur schlimm, dass der Schultze und die Lale Andersen es doch geschafft haben mit ihrem Trauerlied, und rückt an der Kuchengabel, auch das kennt Otto von seinem Vater nicht.

Warum hört sich die Truppe so was an? Ist das bei euch in der Wolfsschanze auch so? Der Führer hört das bestimmt nicht.

Die Lale hat mir neulich gesagt, dass jetzt zweihunderttausend Platten von der *Lili* verkauft sind, ist das nicht wunderbar?

Otto klatscht.

Der Führer hat sich neulich den *Großen Diktator* mit Chaplin vorführen lassen, sagt Siegfried.

Wie! Mit diesem Zappeljuden?

Der Führer hat gelacht.

Warst du dabei? Das will ich jetzt genau wissen.

Unsereins ist nicht dabei, wenn der Führer Filme anschaut.

Schwiegersohn, du bist doch sein Leibarzt.

Ich bin Lazarettarzt und behandle Durchfälle der Wachmannschaft.

Und woher weißt du, was unser Führer anschaut?

Weil der Filmvorführer auch Durchfall hatte.

Es war jedenfalls allerhöchste Zeit, dass unser Führer dem amerikanischen Juden den Krieg erklärt, und schiebt die gerade zurechtgerückte Tasse weg. In diesem Moment fängt Elisabeth *Oh, du fröhliche* zu singen an.

Was soll das, wir haben noch nicht Weihnachten, fährt Hermann Kypscholl dazwischen, weshalb Otto einstimmt, auch Anna, Siegfried brummt die Melodie, während Hermann eine Scheibe Stollen auf seinen Teller legt und zu essen beginnt: Ist die Wolfsschanze jetzt fertig? Flugplatz, Eisenbahnanschluss, Zufahrtsstraßen? Das muss ja eine riesige Baustelle sein. Wenn der Feind das sieht. Ich jedenfalls hab eine Heidenangst, wenn

Luftalarm ist, meine Fabriken sind dann in Gefahr, die kann ich nicht verstecken.

Die Wolfsschanze ist komplett unter Tarnnetzen verborgen, auf den Bunkerdächern wachsen Tannen und Efeu, von der Luft aus ist überhaupt nichts zu erkennen.

Da staunt Hermann: Gar nichts?

Elisabeth hört zu singen auf: Wie wohnt der Führer eigentlich in der Wolfsschanze? Hat er ein Bad? Der muss sich doch richtig waschen?

So blöde Fragen stellen nur Frauen, sagt Hermann.

Er hat einen eigenen Bunker, die Wände sind vier Meter dick. Sein Schlafzimmer ist überschaubar groß, es gibt da einen Kleiderschrank, einen Tisch mit Stuhl und ein Feldbett und einen Waschtisch.

Sehr spartanisch, sagt Elisabeth und summt: *Alle Jahre wieder*.

Das würde dir auch guttun, statt hier groß Hof zu halten.

Mit wem halte ich denn Hof? Mit dem Dienstmädchen?

Es reicht, wenn dieser Schultze hier herumschleicht.

Unter dem Bett hat der Führer einen Expander.

Wie! Hermann Kypscholl breitet seine Arme aus, dass Anna, die neben ihm sitzt, den Kopf einzieht: Hast du das gesehen?

Und wo ist der Führer am Tag?, fragt Elisabeth.

In seinem Arbeitszimmer, zehn mal acht Meter. Da stehen zwei große Tische, Stühle, Bänke –

Und Hermann wieder dazwischen: Sind da auch die Lagebesprechungen?

Nein, dafür gibt es eine Baracke. Immerhin hat er ein Gemälde, ein Mädchenbildnis von Dürer, an der Wand. Göring hats dem Führer zum Geburtstag geschenkt.

Unser Führer hat schon immer die deutsche Kunst und Kultur gefördert, nuschelt Hermann mit vollem Mund, und unser Luftmarschall hat auch Ahnung davon.

Otto muss sich beherrschen, um dem Totenhochtreiber nicht den ganzen Dresdner Stollen in sein verfluchtes Maul zu stopfen, denn nicht der dicke liebe Gott hat den Dürer gefunden, sondern er, Otto Kypscholl. Die Reihenfolge lautet: Otto Kypscholl, Ministerpräsident, Führer.

Wo leben denn die Herren Generäle?, fragt Hermann mit einem Stollenbrocken an der Gabel.

Aber Otto wird diesen Widerling niemals über die richtige Reihenfolge aufklären, dieser Mann bleibt, was er ist, ein Nichts.

Jeder General hat ein Quartier, selbst ich habe einen eigenen kleinen Bunker. Von den Wänden tropft Wasser, es riecht wie in einem Zementwerk, und wenn ich den Ventilator anstelle, bin ich in dreißig Minuten taub, das Telefon höre ich dann auch nicht.

Und das unter der Erde, das ist unmenschlich, sagt Elisabeth.

Nein, nichts ist unter der Erde, das ist in dem Sumpfloch unmöglich.

Und da stehen die Bunker also in Reih und Glied?, fragt Hermann.

Nimm fünfundfünfzig verschieden große Würfel, schüttle die ordentlich und wirf sie auf den Tisch.

Wie! Das ist Chaos.

Siegfried schiebt seine Kaffeetasse vor: Das ist der Führerbunker, nimmt den Kuchenteller: Das Kasino.

Das Kasino neben dem Führerbunker?

Annas Kuchenteller wird zum Bunker des Oberkommandierenden Keitel, ihre Tasse zum Bunker vom Chef des Führungsstabes, und Siegfried, die Löffel um Teller und Tassen legend: Das sind Lagerräume, Funkzentrale, Krankenbaracke eins.

Da bist du?

Nein, hier draußen, und schiebt Zuckerdose, Zuckerzange und einen Porzellanengel, Geschenk von Otto für seine Mutter, vormals auf der Tafel der Rothschilds: Hier draußen, neben dem Heizhaus, dem Kasino zwei und den Garagen, ist mein Lazarett.

Kommst du denn bis zu deiner Kaffeetasse durch, Schwiegersohn?

Nein, siehst du, da liegen die Messer, das sind die Sperrgürtel.

Als wäre Hermann Kypscholl der Appetit vergangen, lässt er ab vom Stollen, und Otto singt dort weiter, wo Elisabeth aufgehört hat: *Oh, du fröhliche.*

Schluss mit dem Geheule, sagt Hermann, aber Elisabeth stimmt mit ein und hört auch nicht auf, als Hermann mit der Faust auf den Tisch schlägt, dass Führerbunker und Kasino klirren.

Jedenfalls hat Masuren so etwas Unberührtes, der Himmel ist da immer weit, sagt Anna und zieht sich ihren Teller wieder heran.

Wir singen richtig, wünscht Elisabeth, Otto, begleitest du uns am Flügel?

Ich will kein Geklimper hören.

Hermann, wie du dich aufführst.

Ich rede über Politik, da wird nicht geklimpert.

Worüber denn noch, Siegfried hat doch alles erklärt. Wir sollten über die Hochzeit unserer Kinder reden, das ist viel wichtiger, ob im Mai oder Juni. Und wen wir einladen, der Garten wird jedenfalls so prächtig wie noch nie blühen.

Du bist genauso verstockt wie dein Sohn. Das verdanken wir alles diesem Finkel. Der Jude ist längst verwest, aber man wird ihn nicht los.

Hermann.

Er hat alles verpestet, jeden Stein in diesem Haus, der Wannsee ist verpestet, das Gesinge ist verpestet.

Was ist los mit dir?

Am schlimmsten ist der da verseucht, eine Schande, dass er diese stolze Uniform trägt.

Ich bin stolz auf Otto, sagt Anna und verlässt mit ihrem Bruder den Salon.

Am 12. Mai 42 bricht Anna mit Rottenführer Mikoleit zu einer Tour durch die Masuren auf. Sie nehmen Feldwege, obwohl sich Mikoleit an der Staubfahne stört, die schon nach kurzer Strecke den Glanz des schwarzen Lacks überpudert. Und um sich nicht darüber zu ärgern, erzählt er einen seiner Witze: Klein Rudi fragt: Du, Muttche, is Minna lieb oder bös? Warum mainste das, Jungche? Weil, ich hab zwaijmal jesehen, wie der Pappi erst ihr Pochen klappst und dann Kusschen jibt.

Wo sind wir hier?, fragt Anna mit ihrer Karte auf den Knien.

Kaijne Ahnung nich, sagt Mikoleit, hier kenn ich nuscht.

Jedes Dorf, jede Siedlung, die Anna in den vergangenen Wochen aufgesucht hat, hakt sie auf ihrer Karte ab, ein kleines Strichnetz deutet sich an und könnte im Juni, wenn die Striche miteinander verbunden sind, zum Spinnennetz werden. Leben junge Frauen im Ort, macht Anna einen grünen Punkt, gibt es Schwangere, einen roten, hat sie eine Schwangere mit nach Rastenburg nehmen können, einen schwarzen. Volltreffer.

An einem mohnblumenbewachsenen Hang steigt Anna aus und läuft die Anhöhe hoch, bei jedem Schritt fliegen Schwalbenschwänze und Zitronenfalter auf. Vor ihr liegt ein kleiner See, und die Getreidefelder reichen bis an den Horizont. Häuser sieht sie keine und läuft den Hang wieder hinunter zu Mikoleit, der Staub vom Auto wischt. Anna ist betört vom Duft des Flieders und Jasmins, dieses Paradies wird sie Siegfried zeigen.

Nach halbstündiger Fahrt sind sie in einem Dorf ohne Ortsschild, Anna sieht zuerst Storchennester auf niedrigen Holzhäusern mit schiefen Schornsteinen. An manchen Fensterscheiben hängen Tücher, andere sind mit Pappen vernagelt, bunt blühen in den Vorgärten die letzten Tulpen.

Dann wird Anna auf eine junge Frau auf dem Sandweg aufmerksam, zwei lange, geflochtene Zöpfe, wie Anna sie als Kind hatte, pendeln auf dem Rücken. Die junge Frau klopft an einer Haustür und reicht etwas aus ihrem Korb, das Anna nicht erkennen kann, an jemanden, den Anna nicht sehen kann, und sucht das nächste Haus auf. Anna bemerkt den Schwangerenbauch. Sie hat, was Anna sucht, weil die beiden Schwangeren, die sie bislang in den Tiefen Masurens aufgetrieben hat, erbärmlich wenig sind, um Heydrich irgendetwas zu melden. Im Heim von Rastenburg, es ist eine Schande, stehen seit der Renovierung zwanzig Zimmer leer, auch Eikes zweite Schwangerschaft bringt Anna nicht voran. Anna redet von Glück, dass Heydrich im Herbst vergangenen Jahres den Besuch in Rastenburg abgesagt hat, aber je mehr Zeit verstreicht, desto eher wird er kommen und sie angesichts leerer Zimmer und leerer Kinderbetten zur Rede stellen.

Die junge Frau fragt Anna, ob sie Eier kaufen möchte, Anna fragt nach dem Namen.

Hiltrud. Eichi sinn noch warm.

Verkaufst du auch Gemüse?

Nur wat vonne Kohlköppe.

Ein Rundbauch, wie Anna ihn lange nicht mehr gesehen hat, an den sie ihr Gesicht drücken möchte, um das strampelnde Kind zu spüren: Ich nehme dir die Eier ab. Ich habe aber keinen Korb bei mir. Du bekommst ein Kind?

Is von Arno, is in Krieg.

Wann kommt das Kind zur Welt?

Hiltrud zeigt in den Himmel: Nur der liebe Jott weijß so wat.

Dein erstes?

Hiltrud nickt und hält Anna den Korb mit den Eiern hin.

Habt ihr eine Hebamme hier?

Hiltrud zuckt die Schultern: Wenn bei uns Kälbchen komm, is auch kaijne Hebamme nich.

Da lacht Anna und nimmt die junge Frau in den Arm: Ohne Hebamme soll man kein Kind mehr zur Welt bringen. Viele Frauen verbluten bei der Geburt, und die Kinder sterben.

Uns die Kälbchen nich, sagt Hiltrud.

Ich bin Hebamme, und ich glaube, dein Marjellchen kommt bald zur Welt.

Wann is das?

Wir können das untersuchen. Und deinen Korb kannst du dann wieder mitnehmen.

Mikoleit ist ausgestiegen und hat die hintere Wagentür geöffnet. Er schiebt Hiltrud ins Auto, Anna setzt sich neben die junge Frau, und Mikoleit, über den Staub auf dem Wagen verärgert, erzählt wieder einen Witz: Aijn Wirt will eine Sängerin haben, damit mehr Leute in seine Kneipe kommen. Stellt sich auch eine Sängerin vor und will singen. Dann zaijen Se mir ma Ihre Baijne, hier singt man mit jute Baijne.

Amberg berichtet Otto in einem Pariser Straßencafé über die Flucht der roten Fliege aus Paris: Hat alles stehen und liegen gelassen, als er hörte, dass wir wieder herkommen.

Otto weiß, dass Ambergs gelöste Stimmung sofort umschlagen kann, erst recht, wenn von der roten Fliege die Rede ist. Denn niemand anderes als dieser Mann hat ihnen das Bernsteinzimmer weggeschnappt. Einen Tag, bevor sie den Sommerpalast erreicht haben.

Kypscholl, man hat in Krakau und im Außenministerium Wetten darauf abgeschlossen, dass wir nicht zurückkommen.

Amberg vergeht das Lachen vom Schmerz im linken Armstumpf. Ein Zeitungsverkäufer bietet den *Völkischen Beobachter* an, Amberg bezahlt das Blatt.

Aber den wahren Grund, warum die rote Fliege und die Horde vom Außenminister in Paris keinen Erfolg hatten, kennen wir beide; ohne Finkel und ohne Lewy gelangt niemand an die guten Stücke, und blickt auf die Zeitung: Ich habe Finkel und seinen Kumpan Lewy vor unserem Abgang nach Russland in Sicherheit bringen lassen. Die rote Fliege sollte ihn nicht bekommen, die Horde vom Außenminister nicht. Und Sie, Kypscholl, auch nicht. Ich habe Sie ins Leere laufen lassen, weil ich wissen wollte, wie Sie reagieren. Weil Ihnen Finkel doch so viel bedeutet. Das hat mir jedenfalls Franzke berichtet. Schade, dass er nun nicht mehr auf Sie aufpasst.

Amberg zeigt auf eine Schlagzeile: Sehen Sie sich das an, und schiebt das Blatt zu Otto: Anschlag auf Heydrich in Prag.

Franzke, denkt Otto, soll ihn bei Amberg verpfiffen haben?

Allerdings hat Finkel uns lange zum Narren gehalten, er ist raffinierter, als ich dachte. Eine Woche vor unserem Russlandausflug hat mir der SD gemeldet, dass Finkel Geschäfte mit einem Holländer namens Meegeren macht. Wenn wir in Paris keinen da Vinci, keinen Vermeer oder Cranach finden, dann deshalb, weil er diese Gemälde zu Meegeren schafft, und der verkauft sie. Was schauen Sie so entgeistert, Kypscholl?

Franzke, ein Anscheißer? Oder ist das wieder eine Finte von Amberg.

Dieser Meegeren wohnt in einem Dorf bei Hilversum, war mal Maler, seit zehn Jahren ist er Kunsthändler mit besten Beziehungen zu Geldjuden in England und Amerika. Er hat sich lange Zeit in Südfrankreich aufgehalten. Vor fünf Jahren hat Meegeren einen bislang völlig unbekannten Vermeer für eine halbe Million Gulden verkauft. Zwanzig Gutachter haben sich mit dem Bild beschäftigt und ihm Echtheit bescheinigt. Kypscholl? Wo sind Sie mit Ihren Gedanken? Voriges Jahr hatte Meegeren wieder einen unbekannten Vermeer: *Das letzte*

Abendmahl. Eine Sensation, vielleicht haben Sie davon etwas mitbekommen, eineinhalb Millionen Gulden hat er kassiert. Das Bild soll zweifelsfrei echt sein. Aber jetzt, Kypscholl, kommt die Krönung.

Nun blickt Otto sein Gegenüber an und weiß noch immer nicht, ob es gut war, ihn aus dem Schlamassel in Russland zu holen.

Meegeren bietet einen weiteren Vermeer an, Sie hören richtig, Kypscholl. *Christus und die Ehebrecherin.* Diesmal aber nicht über offizielle Kanäle, vielleicht aus Sorge, dass wir ihm das Gemälde kurzerhand beschlagnahmen. Das könnten wir, aber falls uns Meegeren eine Fälschung unterjubelt, wären wir das Gespött der ganzen Welt, würden wir es beschlagnahmen, gäbe es wieder Geschrei vom Engländer. Das wünscht man derzeit nicht in Berlin. Man wünscht ein stilles Geschäft mit korrekter Bezahlung. Finkel wird dieses Geschäft vermitteln. Das sichert ihm sein Überleben. Bei einem weiteren Gemälde dieser Qualität werde ich einen Antrag auf Arisierung von Finkel stellen. Dann kann er ein normales Leben führen, wie finden Sie das?

Finkel, sagt Otto leise. Und wird die neuerliche Gelegenheit nutzen, um sich beim dicken lieben Gott unentbehrlich zu machen, und ist verunsichert, weil Amberg ein Spiel spielt, das er nicht durchschaut, Finkel ebenso, und Franzke ist nicht mehr als ein elender Zuträger.

Finkel kann sich bei Verdiensten für das Reich berechtigte Hoffnung auf Arisierung machen. Der Führer entscheidet jeden Antrag selbst, und ich kann mir gut vorstellen, dass er für einen Vermeer seine Unterschrift auf den Antrag setzt. Es ist sogar möglich, dass Finkel an die Berliner Kunsthochschule zurückkehrt, wir hätten dann allerdings nur noch Lewy in Paris.

Der Himmel ist leer, keine Wolke, der Otto nachsehen könnte.

Sie werden mit Finkel zu Meegeren reisen, sie bekommen Pässe und Legitimationen. Sie stehen unter persönlichem Schutz des Ministerpräsidenten. Meegeren ist mit Vorsicht zu genießen. Man sagt, er ist verschlagen, launisch, drogensüchtig, liebt die Weiber und den Alkohol. Es gibt Tage, da will er niemanden sehen, dann wieder feiert er in Amsterdam auf großem Fuß. Sie müssen also bei Meegeren mit Schwierigkeiten rechnen. Sie prüfen gründlich, ob der Vermeer echt ist. Sehen Sie sich genau den Spannrahmen an, Nagelköpfe und Holzkeile, den Zustand der Leinwand, untersuchen Sie am Rand die Grundierung. Mit der Lupe nehmen Sie sich das Krakelee vor. Den Pinselstrich Vermeers kennen Sie. Wenn Sie in allem sicher sind, wenden Sie sich an den Attaché des Deutschen Reiches in Amsterdam, er hat die Zahlungsvollmacht. Die Bildübergabe wird beim Attaché sein. Sie brechen morgen auf. Machen Sie Ihre Sache gut, Kypscholl. Was auch immer Sie mit Ihrem Vater auszufechten haben, es spielt keine Rolle.

Otto richtet sich nun gerade auf, hört, dass es vom Totenhochtreiber einen Brief an den Ministerpräsidenten gibt, darin verlangt er, dass sein Sohn Otto Kypscholl an die Front versetzt wird, damit er endlich sein volksschädliches Verhalten ablegt.

Ich bin Ihnen einiges schuldig, Kypscholl, ich vergesse das nicht. Deshalb hat dieser Brief auch nie seinen Empfänger erreicht. Sie haben fortan einen anderen Vater, einen, der von seinen Söhnen Großes fordert, der sie aber auch belohnt. Kypscholl, der Mensch braucht große Ziele. Ihr leiblicher Vater wird Ihnen bald nur noch erbärmlich vorkommen, und Sie werden mit ihm nichts mehr auszumachen haben. Wenn Sie das wollen, dann sagen Sie laut: Ja, das will ich.

Eine Stunde später betritt Otto mit einer Selbstverständlichkeit das Varieté von Madame Resolut, die er sich von Franzke abgeschaut hat. Sofort haken sich zwei Frauen bei ihm ein, als wären sie lange miteinander bekannt.

Siegfried hustet beim Sichten von Verbandsmaterial und Pflaster, weil er in der feuchtkalten Luft des Materiallagers kaum atmen kann. Tragetücher, Armschienen, Beinschienen, Augenklappen, alles muss aufgelistet werden. Er rückt einen Stuhl unter das vergitterte Fenster, um es einen Spaltbreit zu öffnen.

Es gibt Termitenstämme, da verendet der ganze Stamm in dem Augenblick, in dem die Königin stirbt. Wird eine Bienenkönigin krank, ist Unruhe im ganzen Volk, sagt eine Stimme draußen vor dem Fenster.

Siegfried hört zu zählen auf.

Die Hündin hat Junge, Unterricht hat die Hündin nicht genommen, aber jede Hündin behandelt ihre Jungen gleich, das ist Erbinstinkt.

Siegfried steigt auf den Stuhl, um besser verstehen zu können.

Ich habe in meiner Jugend oft meinen alten Herrn zu seinen Bienenstöcken begleitet, er hatte Bienenstöcke, und da bin ich zerstochen worden, dass ich fast draufgegangen wäre. Vierzig, fünfzig Stiche, stellen Sie sich das vor. Was sie jetzt wieder gefunden hat. Meistens gräbt sie nach Mäusen. Manchmal gräbt sie auch Marder aus, das ist Urinstinkt.

Siegfried duckt den Kopf unterhalb des Fensters, nur dreißig Zentimeter nasskalter Beton dazwischen.

Hätte ich nicht meinen Platz einzunehmen, wäre ich längst verreckt, ich wäre schon an dreißig oder vierzig Bienenstichen verreckt, da hätte es keiner fünfzig bedurft. Wenn ich pfeife, kommt sie sofort. Mein Kommando überdeckt den Urinstinkt. Nur so gibt es ein Vorankommen der Welt. Jetzt hat sie was erwischt. Das soll sie dann auch fressen. In der Welt gibt es eine Handvoll Menschen, die in der Lage sind, eine Revolution zu Ende zu bringen. Jetzt frisst sie was. Ich könnte nun pfeifen, und sie würde kommen, auch wenn sie am Verhungern wäre. Es gibt auf lange Sicht nur zwei Völker, die in der Lage sind, die Geschicke der Welt zu lenken: die Japaner und das deutsche Volk. Sie hat heute noch nichts zu fressen gehabt, und ich pfeife sie jetzt zurück. Sehen Sie, sie gehorcht sofort. Hier gräbt sie am liebsten, ich weiß auch nicht, warum. Es ist jedenfalls eine Schande, mit jemandem wie diesem italienischen Operettenkönig verbündet zu sein, Mussolini ist ein Schwächling. Man muss ihn wie Dreck behandeln, dann pariert er. Stalin ist genauso ein Schwächling, ein Misanthrop, wie er im Buch steht. Ich werde Mussolini hier antanzen lassen, und er wird lernen müssen, was mein Hund mit der Muttermilch aufgesogen hat.

Siegfried würgt einen Hustenreiz weg.

Mussolini redet mir von Gewissen. Ich habe ihm klar gesagt, das sogenannte Gewissen ist ein Knüppel zwischen den Beinen. Das Gewissen ist eine jüdische Einrichtung, das ist zutiefst meine Überzeugung. Was hat das Gewissen der Menschheit gebracht? Unheil und Elend. Es gehört getilgt, aus der Rasse herausgezüchtet. Jede Hunderasse ist aus Notwendigkeiten rein gezüchtet worden.

Siegfried hört noch das Knacken von Ästen, dann wird es still.

Otto sitzt im Zugabteil zweiter Klasse, mit einem Buch in den Händen, schaut aber nur das Foto der tanzenden Josephine Baker an, das er zwischen die Seiten gelegt hat. An ihren Hüften hängt der berühmte Gürtel mit den Stoffbananen, und quer über das Foto hat die Tänzerin ihren Namen geschrieben. Gelegentlich sieht er aus dem Fenster in triste Landschaften, grau verschleiert vom Rauch der Lokomotive, und liest Städtenamen, die er noch nie gehört hat, an Schornsteinen von

Stahlwerken wehen deutsche Fahnen. Er mustert zufrieden seine neuen Schuhe aus braunem Kalbsleder, die er in Paris günstig erstanden hat, wie das Foto von der Baker. Den Blick zu Finkel, der ihm gegenübersitzt und etwas schreibt, meidet Otto.

Von Amsterdam brauchen sie eine Stunde bis nach Hilversum. Auch Finkel blickt selten auf. So viel, wie Otto noch vor kurzem für ein Gespräch mit Finkel gegeben hätte, so wenig liegt dem Unterhändler des Ministerpräsidenten nun daran.

Nach Laren, dem Wohnort von Meegeren, bringt sie ein Überlandbus. Wegen eines Sturzregens, der jede Sicht nimmt, wartet der Fahrer am Straßenrand. In Laren versinkt Otto knöcheltief im Schlamm der aufgeweichten Dorfstraße, und beim Anblick seiner verschmutzten Schuhe nuschelt er: Judenscheiße.

Finkel, der den Weg kennt, geht weiter, ohne sich umzudrehen. Eine Frau in Küchenschürze, ein Schälmesser in der Hand, öffnet die Tür von Meegerens Villa, begrüßt Finkel wie einen Freund und Otto, als hätte sie ihn lange erwartet.

Ich bin die Jo.

Otto fragt nach der Toilette, wo er über dem Becken seine Lederschuhe säubert. Zurück im Flur, räuspert er sich, und weil niemand reagiert, geht er auf die mit »Atelier« beschriftete Tür zu, klopft, und weil wieder niemand reagiert, öffnet er sie und riecht Leinöl, Firnis und Terpentin. So roch es zuletzt in seinem Zimmer, als er seiner Mutter das Geburtstagsbild gemalt hat, fast hat er den Geruch vergessen.

Darf ich?, fragt Otto vielleicht zu leise, oder der Mann hört schwer, der ihm den Rücken zuwendet und von einem riesigen Fenster in den Garten schaut, wo Jo mit Finkel sitzt.

Otto zieht die Tür zu, der Mann in Sommeranzug und dunklem Barett wendet sich um, und Otto stellt sich vor. Weil der Mann nicht antwortet, holt er seine Legitimation aus der Tasche. Da schaut der Mann schon wieder aus dem Fenster und der Unterhändler auf die Unterschrift des dicken lieben Gottes, die genauso unter dem Befehl zur Eroberung einer Stadt oder eines Landes stehen könnte, ein energischer Schriftzug mit großen Buchstaben.

Die Apfelbäume tragen gut in diese Jahr, sagt der Mann leise, die Bäume sind vierzig Jahr alt, Boskoop. Aus Gouda. Kennen Sie Gouda? Wo Käse gemacht wird.

Im Garten läuft Jo mit ausgestreckten Armen wie eine Tänzerin zwischen den Apfelbäumen, die nackten Füße im weiten Kleid behutsam setzend.

Sie wollen die Vermeer anschauen? Der Mann dreht sich um und sagt betont: Meegeren, rollt dann aus dem hinteren Teil des Ateliers eine Staffelei, darauf ein Bild, von dem Otto nur den wurmstichigen Holzrahmen und eine dunkle Leinwand sieht. Dann dreht er die Staffelei um, und Otto tritt angesichts der leuchtenden Farben verblüfft zurück. Er hat nicht vermutet, ein derart großes Gemälde zu sehen mit beinahe lebensgroßen Figuren, und schon gar nicht derart kräftige Farben.

Blendet Ihnen die Licht?

Der vergebende Christus in einem strahlend gelben Gewand, die reumütig vor ihm kniende Ehebrecherin in blauem Tuch.

Das Licht ist gut, danke.

Dann die Gesichter, die Hände, das sind keine Farben, das ist Leben.

So ist Vermeer, sagt Meegeren.

Dem Unterhändler des dicken lieben Gottes hängt die Aktentasche an der Hand.

Keine Scheu vor die Bild, sagt Meegeren und dreht die Staffelei wieder um: Untersuchen Sie genau.

Otto berührt die mürbe Leinwand, sieht die handgeschmiedeten Nagelköpfe im Rahmen. Meegeren schaut wieder aus dem Fenster. Otto umrundet die Staffelei, betrachtet das Gemälde aus einigen Metern Entfernung, da fallen ihm im Farbenrausch Fehlstellen auf, die er nun von Nahem ansieht. Ein grauer Fleck zwischen den Gesichtern von Christus und der Ehebrecherin, groß wie ein Briefumschlag, und einer am rechten Rand. Graubraune Grundierung mit einigen schwarzen Farbpigmenten darauf.

Die Restaurierung ist morgen fertig, sagt Meegeren, die Bild kann übermorgen mit.

Amberg hat recht, es ist alles so einfach, wenn der Mensch eine klare Aufgabe hat. Er hat einen Vermeer, den die Welt nicht kennt, und er wird das Gemälde für den dicken lieben Gott kaufen, der wird es dem Führer schenken, und die Farben leuchten und nehmen ihm die Unsicherheit, dass Otto: Sieg Heil, brüllen möchte, denn es ist ein Sieg. Die Welt bekommt ein vergessenes Kunstwerk zurück, und die Welt ist der Führer.

Wollen Sie bleiben, bis die Bild restauriert ist? Ich verlange für die Vermeer zwei Millionen Gulden. Sie sollten weiter schauen. Brauchen Sie etwas? Lupe, Lampe, man kann in die Reichsmuseum in Amsterdam ein Röntgen machen.

Jo sitzt neben Finkel im Korbstuhl.

Diese Vermeer ist aus dieselbe Sammlung wie die anderen beiden.

Nach ausgiebigem Betrachten, Befühlen und Beriechen der Farben sagt Otto: Kann ich telefonieren?

Im Flur.

Dem Attaché in Amsterdam berichtet Otto, was er vorgefunden hat, und weil es in der Leitung kreischt und pfeift, wiederholt er dreimal, dass er übermorgen einen echten Vermeer mitnehmen kann, eine Sensation, beispiellos, und der Attaché sagt, er gibt die Nachricht nach Berlin weiter und Otto soll sich in zwei Stunden zurückmelden.

Als Otto erneut anruft, bekommt er vom Attaché zu hören, dass der *Christus und die Ehebrecherin* ab sofort als geheime Kommandosache gilt und dass übermorgen der Ministerpräsident selbst das Gemälde in der Amsterdamer Niederlassung entgegenzunehmen gedenkt.

Otto kann im Haus Meegeren übernachten, Jo bringt ihn aufs Zimmer: Du hast schöne Hände wie ein Künstler, sagt sie und legt eine Decke auf sein Bett: Brauchst du noch was?

Otto schüttelt den Kopf und sagt, weil er Jo loswerden will und weil der Unterhändler des Großdeutschen Reiches nicht geduzt werden will wie ein Schuljunge: Gute Nacht, hängt seine noch immer klammen Strümpfe zum Trocknen auf und legt sich ins Bett. Amberg hat recht, es ist so einfach, man muss das Kühne nur tun.

Meegeren und Finkel sieht Otto am nächsten Tag im Atelier wieder, nachdem ihm die Kaufgenehmigung vom Attaché erneut bestätigt wurde, und dass er, Otto Kypscholl, das Bild dem Herr Ministerpräsidenten in Amsterdam übergeben wird. Er, Otto Kypscholl, hat schon wieder gezaubert, nun hochoffiziell, und niemand wird ihn nunmehr abservieren oder an eine Front verbannen können, niemand kann ihm das Glücksgefühl nehmen, vor allem der Totenhochtreiber nicht. Der nur ein armes Schwein ist, denkt Otto, eingeklemmt in sein Gehäuse, gehetzt und getrieben und ohne dieses Glücksgefühl. Vielleicht müsste man ihn nur aus dem Gehäuse herausholen, und er würde wieder ein normaler Mensch, wie er früher einer war. Meegeren hat die Staffelei zum Fenster gerückt, neben ihm ein Arbeitstisch auf Rollen, vollgestellt mit Kupferschalen, darin verschiedenfarbige Pulver, Raspeln und Gläser, aus denen Pinsel ragen, Ölkännchen und Terpentinflaschen.

Vielleicht käme der Totenhochtreiber aus seinem Gehäuse, wenn er bei der Bildübergabe dabei wäre, nahe dem dicken lieben Gott, und würde von ihm angesehen, von seinen Augenblitzen nur ein Mal, das reichte schon, getroffen. Dann wäre er frei von diesen Umklammerungen und könnte reden wie ein normaler Mensch, lachen, Witze machen, hat er nicht früher gesungen? Ist nicht mit ihm, Otto, durch den Grunewald gewandert? In den Zoo gegangen?

Finkel sitzt am Fenster, Jo streckt sich im Liegestuhl unterm Apfelbaum aus. Von ihm, Otto, nimmt niemand Notiz.

Meegeren tupft dunkle Farbe auf die Fehlstelle zwischen den Gesichtern von Christus und der Ehebrecherin, tritt zwei Schritte zurück, zieht dann mit einem anderen Pinsel über die Lippen der Frau einen Strich, den er von weitem begutachtet, mit demselben Pinsel streift er über eine Gewandfalte, mischt auf der Palette und setzt an ihren Haaren an.

Da verschwinden Ottos Glücksgefühl und die Gedanken an den Totenhochtreiber, und er starrt auf Meegerens Hände. Was macht der Mann, ist der verrückt? Der soll die Hände vom Vermeer lassen, Otto geht energisch auf Meegeren zu, um ihn von der Staffelei zu stoßen, aus dem Atelier, zum Teufel mit dem Verrückten, da sagt Finkel, immer noch zum Fenster hinausblickend: Lass es sein, mein verlorener Freund.

Er ruiniert das Bild!

Das macht er nicht. Der Meister ist noch nicht fertig, du wirst dich gedulden müssen, woraufhin Otto Meegeren die Pinsel aus der Hand reißt und Finkel endlich aufsteht: Den Spannrahmen hast du dir angesehen? Er wird jeder dendrochronologischen Prüfung standhalten, natürlich auch die Leinwand. Fass sie ruhig an, keine Scheu, siehst du, wie das Gewebe am Rand zerbröselt? Rahmen und Leinwand sind dreihundert Jahre alt. Das Gemälde, das vor dreihundert Jahren darauf gemalt wurde, ist allerdings verschwunden. Es war ein Seestück mit Brandung und kenterndem Segler, man kennt das, keine besondere Arbeit.

Jo setzt sich draußen ihre Sonnenbrille auf, und Otto breitet vor der Leinwand seine Arme aus: Das Bild fasst jetzt niemand mehr an, ich beschlagnahme es, ich habe alle Vollmachten.

Nicht so hitzig, mein verlorener Freund. Ein Vermeer in diesem Zustand kann tödlich sein.

Raus aus dem Atelier.

Vor fünf Monaten hat unser Künstler damit begonnen, Farbschicht um Farbschicht mit dem feinsten Schleifpapier abzuschleifen. Zuerst verschwanden die Wolken, das tosende Meer und das Segelschiff mit den Klippen, dann die Vorzeichnung, aber die Grundierung des alten Gemäldes ist geblieben, und sie muss Risse haben, nur dann lässt sich darauf ein neues Bild malen, weil die Risse der Grundierung auch die neuen Farben reißen lassen, wie du noch sehen wirst. Du weißt selbst, wie wichtig das Krakelee ist. Du bist hier Gast, gib Meegeren die Pinsel wieder, er muss lasieren. Schau es dir an, er benutzt dazu die schnell trocknenden Exkremente der Schelllacklaus, sehr teuer.

Meegeren nimmt Otto die Pinsel aus der Hand, und Finkel sagt: Vermeer hat reine Farben benutzt, bevorzugt Blau, er hat es aus pulverisiertem Lapislazuli gewonnen, so macht es unser Meister auch. Die unglaubliche Natürlichkeit der Hautfarbe gelingt durch Lasuren, bis zu zehn Schichten sind nötig, damit sich Lebendigkeit einstellt. Die Gelbtöne gewinnt der Meister wie Vermeer aus Bleioxid, das Rot aus Safran. Das herauszufinden, hat den Meister fünf Jahre gekostet, um die vermeersche Malweise zu studieren, brauchte es weitere fünf.

Otto würde Finkel gern das Maul stopfen, dafür müsste er auf ihn eindreschen, aber seine Hände sind kraftlos, und seine Lippen zittern wie zuletzt in Stalingrad.

So lange wirst du nicht warten müssen, heute Nachmittag wird dieses Kunstwerk, wie es Vermeer wohl nur im Alter hätte zustande bringen können, im Brennofen sein Krakelee erhalten. Meegeren ist der Vollender Vermeers.

Vom Lippenzittern läuft Otto Speichel aus dem Mund.

Heerscharen von Kunstexperten werden über dieses Bild herfallen, an den Farben kratzen, die Leinwand durchleuchten, das Holz vom Rahmen untersuchen, um dann einstimmig einen weiteren Vermeer zu bestätigen. Im Brennofen wird es sehr heiß sein, ihn zu konstruieren und die exakte Temperatur für ein Krakelee herauszufinden, hat Jahre gebraucht. Es ist ein Heißluftofen, bei fünfhundert Grad beginnen Farben der vermeerschen Zusammensetzung zu reißen, fünfzig Grad mehr, und sie würden verkohlen. Der Meister sagt, das richtige Feuer ist die hohe Kunst, nicht das Malen.

Jo kommt mit einem Tablett mit gefüllten Teetassen, Otto will zugreifen, um den Geifer aus seinem Mund loszuwerden, aber er bekommt die Hand nicht hoch.

Das Gemälde härtet über Nacht aus, der wahre Erfolg zeigt sich erst dann. Das Leuchten der Farben wird morgen gebrochen, der Meister nimmt dazu chinesische Tusche, sie wird aufgetragen und, wenn sie getrocknet ist, abgewischt. Die Pigmente der Tusche bleiben im Krakelee, erst dann sind die Risse glaubwürdig verstaubt. Was hast du, mein verlorener Freund?

Kinder, ruft Elisabeth, dieser Ausflug ist wunderschön, und winkt mit dem Strohhut ihrem Mann am Heck des Seglers zu.

Was hast du denn gedacht?

Ich habe nicht geglaubt, dass Segeln so aufregend ist.

Dein Herr Gemahl will uns ersäufen, sagt Kasimir, der neben seiner Schwester und Anna an Deck sitzt, während Siegfried und Anwalt König in der Kajüte miteinander reden.

Hermann Kypscholl ruft deshalb von der Ruderpinne: Was habt ihr für Geheimnisse?

Elisabeth rückt ihren Strohhut zurecht, Geburtstagsgeschenk von Otto und gekauft auf dem Pariser Markt, ebenso die Glacéhandschuhe, die Elisabeth zum weißen Kleid trägt. Hermann legt zackig die Hand an die Mütze, als ein Segler entgegenkommt, was Lale Andersen nicht bemerkt.

Jetzt wirds windig, Hermanns Aufmerksamkeit gilt dem gekräuselten Wasser, das eine Böe anzeigt. Auch Otto blickt aufs Wasser, auf diese graugrüne Brühe, auf der zwei Ruderbootmannschaften, Zieht durch, zieht durch, um die Wette fahren. Lale Andersen fragt Otto, ohne aufzublicken, ob er als der neue Günstling des Ministerpräsidenten etwas für sie tun kann. Damit ihr Auftrittsverbot aufgehoben wird, sonst wird sie verrückt: Was soll das noch, wenn ich nicht auftreten darf?

Was flüstert ihr da? Auf meinem Boot wird alles offen ausgesprochen. Hermann holt das Segel dicht, um eine erste Böe einzufangen.

Du hast alles richtig gemacht, sagt Kasimir zu Lale, du solltest niemanden anbetteln.

Nicht so hitzig, ruft Elisabeth ihrem Mann zu, ich habe Geburtstag, und abgemacht war, dass wir ruhig bleiben.

Dann soll mein Schwager laut und deutlich reden.

Ich hätte es genauso gemacht wie Lale, sie soll jetzt nicht einknicken, sagt Kasimir laut.

Was hat sie denn für eine Heldentat vollbracht? Hermann sieht aufs Wasser und zum Windfähnchen am Mast: Wollen wir das Kind beim Namen nennen? Unsere Künstlerin hat sich geweigert, vor unseren Leuten aufzutreten, die in Buchenwald Dienst tun.

Hermann, keinen Streit.

Für diese Männer zu singen ist sich Fräulein Wilke zu schade.

Elisabeth umarmt ihre Freundin: Die *Lili Marleen* ist jedenfalls nicht mehr aus der Welt zu schaffen, das ist mein Geburtstagslied, und man kann es jeden Tag im Radio hören. Selbst der Engländer spielt die *Lili*.

Das wird dem Engländer noch vergehen, ruft Hermann und verpasst, eine Böe abzufangen, die heftig gegen das Segel schlägt und Elisabeth den Hut vom Kopf reißt. Er überschlägt sich mehrere Male auf dem Wasser und treibt davon.

Den holen wir uns wieder, Hermann hält nach weiteren Böen Ausschau und ruft: Klar zur Wende. Er wirft die Ruderpinne ruckartig herum, dass Otto und Lale von der Bank geschleudert werden, während Anna und ihre Mutter sich festklammern können. Nach der gelungenen Wende balanciert Otto zum Bug, aber er sieht den Hut nicht, und Hermann reißt die Ruderpinne wieder herum, dass Otto Mühe hat, das Gleichgewicht zu halten.

Hermann, was soll denn das?

Willst du deinen Hut wiederhaben?

Anwalt König zwängt sich aus der Kabine, die Zigarettenspitze in der einen, eine Zigarette in der anderen Hand: Das ist recht turbulent bei euch.

Wir kreuzen jetzt so lange, bis wir den albernen Hut rausfischen können.

Siegfried hat mir eben die Sache mit der Spionin erzählt, sagt der Anwalt und steckt seine Zigarette an.

Welche Spionin? Erfahre ich auch mal was?

Der ewige Jude ist im Führerhauptquartier in Rastenburg. Siegfried sagt, da hat sich eine polnische Jüdin zuerst beim Generalgouverneur in Krakau eingeschlichen. Der hat das Weib als vermeintlich deutsches Mädel mit nach Rastenburg geschleppt.

Siegfried, stimmt das?

Und da hat das Weib Fotos von den Bunkern gemacht. Man soll bei ihr die Kontaktadresse ihres englischen Führungsoffiziers gefunden haben.

Siegfried, komm raus, ist das wahr?

Hermann, bitte.

Anwalt König setzt sich neben Lale und Siegfried neben seine Verlobte, jeder mit einer Hand an der Bordwand aus Furcht vor weiteren Wendemanövern.

Sława Mirowska, Deckname Erika II, sagt Siegfried.

Wie! Das lasst ihr zu? Was macht ihr eigentlich in der Wolfsschanze?

Die pfeifen *Lili Marleen*, sagt Kasimir.

Erika II war blond und sehr schön.

Kann jedes blonde, schöne Frauenzimmer ins Führerhauptquartier eindringen?

Es ist passiert. Man hat mehrere Filme und eine winzige Kamera gefunden, sie hat die gesamte Wolfsschanze aufgenommen, selbst meine Baracke.

Unglaublich. Beim Zuhören hat Hermann Kypscholl einen Moment lang das Segel losgelassen, und die Jacht verliert augenblicklich an Geschwindigkeit. Das ist Propaganda vom Russen oder vom Engländer. Das kann unser Führer unmöglich zulassen, sagt Hermann und holt das Segel dicht, schnell nimmt das Boot wieder Fahrt auf, und Anwalt König, den Hämorrhoiden plagen, muss aufstehen. Schlimm genug, dass sie Heydrich umgebracht haben. Wenn ich Führer wäre, hätte ich Prag in Schutt und Asche gelegt, wie Warschau, und Hermann reißt die Ruderpinne herum, dass Anwalt König vom Querbaum am Kopf getroffen wird.

Hermann, was machst du?

Das kommt von solchen Geschichten, sagt Hermann, die sind nicht gut.

Das wird nur eine Beule, sagt Kasimir und reicht Anwalt König eine Flasche Whisky zum Kühlen.

Lale, das wird schon wieder, sagt Elisabeth, und Anna erzählt, um Lale aufzumuntern, von Masuren, diesem Märchenland, das sie mit Siegfried weiter erobern wird: Du begleitest uns, Lale, da singst du, so viel du willst.

An diesen Tag denkt Anna, als sie zwei Monate später, im September 42, von Rastenburg aufbricht, um die Dörfer am Spirdingsee zu erkunden, wo der schwarze Horch von Rottenführer Mikoleit noch unbekannt ist. Anna verabschiedet sich von Eike und Hiltrud, die auf das Heim mit den Schwangeren aufpassen. Mikoleit lädt Verpflegung und Kanister mit Reservebenzin ein, dann rollt das glänzend geputzte Auto über die Landstraße.

Am Spirdingsee faltet Anna ihre Karte mit den bislang nur fünf schwarzen Punkten auf, Mikoleit biegt in einen Feldweg ab, zur einen Seite Katen mit Holzschindeln, zur anderen der große See, an dessen Ufer Fischernetze zum Trocknen aufgespannt sind. Anna sieht strohbindende Landarbeiter und Kinder mit Körben, junge Frauen sind nicht dabei.

Irgendwo hier, Anna kreist mit dem Finger auf der Karte, sind Walddörfer, und Mikoleit wählt einen Weg in Richtung Eichen, der nicht auf ihrer Karte eingezeichnet ist. Die Bäume stehen dicht und nehmen das Sonnenlicht. Bald sind es Eschen, dann Schwarzerlen, und Mikoleit holt jedes Mal tief Luft, wenn er durch Mulden fahren muss, die Wildschweine oder Elche aufgewühlt haben.

Nu möcht mal sehijn, sagt Mikoleit, als der Wald lichter wird, und hofft auf eine Straße. Anna auf eine Siedlung, doch sie sehen nur abgestorbene Birken, hohes Schilfgras und auffliegende Fischreiher, und dann bleibt das Auto im Morast stecken. Mikoleit versucht, den Wagen zurückzuschieben, rutscht aber auf dem glitschigen Boden nur weg. Er zieht seine Jacke aus und legt sie unter eines der Vorderräder, den Rest der Decke unter das andere, und tatsächlich haben die Räder, als Mikoleit Gas gibt, einen Moment lang Halt, dann drehen sie durch.

Er schiebt, wieder sind es nur wenige Zentimeter Bewegung, weshalb er seine Stiefel auszieht und unter die Räder drückt. Das bringt den Wagen einen halben Meter rückwärts, dann ruckt es, und die Räder haben festen Grund. Anna läuft mit den Stiefeln nach.

Am Waldsaum wendet Mikoleit und rammt mit dem hinteren Kotflügel einen grasüberwachsenen Baumstumpf. Tief drückt das Blech in den Reifen.

Barstiges Gemiste, flucht er, ohne Werkstatt wird das nuscht nich, und fährt langsam weiter bis zu einer Koppel. Halb nackte Reiter kommen ihnen entgegen, in der einen Hand die Zügel, in der anderen einen Wimpel mit Runenzeichen. Mikoleit springt aus dem Wagen, ruft der wilden Horde nach: Maanchen, und schlägt sich gegen die Stirn, glatt verjessen, die sind von Deutschordenburg, die können was reparieren.

Mikoleit fährt durch einen Buchenwald Serpentinen hinauf, der Kotflügel scheppert lauter, als der Motor brummt, am Ende des Waldes biegen sie in eine Pappelallee, keine hundert Meter von der Burg entfernt. Runenfahnen wehen auf gedrungenen Turmdächern, und der Backstein leuchtet von der Sonne. Der letzte steile Anstieg treibt Mikoleit den Schweiß auf die Stirn: Das kriejen wir hübsch jemaijstert, vorbei an meterhohen Brombeerhecken bis vor das Tor, wo zwei Halbwüchsige mit geschultertem Gewehr und Hirschfänger an der kurzen Hose die Parole hören wollen. Er zeigt auf den Schaden, woraufhin die Wachen mit Gewehr am Anschlag: Aussteigen, rufen.

Sekunden später heult eine Sirene im Burghof, aus dem Tor rennt ein Trupp junger Kerle und umstellt den Wagen, dann kommt ein dickbäuchiger Schwarzkittel ohne Eile: Wohl verirrt? Unterscharführer Blond. Ausbilder vom ersten Zug. Sperrgebiet das hier, und mustert Mikoleit. Der klagt sein Malheur,

Anna sieht Milchgesichter mit trotzigem Mund, aber die Augen sagen: Spielt mit uns.

Unterscharführer Blond lässt den Wagen in die Burg schieben: Zwei Stunden das, und bestimmt, wer von den Jungs den Schaden reparieren darf. So lange soll Anna in der Offiziersmesse warten. Sie wird im ersten Innenhof an künstlichen Wasserlöchern vorbeigeführt, wo Pimpfe laufen und hangeln, angefeuert von einem Ausbilder mit Reitpeitsche. Im zweiten Innenhof kommt ihnen ein Spielmannszug entgegen, ein Tambourmajor mit fast weißem Haar vornweg. Spieß Blond führt Anna dann über lange, mit Truhen und Eichenschränken vollgestellte Flure. Vom Fenster der Offiziersmesse ist der Blick frei über die Pappelallee vor der Burg und den Wald, am Horizont der riesige Spirdingsee. Blond fragt, ob man den Anstaltsleiter zu sprechen wünscht, aber Anna mag den Blick von der Weite nicht abwenden.

Hauptsturmführer Doktor Berger ist oben, noch bessere Aussicht das.

Doktor Berger? Aus Wewelsburg?, fragt Anna.

Sie folgt dem Spieß durch ein großes Treppenhaus, unter dessen Kuppel »Dem Führer« – die übertünchten Wörter »Dem Kaiser« nur schlecht verbergend – »zu dienen ist Ruhm und Ehr« steht, bis in das oberste Stockwerk, ins Sekretariat.

Wen habe ich zu melden?, fragt ein Milchgesicht, da ist der Anstaltsleiter schon in der Tür, kommt mit ausgestreckten Armen auf Anna zu: Fräulein Anna, ist das möglich? Und wo ist Siegfried? So eine Überraschung.

Das Milchgesicht hat für Tee und Gebäck zu sorgen.

Die gute alte Wewelsburgbesatzung, wo ist sie hin? Zerstreut in alle Winde. Mit allem habe ich gerechnet, aber nicht damit, dass Sie hier auftauchen, Fräulein Anna. Oder sage ich Frau Wagner, haben Sie nun geheiratet?

Nein, aber im nächsten Jahr bestimmt, wenn Siegfried nicht mehr in Rastenburg Dienst machen muss.

Da hat sich unser Freund einen guten Posten ergattert.

Aber ich sehe ihn kaum.

Unter uns, Fräulein Anna, ich möchte diesen Posten hier gegen keinen anderen auf der Welt tauschen.

Ja, sagt Anna, der Blick ist wunderbar. Anna ist überwältigt vom Ausblick, der Sumpf und Erfolglosigkeit vergessen lässt, vielleicht hat Hiltrud auch Geschichten erzählt, und es gibt gar keine Walddörfer, in denen Menschen völlig abgeschieden leben, und sie muss doch wieder in Städten suchen, wo schon Gerüchte über den schwarzen Horch, Marjellchenfänger genannt, in Umlauf sind.

Bei klarem Wetter kann ich vierzig Kilometer weit sehen, ich habe hier die totale Lufthoheit. Hier sind Adlerhorste, Bussarde, Falken, was Sie wollen. Zu Erde und zu Wasser kontrollieren meine Jungen das Geschehen. Wenn Deutschordenburg nicht ein Geschenk von Gruppenführer Heydrich gewesen wäre, müsste man dem Herrn im Himmel danken. Aber ich werde sentimental. Was führt Sie zu mir, Fräulein Anna? Wissen Sie, dass ich Ihren Aufsatz über diese Rassenenklave, wie heißt das Dorf noch, Lanzerow?, mit Begeisterung gelesen habe?

Das Milchgesicht kommt mit einem Tablett, macht dabei Meldung, trägt auf, macht erneut Meldung und wird mit einem: Abtreten, von Berger entlassen.

Haben Sie gesehen, was in diesen Mauern heranwächst, Fräulein Anna? Möchten Sie am Fenster oder am Tisch sitzen? Das ist die geballte Kraft der neuen Generation.

Am Fenster, sagt Anna.

Das sind Rassemenschen, Höllenhunde, voll ungeheurer Energie, Berger trägt die Teetassen zur Fensterbank, zu allem bereit. Sie warten nur darauf, losgelassen zu werden. Vierhundert Jungmannen. In zwei Jahren werden wir an die tausend von ihnen haben, je nachdem, was aus dem Baltikum an Brauchbarem dabei ist. Unter uns, ich habe mich schon dort oben umgesehen, Riga, Reval, auf den ersten Blick viel Reinrassigkeit, und schiebt Anna den Teller mit Gebäck zu, die sich wie ein braves Mädchen bedankt. Das backen meine Jungs. Sie kochen, sie waschen, aber vor allem lernen sie, Elite zu sein, vierundzwanzig Stunden am Tag. Da kreisen sie wieder, das sind zwei Adlerpaare, möchten Sie die Vögel im Fernglas beobachten?

Dann soll Anna von ihrem Verlobten erzählen, den Frauen und den Geburten im Heim Rastenburg, und als Spieß Blond: Wagen einsatzbereit, meldet, sagt der Anstaltsleiter: Aber bevor Sie aufbrechen, muss ich Ihnen das Herzstück von Deutschordenburg zeigen.

Er führt Anna über eine schmale gusseiserne Wendeltreppe in den einstigen Rittersaal, nun Labor der Anstalt: Sehen Sie sich um, Fräulein Anna, zehn Vitrinen mit Präparaten von Missgeburten, Siamesisches, Mongoloides, Föten und Neugeborene, die so nie in Ihrem Heim zur Welt kommen würden, hier, sehen Sie sich das Kind an, vier Monate hat es mit einem sensationellen Ballonkopf, aber ohne Arme und Beine gelebt, und dieses Mädchen kam mit ausgewachsenen Brüsten zur Welt, die Mutter ist bei der Geburt verblutet, das Kind erstickt. Hatten Sie nicht in einem Aufsatz gefragt, warum die Natur so etwas hervorbringt? Hier untersuche ich, was die Natur an Optimalem schafft, Jungen, die allen Anforderungen ihres künftigen Daseins genügen. Das sind Messinstrumente für Kopf, Brust, Hüfte, Beinlänge, für das Lungenvolumen, Urin und Stuhlgang werden auch regelmäßig kontrolliert, hier, Fräulein Anna, die Gesundheitsakten zu den Jungmannen. Blond, ruft Berger, Rottenführer Blond, und leiser zu Anna: Mein bester Ausbilder.

Herr Hauptsturmführer.

Bringen Sie meine Homines auratos. Sie werden kaum für möglich halten, was Sie sehen, Fräulein Anna. Drei Burschen aus dieser Gegend, nicht miteinander verwandt oder verschwägert, aber im Aussehen wie Drillinge, selbst die Blutgruppen stimmen überein. Ihre Stammbäume reichen bis zu unseren Deutschordenrittern zurück.

Spieß Blond liefert drei fast gleich große hellblonde Jungen ab, die sich ausziehen müssen.

Allein diese Schädelform, Fräulein Anna, rein dolichokephal, eine Langköpfigkeit, wie sie im Buch steht, Nase, Mund, Augen sind millimetergenau zueinander idealit proportioniert, es ist eine Freude, diese Jungen anzusehen, und dann dieser wunderbar ausladende Hinterkopf, ich habe den nicht, Fräulein Anna, und holt tief Luft: Dreht euch, Burschen, und fährt ihnen über den Rücken. Schauen Sie sich die Schultern an, das Gesäß, fast wie gemeißelt, und diese Hoden werden zeugen, wonach das Reich ruft, dieser Spann, diese gleichmäßige Zehenform. Berger verschluckt vor Begeisterung die letzten Silben der Wörter: Das Erbmaterial dieser Jungen, die in vier, fünf Jahren Männer sind, in den Fortpflanzungsorganen Ihrer Frauen, Fräulein Anna, und wir sind einen großen Schritt vorangekommen. Können Sie verstehen, dass ich mich hier am liebsten aufhalte? Zieht euch wieder an. Den Herrschaften im Rassehauptamt muss man leider immer wieder in Erinnerung rufen, dass so eine Selektion Jahrzehnte in Anspruch nimmt. Ich sage dann immer, was man denn glaubt, wie lange es braucht, bis Schäferhunde, wie unser Führer einen hat, reinrassig gezüchtet sind. Da ist man dann still im Rassehauptamt und verlangt von mir nicht mehr, so und so viel Kontingent abzugeben. Wenn ich das schon höre. Soll ich Ihnen sagen, was diese Herrschaften machen? Die halsen mir ihre missratenen Bengel auf, die ich freiwillig nie nehmen würde. Rasseverschmutzung, aber ich kann es nicht laut sagen, ich kann nicht einmal verhindern, dass diese dicken Mondgesichter genau solchen Nachwuchs in die Welt setzen. Bleiben Sie noch zu Abend, man kann sich so gut mit Ihnen unterhalten, Fräulein Anna, und über Siegfried sollen Sie mir auch berichten.

In seinem Arbeitszimmer tragen Jungmannen vom Dienst Hechtsuppe auf.

Heute früh schwamm er noch im Spirdingsee, Fräulein Anna. Wissen Sie, dass ich unserem Gruppenführer auch eine Denkschrift gewidmet habe? Leider hat er sie nicht mehr lesen können. Das Weißbrot wurde in der Burg gebacken. Natürlich haben wir auch Erwachsene hier, die unsere Jungmannen anlernen. Ich habe in meinem Aufsatz darauf hingewiesen, und Sie werden mir da sicher zustimmen, dass es eine Verschwendung ist, dass in unseren Konzentrationslagern nicht nur rassisch Verseuchte vergast, sondern auch die ideologisch Verseuchten eliminiert werden.

Sehen Sie, die Adler kreisen wieder, mich beruhigt das ungemein, und doch entscheidet dieser Flug über Leben und Tod von Hasen oder kleinen Füchsen. Ich habe empfohlen, diese Leute zu erschießen, nur eine Kugel, Genickschuss, damit wir möglichst viele ihrer Organe entnehmen können, um sie einzufrieren und später unseren verwundeten Soldaten einzusetzen. Ich hab das auch Imhoff geschrieben, Sie kennen ihn? Er will in Buchenwald mit dem Material laborieren. Es ist ein riesiges Betätigungsfeld. Ich armer Teufel leide an Heuschnupfen. Zu bestimmten Jahreszeiten kann ich gar nicht vor die Tür. Was gäbe ich darum, wenn ich diese Plage loswürde, es ist rassebiologisch völlig sinnlos, unter so etwas zu leiden.

Anna, in ihrer Fischsuppe rührend, hat, was sie nicht will, aber nicht verhindern kann: Tränen in den Augen. Es werden noch mehr, als Berger seinen Arm auf ihre Schulter legt, aber schweigt. Weil Anna das Schweigen so unerträglich ist wie ihre Ratlosigkeit, sagt sie: Ich kann so nicht weiter. Die Tränen ziehen warme Spuren auf den Wangen: Ich habe keine Frauen für mein Heim, und schaut hinaus. Der See liegt wie eine große Silberscheibe am Horizont.

Sie sehen mich etwas verblüfft, Fräulein Anna.

Ich habe nur sechs Frauen, davon ist eine noch aus Klosterheide. Ich soll monatlich zehn Geburten melden, aber ich habe nur vier Schwangere und zwei Frauen mit Kleinkindern.

Fräulein Anna, Sie sehen bezaubernd aus, wenn Sie so reden. Verzeihen Sie, ich will mich nicht lustig über Sie machen, höchstens über das Rassehauptamt mit seinen sturen Planungen.

Über dem See kreisende Adler werden zu kleinen Punkten, der Anstaltsleiter nimmt sein Fernglas: Faszinierend. Ich schätze, tausend Meter Höhe, nur durch Thermik. Und selbst von da oben sehen die noch einen Hasen über das Feld hoppeln. Möchten Sie schauen?

Ich werde aufbrechen.

Überlassen Sie mir Ihre Sorgen, tun Sie mir den Gefallen. Für die Jungmannen hier war es ein Vergnügen, Ihren Wagen zu reparieren, und es wird ihnen ein noch größeres Vergnügen sein, geeignete Frauen nach Rastenburg zu schaffen. Wenn jemand weiß, wo diese Frauen zu finden sind, dann sind es mein Spieß Blond und sein Zug. Was halten Sie davon?

Ich halte nicht viel davon, sagt Amberg. Nicht zum jetzigen Zeitpunkt, und blättert in der von Otto Kypscholl zusammengestellten Akte. Lebenslauf, von Otto aus angeforderten Gestapoakten verfasst, die Familiengeschichte, von Otto nach Kopien der Jüdischen Gemeinde Berlin zusammengestellt, Finkels Führungszeugnis als Direktor der Schöneberger

Kunsthochschule, zugesandt aus dem Hochschularchiv, ebenso ein Gesundheitszeugnis und der Antrag selbst. Keine dieser Unterlagen hat Finkel beigebracht, er weiß nicht einmal von dem Antrag, den Otto Kypscholl formuliert und unter den er Finkels Unterschrift gesetzt hat.

Nach der Ausnahmegenehmigung im Rassegesetz kann der Führer Finkels Antrag wegen besonderer Verdienste für das Reich bestätigen. Finkel hat einen Vermeer vermittelt, immerhin. Interessant, Kypscholl, die Großmutter von Finkel ist mit den Wertheims verwandt. Amberg zuckt mit seinem Armstumpf, dass sein Uniformärmel pendelt: Finkel ist momentan bei seinen Résistancelern gut aufgehoben. Wenn er für uns etwas hat, meldet er sich. Wenn wir ihn arisieren, nützt er uns in Paris nichts mehr, weil seine Leute ihn über die Klinge springen lassen. Haben Sie sich das überlegt, Kypscholl?

Ja, das habe ich.

Denn Finkel soll ihn, Otto Kypscholl, wegen des gefälschten Vermeers nicht ans Messer liefern können, und wenn dieser elende Betrug, der Otto eine schlaflose Nacht nach der anderen eingebracht hat, auffliegt, dann soll Finkel und nur Finkel mit seinem Kumpan Meegeren dafür bluten. Er, Otto Kypscholl, hat nie etwas von einer Fälschung im Atelier gesehen, hat kein Wort von Finkels Unterweisung zum Fälschen gehört, er hat in Laren ein fertig restauriertes Gemälde präsentiert bekommen und das dem Attaché nach Amsterdam gemeldet und es befehlsgemäß dem dicken lieben Gott übergeben, mehr hat er nicht getan, für mehr ist er nicht verantwortlich. Er hat gar keine andere Wahl, als Finkel für seine Verdienste am Reich zur Arisierung vorzuschlagen, weil dann der Führer einen Betrüger arisiert. Man kann dafür nicht ihn, Otto Kypscholl, einen Kopf kürzer machen. Wenn er nicht den künftigen Arier hinbekommt, ist er schutzlos und sagt wie ein Verzweifelter, um Unheil abzuwehren: Finkel hat angedeutet, dass Meegeren einen weiteren alten Meister anbieten kann.

Amberg trommelt mit den Fingern seiner rechten Hand auf die Arisierungsakte von Finkel: Gut, Kypscholl. Ich unterschreibe den Antrag jetzt, sehen Sie? Aber ich werde ihn erst nach Berlin schicken, wenn Finkel ein weiteres Bild dieser Qualität vermittelt und wenn man uns, und nicht die rote Fliege, nach Berlin ruft. Unter uns, Kypscholl; seit ich von dieser Möglichkeit auf Arisierung weiß, zweifle ich am Führer. Wie kann er einen Juden zum Arier erklären? Jude bleibt Jude, Führers Unterschrift zaubert keinen Rassewechsel. Das sind Dinge, die mich beschäftigen.

Weiter hört Otto nicht hin. Vielleicht ist er jetzt im Granattrichter von Stalingrad sicherer, den überlebt man oder verreckt. Hier rösten ihn Amberg, Meegeren und Finkel auf kleiner Flamme, und um vom Grill zu kommen, muss die Flamme noch größer werden, vielleicht muss er noch drei falsche Vermeers auftreiben. Er sitzt so tief in der Scheiße und schüttelt den Kopf, woraufhin ihm Amberg nickend zustimmt: Kypscholl, Sie sind meiner Meinung?

Otto bleibt der Trost, dass am Galgen für alle am Betrug Beteiligten genug Platz sein wird. Und wenn er neben Amberg, Meegeren, Finkel und Lewy baumelt, wird er dem dicken lieben Gott zum letzten Mal nahe sein.

Im Mai 43 brechen Anna, Siegfried und Otto gemeinsam zur lange geplanten Reise durch Masuren auf, von der Kurischen Nehrung an der Ostsee bis nach Deutschordenburg, wo Anna und Siegfried heiraten wollen, ohne elterlichen Segen, nur mit Doktor Berger als Trauzeugen. Dem Anna sich schon deshalb verpflichtet fühlt, weil Bergers Jungmannen ihr in den vergangenen Monaten zehn schwangere Frauen nach Rastenburg geliefert haben. Das Heim überlässt Anna für drei Tage der Obhut von Eike und Hiltrud, die schon zum Abschied winken, als Mikoleit noch Koffer auf das Dach des schwarzen Horchs bindet. Zwei Kanister Reservebenzin, von Siegfried aus dem Depot der Wolfsschanze mitgebracht, sind bereits verstaut.

Drei Stunden später erreichen sie eine Pension an der Kurischen Nehrung mit Blick auf das Meer. Beim Bernsteinsammeln am Strand: Erklärt mir einer von euch Männern, wie ich Bernstein erkenne?, bezeichnet Otto Generalfeldmarschall Paulus wegen dessen Kapitulation vor Stalingrad als Verräter am deutschen Volk.

Ist das Bernstein, Otto?

Was hätte Paulus sonst machen sollen, der Russe hat ihn komplett eingeschlossen.

Das sagst du, Schwager? Wenn man eingeschlossen ist, muss man ausbrechen. Zeig mal her, Schwesterlein. Nein.

Bernstein soll leichter als Stein sein, stimmt das, Otto?

Der wirft den Stein flach ins Wasser, dass er springt: Das war kein Bernstein.

Paulus hätte sich mit seiner Armee nur noch abschlachten lassen können.

Das hier, Schwesterlein, ist Bernstein. Man kann am Feuer prüfen, ob es wirklich Bernstein ist.

Paulus hat hunderttausend deutschen Soldaten das Leben gerettet, sagt Siegfried.

Ich war auch in Russland, und ich bin ausgebrochen, Hauptsturmführer.

Wie prüfst du das am Feuer?

Wenn Bernstein zu brennen anfängt, ist er echt.

Siegfried und Otto sammeln angeschwemmtes, von der Sonne getrocknetes Holz, Anna schichtet es auf und bringt es mit Reisig zum Brennen.

Es gibt Generäle in der Wehrmacht, die am Sinn des Russlandfeldzuges zweifeln.

Zweifeln? Bei dir in der Wolfsschanze? Der Führer zweifelt bestimmt nicht. Jetzt leg den Bernstein an den Rand des Feuers.

Hast du die Ostfrontlinie mal auf der Karte gesehen? Von Leningrad bis runter zum Schwarzen Meer, über zweitausend Kilometer, wie sollen wir das halten?

Ich kenne die Karte, Schwager. Die Frontlinie ist ein gigantischer Wall, da kann der Russe nicht rüber. Der Krieg, der fängt doch jetzt erst an. Du sitzt in der Wolfsschanze, da muss doch eine andere Stimmung herrschen.

Er brennt, sagt Anna, und Otto stochert den glimmenden Stein aus den Flammen: Unsere U-Boote kreuzen vor New York, dem Amerikaner geht der Arsch auf Grundeis, das ist ein gutes Gefühl, Schwager.

Und der Engländer hat Rommel aus Afrika gejagt, sagt Siegfried.

Na und? Was kann uns der Russe oder der Engländer? Sie bringen keine nationale Bewegung zustande, dass alle marschieren. Das kommt nämlich tief aus dem Inneren des Volkes, das ist die Seele. Der Russe hat keine Seele, ich war da, ich kenn den Russen.

Anna singt auf die Melodie von *Lili Marleen*, was sie im Radio gehört hat: Unter den Sternen im Deutschen Reich, sehn wir die Fernen, auch die habn wir gleich, soll sich noch einer unterstehn, nicht mit uns zu Werke gehn, dem wirds schlecht ergehn.

Früh am nächsten Morgen brechen sie auf, Mikoleit freut sich über die gut erhaltenen Straßen durch das Jagdrevier Kaiser Wilhelms und erzählt Witze: Trude is wieder wejen Herumtreiben vor Gericht. Nach der Verhandlung fragt der Verteidiger:

War anstrengend baij so viel Jefrage vom Jericht? Sagt Trude: Nee, nich, hat der Richter doch nur jefracht, weil er majin Busen ansehn wollt.

Neben der Allee leuchtet der Raps auf den Feldern, und sie überholen nach einer Stunde Fahrt zwei Pferdefuhrwerke.

Mikoleit, machen Sie halt in Heiliglinde, und zu ihrem Bruder: Du wirst dich wundern, mitten im Urwald gibt es ein prächtiges Kloster.

Otto staunt über das riesige Treppenhaus, über Seidentapeten an den Wänden der Zimmer, über eine Kaminuhr, ausgeführt in feinsten Pariser Bronzen. Für seine Schwester pflückt er im Klostergarten einen üppigen Blumenstrauß, den Mikoleit kaum auf der Hutablage unterbringen kann.

Otto, vorne neben Mikoleit sitzend, erzählt vom Verkehr in Paris, der so zugenommen hat, dass an jeder Kreuzung Regulierer aufgestellt werden mussten, selbst auf Landstraßen ist selten ein zügiges Vorankommen: So was wie hier gibt es in ganz Frankreich nicht. Mikoleit drückt das Gaspedal durch. Siegfried erzählt vom ersten Cholerafall in der Wolfsschanze, und Mikoleit, mit Freude an der Geschwindigkeit, pfeift. Als der Blumenstrauß von der Ablage Anna in den Nacken rutscht, erschrickt sie, und von ihrem kurzen Aufschrei abgelenkt, dreht sich Mikoleit zu ihr um, verzieht dabei das Lenkrad, lenkt noch gegen, aber so heftig, dass der Horch an einen Baum prallt. Mikoleits Tür und die Motorhaube fliegen meterweit, die Scheiben des Wagens zerbersten.

Otto kommt als Erster zu sich, Mikoleit mit einer klaffenden Wunde am Kopf neben ihm, und er weiß nicht, warum russisches Schlachtfeld ihn umgibt. Aber er hört keine Granateinschläge, sondern Vögel in den Bäumen über sich und spürt einen stechenden Schmerz im Brustkorb, der ihn kaum atmen lässt. Der Motor qualmt von brennenden Kabeln, er muss raus

aus dem Wagen, stemmt sich gegen die klemmende Beifahrertür, bis die nachgibt. Schreiend kriecht er auf allen vieren um den Wagen, dessen Motor zu brennen anfängt. Anna sieht er auf dem Rücksitz, von abgerissenen Blüten umgeben, fast ein Stillleben. Feuer frisst an Mikoleits Uniform, springt auf die Sitze über. Otto zieht seine Schwester aus dem Wagen, schleift sie weg und kriecht wieder zum Auto zurück, um Siegfried herauszuholen, auch er mit Pfingstrosen und Oleanderblüten bestreut, aber seine Beine sind von Mikoleits Sitz eingeklemmt, und als Otto versucht, ihn freizubekommen, kippt Siegfrieds Oberkörper auf Annas Sitz. Otto sieht in Siegfrieds Gesicht jenen starren Blick, den er aus Russland kennt und den erst die Verwesung nimmt.

Da hört er einen hohen Ton, als würde jemand pfeifen, Otto robbt schnell zu Anna zurück und zerrt sie hinter Bäume. Auf einmal ist es ruhig. Otto beugt sich über Annas Mund, spürt ihren Atem, da explodiert der Motor im schwarzen Horch, die Sitze stehen in Flammen, die beiden Reservekanister im Kofferraum zerbersten, ein schwarzer Pilz quillt bis in die Baumwipfel, um Otto herum landen Metallteile und zum Greifen nahe ein Seitenspiegel mit einem Rest Spiegelglas. Seine Arme und Beine zittern, sind nicht unter Kontrolle zu bringen, obwohl der Kopf klar und der Schmerz im Brustkorb verschwunden ist.

Als ein Pferdefuhrwerk mit einem pausbäckigen Jungen in der Uniform der Deutschordenburg kommt, schreit Otto. Der Junge springt verängstigt vom Kutschbock und sucht das Weite, und das Pferd frisst am Straßenrand Gras, das Fuhrwerk quer hinter sich. Otto kriecht vorwärts, der Qualm vom brennenden Auto wird dünner, und Sonnenlicht fällt wieder auf die Straße. Es wärmt ihn, und das Zittern lässt nach.

Doktor Berger kümmert sich in der ersten Woche nach dem Unfall viele Stunden am Tag um Otto und Anna. Ihr Gesicht ist geschwollen, aber langsam wächst Schorf über die vielen Schnitte in ihrer Haut. Doktor Berger hat ihren Schenkel eingegipst, auch Otto hat mehrere gebrochene Rippen. Berger hat ein Krankenzimmer im oberen Stock der Deutschordenburg herrichten lassen, damit Anna ins Weite blicken kann. Dort hören Anna und Otto jeden Morgen um zehn vor sieben den Fanfarenweckruf, bald darauf die Kommandos der Ausbilder. Schon am zweiten Tag hat Otto eine Stimme ausgemacht, die ihn an Spieß Blond erinnert, kann jedoch, von Gipsverbänden gehalten, nicht in den Burghof sehen. Und so dringt: Angetreten das, Rühren das, Marsch das, aus Erinnerung und Gegenwart doppelt zu ihm in den Schmerz. Anna lächelt manchmal, sagt aber kein Wort, sucht nach Erinnerungen von vor dem Unglück. Wo war da Siegfried? Was hat er gesagt?

Wo ist Siegfried?, ist immer Annas erste Frage, wenn Doktor Berger zur Visite kommt, aber wegen ihrer geschwollenen Lippen und der genähten Zunge versteht er es nicht.

In den nächsten Tagen schreibt sie immer wieder ihre Frage auf Papier, Berger liest und schweigt.

Als Anna und Otto transportfähig sind, lässt Doktor Berger sie in zwei Krankenwagen zur Bahnstation Nikolaiken bringen, wo der Fernzug nach Berlin hält.

Nach der frühmorgendlichen Visite in der Berliner Charité hält Anna wie jeden Tag Zwiesprache mit Siegfried: Lass dir deine Haare nicht so kurz schneiden, ich habe kaum noch etwas zum Anfassen. Gleich kommt Mutter, sie will mich ins Kino schleppen, wenn ich wieder laufen kann. *Münchhausen* mit Hans Albers. Dabei mag ich den gar nicht, magst du den? Wenn ich gesund bin, will ich nach Norwegen. Da gibt es kein

Berlin und kein Masuren. Mich stört die Kälte nicht, und du ziehst dir einen dicken Pullover über. Soll dir Mutter stricken, sie hat viel Zeit.

Elisabeth Kypscholl besucht ihre Tochter täglich, stets vormittags, nachdem das Bett frisch bezogen und das Zimmer gewischt ist. Danach geht sie zu Otto. Einmal hat sie ihrer Tochter Vorwürfe zu machen versucht, weil sie, statt in Berlin zu heiraten, die Deutschordenburg vorziehen wollte: Das musste Unheil bringen, aber als Anna: Mutter, lass das, sagt, redet sie nur noch von Lale Andersens Selbstmord: Heute früh hat es geheißen, die Lale ist gar nicht tot, gestern sagten die im BBC, die Lale hat sich vergiftet, weil sie nicht mehr auftreten darf. Heute sagen die, sie hat Schlaftabletten genommen, aber sie lebt, was soll man nun glauben? Elisabeth rutscht dicht an das Bett ihrer Tochter: Das hat mir vorhin Kasimir zugesteckt, und holt eine klein gefaltete Seite aus dem *Guardian* heraus: Weiß der Kuckuck, wo Kasimir das herhat. Elisabeth beugt sich noch dichter zu Anna: Ich weiß gar nicht, ob ich dir das vorlesen soll: Wieder ein prominentes Opfer der Nazis. Die bekannte Sängerin Lale Andersen hat sich das Leben genommen. Sie hinterlässt ein schönes Lied, das bei uns und in Frankreich längst zum Schlager geworden ist, wobei der Text den Hitlerbarbaren wenig gefallen dürfte. Elisabeth flüstert nun fast, die Tür im Blick: Der Führer ist ein Schinder, das sehn wir genau, zu Waisen macht er Kinder, zu Witwen jede Frau. Und wer an allem schuldig ist, den will ich an der Laterne sehn, hängt ihn nur recht hoch, deine Lili Marleen.

Sie faltet die Zeitungsseite rasch zusammen, und Anna sagt: Blödsinn.

Sag bloß nichts Vater.

Otto, im Zimmer nebenan, zeichnet von seinem Bett aus, was er sieht: Baumkronen, Brandmauern und zerbombte Häuser.

Nachdem er jeden Stein und jeden Sims getreu abbilden kann, versucht er sich an Josephine Baker im Bananenrock. Als seine Mutter einmal früher als gewöhnlich in Ottos Zimmer kommt, sieht sie den misslungenen Versuch auf dem Nachtschrank liegen. Bei ihrem nächsten Besuch zieht sie ein Nacktfoto von Anita Berber, das Otto aber längst kennt, unter großem Getue hervor: Aber lass das Vater nicht sehen.

Ottos viele Rippenbrüche heilen nur langsam, hastige Bewegungen soll er vermeiden. Selbst der Gang zur Toilette, auf den Otto besteht, weil er Schieber und Urinflasche nicht benutzen mag, strengt ihn an.

Kasimir schaut, bevor er abends die Klinik verlässt, zuerst bei Otto, dann bei Anna ins Zimmer. Otto legt er den neuesten *Guardian* aufs Bett: Pass auf die Zeitung auf und lies sie genau, die Meldungen über Rückzugsgefechte der Wehrmacht in Russland und auf dem Balkan, über den Zusammenbruch der deutschen Mittelmeerfront. Mit Anna übt er eine Viertelstunde lang Gehen. Bei jeder Pause zeigt er ihr ein Foto von einem der Kriegskrüppel, die man ihm aus dem Lazarett überwiesen hat: Der wird ohne Unterkiefer leben müssen, er kann nicht schlucken, man muss ihn mit einer Sonde ernähren. Gehen wir weiter? Dem ist das halbe Becken weggerissen, er hat nun Schläuche im Dickdarm und an der Blase. Gehen wir weiter? Dem fehlen nur Nase und Ohren. Das waren gesunde Männer, alle bleiben Krüppel. Und vielleicht lässt man sie nicht mal am Leben.

Du gehst zu schnell, Onkel.

Ich war mal stolz auf dich, als du deine medizinische Ausbildung begonnen hast, ich habe dich irgendwann hier bei mir als Ärztin gesehen. Aber Wewelsburg hat dich mehr fasziniert.

Onkel, ich möchte mich hinsetzen.

Und was du in Rastenburg veranstaltest, ist eine Schande, woraufhin Anna sagt, dass sie nun allein sein möchte.

Jeder von uns ist allein, Anna, das ist unser Problem. Keiner traut sich etwas.

Im Louvre stellt Otto Gemälde für den nächsten Transport nach Berlin zusammen. Drei Mitarbeiter der früheren Museumsverwaltung schaffen heran, was laut Inventarliste in den verschiedenen Sälen gelagert sein müsste. Aber auch Otto weiß, dass Listen und Bestand längst nicht mehr übereinstimmen, und es ist ihm egal, was die drei Franzosen zur Rampe schleppen. Otto will die Bilder nicht einmal sehen, er zeichnet nur die Listen ab, treibt an, damit er abschließen und ins Varieté kann, das Einzige, was in Paris geblieben ist, wie es war. In den Straßen fahren kaum noch Autos, die Kinos sind geschlossen wie die meisten Straßencafés, Frauen sieht er ungeschminkt und ohne die üppigen Hüte. Nur seine braunen Lederschuhe glänzen.

Madame Resoluts Frauen begrüßen ihn kichernd, schleppen ihn an seinen Stammtisch nahe der Bühne. Ihre blutrot geschminkten Lippen sind ein endloses Kussangebot, dem Otto mit Champagner zu entgehen glaubt. Am Nebentisch sitzen Wehrmachtsoffiziere beim Skatspiel, auch sie in Begleitung von Madames Frauen, die zu singen anfangen oder kreischen wie beim Cancan, bis sich die Männer mit ihnen beschäftigen.

Mit geübter Hand könnte Otto ein Skizzenbuch füllen wie Toulouse-Lautrec. Er raucht, wie Franzke geraucht hat, die Kippe lässig im Mund, um die Hände frei zu haben. Damit ick die Weiber packen kann, damit ick an die Titten komme, hat Franzke immer gesagt.

Endlich tanzt eine Stripperin in fahlem Licht auf der Bühne, manchmal im Kegel des Scheinwerfers, manchmal dahinter. Otto hält die Augen fast geschlossen, er will nur die Umrisse sehen, damit er sich Josephine Baker vorstellen kann. Aber selbst in seinem Augenspalt ist jede der Bewegungen nur armseliges Gestümper, niemals würde die Baker beim Öffnen des Kleides so unbeholfen herumhampeln.

Nach der Bühnennummer, wenn Champagner und Geilheit sich verbündet haben, zeigen die Tischhäschen ihre traurigen Brüste, die gestreichelt werden wollen, jeder, der zu Madame Resolut kommt, streichelt sie und lässt sich dann in eines der Separees mitnehmen, nur Otto nicht. Und weil er schon viel zu lange sitzt und beobachtet, raucht und trinkt, kommt Madame Resolut an seinen Tisch, legt eine Hand auf seine Schulter, es fühlt sich an wie ein Zangengriff. Ob irgendetwas fehlt, ob die Mademoiselles ihn nicht erregen, und schwingt dann trotz ausladender Hüfte elegant zwischen den eng stehenden Tischen und Stühlen davon, vorbei an kommenden und gehenden Gästen, streicht einem Besatzer über den Kopf, krault einem anderen das Kinn. Niemand berührt sie, und keiner wagt Ausfälligkeiten gegenüber Madame, die ihr Bett mit dem Stadtkommandanten teilt.

Auch am nächsten Abend betritt Otto das Varieté und wird von zwei anderen Frauen empfangen, er bestellt Champagner, und nach dem Tanz der Stripperin schiebt Madame ihn in ein Separee hinter der Bühne. Es ist Platz für einen Stuhl und ein Bett, und darin liegt ein Tischhäschen, nur bekleidet mit weißem Tüll. Madame Resolut bleibt in der Tür stehen, als das Tischhäschen Ottos Hemd aufknöpft, er wagt sich nicht umzusehen, aber er hört die Frau hinter sich atmen, auch als das Häschen Ottos Hose öffnet, ihn bei den Händen nimmt. Sie will, dass Otto ihr den Tüll vom Leibe reißt, ihre Haut streichelt, was Otto unbeholfen macht, und immer hört er Madame hinter sich. Dann springt das nackte Häschen auf, bewegt sich flink in seinem Nest, um Otto mal in die Schultern zu greifen, ihm mit Fingernägeln über den Bauch zu fahren, seinen Rücken zu kratzen. Dann sind die Hände vom Häschen nur noch zwischen seinen Beinen, Otto ist ihm wehrlos ausgesetzt, er hört Madame, aber sie sagt nichts.

Später verlässt er mit einem wohligen Gefühl das Haus, was jedoch nicht lange anhält, weil Gespenster, wie von Goya gezeichnet, vor ihm über die dunkle Straße huschen. Angst quält ihn, weil er noch immer nicht weiß, welches Spiel Amberg und Finkel spielen. Otto vertreibt die Angst in seinem Zimmer mit allen Lampen, die er hat, und mit seiner Uniform, die den Geruch vom Betthäschen auf seiner Haut überdeckt und ihm Schutz gibt, bis endlich die Nacht vorbei ist.

Das Varieté besucht er das nächste Mal in Uniform, die jedoch Madames Damen unbeeindruckt lässt. Otto ist nach drei Schritten in ihrer Mitte und dann an seinem Stammplatz nahe der Bühne, wo wieder umgebaut wird, Kulissen umfallen und Künstler erschrocken aufschreien, aber dann steht Madame selbst auf der Bühne und gibt ein Chanson von Edith Piaf zum Besten, das diese gerade im Moulin Rouge gesungen hat, *La Demoiselle Du Cinquième.* Otto versteht jedes Wort, es macht ihm Mut, irgendwann am Abend Madame Resolut nach Josephine Baker zu fragen, die hier aufgetreten sein soll. In holprigem Deutsch sagt Madame: Huren sind die besten Mütter, und erhält Beifallsgeschrei von den Deutschen.

Auf dem Rückweg zur Dienststelle hält das wohlige Gefühl an, die Uniform verscheucht Fratzen.

Eines Abends wird Otto nicht mehr von zwei Häschen empfangen, sondern von Madame selbst, sie gibt ihm Champagner, bläst ihm Rauch ins Gesicht, der anders riecht als der Rauch seiner Zigaretten, und fragt, warum er immer wieder kommt, wo er mit Frauen kaum etwas anzufangen weiß. Otto sitzt gerade vor ihr auf dem Hocker, die Hände übereinandergelegt. Dass Otto zu Ambergs Truppe gehört, weiß sie. Aus ihrer

Westentasche holt sie einen Flakon, der jedoch kein Parfüm, sondern eine Opiumlösung enthält, die sie auf eine Zigarette tropft und Otto gibt, da sitzt Otto noch keine zehn Minuten im Varieté, der Abend beginnt erst.

Am selben Abend richtet Anna ihr neues Quartier in Buchenwald ein, das sie einen Monat lang behalten wird, um dem Forschungsarzt des Ahnenerbes Doktor Imhoff zu assistieren.

Nachdem Anna aus ihrem Genesungsurlaub nach Rastenburg zurückgekehrt war, fand sie ein halb geplündertes Heim vor, nur noch Eike, die gute treue Eike, mit ihren beiden Kindern war dort. Anna reiste sofort weiter nach Deutschordenburg, um Siegfrieds Grab zu besuchen und Doktor Berger ihr Leid zu klagen.

Das müssen Sie Berlin berichten, Fräulein Anna, und er hat ihr empfohlen, einen Antrag für Buchenwald beizulegen, um von seinem guten Freund und Kameraden, dem Forschungsarzt Imhoff, in die neuesten Methoden der Organverpflanzung eingewiesen zu werden.

Imhoff lernt Anna an ihrem ersten Arbeitstag in einer Baracke vor dem Lager kennen. Er riecht nach Kernseife und Desinfektionsmittel und hält keine Distanz, vielleicht, weil er leise spricht: Ich kann Sie beruhigen, unser Labor liegt ebenfalls außerhalb des Drahtes, das Lager wird Sie nicht belästigen. Vielleicht, weil er mit seinen Händen immer dicht an Menschen ist: Leider sind mir in den vergangenen Monaten zwei Ärzte und vier Pfleger abgezogen worden, die Front. Ich musste mir neue Leute aus dem Lager holen, damit ich überhaupt arbeiten kann. Zwei Juden, beides Professoren, der eine Chirurg, der andere Internist, ich hoffe, das stört Sie nicht. Ich weiß allerdings nie, ob ich am nächsten Tag noch über sie verfügen kann, der Lagerkommandant hat wenig übrig für meine Forschungen. Sie werden jedenfalls nicht ins Lager rüber müssen. Und hinter dem Lager ist nichts, schon im Lager ist das Nichts. Morgens werden die beiden gebracht, um fünf abends abgeholt. Dann sind da noch zwei Juden im Labor, die überwachen rund um die Uhr meine Versuchsanordnung, denn die Kühlaggregate müssen ununterbrochen laufen. Auch bei Fliegeralarm, wenn alles abgeschaltet werden soll – sagen Sie das mal dem Lagerkommandanten. Genau genommen sind Sie ein Geschenk des Himmels, wir sind nämlich mit Berger auf seiner Burg die letzten Vollstrecker unseres Gruppenführers. Er hat mir das Labor eingerichtet, eigentlich ein unwürdiges Provisorium, wie Sie bald sehen werden. Mein Gott. Es sollte längst ein Neubau dastehen. Heydrich ist tot, warten wir die Zeit nach dem Krieg ab, es kann nur besser werden.

Ja, sagt Anna.

Es muss kraftvoll weitergehen mit unserer Arbeit, bei Ihnen doch ebenso?

Und Anna, ins Nichts hinübersehend: Lebensbornheime ohne Labor und Klinik ergeben keinen Sinn, man kann nicht eingreifen, man kann nichts verändern.

Wir stehen erst am Anfang, Fräulein Anna. Machen wir uns nichts vor, es werden Jahre vergehen, bis halbwegs brauchbare Untersuchungsergebnisse vorliegen. Es gibt hier mehr Rückschläge als Fortschritte. Ich habe jetzt noch zwei Kandidaten im Labor, es waren mal zehn. Abgänge. Vielleicht sind die beiden bereits Abgänge, wenn Sie ins Labor kommen. Ich habe die auf neunzehn Grad gekühlt, in Auschwitz hat man vergangenes Jahr bei achtundzwanzig Grad aufgehört. Bei achtzehn Grad werde ich einem die Niere entnehmen, sie wird auf fünf Grad minus abgekühlt und nach einer Woche wieder eingesetzt. Wollen doch mal sehen, ob die Niere dann noch funktioniert. Es darf aber keinen Gefrierbrand geben, das hatte ich bisher, allerdings bei minus zehn Grad. Vielleicht muss die

Niere auch schockgefroren werden, also minus fünfzig Grad. Mein Gott, und das bei den schwachen Aggregaten hier. Wir werden das herausfinden, Fräulein Anna. In Russland versucht man es gleich mit Schockgefrieren. Die Körper werden sofort in eine Kammer mit sechzig Grad minus gesteckt, nach zwei Tagen holt man sich die Niere. Die Russen versuchen es auch mit dem Herzen und setzen es bei jemand anderem wieder ein, sehr spannend. Wollen Sie meine Forschungsprotokolle sehen? Hätten längst veröffentlicht werden sollen.

Er geht aus dem Zimmer und kommt mit einem Stapel Mappen aus dem Nebenraum zurück, an dessen Tür Anna das Schild: »Archiv Ahnenerbe«, liest, darüber das Wappen von Wewelsburg.

Da haben Sie eine spannende Lektüre für die Nacht. Ich hoffe nur, das Hundegebell stört dabei nicht. Um diese Jahreszeit bellen die Tiere wie verrückt, keiner weiß, warum. Mögen Sie Hunde?

Nein, sagt Anna.

Ehrlich gesagt, ich auch nicht. Als Material völlig unbedeutend. Affen auch, man kann an Tieren nicht herausfinden, was in uns vorgeht. Hier, das wird Sie besonders faszinieren, das sind Aufsätze meiner japanischen Kollegen, und Imhoff, zerlesenes Papier glättend, wieder so dicht bei Anna, dass sie den Atem riecht: Musste erst ins Englische übersetzt werden. Vivisektion. Dafür nehmen sie amerikanisches Material. Der Japaner nennt das Maruta, ein Deckname, Maruta bedeutet so viel wie Holzscheit. Der Japaner ist uns in vielem voraus, Fräulein Anna. Die haben für Vivisektionen eine eigene Universität in Kyushu. Wo würden Sie bei einer Vivisektion im Bauchraum ansetzen, Fräulein Anna?

Wo die wenigsten Blutgefäße verlaufen. Am Latissimus entlang, dann hin zur Bauchmitte.

Interessant. Sie würden nicht vom Bauch aus öffnen, sondern von der Seite. Wissen Sie, dass unser Gruppenführer einmal Zeuge einer Vivisektion war? Er wollte den Kehlkopf beim Schluckvorgang beobachten. Ich habe mehrere Vivisektionen durchgeführt, allerdings immer unter Narkose des Materials. Ich schätze es nicht, wenn mir jemand vom Tisch springt. Ich habe erfolgreich zehn Zentimeter Bauchaorta gegen einen durchsichtigen Schlauch ausgetauscht. Am liebsten würde ich gleich mit Ihnen ins Labor gehen, und rückt an seiner Brille: Sie sind so sympathisch.

Ich bin sehr gespannt, sagt Anna.

Sie sind so unkompliziert. Nicht so wie die Pommer. Haben Sie mitbekommen, was sich diese Person herausgenommen hat? Weigert sich, dieses Verrätergesindel anzufassen. Lebensfrisches Material, hing keine drei Minuten am Haken, der größte Teil der Organe ist voll funktionsfähig, und Frau Doktor Pommer verweigert den Eingriff, und dann, es ist unglaublich, kündigt diese Person auch noch. Und das in Berlin. Unter den Augen des Ministeriums.

Kypscholl, ruft Amberg, die Mütze tief ins Gesicht gezogen, die rote Mappe für Telegramme aus Berlin in Händen, und Otto ahnt, dass ihn schlechte Nachrichten erwarten, er hört es an Ambergs Stimme. Vielleicht an die Front, weil Amberg ihn loshaben will, weil er bei der Arbeit im Louvre nur noch an Madame Resolut denkt, die auf ihn wartet, der Otto jeden Abend, nachdem die letzten Gäste gegangen sind, die Netzstrumpfhose von den Schenkeln streift, um sich dann, wie von Madame verlangt, an ihrem Fleisch festzuklammern und es mit den Lippen zu massieren.

Kypscholl, sagt Amberg leise und hält ein Telegramm hoch.

Um dann das Mieder von Madame aufzuknöpfen, er ist eine Sau und Madame die Suhle.

Der Herr Ministerpräsident verliert seit dem Anschlag auf unseren Führer auf der Wolfsschanze leicht die Nerven.

Um zu kneifen und zu streicheln, sie reden dabei kein Wort, und Otto denkt längst nicht mehr an Josephine Baker.

Und der Ministerpräsident ist wegen der neuerlich verschlechterten Frontlage sehr besorgt um das Bernsteinzimmer. Wer hätte gedacht, dass wir uns noch einmal mit dem Bernsteinzimmer herumschlagen müssen, der Generalgouverneur hat es nicht auf seiner Burg in Krakau, sondern die ganze Zeit im Königsberger Schloss versteckt.

Otto hat keine Hemmungen mehr, Madame hat sie ihm genommen, und er ist ihr dankbarer Schüler, auch wenn sie es wieder und wieder von ihm verlangt, bis er erschöpft auf dem Bett liegt, dann reicht sie ihm eine ihrer Opiumzigaretten.

Für das Königsberger Schloss ist der Herr Ministerpräsident zuständig. Und deshalb wünscht er von uns sofortige Sicherung und Abtransport des Bernsteinzimmers nach Berlin.

Da muss Otto sich setzen.

Tut mir leid, Kypscholl, ich weiß, dass Sie sich hier recht gut eingelebt haben, aber auch ich werde meinen Platz räumen müssen, bevor der Engländer einmarschiert. Sie werden mit zwei Lastwagen nach Berlin fahren und so viel wie möglich aus dem Louvre mitnehmen. Sie werden auch Finkel mitnehmen, wir können ihn nicht den Engländern überlassen, und ich werde mir an dem Juden nicht die Finger schmutzig machen. Berlin soll entscheiden, was mit ihm passiert. Das hier, den Arisierungsantrag, den werfe ich jetzt in den Kamin. Da brennt der Arier, und der Jude bleibt. Ich werde hier klar Schiff machen, der Kamin wird in den nächsten Tagen ordentlich rauchen. Nehmen Sie alles mit, was Ihnen gehört, Kypscholl. Mit etwas

Glück sehen wir uns in Berlin wieder. Ich habe Sie noch zu befördern, Sie sind ab jetzt Oberscharführer, Glückwunsch. Finkel ist übrigens seit heute im Gewahrsam der Sicherheit, damit ihm keiner etwas antut. Um Lewy wird sich die Résistance kümmern, sobald wir Paris verlassen haben, vielleicht haben sie ihn auch schon liquidiert. Gute Fahrt, Kypscholl.

Nach einer halben Stunde Bewegungsstarre rührt sich Otto in seinem Zimmer. Die Tür ist weit offen, er hört vom Flur Rumpeln, Schritte von benagelten Stiefeln, er riecht verbranntes Papier. Als wäre es wahr, was ihm Amberg befohlen hat. Dass er Madame nicht wiedersehen wird.

Drei Tage später erreicht Oberscharführer Otto Kypscholl Berlin mit einem völlig übermüdeten Trupp schwer bewaffneter Schwarzkittel, die Finkel und die Gemälde auf den beiden Lastern zu bewachen haben. Entgegen dem Befehl fährt er nicht direkt ins Ministerium des dicken lieben Gottes, sondern hält vor der elterlichen Villa am Wannsee. Wenn schon alles in Scherben fällt – seine letzte Trumpfkarte nimmt Amberg ihm nicht aus der Hand.

Häuser und Straßen liegen an diesem Septembertag 44 im Nebel, aber so dicht kann der Nebel gar nicht sein, dass Elisabeth Kypscholl ihren Sohn nicht schon am Fenster erkennt, auf die Straße läuft: Otto, ruft und ihn umarmt: Mein Junge.

Ich habe nicht viel Zeit.

Er gibt Befehl, fünf Kisten vom Lastwagen zu laden und in den Feuerschutzraum zu schaffen, dann geht er zum zweiten Lastwagen, in dem Finkel sitzt, der aussteigen soll.

Ottos Mutter ruft: Elias, und fällt ihm um den Hals.

Wo ist er?, fragt Otto.

Seit Wochen nur in seiner Firma.

Im Salon sagt Elisabeth zu Finkel: Mein Gott, und faltet

weinend die Hände auf der Brust. Otto wirft seine Mütze auf den Flügel und fläzt sich ins schwarze Sofa, die Füße brennen ihm in den Stiefeln, als wäre er durchmarschiert. Finkel steht neben dem Klavierhocker, Otto riecht einen nach Schweiß und Pisse stinkenden alten Mann, während Elisabeth Tee holen geht: Ich habe nichts anderes im Haus.

Trinken ja, sagt Otto, aber nicht aus meinen guten Tassen.

Otto.

Er bleibt hier. Finkel hat keine Papiere. Wenn man ihn aufgreift, ist er erledigt. Du versteckst ihn. Zu keinem ein Wort, sonst bist du selbst dran.

Otto, wie redest du mit mir?

Ich bin in einer Woche zurück. Ich hole Anna aus Rastenburg.

Mein Gott, was ist das für eine Zeit?

Otto wird im Reichsluftfahrtministerium erwartet, man gibt ihm Vollmachten, er kann in Königsberg zur Ausführung seines Befehls die Wehrmacht verpflichten und Technik beschlagnahmen. Er hat wieder alle Vollmachten vom dicken lieben Gott, nie hat er mehr Macht gehabt.

Auf dem Flugplatz Tempelhof grüßt man Otto, als wäre er Amberg. Richtung Osten fliegt er mit einer Transportmaschine, Himmelfahrtskommando genannt, weil sie randvoll mit Sprengstoff beladen ist, um die verlassene Wolfsschanze aus der Welt zu schaffen.

Er steigt aus, wo der Führer vor dem Attentat ausstieg, geht Wege, die der Führer ging, sucht den Bunker, in dem der Dürer hing, Otto sucht Siegfrieds Baracke. Weil der Engländer in den letzten Tagen Königsberg und den Flugplatz schwer bombardiert hat, muss Otto die Landstraße nehmen. Ein Rottenführer, der viel weniger ist als Otto, aber vor Wochen noch Generäle herumkutschierte, soll Otto nach Königsberg bringen.

Hundertzwanzig Kilometer, sagt der Rottenführer, drei Stunden.

Vorher muss ich in die Stadt zum Heim, sagt Otto.

Die Leute dort tragen wie immer graue Mäntel, Mützen und Kopftücher, schleppen wie immer Kartoffeln, reden wie immer auf der Straße miteinander, an Häusern und Straßen gibt es keine Bombenschäden.

In der Eingangshalle von Annas Heim, in das sie zurückgekehrt ist, nachdem Imhoff alle Experimente einstellen musste, liegen Berge mit Decken, auf einem Holztisch Handtücher. Otto geht über den Flur, sieht in Zimmer ohne Einrichtung: Anna?

Immer wieder drei Stufen auf einmal nehmend, läuft er die Treppen hoch, Anna findet er in einem Untersuchungsraum, er stutzt, weil sie einen weißen Kittel trägt und ihr Haar nur noch schulterlang ist. Zuerst berühren sich ihre Finger, dann drehen sie sich im Wiedersehenstanz. Anna zieht ihren Bruder ins Nebenzimmer: Du bist gerade zur richtigen Zeit hier. Ich habe ein kleines Wunder im Heim, das Wunder von Masuren, und meint eine junge Frau, die verängstigt vor einer Messlatte wartet.

Doktor Berger hat sie mir selbst hergebracht. Was sagst du, Otto? Sie ist idealitrassig. Lymphatischer respiratorischer Typus. Brachykephaler Schädel, ihre Haut, ihre Zähne, ihre Augen, ihre Lippen, ihre Brüste, Otto, so etwas habe ich noch nie gesehen, und das kommt aus den Urwäldern von Masuren. Sie ist leider wild wie ein Raubtier, man kann sie kaum anfassen. Zum Glück hilft mir Eike. Du müsstest sie unbekleidet sehen, man müsste sie denen vom Rassehauptamt vorstellen, damit die sehen, was idealitrassig ist.

Wir machen das, Anna, wenn ich aus Königsberg zurück bin, dann nehme ich dich nach Berlin mit.

Das war nur ein Beispiel, eigentlich müssten die herkommen.

Werden sie nicht.

Doktor Berger erwartet von ihr eine neue Rasse, es ist wunderbar.

Mutter will, dass du in Berlin bist.

Da greift Anna nach den Händen ihres Bruders: Und Doktor Imhoff hat mir ein Labor versprochen. Sobald der Krieg vorbei ist, kann ich mit ihm arbeiten, er schickt mir Material.

Otto, das Mädchen vor der Messlatte musternd: Wo lebt ihr eigentlich? Du, dein Doktor Berger und Imhoff. Paris ist gefallen, der Russe steht vor Königsberg.

Dann holt euch Paris zurück, und den Russen vertreibt ihr.

Anna, es kann passieren, dass in zwei oder drei Wochen die Front in Rastenburg ist. Ich bin übermorgen aus Königsberg zurück, dann nehme ich dich mit.

Ich kann hier nicht weg, ich werde die Mädchen nicht allein lassen, bis ihr den Russen zurückschlagt. Eike, die gute treue Eike mit ihren beiden Kindern, ist auch hier. Ich lasse die nicht allein.

Hinter Rastenburg fährt der Rottenführer durch schmale Alleen in Richtung Reichsstraße, die nach Königsberg führt. Vereinzelt kommen ihnen Pferde- oder Ochsengespanne entgegen, beladen mit Koffern, Stühlen und alten Leuten, auch Kinder, die Handwagen ziehen, und Frauen, die Bündel schleppen. Aus der nächsten Kleinstadt flieht niemand, der Bäcker hängt eine Fahne neben den Eingang, Bürgersteige werden gefegt. Dreißig Kilometer vor Insterburg jedoch quillt ihnen unter herbstlaubigen Alleebäumen ein Menschenstrom entgegen. Als Otto einen Landser mit Kopfverband und Gipsarm sieht, verlangt er Lagebericht.

Der Russe hat Königsberg überrollt, woraufhin der Rottenführer sagt: Wir kehren um, zurück nach Rastenburg, aber Otto befiehlt: Weiter.

Dann kommen Tiefflieger. Was für Otto ein undurchdringliches und bedrohliches Menschengrau ist, springt von der Straße und verkriecht sich in Gräben, hinter Bäumen. Zurück bleiben Ziegen und Kühe, die in Panik Handwagen und Karren umrennen.

Weiter, ruft Otto wieder, weil die Straße nun frei ist.

Weiter wohin?, will der Rottenführer wissen, und Otto ruft: Schneller, als wollte er den Tieffliegern nacheilen. Vor einem Granattrichter, umringt von Kadavern aus Mensch und Vieh, endet die Fahrt.

Und nun? Der Rottenführer starrt auf einen Mann, dem die Druckwelle den Bauch aufgerissen hat, der versucht, sich aufzurichten. Otto zieht seine Pistole: Weiter, und hält sie dem Rottenführer an den Kopf.

Scheiße, Otto flucht bis zur Erschöpfung, da ist der Menschenrest bis an den Wagen gekrochen und bricht zusammen. Otto schießt ihm zweimal in den Kopf, das beruhigt ihn, und endlich bleibt der Mann bewegungslos liegen.

Raus, raus, raus, Otto stößt den Rottenführer aus dem Wagen, rutscht auf den Fahrersitz und biegt in einen Waldweg ein, steuert ungelenk durch Kuhlen, schlingert an Böschungen, hält dann an und bleibt Minuten an die Motorhaube gelehnt stehen. Otto pumpt sich voll mit nasskalter Luft und riecht Stinkmorchel. Er wird umkehren müssen, zurück nach Rastenburg.

An einem Gehöft hinter dem Wald hält Otto vor der aufgezogenen Reichskriegsfahne, und beim Verlassen des Wagens grüßt ihn der Ortsbauernführer, fragt, ob er die Vorhut des angeforderten Schutztrupps ist. Der Engländer bombardiert pausenlos Königsberg, sagt er, und dass sich der Führer und Stalin geeinigt haben. Königsberg geht an Russland, der Russe rückt dafür nicht weiter vor.

Otto hat sich den Weg nach Rastenburg erklären lassen, verliert aber an den unbeschilderten Kreuzungen die Orientierung. Er bleibt auf den breiten Wegen und glaubt an Täuschung, an Halluzination, als er zwei Kirchtürme mit goldenen Strahlenkreuzen darauf sieht. Es ist das Kloster, das er mit Anna und Siegfried besucht hat. Das schmiedeeiserne Tor ist verschlossen, aber Otto erinnert sich noch an die kleine Pforte in der Mauer zum Klostergarten, in dem er Blumen für Anna gepflückt hat. Im Klosterhof zeigen die Uhren an den Türmen eine vergangene Zeit an, und die Fensterläden sind sämtlich verschlossen. Der Schnee fällt dicht, als wollte er Otto, der an Türen rüttelt, vertreiben. Otto stellt sich auf den Brunnenrand und ruft in jede Richtung, aber nur Tauben fliegen vom Turm. Mit einem Eisenrohr stemmt er einen der Fensterläden auf. Kalte Luft steht im Haus, er tapst über dunkle Flure bis in eines der Treppenhäuser und ist nach einer halben Stunde Irrgangs dort, wo er sein will, in den Gästezimmern. Einen Fensterladen nach dem anderen öffnet er, und das einfallende Licht offenbart den unberührten Reichtum. Otto tanzt vor Glück mit seinen Stiefeln über Seidenteppiche, fühlt bestickte Sesselbezüge, grüßt zu Gemälden und betrachtet die Kaminuhr aus Bronze wie eine schlafende Geliebte. Der Schlüssel liegt auf der Kaminplatte, wenn er die Uhr aufzieht, wird seine Geliebte für ihn singen. Otto lässt Stiefel, Jacke und Hose am Kamin liegen, öffnet alle Türen und geht in grauer Unterhose und grauem Unterhemd durch die vier Gästezimmer. Er ist nun kein Schwarzkittel mehr, sondern Beschützer, Bewahrer und Bewohner, er hat ein Reich, er gehört hierher. In dieser Lust verbringt er Stunden; erst die hereinbrechende Dämmerung nimmt ihm diese Lust. Otto hat ein Feuerzeug, aber Kerzen findet er keine und läuft ins Treppenhaus, holt von dort Stühle, die er zerschlägt und mit denen er Feuer im Kamin macht. Dann zieht er die Uhr auf, und sie singt ihm *Üb immer Treu und Redlichkeit* zur vollen Stunde.

Die flach einfallende Morgensonne weckt Otto. All seine Reichtümer glänzen, strahlen, bereiten ihm, nur ihm, ein Augenfest, dass er beten möchte, aber er weiß kein Gebet. Lange hält das Gefühl nicht an, Hunger und Durst sind stärker. Er muss nach Rastenburg, wird aber nicht zurücklassen, was ihm lieb ist, und trägt die Kaminuhr, drei Gemälde, einen der Sessel und ein halbes Dutzend Silberleuchter durch Klosterhof und Garten zum Auto. Nur seine Stiefel hinterlassen Spuren, und auf der Straße nach Rastenburg, die nun ausgeschildert ist, bleiben allein die Reifenabdrücke des Wagens zurück.

Vor der Stadt, keinen Kilometer von Annas Heim entfernt, hält ihn eine Motorradstreife an. Ihre Maschinengewehre auf Otto gerichtet, verlangen sie Auskunft darüber, warum er so viel goldenes Gerümpel im Wagen hat. Otto zeigt seinen vom dicken lieben Gott selbst unterschriebenen Einsatzbefehl, den die Kettenhunde für gefälscht halten, und ihn für einen plündernden Deserteur. Otto muss den Wagen an Rastenburg vorbei nach Sensburg in eine Kaserne fahren. Dort werden seine Schätze ausgeladen und einem Scharführer vorgeführt, der herumschreiend den Telefontisch umrundet, während am Feldtelefon nach einer Verbindung gekurbelt wird. Schützen muss er seine Geliebte vor den Überdrehten, die weniger sind als er, die aufgegriffene Landser hereinstoßen, dass der Dielenboden bebt und mit ihm die Kaminuhr. Aber der schreiende Scharführer will kein Wort von den Aufgegriffenen hören, gibt nur Zeichen, und schon werden sie aus dem Zimmer gestoßen. Otto brüllt den Scharführer an, dass er auf Befehl des Herrn Ministerpräsidenten und Generalfeldmarschalls des Deutschen Reiches im Einsatz ist und unverzügliche Weiterfahrt verlangt.

Dann soll Ihr Ministerpräsident mal eine Leitung zustande bringen.

Ich habe die Kunstgegenstände persönlich dem Herrn Ministerpräsidenten des Deutschen Reiches abzuliefern.

Meinetwegen, aber den Wagen bekommen Sie nicht wieder, den brauche ich.

Otto, zu seiner Kaminuhr sehend, brüllt: Der Wagen gehört dem Reichsluftfahrtministerium und ist ausschließlich mir vorbehalten.

Daraufhin brüllt der Scharführer zurück: Befehlsnotstand hat Vorrang, und vom Kasernenhof hallen Schüsse.

Beschweren Sie sich, hier, rufen Sie Ihren Ministerpräsidenten an.

Otto macht einen Schritt auf den Irren zu, und schon halten Kettenhunde Maschinengewehre vor Ottos Bauch.

In fünf Minuten rückt ein Transport nach Danzig ab, von da über See nach Stralsund. Da können Sie mit.

Und das persönliche Eigentum des Herrn Ministerpräsidenten?

Die leere Kiste dahinten können Sie vollpacken, mehr Platz gibts nicht.

Es reicht für die Kaminuhr. Die Kettenhunde helfen Otto sogar, die Kiste in den Hof zu einem mit Verwundeten bereits übervollen Horch zu tragen. Auf der Rückbank hat er nur noch Platz an der Ladeklappe, dort schiebt man ihm seine Kiste vor die Füße, dann rollt der Wagen aus dem Kasernenhof. Neben Otto sitzen mumienartige Gestalten. Manche haben Sehschlitze in den Kopfverbänden, manche sind mit dem Oberkörper an die Bordwand gebunden, manche hängen schlaff, als wäre da nichts mehr.

Der Wagen verlässt die Stadt, fünfzehn Kilometer bis Rastenburg, zeigt ein Schild an, das kleiner und kleiner wird, und als Otto nur noch einen kleinen Punkt erkennt, bremst der Wagen abrupt. Maschinengewehre knattern um ihn herum, Partisanen, rufen die Begleitposten und erwidern das Feuer,

und

Partisanen, schreit Anna, als die Außentür ihres Heimes aufgebrochen wird. Sie flüchtet mit Eike, dem masurischen Wunder und den Kindern in ihr Büro. Die Frauen rücken einen aktenschweren Schrank vor die Tür, die mit jedem weiteren Stoß von draußen mehr nachgibt, dann samt Schrank fällt. Vor ihr stehen schnaufende Männer, Anna läuft ans Fenster, aber zögert vor dem Sprung, und da rollen Kettenhunde in den Hof. Anna schwenkt hilferufend die Hakenkreuzfahne, die Deutschen sitzen ab und gehen ohne jede Eile ins Heim, wen sie in der Halle treffen, erschießen sie sofort. Vom Geschrei und den Schüssen irritiert, verlassen die Partisanen Annas Zimmer, laufen ins Gewehrfeuer, dann stehen sie im Zimmer. Gier lässt die Augen der Beschützer glänzen. Sie reißen zuerst Eike die Kleider vom Leib, dann dem Mädchen aus den masurischen Wäldern, dann Anna, die sich wehrt.

Polnische Hure, sagt einer der Kettenhunde mit heruntergelassener Hose, während ein anderer raucht, sein MG haltend, bis er an der Reihe ist. Danach ziehen sie ihre Hosen hoch, und als die Frauen erst wegkriechen, dann wegzulaufen versuchen, werden sie von hinten erschossen. Anna wird ohnmächtig, sie fällt mit den gerade getroffenen Frauen, in denen die Samen ihrer Mörder ums Überleben kämpfen, zu Boden. Eike, mit drei Schüssen getötet, liegt über Anna, und ihr warmes Blut verbindet die beiden Frauen miteinander.

Anna kommt zu sich, als ihr Jemand zu trinken gibt und sie von den Leichen wegzieht. Er streift ihr Pullover und Hose über, Arme und Beine baumeln, und nimmt ihr die goldgefasste Perle vom Ohr.

Als die Kettenhunde wieder zurückkehren, um das Heim zu plündern, schleppt Jemand Anna über die steile Stiege auf den Boden, hüllt sie in Decken und wartet, bis es im Haus still geworden ist. Er bringt Anna Matratzen, auch die blutverkrustet, und bereitet ihr eine Schlafstatt unter Dachsparren. Sie lässt sich mit Kartoffelbrei und Rübensuppe füttern, und während sie schluckt, entleert sie sich in ihre Hose, die bereits vom Urin stinkt. Jemand wäscht Anna, trocknet sie ab, aber bevor sie eine neue Hose erhält, gefunden im Keller des Heimes, schiebt er Annas Beine auseinander und legt sich dazwischen, aber auch darauf reagiert sie nicht. Bald kommt Jemand mit einem Eimer, auf dem Anna sitzen soll, wenn sie isst, denn es gibt keine saubere Wäsche mehr. Nachdem ihre Exkremente im Eimer sind, wäscht Jemand sie und ist wieder zwischen ihren Beinen, um sich in ihr zu entleeren.

Anna, in zwei Hosen und zwei Pullover gesteckt, darüber Jacke und ein zu großer Mantel und auf dem Kopf eine Strickmütze, wird von dem Mann vor das Haus gebracht, ihre Schritte sind unsicher, die Beine knicken ein. Jemand sagt: Der Russe kommt, und schiebt Anna auf ein Fuhrwerk. Ihr Platz ist hinten, zwischen Kisten und Säcken, vor Anna sitzt eine alte, in einen schwarzen Mantel gehüllte Frau, daneben zwei junge Frauen. Jemand auf dem Kutschbock treibt die Pferde an, Rastenburg nun hinter ihnen, und in Korschellen, das sie als nächsten Ort durchfahren, beladen Bauern ihre Gespanne, ebenso in Schippenbeil. Da dreht sich die Alte zu Anna und spuckt sie an. Bis Jagauren, bereits dreißig Kilometer hinter Rastenburg, haben es die drei Frauen geschafft, Anna an die Bordwand des Wagens zu drücken, nur noch ein Stoß, und sie fällt. Aber dann stoppt Jemand das Gespann wegen der Dunkelheit, führt Anna zum Schutz vor dem eisigen Wind in einen leeren Stall und füttert sie.

Im Schneetreiben kommen sie tags drauf nur ein Dorf weiter Richtung Westen, dort finden sie in einem Holzlager Unterschlupf. Jemand macht mit dem verbliebenen Rest an Holz ein Feuer, und eine der jungen Frauen rührt Suppe. Sie wollen aber nicht mit Anna teilen, weshalb der Mann ihr seinen Napf gibt. Nachts liegt er neben Anna, und als eine der Frauen mit einem Strick heranschleicht, schlägt er zu.

Mit einem kleinen Treck gelangen sie bis Fährorten. Zwei Tage später stirbt die Alte, und weil der Boden gefroren ist, kann sie nicht begraben werden, bleibt auf dem Wagen, der Anna bis an die Nogat bringt; Marienburg ist schon in Sichtweite. Da fallen Männer über die Pferde her und stechen sie ab, noch bevor Jemand vom Bock springen kann. Die Tiere werden augenblicklich zerlegt, andere klettern auf den Wagen, nicht am Hab und Gut interessiert, sondern an den Frauen. Anna rettet sich mit einem Sprung in die Pferdekadaver und läuft, die Beine tragen sie, über die Brücke. Im zerstörten Marienburg irrt sie durch die Gassen, bis sie, keine zwanzig Schritt entfernt, einen schwarzen Horch sieht, wie sie ihn hatte, umstellt von drei Schwarzkitteln. Anna bleibt erschöpft am Auto, an dem ein Rad ausgewechselt wird, stehen. Erst als der Wagen wieder fahrbereit ist, bietet ihr einer der Männer etwas zu trinken an, ein anderer fragt, welcher Volksgruppe sie angehört, Kaschube, Masure, Pommeraner.

Vielleicht ein Polenflittchen?, sagt ein Schwarzkittel, und die anderen lachen gelangweilt.

Rastenburg, sagt Anna und hat noch ein Wort in Erinnerung: Ahnenerbe.

Du kommst aus Rastenburg?, wird Anna vom Untersturmführer gefragt, vom Ahnenerbe? Bist du aus dem Lebensbornheim?, und ist so dicht vor Anna, dass sie die Risse in seinen Lippen sieht und die Bartstoppeln.

Kennst du Anna Kypscholl?, fragt er, Hauptsturmführer Siegfried Wagner?

Anna fallen keine Worte ein, und er sagt, dass er bis vor kurzem das Materiallager in der Wolfsschanze geleitet hat und den Hauptsturmführer kannte.

Anna bekommt Zwieback, Pumpernickel und Schokolade zu essen und behält alles im Leib. Der Mann nimmt sie bis nach Danzig mit, hängt ihr am Hafen seinen schwarzen Ledermantel um und besteigt mit ihr einen Frachter, der sie nach Stralsund bringen soll. Während der Überfahrt redet er immer wieder von Siegfried, der ihnen nach Sauforgien im Bunker einen klaren Kopf verschafft hat und sie, wenn es zu arg war, lazarettreif geschrieben hat. Der anständige Witze erzählen konnte. Der sich auch getraut hat, etwas zu sagen, wenn andere gekuscht haben.

Beim Verlassen des Frachters verlieren sich Anna und der Untersturmführer, aber ihr bleibt sein Ledermantel mit Schulterstück, und als sie allein durch die Straßen von Stralsund geht, übervoll von Flüchtlingen und sich sammelnden Wehrmachtssoldaten, sieht man verwundert der Frau Untersturmführer nach. An wen Anna sich auch wendet, um den Weg nach Berlin zu erfragen, ihr fallen keine Worte ein. Wenn sie sprechen möchte, greift sie mit Händen, und die Lippen bewegen sich, aber Worte hat sie keine. Auf dem Markt nicht, in den Gassen nicht, am Stadtausgang, wo Schwarzkittel vor ihr den Arm hochreißen, nicht. Aber den Wegweiser nach Lanzerow erkennt sie wieder, wo sie nach dreistündigem Fußmarsch ankommt.

Im Lanzerower Hof bricht sie vor Erschöpfung zusammen. Anfangs glauben Bürgermeister Schlageter und die Parteigenossen Mulsow und Hennich, die am Stammtisch sitzen, jemanden aus der angeforderten Verstärkung vor sich zu haben. Apotheker Mulsow ist zuerst bei Anna: Das ist eine Frau, sagt er, und Bäcker Hennich fragt, seit wann die SS Frauen in ihren Reihen hat.

Die päppeln wir auf, ich hol was aus meiner Apotheke.

Obwohl Anna wehrlos auf der Bank liegt, beeindrucken Schlageter der schwarze Ledermantel und die Schulterstücke, dass er: Führerbefehl, mutmaßt. Jetzt wird jeder gebraucht.

Und wenn der Russe durchkommt?

Schlageter haut mit der Faust auf den Tisch: Kommt er nicht, dass Hennich erschrickt.

Hätten wir nicht solche Bremsklötze wie dich, würde der Russe in Sibirien hausen.

Fritz Penkuhn grüßt zum Stammtisch und fragt Schlageter, ob es noch Aufträge gibt.

Richten Sie für unseren Festungskommandanten ein Zimmer her, und Fritz Penkuhn, längere Zeit den Schwarzkittel betrachtend: Anna?

Was soll das jetzt, Penkuhn? Schaff deinen pommerschen Arsch nach oben, noch was: Die Partei macht dir letztmalig ein Angebot für dieses Haus. Dreißigtausend Reichsmark und Wohnrecht auf zehn Jahre. Wir können dich auch enteignen.

Anna, bis du dat?

Du hast das Haus geerbt, dafür kannst du nichts, aber du bist zu blöd, damit etwas anzufangen. Das werden wir ändern, jetzt wird durchgegriffen, jetzt wird Lanzerow auf Linie gebracht. Und wenn die Wehrmacht in Lanzerow einrückt, wird das hier eine Kaserne.

Apotheker Mulsow kehrt mit Wärmflasche, Franzbranntwein und Lebertran zurück, den er Anna löffelweise einflößt.

Sie schläft im kleinen Zimmer neben Fritz Penkuhn, Kisten mit Äpfeln sind da gestapelt und an den Wänden aufgereiht selbst gebrannter Schnaps. Fritz wäscht Annas Gesicht und Hände, probiert zwischendurch Lebertran, spuckt das Zeug in den vertrockneten Kaktus auf der Fensterbank, spült mit reichlich Selbstgebranntem nach, an den er sich bis zum Einschlafen in Stiefeln, Jacke und Hose hält.

Am Morgen erneuert er das Wohlgefühl mit einem Schluck aus der Flasche, um die üblen Gerüche beim Ausleeren der Küchenabfälle und Schlageters Gefluche zu ertragen. Doch statt Abfälle wegzuschaffen, soll er Zettel mit Hinweisen zur Selbstverteidigung in Lanzerow verteilen, denn die angeforderten Soldaten aus Stralsund sind noch immer nicht eingetroffen, weil Schlageter ohne Verbindung zum Wehrmachtskommando ist, weil Frau Untersturmführer zwar die Augen auf hat und scheinbar auch alles versteht, aber kein Wort spricht. Schlageter teilt mit, dass er nun Kommandant von Lanzerow ist, und befiehlt seinem waffenlosen Volkssturm, sich sofort zu sammeln, um Gräben auszuheben, von denen aus der Russe niedergemacht wird. Fritz Penkuhn versorgt jedoch zuerst seine Pferde, prüft die Hufeisen, die Wagenräder seines Fuhrwerks und kutschiert mit den Zetteln in einer leeren Apfelkiste durch den Ort. Zwei Stunden später sind zwanzig Lanzerower aus der dritten Gasse auf dem Markt. Fritz Penkuhn wird vom Kommandanten zum Verteidigungsführer ernannt, ihm unterstehen die Hebamme Kosanke, Witwe seit Stalingrad, Berta Klingbeil, Apothekenhelferin im Ruhestand aus der zweiten Gasse, und Fischer Dreyer, der Ersatz für seinen als kriegswichtig beschlagnahmten und irgendwo eingeschmolzenen Aalofen verlangt. Schlageters kurze Ansprache vor dem Lanzerower Hof hört auch Anna, und dass Fritz Spaten zu besorgen hat. Drei Spaten findet er im Keller des Gasthofs zwischen einer Werkbank, Stühlen, die er reparieren soll, alten Matratzen und Stapeln löchriger Handtücher, die er zum Trockenreiben seiner beiden Pferde benutzt. Dass er seine Pferde im Wald verstecken sollte, überlegt er noch auf der Kellertreppe, falls der Russe wirklich durchbricht. Mit den Spaten über der Schulter betritt er den Gastraum und hat vier Russen vor sich, ihre Gewehre auf Schlageter, Mulsow und Hennich gerichtet, mit erhobenen Armen stehen sie am Stammtisch. Fritz lässt die Spaten fallen und hebt die Arme.

Penkuhn, du Trottel, wo warst du?, ruft Schlageter und bekommt dafür einen Tritt von dem Russen, der Wodka verlangt.

Schaff deinen Fusel her, das ist ein Befehl, ruft Schlageter und kassiert den nächsten Tritt, während Fritz mit erhobenen Armen Trinken andeutet. Er wird von einem anderen Russen ins kleine Zimmer mit Penkuhns Vorräten begleitet. Anna hat sich unter dem Bett versteckt, Fritz sieht sie, als er zwei Flaschen seines Selbstgebrannten holt. Von dem müssen zuerst Schlageter, Mulsow und Hennich trinken, dann Fritz, und weil er ungezwungen einen großen Schluck nimmt, verlieren die Russen ihr Misstrauen und verlangen nach der einen und kurz darauf nach der zweiten Flasche. Dann, als wäre eine schwere Last von ihnen genommen, legen sie ihre Gewehre ab und setzen sich an den Stammtisch, was auch Schlageter machen will, doch kaum lässt er seine Arme sinken, sind zwei Gewehrläufe auf ihn gerichtet.

Wat is jetzt?, sagt Bäckermeister Hennich. Als ein Offizier in die Gaststätte kommt, nehmen die vier Russen Haltung an, ein Sergeant macht Meldung und zeigt auf Fritz Penkuhn, dass Mulsow sagt: Wegen dem stellt uns der Russe jetzt an die Wand.

Der Offizier nimmt sich eine Schnapsflasche, steckt einen Finger hinein und leckt ihn ab.

Eine Schande, dass man sich nicht mal verteidigen kann, sagt Schlageter.

Der Offizier winkt Fritz Penkuhn an den Stammtisch: Sadijs, und Fritz setzt sich neben ihn. In gebrochenem Deutsch fragt der Offizier, ob er die Äpfel selbst gepflückt hat. Fritz nickt. Ob er selbst destilliert, Fritz nickt, und selbst brennt, Fritz nickt. Wo die Gärballons sind, Fritz schüttelt den Kopf, und wo der Brenner.

Penkuhn, brüllt Schlageter, mach dein verdammtes Maul, und rollt das L, auf.

Charascho, sagt der Offizier, klopft Fritz auf die Schulter.

Penkuhn, wenn wir überleben, hänge ich dich eigenhändig.

Saditijes, sagt der Offizier zu den anderen, und Penkuhn übersetzt: Sedd di daal, was Schlageter, Mulsow und Hennich zögernd befolgen, und als sie endlich nebeneinanderhocken, blicken sie wie geprügelte Hunde. In schlechtem Deutsch fragt der Offizier, wer der Bürgermeister ist. Schlageter meldet sich nicht, aber Fritz Penkuhn zeigt mit dem Finger auf ihn.

Dann verliest der Offizier Befehl Nummer zwei der sowjetischen Militäradministration. Erstens sind alle Waffen im Ort abzuliefern, ebenso alle Fahrzeuge und Zugtiere. Zweitens sind sämtliche Hitlerfaschisten im Ort anzugeben. Drittens haben sich Kandidaten für die kommunistische Initiativgruppe Freies Deutschland zu melden, unterzeichnet vom Chef der sowjetischen Militäradministration und ihm, Oberst Dimitroff, neuer Stadtkommandant von Stralsund. Dimitroff sagt noch, dass er in Lanzerow übernachten wird, solange Stralsund überlaufen ist, und zu Fritz Penkuhn mit der Flasche in der Hand: Du mit.

Als Oberscharführer Otto Kypscholl im Frühjahr 45 in die elterliche Villa am Wannsee zurückkehrt, fragt er als Erstes seine Mutter, Mein Gott, Junge, da bist du, nach Elias Finkel, dann nach dem Totenhochtreiber.

Finkel ist im Haus, Vater in der Fabrik, aber wo hast du Anna?

Und Otto, auf die Frage vorbereitet, fragt zurück: Sie ist noch nicht da? Er zieht sich seine Uniform aus. Ich dachte, sie ist hier.

Junge, du hast versprochen –

Otto in Unterhemd und Unterhose: Weißt du, was da draußen los ist? Wir haben uns verloren.

Wieso denn verloren, du hast doch auch diese Kiste aus Rastenburg angeschleppt.

Er geht gleich in den Garten, um seine Uniform zu vergraben, die Orden wirft er ins Wasser. Aus Furcht vor Razzien der Gestapo oder der Kettenhunde schleppt der Deserteur Kypscholl sein Bett in den Feuerschutzraum der Villa, da verschanzt er sich am Tag, vermisst und beschreibt seine zusammengeraubten Kunstwerke, lauscht jede Stunde dem Spielwerk seiner Kaminuhr aus Kloster Heiliglinde. Nachts sitzt er mit seiner Mutter und Finkel vor dem Radio, um BBC zu hören. Acht Nächte wartet Otto so auf die Nachricht von einem Waffenstillstand und überlegt, wie er danach Amberg wieder unter die Augen treten kann und wo die Sondereinheit vom dicken lieben Gott eingesetzt werden wird. Elisabeth fragt stets dasselbe: Wo ist Anna?

Anna kommt durch, wenn einer durchkommt, dann Anna.

Und Kasimir? Sie haben ihn abgeholt wegen der englischen Zeitungen, und du hast ihm nicht geholfen.

Davon weiß ich nichts.

Aber es sind deine Leute gewesen, Otto.

Ich habe damit nichts zu tun, ich habe mit dem ganzen Schlamassel nichts zu tun.

Wenn das nur bald ein Ende hat, sagt Elisabeth dann immer wieder.

Auch Finkel sagt das, wenn er in seinem Quartier auf dem Dachboden auf und ab schleicht, auf jedes Geräusch um ihn herum achtend. Schritte und Stimmen, die ungewohnt sind, könnten ihm gelten. Dann müsste er den Strick um den Hals legen, den Knoten so, dass er sein Genick bricht. Eine Pistole hat Finkel nicht. Aber von anderen erhängt oder erschossen zu werden, wäre eine noch größere Demütigung, als jeden Tag in Angst unter dem Dach von Elisabeth Kypscholl leben zu müssen. Er wird die Gegenwart nicht los und schon gar nicht seine Vergangenheit. Wäre sein Leben erträglicher, wenn er sich nicht in diesem Haus verkriechen müsste, nicht bei der Frau, deren Anblick Finkel quält, weil er ein anderes Bild von Elisabeth nicht loswird? Finkel unterdrückt Tränen, flucht über sein Selbstmitleid, das ihm die Kraft nimmt, sich aufzuhängen, dann bliebe seine Schuld in der Welt zurück. Wenn er aus dieser Stadt herauskäme. Aus diesem Land.

Am letzten Apriltag melden alle Sender den Tod des Führers. Otto sitzt auf dem schwarzen Ledersofa in der Ecke des Salons neben dem Radio, und als im Reichsfunk nach dem Verlesen der Meldung Trauermusik einsetzt, kurbelt er zur BBC. Dann zum Russensender. Dann zurück zum Reichsfunk.

Elisabeth hält dabei Finkels Hand: Endlich sind wir frei.

Frei wovon?, fragt Finkel.

Es ist vorbei, Elias, wir können wieder leben.

Frei, wofür?

Elias, er ist tot, ohne ihn ist das alles nichts mehr.

Da nickt Finkel: Ohne Führer bin ich sogar vogelfrei. Für die Juden bin ich ein Nazi, für die Deutschen ein Judas, für die Franzosen ein Kollaborateur, ohne Führer ist der Jude Elias Finkel ein Nichts.

Otto stellt das Gerät ab, und Finkel verlässt den Salon, auf der Bodentreppe knarren Stufen.

Otto bleibt unbeweglich vor dem Radio sitzen, als käme da noch etwas. Seine Mutter ist sterblich, der Totenhochtreiber ebenso wie er selbst, aber der Führer? Wenn schon der dicke liebe Gott mit einem Wink über Leben und Tod entscheidet und der Führer über das Wohl und Wehe ganzer Kontinente, wie kann der Führer da tot sein? Wer schützt ihn, Otto Kypscholl, jetzt?

Otto und Finkel bleiben auch nachts aus Angst vor Marodeuren in ihren Verstecken. Elisabeth versorgt beide mit dem wenigen, was Anwalt König an Lebensmitteln vorbeibringt. Otto schleicht dann die Kellertreppe hoch, um zu hören, was gesprochen wird.

Verehrte gnädige Frau, die Fabrik Ihres Herrn Gemahls ist getroffen, aber nicht schwer, viel schlimmer ist, dass der Russe plündert, was glauben Sie, was im Osten von Berlin los ist. Der Russe, gnädige Frau, baut trotz meiner Interventionen alles ab, was ihm in die Hände fällt, unsere Maschinen, die Heizung, selbst halb fertige Wehrmachtsuniformen nimmt er mit. Ich frage Sie, was will der Russe damit? Ich bin froh, dass Ihr Gemahl aus der Schusslinie ist, er wäre nämlich am liebsten bei seinen Maschinen geblieben, und dann wäre er beizeiten in Russland oder gleich erledigt. Er hängt an der Fabrik, und ich muss ihn jetzt vor sich selber schützen, bis er zur Vernunft gelangt ist. Dann wird er heimkehren und braucht einige Zeit Schonung und Rücksicht. Der Russe wird jedenfalls für alles aufkommen, was er uns geraubt hat. Ich werde mich an die alliierte Militärverwaltung von Berlin wenden und diesen Akt der Barbarei zur Sprache bringen.

Eines Abends erkennt Otto auch die Stimme von Tante Flora: Kasimir ist wieder da.

Die Stimmen lassen hoffen, dass etwas passiert und die Ungewissheit endet, sie nehmen der Stille im Feuerschutzraum das Bedrohliche, denn so viel er auch zu Furnierarten auf Möbeln, Silberstempeln auf Leuchtern und Klebzetteln auf Bildern notiert, die Stille ist hinterhältig.

Dass Anwalt König Hermann Kypscholl im Haus abliefert, bemerkt Otto nicht, seine Mutter sagt es ihm, und Otto bleibt nun auch tagsüber in seinem Versteck. Wenn jedoch die Stille unerträglich wird, schleicht er die Kellerstufen hoch, keine zehn Meter trennen ihn von dem Mann, der keinen Toten mehr auferstehen lässt, der im Salon auf dem schwarzen Sofa kauert. Otto stellt ihn sich vor, wie er, der ordenbehangene Oberscharführer der Waffen-SS, den Totenhochtreiber wie ein Kettenhund fragt, wieso er sich da verkriecht, während das deutsche Volk im letzten Abwehrkampf den Russen niederringt. Für solche Verräter am eigenen Volk ist die Kugel zu schade, die sollen sich selbst den Strick an die Laterne binden, er, Otto Kypscholl, kennt einen Juden, der zum Baumeln den Hocker wegstößt.

Zwei Wochen nach Führers Tod entscheidet Elisabeth Kypscholl, dass es so nicht weitergeht und ab jetzt jeder im Haus ein Zimmer bewohnen wird, es aber nur zu gemeinsamen Mahlzeiten im Salon oder Spaziergängen im Garten verlassen darf, bis das Leben draußen wieder geordnet abläuft. Hermann Kypscholl weigert sich, mit Finkel und seinem Judensohn gemeinsam zu essen, er will ihnen nicht einmal begegnen und verlässt sein Arbeitszimmer nur für den Gang zur Toilette. Drei Tage lang hält das Gleichgewicht im Haus, bis alliierte Militärpolizei vorfährt. Otto, der vom Fenster aus die Jeeps gesehen hat, läuft in sein Kellerversteck, über ihm Getrampel und Rufe seiner Mutter, dann ist es wieder still, und er schleicht nach oben, Elisabeth steht weinend in der Tür.

Was wollten die?

Sie haben Vater geholt. Er soll ein, und schneuzt sich, Kriegsverbrecher sein.

Otto geht in sein Zimmer, das Wort beschäftigt ihn nun, wie ihn zuvor das Wort Kapitulation beschäftigt hat. Er starrt auf die Kaminuhr aus Heiliglinde, umgeben von seinen Lieblingsstücken, einem Stuhl aus dem erotischen Kabinett der Zarin, zwei

Landschaften aus dem Warschauer Schloss und einem Leuchter aus dem Palais Rothschild. Wer ist ein Kriegsverbrecher? Wer Museen und Schlösser bombardiert, wie der Engländer es getan hat? Wer seine eigenen Schlösser in Schutt und Asche legt wie der Russe? Was wäre mit der Kaminuhr passiert, hätte er sie nicht vor den Russen bewahrt? Die wahren Kriegsverbrecher können nur die Sieger sein, sonst wären sie keine Sieger.

Wieder hält ein Jeep vor dem Haus, diesmal wird Otto nicht in den Keller flüchten, er wird Dienstrang und Einheit nennen und dass er Kunstwerke vor der Vernichtung bewahrt hat.

Ein amerikanischer Leutnant erklärt das Haus für beschlagnahmt, Räumung sofort, Handgepäck erlaubt, und reicht Elisabeth die Kopie des Befehls, woraufhin sie lacht und den Mann hinauswerfen will. Zur Durchsetzung des Befehls schickt er zwei GIs, die viel weniger sind, als Otto es war. Sie stehen im Salon, Kriegsverbrecher, Räuber und Brandschatzer, und er beeilt sich zu verstecken, was er noch auf dem Dachboden unterbringen kann, während Elisabeth Anwalt König anruft und sofortige Abhilfe verlangt.

Verehrte gnädige Frau, eine Beschlagnahmung Ihres Eigentums ist nur bei Gefahr im Verzug zulässig und unterstellt, die Herren Besatzer sehen Ihren Gatten als solche an, doch das greift nicht, denn er wurde bereits inhaftiert. Völlig zu Unrecht, wie wir beide wissen, aber das wird sich rasch aufklären, zumal ich seit gestern weiß, wer Ihren Mann bei den Besatzern angeschwärzt hat, und macht eine lange Pause: Dreimal dürfen Sie raten. Aber wer kann sich seine Verwandtschaft schon aussuchen. Ich werde mich sofort um die Sache beim zuständigen General kümmern, den ich bereits kennengelernt habe, Sie bleiben, wo Sie sind, Sie müssen Zeit gewinnen; packen Sie, so langsam Sie können. In spätestens einer Stunde bin ich bei Ihnen. Wenn man Sie bis dahin tatsächlich vor die Tür setzen sollte, suchen Sie Unterschlupf im Bootshaus, oder ist das als beschlagnahmt mit aufgeführt?

Ich habe diesen Wisch zerrissen und die Fetzen den Urwaldmenschen vor die Füße geworfen, so hätte das Hermann gemacht, und so hätte das auch mein Vater gemacht.

Verehrte gnädige Frau, als Opernhausdirektor konnte Ihr Herr Vater mit dem Häuflein Künstler so umgehen, jetzt sind die Zeiten andere, und es ist unklug, Leute zu reizen, die sich mit Macht brüsten. Ich bin schon froh, dass es mir gelungen ist, Ihren Mann von einem Sondergefängnis in irgendeinen dieser Keller im regulären Spandauer Gefängnis verlegen zu lassen.

Dann nimmt ein GI Elisabeth den Telefonhörer aus der Hand: It's okay, legt auf und stellt sich mit verschränkten Armen vor den Apparat.

Unverschämt, sagt Elisabeth, geht in den Salon und sortiert Noten von Norbert Schultze, die Buschmänner wie dieser wahrscheinlich als Bedrohung ansehen, als Schlachtpläne, als Aufmarschpläne, ein Blick in diese Gesichter reicht. Während Otto seine Lieblingsstücke auf den Boden trägt, sitzt Elias Finkel in zu engem Anzug in dem ihm zugewiesenen Zimmer, starrt zum leeren Himmel und verflucht den Namen Kypscholl.

So schnell ich konnte, sagt Anwalt König in der Tür zu Elisabeth und zeigt ihr ein Papier: Nur ein kleiner Sieg, aber immerhin. Wir haben Aufschub bis übermorgen, Sie müssen nicht sofort raus, gnädige Frau. Und die Herren hier, und wendet sich den beiden GIs zu, dürfen abrücken und werden sich sehr freuen, bei ihren Kameraden zu sein. Er hält den Soldaten eine Verfügung hin, unterzeichnet vom Kommandanten der Militärpolizei.

Otto wartet hinter der Gardine, bis der Jeep mit den Amerikanern davonfährt, während Anwalt König den Flügel umrundet und sagt: Ich habe den Besatzern erklärt, dass dieses Haus nicht Hermann Kypscholl gehört. Wessen man ihn auch immer bezichtigt, es ist Ihr Haus. Wir müssen bis übermorgen die nötigen Belege beibringen, zum Glück bin ich der Anwalt Ihres Mannes, und deshalb konnte ich schon einiges vorlegen, insbesondere den Vertrag, mit dem Ihnen die Villa im Juli 39 überschrieben wurde, und den dazugehörigen Grundbucheintrag. Wir müssen überlegen, und umrundet den Flügel in die andere Richtung, ob es sinnvoll ist, übermorgen alles zu zeigen. Der Kaufbeleg von 36 ist problematisch. Die Kanzlei König und Partner erwarb ihm zufolge für einhundertfünfzigtausend Reichsmark die Villa Wannseeweg 3 vom Juden Eppstein, momentane Anschrift unbekannt. Sie verstehen. Vorlegen können wir den Vertrag von 38, Hermann Kypscholl übernahm die Villa Wannseeweg 3 für zweihunderttausend von der Anwaltskanzlei König und Partner. Das ist unbedenklich. Und dann der Überschreibungsvertrag, auch der ist juristisch völlig korrekt. Ich erwarte nicht, dass sich die Besatzer für das Ungemach bei Ihnen entschuldigen, aber man wird Sie in Ruhe lassen. Und was Ihren Mann angeht, da werde ich morgen dem alliierten Militärgericht meine Verteidigungsbereitschaft ankündigen. Ich bin sehr gespannt, was man ihm vorwerfen will, aber man kennt das schon von Shakespeare, die Verwandtschaft sät am übelsten Neid und Zwietracht.

Elisabeth schickt ihren Jungen mit Schmuck und einem Korb, in dem sie früher die Blumenpracht aus ihrem Garten ins Haus trug, auf den Markt. Von dem, was Otto an Kartoffeln, Rüben und Speck mitbringt, kocht sie eine Suppe, von der sie Anwalt König anbietet, als er mit Neuigkeiten kommt: Es besteht immer noch Hoffnung.

Was soll das heißen?

Die Militärverwaltung hat die Rücknahme der Beschlagnahmung ohne Angabe von Gründen abgelehnt, das Haus soll bis morgen geräumt sein.

Keiner dieser Buschmänner wird noch einmal die Schwelle dieses Hauses übertreten.

Verehrte gnädige Frau, ich bin Ihrer Meinung, Sie müssen mich nicht anschreien.

Das ist mein Haus.

Ich habe getan, was ich konnte, aber offensichtlich ist es so, dass einer der Herren Generäle Gefallen an Ihrem Haus gefunden hat und hier residieren möchte.

Ich bin schon mit ganz anderen Kalibern fertig geworden.

Mit dem kleinen, aber nicht unwichtigen Unterschied, dass wir uns hier nicht auf der Theaterbühne befinden.

Da faltet Elisabeth die Hände wie zu einer versöhnenden Geste, aber sagt: Wer hat uns das eingebrockt? Wer hat Hermann diesen Blödsinn mit der Wehrmacht vermittelt? Und wer hat ihn angestiftet, arglistig meinen Bruder zu beschuldigen?

Der Anwalt erwidert freundlich: Letztlich und dauerhaft kann der Besatzer nur wegen des Vorvorbesitzers an dieses Haus gelangen.

Was habe ich mit dem Eppstein zu schaffen gehabt?, fragt Elisabeth, es klingt wie eine Entschuldigung für ihren Ausfall, und Anwalt König, verständnisvoll nickend: Der Jude ist das Zünglein an der Waage. Was Eppstein angeht, da hat sich das Schicksal wohl erfüllt, aber, und er spitzt die Lippen, was ist mit Finkel? Der Anwalt umrundet Elisabeth Kypscholl: Ich sehe Ihrem Gesicht eine Frage an, ich erlaube mir zu erklären: Nein, es ist besser, Sie beantworten sich Ihre Frage selbst. Sie haben Elias Finkel in Ihrem Haus vor Verfolgung und Willkür unter Gefährdung Ihres eigenen Lebens verborgen gehalten? Das können Sie doch mit einem klaren Ja beantworten. Und wenn Herr Finkel das auch noch bestätigt und überdies erklärt, dass er aus persönlichen Gründen weiter in diesem Haus wohnen bleiben möchte, wird niemand wagen, einen vor der Verfolgung geretteten Juden zu vertreiben, wie es die Verfolger mit den Juden gemacht haben sollen.

Finkel will weg.

Wie darf ich das verstehen, gnädige Frau?

Er hat sich bereits verabschiedet, er verlässt Deutschland.

Das sollte er nicht. Denken Sie an Ihre Villa, dann fällt Ihnen sicherlich etwas ein, um Finkel zu halten. Wir brauchen den Juden auch für Ihren Gatten, er hat Finkel in den letzten Monaten ebenso wie Sie geschützt.

VERHANDLUNGSSACHE

Es gibt anderes Wetter, sagt der General, fährt mit Schwung aus seinem gefederten Bett hoch und ist mit zwei Schritten am Waschtisch, wäscht sein Gesicht und sitzt dann auf dem Hocker, bereit, sich rasieren zu lassen. Otto klettert vom Gestell mit der harten Matratze, steht stramm, bis der General nickt, dann legt er ihm eines der durchgewetzten Handtücher über die Schultern.

Wo haben wir gestern früh aufgehört?

Bei der Lust der Tiere, antwortet Otto und gießt sich einen Becher voll Wasser in den Napf aus Aluminium.

Richtig. Tiere empfinden nämlich keine Lust am Akt, das ist allein dem Menschen vorbehalten.

Otto reibt mit einem Rest Kernseife Wangen, Kinn und Hals des Mannes auf dem Hocker ein, reibt, bis es etwas schäumt, und traut sich wegen der stumpfen Klinge, des kalten Wassers und des wenigen Schaums an diesem Tag noch weniger als sonst, Hand anzulegen.

Tiere sind triebgesteuert. Nun machen Sie schon, ich habe ganz andere Dinge durch.

Otto rasiert zwei Bahnen an den Wangen, ohne vom General angebrummt zu werden, der: Menschen haben auch diesen Trieb, sagt, aber wenn er spricht, kann Otto nicht rasieren. Er schafft nie mehr als drei Bahnen hintereinander.

Der Mensch muss diesen Trieb sogar haben, sonst gäbe es ihn nicht mehr, aber dennoch sieht die Sache grundsätzlich anders aus. Waren Sie mal bei einer Geburt dabei, einer Menschengeburt?

Nein, sagt Otto und schafft eine Bahn.

Haben Sie mal gesehen, wie Säugetiere Nachwuchs zur Welt bringen?

Nein.

Eine Bahn.

Wenn eine Frau ein Kind zur Welt bringt, hat sie dabei große Schmerzen. Ich habe mir das mal in einem unserer Lebensbornheime angesehen.

Otto setzt an, aber der General hält die Pause nicht ein: Mit und ohne Wassergeburt. Wissen Sie, was eine Wassergeburt ist?

Nein, sagt Otto.

Das habe ich vermutet. Die Schmerzen sind so unerhört, dass eigentlich keine Frau ein zweites Kind zur Welt bringen will. Nun rasieren Sie schon. Tiere haben diesen Schmerz nicht. Was glauben Sie, wie viele Kreaturen ich in vierzig Jahren vom Hochsitz aus und in meinen Ställen schon habe zur Welt kommen sehen?

Zwei Bahnen.

Ob Pferd oder Kuh, Esel oder Henne; das Vieh liegt im Stroh, frisst, und dabei kommt ihm der Nachwuchs. Können Sie sich das bei einer Frau vorstellen?

Zwei Bahnen. Noch eine hinterher, Wangen und Kinn sind glatt, die Herausforderung bleibt der Hals, weil der General den Kopf überstrecken muss und er dabei, ohne Halt auf dem Hocker, schwankt.

Damit der Frau aber nicht alles vergeht, hat die Natur den Orgasmus erfunden. Auch das habe ich mir mal genauer in einem Lebensbornheim angeschaut. Ich bin leider kein Mediziner.

Trotz stumpfer Klinge gelingt Otto die Rasur am Kehlkopf. Der General sitzt wieder richtig und wischt sich über den Hals, Otto tritt einen Schritt zurück.

Aber ich habe mir das von unseren Leuten erklären lassen. Die haben mit dem Orgasmus sogar Versuche gemacht – also ihn auszulösen, damit alles zügiger funktioniert.

Das reicht, der General nimmt das Handtuch ab, gibt es Otto und klopft sich auf die Hose mit dem roten Streifen an der Seite, der einzige ihm belassene Teil einer prächtigen Uniform.

Man hat in unseren Heimen sogar versucht, die Zeit bis zur Geburt zu verkürzen. Warum zum Teufel muss das acht Monate dauern, bis so ein Balg auf die Welt kommt?

Er richtet sich mit Schwung auf, um einige Schritte in der Zelle auf und ab zu gehen, dann legt er sich wieder hin. Otto schüttet das verbrauchte Wasser in den Urineimer, den Rest frisches Wasser in die Waschschüssel, dann ist Amberg an der Reihe. Er stöhnt beim Aufstehen von dem brettharten Lager, wäscht flüchtig Gesicht und Achseln und zieht mühevoll Hemd, Jacke und Hose über, Restbestände aus dem Winterhilfswerk, den Gefangenen bei der Einlieferung ins Militärgefängnis zugeworfen. Otto bleiben zwei Hände voll Wasser für Gesicht und Arme, zum Zähneputzen und für seinen spärlichen Bart.

Wie jeden Morgen um sieben heult im Flur kurz die Sirene, Zeichen für die Gefangenen, sich zur Meldung aufzustellen. Der General brüllt als Ranghöchster, dass Zelle dreihundertzehn am 7. August 45 mit drei Deutschen vollzählig belegt ist.

Otto trägt die Eimer mit Urin und Kot vor die Zellentür, andere Gefangene geben ihm saubere Eimer und eine gefüllte Wasserkanne zurück. Für jeden gibt es zwei Scheiben Graubrot, einen Würfel Margarine und eine Scheibe Käse, dazu einen Löffel Marmelade und eine Kanne Muckefuck, vom General nur als Negerschweiß bezeichnet.

Um die Zeit bis zum Ausrücken totzuschlagen, schreibt Otto den Brief an seine Mutter weiter, antwortet auf die bislang einzige Post, die ihn erreicht hat. Weil er nichts von seinem

Alltag berichten darf, beginnt Otto jeden Tag aufs Neue, immer bemüht, die richtigen Worte zu finden. Bedankt sich für die Grüße, freut sich darüber, dass man ihr die Villa lässt, und bittet darum, alles, was ihm gehört, sicher zu verwahren, sucht dabei nach besseren Umschreibungen für das Versteck: Mal ist der Feuerschutzraum die Zisterne Jochanaans, deren Deckel nicht geöffnet werden darf, mal ist es eine Geliebte, die sie schützen muss, mal ein zartes Pflänzchen, das sie vor Stiefeln zu bewahren hat. Nur der letzte Satz ist in allen von Ottos Entwürfen der immerselbe: Anna wird nun sicher bei dir sein, grüße meine Schwester tausendmal.

Das Kommando zum Aufbruch kommt ohne Vorankündigung; ein GI sperrt die Zelle auf, zeigt mit seinem schwarzen Gummiknüppel auf Amberg und Otto, die rasch raustreten müssen. Der General bleibt auf dem Bett liegen. Der lange Gefängnisflur wird gerade von Männern gewischt, die viel mehr waren als Otto, und anschließend von Männern, die auch viel mehr waren als Otto, gebohnert. Sie putzen wie jeden Vormittag die Zwischengitter, durch die Amberg und Otto geschlossen werden, und kehren den Gefängnishof, über den die beiden gehen. Im zweiten Gefängnishof, getrennt durch ein Eisentor, hüpfen Männer, die viel mehr waren als Otto, im Kreis und singen dazu *Häschen in der Grube*, und einer der beaufsichtigenden GIs schlägt mit seinem Knüppel den Takt ans Tor.

Vor dem Gefängnis wartet ein offener Jeep, ein GI am Steuer, der zweite sitzt mit seinem Maschinengewehr lässig auf dem Verdeck und sagt, dass jeder Fluchtversuch mit fünfzig Schuss in den Rücken endet.

Dann rast der Jeep durch Berchtesgaden. Jeden Tag klebt am Kurhaus ein anderes Filmplakat: »*Herz in Flammen* – mit Marlene Dietrich«, am Tag zuvor »*Casablanca* – mit Ingrid Bergman«, davor »*Die Frau mit den zwei Gesichtern* – mit

Greta Garbo«. Otto merkt sich jeden der Filmtitel, seine einzige Informationsquelle. Sie kommen vorbei an schon früh übervollen Straßencafés, vor denen Limousinen parken. Otto sieht Herren in schwarzen Anzügen Zigarren oder Likörgläser halten und Frauen ihre Hundchen ausführen – Frauen und Männer, die vorher kaum mehr waren als er und bald viel mehr sein werden. Nicht nur frei und verschont, sondern vermögend werden sie sein. Sie alle hat das kürzlich entdeckte Versteck des dicken lieben Gottes hierher verschlagen: Zahllose Güterwagen voller Kunstwerke stehen in den Stollen nahe Berchtesgaden. Von märchenhaften Reichtümern haben Zeitungen in Amerika, England und Frankreich berichtet, und dass jeder, der von Nazis beraubt wurde, sich seinen Besitz wiederholen kann. Dazu Fotos mit Leutnant Clark, einen Rubens präsentierend, und Leutnant Franklin, *Christus und die Ehebrecherin* zeigend.

Deshalb hat man Otto und Amberg, seit Juli 45 Gefangene im alliierten Kriegsverbrechergefängnis Spandau und beschuldigt des Verstoßes gegen die Haager Landkriegsordnung, Artikel 46 und 56, Schutz von Kunstgütern vor Raub und Zerstörung, von Berlin nach Berchtesgaden verlegt. Sie werden in den Stollen gebracht und sollen anhand ihrer eigenen Listen die von ihnen beschlagnahmten Kunstwerke auffinden. Jeden Tag eine Waggonladung, Otto mit Clark an der Seite, Amberg mit Franklin. Dazu Hilfskräfte, die Kisten aus den Waggons hieven, sie öffnen, Decken, Lumpen oder Papier entfernen, dann sind Otto und Amberg an der Reihe, die Gemälde herauszunehmen und auf der Liste als vorhanden zu kennzeichnen, dahinter der Vermerk, ob von ihnen beschlagnahmt oder gekauft und aus welcher Sammlung. Es kommt vor, dass Otto Kisten findet, die er im Louvre selbst gepackt hat, samt dazugehörigen Listen. Dann hat er bereits mittags sein Pensum erledigt und wird von Clark mit einer doppelten Ration Essen, Zigaretten,

Kaugummi belohnt. Wenn keiner der GIs in der Nähe ist, fragt Clark nach Göring. Ob Otto ihn leibhaftig erlebt hat. Ob er wirklich selbst entworfene Uniformen trug. Was hat der Führer dazu gesagt?

Ich war nie beim Führer, ich habe in einer kleinen Dienststelle gesessen und aufgeschrieben, was man mir abgeliefert hat.

Ob der Dicke wirklich Opium genommen hat.

Davon weiß ich nichts.

Und diese wilden Orgien mit den Nackttänzerinnen?

Abends, wenn Otto aus dem kalten Stollen entlassen wird und in der heißen Sommerluft zu den Bergen schaut, wird er wehmütig. Auf dem Weg ins Gefängnis sieht er noch mehr Menschen, Stühle und Tische nun auch auf den Straßen, lachende Zigeuner spielen auf. An Madame Resolut denkt er beim Gang über die Gefängnishöfe, über die Gefängnisflure. Dem General meldet Otto dann, was er auf den Straßen gesehen, und Amberg, was er Neues gehört hat.

Wo Keitel und Dönitz jetzt sind und Göring, verlangt der General zu wissen.

Mit mir redet darüber keiner, sagt Amberg.

Der Amerikaner verschleppt einen nach dem anderen von uns auf Nimmerwiedersehen, das ist Methode. Der Russe macht das so und der Engländer auch. Sie werden alle von uns verschwinden lassen, das ganze deutsche Volk, sagt der General.

Über das deutsche Volk redet er auch dann noch, als das Licht gelöscht ist. Otto muss warten, bis der General eingeschlafen ist, dann kann er sich auf seiner harten Matratze Madame Resolut widmen. Um sie bei sich zu haben, muss es still sein. Wenn Otto nachts nass geschwitzt hochfährt, weil sie beide im Separee die Sau rausgelassen haben, dann bleibt ihm nichts, und er quält sich mit Gedanken an das morgendliche Generalsrasieren durch den Rest der Nacht.

Am nächsten Morgen beim Ausrücken in den Stollen ruft der General Otto und Amberg nach, dass der Amerikaner sich wie ein Sieger aufführt, aber dafür muss er sich Deutsche holen, die den Sieg in Ordnung bringen. Im Krieg war jedenfalls mehr Frieden.

Otto ist froh, im Stollen seine Ruhe zu haben. Amberg trifft es härter, er wird von Leutnant Franklin als lahmes Nazischwein beschimpft, Otto hört das Gebrüll, auch wenn zehn Waggons sie trennen. Clark sagt dann zu Otto, dass sein Kollege im Zivilleben nur Schadensbegutachter einer Versicherung ist und von Kunst eigentlich nichts versteht, er aber immerhin vor dem Krieg Kunstgeschichte studiert hat, sogar eine Doktorarbeit über den Kunstraub unter Napoleon zu schreiben begonnen hat und deshalb in Paris und Berlin war. Aber für Paris war der Kaiser ein Heiliger, und in Berlin wollte man nicht über das Thema reden und schon gar nicht mit einem Amerikaner. Dann kam der Krieg.

Ist Otto wieder vor der Zeit fertig und kein GI in der Nähe, gibt Clark seinem Affen Zucker, mal einen Schokoladenriegel, den Otto sofort in den Mund schieben soll, mal Honigbonbons, und fragt, ob Göring heimlich moderne Kunst gesammelt hat. Oder ob Göring in Carinhall einen Harem unterhielt.

Ich war nie in Carinhall, sagt Otto.

Aber du kennst ihn, ich habe Papiere in deiner Akte gesehen, da ist seine Unterschrift drauf, du bist für ihn in Holland unterwegs gewesen, warum lügst du mich an?

Da sitzt Elisabeth Kypscholl im Garten an ihrem Lieblingsplatz, umgeben von rot und gelb blühenden Dahlien. Den Korbstuhl und den kleinen Tisch hat ihr König beim letzten Rapport vor zwei Stunden hinausgetragen. Sie hat Schreibzeug und eines der Familienalben mitgenommen, in dem sie blättert, nur zwei, drei Seiten, aber die reichen, um Erinnerungen nachzuhängen, die sie wärmen wie ein guter Wein. Und sei es nur jene an die Wanderungen durch Getreidefelder, da war Otto fünf Jahre alt, er hat jede Pfütze mit einem Stock traktiert.

Elisabeth beginnt ihrem Jungen zu schreiben, dass Anwalt König ihn verteidigen wird, vielleicht wird er schon in der nächsten Woche bei ihm sein, der nötige Antrag ist gestellt. Sie blickt aufs Wasser, dann zu den Blumen, sie wird wegen der trockenen vergangenen Tage gießen müssen.

Dass König optimistisch ist, schreibt sie weiter, mit der ganzen, das Wort unterstreicht sie, Familie Weihnachten verbringen zu können, denn die neuen Behörden in Rastenburg haben ihm bestätigt, dass es unter Flüchtlingsopfern zumindest in Rastenburg keine Anna Kypscholl gegeben hat. Auch beim Suchdienst des Deutschen Roten Kreuzes liegt der Name nicht vor. Wenigstens Flora leistet ihr hin und wieder Gesellschaft, Finkel nicht, der verkriecht sich in seinem Zimmer und betet stundenlang. Flora glaubt, schreibt Elisabeth Kypscholl, dass es einen kalten Winter geben wird, sie spürt das in den Knochen. Da hat sie ihre Schwägerin gefragt, ob sie sich am Ende noch aus der Hand lesen lässt.

Elisabeth blickt zum Haus, zu Finkels Fenster, der sie vielleicht hinter der Gardine beobachtet. Es ist nicht gut, so beobachtet zu werden, wie aus einem Hinterhalt. Dass Schultze nachts vom Engländer abgeholt wurde, schreibt sie, sicher wegen seines Bombenliedes, aber was kann Schultze dafür, wenn er so etwas schreiben musste? Lale wurde nicht abgeholt. Sie singt, hat Auftritte. Dass sie Finkel so lange wie nur irgend möglich im Haus halten soll, schreibt Elisabeth, am besten das nächste Jahr noch, streicht den Satz jedoch wieder durch und macht das Wort Finkel unleserlich. Finkel bräuchte nur herunterzukommen, er müsste gar nicht viel sagen, es würde ihr reichen, wenn er bei ihr im Garten säße. Elisabeth Kypscholl wird aus dem Mann nicht schlau.

Im Stollen lagern derart viele Gemälde unbekannter Herkunft, dass eine erste öffentliche Besichtigung nötig wird. Anträge auf Rückübertragung werden neben jedes der Bilder gelegt, die Otto und Amberg an den Wänden des Stollens und an Waggons ausstellen, aber der Schacht ist nicht der Louvre, es kommt auch nicht der dicke liebe Gott, sondern Horden fallen ein, überrennen die Posten ebenso wie Clark, Otto und Amberg und machen sich über die Kunstwerke her. Erst als Mannschaften von GIs den Stolleneingang wieder absperren und die restlichen Besucher hinausdrängen, verlassen Otto und Amberg ihr Versteck auf dem Waggon. Von den Bildern sehen sie nur noch wenige, die übrig gebliebenen verstaut Otto in Kisten, und Clark, mit den Verzeichnissen in der Hand, kontrolliert nicht mehr, sondern, Otto sieht es mit einem flüchtigen Blick, schreibt groß »Loss« hinter jeden verbliebenen Posten. Fünf Kisten »Loss« macht Otto fertig und hat sie mit GIs auf Lastwagen zu bringen, dann werden er und Amberg zurück ins Gefängnis geschickt.

Der General ist nicht mehr in der Zelle, auch sein Bett fehlt.

Otto wacht nachts mit Begehren, aber ohne Madame auf und ist ohne Furcht vor dem nun generallosen Morgen.

Zu ungewohnter Zeit, Otto schreibt gerade an seine Mutter, wird die Zelle aufgeschlossen. Drei GIs in der Tür beordern Otto und Amberg unter das Zellenfenster, einer der Posten stellt sich vor sie, die anderen beiden reißen Bettzeug, Matratzen und Bretter aus den Gestellen, werfen die wenigen Habseligkeiten aus dem Spind, auch Ottos angefangenen Brief. Jeder ihrer Handgriffe ist schnell und sicher, ihr Tun wirkt ernsthaft. Dann ziehen sich die GIs zur Tür zurück, einer hat sie schon in der Hand und von außen den Schlüssel im Schloss stecken, da wird Amberg herausgewinkt: Let's go, und zu Otto, fast gleichgültig: Tidy up.

Der bedrohliche Unterton bleibt Otto beim Aufräumen der Zelle im Ohr. Dem General haben sie vor Tagen den Strick um den Hals gelegt, jetzt ist Amberg fällig. Otto tritt gegen die Zellentür, er will einen Offizier sprechen, er hat niemanden auf dem Gewissen, ruft er.

Wieder im Stollen fragt ihn Clark erneut nach Göring. Aber Otto, tidy up, holt, ohne Antwort zu geben, ein Bild nach dem anderen aus der Kiste, tidy up, und fragt dann: Was ist mit Amberg?

Clark antwortet darauf nur mit Abwinken.

Ich habe damit nichts zu tun, sagt Otto zu Clark, ich habe nur Listen geschrieben. Wie hier. Wie jetzt. Dafür kann einen niemand aufhängen.

Clark steht nun dicht bei Otto: Bitte, du kennst ihn doch, und noch leiser: Ich kann dir helfen. Beim Mustern von Gemälden fragt Clark, ob Otto irgendetwas von Göring besitzt, ob Göring ihm einen Stift oder ein Feuerzeug oder ein Buch mit Monogramm geschenkt hat. Oder ein signiertes Foto, am meisten würde er für einen Brief von ihm geben. Er hat Kameraden, die suchen alles, er, sagt Clark, ist auf Göring spezialisiert.

Hat man den dicken lieben Gott auch abgeschlachtet? Erst in der Zelle wird Otto bewusst, dass ihn selbst ein abgeschlachteter dicker lieber Gott noch vor dem Strick schützen kann, wenn er erzählt, was Clark hören will.

Damit Otto im Stollen unentbehrlich bleibt, arbeitet er langsamer. Zwei, drei kurze Geschichten sind Otto in der Zelle eingefallen, die flüstert er Clark zu, immer auf Gemälde blickend. Er nimmt Rahmen für Rahmen auf, stapelt die Bilder, trägt sie zu anderen, trägt weggestapelte Bilder zu begonnenen Stapeln, immer den Farbrausch vor Augen.

Die Augen schmerzen Otto längst vom Hinschauen, Vergleichen, Prüfen, warum muss es so viele Bilder geben, warum muss es sie überhaupt geben, was wird dadurch anders? Statt Gemälde zu malen, könnte man auch die Luft grün anstreichen oder Wind in eine Dose sperren. Ohne Bilder gäbe es Klarheit und saubere weiße Wände wie in seiner Zelle.

Otto sehnt sich nach seiner Zelle, und als er dort ist, nun allein, genießt er das Nichts um sich herum. Es gibt nur das Weiß, die Klarheit, und das verdrängt, je länger er liegt, den Farbenmüll aus dem Kopf. Die Nacht ist schwarz, auch das beruhigt ihn. Er könnte Mönch in einem Kloster sein, in Heiliglinde, und meditieren. Bei sich seine geliebte Uhr, die ihm anzeigt, dass er endlos Zeit hat, weil niemand einer Uhr sagen kann, dass ihre Zeit abgelaufen ist.

Mit der aufgehenden Sonne schmerzen ihm wieder die Augen. Statt in den Stollen auszurücken, meldet er Bauchschmerzen und stöhnt auf, als ein Sanitäter ihn abtastet. Er bekommt einen Einlauf und zwei Tage Bettruhe verordnet. Das Klistier wirkt nach einer halben Stunde, aber danach hat Otto nicht die erhoffte Ruhe in seiner Klosterzelle, immer wieder reizt ihn Stuhlgang.

Erst am zweiten Tag erholt sich Otto vom Einlauf, kann nun Mönch sein und in Gedanken dem Gesang seiner Geliebten lauschen, bis erneut ein GI stört. Otto wird dieses Mal in eine andere Richtung über den langen Flur geführt, der GI weist mit seinem Knüppel zur Treppe, im oberen Flur ist es hell, an den Wänden sieht Otto Fotografien von Mohnblumen, Sonnenblumen und Dahlien. Der GI liefert Otto in einem großen Raum ab, und dort begrüßt ihn Anwalt König: Wir haben uns länger nicht gesehen. Setzen Sie sich, wenn Sie erlauben, bleibe ich stehen.

Zugenommen hat er, und seinen Arsch hat er sich noch immer nicht auskratzen lassen, so wie er herumstolziert. Wozu ist er hergekommen? Grüße von der Mutter, von Lale, von Kasimir.

Obwohl mir das auszurichten schwerfällt, Herr Kypscholl, Sie werden gleich hören, warum. Leider ist die Situation Ihres Herrn Vaters schlechter geworden, die Anklage soll Zeugen haben, die bestätigen, was Ihr Onkel gegen Ihren Herrn Vater vorgebracht hat. Angeblich Zwangsarbeiter, die Hermann Kypscholl beschäftigt und misshandelt haben soll. Lassen wir es darauf ankommen. Wollen mal sehen, was davon übrig bleibt, wenn das alliierte Kriegsgericht von den kommunistischen Machenschaften des Onkels erfährt, ich habe da einiges nachforschen lassen. Aber nun zu Ihnen: Schildern Sie mir doch mal Ihren Alltag. Werden Sie gut behandelt, ist die Kost ausreichend, abwechslungsreich? Können Sie sich waschen? Erleiden Sie Schikanen durch die Besatzer?

Wo ist Lale Andersen jetzt?

Was weiß denn ich, überall und nirgends. Sie wollten mir von Ihrem Alltag erzählen.

Otto sagt unvollständige Sätze und genießt die Verrenkungen von Anwalt König. Vielleicht blutet er gerade ärschlings?

Dazu stelle ich fest, nach alliiertem Recht dürfen Beschuldigte, und das sind Sie, überhaupt nicht zu wie auch immer gearteter Arbeit herangezogen werden. Ich werde deshalb sofort Beschwerde gegen diesen Willkürakt einlegen. Ich möchte Sie bitten, fortan jede Arbeit zu verweigern. Ich werde auch umgehend Ihre Verlegung nach Berlin beantragen, da sind die Alliierten zumindest besser unter meiner Kontrolle. Und Sie sind, das wird Sie freuen, in der Nähe Ihres Vaters, mit dem Sie nun endlich Ihren Frieden geschlossen haben, wie mir Ihre Frau Mutter vor meiner Reise hierher mitgeteilt hat.

Vielleicht werden Sie sogar zusammengelegt, ich habe mich jedenfalls dafür eingesetzt.

Nun denkt Otto nicht mehr an die blutenden Hämorrhoiden von Anwalt König, sondern an den Verlust seiner Mönchszelle.

Ich habe, das muss ich Ihnen ehrlicherweise sagen, noch keine Akteneinsicht bei den Alliierten erhalten, ich benötige bitte noch Ihre Unterschrift, damit ich Sie verteidigen kann.

Warum?, sagt Otto. Ich will nicht nach Berlin.

Anwalt König tippt auf ein Formular: Hier unterschreiben. Ich kann Ihnen nicht garantieren, dass Sie Weihnachten im Kreis Ihrer Familie verbringen werden, aber immerhin habe ich heute schon einmal erfahren, dass ein Franzose die Anklage der Alliierten gegen Sie vertreten wird. Der Grund dürfte sein, dass Sie lange Zeit in Paris Befehle auszuführen hatten. Der Franzose gilt als hinlänglich zivilisiert und umgänglich, ich werde sicher bald mit diesem sogenannten Chefankläger im anstehenden Prozess gegen die Mitglieder der deutschen Sondereinheit Kunstsicherung in Paris, ein umständlicher Titel, ich weiß, reden. Ein gewisser Lewy, Jude. Gehörte zur Résistance, man sagt, er habe mit dieser nackten Negerin Josephine Baker gemeinsame Sache gemacht. Aber das soll uns nicht stören, außer, ich finde noch anderes über ihn heraus. Vielleicht ist er auch Kommunist wie Ihr Onkel. Da lacht der Anwalt, als hätte er einen Sieg errungen, und Otto friert, möchte in seine Zelle zurück und da bleiben. Wenn Sie die Vollmacht unterschreiben.

Otto sitzt vor dem Papier, Anwalt König setzt ein Kreuz, wo Otto unterschreiben soll, und legt den Füller mit der goldglänzenden Feder auf den Tisch: Ich habe vorhin auf dem Bahnhof eine Zeitung gekauft, hier, vielleicht interessiert Sie das. Da bezichtigt sich ein Holländer namens Meegeren, über Jahre Vermeers gefälscht und verkauft zu haben, unter anderem auch an unseren Ministerpräsidenten. Es glaubt ihm nur niemand.

Zwanzig Gutachter aus aller Welt sagen, die Vermeers sind echt. Vielleicht ist der Mann verrückt, aber wahrscheinlich hat er nur Angst, gehängt zu werden, weil er als Holländer an uns Vermeers verkauft hat. Ich bin gespannt, wie der aus der Sache rauskommt.

Im Oktober 45 bringt Anna Kypscholl mithilfe von Hebamme Kosanke ein gesundes Mädchen zur Welt. Sieben Stunden lang haben Anna die Wehen gequält, während die Kosanke verzweifelt auf sie einredete, und Fritz Penkuhn, der alle halbe Stunde ins Zimmer schaute, klagte: So wat heww ick ock noch nich sehn.

Anna will das Mädchen weder anfassen noch stillen, und Fritz, vor Hilflosigkeit angetrunken, fällt kein Name für das Kind ein. Deshalb bestimmt die Hebamme: Regina wird sie heißen.

Fritz meldet den Zugang Oberst Dimitroff, der wie jeden Tag spät aus Stralsund gebracht wird, der Russe nickt nur, und Fritz kann weiterhin mit Anna im kleinen Zimmer neben dem Gastraum hausen.

In den Tagen nach der Geburt isst Anna nicht, Fritz bittet die Kosanke, das Kind und Anna zu füttern, wofür er sie mit Naturalien aus dem Russenmagazin im Keller des Lanzerower Hofes entschädigt. Ausgemacht werden täglich eine Fleischkonserve oder eine Tüte Linsen oder als Wochenlohn eine Wolldecke. Am liebsten würde sich die Hebamme selbst im Russenmagazin umsehen, aber das riskiert Fritz nicht. Frische Ziegenmilch für Regina, Brot und Wurst für Anna und die Kosanke hat Fritz außerdem beizubringen. Er eilt immer wieder am Stammtisch vorbei, an dem Schlageter, vom Russen als amtierender Bürgermeister bestätigt, Mulsow und Hennich Tag für Tag Pläne zur Neugestaltung von Lanzerow besprechen. Alte Akten hat Fritz zusammengeklebt, damit Schlageter auf der freien Rückseite Entwürfe zeichnen kann, die Oberst Dimitroff begeistern sollen: statt der zweiten und dritten Gasse nun Siedlungshäuser, anstelle der Kirche das Gemeindehaus und am See das Sägewerk. Die Idee, den Friedhof räumen und anschließend bebauen zu lassen, scheitert am Widerstand von Mulsow und Hennich, die ihre Familiengräber behalten wollen. Schlageter zeichnet ein großes Fragezeichen in den Friedhof, dazu soll Fritz etwas sagen: Penkuhn, sieh dir das an. Was macht man in der neuen Zeit mit einem alten Friedhof?

Hat sich wat.

Der Oberst will die Pläne für das neue Lanzerow nicht sehen, er ist müde und gereizt, raucht während des Wartens auf sein Nachtmahl. Bis zum Auftragen von Rührei mit Speck reicht ihm der Selbstgebrannte, dann reden Dimitroff und Fritz Penkuhn über Apfelsorten und trinken, reden über Gärballons und trinken, über Destillen und trinken. Der Russe bietet Fritz von seinem Kraut an: Machorka, dawai.

Schlageter fragt vom Stammtisch, wann man sich um die Zukunft von Lanzerow kümmern will.

Oberst Dimitroff und Fritz Penkuhn halten sich nach einer Stunde am Tisch fest, um nicht vom Hocker zu fallen. Wer am Ende noch von selbst die Gaststätte verlassen kann, gewinnt die Runde.

Eine Woche später erkennt Oberst Dimitroff nach einem Gelage Fritz die russische Tapferkeitsmedaille zu.

Russenknecht, sagt Schlageter zu Fritz. Das hört auch der Russe und antwortet: Durak, was Fritz Penkuhn bereits verstehen gelernt hat. Zum Stammtisch ruft er: Dösbaddel.

Als Fritz Penkuhn in der Früh wieder Tonnen leert, durchsucht Schlageter das Zimmer vom Russenknecht, Anna verkriecht sich mit aufgerissenen Augen im Bett, und er findet nach wenigen Handgriffen, was eigentlich ins Russenmagazin gehört. Schlageter quartiert Anna, die sich wehrt und um sich schlägt, dass er sich wehren muss: Du, Verrückte, bist auch bald dran, in ein anderes Zimmer. Macht abends dem Oberst Meldung und zeigt ihm die von Fritz gestohlenen Decken und Konserven. Der Oberst verlangt von Fritz Penkuhn Spiegelei und die Flasche Schnaps, und Schlageter kündigt seinen Getreuen an zu demissionieren, weil Recht und Ordnung unter Kommunisten niemals etwas gelten, bis Fritz vom Oberst als gemeiner Dieb beschimpft und am 6. November 45 von der russischen Militärpolizei abgeholt wird.

Anna und ihr Kind müssen den Lanzerower Hof verlassen, sie kommen bei der Kosanke unter, während Fritz Penkuhn im russischen Internierungslager nahe Stralsund, Baracke zwölf, angelangt ist. Sie untersteht mit all ihren Kriegsgefangenen einem Dickbauchigen, der Fritz als Erstes nach Dienstgrad, Einheit und Auszeichnungen befragt.

Hat sich wat, sagt Penkuhn, dann der Dickbauchige: Hat sich wat das? Haltung soll er annehmen, ihn in Zukunft mit Rottenführer anreden, dann in Liegestütze fallen und wieder hoch: Zivilistenschwein, nicht gedient das und will sich hier durchfressen.

Der Rottenführer nimmt Fritz eine von den zwei Schlafdecken, die auf der schlechtesten der Pritschen liegen, und treibt Penkuhn bei jeder sich bietenden Gelegenheit an. Schienen der Deutschen Reichsbahn müssen die Kriegsgefangenen abmontieren und zum Hafen schaffen, von wo sie nach Russland verschifft werden. Windmühlen abbauen und sie zum Hafen schaffen, danach Krananlagen vom Hafen. Im Schneegestöber und auf gefrorenem Acker Gräben um das Lager herum ausheben.

Damit uns der Russe erschießen kann, brüllt jemand und läuft über den Acker davon, aber die deutschen Schäferhunde der Russen laufen schneller.

Die Kriegsgefangenen holzen im nahe gelegenen Wald, dürfen mit den Ästen ihre Baracken heizen und müssen die dicken Stämme mithilfe beschlagnahmter Pferde zum Hafen schleppen, wo immer wieder jemand über das zugefrorene Haff zu fliehen versucht. Aber der Russe schießt nicht und hetzt auch keinen Schäferhund nach, sondern wartet nur, bis der Flüchtling an die offene Fahrrinne gelaufen ist. Mancher ruft den Kameraden noch etwas zu, die am Ufer in Reih und Glied dem Schauspiel zusehen müssen, andere verschwinden einfach im Wasser. Fritz hat Wasser nie gemocht, kann gerade mal schwimmen. Er würde nie über das Haff zu fliehen versuchen, sondern durch den Wald, solange er nicht völlig abgeholzt ist, und weiter den schmalen Hohlweg entlang, durch den kein Fahrzeug passt, bis nach Lüssow, wo Pferdehändler Molkentin wohnt, von dem Fritz die Pferde kauft und der für alle Fälle immer ein Pferd im Stall hat. Er würde nach Lanzerow reiten, Anna und das Kind holen und mit ihnen nach Berlin fliehen, wo er noch nie gewesen ist, aber Anna kommt von dort.

Anna denkt nicht an Flucht, sie sitzt im Katen von Hebamme Kosanke, der direkt an die alte Stadtmauer gebaut ist, was dem Häuschen Halt gibt, und Anna macht, was die Kosanke auch macht: Sie pflückt getrocknete Blätter von Brennnesselstauden und stopft sie in ein Stoffsäckchen. Ist eines voll und verschnürt, darf Anna das Säckchen so lange pressen, bis die Blätter zerbröselt sind. Die Kosanke tauscht diese Teetütchen gegen Speck und Wurst. Ziegenmilch für Regina liefert die einstige Apothekenhelferin Klingbeil, dafür muss sich Anna Geschichten von davor anhören. Sind es lange Geschichten, stellt Berta Klingbeil Selbstgebackenes auf den Tisch. Weil Anna den Weg zur Hebamme zurück nicht allein findet, holt die Kosanke sie ab.

Zwei Wochen vor Weihnachten erscheint Ortskommissar Mulsow, vom amtierenden Bürgermeister als Bevollmächtigter für die sozialen Belange eingesetzt, um zu klären, was es mit Anna, von der es heißt, sie ist verrückt, auf sich hat.

Dies ist eine amtlich angeordnete Gesundheitsbefragung, sagt Mulsow zu Anna, die gerade Kamillenblüten in Tüten füllt.

Name, Geburtstag, Geburtsort, Ausbildung.

Aber Anna blickt nicht einmal von ihrer Arbeit auf, weshalb Ortskommissar Mulsow sich zu ihr beugt, vor ihrem Gesicht in die Hände klatscht und das, weil Anna nicht reagiert, mehrmals wiederholt, bis das Kind in der Wiege zu schreien anfängt.

Schluss mit dem Theater, sagt die Witwe.

Mulsow leuchtet Anna mit einer kleinen Taschenlampe in die Augen: Immerhin lebt die Verrückte noch.

Hier ist niemand verrückt, Mulsow, sagt die Witwe, das Kind wiegend.

Wie scheißt sie, fest, flüssig, ist sie verwurmt? Das muss alles ins Protokoll. Anweisung von oben.

Sie scheißt wie du, und verwurmt sind wir alle.

Und wenn die Syphilis hat? Tuberkulose, Cholera? Das ist unverantwortlich gegenüber den anderen. Und dieses Kind – wer ist der Vater? Das ist doch ein Wechselbalg.

Mulsow, verschwinde, sagt die Hebamme.

Nein, Mulsow schüttelt entschieden den Kopf, wenn jemand verschwindet, dann die. Ich kann dir auch sagen, wohin. Nach Stralsund, in die Idiotenanstalt, es ist schon alles vorbereitet. Und das Balg kommt ins Heim.

Keine vierundzwanzig Stunden vergehen, da präsentiert Volkskommissar Mulsow der Hebamme Kosanke die amtliche Einweisungsverfügung für die unbekannte weibliche Person.

Scher dich zum Teufel, brüllt ihn die Witwe an, und Mulsow, auf die Verfügung zeigend: Das hat der Oberst unterschrieben.

Auch das Kind schreit, nur Anna füllt in Ruhe Teetütchen ab.

Dass du dich nicht schämst, Mulsow. Vor drei Jahren hast du meinen Mann abgeholt, um ihn in Stalingrad verrecken zu lassen, jetzt vergreifst du dich an Frauen und Kindern.

Ich habe keine Zeit für dein Gejammer, draußen wartet der Wagen, pack ihren Krempel zusammen, in einer Stunde bin ich wieder zurück, da sagt die Kosanke so leise: Sie ist Kommunist, dass Volkskommissar Mulsow erschrocken stehen bleibt. Er hat ein Wort gehört, das bis vor kurzem schon beim bloßen Aussprechen Unheil gebracht hat, aber nun, da der Russe es ständig im Mund führt, zum Zauberwort geworden ist.

Sie ist Kommunist. Sie war in einem Lager. Sie hat es mir selbst gesagt.

Anna füllt weiter Tee ab, der Volkskommissar muss sich setzen. Er starrt auf seine Verfügung, beugt sich wieder zu Anna, nun behutsam, und sagt leise: Können Sie mich hören?

Verschwinde, Mulsow, sag deinem Oberst, sie hat lange genug im Lager gesessen, Kommunisten werden doch keinen von den eigenen Leuten einsperren.

Und in welchem Lager hat sie gesessen? Man sagt, es hat viele davon gegeben.

Sie redet nur mit mir, und ich rede nur mit dem Oberst, und dem sage ich, was du für ein Schwein bist.

Keine fünf Stunden vergehen, da entschuldigt sich Bürgermeister Schlageter bei Anna für das Missverständnis des Volkskommissars und bietet ihr das schönste Zimmer im Lanzerower Hof an, sagt, dass es ihm ein persönliches Anliegen ist, einer von den Faschisten Verfolgten alle, und rollt das L, Annehmlichkeiten der Welt zu bieten. Dass er für den Genossen Oberst bereits einen Aktionsplan erarbeitet hat, womit der Verfolgten Sonderrationen, extra Kleidung, extra Feuerholz, und medizinische Betreuung zustehen. Dass Hebamme Kosanke so lange als Pflegerin bei der Verfolgten wohnen kann und ebenso mit Sonderrationen versorgt wird, bis sich ihre Gesundheit verbessert hat.

Von ihrem Zimmer im Lanzerower Hof hat Anna Sicht über den See bis zum Hügel, auf dem vor kurzem noch die Windmühle stand. Anna kann stundenlang auf die verschneiten Felder schauen.

Wenn Oberst Dimitroff abends nach Anna sieht und fragt, in welchem Lager die Faschisten sie gefangen gehalten haben, antwortet Hebamme Kosanke: Sie redet gerade nicht. Man darf sie nie allein lassen, sonst verhungert das Kleine.

Fritz hat Anna und das Kind vor Augen, wenn ihn die Kräfte beim Fällen von Bäumen und Ausgraben von Baumwurzeln im hart gefrorenen Boden verlassen. Er wartet jeden Tag auf die Gelegenheit zur Flucht aus dem russischen Internierungslager, solange der schützende Wald noch nicht abgeholzt ist, durch den er bis in den Hohlweg laufen muss. Vorher ist ein kleiner Fluss zu durchqueren, hinter dem die Schäferhunde seine Spur verlieren werden. Er schläft auf seiner Pritsche frierend mit dem Gedanken an das kleine, warme Knäuel Kind ein, wacht mit der Erinnerung an säuerlichen Milchgeruch auf.

Dann hat Fritz Durchfall und Fieber und nimmt von Tag zu Tag mehr ab, bis der Rottenführer ihn in die Krankenstation schaffen lässt. Ein Sanitäter begutachtet ihn nur flüchtig und hakt ihn als Abgang ab. Fritz friert nun nicht mehr, ihm ist heiß, die Sonne brennt erbarmungslos, bis endlich die Rückreise aus der Wüste beginnt. Man trägt ihn ins Dunkle, aber Fritz reist nicht heim, sondern wird mit den anderen Abgängen in die Leichenkammer geschleppt, wo ihn Eiseskälte vom blanken Boden aufschreckt. Da kriecht er mal vor, mal zur Seite, bis er etwas spürt, auf das er sich legen kann, das nicht kälter als der

Boden ist, an dem es Jacke und Hose gibt. Dort hört Fritz den Rottenführer, der den Sanitäter mit Sturmbannführer anredet; der Russe will zu Weihnachten einen Transport nach Sibirien schicken. Das Wort Sibirien kennt Fritz Penkuhn, Oberst Dimitroff hat es oft benutzt: Sibirien – nix zuruck.

Ein Ausbruch muss vorher passieren, am besten durch das Moor.

Nein, ruft Fritz, und der Sanitäter hört ihn, auch der Rottenführer, der nun die Tür aufreißt, damit Licht in die Leichenkammer fällt. Er zerrt Fritz von einer Leiche herunter: Kommunistenpack das, nich totzukriegen, und hat die Hände zum Würgen bereit.

Nach Lüssow.

Da hockt sich der Sanitäter neben Fritz: Lüssow?, und lässt ihn zurück auf seine Pritsche bringen, päppelt ihn mit etwas Medizin auf, bis Fritz sagen kann, dass er nie Kommunist war, sondern vom Kommunisten Dimitroff hergebracht wurde. Was Fritz beim Rottenführer und dem Sanitäter augenblicklich Reputation verschafft. Als Fritz wieder bei Kräften ist, zieht ihn der Sanitäter in die Leichenkammer, weil es da keine Lauscher gibt, und Fritz soll vom möglichen Fluchtweg aus dem Lager erzählen. Der Rottenführer hat jeden Schritt von Penkuhn zu überwachen, um bei geringstem Verdacht auf Verrat sofort zu handeln.

Aber wie handeln? Diese Frage stellt sich Elias Finkel viele Male am Tag, am Fenster mit den Eisblumen sitzend, die nur dort abtauen, wohin er seine Frage richtet. Finkel betet Psalmen, dankt dem Herrn für das eigene Leben und sagt Namen von Toten auf, um Kraft für die Heimkehr zu sammeln. Mit jedem Tag, den es kälter wird, an dem die Eisblumen am Morgen prächtiger sind und kaum noch abtauen, gelingt es ihm besser, eine Antwort auf die Frage zu finden, auch wenn die Gedanken flüchtig sind, auf falsche Fährten führen, sich hinter dem Wort Schicksal verstecken. Schicksal, du gehst allen Göttern voran, aber zwischen Schicksal und Heimkehr steht noch eine andere, die bedrohlichste Frage: Was hast du getan? Und dieser Frage wird er nicht entkommen.

Finkel liest, in Decken gehüllt, aus dem *Buch Hiob:* Sollte ein Mensch gerechter sein als Gott oder ein Mann reiner als sein Schöpfer? Siehe, selbst seinen Knechten vertraut er nicht, und seinen Engeln legt er Irrtum zur Last: wie viel mehr denen, die in Lehmhäusern wohnen und deren Grund im Staub ist! Wird ihr Zeltstrick an ihnen losgerissen, so sterben sie, und zwar nicht in Weisheit, bis, Elias, ich bring dir zu essen, gesagt wird, und ob er nicht lieber in den Salon kommen möchte, wo der Kamin brennt und wo man sich unterhalten kann. Man muss reden, weil man sonst verrückt wird.

Finkel betet einen weiteren Psalm, liest wieder aus dem *Buch Hiob:* Ruf doch, ob da einer ist, der dir antwortet! Und an wen von den Heiligen willst du dich wenden? Schießt Schilfrohr auf, wo kein Sumpf ist? Wächst Riedgras empor ohne Wasser? Noch treibt es Knospen, noch ist es nicht zum Schneiden reif, da verdorrt es schon vor allem anderen Gras. Wenn ich mich auch mit Schneewasser wüsche und meine Hände mit Lauge reinigte, dann würdest du mich in die Grube tauchen, dass sich meine eigenen Kleider vor mir ekelten.

Währenddessen telefoniert Elisabeth Kypscholl im schwach, aber immerhin beheizten Salon mit Anwalt König, gratuliert ihm, weil es ihm gelungen ist, Otto von Berchtesgaden ins alliierte Kriegsverbrechergefängnis Spandau verlegen zu lassen.

Verehrte gnädige Frau, ich kann Ihnen nun mitteilen, dass ich für Sie eine Besuchserlaubnis erwirkt habe, Sie können Ihren Sohn im Gefängnis aufsuchen. Aber bitte, vergessen Sie nicht, er ist erst seit zwei Wochen hier, und es scheint, die Berliner Luft bekommt ihm nicht, was wohl daran liegt, dass die Gefangenen regelmäßig genötigt werden, sogenannte Dokumentationen von Gräueltaten, natürlich nicht von Besatzern begangenen, anzusehen, das schlägt wohl aufs Gemüt. Immerhin habe ich mit dem Ankläger sprechen können, er wird seine Anklage auf drei Fälle beschränken, die er glaubt, beweisen zu können, aber ich bin sicher, auch die nehme ich dem Herrn Lewy schneller ab, als ihm lieb ist. Ich denke, im Februar ist Otto wieder bei Ihnen.

Und Hermann?

Im Frühjahr.

Dann bin ich Weihnachten ohne meine Kinder und ohne meinen Mann?

In Nürnberg wird man ein Exempel statuieren, das wird für andere Gerichte zur Maßgabe und dürfte uns die Arbeit erheblich erschweren.

Was soll denn das bedeuten?

Glauben Sie, dass man Göring und Keitel und Dönitz laufen lassen wird? Der Führer ist tot, Goebbels ist tot, Himmler ist tot, wen haben die denn noch zum Hängen?

Mein Gott, sagt Elisabeth, Sie müssen mir Hermann da rausholen, und liest, um sich abzulenken, im *Berliner Abendblatt* von der Arbeitspflichtverordnung, der Lebensmittelkartenverordnung, sieht die Fotos zerbombter Häuser und ziegelsteinklopfender Frauen. Unter Vermischtes wird über Lale Andersens umjubelte Tournee mit Seemannsliedern und das bevorstehende Gastspiel in Finnland berichtet.

Im Februar 46 – das *Berliner Abendblatt* meldet wieder Kälteopfer, Hungertote, Strafverschärfung bei Schwarzmarkthandel und lädt ins Varieté Friedrichstraße, wo die Berliner Kessen tanzen – ist Otto noch immer im Gefängnis der Alliierten. Und noch immer muss er mit den anderen, die viel mehr waren als er, nach der Trillerpfeife an der Zellentür stehen und, wenn sie geöffnet ist, in den Flur treten, um im Gleichschritt in die Halle zu gehen, wo ihnen zum wievielten Mal *Die Todesmühlen* vorgeführt wird. Otto kennt mittlerweile jedes dieser Knochengestelle aus irgendwelchen Lagern, die ihren Befreiern zuzujubeln versuchen, und die großen Hungeraugen, die ihm jetzt nichts mehr antun, und, nächste Einstellung, die aufgeschwemmten Bäuche von Kindern und dann, vier- bis achtschichtig, er hat gezählt, Leichen. Die aus Treblinka sehen aus wie die aus Bergen-Belsen, und die sehen aus wie die aus Majdanek. Am Ende filmen sie ein und denselben Haufen deutscher Hungertoter stets wieder und hängen noch den Judenstern an die Kadaver, das hat Otto eine Stuhlreihe hinter sich gehört von jemandem, der mehr war als er. Ach, und dann die vom Russen aufgeschlitzten Papiersäcke mit der Aufschrift KL Au 3228, aus denen Haare geholt und in die Kamera gehalten werden, blonde Kinderlocken, und Otto blickt sich gelangweilt im Raum um. Wenn man ihn in Ruhe in seiner Zelle ließe, wenn er keine Post von seiner Mutter und keine Besuche von irgendeinem dieser Nickelbrille tragenden Wahrheitssucher bekäme, die ihn befragen, wie er in Paris bei den Beschlagnahmungen vorgegangen ist, dann wäre das Leben erträglich. Auch Anwalt König: Junger Mann, ich habe gute Nachrichten für Sie, muss nicht kommen.

Drei interessante Nachrichten, sagt König bei seinem Besuch: Nummer eins, Ihr Vorgesetzter Amberg ist auf freiem Fuß. Nummer zwei, Amberg und der frühere Sonderbeauftragte des Generalgouverneurs arbeiten für die Alliierten.

Die rote Fliege?

Wie meinen? Drittens, diese Herren beschlagnahmen nun im Auftrag der Alliierten Kunstwerke aus deutschen Museen, weil die Herrn Alliierten beschlossen haben, deutsche Kunstwerke als Kriegskompensation anzusehen. Die Dresdner Gemäldegalerie ist schon komplett beim Russen, der Amerikaner und der Engländer wollen die Schätze der Berliner Museen, der Franzose will kleinere Sammlungen. Ich bin gespannt, wie jemand vor dem alliierten Kriegsgericht eine Anklage wegen Verstoßes gegen die Haager Landkriegsordnung durchbringen will, der nichts anderes macht, als gegen dieselbe zu verstoßen. Traurig, dass sich Amberg dafür hergibt. Er stellt übrigens gerade deutsches Kunstgut für eine Trophäenschau in New York zusammen. Mich ekelt jedenfalls vor dem Mann.

Dann ist Otto wieder allein in der Zelle, deren Wände längst nicht so reinweiß wie die in Berchtesgaden sind, aber zum Glück nicht mit Lamentos beschmiert, er starrt zur Decke und hat keine Ahnung, wo sein Leben aufhört und wo es anfängt. Das muss er auch nicht; seine Zelle ist geheizt, er bekommt zu essen und frische Wäsche. Anwalt König redet mit Lewy, der Totenhochtreiber hockt in irgendeiner anderen Zelle, seine Mutter kann ihn nicht ständig nach Anna fragen. Und Finkel? Was wäre, wenn der Führer ihn arisiert hätte?

Im März 46 enden die Befragungen, Otto Kypscholl wird an jenem Tag entlassen, als Göring in Nürnberg zum Kunstraub seiner Sondereinheit Rede und Antwort stehen muss, und ob er von der Fälschung von *Christus und die Ehebrecherin* gewusst hat. Einen Tag später liest Otto davon in der Zeitung, die ihm seine Mutter auf sein Zimmer bringt, sie versorgt ihn auch mit Essen und frischer Wäsche und hat versprochen, nicht mehr nach Anna zu fragen, weil Otto klargestellt hat: Lass mich damit in Ruhe, oder ich bin sofort weg hier.

Finkels Sommeranzug ist die lange Fahrt in schmutzigen Zügen, das Umsteigen und Gedränge auf den Bahnhöfen anzusehen. In Nürnberg haben GIs ihn wie alle anderen auf dem Bahnsteig nach Papieren gefragt.

Nein, sagte Finkel, er will nicht zu Rudolf Höß, der an diesem Tag vor dem Kriegsverbrechertribunal stand.

Sondern?

Nach Linz.

Wachhunde mit Dreckpfoten sind ihn angegangen, haben an ihm herumgeschnüffelt, und in München versuchten Halbwüchsige seinen Koffer wegzureißen. In Linz, wo Finkel am Spätnachmittag ausgestiegen ist und in einem Restaurant: Kennens scho unser Surbratl?, gegessen hat, wird er sich eine Aufenthaltsgenehmigung und Ausreisepapiere bei Ariel Lilienthal, dem Vorsitzenden des Jüdischen Komitees, kaufen. Finkel hat genügend Geld in seinem Koffer, letzte Gabe von Elisabeth Kypscholl, die ihn kniend angefleht hat zu bleiben, wenn schon nicht im Haus, so wenigstens in Berlin. Die in Weinkrämpfe ausgebrochen war, weshalb Otto aus seinem Zimmer kam: Mutter, was machst du da? Steh auf, oder bist du wieder betrunken?, und sie von Finkel wegzog. Er rief Finkel noch nach: Reisende soll man nicht aufhalten.

Finkel könnte mit dem Geld von Elisabeth Kypscholl mühelos in die Vereinigten Staaten ausreisen, aber er will nach Palästina, dorthin, wo die Psalmen und das *Buch Hiob* geschrieben wurden, nirgends sonst kann er sich der Frage: Was hast du getan?, stellen.

Das Jüdische Komitee, sagt die Kellnerin, findens in der Bindermichl-Siedlung. Da gahns a bissel.

Finkel erreicht die tristen Kasernenblöcke, in deren Höfen Hunderte Verlumpte kampieren, eine Stunde später. Sie glauben, Finkel in seinem Sommeranzug und Florentiner ist ein Nothelfer, betteln ihn an, verfolgen ihn auf seiner Suche nach dem richtigen Eingang, immer größer wird die Schar.

»Jüdisches Komitee Büro Ariel Lilienthal«, liest Finkel am fünften Kasernenblock, vor dem so viele Verlumpte warten, dass

Finkel mutlos wird. Sosehr der Sommeranzug auch gelitten hat, er ist damit noch anders genug, um ihm eine Gasse zu bereiten. Im Flur, der nach Schweiß und Urin riecht, und auch auf der Treppe machen sie dem Nothelfer Platz. An einer offenen Tür nimmt Finkel seinen Florentiner ab, nun ist er angekommen, als Bittsteller wie die Verlumpten. Der Mann hinter dem Schreibtisch, mit Seitenscheitel im glatten Haar und schmalem Oberlippenbart, stempelt Formulare ab, unterschreibt, er sieht dabei nicht auf, sagt nur: O Leutla, komma weider, zerknüllt Papier, flucht über einen abgebrochenen Bleistift, und weil niemand von den Bittstellern etwas sagt, sieht Lilienthal auf. Große graue Augen und ungeduldiger Blick, weshalb Finkel seine Hand hinreicht, als wäre das eine Erklärung, und gleich innehält, schweigend beobachtet von den Verlumpten. Dann steht Lilienthal entschlossen auf und nimmt Finkels Hand: Auf Sie habe ich gewartet, und lotst ihn durch den Spalt zwischen Tür und Schreibtisch, ich bin seit Tagen allein. Er schiebt Finkel bis an einen Tisch in der Mitte des Zimmers: Legen Sie ab, den Koffer stellen Sie vor das Regal, wir reden später, und sitzt schon wieder an seinem Schreibtisch, an den er einen zweiten Stuhl schiebt. Die Verlumpten stellen sich nun in zwei Reihen an, und Finkel sagt: Ich will nach Palästina.

Lilienthal stempelt, ohne aufzusehen, ab: Das wollen hier viele.

Ich gehöre auf die andere Seite.

Lilienthal hebt die Hände, und die Verlumpten vor ihm fahren erschrocken zurück: Sie setzen sich neben mich und machen, was ich mache. Es ist ganz einfach. Um sieben Uhr sind wir fertig, dann bekommen wir zu essen, dann reden wir.

Ich –

Entweder Sie setzen sich jetzt und helfen mir, weil Sie wie jemand aussehen, der helfen kann, oder Sie stellen sich hinten an, und wenn Sie nach drei oder vier Tagen an der Reihe sind, frage ich Sie wieder, ob Sie mir helfen, und stempelt weiter, während Finkel auf die Landkarte mit zahllosen Fähnchen in roten Kreisen blickt, die eine Wand bedeckt.

Hier ist Ihr Stuhl, hier sind die Formulare, auf manchen stehen große Buchstaben, auf anderen Ziffern. Wo bleiben Sie?

Finkel setzt seinen Hut auf: Wir alle sind Wanderer, und nimmt seinen Koffer.

Man kann auch beim Wandern ankommen, sagt Lilienthal.

Nicht hier, sagt Finkel und wendet sich zum Gehen.

Glauben Sie im Ernst, dass ich in Linz, ausgerechnet in Linz, ankommen wollte? Alle, die hier stehen, keiner hat sich das gewünscht, und trotzdem sind wir hier. Nicht in Wien oder Salzburg, sondern in Linz. Und vorher waren sie in Theresienstadt oder Mauthausen oder Bergen-Belsen. Wo waren Sie vorher?

In Paris, sagt Finkel.

Sicher eine schöne Stadt, ich habe Architektur studiert, aber nach Paris habe ich es leider nicht geschafft, und fragt, worauf Finkel gefasst ist: Was haben Sie in Paris gemacht?

Weil Finkel sich im Haus Kypscholl diese Frage so oft gestellt hat, bis er sie laut und deutlich beantworten konnte, kann er diese Antwort nun ebenso laut und deutlich geben: Ich habe Gemälde versteckt und Gemälde verkauft.

Hat Ihnen Paris gefallen?, und Lilienthal nimmt wieder eines der Formulare entgegen: Das hier ist für mich das wichtigste Formular, ich behalte es. Schauen Sie mal zum Regal, da sehen Sie Aktenordner, für jeden Buchstaben einen, es wird das *Buch der Namen*. Jeder, der einen Antrag bestätigt haben will, muss so ein Formular ausfüllen. Leider füllen es nur wenige aus, und dann auch nicht richtig. Glauben Sie, was da steht?, und hält Finkel einen in Schönschrift ausgefüllten Bogen hin: Vier Jahre

Treblinka? Das Lager gab es nur zwei Jahre. Und auch nach zwei Jahren Treblinka schreibt niemand mehr so schöne Buchstaben. Nach zwei Jahren kenne ich die Namen der Kapos, der Schergen, der Henker, ihre Spitznamen, ihren Rang. In diesem Formular sind fast nur Striche. Wie soll ich die Schinder dieses Mannes suchen? Wie die Mörder seiner Familie finden? Dieser Bogen kann nicht im *Buch der Namen* abgeheftet werden. Und dieser Mann war auch nie in Treblinka. Vielleicht war er in Paris, kennen Sie ihn gar? Er war nie in einem Lager. Jemand, der so blickt, war nie in einem Lager.

Ich kann Ihnen nicht helfen, sagt Finkel. Ich habe mit den Nazis zusammengearbeitet.

Sucht man Sie deswegen?

Möglich, sagt Finkel und will gehen, denn Antworten für weitere Fragen hat er nicht, weiter ist er mit sich im Haus Kypscholl nicht gekommen.

Ich bin auch ein Wanderer. Hier auf diesem Platz mache ich wohl meine längste Wanderung. Sie hat vor drei Monaten begonnen, da habe ich im Prozess gegen die Mannschaft von Mauthausen ausgesagt. Als ich dort Schreiber in der Sanitätsbaracke war, kam oft der Rottenführer Willy Brünning, um Zugänge abzuliefern. Ich habe sie in die Schlafbaracke gebracht, Brünning hat mir sogar dabei geholfen, und wenn er Zeit hatte, setzte er sich an eines der Betten, holte einen kleinen, sehr spitzen Bohrer aus der Tasche und machte damit dem Menschen ein Loch in den Kopf. Er nahm eine Schraube und drehte sie hinein. Einige Male habe ich Brünning gesagt, dass man ihn draußen sucht, das hat einige vor dem Tod bewahrt. Vier oder fünf Juden haben die Tortur überlebt und mussten mit einer großen Schraube im Kopf herumlaufen. Im Prozess hat Brünning behauptet, nur Wache im Außenlager gewesen zu sein. Er hat auch behauptet, dass es in Mauthausen niemals Erschießungen oder Hinrichtungen von Juden gegeben hat. Brünnings Verteidiger hat mich im Prozess als notorischen Lügner bezeichnet, dem er das Handwerk legen wird. Da wurde mir klar, dass meine Wanderung beginnt. Sie wird enden, wenn im *Buch der Namen* all jene notiert sind, die sich schuldig gemacht haben. Was wollen Sie in Palästina?

Es gibt dort keine Bilder.

Wenn ich heute Ihren Antrag bearbeiten würde, müssten Sie drei bis vier Wochen warten, bis die Papiere von der Botschaft kommen. Was würden Sie in der Zeit machen?

Finkel stellt seinen Koffer ab: Ich kann Ihnen auch eine Geschichte erzählen. In Amsterdam wird bald der Prozess gegen Han van Meegeren wegen Kollaboration mit den Nazis eröffnet. Man beschuldigt ihn, ein kostbares Gemälde von Vermeer an Göring verkauft zu haben. Das Geschäft habe ich vermittelt.

Lilienthal lehnt sich mit verschränkten Armen zurück: Haben Sie Göring kennengelernt?

Nein.

Man erzählt sich die seltsamsten Dinge über ihn.

Aber der Vermeer ist kein Vermeer, sondern ein Meegeren. Der Maler hat gefälscht, um die Großen des Reiches reinzulegen, nur glaubt ihm das niemand. Die Heerschar von Gutachtern, die damals den Vermeer als Original bezeichnet haben, tut das jetzt wieder und bezichtigt Meegeren der Lüge. Sie wollen ihn hängen sehen, damit sie selbst nicht hingerichtet werden, und er wird sterben. Es ist sinnlos, für andere auf Wanderschaft zu gehen.

Möglich, dass dieser Maler hängen muss.

Ich finde einen anderen Weg nach Palästina.

Leutla, komma weida, ruft Lilienthal, während Finkel sich durch die Verlumpten drängelt.

Er verlässt die Kasernen in Richtung Stadt, um sich ein Quartier für die Nacht, nicht länger, zu nehmen. Um dann was zu tun? Beinahe wäre er von einem Auto erfasst worden und steht nun nach dem Schreck mit schlotternden Knien da. Der Wagen bemst, der Fahrer steigt aus und fragt Elias Finkel, ob er unversehrt geblieben ist – aber zum Glück ist nichts passiert – und ob er den Herrn ein Stück mitnehmen kann.

Ich suche ein Hotel, nur für diese Nacht, sagt Finkel.

Malinek, stellt sich der Fahrer vor, sagt, dass ihm das Hotel am Hauptplatz gehört, wo es dem Herrn sicher gefallen tät, und hat, bevor Finkel antwortet, den Koffer verstaut. Im Auto fragt er, zu welchem Komitee Finkel gehört.

Komitee?

Malinek sagt, dass in Linz noch nie so viele Kommissionen und Komitees gewesen sind wie in den vergangenen Monaten und Agenten aus aller Herren Länder und Diplomaten dazu, aber letztlich sind es immer die gleichen Herrschaften, und sie sind ihm willkommen in seinem Hotel, auch wenn jemand nicht darüber sprechen kann, zu welcher Kommission er gehört. Man kann nicht einfach sagen, dass man Agent ist, dann ist man ja keiner mehr, da lacht Malinek und schlägt mit der Hand aufs Lenkrad.

Im Hotelzimmer wirft Finkel Hut und Mantel aufs Bett. Wohin mit sich? Neben dem Fenster hängt das Bild einer jungen Frau im langen weißen Seidenkleid, keine Schönheit, aber eindrucksvoll gemalt, dass Finkel lange hinschaut, es dann von der Wand nimmt, um das raffinierte Spiel der wenigen Farben besser sehen zu können. »Gustav Klimt, Bildnis Margarethe Wittgenstein 1905«, liest Finkel auf der Rückseite. Auf einem anderen Bild gegenüber dem Fenster liest er: »Waldmüller 1856, Sammlung Stransky Wien.« Dann hängt da noch eine schlafende Venus: »Palais Liechtenstein Wien.« Auch an den

Gemälden im Flur des Hotels kleben Zettel, wie Finkel sie in Paris wieder und wieder geschrieben und mit Knochenleim aufgeklebt hat, damit, wer immer sich an den Bildern vergreift, die er bewahren sollte, mit dem Zettel leben muss. Für den Fall, dass wer auch immer eines Tages Bilder besitzt, die ihm nicht gehören, hat Finkel noch mit einem Nagel den Sammlernamen ins Holz geritzt. Jemand wie er hat diese Kunstwerke beschriftet.

Malinek lädt Finkel zum Essen ein, die Frau hat etwas Besonderes gekocht. Ob ihm die Bilder gefallen, fragt er, kommt näher und sagt, dass er von Kunst leider gar nichts versteht, aber alle, die er schön findet, hat er aufgehängt.

Wo sind denn die vielen Gemälde her?, fragt Finkel. Malinek lacht und fragt, welche Art Kommissar er denn ist, ob er was von Kunst versteht.

Nein, sagt Finkel, aber schön, dass Sie die Bilder aufbewahren.

Und Malinek entgegnet, dass seine Frau das anders sieht, weil einem die vielen Bilder Ärger einbringen können. Es sind nicht nur dreißig oder vierzig, sondern eine ganze Wagenladung. Sein Freund, der kürzlich verstorben ist, hat sie hergeschenkt. Aber, sagt Malinek, er ist ein praktischer Mensch, und in Zeiten wie diesen muss man praktisch denken. Wenn etwa ein neues Radio gebraucht wird, eine Badewanne oder ein Waschbecken, dann wird getauscht. Beim Essen sagt er, dass er interessierten Kommissaren auch schon mal ein Bild verkauft. Einmal einem Diplomaten aus Russland, einem Juden aus Amerika und einem englischen Agenten aus Palästina, der hat gleich zwei mitgenommen. Er, Malinek, ist sozusagen international. Und wenn eines Tages alle weg sind, ist es auch nicht schlimm, dann haben Leute, die etwas davon verstehen, die Bilder, und er hat neue Waschbecken oder Matratzen, denn auf Bildern kann man nicht schlafen und sich auch nicht darin waschen.

Tags darauf kehrt Finkel in die Bindermichl-Siedlung zurück, was soll er in Palästina, wenn auch dort Gemälde mit solchen Aufklebern sind? Die Verlumpten im Hof bilden wieder eine Gasse, bis er am Schreibtisch vor Lilienthal steht.

Einer, der aussieht, als ob er helfen kann, kommt selten vorbei, sehr selten, sagt Lilienthal. Wer hierherkommt, hat sein Leben retten können. Aber mehr hat keiner von denen.

Finkel trägt einen Stuhl an den Schreibtisch, die Reihe davor teilt sich wieder auf, kaum einer spricht, und Lilienthal, Stapel von Formularen zu Finkel schiebend: Die Unterlagen gehen an die Alliierten oder an Botschaften. Hier in der Siedlung leben ungefähr zweitausend Menschen, es können auch dreitausend sein, sie sind einige Wochen hier, bis ihre Anträge entschieden sind. Lassen Sie sich nie aus der Ruhe bringen. Wenn Sie die Blicke nicht ertragen können, sehen Sie nicht auf. Die Leute hier erzählen ohnehin nichts. Zahnbehandlung roter Schein. Sie haben am Abend alles vergessen, nur diese Blicke nicht. Der Zahnarzt kommt zweimal in der Woche. Familienzusammenführung blauer Schein. Entschädigung für Lagerhaft großes Formular, immer mit Durchschrift, das bleibt bei uns. Jeder will dieses Formular ausfüllen, Lilienthal lehnt sich zurück und lacht: Aber keiner kann es richtig ausfüllen. Wer Entschädigung beantragt, muss ein Leumundszeugnis beilegen, das soll jeder selbst schreiben. Zu lange haben andere über uns geschrieben. Antrag auf Buchausleihe braun, kommt kaum vor. Gehen Sie mit dem Büromaterial sorgsam um, ich muss es mir von den Amerikanern erbetteln.

Lilienthal reibt mit dem Daumen über seinen Siegelring: Sie brauchen sich nicht vor den Leuten zu fürchten, die werden nie ausfällig oder über den Schreibtisch greifen. Sie warten. Ich habe in Mauthausen auch so gestanden, dreimal wurden Juden vor mir aufgehängt. Manche werden bis zum Lebensende so stehen.

Die Julihitze brennt, dass Fritz Penkuhn auf dem Kutschbock sein Hemd auszieht. Seine Pferde schnaufen, der Wagen ist voll beladen mit den Fundamentsteinen der abgebauten Windmühle, die er braucht, um den Katen der Kosanke gegen Einsturz abzusichern. Als Dank dafür, dass sich die Hebamme um Anna gekümmert hat, als er im Lager war, sich jetzt noch um sie kümmert. Obwohl Anna noch immer nicht spricht, und deshalb muss er sich auch um sie kümmern.

Erzähl ihr Geschichten, sagt die Kosanke, egal, was. Irgendwann redet dann Anna. So macht man das mit kleinen Kindern.

Womit auch immer er beschäftigt ist, Fritz denkt sich eine Geschichte aus, die er ihr erzählen kann. Im Juni waren es zwölf Geschichten, nun, Mitte Juli, sind es schon acht. Aber sie reagiert nicht darauf, blickt, wenn er redet, zur kahlen Wand oder aus dem Fenster zum Kirchturm. Immer aufregender werden seine Erzählungen, alles, was Fritz irgendwann einmal aufgeschnappt hat, gibt er zum Besten.

Du darfst nicht aufhören, sagt die Kosanke, weil Fritz der Mut verlässt. Irgendwann redet sie.

Immerhin verlässt Anna inzwischen ihr Zimmer im Lanzerower Hof, folgt Fritz zum See, bleibt aber jedes Mal lange vor den Grabsteinen stehen. Am See sind ihre Augen klar, und die Lippen glänzen. Vielleicht muss er Anna zum Lachen bringen. Vielleicht hätte er Anna zum letzten Weihnachtsfest, als er nach Lanzerow zurückkam, die beiden Witzfiguren zeigen sollen, mit denen er aus dem Russenlager ausgebrochen war. Den Rottenführer und den Sanitäter, steif vor gefrorenem Dreck und lahm vor Erschöpfung. Aber vielleicht hätte sie sich über die Jammergestalten auch nur erschreckt, zumal er die beiden im Lanzerower Hof, im Zimmer neben Annas, verstecken musste. Befehl von Schlageter. Der lieferte Fritz Penkuhn nur deshalb nicht wieder an die Russen aus, weil er zwei

Volksdeutschen aus dem Russenlager zur Flucht verholfen hat. Vielleicht hätte Anna gelacht, wenn sie die Verstecke der beiden gesehen hätte, der Dicke im Besenschrank und der Sanitäter in der Wäschekammer. Da waren sie seine Gefangenen, und Fritz allein besaß den Schlüssel. Aber er hat geschwiegen, auch wegen Schlageters Drohung: Ein Wort, egal, zu wem, und du bist erledigt. Im Februar waren beide verschwunden, Fritz weiß nicht, wie sie freigekommen sind, Schlageter hat nur gesagt: Alles in Ordnung.

Aber auch nun, Monate später, hat Fritz nicht das Gefühl, die Geschichte würde sich für Anna eignen. Dann fällt ihm beim Abladen der Steine vor Kosankes Katen eine Geschichte ein, die er auf dem Markt in Stralsund selbst erlebt hat. Eine alte Frau wühlte in Wäschekörben und stieß mit einer jungen Frau zusammen. Fritz hat das Geschrei der beiden noch in Erinnerung, man hätte meinen können, sie kämpften auf Leben und Tod um eine Bluse. Aber dann weinten die beiden, lagen sich in den Armen und küssten einander. Mutter und Tochter hatten sich nach einem Jahr Trennung wiedergefunden.

Doch auch diese Geschichte erzählt Fritz Anna nicht, weil dann vielleicht irgendetwas mit ihr passieren könnte. Er entscheidet sich am Abend, lieber mit Regina auf allen vieren herumzukrabbeln, wie ein Pferd zu wiehern und Katzengejaule nachzumachen, worin Regina vor Freude einstimmt, und Anna schaut ihnen zu.

Auch Otto schaut um sich, immer in Sorge, von irgendjemandem erkannt zu werden. Fotografen halten vor dem Eingang in den Gerichtssaal ihre Apparate hoch, endlich öffnet ein Saaldiener des Amsterdamer Bezirksgerichts die Tür. Otto wird von den anderen in den Saal hineingeschoben, noch weiß niemand von den aufgeregten Herrschaften um ihn herum, wer er ist, aber schon bald werden sie Otto Kypscholl kennenlernen. Fotografen werden ihn von allen Seiten ablichten, und so wie heute sämtliche Zeitungen vom Prozessbeginn gegen Meegeren berichten, wird man morgen über ihn, Otto Kypscholl, Zeuge der Fälschungen, schreiben. Er wird sein Geheimnis lüften, weil Anwalt König, der Idiot, ihn aus der schützenden Zelle mit den weißen Wänden geholt hat – mit den Worten:

Herr Kypscholl, ich bringe Ihnen erfreuliche Nachrichten. Ich habe die Einstellung des Verfahrens gegen sie erwirkt, es war so schwer auch nicht, weil ich den Besatzern beweisen konnte, dass von Herrn Chefankläger Lewy und Herrn Clark in der Tat Gemälde mit unklarer Herkunft unter der Hand verkauft wurden. Ich habe mit einem Skandal und der Zeitung gedroht, man muss nur demokratisch genug sein, um diese Heuchler ans Kreuz zu nageln. Leider habe ich schlechte Nachrichten, was Ihren Vater betrifft: Das alliierte Kriegsverbrechertribunal will ernsthaft gegen Ihren Herrn Vater vorgehen, wegen des Theaters in Nürnberg ein schlechter Zeitpunkt. Ihr Herr Vater hat deshalb verfügt, dass im Falle seiner Hinrichtung Ihnen sämtliche Rechte und Aktien an der Firma unter der Bedingung zufallen, dass Sie sofort Ihre Pflichten als Geschäftsführer wahrnehmen, andernfalls verlieren Sie alle Ansprüche, sind enterbt. Ihre Schwester Anna tritt an Ihre Stelle, und solange sie nicht wieder aufgetaucht ist, liegen alle Rechte bei Ihrer Mutter, die ich als Treuhänder vertrete.

Wo soll er hin? Nun, beim Prozess gegen Meegeren, den Hochverräter, muss er beichten, danach hat er vor Finkel und Meegeren und allen Bildern der Welt Ruhe.

Otto wird im Gerichtssaal nach vorne geschoben, wo alle sitzen wollen, und findet in der dritten Reihe einen Platz, so weit vorne, um von allen gesehen und gehört zu werden, wenn er aufsteht, um zu reden. Er hat schweißnasse Hände, hält sie gefaltet, steckt sie in die Hosentaschen, sie sind ihm lästig.

Durch eine Seitentür kommt Meegeren, abgemagert, die Augen eingesunken, mit seinem Verteidiger in den Saal, man pfeift und ruft Verräter. Der Verteidiger schleppt Akten zu seinem Tisch, der Stapel wankt, droht umzustürzen. Otto sitzt aufrecht, verfolgt jede Bewegung von Meegeren, siehst du mich? Beinahe wäre er aufgestanden, ich bin hier, und niemand kann dir etwas. Aber Meegeren schaut nur auf seine Hose. Der Verteidiger schlauft den Aktenstapel auf, schiebt von oben eine unter den Stapel, zieht eine andere von unten hoch und würdigt das Publikum keines Blickes.

Der Staatsanwalt kommt durch eine andere Seitentür, nickt kurz dem klatschenden Publikum zu, um dann auch mit Akten zu hantieren.

Meegeren, siehst du mich? Drei Richter treten ein, ohne eine Miene zu verziehen. Meegeren, siehst du mich?

Als Otto noch in seiner Zelle saß, hatte ihm König, der Idiot, erzählt, wie das Prozedere vor Gericht abläuft: Lassen Sie sich nicht irritieren, jede Verhandlung ist wie ein Hochamt.

Hochverrat, sagt der Staatsanwalt vor dem Richtertisch, Kollaboration mit den Nazis.

Meegeren, siehst du mich?

Das Schlimmste aber ist die Ehrlosigkeit des Angeklagten, der sich aus Geldgier zum Gehilfen eines der übelsten Verbrecher der Menschheit gemacht hat. Der es wagte, die Seele des Volkes, ausgedrückt in Vermeers *Christus und die Ehebrecherin,* einem Ungeheuer zu verkaufen. Der auch noch zu behaupten wagt, das Bild selbst gemalt zu haben, nachdem ihn seine Nazifreunde nicht mehr beschützen können und am Galgen enden.

Der Mann redet irre, Meegeren hat es gemalt, und der dicke liebe Gott wird niemals am Galgen enden.

Statt sich zu seinem Verbrechen am Volk der Niederländer zu bekennen, versteckt sich der Angeklagte hinter absurden Behauptungen, die mehrere Gutachter bereits mühelos widerlegt haben, und sie werden das auch hier zum Vortrag bringen.

Meegeren, ich bin es, siehst du mich?

Der Prozess wird kurz sein, es liegen genügend Beweise vor, die den Angeklagten überführen.

Ich nehme nur die Schriftstücke, die uns die Alliierten überlassen haben, die Vollmachten Görings für einen Scharführer der SS namens Otto Kypscholl zum Kauf von *Christus und die Ehebrecherin* für zwei Millionen Gulden.

Was der Staatsanwalt weiter sagt, hört Otto nicht mehr, er wiederholt immer nur seinen Namen, was ihm augenblicklich jeden Mut, auch nur ein Wort von sich zu geben, nimmt. Er rutscht in den Stuhl, wäre da gern verschwunden. Otto schaut erst wieder auf, als jemand anderer vor dem Richtertisch spricht, ein Psychiater trägt ein Gutachten über den Angeklagten vor: Hochgradig neurotisch ist der Beschuldigte und von Ruhmsucht getrieben, neigt zu Irrationalem, ja, zur Gemeingefährlichkeit, ist dabei hochintelligent und voll zurechnungsfähig.

Von ihm, Otto Kypscholl, ist nicht mehr die Rede.

Der Vorsitzende unterbricht wegen der Mittagszeit für zwei Stunden, und Otto, als er wieder festen Boden unter den Füßen spürt, läuft aus dem Gerichtsgebäude, läuft über den Platz, vorbei an den Bordellen und den Geschäften mit Antiquitäten bis an eine der Grachten, wo er sich über das Geländer beugt und ins graue Wasser blickt. Otto hört noch immer die Stimme des Anklägers, der seinen Namen wie den von Meegeren ausgesprochen hat, der ihn sofort in Ketten legen würde, wenn er, Otto Kypscholl, aufstehen sollte, um die Wahrheit zu sagen.

Während am Nachmittag im Gericht weiter verhandelt wird, sitzt Otto in einer Kneipe und raucht, wie Madame Resolut es ihm gezeigt hat, mit Opium versetzte Zigaretten. Weil er müde wird, Beine und Arme schwer werden, als hätte er im Berchtesgadener Stollen stundenlang Gemälde geschleppt, sucht er sich ein Hotel zum Übernachten.

Er wird an der Rezeption gefragt, wann er Gesellschaft auf seinem Zimmer wünscht, gleich? Zum Abend? Nachts? Bezahlt wird die angebrochene Stunde.

Jaja, sagt Otto und schließt sich ein.

Am folgenden Morgen liest er vom Prozessauftakt in den Zeitungen, und weil sein Name nirgendwo genannt wird, kämmt Otto seine Tolle aus, kauft eine Brille mit Fenstergläsern und meint, unverdächtig wie ein Student auszusehen. So geht er ins Bezirksgericht, niemand beachtet ihn, und bleibt hinter der letzten Reihe nahe der Tür stehen.

Ein Gutachter namens Jean Decoen wird aufgerufen, er spricht laut und langsam und erklärt, mal dem Gericht, mal dem Publikum zugewandt, welche Kostbarkeiten die beschlagnahmten und hier ausgestellten Bilder darstellen. Diese Meisterwerke wurden mit neuesten technischen Verfahren untersucht, und es gibt nicht den leisesten Zweifel an der Echtheit. So verhält es sich auch mit *Christus und die Ehebrecherin*, sicher der Höhepunkt im Schaffen Vermeers. Zu behaupten, es ist eine Fälschung, ist ein Vergehen am Künstler, an den Holländern, an der Kunst, und der Gutachter fragt mit kräftiger Stimme, ob er, Meegeren, denn selbst glaubt, dass sich ein Kenner wie Göring und dessen Experten eine Fälschung andrehen lassen und dafür noch diese unerhörte Summe zahlen, ohne Meegeren anschließend im KZ zu vergasen?

Der Vorsitzende gibt mit einer Geste dem Verteidiger das Wort, der beantragt, dass sein Mandant vor dem hohen Gericht, der Anklage, den Gutachtern und den Zuschauern einen Vermeer in der Art Meegerens malt.

Ja, sagt Otto von der hintersten Reihe, es ist ihm herausgerutscht, und einige drehen sich zu ihm um. Otto denkt an Weglaufen, fragt sich, wie blöd er ist, hier herumzulungern, gar alles erzählen zu wollen, aber er sagt noch einmal laut und verständlich genug: Ja, dass sich wieder Einzelne zu ihm umdrehen.

Der Staatsanwalt entgegnet: Der Gerichtssaal ist keine Malstube.

Der Vorsitzende fragt den Verteidiger, was denn mit der Vorführung bewiesen werden soll, bei der erdrückenden Beweislage.

Nur die Wahrheit, sagt der Verteidiger.

Wie lange das dauert, will der Vorsitzende hören, man wünscht, zügig ein Urteil zu sprechen.

Zwei bis drei Wochen wenigstens, sagt der Anwalt, und der Richter, seine Handakte zuschlagend: Darüber entscheide ich morgen, und beendet die Sitzung.

Otto, wenige Schritte vom Ausgang entfernt, ist schnell an der Tür, aber noch schneller ist ein Reporter, der ihm ein Mikrofon hinhält und fragt, was er von der ganzen Sache hält.

Er hat ihn reingelegt, begreift ihr das nicht?, mehr bringt Otto nicht heraus, er wird abgedrängt und hastet wenig später wie ein Irrer durch die Straßen, und erst als Hunger und Durst ihn erschöpfen, sucht er sein Hotel auf, verlängert das Zimmer um eine weitere Nacht und bezahlt für eine Nutte, die er dann nicht hereinlässt.

Der Vorsitzende verkündet den Beschluss zum Antrag des Verteidigers: Das Gericht lehnt es ab, die ehrwürdigen Räume für eine Propagandaveranstaltung herzugeben, und das Publikum ist empört. Der Verteidiger liest daraufhin einen Brief an den Gutachter Decoen vor, der von einem Kollegen aufgefordert wird, trotz erheblicher Zweifel an der Echtheit von *Christus und die Ehebrecherin* bei der abgesprochenen Linie zu bleiben: Hohes Gericht, nicht Meegeren und seine Bilder sind der Skandal, sondern zwei Dutzend international anerkannte Experten, die im Wettlauf der Eitelkeiten den falschen Vermeer zu einem richtigen gemacht, dieses Gemälde zum Höhepunkt der Kunstgeschichte des Abendlandes erkoren haben und wider besseres Wissen ihre Meinung nicht ändern.

Der Verteidiger gibt den Brief einem Journalisten in der ersten Reihe: Wenn wir hier kein Recht finden, sagt er, dann vielleicht in der Weltöffentlichkeit, woraufhin der Richter den Brief für beschlagnahmt erklärt und die Saaldiener auffordert, ihn sofort zu kassieren.

Otto läuft mit hochrotem Kopf aus dem Saal: Er hat ihn reingelegt, warum begreift ihr das nicht?

Im Hotel nimmt er diesmal Gesellschaft mit auf sein Zimmer. Das Mädchen mit Glitzerrouge auf den Wangen und fettem Rot auf den Lippen bemüht sich nach Kräften, sie zieht ihn aus, tanzt in einem Tüllschal vor ihm herum, presst Otto an ihren Leib, aber er ist mit den Gedanken im Gerichtssaal.

Am nächsten Morgen liest Otto in der Zeitung von einem Tumult, von einer Verschwörung wider die Wahrheit, hinter der Nazis stecken, die noch immer ihre Finger im Spiel haben. Es klingt bedrohlich, und Otto zieht es in den Gerichtssaal zurück, wo nun selbst Stehplätze rar sind. Der Vorsitzende hat beschlossen, Meegeren doch im Verhandlungssaal malen zu lassen, und das Publikum klatscht Beifall.

Meegeren beginnt tags drauf vor dem Richtertisch, die Farbe von einem alten Bild abzuschleifen. Ein Gutachter hat zuvor die Leinwand auf dreihundert Jahre geschätzt, ein anderer die Farben für ebenso alt. Der Staatsanwalt muss wegen des feinen Staubs in der Luft niesen und sitzt fortan mit einem Taschentuch vor der Nase. Die Richter bearbeiten Akten, mustern gelegentlich mit strengem Blick das Publikum, das sich beim Abschleifen der Leinwand langweilt.

Er hat ihn reingelegt, seht ihr das denn nicht?

Dann entdeckt Otto schräg vor sich eine gelockte Löwenmähne, aber sie lässt die kräftige Nase und das massige Kinn von Lewy nicht verschwinden. Und eine Reihe weiter vorn bemerkt Otto noch jemanden: Er trägt eine dunkle Brille, die viel Gesicht verdeckt, aber der leere linke Ärmel verrät ihn doch.

Unterdessen nagelt Fritz Penkuhn ein großes Schild mit der Aufschrift »Haus Druschba-Freundschaft« über den Eingang des einstigen Gasthofs, erstes Haus am Platz, 41 von seiner Rostocker Tante geerbt, Anfang 45 von Bürgermeister Schlageter beschlagnahmt und ein halbes Jahr später durch Volkskommissar Schlageter der Gemeinde als Eigentum übertragen. Was sich auch nicht änderte, als die kommunistische Initiativgruppe aus Stralsund den Volkskommissar absetzte und als neuen Bürgermeister Ernst Lötzsch bestimmte, der nun im Gasthof wohnt, wo zuvor Oberst Dimitroff gewohnt hat. Lötzsch bestätigte als eine seiner ersten Amtshandlungen das Wohnrecht von Frau Anna und ihrem Kind im Gasthof, und dass Witwe und Hebamme Kosanke so lange bei Frau Anna wohnen kann, bis sie sich von den schlimmsten Folgen ihrer Lagerhaft erholt hat. Wegen der Lagerhaft stehen ihr nach der Verfügung der Zivilverwaltung Lebensmittelkarten der Kategorie I zu, Kosanke ist für Kategorie III berechtigt, weil sie als Krankenschwester hilft. Bürgermeister Lötzsch hat auch verfügt, dass Fritz Penkuhn als Hausmeister dem Bürgermeisteramt untersteht und im Druschba-Freundschaft wohnen darf sowie Lebensmittelkarten der Kategorie II bekommt.

Das Schild über dem Eingang hält, und Fritz winkt Regina zu, die mit der Kosanke am Fenster steht: Mach das ordentlich, damit der Herr Bürgermeister nicht klagen kann.

Hat sich wat, ruft Fritz.

Er geht in seine Kellerwerkstatt, wo er weitere Schilder beschriftet, die er in der zweiten und dritten Gasse aufstellen soll: »Bürger von Lanzerow, heraus zur ersten freien und demokratischen Gemeindewahl! Wählt die Kandidaten der Nationalen Front! Wählt Ernst Lötzsch!« Fünf Schilder schreibt Fritz Penkuhn für die Liberalen Demokraten: »Bürger von Lanzerow! Bewahrt, was Euch stark gemacht hat! Wählt Schlageter! Wählt Mulsow! Wählt Hennich!«

Fritz Penkuhn verteilt die Schilder und nimmt dabei Bestellungen für den Stralsunder Markt entgegen. Er kann, wenn er nachmittags vom Markt zurückkommt, gleich vom Druschba-Freundschaft aus verteilen, was er von dort mitgebracht hat.

Am nächsten Tag findet sich am Druschba-Freundschaft halb Lanzerow ein, um die Wahlrede von Bürgermeister Lötzsch zu hören, und obwohl Lötzsch bereits viele Male dort gesprochen hat, kommen die Lanzerower, denn jeder Auftritt verspricht Erheiterung. Selbst Regina, die noch nichts begreifen kann, freut sich an dem Singsang des Mannes. Lötzsch, verschanzt auf einem ausgemusterten Pritschenwagen der russischen Armee, Marke Sil und ein Geschenk von Oberst Dimitroff, winkt mit einem Megafon der russischen Armee, Marke MegaFon, Geschenk von Oberst Dimitroff. Vom Fenster winkt Regina zurück, Witwe Kosanke zieht einen Stuhl heran, um bequemer zusehen zu können, nur Anna stopft weiter Strümpfe.

Ä Eenzcher wird gee Glick findn, nur das Gollegdiv, sagt Lötzsch und wartet, bis das Echo auf dem Platz verhallt ist. Mir sinn dazu lange underwächens. Leite, Gommunismus is friehmorchens uffstehn, Gommunismus is Arbeid, Familche und Bolidig.

Regina klatscht vor Freude in die Hände, und die Kosanke zu Anna: Ich glaube, er meint Traktoren, Traktoren für Lanzerow.

Anna ist nun mit dem Annähen von Knöpfen beschäftigt, und die Kosanke zu Regina: Oder er meint Mähdrescher.

Regina fällt in den Singsang ein, es hört sich an wie Vor der Kaserne, und Anna summt mit, nur hört es im Zimmer keiner, weil Lötzsch ins Megafon brüllt, dass Hebamme Kosanke das Fenster schließt. Regina krabbelt zur Mutter, zieht sich an ihrem Kleid hoch und reißt an den Knöpfen. Die Kosanke fragt Regina: Kann ich euch nachher allein lassen? Es gibt bald Nachwuchs in Lanzerow. Und dicht vor Regina: Zwei Muttis bekommen Kinder, und ich hol die. Da lacht Regina und will Pferdchen spielen.

Schlageter steht nun auf dem Pritschenwagen und darf als Kandidat der Liberalen Demokraten reden. Einen Schritt hinter ihm bleibt Lötzsch in Habachtstellung, da öffnet die Kosanke das Fenster wieder.

Wisst ihr, was man im Kommunismus besitzt? Gar nichts. Wisst ihr, wie die Nationale Front euch zu Kommunisten machen will? In Umerziehungslagern. Wisst ihr, was ihr da dreimal am Tag dürft? Scheißen. Wisst ihr, was ihr dort täglich dreimal machen müsst? Stalin anbeten.

Mehr kann Schlageter nicht sagen, Bürgermeister Lötzsch reißt ihm das Megafon aus der Hand und erteilt Schlageter Platzverweis, der noch: Seht ihr, das ist Kommunismus, brüllt.

Abends, Regina schläft schon in ihrem Himmelbett, summt Anna die *Lili Marleen*, nun eine ganze Strophe, sogar Worte fallen: Vor dem großen Tor, stand eine Laterne, und steht sie noch davor. Die Kosanke hört es mit offenem Mund, läuft zu Fritz, der im Heizungskeller nach leeren Flaschen zum Abfüllen von Selbstgebranntem sucht: Sie redet. Anna redet.

Wat denn?

Noch singt sie. Sie hat einen Schlager von damals gesungen. Die Hebamme wuselt um Fritz herum, der stolpert über Flaschen und brummt, weil er seine Ruhe haben will. Vielleicht redet Anna nur manchmal. Er hat auch nie viel geredet. Wozu reden? Die Arbeit erledigt sich nicht durch Reden. Schlageter ist ein Quatschkopp, aber zustande hat er noch nichts gebracht. Bald hat Fritz Penkuhn ausreichend leere Flaschen für eine neue Abfüllung zusammen. Aber der Umstand, dass Anna nun reden kann, wo das Kind schon den ganzen Tag brabbelt, beunruhigt ihn. Noch mehr die Vorstellung, dass Anna ihn fortan zu allen möglichen Kleinigkeiten befragen könnte. Deshalb bleibt er über Mittag weg, macht das Nickerchen nicht mehr auf dem Sofa, sondern im Keller neben Ballons, in denen es gärt, und auch Anna bleibt mittags, solange Regina in ihrem Himmelbett schläft, nicht mehr im Haus. Weil die Kosanke das mit den Schwangeren erzählt hat. Und weil Schlageter nicht mehr Bürgermeister ist und der neue von nichts Ahnung hat, wie Kosanke sagt.

Anna unternimmt zuerst kurze Ausflüge in die letzte Gasse, entlang der Stadtmauer mit den Katen davor. Sie beobachtet, wer sie beobachtet. Aber mehr, als dass jemand kurz aufblickt, geschieht nicht. Später, in der zweiten Gasse, wo die besseren Häuser stehen, tuschelt auch niemand. Aber schwangere Frauen sieht Anna nicht. Da wartet sie, bis die Kosanke wieder eine von ihnen besuchen muss, weil deren Fruchtblase geplatzt ist. Anna folgt der Hebamme, kennt nun das Haus, in dem eine Schwangere wohnt, kann jedoch nicht zu ihr und geht über den Friedhof zur Treppe hinter der Mauer zum See. Ein kleiner Junge spielt da am Wasser, und jemand ruft: Olaf, nicht so weit.

Olafs Mutter, die auf einer Decke liegt, hat einen prallen Bauch, vielleicht einen Schwangerenbauch. Vielleicht sechster Monat.

Nachts träumt Anna von Imhoffs Operation an einer Hochschwangeren, deren Bauchaorta er zerschnitten hat; Blut schoss in sein und Annas Gesicht. Das Kind versank im Blut der Frau, und Imhoff fluchte über die Sauerei überall. Da schrickt Anna hoch und redet, was Fritz nicht verstehen kann, er ist verärgert, weil sie, die sonst schweigt, nun sogar nachts plappert wie Regina, und will Anna keine Geschichten mehr erzählen.

In der Bar des Hotels Jasmin, in dem Otto seit Beginn der Verhandlung gegen Meegeren wohnt, singt jemand: *Kann denn Liebe Sünde sein.* Er ist, die dicke Schicht Schminke verbirgt es nicht, schlecht rasiert und blinzelt Otto in der Tür zu: Na, Kleiner, und spreizt seine Finger auf einem kurzen Rock: So wolln wir uns da wiedersehn, bei der Laterne wolln wir stehn.

Otto starrt zur Bar, an der Amberg, Lewy und die rote Fliege sitzen. Otto ist bereit zur Flucht, aber da wendet sich Amberg um: Kypscholl, wir warten schon eine Weile auf Sie.

Die Welt ist zu klein für uns Kunstliebhaber, sagt die rote Fliege.

Keine Sorge, Kypscholl, unser Freund Lewy hat alle seine Aufgaben am alliierten Gericht wegen der Affäre Meegeren vorsichtshalber niedergelegt, er wird Sie in Ruhe lassen. Aber wie wir gesehen haben, redet Meegeren nicht, sondern malt dem Gericht etwas vor. Stehen Sie nicht so trostlos herum, Kypscholl, kommen Sie her.

Amberg spricht leise, klingt fast gefährlich, und Otto gehorcht, wie er es immer gemacht hat.

Vor zwei Jahren haben wir uns in Paris getrennt, damit Sie diesem Herrn in Königsberg das Bernsteinzimmer ausspannen, Sie haben es damals nicht bis Königsberg geschafft, aber vielleicht schaffen wir jetzt etwas gemeinsam. Bier oder Wein, Kypscholl? Sie sind ein erfahrener Mann, mit vielen Wassern gewaschen. An Ihrer Stelle würde ich allerdings Holland meiden, man könnte auf Sie aufmerksam werden. Ich könnte beispielsweise nicht nach Paris zurück. Mit Holland hatte ich nie etwas zu tun. Und der Herr Sonderbevollmächtigte des Generalgouverneurs kann nicht nach Polen oder nach Deutschland oder nach Italien, habe ich etwas vergessen? Und unser Freund Lewy kann derzeit nicht nach Frankreich, bis die Sache mit Meegeren vom Tisch ist. Aber Sie können nach Deutschland. Sie brauchen nicht einmal etwas zu befürchten, das Verfahren gegen Sie ist eingestellt, und wie mir unser Freund aus Paris mehrfach versichert hat, sind wohl bis auf wenige Ausnahmen sämtliche Akten, die wir beide damals angelegt haben, vernichtet worden. Ist das nicht kurios?

Am Türrahmen lehnt der Geschminkte und pfeift nun *Kann denn Liebe Sünde sein*, dabei eine Zigarettenspitze zwischen den Fingern drehend.

Ist das eine Bekanntschaft?, fragt Amberg.

Otto setzt sich auf einen Barhocker, zur Linken die rote Fliege, zur Rechten Amberg, der so leise sagt: Ich weiß nicht, inwieweit Sie den Kunstmarkt beobachten, dass Otto sich vorbeugen muss. Wenn man überhaupt von einem Markt reden kann. Er ist seit dem Zusammenbruch leer gefegt, es fehlt an qualitätsvollem Nachschub. Amsterdam ist momentan die einzige Stadt in Europa, in der man Kunst handeln kann. Da kommt diese Sache mit Meegeren sehr ungelegen, denn es verunsichert die Käufer, egal, wie das Urteil ausfällt. Was ist übrigens Ihre Meinung – wird er wegen Fälschung oder Kollaboration verurteilt? Meine Herren, kann ich Kypscholl verraten, dass wir Wetten auf das Urteil abgeschlossen haben? Von mir kann ich sagen, ich setze auf Kollaboration. Das wäre in unserem Sinn. Nun trinken Sie und schauen nicht so bedeppert. Und den Spaßvogel in der Tür kennen Sie nicht? Man muss vorsichtig sein. Was, glauben Sie, passiert in Nürnberg mit Göring? Wir haben auch darauf gewettet. Man wird ihn hängen.

Obwohl ich mir nur schwer vorstellen kann, wie diejenigen ihn heute hängen, die gestern noch mit ihm verhandelt haben. Aber wir leben, Kypscholl, und das verpflichtet.

Die rote Fliege beugt sich zu Otto: Wir betreiben hier einen bescheidenen Kunsthandel. Können Sie sich vorstellen, uns von Deutschland aus mit Bildern zu beliefern, die auf dem Schwarzmarkt oder aus unseren Depotbeständen auftauchen?

Unser Freund Clark hat uns schon so manchen guten Dienst erwiesen, sagt Amberg. Altmeister sind begehrt, noch begehrter sind allerdings Devotionalien aus den Sammlungen des Führers oder Görings. Wenn Sie da etwas für uns machen könnten? Wir beteiligen Sie mit zwanzig Prozent. Wir verkaufen nur seriös, nicht öffentlich. Unsere besten Kunden sind übrigens Amerikaner. Jüdische Amerikaner. Wo ist eigentlich Finkel?

Ich weiß es nicht, sagt Otto.

Sie sollten Holland verlassen, und wenn Sie etwas für uns haben, reicht ein Anruf, wir schicken jemanden, als Anzahlung gibt es zehn Prozent vom Schätzwert. Wartet dieser Spaßvogel in der Tür am Ende doch auf Sie, Kypscholl? Kann ich mir bei Ihnen gar nicht vorstellen. Wo Sie doch mit Madame Resolut so gut bedient waren. Lewy hat mir gesagt, die arme Frau ist in Paris vom Mob gelyncht worden. Warum hat der Franzose so wenig Kultur im Leib?

Dann steht wieder einer im Anzug vor Finkels Schreibtisch, die Wartenden haben ihm Platz gemacht, wie sie Finkel bei seinem Auftritt in der Bindermichl-Siedlung Platz gemacht haben. Finkel fragt nur noch, von welcher Zeitung und wie lange das Interview dauern soll, dann geht er in den hinteren Teil des Büros, wo Lilienthal sitzt und Post bearbeitet.

Wiener Abendblatt, er bittet um eine halbe Stunde.

Soll kommen, sagt Lilienthal, ohne aufzublicken.

Finkel ist weiter mit Anträgen beschäftigt, nimmt ausgefüllte Formulare für das *Buch der Namen* entgegen und hört vom Reporter die gleichen Fragen wie an den Tagen zuvor: Was Lilienthal zu den Urteilen von Nürnberg sagt, und Lilienthal antwortet wie zuvor, dass er kein Richter ist.

Aber dass Göring hängen wird, muss ihn, den Verfolgten des Regimes, doch mit Genugtuung erfüllen, Lilienthal entgegnet, dass er keine Rache will.

Aber, wendet der Reporter ein, er, Lilienthal, ist nun als Nazijäger weit über die Grenzen Deutschlands hinaus bekannt geworden, da er Franz Murer, den Schlächter von Wilna, ganz in der Nähe aufgespürt und den Behörden übergeben hat.

Und Lilienthal sagt, was er zuvor schon gesagt hat: Ist es nicht seltsam, dass jemand wie der Murer so lange davongekommen ist? Er hat als Großbauer in Gaishorn am See gelebt, und jeder da wusste, dass er blutige Hände hat.

Woher haben Sie die Informationen?, fragt der Reporter, und Lilienthal wird sagen, dass die Internationale Vereinigung ehemaliger politischer Häftlinge der Konzentrationslager in der amerikanischen Zone, deren Vorsitzender und Präsident er ist, Informationen aus aller Herren Länder zu den Verbrechern erhält, täglich sind es Stapel von Zuschriften. Die wichtigste Hilfe aber ist ihm das *Buch der Namen*, in dem, alphabetisch geordnet, jeder Schinder aufgeführt ist, an den sich die Leute in der Bindermichl-Siedlung erinnern können. Herr Finkel, wird er gleich rufen, würden Sie dem Herrn von der Presse die Einträge zu Murer zeigen, und als Lilienthal das herüberruft, zeigt Finkel dem Reporter Band M des *Buches der Namen* mit den sieben Einträgen zu: Murer, Franz, Spitzname Peitschenfranzl. Alles Zeugenberichte, die Finkel vorlesen muss, weil die Reporter die Schrift nicht lesen können. Finkel, mit dem Finger unter der Zeile: Hat im Sommer 43 ein Massengrab ausheben lassen, ich und noch vier andere mussten schaufeln, um sich die anzusehen, die er ein Jahr vorher erschossen oder mit der Peitsche umgebracht hatte.

Unglaublich, sagt der Reporter und fragt, ob Lilienthal denn vorher von Murer gewusst hat, während Finkel das Buch ins Regal zurückstellt.

Nein, ich kenne nur die Verbrecher, die andere und mich in Mauthausen gequält haben. Ich habe bis vor einem halben Jahr nichts von einem gewissen Adolf Eichmann gehört, er hat auch keinen Eintrag im *Buch der Namen*, aber Eichmann ist nach allem, was wir bislang wissen, hundert Mal schuldiger als Murer.

Ist man denn mit einem Toten auf dem Gewissen nicht gleich schuldig wie jemand, der fünf Menschen auf dem Gewissen hat?

Da dreht sich Finkel zum Reporter um, diese Frage hat noch keiner gestellt, und Lilienthal: Ich war in Nürnberg und habe Akten von dem Prozess gelesen. Hier, sehen Sie, das ganze Regal neben mir ist voller Akten aus Nürnberg, die mir von amerikanischer Seite überlassen worden sind. Dieser Eichmann hat wahrscheinlich sein Lebtag keine Pistole angefasst und erst recht keinen Galgenstrick gedreht.

Sondern?

Er hat das System zur Ausrottung der Juden erfunden.

Ein System?

Finkel stempelt und unterschreibt Anträge, sieht kaum auf und hört alles.

Ich habe zum Glück einen wunderbaren Mitarbeiter, ohne Elias Finkel wäre unsere Vereinigung heute nicht so weit. Wir haben eine klare Arbeitsteilung. Herr Finkel führt das *Buch der Namen*, er ist jeden Tag mit den Überlebenden, mit den Zeugen zusammen, ich suche nach den Schuldigen. Wir erhalten viele Informationen, denen muss ich nachgehen, und was in

Nürnberg an Bruchstücken ans Licht gekommen ist, setze ich hier zusammen.

Und wo ist dieser Eichmann?

Wir werden ihn finden.

Finkel hört die Verlumpten auf der Treppe und im Flur reden, er versteht nicht, was sie auf Galizisch, Jiddisch oder Polnisch sagen, aber er kann sich den Klang von Stimmen merken.

Der Reporter stellt noch eine Frage, die zuvor nicht gestellt wurde: Was wird mit Murer? Er behauptet, er ist unschuldig, Opfer einer Verwechslung.

Finkel hört Stimmen heraus, die bereits Entschädigung oder einen Pass beantragt haben, es nun unter anderem Namen wieder versuchen.

Wir haben hier Zeugen Fotos von Murer gezeigt, sie haben ihn an seinem Silberblick sofort wiedererkannt. Er wird nach Wilna überstellt, dort wird man verhandeln. Lilienthal hebt die Hand, will nicht mehr sagen, die Zeit ist bereits überschritten. Finkel begleitet den Reporter bis an die Treppe, den Weg durch die Wartenden muss er sich selbst bahnen.

Ein halbes Jahr später, am ersten warmen Sonnentag im März 47, öffnet Elias Finkel die Fenster des Büros in der Bindermichl-Siedlung, damit die verbrauchte Luft und der im Sesselpolster hängende Gestank des ewig qualmenden Kohleofens entweichen. Er atmet tief ein und meint, Blüten zu riechen. Im Kasernenhof spielen Kinder Fangen um die Schlange der Antragsteller, die weniger als fünfzig Personen zählt. Sie sind nicht mehr verlumpt, sondern neu eingekleidet, dank reichlich überwiesener Bestände des Roten Kreuzes. Finkel sieht die Antragsteller nur noch, wenn er aus dem Fenster schaut, denn seit Lilienthal ein Aufnahmebüro im Eingang des Kasernenblocks mit zwei Mitarbeitern hat einrichten lassen, kümmert er sich nur noch um die Formulare für das *Buch der Namen.* Er hat schwer lesbare Schriften entziffern gelernt, er weiß, dass Namen einer Person in vielen Varianten vorliegen. Namen, die mit einem Selbstlaut beginnen, bereiten am wenigsten Schwierigkeiten, und von ihnen sind im Register die meisten verzeichnet. Manchmal werden nur Spitznamen der Schinder aufgeführt oder deren Dienstrang oder Marotten oder nur eine Beschreibung ihres Äußeren.

Finkel arbeitet an diesem Morgen bei offenem Fenster. Bei Kindergeschrei schreckt er auf, zu ungewohnt sind die hellen Stimmen, und noch mehr bei Kinderlachen, dieser seltsamen Musik. Dann hat Finkel ein Formular vor sich, das sorgfältig und dicht mit Füller von jemandem beschrieben wurde, der in Berlin geboren und so alt wie Finkel ist, seit 37 in Paris gelebt hat und 43 nach Buchenwald kam, aber nichts über die Schergen im Lager schreibt, dafür über einen Sturmbannführer Amberg und einen Scharführer Kitscholl: Dieser hat in meiner kleinen Wohnung nach Kunstwerken gesucht. Kunstwerke hatte ich nie besessen. Meine Frau und ich wurden dem Sturmbannführer Amberg vorgeführt. Er wollte wissen, wo wir Kunstwerke versteckt haben. Kitscholl hat mir die Finger mit einem Schürhaken gebrochen, weil ich Geige spiele. Amberg hat meine Frau die Treppe hinuntergestoßen, unten hat sie sich nicht mehr bewegt. Ich habe sie nie wiedergesehen.

Das Formular ist mit Arthur Goldschmid, Block 3, Zimmer 44 unterschrieben. Finkel sitzt lange vor dem Papier. Er könnte es wegwerfen, und die Namen Amberg und Kitscholl kämen nicht ins *Buch.* Aber was, wenn Goldschmid noch andere Namen kennt, seinen?

Er macht sich auf den Weg zu Goldschmid in das angegebene Kasernengebäude. Der Mann liegt auf dem Bett, hält mit verkrüppelten Fingern eine Zeitung.

Finkel bittet um Nachsicht für die Störung und zeigt das Antragsformular: Darf ich Ihnen noch einige Fragen stellen?

Goldschmid richtet sich mühsam auf, bittet ebenfalls um Nachsicht wegen seines vernachlässigten Aussehens.

Mich interessiert, sagt Finkel, ob Sie weitere Namen nennen können, und sieht den Mann an, er, Finkel, wird nicht wegsehen, wenn Goldschmid weitere Namen sagt, und sei es der seine. Dann schließt sich der Kreis, und er hat die Antwort auf seine Frage, deretwegen er nach Palästina auswandern wollte.

Paris war schlimmer als Buchenwald, sagt Goldschmid, meine Finger haben sie mir in Buchenwald gebrochen, aber meine Frau habe ich in Paris verloren.

Wo haben Sie in Paris gewohnt?

In der Rue Saint-Denis. Kennen Sie Paris?

Ja, sagt Finkel und schaut ihn unverwandt an: Hatten Sie Freunde in Paris?

Freunde? Ja, den früheren Direktor der Nationalbibliothek, Julien Cain. Meine Frau und ich haben oft bei ihm zu Hause musiziert, das war vor 41. Zwei Jahre später habe ich Cain in Buchenwald wiedergetroffen. In Buchenwald habe ich auch Alfred Balachowski gesehen, den berühmten Arzt, er war bei der Résistance, ein Freund von Cain.

Warum hat man bei Ihnen nach Bildern gesucht?

Balachowski hat 44 im Außenlager mit deutschen Ärzten an Gefangenen Experimente durchgeführt, bei einem Doktor Imhoff. Er hat jedoch vielen das Leben gerettet. Manche behaupten, er hat gemeinsame Sache mit den Nazis gemacht.

Haben Amberg und Kitscholl auch bei Ihren Freunden nach Kunstwerken gesucht?

Was soll das jetzt noch?

Finkel, ob er, Goldschmid, den Namen Elias Finkel von seinen Freunden gehört hat. Aber Finkel fragt es nicht, weil

Goldschmid seine Zeitung vors Gesicht hält, die seine Krüppelhände zerknüllt haben.

Im Hof springt Lilienthal von einem Jeep der Amerikaner und ruft, als er Finkel aus dem Haus kommen sieht: Rasch, es gibt Neuigkeiten. Lilienthal klopft auf seine Aktentasche: Hier ist die Büchse der Pandora drinnen, Sie werden es kaum glauben, und legt seinen Arm auf Finkels Schulter, aber es ist keine freundschaftliche Geste, sondern ein Schieben, aus dem ein Stoßen wird.

Hier, Lilienthal klopft auf seine Tasche, hier gehts ums Ganze, wir werden uns bald vor Aufmerksamkeit nicht retten können.

Im Büro zeigt er Finkel einen sorgfältig gefalteten Zettel: So sieht der Kassiber eines amerikanischen Offiziers aus, und streicht das Papier auf dem Tisch glatt: Sehen Sie sich das an. Hier, Finkel, in der Mitte sitzt die Spinne, ihr Name lautet *Odessa*. Den hat sich die Spinne selbst gegeben. Und das ist ihr Netz, es reicht in alle Richtungen und ist riesengroß. Sie werden wissen wollen, wer oder was *Odessa* ist. Und Lilienthal, hastig an seinen Oberlippenbart greifend: Es ist eine Geheimorganisation von Nazis, die wir suchen. *Odessa* wird zusammengehalten von Bischof Alois Hudal, dem syrischen Botschafter in Rom und einem Bischof in Brasilien. Lilienthal faltet den Zettel zusammen: Ohne meinen amerikanischen Freund Franklin wüsste ich davon nichts. Aber das Unglaubliche kommt jetzt: In Franklins Einheit ist man der Meinung, *Odessa* nur beobachten zu müssen, statt das Rattennest auszuheben. Ich frage mich, wovor haben die Herren Amerikaner Angst? Franklin hat keine Angst, der Mann ist grundsolide, ein Versicherungsmensch, der will Gerechtigkeit, und Lilienthal trommelt mit den Fingern auf den Tisch. Deshalb hat Franklin mich vor drei Monaten aufgesucht und mir von *Odessa* berichtet. Sie werden mich fragen, warum ich Ihnen nicht schon viel früher davon erzählt habe. Weil die Sache so ungeheuerlich ist, dass sie erst von allen Seiten geprüft werden musste. Franklins Leute wissen noch nicht, wie *Odessa* finanziert wird. Franklin vermutet, *Odessa* verschafft sich Kapital durch den Verkauf geraubter Kunstwerke. Ich habe gleich an Sie gedacht.

An mich?

Was schauen Sie so erschrocken, Sie sind doch Kunstprofessor. Sie können helfen, Licht in die Angelegenheit zu bringen.

Finkel klammert sich an eine Stuhllehne und macht den Eindruck, als überlegte er, ob er Zeit für die Angelegenheit hat.

Von Kunst verstehe ich nämlich gar nichts.

Aber Finkel muss Halt am Stuhl suchen, weil der Boden schwankt, weil mit einem Mal zu viel auf ihn einstürzt, er meint, dass Goldschmid und Lilienthal längst alles über ihn wissen und nur noch auf sein Mea culpa warten.

Lilienthal legt den Zettel in eine Stahlkassette: Es wäre gut, Herr Kunstprofessor, wenn Sie mir heute Abend Gesellschaft leisteten, ich bin sonst in der Lage und brülle diese Dinge in die Welt hinaus, so hat mich das aufgewühlt. Wie naiv bin ich gewesen, und schlägt sich die Hand an den Kopf, zu glauben, die Alliierten marschierten ein und die Menschenschinder ließen sich von uns so einfangen wie der Murer. Die dümmsten Nazis haben sich umgebracht, die mit etwas Verstand haben sich versteckt oder haben rotzfrech wie Murer gelebt. Die intelligenten Nazis aber haben sich organisiert. Was machen Sie, wenn Sie aufgekratzt sind? Lilienthal knallt den Deckel der Kassette zu, es hört sich an wie ein trockner Schuss. Ich sammle Briefmarken, Finkel. Da staunen Sie schon wieder. Aber erzählen Sie das nicht weiter, Lilienthal geht mit großen Schritten durchs Zimmer: Am liebsten altdeutsche Marken von vor der Reichsgründung. Die haben so schön festes Papier und so kräftige Farben. Ich verrate Ihnen noch etwas, und bleibt ruckartig stehen, den Finger erhoben wie ein Dompteur: Ich tausche solche Exemplare auf dem Schwarzmarkt. Wenn ich unterwegs bin, bringe ich immer ein paar schöne Stücke mit. Manchmal sogar komplette Alben. Das hätten Sie mir nicht zugetraut?

Ich habe nicht darüber nachgedacht, sagt Finkel.

Das schätze ich so an Ihnen, Herr Kunstprofessor, nichts bringt Sie aus der Ruhe, Sie haben ein norddeutsches Gemüt. Man sagt, nur die aus Galizien sind noch sturer. Ich bin aus Galizien, aber bin ich stur? Wir werden *Odessa* auffliegen lassen, wenn es die Amerikaner aus welchem Grund auch immer nicht machen. Wir werden *Odessa* austrocknen, und dann werden sich Leute wie Eichmann, Mengele und Bormann überlegen müssen, wo auf der Welt sie noch bleiben können. Lilienthal schiebt die Stahlkassette in das Regal mit dem *Buch der Namen*: Wir brauchen ein anderes Quartier, wir müssen uns umsehen. Wir können die Presse nicht mehr in diesen schäbigen Kasernen empfangen. Wir sind eine internationale Organisation.

Finkel nickt nur, und seine Überlegungen, Lilienthal alles, restlos alles von sich, von Paris, von Amberg und Kypscholl, zu erzählen, scheinen ihm nur noch lächerlich; dieser Mann weiß entweder alles und es bedeutet ihm nichts, oder er will nichts wissen. Er kann Lilienthal nichts mehr von sich erzählen, weil Lilienthal ihn strafen und ihm vergeben würde.

Finkel, wo gehen Sie hin?

Welch ein Sonnenuntergang! Wenn du das malen könntest, ruft Elisabeth Kypscholl von der Terrasse Otto zu, der am Lieblingsplatz seiner Mutter vor einer Staffelei sitzt. Aber Otto malt weder Garten noch Villa, sondern Ansichten von Wien im Postkartenformat. Lasiert mit Wasserfarben, was er zuvor aus einem Fotoband durchgepaust hat: den Opernplatz, die Hofburg, die Ringstraße. Jeden Tag eine Postkarte, und mit jedem Tag gelingen ihm die Skizzen besser, aber zufrieden ist er nicht.

Dieses Licht, ruft Elisabeth, glücklich, dass Otto seiner Depression entkommen ist, die ihn bis in den Mai, noch Monate nach seiner Rückkehr aus Amsterdam und dem Tod von Meegeren, geplagt hat. Als er kaum noch aß und abgemagert war, nur noch in seinem Zimmer hauste. Am Ende hat sie die Tür des unerträglichen Fäkalgestanks wegen aufbrechen und das Zimmer renovieren lassen müssen. Otto hat Zuflucht auf dem Steg genommen, wo ihn das Licht, die Sonne und die Wärme kurierten. Ein Brief aus Amsterdam hat schließlich seine Lebensgeister geweckt: Lieber Freund, können Sie etwas in der Art auftreiben? Dreißig Prozent Beteiligung. Nächste Auktion im Juli. Wohne bei Meegerens Witwe in Laken. Es grüßt Sie A.

Dem Brief lagen ein Dutzend Fotos von Postkarten aus den Jahren 10 bis 13 bei, signiert mit AH. Otto hat sie immer wieder mit einer Lupe betrachtet. Wenn AH Gebäude gezeichnet hat, ist sein Strich sicher, das Motiv wirkt wie aus einem Guss. Barocke Paläste gelingen ihm, Menschen wirken verkrampft, Bäume und Blumen sehen aus wie Holzwolle.

Das ist Holzwolle, hat Finkel gesagt, wenn der Schüler Otto Kypscholl lustlos zeichnete.

Junge, was malst du Schönes?, ruft Elisabeth.

Für diesen Tag hat Otto die Palastfassade des Café Prückel ausgesucht. Er setzt, weil ihm Bäume nicht gelingen, in die rechte Ecke ein Pissoir, an dem er heftig herumradiert. Mal ist der Eingang zu schmal, mal zu breit, und die Ornamente am Pissoir sind Holzwolle. Stunden später liegen um ihn herum zusammengeknüllte Versuche, an denen entweder die Perspektive, die Proportionen oder die Details nicht stimmen. Mein

Gott, wie hat AH eine Pissbude aufs Papier gebracht? Otto schwitzt, die Fliegen werden an diesem schwülen Tag immer dreister und nippen schon in seinem Gesicht, da packt er zusammen, er wird in die Stadt fahren und nach einer Pissbude suchen.

Junge, gleich kommen der Herr Anwalt und Norbert Schultze zu Tisch, ich erwarte dich da, ruft seine Mutter von der Terrasse, aber er wird einen Teufel tun und sich mit dem Arschgeschwür von Anwalt an den Tisch setzen: Ich muss noch etwas erledigen.

Mach das später. Der Herr Anwalt will mit dir reden, und unser Komponist möchte uns etwas Neues vorspielen.

Otto lässt das Auto seiner Mutter am Kudamm und sucht in den Seitenstraßen, am Savignyplatz und an U-Bahnstationen, fragt fliegende Händler, die ihm Glühbirnen und Fahrradschläuche anbieten, er kann auch Wundpunder, Mullbinden und Pflaster haben.

Eine Pissbude?

Aspirin und Ampullen mit Salmiak, bei Ohnmacht unter die Nase zu halten, aus Restbeständen der Wehrmacht.

Eine Pissbude für AH.

Dit is extra knorke, sagt ein Händler über Nylonstrümpfe, verpackt in Briefumschlägen: Kannste den Puppis in Pension Clausewitz schenken, hast ne Nummer frei.

Ottos Ausflug endet in der Clausewitzstraße 4, neben der Tür ein Messingschild: »Pension Clausewitz«. Im dritten Stock soll sich ein Bordell befinden, betrieben von einer Madame aus Paris. Vielleicht hat Madame Resolut doch überlebt? An der Straßenecke klebt jemand Plakate an die Litfaßsäule: »*Die Mörder sind unter uns* – in der Hauptrolle Hildegard Knef«, das liest er noch, dann blickt Otto zu einem schwarzen Mercedes, und der Mann, der sich wegen seines Bauches und Hinterns aus dem Wagen winden muss und dann dem Plakatkleber etwas vorfuchtelt, erinnert Otto an Spieß Blond.

Zurück auf dem Kudamm, er findet keine Pissbuden, blickt Otto lange in das Schaufenster eines Kunstauktionshauses. Zwei komplette Zimmer mit Paneelen, Kamin, Mobiliar und Gemälden sind ausgestellt. Eine Frau, deren Pinscher ans Geschäft pinkelt, sagt zu Otto: Wie bei Königs, aber wir haben keinen König mehr.

So könnte er sich einrichten, nur prächtiger, denn was da ausgestellt ist, hält keinem Vergleich mit seinen Sachen stand. Er braucht eine Wohnung, weit weg vom Wannsee, am besten hier. Und geht noch einmal in die Clausewitzstraße, der kleine Fettsack, der Spieß Blond so ähnlich sieht, verlässt gerade Nummer 4 und steigt beschwingt in den Mercedes. Er geht von Haus zu Haus, leere Wohnungen findet Otto in fast jedem. Wohnungen mit acht Zimmern, Flügeltüren, Parkett. Leer geräumt. All seine Schätze hätten hier Platz, er könnte endlich mit ihnen zusammenleben. Wie Otto die Zimmer einrichten würde, weiß er sofort, seine Geliebte wird Mittelpunkt sein, wird ihren Platz im größten der Zimmer, im Salon mit den großen Fenstertüren zum Balkon, haben. Über der Kaminuhr wird er seinen Kristallleuchter und an die Wände die Ansichten von Warschau hängen. Er wird nicht jedes der Zimmer sofort ausstatten können, Kommoden, Spiegel, Teppiche fehlen, kann sich diese Dinge jedoch auf dem Schwarzmarkt besorgen. Niemand wird ihm mehr erzählen, was er zu tun und zu lassen hat, nicht der Totenhochtreiber, nicht der Anwalt, nicht Clark, nicht Amberg. Hier entscheidet er allein, ob er weiter AH-Postkarten fabriziert oder ob er dem Einarmigen sagt, dass er zehn Mal lieber mit Franzke aus Russland zurückgekommen wäre. Dann bemerkt Otto die abmontierten Heizkörper, nur die gusseisernen Löwenkrallen zum Halten sind in den Wänden geblieben. Auch die Stromkabel sind herausgerissen, die Wasserleitungen. Nicht anders die Wohnung darüber und darunter. Bei »Möblierte Pension zu vermieten« schaut er rein.

So ein stattlicher junger Mann, wird Otto begrüßt und könnte für etwas Abendunterhaltung günstig wohnen.

Ekel. Und noch mehr Ekel empfindet Otto in der elterlichen Villa, weil ihm seine Mutter so laut entgegengreint, dass er gleich kehrtmachen würde, hätte er genügend Geld.

Hermann, sie lassen ihn nicht frei, sie lassen Hermann nicht frei.

Hat dich dein Anwalt nicht beglücken können? Diese dicken Kullertränen für den Drecksack von Totenhochtreiber. Und Schultze? Hat er dir keine Flötentöne beigebracht? Um sich seine Mutter vom Hals zu schaffen, schiebt er Elisabeth vor den großen Spiegel, drückt ihr Gesicht an das Glas, die von Tränen zerlaufene Schminke lässt ihr Gesicht mit den Altersflecken zu einer Fratze werden, wie Goya sie geliebt hätte.

Warum quälst du mich? Bist du mein Sohn?

Otto knautscht ihre Haut, dass die Fratze zur Groteske wird: Ich ziehe aus. Ich habe eine eigene Wohnung. Morgen bin ich verschwunden.

Hastig verlässt er das Haus, um nicht ansehen zu müssen, wie aus der Groteske eine Monstervisage wird, an der selbst Goya verzweifelt wäre, fährt mit dem Wagen seiner Mutter bis zum Kudamm Ecke Clausewitzstraße und geht in die Nummer 4. Die Klingel der Pension, ein bronzener Stierkopf aus der Kaiserzeit, drückt Otto öfter, schaut, als würde er abgelichtet, in den Spion, und als die Tür so weit offen steht, wie es die Sperrkette zulässt, riecht er süßliches Parfüm.

Na, junger Mann?

Ich brauch was zum Anfassen.

Da lacht und hustet die Stimme gleichzeitig: Mädels, dit jibt Arbeit, da braucht eener wat zum Anfassen, und zieht die

Sperrkette von der Tür. Otto steht einer untersetzten Frau mit aufgetürmten Haaren gegenüber, in deren Dutt Glitzersteine stecken und an deren Fingern Ringe funkeln, die aber niemals Madame Resolut ist.

Dit hat noch keener zu meine Mädels jesagt, wat zum Anfassen, ick lach mir n Ast, und lässt die Tür weit offen: Wat nu, kommste rinn?, und Otto hört schon im Flur: *Ich bin von Kopf bis Fuß auf Liebe eingestellt.*

Der braucht wat zum Anfassen, und die Puffmutter stellt vor: Die is neunzehn, aber dit is jelogen. Die is jünger, anjeblich Waise, gloob ick nich. Und die will vom dicken Jöring sein, weeß ick nich.

Es sind aber die Augen vom dicken lieben Gott, Otto erkennt das sofort, und auch ihr Kinn zum Furchenziehen ist seins.

Jut wat zum Anfassen, sagt die Puffmutter: Heest Karin, dit passt, dit erste Frauenzimmer vom dicken Jöring hieß ooch so.

Karin rutscht vom Barhocker, sie ist kleiner, als Otto vermutet hat, ihre Brüste sind es nicht.

Hinsehen kann Otto, für alles andere verlangt die Puffmutter Vorkasse: Dit janze Programm vierzig die Stunde. Oder jute Zigaretten, und kneift Karin in den Hintern: Der Ring von Mutter is jetzt Butter, dit gute Meißener brachte Kohlen her, is allet zerronnen, wird Minnis Unschuld jenommen, und lacht, dass ihr die Luft wegbleibt.

Otto bezahlt für eine Stunde, mehr Geld hat er nicht, und gibt eine Schachtel Amikippen.

Karins Bett endet an der Bretterwand, die ihr Zimmer teilt. Sie zieht ihre Bluse aus, den Büstenhalter soll Otto öffnen, um dann ihre Brüste: Gefallen sie dir?, zu bewundern. Otto vergisst die Gucklöcher in der Trennwand, er muss diese Brüste fühlen und sein Gesicht hineindrücken, dass Karin rücklings aufs Bett fällt.

Du gehst ja ran.

Otto riecht unter ihren Achseln, in ihren Haaren, es macht ihn trunken, er wühlt, er hört nicht mehr, was sie sagt, er will sich mit ihrem Fleisch zudecken, und als Karin stöhnt, gerät er in Raserei, er könnte in das Fleisch hineinbeißen, er könnte zur Bestie werden, Madame Resolut hat es ihm gezeigt, hat ihn zum Fleischfresser gemacht.

Aber die Puffmutter klopft so heftig gegen die Bretterwand, dass es auch Otto hört: Langsam is die Stunde um.

Von Otto fällt die Anspannung ab, als hätten Arme und Beine kein Gewicht mehr, seine Haut klebt von ihr, das ist sein Schutzpanzer, der macht ihn unverwundbar, er würde sich wieder auf Karin stürzen, wenn die Puffmutter nicht erneut gegen die Bretterwand klopfte. Ihm bleibt nur, Karins Rücken zu streicheln und Grimassen in Richtung Guckloch zu ziehen.

Fünfhundert Mark gebe ich dir, sagt Elisabeth Kypscholl zu Otto im dunklen Flur gleich hinter der Tür, dass er erschrickt. Er hat keine Möglichkeit, sich wegzuschleichen, um das schöne Gefühl, das Karin ihm bereitet hat, zu erhalten.

Fünfhundert Mark jeden Monat, wenn du mich nicht verlässt. Mehr habe ich nicht übrig.

Otto geht zur Treppe, damit sie ihn nicht anfasst, weil Karin ihn zuletzt angefasst hat.

Du kannst in die obere Etage einziehen. Ich lasse vier Zimmer für dich renovieren. Eine eigene Küche und ein eigenes Bad gehören dazu.

Otto sieht nur die Silhouette seiner Mutter, und ihre Stimme klingt weder versoffen noch verheult, sondern so, als wollte sie singen.

Es ist mein Haus, Vater wird dir die Wohnung nicht streitig machen, ich habe das mit Anwalt König geregelt.

Tausend Mark pro Monat, sagt Otto. Weil er fünfhundert als Entschädigung für eine greinende Mutter verlangt und fünfhundert, damit er nicht mehr die AH-Postkarten für Amberg anfertigen muss.

Zwei Wochen benötigen Handwerker für den Umbau.

Die Kaminuhr aus Heiliglinde bringt er zuerst in seinen Salon und stellt sie auf den Kaminsims, dann folgt der Stuhl aus dem erotischen Kabinett der Zarin, an die Wände hängt er zwölf Stadtansichten aus dem Warschauer Schloss, auf der Kommode stehen Silberleuchter aus dem Palais Rothschild, im hinteren Zimmer, wo er sein Bett so hinstellt, dass er durch die geöffnete Tür auf den Kamin sehen kann, hängen alte Meister, Kategorie eins, im Louvre vom dicken lieben Gott versehentlich aussortiert, also nicht mehr existent und von Otto gerettet.

Er verlässt die Wohnung, wenn seine Mutter schläft. Dreißig Minuten braucht er mit ihrem Auto bis in die Clausewitzstraße. Die Puffmutter hält Karin ab elf Uhr abends für Otto reserviert, Otto bezahlt mit Geld, dazu Wein aus dem Regal seiner Mutter, angeschleppt mal vom Anwalt, mal von Schultze.

Als er einmal den ausgemachten Absprung nicht schafft und erst morgens in seiner Wohnung ist, sagt Elisabeth auf der Treppe: Sie wollen Vater nicht mehr freilassen. Sie sagt es ruhig, sie hätte auch: Ich möchte Tee trinken, sagen können.

Otto riecht an seinen Fingerspitzen, da ist Karin, an seinem Hals ist sie, vielleicht hat sie ihn bei der letzten Nummer auch angepisst, dann ist so viel Zauberkraft von ihr an ihm, dass sie ihm die Mutter vom Leib hält.

Der Herr Anwalt muss die Firma allein durchbringen, wenn du nicht einspringst.

Ich habe mit der Firma nichts zu tun.

Aber die Firma bezahlt dich. Das sagt Elisabeth so entschieden, dass Otto verwundert: Seit wann das denn?, fragt und wieder an seinen Fingern riecht, aber Karins Zauberkraft bringt Elisabeth nicht zum Schweigen.

Was glaubst du, woher das Geld stammt, das ich dir gebe? Und was ich dir noch alles dazustecke, ist auch aus der Firma.

Ich habe nichts unterschrieben.

Aber du nimmst, als hättest du unterschrieben.

Der Tonfall ist Otto unheimlich. Ausziehen? Antiquitäten verkaufen? Er wird niemals eine Firma für Rasierapparate übernehmen, wie das Arschgeschwür und der Totenhochtreiber sich das denken.

Beim nächsten Mal gelingt Otto das Pissoir vor dem Café Prückel beim ersten Versuch. AH hätte nie, da ist er sicher, ein Pissoir anders gezeichnet. Otto schreibt Amberg, dass er auf dem Schwarzmarkt tatsächlich zwei mit AH signierte Postkarten aufgespürt hat, eine Ansicht des Café Prückel in Wien, aus dem Jahr 10, und eine von der Ringstraße, von 1911, legt Fotos von seinen Postkarten dazu und fügt hinzu, dass er ein Angebot erwartet. Vielleicht, weil ihm AH gelungen ist, vielleicht weil ihm Karins guter Geist beigestanden hat. Er braucht Geld, viel Geld, und zeichnet nun keine Barockfassaden mehr, sondern Akte. AH hat auch Akte gemalt.

Karin sitzt, liegt, steht ihm Modell. Otto hat keine Ahnung, wie hoch Devotionalien von AH im Kurs stehen. AH ist tot, der dicke liebe Gott ist tot, Meegeren ist tot. Aber er, Otto Kypscholl, lebt und vermag den Geist des Führers wiederzubeleben, wird ihn wiederbeleben.

Fünf Stunden am Vormittag ist Karin bei ihm, wofür die Puffmutter eine Ablösesumme von täglich hundert Mark erhält. Vier Stunden sitzt Karin Modell, in der letzten Stunde fallen sie übereinander her, auf dem Bett, auf dem Tisch, auf dem Boden, schwimmen danach im Wannsee. War er jemals glücklicher?

Die Häuser an der Uferpromenade von Neapel leuchten in der Abendsonne. Doch der Himmel ist Finkel zu blau, zu nordisch klar.

Wir werden heute noch die Presse einbestellen, Finkel. Sie informieren die großen Blätter, ich will die alle hier haben, es wird eine Sensation.

Vor der Uferpromenade ankern zwei Segler. Ist das der Strand, an dem Goethe entlangspazierte? Wo Lady Hamilton ihre Attitüden einübte? Hat Lord Byron dort seinen geliebten Knaben gefunden?

Ich habe jetzt alle Dokumente zusammen, Finkel. Wir beide tragen gemeinsam vor. Wir reden eine halbe Stunde, der Presse geben wir zehn Minuten für Fragen. Kurze und präzise Antworten, Finkel, keine langen Erläuterungen, das verwirrt die nur.

Badende klettern an einem der Segler hoch, Finkel bemerkt sie erst jetzt. Sie sind nackt, ihre Haut ist von der Sonne fast rötlich.

Es wird ein Erdbeben geben, Herr Kunstprofessor, und danach kann sich keiner der Nazis mehr sicher fühlen, egal, wo er sich verkriecht. Wir werden jeden finden. Ich habe die Beweise hier, und wir präsentieren sie heute der ganzen Welt. Ich werde der Presse als Erstes die Geheimorganisation der Nazis vorstellen. Dann sage ich etwas zu deren Kapitalbeschaffung. Ich kann zweifelsfrei beweisen, dass *Odessa* die Flucht von Nazis mit dem Gold, den Wertpapieren und dem Schmuck der römischen Juden finanziert, die 44 umgebracht wurden. Sie, Finkel, werden einen der Drahtzieher dieses ungeheuren Skandals vorstellen. Wir nennen Ross und Reiter, ohne jede Rücksicht. Bischof Hudal ist einer der Drahtzieher in der Geheimorganisation. Auch wenn er im Vatikan hockt, werden wir ihm das Handwerk legen und *Odessa* beseitigen.

Kommt noch ein Segler?

Kein Nazi wird sich mehr mit von Juden geraubtem Gold in Sicherheit bringen. Das ist eine große Genugtuung, Finkel, darauf habe ich viele Jahre gewartet.

Die Farben des Wassers und des Himmels beruhigen Finkel, auch wenn das Blau zu blau ist.

Wir werden der Presse auch das *Buch der Namen* zeigen. Jeder soll sehen, dass wir die Mörder der Vergasten und Erschossenen kennen, wir kennen ihre Namen, wir werden sie finden.

Seitdem er mit Goldschmid über Farben reden konnte, schwindet Finkels Hass auf sie.

Wir werden auch jene nennen, die *Odessa* unterstützen. Wir kennen bislang nur diesen amerikanischen Kunstschutzoffizier Clark. Er raubt Kunst, wo er kann, lässt die Werke in Amsterdam versteigern und gibt das Geld der Geheimorganisation. Nicht zu vergessen, das angeblich im Toplitzsee versteckte Gold der römischen Juden. Nach den Presseberichten werden sie kalte Füße bekommen und versuchen, das Judengold aus Rom schnell in Sicherheit zu bringen. Diesen Augenblick passen wir ab, Finkel. Wir hängen uns an ihre Fährte, und dann stellen wir sie bei ihrem Raubzug.

Jetzt wendet Finkel die Karte, die ihm Goldschmid aus Neapel geschrieben hat. Jeder Buchstabe ist seiner verkrüppelten Hand abgerungen. Goldschmid wird jetzt in Palästina sein. Vielleicht schreibt er ihm noch einmal, wenn er einen Ort gefunden hat, an dem er sein kann, was er immer sein wollte: Gärtner. Goldschmid hätte ein Freund werden können. Mit ihm hat Finkel über die Sammlungen der Pariser Juden gesprochen, die er schützen sollte und nicht geschützt hat. Goldschmid hat erzählt, dass er im Lager Buchenwald den Kapo bestochen hat, damit ein anderer als er in der berüchtigten Baracke von Doktor Imhoff abgeliefert wurde.

Zwei Tage nach der Pressekonferenz hastet Lilienthal in Finkels Büro, der über einem Band des *Buches der Namen* gebeugt sitzt: Es geht los, kommen Sie. Lassen Sie alles liegen, die Falle schnappt zu.

Ein GI aus dem Kommando von Franklin fährt beide im offenen Jeep zum Toplitzsee. Lilienthal, seine Aktentasche fest umklammernd, kann seine Anspannung nur schwer unterdrücken: Die Gegend erinnert mich an meine Heimat, Buczara, bei Lemberg. Kennen Sie Galizien? Aber was soll ein Kunstprofessor in Galizien? Unser Haus stand an einem Fluss, und dahinter ging es hoch in die Berge. Da hatten wir unsere Höhlen. Alles, was wir den Zigeunern geklaut hatten, versteckten wir dort oben. Dabei konnte man denen gar nicht viel klauen. Aber es wurden immer mehr und wir eingesessene Juden immer weniger. Sie machen einen unzufriedenen Eindruck, Finkel. Man muss aufpassen, dass es einem nicht den Kopf vernebelt. Hatten Sie Freunde in Ihrer Kindheit? Ich hatte nur wenige. Mein Vater stand den ganzen Tag im Geschäft. Kolonialwaren, meine Mutter hat ihm geholfen.

Spätestens jetzt wird Goldschmid in Palästina sein. Aber er, Finkel, bleibt in Linz, wird dort Buße tun.

Auf dem Feldweg schaukelt der Wagen derart, dass Lilienthal das Sprechen schwerfällt: Wir müssen aufpassen, dass uns Clark am See nicht vor der Zeit entdeckt. Jeder Schritt muss überlegt sein.

Als Lilienthal Lastwagen am Ufer des Sees erkennt, lässt er halten und hastet mit Finkel weiter. Sieben, zwölf, fünfzehn Soldaten zählt er. Pioniere bringen in Schlauchbooten Taucher zu roten Markierungsbojen in der Seemitte, andere Taucher werden ans Ufer gebracht.

Die haben schon Kisten hochgeholt, sagt Lilienthal, wir haben sie erwischt. Finkel, fotografieren Sie, und Lilienthal kann nicht mehr an sich halten, als Pioniere Kisten öffnen, aber nur neue Sauerstoffflaschen für die Taucher herausholen. Das jedoch sieht Lilienthal nicht mehr, er ruft mit so kräftiger Stimme, über die sich Finkel wundert, dass alles aus dem See im Namen des Jüdischen Komitees beschlagnahmt ist, stellt sich vor die Kisten mit den Sauerstoffflaschen, seine Tasche wie ein Gewehr haltend.

Clark mustert Lilienthal von weitem und ruft ihm zu, dass er sofort das Sperrgebiet zu verlassen hat. Lilienthal nimmt ein Schreiben aus der Tasche: Ich habe den Alliierten unmissverständlich unsere Ansprüche auf die Kisten kundgetan, ich habe hier die nötigen Unterlagen, ich beschlagnahme alles, was aus dem See geholt wird.

Guter Mann, sagt Clark, Sie behindern eine militärische Aktion.

Wer sagt das?

Ich, weil ich den Einsatz leite. Ich kann nicht riskieren, dass Zivilisten dabei Schaden nehmen.

Lilienthal zerrt aufgebracht an Clarks Uniform, bis GIs gelaufen kommen, um Clark beizustehen. Finkel fotografiert, bis man ihm die Kamera wegnimmt und ihn wie Lilienthal in Handschellen abführt. Im Laster werden sie an die Bordwand gekettet und sitzen dann bei heruntergelassener Plane im Dunkeln.

Schlageter ist es im Juni 47 gelungen, jeden Auftritt von Bürgermeister Lötzsch zur Posse werden zu lassen: Was braucht Lanzerow einen Kommunisten, wenn ihn kein Mensch versteht? Wissen wir, was gommunisdisch disgudieren ist? Wissen wir, was mär Engaschmeng in Feldbrodugschon ist? Wissen wir, was Gollegdivierung werden soll?

Fritz Penkuhn wurde von Lötzsch verpflichtet, seine Ansprachen für die Lanzerower zu übersetzen. Das ließ Fritz Penkuhn selbst zum Gespött werden, weshalb die Kosanke beschlossen hat, dem Bürgermeister unter Zusage von weiteren Bezugsscheinen für Kohlen Sprachunterricht zu geben, jeden Morgen eine Stunde im Zimmer von Frau Anna, die dabei auch Wörter lernt, und zur Freude der eineinhalbjährigen Regina, die nachplappert, was Lötzsch nicht sagen soll.

Nach wenigen Tagen weiß die Kosanke, wie sie mit allen dreien fertig wird, indem sie Lötzsch: Gobbe odo Nischel, sagen lässt, was Anna übersetzen muss.

Is Kopp, damit die Witwe dem Bürgermeister endlich das richtige Wort vorsagen kann: Bregen.

Lötzsch muss es zehn Mal wiederholen, und dann soll er nur noch von Bregen oder Kopp reden. Und dann in ganzen Sätzen.

Meint Lötzsch: Had nischd im Gobbe, sagt Anna: Is dumm im Bregen.

Und die Kosanke sagt, wie es heißen muss: De hett bloots Asch in n Kopp.

Es gibt Wörter, die Lötzsch schwer aussprechen kann oder die ihm verdächtig sind. Dann beharrt der einstige Aktenträger im Rathaus zu Leipzig, nach dem Krieg Mitglied der KPD und eilig umgeschult, um den Wiederaufbau von Leipzig mit zu organisieren, aber danach nach Lanzerow delegiert, auf seiner Sprache, in der es nur: Broledarier gibt.

Das übersetzt Anna mit: Is Bauer, und die Kosanke stellt richtig: Buur. Zehn Mal wiederholt die Kosanke Buur, zehn Mal sagt Lötzsch Broledarier.

Es gibt Tage, an denen Lötzsch derart rückfällig wird, Mer gibben uns keen mähr hinner die Binde, dass sie dem Bürgermeister Bösartigkeit unterstellt und laut wird. Lötzsch wird es auch und fragt, was das ewige Gesaufe mit der neuen Zeit zu tun hat, und die Kosanke sagt, in Lanzerow gibt es keine neue Zeit, aber eine Sprache, die jeder Lanzerower versteht, und in dieser Sprache kommen die Wörter Buur, Narrsch, Kopp und vor allem Buddel und Kööm häufig vor.

Agzebdiere ich nich, mer gibben uns keen mähr hinner die Binde, antwortet Lötzsch und beruft eine Versammlung in den Gastraum von Haus Druschba-Freundschaft ein, um über die Schädlichkeit des Alkoholkonsums zu reden. Darunter leidet die Produktion von Erntegütern genauso wie die Maschinen, die nicht pfleglich genug behandelt werden.

Die Lanzerower lachen über den besoffenen Singsang von Lötzsch, bis er erneut rückfällig wird: Nu bassd ma uff, mit däm Deader is nu Schluss, dass auch Anna mit Regina auf dem Schoß lacht. Regina singt dann noch in ihrem Bett: Deader, Deader, und Anna summt mit.

Fritz Penkuhn ist der Sprachunterricht für Anna unheimlich. Sie kennt längst genügend Wörter, um zurechtzukommen, sie braucht keine weitere Hilfe mehr von der Kosanke. Und wenn Anna redet, sind das manchmal komische Sätze, hört sich an wie Blödsinn, und um den nicht hören zu müssen, bleibt Fritz lieber bis spät in seiner Brennerei im Keller des einstigen Gasthofs, um Schnaps abzufüllen. So groß ist auf dem Stralsunder Schwarzmarkt die Nachfrage nach seinem Apfelschnaps, dass ihm die Flaschen nicht reichen, die Äpfel auch nicht, und die neue Ernte wird erst im August reif.

Anna vermisst ihn nicht, weil sie mit der Kosanke schwangere Frauen besucht. Ob sie mal mitkommen möchte, wenn sie zu den Hochschwangeren geht, hat die Hebamme Anna gefragt, ob sie sich traut, einer Geburt zuzusehen. Vielleicht kannst du eines Tages sogar meine Hilfshebamme werden?, hat die Kosanke gesagt. Anna fiebert jedem Schwangerenbesuch entgegen, schläft unruhig, und noch mehr Unruhe überkommt sie, wenn sie der Kosanke bei ihren Untersuchungen zusieht. Da möchte sie den prallen Bauch streicheln, ihr Ohr daranhalten, mit ihren Händen das Strampeln fühlen, das reicht ihr, da wird sie ruhig.

Ruhig atmen, sagt die Kosanke zur Schwangeren, und Anna atmet dann auch ruhig, mehr will sie nicht. Wenn die Kosanke nach dem Fruchtwasser schaut, wendet Anna sich ab. Wenn die Wehen kommen, hält Anna sich die Ohren zu. Bei einer Geburt schreit Anna mit der Gebärenden, weil deren Blut Anna rasend macht, weil sie den Blutgeruch aus Buchenwald nicht mehr loswird und den Anblick von Blut auch nicht erträgt, weil Siegfried verblutet ist, erst verblutet, dann in Benzin verbrannt. Da schreit Anna ins Geschrei der anderen Frauen nach Otto, und es braucht Tage, bis sie sich beruhigt, in dieser Zeit trinkt Fritz doppelt so viel Selbstgebrannten, und die Kosanke sagt zu ihm: Anna macht das gut, sie wird mal meine Hilfshebamme, willst du das, Anna?

Ja.

Otto, wie ein kleines Kind bettelnd, damit Karin ihm weitere Geschichten vom dicken lieben Gott erzählt, reibt ihre Brüste mit klebrigem Likör ein. Er leckt sie ab, dass Karin wieder in Fahrt kommt, die ihrerseits Likör auf Otto verschüttet. Ist sie in Fahrt, gibt es jeden Tag mit ihr eine andere Tour durchs Fleisch, nur rein, raus langweilt sie. Manchmal fürchtet Otto sein Ungestüm, denn wer unter, neben oder über ihm liegt, ist eine Tochter des dicken lieben Gottes. Nie war Otto ihm näher, und auch nicht AH, dessen Postkartenmotive er nun mühelos zeichnet und an Amberg verkauft. Amberg bezahlt ihn gut, für das Café Prückel mit Pissoir und die Ringstraße bereits dreitausend Mark. Es ist sein erstes selbst verdientes Geld seit seiner Entlassung aus dem Gefängnis. Abgesehen von Gelegenheitsverkäufen, bei denen er Schmuck aus seinem Depot zu Geld macht, um Karin zu bezahlen.

Karin versprüht Parfüm zwischen Ottos Beinen, damit ihm die Haut brennt, dass er sich in ihr abkühlen muss, dann brennt es auch in ihr, und sie möchten sich die Haut vom Leib reißen. Bis Blut dazwischen schmiert, aber nicht von abgerissener oder durchstoßener Haut, sondern Otto läuft es aus der Nase. Sie machen weiter, nun likörverklebt und blutverschmiert, bis er so stark blutet, dass Karin ihm ein nasskaltes Handtuch auf die Stirn drückt: Mich störts nich, aber du solltest doch mal zum Menschenklempner.

Wie er da liegt, wartet Otto wieder auf Geschichten vom dicken lieben Gott, aber Karin mag nicht erzählen.

Mit einem Zellstoffstopfen in der Nase sagt Otto, dass er Karin gern für immer bei sich haben möchte. Dass er mit Spieß Blond, der Lude von der Pension Clausewitz geworden ist, über eine Ablösesumme verhandeln wird: Dann sind wir immer zusammen.

Hier?

Otto richtet sich auf: Wieso nicht? Wir haben hier alles. Und ich kann mich vor Aufträgen nicht retten.

Willst du dein Leben lang diese Postkarten malen?

Da lässt Otto sich wieder fallen, und Karin legt ihm das Handtuch auf die Stirn: Außerdem mag mich deine Mutter nicht.

Was hat sie zu dir gesagt?

Nichts, aber das spürt man.

Meine Mutter hat nichts zu sagen.

Otto nimmt den Stopfen aus der Nase, Blut läuft nicht mehr nach. Er könnte sich mit seinen Einnahmen sogar eine kleine Wohnung leisten, aber warum soll er den Palast verlassen? Seiner Mutter wird er wieder mit Auszug drohen, wenn sie ihm den monatlichen Zuschuss nicht erhöht. Er wäscht sich und liest dann Clarks Telegramm erneut, dessen Rückreise aus Österreich sich verzögert, weil, schreibt er, ihm die Kinder Israels das Leben schwer machen.

Otto liefert Karin mittags wie immer im Wagen seiner Mutter in der Pension ab und fährt dann in den Ostsektor, in die Charité zu Onkel Kasimir. Mit heruntergelassener Hose fragt er, ob er sich etwas geholt hat.

Sein Onkel, vor ihm sitzend und mit einem Stift zwischen Ottos Beinen stochernd, sagt: Es tut mir leid, Otto, aber wir haben derzeit keine Gummihandschuhe, woraufhin Otto erwidert, dass er immer dieselbe nimmt.

Nein, da ist nichts, daher rührt dein Nasenbluten nicht. Dein Blutdruck ist auch in Ordnung, und tastet ihm noch die Lymphknoten in der Leiste ab: Ich werde ein Blutbild machen, wenn etwas auffällig ist, melde ich mich. Grüß deine Mutter von mir, und gibt Otto in seiner heruntergelassenen Hose einen freundschaftlichen Schlag auf die Schulter. Otto hat einen Moment lang auf der Zunge: Danke, dass du den Totenhochtreiber beim Russen angezeigt hast, danke, dass du ihn mir vom Hals hältst.

Lude Blond verlangt von Otto zweitausend Mark Entschädigung für Karin, oder: Kamerad, besorg mir Ersatz für das.

Eine Woche vor dem Geburtstag seiner Mutter erhält Otto eine Karte von Amberg, darauf abgebildet ist Vermeers *Bei der Kupplerin.* Amberg schreibt, dass beide AH für eine Rekordsumme nach Amerika gegangen sind, und fragt, ob er die Gewinnbeteiligung von fünftausend Mark in Dollar bezahlt haben will und er für einen Kunden aus Amerika weitere Werke von AH sichern kann. Otto stellt die Karte auf den Kaminsims, neben die Uhr aus Heiliglinde.

Ja, Amberg, ich werde sichern, und du wirst zahlen.

Er lässt sich beim Friseur die Stirntolle legen, kauft dann Sekt und Likör für den Abend und ein Kleid für Karin, das sie auf dem Geburtstag seiner Mutter tragen wird, denn es wird Zeit, dass sich Elisabeth Kypscholl an die künftige Hausbewohnerin und künftige Hausherrin gewöhnt.

Aber Karin ist wenig begeistert, als sie das Kleid anprobiert: Otto, wat soll ick mit dem Fummel?

Meine Mutter hat in drei Tagen Geburtstag, da wirst du das anziehen.

Otto koloriert für Amberg bis dahin zwei AH-Karten mit Ansichten von Wien, ist aber in Gedanken bei der Familienfeier. Denkt an Anwalt König, der seine Mutter wie eine Marionette bewegt, und dass er ihn loswerden muss. Dafür braucht er Clarks Hilfe. Clark jedoch ist nicht da. Es ist so einfach, hat Amberg in Paris zu ihm gesagt, man muss es nur tun. Um sich seiner Mutter, der Schnapsdrossel, zu entledigen, muss er Anwalt König loswerden.

Otto schenkt ihr zum Geburtstag die neueste Schallplatte von Lale Andersen, um sie zu quälen, um ihr zu zeigen, dass sie es nie zu etwas gebracht hat. Und Elisabeth, mit der Platte beglückt zum Gerät laufend: Junge, was für eine Überraschung. Sie freut sich so herzlich, dass auch Karin lacht und ihre schlechten Zähne zeigt. Norbert Schultze und Anwalt König begaffen Karins Busen, können es kaum abwarten, ihr Kuchen und Sahne zu reichen, stehen auf, setzen sich hin, wollen ihr einschenken, stehen auf, setzen sich hin, dass Kasimirs Frau, die neben Elisabeth sitzt, den Kopf schüttelt und laut sagt: Es freut mich, Fräulein Karin, dass Sie sich so ein teures Kleid leisten können.

Hast du dir früher nicht auch teure Kleider gekauft?, fragt Otto seine Tante.

Ihr Aufschrei fällt in einen virtuosen Klavierlauf, den der Komponist zum Besten gibt, um dann: Der Wind hat mir ein Lied erzählt, zu singen. Von einem Glück, unsagbar schön, er weiß, was meinem Herzen fehlt, und nun Elisabeth ansehend, für wen es glüht und schlägt.

Anwalt König, mit dem Sektglas in der Hand und sich wiederholt vor Karin verbeugend, sagt zu Otto, dass er mit ihm noch eine Kleinigkeit besprechen möchte: Im Arbeitszimmer Ihres Herrn Vaters können wir reden.

Wir können das hier besprechen, sagt Otto und steckt sich eine Zigarette an.

Der Anwalt wiegt den Kopf: Wir sollten das in Ruhe machen.

Hier ist Ruhe, Otto legt den Arm um Karin und pustet Schultze den Rauch zu: Oder stört es, wenn Caruso singt?

Kinder, sagt Elisabeth, es ist so herrlich hier, wenn jetzt nur Anna und Hermann da wären.

Wie geht es eigentlich weiter mit Berlin und Deutschland?, fragt der Komponist den Anwalt, so geteilt kann das doch nicht bleiben.

Das ist eine Frage der Zeit, sagt König, die Alliierten und der Russe werden endlich diese unseligen Sektoren aufheben müssen. Es wird eine Währungsreform geben.

Und die Kommunisten?, fragt Elisabeth.

Kommunismus ist eine Seuche, der Russe hat sie eingeschleppt und hofft, sie hier verbreiten zu können. Aber außer ein paar Verbohrten will kein Mensch in Deutschland den Kommunismus, und Elisabeth, die Hände auf der Brust kreuzend: Kinder, so jung sind wir nie wieder zusammen. Die Lale hat mir geschrieben, dass sie glücklich ist und bald heiraten will.

Das wird der Russe merken und sich zurückziehen.

Der Russe und sich zurückziehen?, fragt Schultze, und zu Elisabeth: Ich musste mich zurückziehen, ich kann schon nicht mehr im Ostsektor auftreten.

Junger Freund, die Alliierten sind zu dritt, der Russe ist allein, darauf sollten wir setzen. Der Russe wird unser beschlagnahmtes Eigentum zurückgeben müssen, ihm bleibt gar nichts weiter übrig, wenn der böse Deutsche seine angeblichen Kriegsschulden bezahlen soll. Ganz abgesehen von Steuern, um das Gemeinwesen wieder in Gang zu bringen. Der Russe hat sich kräftig bedient, er hat unsere Fabriken abgebaut und mitgenommen, die Alliierten haben das genauso gemacht, aber immerhin lassen die zu, dass wir auf die Beine kommen. Das muss der Russe auch.

Oder die machen ihren Kommunismus bei uns, sagt Schultze.

Ausgeschlossen, die Alliierten werden sich niemals freiwillig so eine Laus in den Pelz setzen. Herr Kypscholl junior wird in absehbarer Zeit die Fabriken im Osten leiten, wir werden hier bald etwas aufbauen, die Patente haben wir, Grundstücke haben wir, Kapital bekommen wir, aber jetzt bin ich schon in medias res, das wollte ich Ihnen eigentlich in angemessenem Rahmen mitteilen, und rudert mit der Hand, und Elisabeth umarmt Otto: Ich wusste, dass du vernünftig wirst, oder ist es deine nette Begleitung, die dich kuriert?

Wir werden einen Vertrag aufsetzen, Sie werden Ihren Vater mit meiner Hilfe als Gesellschafter vertreten, in zwei, drei Jahren können wir wieder da stehen, wo wir abbrechen mussten, an Aufträgen mangelt es nicht.

Schon fünfzig Meter vor dem Israelitischen Gemeindehaus in der Linzer Bethlehemstraße sehen Finkel und Lilienthal den Menschenauflauf. Der Gemeinderaum ist derart überfüllt, dass sich die beiden bis zum Podium durchzwängen müssen, Lilienthal seine Aktentasche hoch über den Kopf haltend. Die meisten Stühle sind hinausgeschafft worden, um mehr Menschen Platz zu machen, und der Versammlungstisch ist so dicht an die Wand gerückt, dass auch Finkel stehen muss.

Der Grund für diese Sondersitzung, sagt Lilienthal, ist schwerwiegender als alle Probleme, die es zuvor gegeben hat, und wendet sich Finkel zu, der froh ist, am halb geöffneten Fenster einen Platz gefunden zu haben.

Finkel verdankt ihr, dass es für die Bindermichl-Siedlung keine Ausgangssperre gibt, dass wegen der Schwarzmarktgeschäfte, die aus der Bindermichl-Siedlung heraus betrieben werden, niemand verurteilt wurde. Professor Finkel hat mit seiner besonnenen Art die Alliierten und die Stadtverwaltung von Linz immer wieder mäßigen können. Wir haben den Behörden zugesagt, dass Medikamentenspenden an die Siedlung nicht mehr gegen Schnaps eingetauscht werden. Ich bin ihm dafür unendlich dankbar. Aber für das, was ich nun vorzubringen habe, wird niemand unseren Professor Finkel als seinen Verteidiger beanspruchen können. Ich meine nicht, dass einige unter uns ihre Mädchen an Alliierte verkaufen. Sie haben vergessen, wie es ihnen vor drei Jahren gegangen ist oder als sie hier ankamen. Sie sind nun gut gekleidet, niemand leidet Hunger, und viele haben Arbeit gefunden, da fängt dann die Gier an. Ich meine auch nicht den Umstand, dass sich einige in der Bindermichl-Siedlung als Juden ausgegeben haben und nach Palästina wollten, aber nicht um ins Gelobte Land zu gelangen, sondern um sich dort zu verstecken, weil sie zuvor eine schwarze Uniform getragen haben.

Lilienthal öffnet seine Aktentasche, holt einen Band des *Buches der Namen* heraus. Finkel blickt in den Saal, in dem es gleich ein Aufschreien geben wird, weil Lilienthal von den letzten Schreien von Juden sprechen wird, die in Lagern von Juden erschlagen wurden.

Es ist so schlimm, sagt Lilienthal, dass ich nur unseren Gott anrufen kann, damit er vergibt. Ich kann es nicht.

Den Aufschrei wird es schon deshalb geben, weil niemand schuldig sein will, weil niemand sein will, was er ist.

Ich rede von Judenräten und jüdischen Hilfspolizisten in den Gettos von Warschau, Lemberg, Litzmannstadt, Wilna, Theresienstadt und Riga, ich rede von den jüdischen Zuträgern, die Freunde noch auf der Rampe verraten haben.

Finkel sieht zu Boden, auf dieses groteske Mosaik aus bunten Steinen.

Ich rede von jüdischen Kapos und Stubenältesten in den Lagern, ich rede von Abgesandten jüdischer Gemeinden, die mit Adolf Eichmann Deportationsquoten ausgehandelt haben, kurz, ich rede von jüdischen Verbrechern, die um nichts besser sind als die Verbrecher, die uns ausrotten wollten.

Der Aufschrei bleibt aus, Finkel blickt in den Saal, zusammengepfercht und ihrem Schicksal ergeben warten alle ab, was Lilienthal entscheidet, der noch immer das *Buch der Namen* wie Moses die Gesetzestafeln hochhält: Ich werde also alle hier erwähnten Namen den Alliierten mitteilen. Es wird keine Schonung geben. Ich werde den Alliierten vorschlagen, dass sie uns eine eigene Gerichtsbarkeit zugestehen, und wer von uns schuldig ist, verliert jeden Anspruch auf Wiedergutmachung, wird aus der Gemeinde ausgeschlossen, verliert das Recht, auszureisen. Diese Leute haben sich schuldig gemacht an unserem Volk, an unserem Gott, an unserem Glauben. Ohne die Hilfe dieser jüdischen Verbrecher hätten es die anderen Verbrecher nie so weit gebracht. Sie müssen deshalb dem alliierten Strafgericht überstellt werden.

Der Mann lügt, ruft jemand im Saal.

Von Linz muss eine Reinigung ausgehen, kann Lilienthal noch sagen, dann stürzen sich Männer auf ihn, reißen ihm das *Buch der Namen* aus der Hand, zerfetzen die Seiten, treten darauf herum. Als nichts mehr übrig ist, nach einem Moment des Schweigens, in dem sich Finkel zu Lilienthal hinter den Tisch zwängt, fallen Männer über die beiden her, drücken sie an die Wand, treten und schlagen zu.

EIN FESTE BURG IST UNSER GOTT

Ende April 50 kutschiert Fritz Penkuhn zum ersten Mal mit Regina nach Stralsund. Er braucht einen neuen Destillierkolben und will Bezugsscheine für zehn Meter Aluminiumdachrinne einlösen. Bürgermeister Lötzsch hat ihm auch einen Auftrag mitgegeben, er wünscht statt des Volksempfängers im Gastraum ein: Radschogeräd von Ärefdee, das er selbst wegen der Vorbereitungen zur Maifeier nicht mehr besorgen konnte.

Radschogeräd von Ärefdee, singt Regina auf dem Kutschbock, auf der Anhöhe, wo die Windmühle stand, im Hohlweg, der gesäumt ist von Kopfweiden bis hin zur Landstraße.

Da sagt Fritz: Nu is ma gaud, und nur noch das Hufklappern ist zu hören, bis aus der Silhouette von Stralsund richtige Häuser werden und Kirchen mit riesigen Türmen, die es in Lanzerow nicht gibt. Regina hüpft vor Aufregung, und Fritz sagt wieder: Is nu gaud?

Vom Maibaum auf dem Marktplatz wehen bunte Bänder, die Regina haben möchte. In der Platzmitte zimmern Handwerker die Tribüne aus guten Kanthölzern, die Fritz gern hätte.

Mädchen in weißen Blusen und blauen Röcken kommen ihnen entgegen, angeführt von Volkspolizisten, die ihnen den Weg weisen, den sie am 1. Mai beim Vorbeimarsch an der Tribüne nehmen müssen. Sie schwingen Schilder: »Wir Jungen Pioniere lieben unsere Deutsche Demokratische Republik« – »Wir Jungen Pioniere lieben unsere Eltern«.

Fritz kann nur mit Mühe seine beiden Pferde ruhig halten, an der Ecke zur Ossenreyerstraße scheuen die Tiere vor Schaufensterpuppen, von Frauen auf einen Hänger geladen, und den ziert das Schriftband: »Der neue Mensch trägt Kleidung aus dem HO-Warenhaus.«

Fritz führt seine Pferde am Zaumzeug bis in die Hauptstraße. Über dem Eingang des Kaufhauses, wo er letzte Woche noch »Wertheim« gelesen hat, hängt ein riesiges Schild: »Lernt von Lenin und Stalin, wie man arbeitet, kämpft und siegt!« Er kutschiert weiter in das Viertel hinter der Hauptstraße mit den grauen, niedrigen Häusern und den vielen Kriegsruinen.

Die Kreisbauverwaltung ist geschlossen, doch Fritz klopft so lange an Türen und Scheiben, bis ihm jemand im Anzug öffnet. Er nimmt seine speckige Schirmmütze ab und hält den von Lötzsch ausgestellten Bezugsschein für zehn laufende Meter Dachrinne, neu, zwei Waschbecken, weiß, neu, und zwei Sack Zement hin, der hier abgestempelt werden muss, um das Gewünschte auf dem genossenschaftlichen Bauhof ausgehändigt zu bekommen.

Auf dem Bauhof trifft Fritz nur den Platzwart an, der, Pfeife rauchend, an seinem Wohnwagen sitzt, während sein Schäferhund am wackligen Tor bellt, dass Regina sich hinter Fritz versteckt. Der zeigt seinen abgestempelten Bezugsschein, woraufhin der Platzwart sagt, dass heute und morgen nichts mehr passiert. Fritz holt seine Flasche Apfelschnaps aus dem Jackett: Übermorgen?

Der is gut, sagt der Platzwart.

Gut, sagt er nach dem nächsten Schluck aus der Flasche, lässt sich den Bezugsschein zeigen und liest laut die genehmigten Positionen vor: Siedlerhaus, Typ eins oder zwei?

Eins, sagt Fritz.

Dacht ich mir. Der Platzwart trinkt wieder und kettet das Tor auf: Mit Typ eins gibts nur Ärger.

Die Baumaterialien liegen unter Schleppdächern und in Buchten sortiert. Der Platzwart gibt Fritz zehn Stück Dachrinne: Ist das für dein Haus?

Weil Fritz nickt, legt der Platzwart noch zwei dazu, dann geht er vorbei an Dachpfannen, Dachluken, Dachausstiegen und Blitzableitern zur Abteilung Sanitär, Fritz mit den Pferden und dem Wagen hinterher.

Das Material taugt nichts, sagt der Platzwart, zu weich, rostet durch.

Lötzsch hat das erste in Lanzerow errichtete Siedlerhaus Typ eins mit Wohnzimmer, Schlafzimmer, einer Küche, einer Toilette und einem Vorbau für Stiefel und Wetterzeug, mit insgesamt fünfundsechzig Quadratmetern bei ausbaufähigem Dachgeschoss, im Herbst 49 in der dritten Gasse anstelle zweier abgerissener Katen errichten lassen. So sollte der Mensch im Sozialismus wohnen. Mauerbrigaden aus Stralsund waren angerückt und zogen schnell den Rohbau hoch, aber auch die Lanzerower sollten am nationalen Aufbauwerk mithelfen. Schilder mit Losungen wie »Die Zukunft gehört dem Arbeiter-und Bauern-Staat« waren um den Bauplatz aufgestellt worden, aber keiner aus Lanzerow half mit. Außer Fritz und Anna, weshalb Lötzsch ihnen das Haus als Anerkennung und Ansporn für die anderen überschrieb. Weil kein Ofenbauer aufzutreiben war, konnten Fritz und Anna erst im April das Haus beziehen; inzwischen waren Dachrinnen, Waschbecken und Wasserhähne gestohlen worden.

Fritz überlässt den Rest vom Apfelschnaps dem Platzwart, der ihnen: Bis zum nächsten Mal, ins Hundegebell am Tor nachruft.

Wegen der vielen Volkspolizisten ist keiner der fliegenden Händler, die Fritz kennt, auf der Straße. Nur am Hafen, bei den Fischern, treiben sich Matrosen herum, die Zigaretten, Schokolade, Kaugummi und richtigen Kaffee anbieten, einen Destillierkolben oder ein RFT-Radiogerät hat niemand.

Anna, die nicht nach Stralsund hat mitkommen wollen, weil eine Geburt in Lanzerow ansteht, wird von der Kosanke vorgeschickt.

Wenn Wehen einsetzen, holst du mich. Die hat vier Kinder auf die Welt gebracht, die weiß Bescheid.

Da glänzen Annas Augen, als sie Kosankes Hebammenkoffer in Händen hält.

Du bist jetzt Hilfshebamme.

Die Kosanke hat Anna noch nie so gelöst gesehen, endlich zeigt einer der vielen Versuche, Anna für etwas zu begeistern, Wirkung.

Die Schwangere in der zweiten Gasse liegt im Wohnzimmer auf dem Sofa, die Arme hängen, aber schon bei der nächsten Wehe, die einsetzt, ballt sie die Fäuste. Unter ihren Fingernägeln sind Drecksränder, als käme sie gerade vom Feld. Ein Junge spielt mit Holzautos auf den Dielen Feuerwehr, und ins Tatütata attackiert die nächste Wehe. Als die Schwangere wieder ruhig atmet, sagt sie: Olaf, raus jetzt. Kümmer dich um deine Geschwister.

Anna öffnet den Hebammenkoffer, streift das schon drei Mal benutzte Paar Gummihandschuhe über, legt eine noch öfter benutzte Gummidecke aufs Sofa, daneben Scheidenspekular, Geburtszange und Saugglocke.

Letztes Mal gings ruck, zuck. Diesmal hängt der Brocken, sagt die Schwangere.

Anna sieht nach dem Fruchtwasser, tastet an den Scheidenwänden, drückt, weshalb die Schwangere aufstöhnt, hört Schritte und lässt ab, weil sie glaubt, dass nun die Kosanke kommt, aber es ist der Junge, der fragt, wann es Mittag gibt.

Bei der nächsten Attacke richtet sich die Schwangere halb auf, und Anna, die nun sagen müsste, was die Kosanke in solchen Situationen sagt: Gleichmäßig atmen, liegen bleiben, gleich ist der Prinz da, schweigt. Die Gummihandschuhe sind ihr zu groß, die Kosanke hat Hände wie ein Bauarbeiter. Die Schere zum Durchtrennen der Nabelschnur hat sie vergessen herauszulegen.

Dann sieht Anna einen großen Schädel im Scheidenkanal, der klemmt wie ein Pfropf. Die Schwangere presst und hechelt, und die Kosanke ist nicht da. Die Schwangere schreit, Anna geht vor die Tür, da hocken die Geschwister des Jungen.

Wieder am Sofa, sieht Anna etwas Aufgeblähtes zwischen den Beinen der Frau, nimmt die Saugglocke und zieht. Das Kind mit dem Wasserkopf rutscht ihr in einem Blutschwall entgegen, Fetzen der Fruchtblase fallen von seiner Haut. Anna macht, was sie in einem ihrer letzten Berichte bei Missgeburten empfohlen hat: Noch bevor das Kind schreit, atmet, hält sie ihm Nase und Mund zu, da läuft und läuft noch das Blut aus der Frau, die matt stöhnt. Dann trennt Anna die Nabelschnur durch und legt das Kind auf den Tisch. Das Blut läuft über die Gummimatte auf die Dielen, bildet eine Lache, die zentimeterschnell auf Anna zurinnt,

da ist Fritz aus Stralsund zurückgekehrt und meldet dem Bürgermeister, dass er kein Radiogerät auftreiben konnte. Vom vielen Laufen schmerzen ihm die Beine, und Fritz will in seinen Badezuber.

Lötzsch will davon nichts hören, er steckt inmitten der Vorbereitungen zur Lanzerower Maifeier am nächsten Tag und hat noch den Rechenschaftsbericht für die Kreisleitung zu schreiben, der schlecht ausfällt: Eene eenziche Gadasdroofe, Benguhn.

Die Lanzerower haben weder ihr Plansoll zur Versorgung der werktätigen Bevölkerung mit Schlachtvieh erreicht noch bei der

Milch- und Eierproduktion. Auch Fisch aus dem Lanzerower See ist nicht in ausreichender Menge abgeliefert worden. Ich mechd ne eenes Daches vonn Genossen Schdalin gefrachd wärdn, Lötzsch, was hasde gedan?

Er verlangt, dass Fritz sofort die Losungen für die Maifeier schreibt; der kann gerade noch seine Pferde versorgen und abladen, was er mitgebracht hat.

Abends, als er endlich seine Stiefel ausziehen darf, hat Anna schon eine kleine Wanne mit heißem Wasser und Kernseife bereitgestellt, in die Fritz samt stinkenden Strümpfen steigt. Er reibt die Strümpfe aneinander, und das Wasser wird grau. Auch Regina will mit ihren Füßen ins Wasser.

Is zu heiß, sagt Anna zum Kind, und Fritz faltet Schiffchen aus Seiten einer Illustrierten, die er für Anna wegen der vielen bunten Fotos besorgt hat, aber sie interessiert sich nicht dafür. Regina darf damit in die Wanne steigen und die Schiffchen schwimmen lassen. Anna freut das Spiel, weil Fritz bei ihr ist und Regina so schön lacht. Manchmal, wenn niemand im Haus ist, sie im Hof weder Regina noch das Vieh hört und die Kosanke keine Aufgabe für sie hat, kommen Erinnerungen hoch. Fallen über sie her, wie gestern beim Möhrenputzen. Zuerst war sein Geruch da, dann sein Atem, dem sie nachts gelauscht hat wie tagsüber dem Klang seiner Stimme. Viele Leute könnten durcheinanderreden, seine Stimme würde Anna sofort erkennen. Dann zittern Kopf und Arme, sie steht auf, reißt dabei, wie gestern, Töpfe, Stühle und Blumen um. Diese Erinnerungen zerbohren ihren Kopf, zerfetzen das Herz und das zwischen den Beinen, und das muss ein Ende haben, es muss vorbei sein.

Als Fritz kam und Anna inmitten der Scherben fand, fragte er nur: Is wat?, und ging in seinen Keller zum Schnapsbrennen.

Am nächsten Tag in aller Frühe hämmert Fritz Penkuhn die

Losung »Sozialismus ist die glückliche Zukunft der Menschheit« über den Eingang des Gemeindehauses und verhüllt einen Lastwagenhänger daneben mit rotem Stoff, angeliefert von der Kreisverwaltung.

Benguhn, dreiben Se miä Leude her, eene Gulschganone is ooch underwechs.

Hat sich wat, brummt Fritz, der lieber bei seinen Pferden wäre, als durch die Gassen zu laufen.

Zur Kundgebung um zehn Uhr begrüßt Bürgermeister Lötzsch den Stellvertreter des ersten Sekretärs der Kreisleitung und Oberst Dimitroff, den Befreier von Lanzerow. Während Lötzsch vom neuen Anfang redet, der Bodenreform, und dass Junkerland in Bauernhand bleiben wird, rollt ein russischer Militärlaster vor. Russen in blank geputzten Stiefeln und mit Käppis auf dem Kopf springen ab, zu denen blickt Lötzsch, lobt den Einsatzwillen der Lanzerower und mahnt weitere Anstrengungen auf dem Weg in den Kommunismus an. Die Russen feuern die mitgebrachte Gulaschkanone an, auf dem Platz stinkt es zuerst nach angebranntem Fleisch, als der stellvertretende Sekretär spricht, überwiegt der Duft nach würzigem Fleisch.

Dass sich jeder im Kampf um eine bessere Zukunft mehr anstrengen muss, sagt der stellvertretende Sekretär, und dass die Kreisleitung beschlossen hat, den kommunistischen Aufbau in Lanzerow besonders voranzutreiben, indem nun fünfzig Siedlungshäuser Typ eins errichtet werden.

Vielleicht kommt sie durch, sagt Hebamme Kosanke, die neben Anna steht. Sie hat viel Blut verloren, jetzt ist sie im Krankenhaus. In dreißig Jahren war das meine achte Totgeburt. Ach, Anna, nun umarmt die Kosanke die Hilfshebamme, das macht mich jedes Mal so traurig.

Aber Anna ist nicht traurig, sie hat gestern getan, was getan werden musste.

Den Befreier von Lanzerow begrüßt der Chor der Jungpioniere mit einem russischen Lied: *Pust wsegda budet solnze*, woraufhin der Oberst lacht. Und dann die zweite Strophe auf Deutsch: Immer lebe die Sonne, immer lebe der Himmel, immer lebe die Mutti und auch ich immerdar, was Regina an der Hand von Anna gefällt, und schon die dritte Strophe singt sie mit.

Der Oberst dankt in holprigem Deutsch für den begeisterten Empfang, den ihm die Lanzerower vor fünf Jahren bereitet haben, als endlich die Hitlerfaschisten besiegt waren. Damals hat er gemerkt, dass nicht alle Angehörigen des deutschen Volkes Verbrecher sind, sondern nur die Hitlerfaschisten.

Immer lebe die Mutti, singt Regina, und Schlageter zu dem Kind: Wer denkt sich diesen Scheiß aus?

Den Oberst freut, dass es nun vorangeht, die Lebensbedingungen besser werden, dass man die Kirche in Lanzerow nicht braucht, weshalb man mit ihren Steinen und Balken an diesem Platz fünfzig schöne neue Häuser errichten soll.

Der stellvertretende Sekretär beklatscht als Erster die Rede des Oberst, dann kündigt Lötzsch ein Folkloreprogramm russischer Kosaken an. Schlageter, Mulsow und Hennich sehen sich an, auf das Zeichen von Schlageter gehen sie zum Anhänger, den die Russen besteigen, um vom Akkordeon begleitet: *Kalinka, Kalinka, Kalinka maya*, zu singen. Schlageter ruft nach Fritz Penkuhn, der sich, so gut er kann, vor dem Oberst zu verstecken versucht: Russenknecht, was hat das zu bedeuten?

Hat sich wat, sagt Fritz.

Hat sich nix, sagt Schlageter, du weißt doch, was die Kommunisten aushecken. Soll etwa die Kirche abgerissen werden?

Fritz, die Schirmmütze tief ins Gesicht gezogen, rennt davon, versteckt sich hinter der Gulaschkanone, bis endlich das Kino beginnt.

Bürgermeisterin Anna heißt der Film. Das Vorführgerät, Geschenk von Oberst Dimitroff, trägt noch den Aufkleber »Marineschule Deutsches Reich Standort...«, aber wo der Standort war, kann Fritz nicht mehr lesen. Er nimmt Regina auf den Schoß, Anna sitzt daneben und greift sich immer in die Haare, wenn sie ihren Namen hört. Wenn Jupp, verliebt in die junge Bürgermeisterin, sie laut beim Namen ruft: Anna, Anna, wenn die Bürgermeisterin mit dem Fahrrad durch das Dorf fährt, um den niederträchtigen Großbauern Lehmkuhl zur Rede zu stellen, Anna, warte doch, Anna, wir beide gehören zusammen.

Nach dem Film, als ein Fass Bier auf dem Platz angezapft wird, ein Geschenk des stellvertretenden Sekretärs, der mit Oberst Dimitroff bereits abgereist ist, und die Kapelle der Freiwilligen Feuerwehr aus dem Nachbarort *Rosamunde* spielt, haben die drei Mitglieder der gerade von Schlageter gegründeten National-Demokraten Fritz Penkuhn wiedergefunden.

Immer fleißig? Aber wenn man so ein schönes neues Haus geschenkt bekommt, muss man auch fleißig sein.

Schlageter und Hennich warten auf Antwort, Mulsow schiebt Fritz die Schirmmütze ins Gesicht: Nu bist im Dunkeln.

Aber, sagt Schlageter, vielleicht hat er einen hellen Moment. Wenn er uns sagt, was es mit den fünfzig Häusern auf sich hat. Wieso weiß keiner etwas davon?

Die Blaskapelle spielt: *Wozu ist die Straße da? Zum Marschieren,* und Fritz Penkuhn sagt: Hat sich wat, kommt aber nicht aus der Bedrängnis heraus.

Du machst jeden Tag das Büro des Herrn Lötzsch sauber, du weißt, was auf seinem Schreibtisch liegt. Es ist so, wenn der Russen-Lötzsch in Lanzerow Häuser bauen will, möchten wir ein Wörtchen mitreden.

Wat weiß ich.

Du wusstest von einer Fischerei am See, und sie wird gebaut. Du wirst auch von fünfzig Siedlungshäusern Typ eins wissen. Stimmt es, dass unser Gotteshaus abgerissen werden soll?

Woraufhin Fritz: Ick heff keen Tid, sagt und den Kreis durchbrechen will.

Doch, Penkuhn, so viel Zeit hast du. Ich habe nämlich gehört, der Russen-Lötzsch will auch unsere Häuser am Platz für diese neue Siedlung abreißen. Ich freue mich, dass du dich in deinem neuen Siedlungshaus Typ eins wohlfühlst, Penkuhn. Du und deine Familie. Genau genommen seid ihr keine richtige Familie, das Mädchen ist nicht von dir, und mit Frau Anna bist du nicht verheiratet. Aber es ist gut, dass du dich um sie kümmerst, sie müsste sonst in die Irrenanstalt. Oder nach Sibirien, zum Russen. Was guckst du mich so an, Penkuhn, habe ich etwas Falsches gesagt? Du weißt so gut wie ich, dass Frau Anna nie in einem Lager war, sie war auch nie Kommunistin. Sie ist eine von uns, nur deshalb halten wir die Klappe, aber nichts ist umsonst. Du besorgst uns die Baupläne, Penkuhn. Man soll niemanden erpressen, aber die Kirche muss im Dorf bleiben.

Pressen, ruft die Hebamme, pressen, atmen, pressen, und Elisabeth Kypscholl: Mein Gott, das gabs früher nicht. Früher bekamen die Frauen einen Einlauf, wenn das Kind nicht herauswollte.

Elisabeth verlässt das Zimmer, in dem ihr Enkel zur Welt kommen soll. Sie ist diejenige, die sich um ihn kümmern wird, dann ist sie beschäftigt, denn mit Karin, die seit einem Jahr im Haus wohnt, ist nichts anzufangen. Kann weder singen oder ein Instrument spielen, noch kennt sie die Lieder von Lale Andersen, sie ist nur mit dem Ausstellen ihrer Brüste beschäftigt.

Aber diese Brüste sind ihr Pfund, Otto hat Karin ihrer Brüste wegen ins Haus geholt, dieses herrliche Fleisch vom dicken lieben Gott, nachdem die Pension Clausewitz während der Russenblockade schließen musste. Spieß Blond widmet sich nun wieder ausschließlich den Schwarzmarktgeschäften, denn die Blockade würgt unerbittlich.

Der Russe hungert uns aus, hat Elisabeth gerufen, als selbst die Quellen von Anwalt König versiegt sind und Kasimir aus dem Ostsektor mit Fresspaketen ausgeholfen hat.

Doch brachte das vergangene Jahr auch Gutes: Otto war sich mit Clark einig geworden; der bezahlte Otto für die reichlich produzierten AH-Postkarten mit Lebensmitteln und dann mit mehr Dollar, als ihm Amberg jemals gegeben hat. Otto konnte Karin zu sich nehmen und seiner Mutter, der Nachtigall, Wein kaufen, damit sie den Schnabel hält und nicht von früh bis spät krächzt oder nach Anna ruft. Als ob er Anna versteckt hätte. Das andere Gute: Der Totenhochtreiber ist tot, im Gefängnis verreckt, angeblich Herzinfarkt. Was Otto nicht glauben mochte. Er hat sich den Spaß gemacht, seine Mutter und Anwalt König bei der Leichenübergabe zu begleiten, um sich selbst davon zu überzeugen, dass der Mann nie mehr Tote auferstehen lässt. Und siehe da, man hat ihn bis zum Hals eingewickelt, damit der Bluterguss nicht zu sehen ist. Weil man den Totenhochtreiber aufgehängt hat. Oder er hat sich den hübschen Schmiss selbst beigebracht, wozu Otto der Leiche gern mit Handschlag gratuliert hätte. Er hat sich richtig zusammenreißen müssen, um nicht auf dem Holzkasten mit dem Kadaver herumzutanzen, um nicht wie ein Irrer durch die Straßen zu hüpfen, aber zum Glück gab es Karin, mit der er sich tagelang in seinem Salon eingeschlossen hat, um sich auszutoben, um sich seine Wut und seinen Hass, der vom Toten übrig geblieben und auferstanden war, vom Leibe zu ficken. Und um dem Gewäsch von Anwalt König zu entgehen, der ein Testament eröffnen wollte, in dem er, Otto, so lange nicht vorkommt, wie er die Firma seines

Vaters nicht weiterführt. Der Spaßvogel. Die Firma kann er sich in seinen Hämorrhoidenarsch schieben. Aber Wut und Hass ließen trotz der Orgien mit dem Blut des dicken lieben Gottes nicht nach, nun gibt es zur Ablenkung wenigstens ein weiteres, ebenso reizvolles Spielchen; Otto und Blond nennen es *Kommunisten ärgern.*

Seine Mutter klopft an Ottos Tür: Nein, ruft er ins Klopfen, damit Elisabeth Kypscholl die Finger von der Türklinke lässt, weshalb sie: Es ist noch immer nicht da, ruft und doch die Klinke drückt. Otto wirft seinen Stift über den Tisch in Richtung Tür; er telefoniert gerade mit Blond, der sich bereithalten soll, weil es in diesem Irrenhaus nicht mehr auszuhalten ist.

Junge, du kannst doch jetzt nicht weglaufen.

Mit dem Wagen seiner Mutter fährt Otto bis vor die Spelunke von Spieß Blond. Sie treffen sich zur zweiten Runde im Spiel *Kommunisten ärgern.* Otto hat es sich im Wartezimmer von Onkel Kasimir ausgedacht, beim Blättern in einer Illustrierten. Bilder von Umsiedlern aus Schlesien hat er gesehen, von den Kommunisten in Schlösser und Landhäuser einquartiert. Hatten nicht genug zu essen, saßen aber an fürstlichen Tafeln. Liefen in Lumpen, schliefen aber in Baldachinbetten. Beheizten Öfen mit kostbaren Möbeln, weil das Kommunisten tun. Die Spielregel ist einfach: in den Osten fahren, Gutshäuser und Schlösser als Betriebshandwerker, die nach dem Rechten sehen, aufsuchen und mitnehmen, was mitzunehmen sich lohnt. Was von dem Zeug taugt, behält er, oder Blond versilbert es auf dem Schwarzmarkt. Die erste Runde haben Otto und Blond erfolgreich im Berliner Dom absolviert. *Kommunisten ärgern*, weil er dabei Wut und Hass vergisst. Blond kennt die Posten an den Kontrollpunkten von seinen Schwarzmarktgeschäften, er weiß, wann Wachablösung ist, währenddessen wird kaum kontrolliert, und Blond weiß, womit er die Posten blind machen kann.

Wieso heute?

Am 1. Mai haben die im Osten Kommunistenfeiertag, deshalb, sagt Otto.

Wohin?

Schloss Hardenberg.

Nie gehört.

Siebzig Kilometer Richtung Polen.

Im alten Deutz, mit einem Reservekanister voll Benzin auf der Ladefläche, nehmen sie Landstraßen, auf deren grober Pflasterung der Wagen scheppert, als wollte er sein Blechkleid abwerfen. Otto erinnern die Straßen an die Alleen in Masuren, an die klare Luft dort, an Kloster Heiliglinde.

Nach zwei Stunden Fahrt kommen sie bei Schloss Hardenberg an. In den Blumenrabatten im Park pflanzen alte Leute Gemüse, auf den Sockeln ohne Statuen liegen Abfälle, am Eingang lassen Kinder in kurzen Lederhosen ihre Lehmmurmeln die Sandsteinstufen hinunterspringen.

Blond und Otto tragen Blaumänner und haben Papiere bei sich, die sie als zuständig für die Umsiedlerheime ausweisen, falls sie von einem Hausmeister, Heimleiter, Bürgermeister oder Volkspolizisten danach befragt werden.

In der Eingangshalle, in der Kartoffelkisten bis unter die geschnitzte Decke gestapelt sind, sagt Otto: Wir fangen oben an, und Blond, mit dem Werkzeugkasten in der Hand, schnauft die Stufen hoch.

Flure und Zimmer sind in Verschläge unterteilt, in ihnen hausen Leute, die nicht aufsehen, wenn Otto die Decken vom Durchschlupf zieht, sie hocken auf Metallbetten, kochen auf Elektroplatten, waschen sich in einer Schale, trinken Schnaps. Die beiden verlaufen sich im Labyrinth der Verschläge, stehen vor metergroßen Transparenten, die von der Decke hängen: »Von Stalin lernen, heißt siegen lernen!«, und schließlich in einem Gang, der an einer zugemauerten Tür endet. Otto reißt einem der Verschläge ein Tuch weg, dahinter aber sind keine alten Möbel, sondern dort steht nur ein Karnickelstall, und jemand mit einem offenen Bein zerpflückt Tabakblätter. Eine Kommode, mindestens Kategorie zwei, finden sie unter leeren Kartons. Was in den Schubladen liegt, Pflaster, geglättetes Silberpapier, Schwarzweißfotos, Handschuhe, Broschüren, Haarnadeln, Kämme und Unterhosen, kippen sie aus. Die Kommode ist schwer, Otto und Blond müssen oft absetzen. Sie suchen nach dem Treppenhaus, aber kommen im Labyrinth nur wieder an die vermauerte Tür. Otto flucht, Blond, obwohl lange nicht mehr so dick wie zu jenen Zeiten, als er die Pension Clausewitz führte, bekommt kaum Luft: Scheiße das, und schwitzt.

Endlich die richtige Treppe gefunden, bringt die Kommode die beiden beim Hinuntertragen dermaßen in Schwung, dass Blond, der hinten hält, loslässt, und dumpf kracht das Möbelstück auf die Stufen, es schiebt Otto nach unten, der Mühe hat, nicht zu stolpern.

Sie gehen erneut nach oben, vom Boden tragen sie eine furnierte Reisetruhe mit dem Wappen derer von Hardenberg hinunter, die Bücher darin hat Otto herausgenommen. Die Sessel mit den dunklen Samtbezügen, die eingerollten Teppiche und zerlöcherten Familienporträts ordnet Otto Kategorie vier zu, und sie bleiben, wo sie sind. Die beiden Blaumänner gehen noch einmal zurück, tragen aus dem Flur zwei weiß gestrichene Küchenstühle davon, wogegen eine Frau, die, auf der Treppe sitzend, Kartoffeln schält, protestiert, was sie ruft, versteht Otto nicht. Blond wirft das Fahrrad, das am Boden liegt, und die Küchenstühle mit Schwung auf den Wagen, dass die Fuhre nun aussieht wie ein Haufen Müll.

Die Posten im Ostsektor von Berlin winken sie durch, die im Westsektor verlassen nicht einmal ihr Häuschen. Otto und

Blond singen nun, als kämen sie bierselig von einem Ausflug: Ich fahr mit meiner Lisa zum schiefen Turm nach Pisa, durch die Bismarckstraße, durch einen Torbogen in den Hinterhof und halten am Tor einer Lagerhalle, die Blond angemietet hat. Nur die Kommode nehmen sie in die Halle, wo die Ausbeute ihrer ersten Runde im Spiel *Kommunisten ärgern,* sorgfältig in Kisten verpackt, für den Abtransport nach Amsterdam bereitsteht: drei tadellos erhaltene Bronzen von Schinkel und ein fürstlicher Kindersarg mit üppigem Schmuck, vor Kommunisten aus dem Berliner Dom gerettet. Otto ist einige Tage zuvor mit Blond durch ein zertrümmertes Fenster am Spreekanal eingestiegen, von dort sind sie durch Gänge und Seitenkapellen bis in den großen Kirchenraum gelangt, dessen Kuppel eingestürzt ist, aber nicht Schinkels berühmten Altar mit den zwölf bronzenen Aposteln beschädigt hat. Otto hat Amberg nur gesagt, dass er drei von Schinkel entworfene Bronzen mit dem Gussstempel der Berliner Manufaktur erwerben kann; er hätte am liebsten alle mitgenommen, aber dann hätten Blond und er viele Male einsteigen müssen und wären auf dem belebten Platz nicht unbemerkt geblieben. Aber drei Bronzen, von Blond aus der Halterung geschraubt, konnten sie tragen, und Otto hat sich sogar noch die Zeit genommen, in die Krypta hinunterzuklettern. Die Särge von Prinzen und Königen waren, um sie vor Bombentreffern zu schützen, in die Gänge gestapelt worden; nur die schweren Marmorsärge standen noch an ihrem Platz. Doch Otto interessierte sich nur für die üppig geschmückten Kindersärge, einen schleppte er zu Blond hinauf. Auch den Kindersarg hat er Amberg angeboten, zuvor jedoch hat Otto ihn in der Lagerhalle, von Neugier getrieben, geöffnet. Ein mumifiziertes Kind lag da puppig in brüchig gewordenem Samt. Als Beigabe hat Otto zwei Medaillons gefunden, darauf die Porträts des Großen Kurfürsten und seiner Frau.

Otto wird die Hardenberg-Kommode fotografieren und Amberg anbieten. Für die drei Bronzen hat er fünftausend bekommen, zuzüglich zwanzig Prozent vom Zuschlag, für den Sarg fünfhundert; bei der Kommode denkt Otto an achttausend Mark.

Spät ist er zu Hause, das Fahrrad der Hebamme lehnt nicht mehr am Zaun.

Unglaublich, ruft der Vorsitzende der Internationalen Vereinigung ehemaliger politischer Häftlinge der Konzentrationslager, Ariel Lilienthal, von seinem neuen Büro in den Flur der Villa am Linzer Steigerweg, überlassen von der Familie des Linzer Kaufmanns Meier, einschließlich einer halben Million Dollar: Es ist unglaublich, was sich dieser Ortsvorsteher herausnimmt.

Finkel, der gerade mit dem Hausmeister im Flur metergroße gerahmte Fotografien aufhängt, hört Lilienthal eine Schranktür knallen.

Das muss man sich vorstellen, da bemühe ich mich seit zwei Jahren um einen Kodex zur Verfolgung jüdischer Verbrecher, habe das Einverständnis der Alliierten, das des israelischen Staatspräsidenten, und dann legt dieser dahergelaufene Gemeindevorsteher von Linz sein Veto ein, dass alles zu Fall kommt, und jetzt beschuldigt mich dieser Mann, ich hätte Geld unterschlagen.

Finkel tritt zurück, um die Wirkung der Fotogalerie zu prüfen. Die erste Aufnahme zeigt ihn und Lilienthal, wie sie im Mai 49 im Krematorium von Mauthausen Asche in ein Glas füllen.

Er hat mich angeschwärzt, Finkel, hier, das ist die Vorladung der Gendarmerie, gerade eingetroffen, ich soll zur Aussage erscheinen.

Lilienthal hat ihn im Frühjahr 49 in die Lager von Birkenau und Mauthausen mitgenommen, Finkel ist dort auf die Idee gekommen, ein Mahnmal mit Asche darin zu setzen.

Als ob ich sonst nichts zu tun hätte. Draußen laufen Eichmann und Mengele herum und reiben sich die Hände.

Wieder kracht eine Schranktür laut zu, der Hausmeister blickt fragend zu Finkel, doch der sieht zum zweiten der sieben Fotos; zahllose Menschen stehen an einem gläsernen Sarg, aufgestellt am 26. Juni 49 in der Synagoge von Tel Aviv, von Lilienthal mit der Asche von zweihunderttausend Juden gefüllt.

Dass Eichmann am Leben ist, habe ich erst gestern wieder von einem israelischen Agenten gehört, angeblich sollen die deutschen Behörden sogar wissen, wo er steckt, und ich sitze hier und schlage mich mit dem jüdischen Gemeindevorsteher von Linz herum, der seine halbe Familie im Lager verloren hat. Der sogar zugibt, dass jüdische Kapos dabei waren.

Auch Finkel ist auf dem dritten Foto zu sehen, einen Schritt hinter Lilienthal, daneben Staatspräsident Weizmann, der sich vor dem gläsernen Sarg verneigt.

Finkel, reden Sie mit dem Vorsteher, ich explodiere, wenn ich den Mann sehe.

Das nächste Foto gefällt Lilienthal besonders: Er kniet beim Gebet vor dem gläsernen Sarg, die Aufnahme ging um die Welt und hat dem Verein die Villa und weitere Spenden in Höhe von einer Million eingebracht.

Wir können das so lassen, sagt Finkel zum Hausmeister, der seinen Hammer in den Gürtel steckt und grüßend den Flur verlässt. Finkel wartet an der offenen Flügeltür zu Lilienthals Büro, der sitzt am Schreibtisch, den Kopf in die Hände gestützt, auch er, Finkel, könnte so dasitzen, angesichts der täglich hereinflutenden Post. Sie erreicht ihn aus Deutschland,

Polen und Amerika, wo man vom *Buch der Namen* gehört hat. Mit jedem eingetroffenen Brief führt er es weiter.

Finkel, mit Verlaub, machen Sie es sich nicht zu einfach? Sie verschanzen sich hinter Ihrer Arbeit, und ich sitze hier allein. Sehen Sie sich das an, es ist nur ein Hinweis: Eichmann soll nahe Buenos Aires leben und für die städtischen Wasserwerke arbeiten. Ein ausgewanderter deutscher Kaufmann will Eichmann dort auf dem Markt gesehen haben. Das hat er unserem Konsul in Argentinien mitgeteilt, der hat es einen Monat später dem Außenminister nach Israel gemeldet und der wiederum dem Geheimdienstchef. Der schickt einen Agenten nach Wien mit diesem Zettel. Aber dieser Agent verschwindet nicht gleich zurück nach Israel oder dahin, wo der Pfeffer wächst, nein, der treibt sich in Wien herum, hockt in Weinstuben und Cafés, wo sich die anderen Windhunde, Scharlatane und Hochstapler tummeln, und zeigt auch denen diesen Zettel. Alle wissen, wo Eichmann ist, alle zerreißen sich das Maul darüber, aber glauben Sie, einer von diesen Leuten zieht mit ein paar Polizisten los und setzt Eichmann fest?

Bei früheren Ausbrüchen hat Finkel Lilienthal abzulenken versucht, hat ihm die neuen Einträge im *Buch der Namen* vorgelesen, aber nun sagt er nichts.

Ich soll Geld unterschlagen haben, ausgerechnet ich. Finkel, warum stehen sich Juden selbst im Weg? Sehen Sie, was ich mit dieser lächerlichen Vorladung der Gendarmerie von Linz mache? Ich zerreiße sie. Da, hundert Schnipsel. Das können sich die Herren Gendarmen sonst wo hinstecken. Ich werde ein Interview geben, Finkel. Berufen Sie eine Pressekonferenz ein, heute noch. Ich werde der Welt sagen, dass der größte Schlächter der Menschheit frei in Argentinien lebt und mich ein Gemeindevorsteher daran hindert, ihn aufzuspüren, weil ich Geld aus der Gemeindekasse genommen haben soll. Dieser

Mann hat den Kodex gegen jüdische Verbrecher verhindert, jetzt schützt er auch noch Eichmann und beschmutzt meinen Namen. Und das, weil ich ihn letztes Jahr nicht nach Israel mitgenommen habe, ich seinen Namen in Interviews nicht nenne und er in diesem Haus kein Büro bekommt. Dieser Mann ist eine Schande für jeden Juden, ich werde die Trompeten von Jericho blasen. Warum schweigen Sie, Finkel?

Der sieht zu den Fotos auf dem Flur: Jetzt ein Interview zu geben wäre ein Fehler.

Ich verstecke mich nicht. Nicht einmal in Mauthausen habe ich mich versteckt. Ich lasse mir nicht das Heft aus der Hand nehmen, Herr Kunstprofessor, ich werde die Trompete blasen, dass den Behörden, die gegen mich ermitteln, schwindlig wird. Man muss immer aus der Position der Stärke handeln, und wenn Sie die Presse jetzt nicht einbestellen, dann mache ich das.

Wir haben vor vier Tagen Post von einem Etablissement erhalten. Sie sollten den Brief kennen, bevor Sie an die Presse gehen. Da fordern mehrere Damen Bezahlung für gewisse Dienste.

Was für Dienste?

Hochgeehrter Vorstand der Gemeinde der Juden zu Linz, wir erlauben uns, Sie erneut an nicht geleistete Zahlungen für unsere geleisteten Dienste zu erinnern: hundertfünfzig Schilling für den Abend mit der Uschi am 14. April, zweihundert Schilling für den Abend mit der Maria am 19. April einschließlich Verköstigung, am 24. April –

Finkel, sind Sie verrückt? Lilienthal springt auf, dass sein Stuhl umfällt, reißt ihm den Brief aus der Hand: Das ist unglaublich, und zerfetzt das Papier: Als ob ich mich jemals in einem Bordell herumgetrieben hätte, Verleumdung und Idiotie.

Der Brief war nicht an uns gerichtet, sagt Finkel, aber das hört Lilienthal nicht: Wenn ich ein Bordell besuchen würde, bezahlte ich auch anständig. Mit solchen Methoden arbeitet, wer mit dem Rücken zur Wand steht, Verleumdung und Niedertracht.

Der Brief gilt nicht Ihnen. Er ist an den Vorsteher der Jüdischen Gemeinde adressiert.

Warum zeigen Sie mir das erst jetzt?

Weil Sie die vergangenen drei Tage in Wien waren. Wenn Sie jetzt den Medien ein Interview geben, haben Sie dem Vorsteher den größten denkbaren Gefallen getan. Vielleicht hat auch er uns diesen Brief zugespielt.

Der wird sich nicht selbst denunzieren, Finkel.

Nein, das sollen Sie machen, und anschließend wird er Sie auch der Verleumdung bezichtigen.

Finkel, ich war am 24. April nicht in Linz, ich war beim Jüdischen Kongress in Bern, ich habe hundert Zeugen.

Der Vorsteher wird auch Zeugen haben, mit denen er am 24. April zusammen war, natürlich nicht im Bordell. Wir sollten diesen Brief aufbewahren.

Kniend sammelt Lilienthal die Schnipsel ein: Ich komme mit diesen Intrigen nicht zurecht, und leise, fast bittend: Ich will Eichmann und Mengele. Ich war nie in einem Puff.

Die Fetzen legt er Finkel auf den Tisch, der: Wir kleben sie zusammen, sagt.

Sie haben recht, wir bestellen niemanden ein. Manchmal gehen mit mir die Pferde durch, zum Glück habe ich Sie.

Lilienthal steht nun an Finkels Schreibtisch, wie Finkel fünf Jahre zuvor an Lilienthals Schreibtisch in der Bindermichl-Siedlung gestanden hat. Damals stempelte Lilienthal, ohne aufzublicken, Formulare ab, und nun schiebt Finkel, ohne aufzublicken, Schnipsel an den richtigen Platz.

Wir machen nicht, was andere erwarten, sagt er.

Danke, sagt Lilienthal.

Das hier hätten Sie auch zusammengeklebt.

Weil Sie das *Buch der Namen* führen. Ich habe Angst vor der Lüge der Erinnerung, jemand, der im Lager war, wird dieses Buch nicht führen können. Plagen Sie keine Erinnerungen? Was macht Sie stark, Herr Kunstprofessor?

Finkel drückt die eingestrichenen Ränder fest.

Jemand, der im Lager war, kann Briefmarken sammeln. Ich erzähle Ihnen etwas. Meiers Familie hat uns nicht nur diese Villa überschrieben, sondern auch eine riesige Briefmarkensammlung, zwanzig Alben mit Marken vom Deutschen Reich, von der ersten Marke 33 mit einem Preußenkönig bis zur letzten mit Soldaten vom April 45. Ungestempelt, Ersttagsbriefe, Sonderstempel zum Reichsparteitag, zum Führergeburtstag. Wissen Sie, dass ein guter Stempel bei Sammlern genauso viel zählt wie die Marke?

Ich habe mich nie mit Briefmarken beschäftigt, sagt Finkel.

Es beruhigt, sehen Sie, ich bin wieder ruhig. Sondermarken zur Olympiade 36, zum Anschluss von Österreich, Feldpostmarken, es gibt Marken zum Einmarsch in Paris, zum Sieg von Rommel in Afrika, Dienstmarken, Luftpostmarken, Nothilfemarken, die ganze Geschichte in Briefmarken. Es gibt sogar Beulenpest-Andrucke.

Beulenpest?

Marken mit Druckfehlern. Statt Großdeutsches Reich in einer Ausgabe von 44 Grobdeutsches Reich. Das ist kein Zufall. Statt Führer Verführer. Das ist Hochverrat. Aber wer hat das gemacht? Es müssen viele gewesen sein, sonst hätte es von der Marke nicht mal den Probedruck gegeben. Briefmarkenfälschungen sind auch dabei. Führerporträt 12 Pfennig, Ausgabe 44 – da sieht man einen Totenschädel unter der Haut, diese Marke wurde von amerikanischen Agenten im Reich verbreitet. Die Deutschen haben das Gleiche gemacht, Roosevelt mit einer

Whiskyflasche in der Hand. Es gibt sogar Briefumschläge, die mit chiffrierten Informationen für Agenten abgestempelt sind.

Finkel reicht das zusammengeklebte Papier Lilienthal, der: Wir schließen für heute die Akten, sagt. Wir fahren jetzt mit dem Auto aus der Stadt und suchen uns einen Gasthof. Mit Ihnen kann man sich so gut unterhalten.

Auch Anna ist unterwegs. Sie trägt der Kosanke den Hebammenkoffer nach, die sagt: Ich will nicht zu spät kommen.

Die Schwangere im Haus der Apothekenhelferin hat jedoch keine Wehen, und die Kosanke legt ihre Instrumente zurück: Da müssen wir noch warten, und will aufbrechen. Anna würde lieber bleiben, um nicht nach Hause zu müssen, weil sie da allein ist.

Wassergeburt, sagt Anna.

Als Anna nach Hause kommt, sitzt Fritz schon am Küchentisch, vor sich eine fast leere Flasche mit Selbstgebranntem, und Regina streift ihm gerade die dreckigen Stiefel ab.

Nu wad tit, sagt er, oder wer süll dad Fier mocken?

Anna beginnt sofort, mit Reisig die Holzscheite im Herd anzuheizen, setzt den großen Topf auf den Herd und füllt ihn mit Wasser aus dem Krug. Regina schiebt den Zuber an den Küchentisch, und Fritz, noch mit den stinkenden Strümpfen an den Füßen, steigt hinein, Regina macht es ihm nach. Fritz faltet ihr Papierschiffchen, während Anna im großen Wassertopf rührt. Drei Schiffchen, ein Schluck aus der Flasche. Regina kurvt mit ihnen auf dem trockenen Zuberboden, bis Anna endlich die ersten Krüge warmes Wasser in den Zuber leert, da brummt Fritz zufrieden, und Regina soll, weil die Schnapsflasche leer ist, eine neue aus der Vorratskammer holen. Muss sie das?

Fritz blickt zu Anna, die so etwas früher nie gesagt oder gefragt hat, und Regina tapst schon durch die Küche und bringt Fritz die Flasche. Flohstiche jucken Fritz auf dem Rücken, dass er aufsteht, um sich zu kratzen, dabei verliert er das Gleichgewicht, stolpert Anna in die Arme, die ihn erschrocken wegstößt, und Fritz fällt in die Scherben der Schnapsflasche, die ihm Gesicht und Hals zerschneiden. Regina schreit, weil das Gesicht von Fritz im Blut verschwindet, er sich nicht mehr bewegt, und Anna steht nur da. Regina läuft zur Kosanke: Mutter, ruft sie schon an der Tür, und die Kosanke eilt die wenigen Meter von ihrem Katen ins Umsiedlerhaus Typ eins.

Lilienthal steuert den Dienstwagen, einen Ford, Geschenk der israelischen Regierung, aber nicht aus der Stadt hinaus zu einem guten Gasthof, wie Finkel glaubt.

Was wird passieren, wenn der Rest der Welt von dieser Briefmarkensammlung erfährt? Sie sind der Einzige, der davon weiß, Herr Finkel, und Lilienthal fährt in eines der guten Viertel, beugt sich vor, um Hausnummern zu erkennen: Hier muss er sein, der Puff. Ich will ihn mir ansehen. Ich muss wissen, wo ich mich herumgetrieben haben soll. Da lacht Lilienthal, geht bis zur Klingel und versucht, die Namen zu lesen.

Hinter dem Ford hat ein Wagen gehalten, aus dem drei Männer steigen, Herr Lilienthal, sagt einer und zeigt seinen Ausweis, wir haben ein paar Fragen an Sie.

Wenn Sie Fragen haben, müssen Sie in mein Büro kommen, das gilt auch für die Mitarbeiter des amerikanischen Geheimdienstes.

Lilienthal wird von den Männern zu ihrem Wagen gedrängt, und als Finkel aus dem Ford steigt, um Lilienthal zu helfen, Ach, der Herr Finkel aus Paris, hält er mitten in der Bewegung inne.

Nach dreistündigem Suchen findet Finkel den Wagen im Hof des amerikanischen Konsulats.

Finkel, Stellvertreter des Vorsitzenden der Verfolgten der Konzentrationslager, sagt er zum Posten, verlangt, den Konsul zu sprechen, und wird in ein kleines Zimmer geführt.

Der Herr Konsul ist abwesend, Sie müssen mit mir vorliebnehmen. Außerdem kennen wir uns, sagt Clark.

Wo ist Ariel Lilienthal?

Sehen Sie sich um, sagt Clark vor einer Wand von Umzugskartons, wenn Sie Lilienthal finden, können Sie ihn mitnehmen.

Ihre Leute haben ihn entführt.

Entführt?

Wenn Ariel Lilienthal nicht in dieser Stunde freikommt, gehe ich an die Presse.

Glauben Sie, wir haben keine Verbindungen zur Presse? Clark schnipst mit den Fingern, als wäre ihm ein Einfall gekommen: Was sollen Ihre Leser denken, wenn sie auf dem Foto den ehrenwerten Herrn Lilienthal vor dem Bordell aussteigen sehen? Clark wartet auf Finkels Antwort, aber Finkel hat keine.

Ich will offen mit Ihnen reden, Finkel, Sie sind ein vernünftiger Mann. Ihr Vorsitzender ist uns etwas zu umtriebig. Er bringt Unruhe in unsere Vorgänge, das ist nicht gut. Denken Sie nur an die Sache am Toplitzsee. Eine Kleinigkeit. Zum Glück haben Sie die Nerven behalten, deswegen habe ich mich entschlossen, Sie ohne großes Aufhebens wieder laufen zu lassen. Aber Lilienthal glaubt, in der ersten Liga mitmischen zu können, und das sollte er nicht. Wir haben heute versucht, ihm das klarzumachen.

Ihre Leute haben den Vorsitzenden der Verfolgten der Konzentrationslager, einer international anerkannten Vereinigung, entführt.

Wissen Sie, dass wir Kollegen sind? Ich habe in Paris und Berlin Kunst studiert. Ich liebe die alten Meister wie Sie, Herr Finkel. Goya. Ich hätte in Chicago ein Museum leiten können.

Ohne den Krieg hätte ich jetzt eine Familie und müsste nicht an diesem Schreibtisch sitzen. Lilienthal hätte als Architekt sein Brot verdient. Und Sie wären in Berlin vielleicht Präsident der Akademie, wer weiß? Es ist anders gekommen, für Sie, für mich, für Lilienthal. Eichmann zu finden ist jedenfalls nicht Lilienthals Job.

Man wird ihn nicht aufhalten.

Doch, Finkel. Sie.

Da winkt Finkel ab, bereit, das Zimmer zu verlassen, hat schon die Türklinke in der Hand.

Wir würden gern einen Wechsel in der Leitung der Internationalen Vereinigung der Verfolgten sehen, Herr Finkel, sagt Clark so laut, als wäre er schon im Flur, wir glauben, Sie sind der geeignete Kandidat.

Spielen Sie gern Menschenschach?, fragt Finkel in der offenen Tür.

Keine Vorwürfe, Finkel. Es gibt Notwendigkeiten.

Es gibt Willkür.

Eine Notwendigkeit ist, dass Eichmann jetzt nicht zur Strecke gebracht wird. Wir wissen, dass er in Argentinien ist, das weiß auch der israelische Geheimdienst. Aber Israel hat derzeit kein Interesse an Eichmann, und wir haben es auch nicht. Da kann Herr Lilienthal nicht daherkommen und lautstark zur Jagd blasen.

Wo ist Lilienthal?

Sie haben Ihren Chef heute Abend zurück, er wird etwas geknickt sein, vielleicht geht er tatsächlich in sich und begreift diese letzte Warnung unsererseits. Wussten Sie, dass er die österreichische Staatsbürgerschaft beantragt hat? Er sollte die israelische beantragen. Er braucht sich dazu nicht einmal Formulare zu beschaffen, sie liegen bereits in seinem Schreibtisch, linkes Seitenfach. Sie können auf unsere Unterstützung zählen, man muss nehmen, um geben zu können, man muss ja auch mehr als alles geben.

Aber man muss Kredit aufnehmen, um mehr als alles zu geben, erwidert Finkel.

Sie haben bei uns Kredit. Mancher muss erst alles verlieren, um zu gewinnen. Das macht Sie uns so sympathisch, Herr Finkel. Sie sind das genaue Gegenteil von Herrn Lilienthal. Immer diskret und verschwiegen beim Strippenziehen. Wie Sie den alten Gangster Göring mit dem gefälschten Vermeer hereingelegt haben, alle Achtung. Unsere französischen Freunde sehen das etwas anders, aber solange Sie unter unserer Fahne segeln, werden auch die Franzosen Ihnen nichts anhaben, wie gesagt, Sie haben den Kredit, Lilienthals Zeit ist abgelaufen. Und wie Sie sehen, hat er nicht viele Freunde, selbst der Gemeindevorsteher von Linz klagt gegen ihn.

Weil das Ihr Freund ist?

Stimmt, Herr Finkel, wir haben viele Freunde.

Um sich zu beruhigen, fährt Elias Finkel eine Stunde kreuz und quer durch Linz, bis er am Pöstlingberg aussteigt und die fünfhundert Meter auf den Gipfel hinaufklettert. Schon nach wenigen Minuten keucht er, aber das treibt ihn nur noch an. Wenn anscheinend jeder über sein Leben verfügen kann, will er wenigstens Herr seiner Gedanken bleiben. Von der Stadt unten, dieser Puppenstube, hört er nur dumpfes Rauschen, und um seinen Kopf kreisen Fliegen. Was wäre anders, hätte es den verfluchten Krieg nicht gegeben? Vielleicht wäre er Akademiepräsident? Hätte er eine Familie? Er hat damals nicht einmal bemerkt, wie verliebt er in eine junge Frau war, die in seiner Malklasse Modell saß, um sich ihr Taschengeld aufzubessern. Über ihre Unbefangenheit hat er gestaunt und ihre makellose Anatomie bewundert. Damals hat Finkel sie nicht gezeichnet, sondern die Zeichnungen seiner Schüler korrigiert. Aber dabei lernte Finkel die junge Frau umso besser kennen, obwohl sie nie mehr als: Guten Tag, die Herrschaften, und: Auf Wiedersehen, sagte. Erst viele Jahre später, in Lewys Versteck in Paris, begann er ihr Gesicht aus der Erinnerung zu zeichnen. So viele Blätter und Stifte er auch verbrauchte, er traf nicht annähernd die Rundungen ihrer Wangen, ihrer Augen, den Bogen ihrer Brauen, bis er es aufgab, sie zu zeichnen.

Aber nun, seit Lilienthal ihn mit Aufgaben überhäuft, flüchtet er vor ihm in den nahen Stadtpark und zeichnet wieder. Versuche sind es, und er ist glücklich, wenn es ihm gelingt, ihre Lippen aufs Papier zu bannen. Stifte und ein Malbuch trägt er stets bei sich. Er hat beides auch auf dem Pöstlingberg dabei.

Nun, nachdem Finkel zur Ruhe gekommen ist, befällt ihn wieder diese Unruhe. Mit jeder Zeichnung ist er ihr näher, als er ihr je gewesen ist. Jede Seite hat er nummeriert, gescheiterte und geglückte Zeichnungen stehen nebeneinander.

Spätabends trifft Finkel den Vorsitzenden der Verfolgten der Konzentrationslager in seinem Büro: Sie waren auch hier, Finkel, überall kleben ihre Spuren, und sich über seinen Oberlippenbart streichend: Die wollten mir Angst machen, dabei haben die ihre Hosen gestrichen voll. Es stinkt zum Himmel, Finkel. Die haben mir Telefonmitschnitte vorgespielt. Wie ich mit meinen Informanten rede, wie ich mit Leuten der israelischen Aufklärung rede. Die Herren Amerikaner haben fünf Leute für mich abgestellt, damit ich ihnen Eichmann nicht anschleppe. Das hat mich unendlich traurig gemacht, ich war nahe daran, den Amerikanern zu sagen, ihr bekommt mein Archiv, und ich gehe nach Israel. Aber ich habe das dann gelassen, ich weiß, was ich tun werde. Wir werden die Philister mit ihren eigenen Waffen schlagen, Finkel, die Gesichter möchte ich sehen. Wir werden unser Archiv auflösen, all die Tausenden von Akten, die Verbrechen beweisen. Aber wir werden den

Amerikanern nichts geben, so viele Silberlinge sie mir auch bieten. Was macht Ihr Freund Goldschmid in Jerusalem? Er baut doch die Gedenkstätte für jüdische Märtyrer auf. Ihr Freund Goldschmid bekommt unser Archiv, einschließlich des *Buches der Namen*. Dann muss Israel die Verbrecher suchen, Israel kann nicht mehr sagen, der Lilienthal in Linz ist keine offizielle Institution des Staates Israel, und die Amerikaner können das Archiv nicht verschwinden lassen, das haben sie mir nämlich angeboten. Wissen Sie, mit welcher Begründung? Weil Amerika und Israel mit Argentinien, wo sich Eichmann versteckt, keinen Streit wollen, um es nicht den Russen in die Arme zu treiben; weil Amerika und Israel mit dem Vatikan und Bischof Hudal keinen Streit wollen, um den Vatikan nicht gegen sich aufzubringen. Das Archiv soll verschwinden, damit es dem Russen nicht in die Hände fällt. Die Herren Amerikaner haben mir Tonbänder vorgespielt, in denen es um meine Entführung und den Raub des Archivs geht. Ich lasse mich nicht nach Israel abschieben, und ich werde Eichmann bekommen. Und Sie, Finkel, bringen das Archiv in Sicherheit, zu Goldschmid.

Aber Finkel wird sich nicht vom *Buch der Namen* trennen. Nicht von den Geschichten zu den Namen. Vielleicht hört er eines Tages seine eigene Geschichte, er ist darauf gefasst, erwartet es sogar, obwohl kaum noch neue Formulare von Überlebenden bei ihm abgegeben werden, weil es nur noch hundert Bewohner in der Bindermichl-Siedlung gibt, und die stammen aus dem Osten. Finkel sagt, dass er da sein wird, wo das *Buch der Namen* ist: Wenn es nach Israel gelangt, werde ich dort bleiben.

Das werden Sie nicht, Finkel, das wäre Verrat an mir.

Anna bleibt vor einem Schaufenster mit bunten Auslagen stehen, dass Hebamme Kosanke sagt: Wir müssen uns beeilen, sonst ist die Besuchszeit vorbei. Regina zerrt an der Hand ihrer Mutter und erschrickt, wenn Autos hupen. Anna mag das Konzert, könnte Stunden an der Hauptstraße von Stralsund stehen.

Seit Annas letztem Krankenbesuch bei Fritz hat sich nicht viel geändert. Gesicht und Hals sind noch immer mumienhaft verbunden, frei ist nur ein schmaler Spalt für den Mund. Seine Hände hat er auf der Bettdecke, seine Fingernägel sind gewachsen. Bei ihrem letzten Besuch war Fritz noch in die Zwangsjacke geschnallt, weil er ohne seinen Selbstgebrannten verrücktspielte.

Frische Blumen, sagt die Kosanke laut, damit Fritz sie hört, Regina berührt nun seine Hände, und die Kosanke sagt: Unser Fritz ist bald wieder zu Hause, vielleicht schon nächste Woche.

Regina, auf die Verbände zeigend: Das ist, weil Mutter das gemacht hat, und schlägt mit einem Arm heftig durch die Luft, dann hockt sie sich vor den heraushängenden Katheterschlauch, durch den gerade Urin läuft.

Deinen Pferden gehts gut, sagt die Kosanke laut, die freun sich, weil mal Ruhe ist. Lötzsch lässt dich auch grüßen, wenn er Zeit hat, kommt er vorbei.

Die Kosanke knufft Regina, damit sie für Fritz *Das Lieben bringt groß Freud* singt.

Zurück in Lanzerow, läuft Regina: Ich geh jetzt spielen, nicht zu den anderen Kindern am Strand, sondern zu den Pilgrims, erzählt ihnen, wie Fritz aussieht, dass er kein Wort gesagt hat, nur am Schlauch an seinem Bett hat sie gemerkt, dass er nicht tot ist.

Ob ihr das Kleid gefällt, fragt Frau Pilgrim. Als ihre Tochter so klein war wie Regina jetzt, hat sie es getragen.

Mutter hat das mit Fritz getan, sagt Regina und haut mit der Hand wieder durch die Luft.

Otto hört mit dem Milchlutschen an Karins Riesenbrüsten auf, die: Lass noch wat für den Jungen, sagt.

Ist ja gut, sagt er, unser Monsterkarl wird mal ein deutscher Hüne, wie er im Buche steht.

Karin ist froh, dass Otto unser gesagt hat, weil das Riesenkind jeden erschreckt, der es sieht. Nur den Vater nicht, der vom grunzenden Karl nicht genug bekommen kann und deshalb im Bett mit Karin und dem Jungen schläft. Otto möchte am liebsten vor Glück schreien, denn er hat ein Kind mit dem Blut vom dicken lieben Gott, aber der ist tot, und er, Otto, lebt, und Karl lebt.

Nach der Geburt hat Otto zwei Wochen lang seine Wohnung nicht verlassen. Nun braucht er eine Luftveränderung und ruft Blond an, damit sie wieder *Kommunisten ärgern* spielen gehen.

Anwalt König ist am Telefon, sagt Elisabeth Kypscholl, als Otto seine Jacke überzieht, um wegzufahren.

Ist das mein Anwalt oder deiner?, sagt Otto. Ich muss los.

Der Herr Anwalt ist in der Leitung, wegen Vaters Testament.

Otto nimmt den Hörer, ruft: Kypscholl, hinein, damit der Hämorrhoidensammler nicht auf den Gedanken kommt, ihm etwas zu erzählen.

Ich habe Ihnen mitzuteilen, dass die Frist abgelaufen ist.

Wie! Welche Frist?

Die Ihnen Ihr Vater zugestanden hat, um sich für die Fortführung des Unternehmens zu entscheiden.

Ich werde niemandem Rasierer aufschwatzen.

Die Patente und Grundstücke des Unternehmens, soweit sie für uns verfügbar sind, werden nun verkauft. Aus dem Erlös erhält Frau Elisabeth Kypscholl eine monatliche Rente bis zum Lebensende, die ihr ein sorgenfreies Dasein sichern dürfte. Das Privatvermögen Ihres Vaters, das nach der Währungsreform noch neunhunderttausend Deutsche Mark beträgt, fällt Anna

Kypscholl zu. Im Todesfall von Anna Kypscholl geht es an Elisabeth Kypscholl über. Im Todesfall von Elisabeth Kypscholl an mich.

Da legt Otto auf und rast mit dem Auto durch die Straßen von Berlin wie Franzke damals in Paris. In der Lagerhalle steigt er in den alten Deutz, den nun Blond lenkt.

Otto hat für diese Runde Schloss Rheinsberg ausgesucht, weil es mit den Möbeln des früheren Bewohners, des Prinzen Heinrich von Preußen, vollgestopft sein soll. Otto, mit einer Karte des Großdeutschen Reiches in den Händen, markiert jedes Kaff, das sie durchqueren, eingekreist bedeutet: Gutshaus vorhanden, ein Kreuz bedeutet: Nichts.

Nach zweistündigem Geholper über kriegszerfurchte Straßen klettern Otto und Blond am Marktplatz von Rheinsberg aus dem Deutz, das Schloss in Sichtweite. Sie tragen bereits ihre Blaumänner, und Otto reibt sich die Hände: Dann wollen wir mal nach dem Rechten sehn.

Aber Blond, der beim Eisbeingeruch aus dem nahen Gasthaus die Lippen schnalzen lässt, will erst etwas essen. Kaum haben sie die Wirtsstube betreten, da fällt Ottos Blick auf drei Gemälde an den Wänden, die Hofdamen zeigen. Er erkennt sofort, dass sie alt sind. Eine Geste zu Blond reicht.

Als die Kellnerin, eine Matrone mit künstlich gelocktem Haar, Berliner Weiße auf den Tisch stellt, fragt er: Sind wohl Vorfahren das?, und zeigt auf eines der Bilder.

Nee, lacht sie und klatscht in die Hände, dass Fett an ihr wabert: Seh ick so aus?

Besser, Blond klatscht auch in die Hände: Viel besser.

Bevor das Eisbein vor ihnen dampft, hat Otto entschieden: Alle drei, und Blond nickt, den Rauch seiner Zigarette an die Fensterscheibe pustend. Er raucht auch beim Essen und lobt das Eisbein, zur Frau an der Theke rufend: Jut wie bei Muttern.

Was sie denn hierher verschlagen hat, fragt sie, und Otto: Wir müssen noch weiter, Betriebshandwerker.

Macht ihr auch Heizung?

Allet, sagt Blond, Sauerkrautfäden hängen aus seinem Mund.

Unsere fängt nämlich an zu spinnen.

Nach dem Essen bestellen sie Kaffee, und die Kellnerin hebt ihre fetten Arme: Jibts schon lange nich mehr, hier jibts Muckefuck.

Dafür habt ihr schöne Staubfänger an ne Wände.

Dafür kann ick nix, sagt sie, dit schleppen die von da drüben an, wenn die sich hier mal richtig durchfuttern wolln, die armen Schweine haben nix als dit Hemd am Leib. Und wissen immer noch nich, wohin mit sich. Aba die meisten sind längst rüber in Westen, nur die Alten sind noch im Schloss.

Und Blond, auf eines der Bilder zeigend: Sieht aus wie meine Tante, is zum Glück schon tot.

Die kieken ein im Vorbei immer an, aba da jewöhnt man sich dran, sagt die Matrone, und Otto: Kann ich dir eine Tante kaufen?

Worüber sie mit dem Muckefuck in Händen lacht.

Blooß nich, ruft Blond, hat mich nur malträtiert.

Deshalb kaufe ich dir eine neue, hundert Deutsche Mark für diese Tante, was sagen Sie?

Dafür?

Nein, nein, das war ein Spaß, sagt Otto zu Blond, ich kauf dir keine neue Tante, und zur Kellnerin: Dann probieren wir mal den Muckefuck.

Blond geht zu den beiden anderen Bildern: Die beobachten auch.

Sag ick doch.

Ich kaufe dir drei Tanten für dreihundert Deutsche Mark, dann hast du sie zu Hause an jeder Wand.

Bist du verrückt?, ruft Blond, und zu der Frau: Bewahren Sie mich vor dem Irren.

Ich gebe der Dame vierhundert Deutsche Mark für die drei Tanten, wenn ich dich damit ärgern kann.

Die Matrone hält ihre Hände vor den Mund, als Otto vier Scheine aus seiner Börse nimmt und auf den Tisch legt: Reicht das Trinkgeld?

Mir is dit ejal, wofür ihr dit schöne Jeld ausm Fenster werft.

Und Blond: Er ist verrückt, er meint das ernst.

Im Lager fotografiert Otto die drei Bilder für Amberg und fährt danach nach Hause. Er ist froh, wieder bei Karin und Karl zu sein. Er küsst den Jungen und fällt über Karin her, die sich kissenschlagend wehrt, damit er sie durch die Zimmer jagt, bis Karl plärrt und Karin ihm die Brust gibt. Otto streichelt ihm die rosa Haut und wartet auf das Bäuerlein, streichelt die winzigen Hände, die irgendwann einmal zupacken sollen. Nicht wie die vom Totenhochtreiber, der nie zugepackt, sondern anderen nur etwas weggeschnappt hat, sondern wie die von seinem Großvater Paul Kypscholl, der früh an Krebs gestorben ist. Als Kind hat Otto den Tischlermeister oft besucht und an den Werkbänken drehen und schrauben, sägen und hämmern dürfen, am liebsten leimte er Hölzer und spannte sie in der Presse fest. Der Junge hat damit auch Walnüsse geknackt und, wenn er allein in der Werkstatt war, Nudeln und Reis zu Pulver zu pressen versucht, einmal sogar einen selbst geangelten Fisch.

Ich schenke Karl eine Werkbank, sagt Otto, und Karin sagt lachend, was ihr Gesicht wegen der graugelben Zähne nicht schöner macht: Was soll denn unser Karl jetzt mit einer Werkbank?

Dann will Otto an die Zitzen, er hat es sich verdient, das Spiel in der Ostzone hat durstig gemacht.

Es ist Reginas zweiter Auftritt im Kulturhaus Druschba-Freundschaft, seit Bürgermeister Lötzsch im Frühjahr 51 die Gründung eines sozialistischen Volksmusikensembles beschlossen hat: Musig schdärgd das Gollegdiv.

Das Lieben bringt groß Freud singt Regina von der kleinen Bühne, die Hausmeister Penkuhn in den Gastraum gebaut hat. Ihre Hände zupfen am Kleid, das Frau Pastorin ihr geschenkt hat und ihre dünnen Beine nicht verbirgt.

Dann gehts weiter mit: Im Frühtau zu Berge wir gehn, fallera, vom vielen Singen übermütig werdend, dirigiert Regina, damit die fünf Zuhörer im Kulturraum auch einstimmen. Pastor Pilgrim und seine Frau in der ersten Reihe singen mit, laut und kräftig sind ihre Stimmen. Wir wandern ohne Sorgen, auch der alte Fischer Dreyer brummt, und die Apothekenhelferin im Ruhestand klatscht den Takt, den Regina nicht immer hält, singend in den Morgen, das Mädchen hat eine Engelsstimme, flüstert Pastor Pilgrim seiner Frau zu, noch ehe im Tale die Hähne krähn.

Sie sollte Musikunterricht erhalten, ein Instrument lernen, sagt die Frau des Pastors, sie ist begabt.

Regina springt von der Bühne: Ich möchte jetzt spielen, sagt sie und hopst aus dem Kulturraum über den Platz, vorbei an der Kirche, deren Eingang seit der Wiederbesetzung des Lanzerower Kirchspiels von Wildwuchs befreit ist. Regina läuft an dem schief stehenden Schild mit der Aufschrift »Friedhof – kein Durchgang zum See« und an den Gräbern vorbei bis zur Pforte in der Stadtmauer, von dort die absackenden Stufen zum See hinunter, wo Handwerker sägen, hämmern und Teer kochen. Drei Bootsschuppen haben sie bereits auf der Halbinsel errichtet, das Ufer mit Pfählen befestigt und einen Steg für die Fischerkähne gebaut.

Regina bleibt auf einem Hügel, dem Lieblingsplatz ihrer Mutter, sitzen. Von dort kann sie die Baustelle, den Badestrand und das Schilf mit den fünf Schwarzerlen überblicken. Sobald Bürgermeister Lötzsch seinen Kontrollgang auf der Baustelle beendet hat, kommen die Jungen aus ihrem Versteck zwischen den dichten Halmen und holen sich Abfallhölzer für ihr Floß und ihre Höhle im Schilf, bis sie von Fischer Dreyer oder Bäckermeister Hennich verscheucht werden, die ebenfalls Bretter und Balken wegschleppen, aber, wie Regina beobachtet, nicht vom Abfallhaufen, sondern vom Lagerstapel. Auch Fritz Penkuhn klaut Holz, das er einschließlich einiger Rollen Teerpappe zum Ausbessern von Schäden an seinem Siedlungshaus Typ eins benötigt. Gleich zu Anfang hat er sich auch ein Stück Maschendrahtzaun, mit dem die Baustelle gesichert ist, mitgenommen, und seitdem hält er Gänse hinterm Haus, die Anna füttert.

Es beginnt zu regnen, die Jungen bewerfen sich am Strand mit Schlick, als ihnen Hemden und Hosen vor Dreck und Nässe am Körper kleben, ziehen sie sich aus und laufen nackt ins Wasser. Hans Mulsow, der Älteste der drei, pinkelt erst Jacob, dann Olaf an, der Reginas Freund sein möchte, aber nicht darf, weil seine Mutter gesagt hat, Anna ist eine Hexe. Trotzdem hat Olaf ihr verraten, dass Hans sagt, er besteigt Schafe. Olaf hat gefragt, ob sie weiß, was das bedeutet. Jacob und Olaf spritzen Hans nass, der: Wer hat den größten, wer hat den größten, und wackelt dabei mit den Hüften, dass sein Schwanz herumspringt, Mann der Welt gesehen?

Regina friert, sie läuft über die Treppe und den Friedhof zurück, direkt Pastor Pilgrim in die Arme.

Jetzt schnell nach Hause, sonst wirst du krank und kannst nicht mehr singen.

Is aber keiner da.

Wo ist denn deine Mutter?

Eine Antwort fällt Regina nicht ein, und sie patscht mit den Sandalen in einer Pfütze.

Dann komm mal mit, sagt er.

Im Flur des Pfarrhauses schüttelt er den Regen von seinen Sachen. Der Duft von frisch gebackenem Kuchen liegt in der Luft, und als Regina mit dem Pastor die Küche betritt, schneidet seine Frau gerade den Streuselkuchen auf dem Blech in Stücke: Du lieber Himmel, du bist ja klitschnass, Mädchen.

Bei ihr ist niemand, sagt er.

Zieh das Kleid aus, sonst wirst du krank.

Und Regina, erst das Kleid, dann das Hemd auf den Steinboden werfend: Wenn ich sechs werde, macht Tante Kosanke auch Kuchen.

Die Frau des Pastors rubbelt Reginas Rücken mit einem Handtuch trocken.

Is zweiunddreißig zu viel Alter?

Für einen Erwachsenen nicht, und reibt die Beine.

Kann ein Kind auch zweiunddreißig sein? Wenn Mutter zweiunddreißig is, macht Tante Kosanke wieder Kuchen.

Wir haben in der Wäschetruhe noch Kinderkleider, die ziehst du an.

Hans Mulsow hat vorhin wieder nackig gebadet. Die anderen Jungen auch. Der Hans wackelt immer so, da wackelt es bei ihm.

Magst du einen heißen Kakao?

Wenn ich sechs bin, komm ich in die Schule, aber hier gibts keine Schule. Tante Kosanke sagt, nebenan.

Pastor Pilgrim kommt mit Kleidern über dem Arm in die Küche: Irgendwas davon wird dir passen, und seine Frau sagt: Bald ist auch in Lanzerow eine Schule, vielleicht sogar hier im Pfarrhaus.

Pastor Pilgrim, der nach Lanzerow versetzt wurde, weil Schlageter im Herbst 50 dem Oberkirchenrat in Stralsund vertraulich mitgeteilt hat, dass Bürgermeister Lötzsch und Konsorten von der Kreisleitung die Lanzerower Kirche abzureißen planten, sagt: Du kannst auch zwei Kleider übereinanderziehen.

Schlageter konnte dem Oberkirchenrat die Pläne für die Neubauten auf dem Kirchgelände, von Fritz Penkuhn für ein Wochenende aus dem Büro von Lötzsch entwendet, vorlegen, woraufhin der Oberkirchenrat bei der Kreisleitung heftig protestierte.

Regina zeigt auf ein von drei Schleifen zusammengehaltenes Buch im Küchenregal: Was is das?

Ein Puppenhausbuch. Wenn unser Enkelkind kommt, spielt es damit.

Kann ich das auch mal haben?

Es ist schon sehr alt.

Wie alt?

Sechzig Jahre.

Bist du auch so alt?

Da lacht die Frau des Pastors und legt ihr ein Stück Streuselkuchen auf den Teller: Als Kind habe ich damit gespielt.

Der Pastor setzt Regina eine Tasse Kakaomilch vor.

Und wenn man die Schleifen aufzieht, was is dann?

Dann wird aus dem Buch ein Puppenhaus.

Is das Zauberei?

Nein, zu ihrem Mann gewandt: Wenn sie mich mit ihren blauen Kulleraugen so ansieht, kann ich nicht Nein sagen. Sie nimmt das Buch aus dem Regal, biegt die Buchdeckel auf dem Tisch auseinander, und Regina vergisst vor Staunen weiterzuessen, weil sie richtige Zimmer mit Möbeln sieht und Treppen, die ins obere Stockwerk führen, es gibt Teppiche auf dem Boden und Bilder an den Wänden.

Am Handtuch muss Regina ihre Hände abreiben. Mit ihren kleinen Fingern tippelt sie eine pappene Treppe hoch, öffnet eine Tür, wackelt an einem Leuchter, und die Frau des Pastors fragt, ob der Onkel Schlageter denn auch zu ihnen nach Hause kommt.

Nein.

Oder der Onkel Lötzsch?

Nein. Fritz hat nun ganz große Stellen am Hals und hier am Gesicht auch. Aber das blutet schon lange nicht mehr. Was is das für ein Zimmer?

Ein Kinderzimmer.

Aber mit den anderen Zimmern kann ich doch auch spielen?

Beim nächsten Mal. Jetzt gehst du nach Hause, und Regina beim Aufsammeln von Kuchenkrümeln: Tante Kosanke sagt, Onkel Lötzsch is ein Döskopp.

Am Tag darauf, Samstag, fünfzehn Uhr, hält vor dem Kulturhaus Druschba-Freundschaft der gelbe Moskwitsch vom Landfilm, von den Lanzerower Kindern seit Stunden erwartet. Im Spalier der Kinder lädt der Filmvorführer zuerst den Gerätekoffer aus, dann zwölf runde Metallschachteln; ohne Unterlass wird er gefragt, welchen Film er mitgebracht hat.

Das gibt bestimmt wieder einen Mörderfilm, sagt Olaf, der wie Regina nicht lesen kann, was auf den Metallschachteln geschrieben steht.

Im Kulturraum nagelt Fritz Penkuhn die Leinwand an die Bühne, der Filmvorführer stellt den 35-Millimeter-Apparat auf den Tisch, schraubt das Objektiv auf und spult mit einer Handkurbel eine Filmrolle um, die zweite darf Hans umspulen. Olaf, der neben Regina steht, sagt: Da kommen dann Mörder raus.

Um vier beginnt die Vorführung, die Kinder sitzen in der ersten Reihe, Fritz, Anna und die Kosanke in der zweiten, hinter Regina. Auch Pastor Pilgrim ist gekommen, dass sich Schlageter von der fünften Reihe in die vierte setzt, um dem Gottesmann eine Zigarre anzubieten.

Der Filmvorführer sagt, er hat für Groß und Klein etwas dabei. Er will *Das kalte Herz* zeigen, ein mittelalterliches Schauermärchen. Zuvor präsentieren wir die *Wochenschau*, damit auch unsere Landbevölkerung Kunde von den großen Dingen in der Welt bekommt, sagt er und lässt das Gerät knattern. Rasend schnell laufen auf der Leinwand nun Zahlen zu Fanfarenmusik rückwärts, bis die einundzwanzigste Folge von *Der Augenzeuge* aufflackert und eine zerstörte Brücke über einem breiten Fluss zeigt. Der Sprecher sagt: Auch in Düsseldorf sind noch überall die Kriegsschäden sichtbar, aber trotzdem tagt dort ein Komitee zur Volksbefragung über die Zukunft Deutschlands. Vom großen Aufbauwerk in der Sowjetunion wird dann berichtet, Bagger drehen sich, und Kipper fahren umher, halb nackte, schwitzende Bauleute schaufeln.

Is das der Film?, fragt Regina.

Nein, sagt die Kosanke, aber gleich.

Trotz widrigster objektiver und subjektiver Umstände wird der Wolga-Don-Kanal pünktlich zum Geburtstag des großen Genossen Stalin fertiggestellt sein, ein wahrhaft kommunistisches Bauwerk zum Wohle aller Sowjetbürger. Dann kommen kohleverstaubte Bergleute der Brigade Adolf Hennecke zu Wort. Regina fragt erneut, ob es *Das kalte Herz* ist, als sich die Genossen verpflichten, die Produktion von Braunkohle zu Ehren des Genossen Adolf Hennecke und zum Ruhm der Deutschen Demokratischen Republik um hundert Prozent zu steigern. Wieder zur Kosanke sagt sie: Was ist Deutsche Demokratische Republik?

Hat sich wat, sagt Fritz.

Was is Schafe besteigen?

Wer sagt denn so was?

Weiß nich, sagt Regina und dreht sich zur Leinwand. Pferde laufen da um die Wette, die Musik ist lustig, dass Regina laut dazu singt, und Bürgermeister Lötzsch ruft von der letzten Reihe: Ruhe, bidde schön.

Licht an, fordert der Vorführer, dann läuft *Das kalte Herz*.

Am Ende fragt Regina Olaf, wie der Peter sein Herz dem bösen Zauberer so einfach geben kann, das Herz ist doch fest, und geblutet hats bei Peter auch nicht, aber wenn geschlachtet wird, blutet es immer, und ein Herz muss man rausreißen oder rausschneiden wie beim Gänseschlachten. Hans weiß das.

Hans Mulsow hat Eselsohren, sagt Regina.

Beim Hinausgehen fragt Pastor Pilgrim die Hebamme, ob sie mit Anna und Regina im Pfarrhaus proben möchte, damit die nächsten Auftritte noch besser gelingen: Ein Klavier gibt es dort und reichlich Noten.

Klavier kann ich nicht, sagt die Kosanke.

Meine Frau begleitet euch gern, sie kann vielleicht den einen oder anderen Ratschlag geben. Und Regina unterrichten, sie ist begabt.

Hat sich wat, sagt Fritz. Silbergrau glänzen seine Bartstoppeln um die Narben an den Wangen und am Hals.

Schon nach der dritten Probe im Pfarrhaus singen Anna und Regina gemeinsam: Geh aus, mein Herz, und suche Freud, zusammen mit Frau Pastor, die Anna hilft: Anna, du brauchst mir nur mitzumachen. Anna trällert dann auch zu Hause beim Wäschezusammenlegen: Geh aus, mein Herz, vor der Laterne. Oder beim Viehfüttern: Vor dem großen Tor, und summt auf lall lala lala la la laaa weiter, bis ihr Lale Andersen und dann Otto in den Sinn kommen, und beide wird Anna erst los, als sie ihr Haus verlässt, um Regina und die anderen Kinder am See von ihrem Lieblingsplatz aus zu beobachten. Manchmal hört sie nur das Lachen aus dem Schilf oder dass sie sich etwas zurufen. Manchmal toben sie am Strand, ringen miteinander, schleppen sich gegenseitig durchs Wasser. Jung sind sie, voller Kraft, ungestüm. Anna könnte sie vermessen oder untersuchen. Eines Tages jedoch wird sich zeigen, wie erbgesund diese Kinder sind.

Einen Monat später, im Juli 51, zeigt der Landfilm *Saure Wochen – frohe Feste,* angekündigt durch Plakate an der Tür des Kulturhauses; auf der einen Seite kriechen Bergleute aus einem Schacht, auf der anderen tanzt ein Paar, der Schriftzug leuchtet gelb. Nur wenige Kinder und Erwachsene gehen pünktlich um vier ins Kulturhaus, weil Schlageter am Eingang ruft: Wartet, bis der Film beginnt, hört nicht auf die Kommunistenpredigt in der *Wochenschau.*

Bürgermeister Lötzsch unterbricht ihn: Wer in den Film will, muss die *Wochenschau* sehen. Schlageter bleibt allein zurück und geht als Letzter ins Kulturhaus.

Im Flur sagt Lötzsch zu Anna, dass es mit Stralsund klappt, er hat vom dortigen Krankenhaus eine Mitteilung erhalten. Letztlich hat er sich bei der Kreisleitung nur deshalb für die Zuweisung einer Stelle in Stralsund für Anna eingesetzt, damit sie dem subversiven Kreis der Pilgrims entkommt.

Anna möchte dafür der Kosanke vor Dankbarkeit um den Hals fallen; sie hat dem Bürgermeister gesagt, er soll sich darum kümmern, dass Anna eine Ausbildung erhält, am besten als Hilfskrankenschwester für Kinder. Weil Anna so gern Kindern zuschaut.

Hat sich wat, war die Antwort von Fritz.

Aber Fritz, hat die Kosanke gesagt, sobald Regina eingeschult ist, kann Anna mit der Ausbildung beginnen.

Hat sich wat.

Könnte eines Tages sogar Krankenschwester werden.

Lötzsch, nun auf der Bühne stehend, sagt noch einmal, dass es so nicht geht. Wer die Früchte des sozialistischen Aufbaus ernten will, muss mit Hand anlegen.

Welche Früchte denn?, fragt Bäckermeister Hennich, ich soll als Handwerker jetzt doppelt so viel Steuern zahlen, weil ich keiner Genossenschaft angehöre.

Lötzsch sagt, dass niemand um die Genossenschaft herumkommt.

Den Film, ruft jemand im Saal, und Lötzsch rechnet vor, dass die Einzelbauern von Lanzerow noch immer nicht ihr Abgabesoll für Milch erreicht haben.

Wir wollen den Film sehen.

Genauso wenig die Schlachtviehproduktion, weshalb wohl bald ein Genosse der Kreisleitung in Lanzerow nach dem Rechten sehen wird, woraufhin durcheinandergeredet wird und Anna ihre Ohren zuhält: Lall lala lala la la laaa.

Der Filmvorführer will beginnen: Ich muss noch ins nächste Kaff, aber Bürgermeister Lötzsch verlässt die Bühne nicht, weil nur zum Kino und neuerdings zur Sonntagsmesse so viele Lanzerower zusammenkommen: Ooch die Eiererzeuchung sinn geehne Ruhmesdad.

Was ist mit den Traktoren?, ruft Schlageter, die hat uns deine Kreisleitung schon vor Jahren versprochen. Wir haben nicht einmal genügend Zugpferde. Auf dem sozialistischen Acker von Lanzerow ziehen sozialistische Milchkühe den Pflug.

Genossen, ruft Lötzsch, damit es ruhig im Saal wird, aber das Wort bewirkt Getöse, Regina presst ihre Hände fest an die Ohren, Apotheker Mulsow schreit: Genosse? Wer ist hier Genosse?, und zeigt auf das große Foto von Walter Ulbricht, das an derselben Stelle hängt wie zuvor das Bild des Führers, und darüber die Losung: »Ruhm und Ähre der Partei – Wenn sie uns ruft, sind wir dabei«, von Fritz Penkuhn mit weißer Farbe auf roten Stoff gepinselt.

Warum kleben die Ulbricht-Briefmarken so schlecht?, ruft der Apotheker. Weil die Leute auf die falsche Seite spucken.

Im Spätsommer beginnt Pastor Pilgrim mit den Chorproben für das Erntedankfest. Heho, spann den Wagen an, zuerst einstimmig, sieh, der Wind treibt Regen übers Land, dann als Kanon.

Fritz Penkuhn findet es seltsam, dass immer mehr erwachsene und gesunde Menschen auf einer Bühne singen wollen. Er hat jetzt fünf Destillierkolben im Einsatz und könnte sich von den Einnahmen seiner Schnapsverkäufe sogar ein altes Auto leisten, um damit mehr Lanzerower und Stralsunder noch schneller zu beliefern. Aber singen?

Zum Schluss der Probe stimmt Pastor Pilgrim *Ein feste Burg ist unser Gott* an, die Apothekenhelferin und die Frau des Pastors singen mit. Die anderen kennen das Lied nicht, aber Bürgermeister Lötzsch, der gerade in den Kulturraum kommt, weil er Fritz Penkuhn sucht, läuft gleich zur Bühne: So ham wir nich gewedded, das is geehn sozialisdisches Liedgud, das will ich hier nich hörn.

Pastor Pilgrim antwortet: Nach guter alter Tradition gehört ein Kirchenlied zum Erntedankfest, und Bürgermeister Lötzsch erwidert, dass nun die sozialistische Tradition aufgebaut wird, und verweist den Pastor der Bühne. Apotheker Mulsow besteigt dann die Bühne, auch er ist dem Chor beigetreten: Walter Ulbricht besucht ein Dorf und sagt zum Bürgermeister: Euer Weizen steht sehr gut. Genosse Staatsratsvorsitzender, das ist Hafer. Ulbricht nickt und sagt: Hackfrucht ist Hackfrucht.

Was sind das für Früchte?, fragt Lewy und zeigt auf einen hoch beladenen Karren, geschoben von zwei Jungen mit bestickten Kippot.

Das sind Sabres, sagt Finkel, außen stachlig, aber innen herrlich süß. Man lässt sie in heißem Wasser liegen, um die Schale besser abzubekommen. Sabres nennt man auch Juden, die in Israel geboren sind; raue Schale, aber weiches Herz.

Finkel zeigt auf ein schmuckloses Gebäude am Ende des Jerusalemer Marktes: Das ist unser erstes Kino. Eigene Filme produziert Israel noch nicht, man sieht da Ingrid Bergman und Anita Ekberg, und die reden tatsächlich Hebräisch, aber die Zuschauer wollen Englisch hören, deshalb ist der Ton meistens abgedreht. Die Busse hier sind Spenden aus London, ausrangierte Kisten, die an jeder dritten Ecke liegen bleiben.

Nach dem Stadtrundgang sagt Lewy wieder: So ein Zufall, dass ich gestern dein Foto in der Zeitung gesehen habe.

Finkel weiß, dass Lewy ihn wegen eines gewichtigen Grundes aufgesucht hat, aber er wird ihn nicht fragen, wird das Spiel der Zufälligkeiten mitmachen. Und verlässt mit Lewy im Taxi die Stadt, um ihm kleine Getreidefelder in Senken, Plantagen mit Feigenbäumen und Granatäpfeln an Berghängen zu zeigen: Im Dezember blühen hier Narzissen und Hyazinthen und ab Januar Anemonen und Gladiolen, es duftet dann so gut, dass meine Frau am liebsten jeden Tag hier herauskäme, sagt Finkel mit einer Genugtuung, als hätte er die Plantagen bestellt.

Seit wann bist du verheiratet?

Seit ich hier lebe.

Ein Überlandbus kommt ihnen entgegen, bedrohlich unter der Last von Koffertürmen schaukelnd, ihr Taxi weicht in den Schotter aus.

Lewy dreht an seinem vergoldeten Siegelring: Für Überraschungen bist du noch immer gut, und weil Finkel nichts dazu sagt: Das war schon damals so.

Finkel zeigt auf eine Siedlung am Hang eines Hügels: In Abu Ghosh soll das biblische Emmaus gewesen sein. Da vorn wohnt David Rennes. Er hat 48 die ersten Briefmarken für den neuen Staat gedruckt, aber da hat man sich noch gar nicht auf den Namen Israel geeinigt. Dahinten, in En Kerem, soll Johannes der Täufer geboren worden sein und gelebt haben. Maria hat ihn wohl oft besucht.

Hat Lilienthal dich schon mal besucht? Man sagt, er ist nicht gut auf dich zu sprechen, und Lewy lacht, aber es klingt höhnisch.

Auf der Rückfahrt nach Jerusalem fragt Lewy, ob er Finkels Frau kennenlernen wird.

Sie gibt bis in den Abend Stunden für Neuankömmlinge.

Mehr wird Finkel nicht über seine Frau sagen, die einer anderen, in die er vor dreißig Jahren verliebt war, so ähnlich sieht wie seine letzten Skizzen. Nur noch wenige Seiten waren im Malbuch frei, und er war seiner Erinnerung nah wie nie gewesen, da verschwand es, damals, noch in Linz. War nicht mehr auf dem Schreibtisch, wo es sonst lag. War nicht im Zimmer, im Treppenhaus, auf Gehwegen zu finden, so viele Tage er auch danach suchte, während er von Lilienthal traktiert wurde, endlich das *Buch der Namen* nach Israel zu schaffen, damit Clark, der Gangster, es nicht in die Finger bekommt. Er hat das *Buch der Namen* zu Goldschmid gebracht, aber zurück nach Linz wollte er nicht mehr. Hat Lilienthals Bitten und Drohungen geduldig ertragen, denn welche Gefahr konnte aus einem Telefonhörer kommen?

Sind die jungen Frauen da in Uniform?

Wer volljährig ist, muss bei uns zum Militär.

Sind das nicht halbe Kinder?

Auch die Empörung nimmt Finkel dem zufälligen Besucher nicht ab, der ihn dann doch überrascht: Du sitzt also bei Goldschmid und schreibst das *Buch der Namen*?

Nein, sagt Finkel, Goldschmid baut ein Archiv auf, und ich helfe ihm dabei. Täglich kommen Leute zu uns, die Lager oder Getto überlebt haben.

Bei uns in der Zeitung stand, dass euer Geheimdienst ins *Buch der Namen* schaut und dann die Leute jagt. Wie Lilienthal den Eichmann. Da kann doch jeder kommen und alles behaupten, und man steht in diesem Buch. Wer zum Teufel entscheidet das?

Der Teufel, sagt Finkel und blickt durchs Taxifenster zu Baukränen und Rohbauten, auf denen Fahnen mit dem Davidstern wehen, woraufhin Lewy stutzt: Beinahe hätte ich gedacht, der Jude ist der Teufel, und Finkel: Die Eule fliegt erst in der Dämmerung.

Genau genommen, sagt Lewy, kann niemand so ein Buch führen, am wenigsten Lilienthal. Eichmann allerdings könnte es.

Ich habe gleich eine Verabredung, ich bringe dich ins Hotel. Du fliegst morgen nach Amsterdam zurück?

Bevor wir uns trennen, mache ich dir ein Angebot: Ich habe in der Zeitung gelesen, dass du in diesem Institut von Goldschmid auf Spenden angewiesen bist.

Finkel beeindruckt eine Pause von Lewy nicht, der dann sagt: Ich bin ermächtigt, dir eine großzügige Spende, eine wirklich großzügige Spende anzubieten, wenn du dafür Frieden stiftest. Dauerhaften Frieden.

Das Taxi hält vor Lewys Hotel, Finkel bezahlt und öffnet die Tür: Wessen Frieden meinst du?

Lilienthal ist krank, ein Misanthrop, er wird nie Ruhe geben, mit ihm kann man nicht verhandeln.

Wer verhandelt?

Ich. Schaff das *Buch der Namen* aus der Welt. Euer Institut kann Geld für wichtigere Dinge gebrauchen.

Geld von *Odessa?*

Da lacht Lewy wieder drohend: Auch so eine Geschichte, die Lilienthal in die Welt gesetzt hat. Es gibt keine Organisation *Odessa*, hat es nie gegeben. Nur in Lilienthals Kopf gibt es die, damit er regelmäßig seine Pressekonferenzen abhalten kann. Finkel, selbst wenn Eichmann gefangen wird, wenn man ihn vor Gericht bringt, was wird dadurch ungeschehen gemacht? Und welchen Sinn ergibt das *Buch der Namen?*

Namen nenne ich keine, sagt der erste Sekretär der Kreisleitung, der tatsächlich nach Lanzerow gekommen ist: Jeder kennt die Querulanten, die den sozialistischen Aufbau nach Kräften behindern, sei es, dass sie ihre Ablieferungsnorm nicht erfüllen, sei es, dass sie durch ihren Lebenswandel ein schlechtes Vorbild geben, nein, Namen nenne ich keine. Jeder kennt diejenigen, die, statt es den Werktätigen in der Industrie gleichzutun, sich lieber in den Zug setzen, um nach Hamburg zu fahren. Und was bringen sie mit? Der erste Sekretär pocht nach jedem Satz mit der Faust auf das Rednerpult: Strumpfhosen, Kaffee, Schokolade, Kaugummi und Frauenzeitschriften bringen sie mit. Und haut wieder auf das Pult: Wenn Lanzerow sein Soll nicht erfüllt, gibt es auch keine Traktoren, das ist ganz einfach. Und keine Abwasserleitung. Und keine neuen Siedlungshäuser. Der Sozialismus ist kein Gottesgeschenk.

Anna gähnt. Solche Sätze kennt sie aus Stralsund, von ihrer Ausbildung zur Hilfskrankenschwester. Es langweilt sie, nichts davon hat mit Rassenhygiene zu tun, und das bisschen praktische Ausbildung beherrscht sie längst.

Sozialismus wird erarbeitet, erkämpft, sagt der erste Sekretär, wie das Menschenrecht. Lanzerow untersteht ab sofort direkt der Kreisverwaltung. Alles, was Bürgermeister Lötzsch anordnet, ist von der Kreisleitung angeordnet. Jeder Bauer wird ab sofort eine Normerfüllungstabelle führen und jeden Monat abrechnen.

Tabellen führt Anna auch, Name, Geburtsdatum und Diagnose der kleinen Patienten auf ihrer Station. Längst kennt sie alle Angaben zu den herrlichen Blondschöpfen mit den Kulleraugen auswendig.

Und noch etwas, sagt der erste Sekretär: Das Lanzerower Volksmusikensemble steht künftig unter der Obhut von Bürgermeister Lötzsch. Es heißt zu Ehren des Aktivisten der sozialistischen Arbeit Musikkollektiv Adolf Hennecke. Geprobt wird nur noch hier, im Kulturhaus. Damit diese subversiven Elemente aus dem Pfarrhaus keinen Einfluss mehr nehmen können. Die Kreisleitung fördert Talente, man sagte mir, es gebe hier ein Talent. Wir stellen Instrumente und Geld zur Verfügung. Das Musikkollektiv Adolf Hennecke wird das sozialistische Liedgut pflegen und es zu Anlässen wie Betriebsfeiern und Ehrungen darbieten. In Kirchen darf nicht mehr aufgetreten werden. Wenn der liebe Gott Musik hören will, muss er sich schon selber kümmern. Noch Fragen, Vorschläge, Anregungen?

Apotheker Mulsow meldet sich aus der fünften Reihe und sagt im Stehen: Na, Kleiner?, fragt Walter Ulbricht einen Jungen, wer ist dein Vater? Du, Onkel Walter. Schön, und wer ist deine Mutter? Die DDR. Gut, mein Junge. Was willst du denn mal werden? Vollwaise, Onkel Walter.

Los, sing, zischt Bürgermeister Lötzsch Regina zu, damit es keinen Tumult gibt, damit die Konterrevolutionäre nicht Unruhe verbreiten, und Regina nickt den anderen zu und stimmt *Wenn alle Brünnlein fließen* an. Auch Anna singt mit, sie möchte singen, es ist ein guter Tag. Gestern hat die Kosanke sie noch zu einer Geburt mitgenommen, Sturzgeburt, aber problemlos verlaufen.

Der erste Sekretär klatscht, und Regina fragt ihn, ob er denn auch was für die Schultüte hat. Sie kommt bald in die erste Klasse.

Da ist Anna schon am Ausgang, und bevor Fritz nach Hause kommt, wird sie weiter in ihrem Arbeitsbuch für den ersten Lehrgang lesen.

Währenddessen schenkt Otto Kypscholl seinem Sohn zum ersten Geburtstag eine Werkbank, und Elisabeth Kypscholl fragt, als er das Tuch vom Gestell zieht: Aber, Otto, was soll denn unser Kleiner mit dem Ding anfangen?

Er wird damit werkeln.

Karin küsst dem Jungen ihren Lippenstift ins Gesicht, zupft dann Staub vom Matrosenanzug: Sieht er nicht wunderschön aus?

Elisabeth streicht ihm durch die Haare: Ich habe Lale extra geschrieben, sie soll den Anzug zwei Nummern größer kaufen, weil unser Karl groß wie ein Zweijähriger ist.

Karl sieht wie ein Dreijähriger aus, mein Junge wird Karl der Große, schließlich frisst er für eine halbe Kompanie, und lacht mit der Hand an Karins Brust: Wie sein Vater.

Otto, lass das.

Kinder, keinen Streit, wir feiern diesen schönen Tag, und ich möchte für unseren kleinen Karl jetzt ein Lied singen, Otto begleitet mich am Flügel. Schade, dass Lale nicht kommen konnte.

Woraufhin Otto, auf dem Wannsee einen Segler beobachtend, sagt: Du kannst stolz auf deinen Vater sein.

Elisabeth singt eine Tonleiter.

Meinen Vater hat der Teufel geholt.

Otto.

Mein Sohn wird später nicht so von mir reden.

Elisabeth, den Kleinen hochhaltend: Mein Knuddelbär. Sie küsst ihn, was Otto durchgehen lässt. Weil seine Mutter kaum noch besoffen ist und den Tod des Totenhochtreibers beweint, seit Karl auf der Welt ist. Und sie fragt nur noch selten nach Anna.

Verwöhn ihn nicht, das soll ein ganzer Kerl werden, sagt Otto.

Sie reibt ihr Gesicht an dem des Jungen, dass Otto Lust bekommt, sich an Karin zu suhlen: Komm, du kleine Sau, flüstert Otto ihr ins Ohr und zieht sie aus dem Salon.

Aber Kinder, ruft Elisabeth, wir wollen feiern, es kommen Gäste.

Otto zieht Karin auf die Terrasse, von da hinunter durch den maiblühenden Garten ins Bootshaus, in dem die Jacht schon im zweiten Jahr unbenutzt liegt; sie dient bloß noch als schaukelndes Liebesnest.

Danach ist Otto für seinen Sohn da, stemmt ihn wie eine Hantel erst mit dem linken, dann mit dem rechten Arm hoch: Kleine Schweinebacke, und riecht an seinem säuerlichen Schorf.

Schultze und seine Mutter vergnügen sich am Klavier, Tante Flora steht daneben, und auf Einladung von Otto ist die Puffmutter aus dem Clausewitz da, damit die sieht, was er aus Karin gemacht hat.

Bald langweilt ihn die Veranstaltung, Karl hat die Windel voll, und er muss noch mindestens fünfzehn Jahre warten, bis er seinen Jungen das erste Mal zum Spielen in die Ostzone mitnehmen kann.

Otto ist wieder mit Blond unterwegs. Im Ostteil der Stadt hängen nun riesige Losungen vor Ruinen wie: »Sozialismus – Deine Zukunft«, während an brettervernagelten Parterrefenstern Filmplakate kleben: »*Das verurteilte Dorf* – in den Hauptrollen Helga Göring und Günther Simon. Ab 5. Mai 52 in Ihrem Kino«.

Sie schrammen mit dem rostenden Deutz durch die schmale Einfahrt eines Hinterhofs. Fuhrunternehmer Kullke verpachtet dort Garagen, die Otto gegen D-Mark als Lager benutzt, ebenso einen Russenlaster. Mit dem gelangen Otto und Blond nach Potsdam, in die Kampfzone, in den Park von Sanssouci, an die vorderste Front.

Das Spiel heißt nun nicht mehr *Kommunisten ärgern,* sondern *Totaler Krieg.* Denn seit Otto mit eigenen Augen gesehen hat, wie die Kommunisten tatsächlich das Berliner Königsschloss Stück für Stück weggesprengt haben, kann es nur noch den *Totalen Krieg* gegen die Barbaren geben. Er stand nicht weit entfernt von der stolzen Fassade, die er als Finkels Schüler gezeichnet hat. Dann ein ohrenbetäubender Knall, eine Staubwolke, und nichts war mehr da. Otto wird den Kommunisten die Kunstwerke Lastwagenladung für Lastwagenladung entreißen, so viele Statuen und Vasen retten, wie sich nur wegschaffen lassen.

Im Park von Sanssouci warten sie, bis keine Besucher mehr zu sehen sind; Blond rauchend, seine Werkzeugtasche mit Eisensäge, Schraubenschlüssel und Brecheisen zwischen den Beinen, und Otto, als genösse er den Anblick marmorner Büsten römischer Kaiser, einen Rucksack auf den Schultern, in dem Einkaufstaschen stecken. In ihnen wird verschwinden, was sie gleich von den Sockeln holen. Blond wirft die Kippe weg, steigt auf die Parkbank und sägt das rostige Moniereisen zwischen der Büste und dem Sockel durch, während Otto den Marmorkopf festhält. Dann kommen Russen in ihren mattgrünen Uniformen aus verschiedenen Wegen, zehn, zwanzig, vierzig, Blond kann gerade noch die Eisensäge ins Gras fallen lassen: Dreck das, und Otto, den angesägten Kaiserkopf haltend: Wir reparieren Vandalismus.

Angesichts der Russenübermacht werden Ottos Arme kraftlos, und Blond sagt, dass ihm so viel Kommunistenpack zuletzt 45 im Internierungslager bei Stralsund begegnet ist.

Die Büste fällt gleich runter, sagt Otto, nun stützt auch Blond.

Ein Russe in Zivil, um den sich die anderen scharen, zeigt zum Weinbergschloss, und Otto hört: Friedrich der Große, zeigt zum Brunnen und zu den Köpfen römischer Kaiser, und alle gaffen nun Blond und Otto an, und der sagt, als stünde er vor einem Erschießungskommando und hätte nur noch einen Satz Zeit: Der Russe hat Kamerad Franzke von hinten erledigt.

Dann sind sie wieder allein, Otto zittern die Hände, und Blond läuft der Schweiß über das Gesicht.

Auf der Rückfahrt zu Kullke erzählt Blond von seinem Ausbruch aus dem Lager zusammen mit einem Fritz im Dezember 45, kurz bevor die anderen Gefangenen nach Sibirien verschleppt wurden; Fritz kannte einen Weg raus und ein Versteck, und sie wurden trotz nachgehetzter Hunde nicht gefunden. Selten hat Blond so viel geredet: Fritz aus Lanzewitz.

Wo Lanzewitz liegt, fragt Otto, und ob es dort was zu holen gibt. Er sucht selbst auf der mit Kreisen und Kreuzen versehenen Karte des Großdeutschen Reiches: Langen Brütz?

Anders.

Langen Jarchow?

Langenow?

Blond zuckt mit den Schultern und jongliert den Laster durch die enge Durchfahrt in den Hinterhof. Sechs Marmorbüsten und die Sandsteinfigur eines nackten Knaben tragen sie in das Garagenlager. In ihrem Deutz verlassen sie den Osten und rauchen bei der flüchtigen Durchsuchung ihres Autos am Kontrollpunkt.

Nachdem Otto zu Hause seinen Jungen hochgehoben hat: Meine Schweinebacke, bearbeitet er Ambergs Bestellung aus Amsterdam: zwei AH-Postkarten, Kommoden, und wenn es sich machen lässt, weitere Bronzestatuen von Schinkel. Er würde gern einen Mitarbeiter nach Berlin entsenden, schreibt

Amberg, um vor Ort eine Auswahl für die nächste Auktion zu treffen.

Meine Schweinebacke. Otto stemmt Karl so hoch, dass der Junge kreischt und am gestreckten Arm zappelt. Er schüttelt ihn, bis er ihm zu schwer wird. Karl, nun auf dem Teppich kauernd, schreit so, dass Karin in den Salon kommt: Ist was passiert?

Der hat Hunger, sagt Otto und zündet sich eine Zigarre an.

Karin wiegt den Jungen, der drückt seinen Kopf an ihre Brüste, vier Zigarrenzüge lang sieht sich Otto das an, dann sagt er, die Zigarre ausdrückend: Komm ins Bootshaus.

Otto will es im Stehen machen, zwischen dem Bootssteg und der Jacht, wo ihm das Wasser bis zum Bauch und Karin bis an die Brust reicht. Karin hält sich an ihm fest. Bei jeder ihrer Bewegungen wirbeln Sand und Schlick vom Boden, schwappen einen Moment lang zwischen ihnen beiden, werden dann weggepresst und umfließen sie wieder.

Nein, sagt Otto, und Karin sieht ihn an, aber das Wort gilt nicht ihr, sondern Ambergs Absicht, bei ihm herumzuschnüffeln, nein, Amberg oder seine Leute werden nicht sein Lager betreten.

Karin, die glaubt, Otto kann ihre Gedanken lesen und weiß, was sie fragen will, fragt: Warum?

Als beide auf dem Bootssteg sitzen und zusehen, wie sich der aufgewirbelte Dreck allmählich wieder setzt, fragt sie erneut und sagt, dass sie nicht den ganzen Tag zu Hause hocken möchte. Er ist doch ständig unterwegs. Warum kann sie nicht wieder wenigstens drei, vier Stunden in der Pension Clausewitz arbeiten: An der Bar passiert nix, da is noch nie wat passiert. Karlchen is bei deene Mutter bestens uffjehoben.

Nein, Ambergs Leute werden nicht kommen, er wird selbst zu ihm fahren und abliefern, was sich in Kullkes Garagenlager angesammelt hat.

Wenigstens zwei Stunden, und Karin pendelt mit den Beinen, nur ihre Zehen streifen das Wasser und machen kleine Wellen: Ick brauch ooch Leute.

Otto trocknet sich ab und greift dann an ihren Hintern.

Erneut probt das Musikkollektiv Adolf Hennecke sein Programm zum Tag der Republik am 7. Oktober 52. Regina tritt vor und sagt laut und deutlich: Und nun vom Genossen Louis Fürnberg *Das Lied der Partei*, macht einen Knicks und reiht sich ein. Den Chor leitet Reginas Musiklehrer, er hebt die Arme, formt mit den Lippen die erste Silbe und gibt mit kräftiger Geste den Einsatz: Sie hat uns alles gegeben, Sonne und Wind, und sie geizte nie. Wo sie war, war das Leben. Was wir sind, sind wir durch sie.

Die zweite Strophe soll der Chor leise singen: Sie hat uns niemals verlassen. Fror auch die Welt, uns war warm. Uns schützt die Mutter der Massen. Uns trägt ihr mächtiger Arm.

So laut, dass Regina erschrickt, singen nun zwei Lehrerinnen aus ihrer Schule im Nachbarort: Die Partei, die Partei, die hat immer recht! Und, Genossen, es bleibe dabei.

Olaf klopft Trommelfeuer mit seinen Sandalen.

Denn wer kämpft für das Recht, der hat immer recht. Gegen Lüge und Ausbeuterei.

Regina öffnet und schließt den Mund, aber sie singt nicht mehr mit und möchte sich am liebsten die Ohren zuhalten.

So, aus leninschem Geist, wächst, von Stalin geschweißt.

Und nun die beiden Lehrerinnen, so hoch sie können: Die Partei, die Partei, die Partei, ohne den letzten Ton zu halten.

Die letzte Strophe singt auch Bürgermeister Lötzsch mit, der gekommen ist, um Reginas Stimme zu hören, denn der Chor, so hat ihm die Kreisleitung geschrieben, ist das Einzige, was Lanzerow an Kultur bietet, weshalb das Kind, als Stimmführerin, stimmlich wie ideologisch gefestigt werden muss. Bürgermeister Lötzsch hat seine Schlussfolgerung gezogen: Ohne Regina kein Chor. Ohne Chor keine Zuwendungen vom Kreis für Lanzerow. Der Chor wird Sprachrohr der Partei und Regina ihr Botschafter.

Der Chorleiter gibt den Kindern auf, zu Hause die schwierigen Zeilen: So, aus leninschem Geist, wächst, von Stalin geschweißt, zu üben: Am besten vor dem Spiegel, und schön den Mund dabei auf.

Da winkt Bürgermeister Lötzsch ab: Dor Heeme wird das nischd, geehne Ideale un nischd in Gobbe, und lässt sie die Zeile noch einmal aufsagen, obwohl Regina und Olaf zum See wollen, weil Fritz und Anna da am Boot arbeiten.

Der Kahn liegt auf dem Sand, Anna und Fritz spachteln und schleifen, damit das Holz neu lackiert werden kann; das sieben Meter lange Rettungsboot eines abgewrackten Dampfers ist Jahre auf der Halde der Stralsunder Werft verrottet. Regina will alte Farbe abkratzen, Olaf auch, weil beide als Lohn mit aufs Wasser dürfen, wenn das Boot dicht und neu gestrichen ist.

Die Kinder bekommen Spachtel in die Hand und wiederholen: leninscher Geisd, Schdalin geschweißd.

Am meisten freut es Anna, wenn die Farbe in großen Stücken abspringt, es ist fast so, wie die Gipsverbände ihrer kleinen Patienten zu entfernen, wenn deren Arme oder Beine wieder zusammengewachsen sind.

Fritz hat dem Boot bereits einen Namen gegeben: Anna II. Weil Anna gesagt hat, sie ist Anna I, also die Anna von davor.

Fritz prüft die Arbeit seiner Helfer, Dat is gaud, und hofft, in zwei Tagen mit dem Streichen beginnen zu können, weil die Luft noch mild ist und die Farbe so schnell trocknet. Am 7. Oktober will er auf dem Wasser sein, um dem Theater zum Tag der Republik zu entgehen.

Bei jeder sich bietenden Gelegenheit flüchtet er in den nächsten Tagen zu Anna II, Regina und Olaf nimmt er mit, und wird schneller fertig als vermutet.

Die beiden verpassen mehrfach die Chorprobe, das Musikkollektiv Adolf Hennecke ist aber ohne Regina und Olaf unterbesetzt. Der Chorleiter beschwert sich beim Bürgermeister, der Sabotage durch die Nationalen, allen voran Schlageter, vermutet.

Da soll er seinen Arsch mal zum See bewegen, sagt Schlageter zu Lötzsch, der sich dorthin aufmacht.

Regina und Olaf, mit Farben bekleckst, scheucht er vom Streichen auf, und Lötzsch beschimpft Fritz mit: Sabotasche, das gibd Gonsegwensen.

Hat sich wat, Fritz lässt die Kinder dennoch mit Lötzsch ziehen, der regelmäßige Kontrollen der Chorproben ankündigt.

Doch die Kontrolle vergeht Lötzsch bald; die Post bringt ihm einen Stapel Noten, überschrieben mit: *Mais-Kantate zu Ehren des 7. Oktobers 1952 für das Musikkollektiv in Lanzerow.*

In einem Anflug von Begeisterung über die gelungenen letzten Proben hat er beim Volkskomponisten Erwin Tölle aus Leipzig ein Werk zum bevorstehenden Republikgeburtstag in Auftrag gegeben, allerdings nicht mit dessen Erledigung gerechnet.

Lötzsch kann keine Noten lesen, und was er da in schwungvollen Strichen, Punkten und Zeichen vor sich liegen sieht, lässt Schlimmstes befürchten. Doch er will die Genossen der Kreisleitung überraschen; *Das Lied der Partei* kennt jeder, aber der Lanzerower Chor ist zu mehr fähig, kann sogar eigens Komponiertes präsentieren, dazu noch ein bisschen Regina Penkuhn, das hören die Genossen gern.

Preiset den Boden, preiset die Kraft, die hervorbringt der Arbeit Last, (zweistimmig): das Gold steht, Getreide und Mais, (vierstimmig): Mais für die Republik.

Zwee Seiden sinn ja gud, abor geehne ganze Ober, sagt Lötzsch, wo er sich doch auch um Bretter für die Festtribüne, um Spanferkel, Freibier und eine Feuerwehrkapelle kümmern muss. Er wird die *Mais-Kantate* kürzen und legt die Blätter auf dem Boden aus, eigentlich reicht sogar der Eingangshymnus *Preiset den Boden*, denn sobald der Geruch von Spanferkel über den Platz zieht, werden die Genossen über kurz oder lang ihrem Appetit auf ein saftiges Stück Fleisch erliegen: Mir brauchen geehne Ober. Aber er weiß nicht, wo er dieses endlose Ungetüm ohne Punkt und Komma beenden soll.

Nischd, Lötzsch schiebt die Seiten wieder zusammen und ruft: Benguhn. Fritz soll die Noten zu Reginas Musiklehrer im Nachbarort schaffen, der irgendwo auf der ersten oder zweiten Seite der *Mais-Kantate* Finis setzen soll.

Aber Fritz Penkuhn ist nicht im Druschba-Freundschaft, sondern bereitet den Stapellauf von Anna II vor, kontrolliert den Teeranstrich, sieht nach den Rundhölzern unter dem Kiel, über die Anna II ins Wasser gleiten wird.

Die Pflöcke fallen, langsam rollt das Boot ins Wasser, neigt sich zur einen, dann zur anderen Seite und kommt ins Gleichgewicht. Fritz klettert hinein und sucht nach undichten Stellen. Zufrieden rudert er Anna II zum Fischereisteg, während Bürgermeister Lötzsch im Briefumschlag von der *Mais-Kantate* die Honorarforderung des Komponisten Tölle entdeckt, dreißig Seiten à zwei Stunden, s. s. zweihundertfünfzig Mark, und den Hinweis, dass auch die Kreisleitung diese Rechnung erhalten hat. Lötzsch braucht zwei Minuten, um neu zu disponieren; da nun dreißig Seiten in der Welt sind und die Kreisleitung dafür bezahlt, wird das Festprogramm zum Tag der Republik geändert: *Das Lied der Partei* fällt weg, der Rezitationsvortrag *Lob des Kommunismus* auch, ebenso die Lieder *Spaniens Himmel breitet seine Sterne* und *Immer lebe die*

Sonne, sowohl die auf Deutsch als auch die auf Russisch gesungenen Strophen.

Geehne Angsd vor grooser Gunsd, sagt Bürgermeister Lötzsch selbstzufrieden und findet immer mehr Gefallen an den Versen der *Mais-Kantate*, die vierstimmig außerordentlich eindrucksvoll klingen müssen, und ruft: Benguhn, damit seine Hilfskraft in den Nachbarort fährt, um Reginas Musiklehrer herzuschaffen. Der soll zeigen, dass er das Stück in zehn Tagen auf die Bühne bringen kann.

Als Fritz ins Druschba-Freundschaft kommt, hält Lötzsch ihm die Noten wie eine Trophäe entgegen: Gommunismus is Sowjedmachd blus Elegdrifizierung. Auf hier bezoochen is das eene *Mais-Gandade* un de Schdimme von Regina. Unser Moddo lauded: Geehne Angsd vor grooser Gunsd, Benguhn, und drückt Fritz die Noten in die Hand.

Fritz kratzt an seiner Halsnarbe, steckt die Noten in sein Jackett und besorgt zunächst die Tonnen mit den Küchenabfällen aus der dritten und zweiten Gasse. Kutschiert dann sein Fuhrwerk am Mühlenberg vorbei, von wo er Anna II als weißen Strich im Wasser sehen kann. Im Nachbarort liefert er am Schweinestall der LPG Neue Ordnung seine Ladung ab. Wie an jedem Wochentag fährt Fritz weiter zur Schule, um Regina und Olaf abzuholen, und von da zum Musiklehrer. Er gibt ihm den Umschlag mit den Noten, und der Musiklehrer sagt: Das ist ja fantastisch, und beginnt sogleich zu summen. Aber das ist nicht in neun Tagen zu schaffen, das ist etwas für Profis, vierstimmig, dazu Geige und Schlagwerk. Synkopen, Taktwechsel, fünf Vorzeichen, haha, aber doch nicht in neun Tagen.

Was hat er gesagt?, fragt Regina auf dem Kutschbock.

Wat möd, dat möd, sagt Fritz und nimmt die Zügel.

Da sitzt Anna noch im Überlandbus, der sie von Stralsund bis zum Mühlenberg vor Lanzerow bringt. Es ist das erste Mal, dass Anna länger auf der Krankenstation Dienst tun musste, weil ein kleiner Unfallpatient nicht vom Arzt und nicht von den Schwestern zu beruhigen war, nachdem ihm eine Fleischwunde am Oberschenkel mit sieben Stichen genäht worden ist. Vom Pferd gefallen und an einem Ast aufgeschlitzt. Schrie, tobte, spuckte, weinte. Er schlug der Schwester die Beruhigungsspritze aus der Hand. Das halbe Stationspersonal stand um das Krankenbett, und Anna sollte die zerschlagene Spritze auffegen, hat aber die Hand des Jungen genommen, sie gestreichelt und dabei gesungen, was Regina singt. Da wurde der kleine Georg still.

Zu Hause kocht Anna Hühnerbrühe, Fritz lässt sich auf dem Küchenhocker von Regina die Stiefel ausziehen. Sie hält einen Stiefel fest und wartet auf den Schubs von hinten, der sie durch die Küche galoppieren lässt. Regina bringt die verschwitzten Stiefel auf die Veranda, da steht auch der Badezuber, den Fritz seit dem Unfall nicht mehr benutzt.

Otto hält seinen Jungen wieder in den Armen: Du, Schweinebacke, und ist froh, aus Holland zurück zu sein. Amberg wollte ihn bescheißen, wie er ihn vorher beschissen hat. Jo, in deren Haus Otto übernachtete, weil Amberg da wohnt, ist auf Otto geritten, dass ihm Hören und Sehen verging, weil Jo mit dem Krüppel Amberg nichts anfangen kann. Als Dank für die Liebesdienste zeigte sie ihm am nächsten Morgen Ambergs Geschäftsbücher: Prächtige Meißner Bodenvase mit Ansichten von Paris, um 1830, Limit zweitausend Dollar, verkauft für siebentausend. Otto hätte dreitausend Dollar Anteil statt fünfhundert erhalten müssen, auf vielen Seiten das Gleiche. Ist das Ambergs Dank? Nein, Amberg ist nicht länger sein Partner, Amberg ist sein Feind, und Otto hat ihm den totalen Krieg erklärt.

Der wächst stündlich, ruft Otto, das wird eine deutsche Eiche, und Karin, die gerade ins Zimmer kommt, erschöpft von der ungewohnten Anstrengung im Clausewitz: Für heut hab ick jenug.

Aber erst fütterst du mir Karl durch, damit er nicht vom Fleisch fällt.

Der und vom Fleisch? Weeßte, wat deine Mutter ihm allet rinnstopft?

Das ist gut so.

Weeß ick nich. Und dann singt se ihm immer wat am Klavier vor, Karlchen weint dabei.

Er heißt Karl und nicht Karlchen, und da muss Karl durch.

Ick weeß nich.

Aber ich. Und wenn dir die drei Stunden im Clausewitz zu viel sind, dann hörst du da auf.

Nee, nich zu viel, is nur so, dass die Kunden bei mir am Tresen immer allet abladen, wad nich klappt.

Da musst du durch, sagt er und verlässt das Zimmer, als die Kaminuhr aus Heiliglinde fünf schlägt, weil er für diese Zeit den Anwalt ins Haus bestellt hat.

Beide sitzen nebeneinander auf dem schwarzen Sofa im Salon, vor sich auf dem Beistelltisch die ausgebreiteten Unterlagen.

Man soll nicht glauben, sagt der Anwalt, wie gut die Sitzbäder wirken, ich bin seit drei Monaten beschwerdefrei.

Otto mustert ihn: Dann ist der Genosse Kasimir wenigstens zu etwas nutze.

Sitzbäder sind gut. Man kann über die politische Gesinnung Ihres Onkels denken, was man will, sein Handwerk versteht er.

Die politische Gesinnung meines Onkels geht mir am Arsch vorbei, es reicht, wenn Sie Ihren hinhalten.

Leider habe ich keine andere Wahl, würde ich hier meinen Arsch hinhalten, wäre das in kürzester Zeit Stadtgespräch. Ich habe alle Anträge und Formulare bearbeitet, ich könnte die Unterlagen morgen beim Amtsgericht einreichen.

Machen Sie das.

Offen ist, unter welchem Namen das Auktionshaus firmieren wird.

Wie, Name?

Das Kind muss einen Namen haben, Herr Kypscholl.

Da denkt Otto an Jo, weil das Luder ihn aufs Kreuz gelegt hat, er lag flach und kam überhaupt nicht mehr hoch. Bot ihm zuerst Meegerens Morgenrock an, hatte so viel weinroten Lippenstift aufgetragen, dass er schuppig riss, und präsentierte dann ihre Brüste, viel kleinere als Karins, aber fest wie Orangen: Ich habe neulich einen Film mit Senta Berger und Clark Gable gesehen.

Ach, und welchen?

Er besaß viel Geld, und sie hatte keins. Sie hat es geschickt angestellt.

Und wie?

Mit Blicken, und Jo mit Seitenblick und leicht geöffnetem Mund: So. Wir Frauen sind Luder, da muss man aufpassen.

Ich habe mehrere Vorschläge, sagt Anwalt König, als da wären: Kunstauktionen am Kudamm, oder: Berliner Auktionshaus am Kudamm, oder, da hebt Otto die Hand: Viel zu lang. Kypscholl und König, das reicht.

Der Anwalt lächelt: Der Name Kypscholl sollte nicht erwähnt werden.

Dann Kunsthaus Kypscholl und König, KKK, das ist originell.

Der Name Kypscholl in Verbindung mit Kunst könnte schlafende Hunde wecken, und Otto: Wie, schlafende Hunde?

Ich darf an die Probleme mit den Alliierten vor sechs Jahren in Sachen Kunst und Kypscholl erinnern?

Verfahren eingestellt, erledigt.

Aber nicht vergessen, sagt Anwalt König.

Die damals ihr Maul aufgerissen haben, Lewy, Clark, all diese Leute, werden als Erste in unserem Auktionshaus auftauchen, jede Wette. Ich wette mit Ihnen um eine Flasche Château Mouton-Rothschild Pauillac Einser-Cru von 36. Für den Wein hat der dicke liebe Gott einen Rubens weggetauscht. Heute in einem Jahr, am 7. Oktober 53, sprechen wir uns wieder, und Otto reicht seinem Anwalt und Mitgesellschafter die Hand.

Fritz Penkuhn reicht Anna pünktlich am Tag der Republik, weit weg vom Lanzerower Markt, wo der Festakt beginnt, die Hand, damit sie sicher ins Boot kommt, zur Jungfernfahrt der Anna II. Sie macht einen unbeholfenen Satz ins Boot, das Fritz abtäut, während Bürgermeister Lötzsch darauf wartet, dem Chorleiter das Zeichen zum Einsatz zu geben. Noch schieben Oberst Dimitroff, der erste Sekretär der Kreisleitung und dessen Stellvertreter ihre Stühle auf der Tribüne zurecht, die Penkuhn zu dicht aufgestellt hat.

Benguhn, und in welche Richtung Lötzsch auch ruft, er bleibt ungehört.

Fritz zieht dreimal an der Reißleine, bis der Hanomagmotor tuckert und das Boot ruckartig Fahrt aufnimmt.

Bürgermeister Lötzsch rückt seinen Stuhl so, dass er den ersten Sekretär der Kreisleitung beobachten kann, ohne dass es auffällt.

Vom Eingangshymnus *Lobet den Boden, preiset die Kraft* hören Fritz und Anna nichts, sie sind schon weit auf dem See. Anna kniet, denn an eine Bank oder einen Hocker hat Fritz nicht gedacht. Kleiner werden die Fischereischuppen, der Strand, die fünf Schwarzerlen im Schilf. Hinter den Friedhofskastanien kommt das rote Kirchendach zum Vorschein.

Darauf schaut Bürgermeister Lötzsch, wenn er glaubt, der erste Sekretär fühlt sich beobachtet.

Vom See aus sieht Anna den Mühlenberg, kann sich sogar an die Windmühle erinnern, die dort gestanden hat.

Lötzsch holt tief Luft, zufrieden, wenn der erste Sekretär nickt, weil er etwas von dem verstanden hat, was der Chor singt. Lötzsch denkt daran, Regina eine Zugabe nur für den sowjetischen Ehrengast singen zu lassen, es kann aber auch falsch sein, er kann das Gesicht des Obersts nicht sehen, weil der nach unten blickt oder eingenickt ist.

Bauernhände besiegen Boden und Müßiggang, die Hände vereint zur Genossenschaft, zur Genossenschaft.

Auf der anderen Seite des Lanzerower Sees angelangt, sucht Fritz am Ufer einen geeigneten Ankerplatz; hinter dem Schilf trägt eine alte Obstplantage reife Früchte.

Er schleppt erst Anna durchs Wasser ans Ufer, dann die leeren Körbe. Sie treten einen Pfad durch hohes Gras zur Plantage. Die Äste der Apfelbäume biegen sich unter der Last.

An jedem Baum probiert Fritz: Dat is Holsteiner Cox, und spuckt aus, dat is Gravensteiner, und spuckt aus, und zu Anna, die Schirmmütze vom Kopf nehmend und sie umarmend: Dat is Paradies.

Fritz könnte fester drücken, sie würde ihn nicht wegstoßen wie neulich am Zuber, aber da hat sie sich erschreckt, und Fritz sagt: Dat geef n gooten Fusel, und grinst die Äpfel an.

Sie pflücken, bis die Körbe voll sind, Anna wiederholt: Paradies, und Fritz nickt, dankbar über jede weggetragene Fuhre Äpfel.

Bürgermeister Lötzsch erwischt Fritz abends auf dem Marktplatz, als er mit seinem Fuhrwerk die Äpfel nach Hause schafft, und sagt, dass er sich noch für seine Fahnenflucht am Tag der Republik wird verantworten müssen, aber erst nächste Woche, denn schon Samstag will Lötzsch alle Lanzerower in die Volkshalle nach Rostock schaffen lassen: Benguhn, dass mir alle in den Bus neimachen, geehne Fissemadenden.

Der Sekretär für Kultur der Bezirksleitung wird dem Chor in Würdigung seiner Leistungen zu Ehren des 7. Oktobers die Medaille »Hervorragendes Musikkollektiv der DDR« überreichen, in Rostock von Regina entgegenzunehmen. Und anschließend soll es einen Auftritt vor den Genossen mit dem Eingangshymnus der *Mais-Kantate* geben. Fritz Penkuhn soll dafür sorgen, dass alle Chorkinder Pionierkleidung tragen, vor dem Auftritt noch einmal auf die Toilette gehen und saubere Finger haben.

Anna wartet in der Küche ihres Hauses auf Fritz, sein Lieblingsessen hat sie gekocht: Tüftensuppe mit Knacker.

Die Busse für die Fahrt nach Rostock halten am Mühlenberg, Lötzsch und sein Helfer Fritz Penkuhn treiben die Lanzerower wie eine Herde zu den Fahrzeugen, die Chorkinder springen in Pfützen, Olaf vorneweg, Anna und die Kosanke gehen am Ende des Zuges. Nur Lötzsch, der aufpasst, dass niemand umkehrt, ist hinter ihnen.

Bevor sie die Busse erreicht haben, kommt ihnen ein Wagen entgegen, hält nicht, fährt einfach, dass sich die Lanzerower an den Wegrand drängen müssen. Anna sieht im Vorbeifahren zwei Männer mit Schirmmütze auf dem Kopf.

Da vorn is dit Nest, sagt Blond, dem wieder eingefallen ist, wie der Ort heißt.

Im Schritttempo rollen sie über den Holperweg, den Markt umfährt Blond zweimal und meint, den Gasthof wiederzuerkennen. Er hält am Friedhofseingang, dort richtet Pastor Pilgrim das inzwischen umgefallene Schild »Friedhof – kein Durchgang zum See« auf, und Blond fragt nach Fritz.

In der dritten Gasse, der Neubau, nicht zu verfehlen.

Otto bleibt im Auto, angeödet von der Suche nach Gutshäusern und Schlössern, weil viel zu selten noch etwas zu holen war, das er aus der Zone schaffen müsste. Stattdessen stets das gleiche Bild: In der Eingangshalle hängen Transparente mit Parolen, in den einst herrschaftlichen Räumen ist zur Linken der Dorfkonsum untergebracht, in den Räumen zur Rechten sitzt der Bürgermeister oder der Dorfpolizist, im Festsaal wieder Parolen über eingebauten Bühnen, und in den früheren Privaträumen lagern Fahnen, Wimpel, Decken, Feldbetten und Kartons mit Gasmasken als Schutz vor dem jederzeit möglichen Angriff aus dem Westen. Mehrmals ist Otto in solchen Lagern auf Regale gestoßen, zusammengenagelt aus alten Möbeln. In Hohen Luckow hatten die Barbaren noch die feuervergoldeten Beschläge aus feinem Eichenlaub auf Palisanderfurnier gelassen. Mit jedem weiteren erfolglosen Abstecher in ein Herrenhaus ist Ottos Unmut über den Aufwand gestiegen, das Spiel macht keinen Spaß mehr, und nun, mit der Karte des Großdeutschen Reiches auf den Beinen, setzt er auf Lanzerow sein Kreuz in Rot: erledigt.

Otto beschließt, Blond zukünftig allein in der Ostzone kämpfen zu lassen. Er zeichnet den kürzesten Weg von Lanzerow nach Berlin in seine Karte ein, und Blond, jedes der windschiefen Häuser in der dritten Gasse musternd, gelangt zu Fritz Penkuhns Neubau. Auf dem Hof lärmen Gänse in ihrem Gatter, auf einem Stapel Kanthölzer sitzt eine Katze.

Fritz?, ruft Blond und klopft an die Verandatür: Fritz?, und öffnet die angelehnte Tür, Hunderte Äpfel liegen auf dem Boden in der Küche ausgebreitet, auf dem Hocker neben dem Küchentisch eine speckige Mütze. Blond legt eine Stange Zigaretten und eine Tüte Kaffee auf den Küchentisch, als Dank.

Und?, fragt, Otto, als Blond wieder am Steuer sitzt: Hast du deinen Befreier von damals wiedergefunden?

Dit Kaff is wie ausjestorben.

Elias Finkel sitzt in seinem kleinen Büro am Stadtrand von Jerusalem, umgeben von Baukränen, auf denen die Fahnen mit dem Davidstern wehen, wählt die Telefonvermittlung und gibt die Nummer von Ariel Lilienthal in Linz an. Zweimal hat sich Finkel dabei selbst unterbrochen, als käme ihm gerade der rettende Einfall, der diesen Anruf überflüssig macht. Eine halbe Stunde später kommt der Rückruf, einige Sekunden hört Finkel Knistern und Knacken in der Leitung, dann Lilienthals Stimme, der, wie gewohnt, zuerst nach dem Wetter fragt, ob er immer noch im Meer schwimmt und mit seiner Frau die neue Wohnung bezogen hat, fragt, was es sonst Neues gibt, und Finkel berichtet vom Innenminister. Dem des Staates Israel, der ihm geschrieben hat, dass er den weiteren Aufbau der nationalen Erinnerungsstätte Yad Vashem davon abhängig macht, wie mit dem *Buch der Namen* verfahren wird: Er will weitere Gelder erst einmal einfrieren.

Verehrter Kunstprofessor, das wundert mich nicht, ehrlich gesagt, habe ich sogar damit gerechnet. Wahrscheinlich wird man nirgendwo das *Buch der Namen* wollen. Nicht einmal der Jüdische Weltverband gibt etwas darauf. Ändern wird sich das erst, wenn wir Eichmann haben.

Wir bekommen vom Innenminister kein Geld mehr, wir können nicht weiterarbeiten.

Ich fürchte, ich kann Ihnen nicht helfen, tatsächlich brauche ich vielmehr Ihre Hilfe. Ihr Innenminister ist nicht das Problem, der macht, was man ihm sagt, das wahre Problem ist, dass man Eichmann nicht gefangen nehmen will, obwohl man weiß, wo er ist. Kommen Sie her, Finkel, ich brauche Sie hier. Wir bringen den Mann zur Strecke.

Dann erzählt Lilienthal von neu erworbenen Briefmarken, darunter eine Sonderausgabe Adolf Hitler zehn Reichsmark, wahrscheinlich in nur hundert Exemplaren gedruckt. Und dass es in Amsterdam ein Auktionshaus gibt, das mit solchen Dingen handelt. Aber er, Ariel Lilienthal, kann schlecht als Lieferant von diesen Briefmarken auftreten. Ob er, Elias Finkel, noch alte Verbindungen unterhält. Der Erlös aus dem Verkauf soll in die Kasse der Vereinigung der Verfolgten, sagt Lilienthal, damit es keine Pleite gibt: Wir können machen, was wir wollen, Finkel, ohne einen durchschlagenden Erfolg wird unsere Arbeit keine Früchte tragen.

Aber Finkel kann den Namen des Mannes, den Lilienthal gleich wieder nennen wird, nicht mehr hören. Weil er Schuld bedeutet. Schuld dafür, dass es diesen Mann noch gibt, Schuld dafür, dass es ihn gegeben hat.

Ja, am Abend wird Finkel mit seiner Frau wieder im Meer schwimmen, und die Wellen werden sanft mit ihnen sein.

Abends schreibt Bürgermeister Lötzsch endlich die überfällige Normerfüllungsmeldung für den zurückliegenden Monat Februar. Abgabesoll Schweinefleisch in Kilogramm minus zwanzig Prozent. Eierproduktion minus sieben Prozent. Die Furcht vor der Kreisleitung hat Lötzsch verloren, wahrscheinlich liest dort niemand seine monatlichen Rechenschaftsberichte. Hühnerproduktion minus acht Prozent.

Mir broduzieren Gunsd, sagt Lötzsch und stellt das in Rostock erworbene Radiogerät von RFT an, um die Stunde der Volksmusik zu hören: die Thüringer Amseln, die Elfen aus dem Erzgebirge und die Harzer Bergsänger.

Milchproduktion minus neunzig Prozent, und erklärt in Klammern, dass es in Lanzerow bislang nur zwölf Kühe gibt und die Bauern sich weigern, genossenschaftlich Milch zu produzieren. Trotz des Minus beim Schweinefleisch wird er einen Antrag auf Installierung eines öffentlichen Münzfernsprechhäuschens Typ 70, bestehend aus einer geschlossenen Kabine mit innenstehender Säule zur Aufnahme von Leitungen und einer Fernsprechanlage, stellen. Lötzsch hat vor Tagen in den Nachrichten von dieser Neuentwicklung gehört und hofft, die Lanzerower mit so einem Geschenk zur Planerfüllung anzuspornen.

Lötzsch sieht auf die Uhr, verwundert darüber, warum im Rundfunk der DDR Trommelwirbel und dumpfes Paukenschlagen statt der Elfen aus dem Erzgebirge zu hören sind, und vermutet, dass er aus Versehen einen falschen Sender eingestellt hat. Der Zeiger steht jedoch exakt auf dem roten Strich der Skala.

Vor dem Krieg hat in Lanzerow jeder mindestens drei Schweine und Schafe gehalten, Lötzsch hat es von Schlageter gehört. Dieser Mann ist für ihn die Ursache allen Übels. Weil der jeden aufhetzt und die Leute ihm glauben, ihn sogar schützen, keiner sagt gegen Schlageter aus. Gegen Pilgrim ebenso wenig, ein Hetzer im Namen Gottes. Auch nicht gegen Apotheker Mulsow, der die Bevölkerung ungenügend mit Gesundheitsartikeln versorgt, oder Bäcker Hennich, der vier Gesellen beschäftigt, obwohl es nur zwei sein dürfen. Hebamme Kosanke, die bei Geburten zur Taufe rät. Der alte Fischer Dreyer, der ein Bild vom letzten Herzog nicht aus seinem Wohnzimmer entfernt. Bürgermeister Lötzsch könnte ein Dutzend Namen von subversiven Elementen nennen, aber ihn fragt niemand. Wenn sich die Kreisleitung nach etwas erkundigt, dann nach dem Chor oder direkt nach Regina. Die Penkuhns gehören auch zu der Bande. Fritz, weil er seine Nase überall reinsteckt, Anna, weil sie sich dumm stellt. Es stinkt zum Himmel in diesem Kaff, er, Lötzsch, hat den Parteiauftrag, in Lanzerow die sozialistische

Lebensweise zu verfestigen, freudig angenommen, aber gegen die Sturheit dieser Menschen wächst kein Kraut. Wie oft hat er schon alles hinschmeißen wollen. Dabei hat er genug in der Hand, um die subversiven Elemente an den Pranger zu stellen.

Zugleich mit dem Zeitzeichen zu den Abendnachrichten hört Lötzsch ein Schluchzen, dessen Herkunft er in seinem Büro vermutet, und dreht sich zur Tür, aber er ist allein; das Schluchzen kommt aus dem Radio: Heute, am 5. März 53 um neunzehn Uhr, hat das Herz des Kampfgefährten und genialen Fortsetzers der Sache Lenins, des weisen Führers und Lehrers der Kommunistischen Partei und des sowjetischen Volkes, des Freundes der Menschheit, Josef Wissarionowitsch Stalin, aufgehört zu schlagen.

Lötzsch steht auf, sieht zu Stalins Foto an der Wand, dann tragen ihn die Füße nicht mehr, er klammert sich an den Tisch, während im Radio ein Trauermarsch gespielt wird. Die Zimmerwände stehen schräg, aber Stalin, den er ansieht, lächelt, und Lötzsch lächelt zurück, während die Wände wieder ins Lot kommen.

Der Nachrichtensprecher wiederholt die Meldung, und als Lötzsch sie zum fünften Mal hört, weint er.

Um zehn Uhr abends, im Radio wieder Trauermusik, läuft er aus seinem Büro über den Platz, klopft an die Tür des Pfarrhauses, bis die Frau Pastor einen Spalt öffnet: De Gloggn, sagt Lötzsch und drückt gegen die Tür.

Sind Sie verrückt?

De Gloggn läudn.

Was ist da los?, ruft Pastor Pilgrim von der Treppe, und Lötzsch mit erhobenen Armen: Läudn, wennsch bidden darf.

Der ist betrunken, sagt der Pastor und schlägt die Tür zu.

Lötzsch löst in seinem Büro Feueralarm aus, weshalb Fritz, als er die Sirene hört, ins Druschba hastet. Lötzsch schickt ihn mit dem Megafon in der Hand los, um die Einwohner von Lanzerow auf dem Markt zusammenzurufen.

Kiek ma tau Klock, sagt Fritz.

Noch in der Nacht soll Fritz wenigstens drei große Transparente beschriften und am Druschba-Freundschaft anbringen. Aus Ärger über den späten Einsatz macht er in seinem Schnapskeller aus Stalin Stallin, die Rache von Lötzsch nicht fürchtend: »Genosse Stallin wappnet die Partei der Sowjetunion und alle friedlichen Völker mit dem Programm zum Aufbau des Kommunismus« – »Genosse Stallin ist unsterblich, weil er in uns weiterlebt«. Unsterblich muss Fritz mit roter Farbe schreiben, ebenso: in uns.

Meen Godd, ruft Lötzsch, als er die Transparente liest und Fritz das Donnerwetter erwartet, aber das bleibt aus; Lötzsch hat wieder Tränen in den Augen.

In der Frühe soll Fritz die Transparente anbringen, Lötzsch wartet auf das Gehämmer, da hält vor seinem Bürofenster ein Krankenwagen. Er öffnet das Fenster und fragt, was das zu bedeuten hat, aber der Sanitäter sagt nur: Wo find ich Anna?

Dohinner, dridde Gasse, een Neubau.

Auch Anna fragt, was los ist, der Sanitäter sagt, er weiß von nichts, er soll sie nur schnell in die Kinderstation des Stralsunder Krankenhauses bringen.

Dort sagt die Oberschwester: Der kleine Georg macht uns Sorgen. Er hat hohes Fieber, die Wunde ist entzündet, er verweigert Essen und Trinken. Er sagt nur: Anna soll kommen. Wir haben ihn ins Notbehandlungszimmer verlegt.

Anna war noch nicht in diesem Zimmer, als Hilfskraft hat sie in den vergangenen Tagen Fußböden gewischt, nach der Visite die abgenommenen Verbände in den Heizungskeller geschafft und ins Feuer geworfen, hat Schieber bettlägriger

Kinder geleert und die neu angelieferten Medikamente in die Medizinschränke sortiert.

Georgs Gesicht ist rosarot, seine Augen sind glasig und die Lippen gerissen. Die Hände hat er auf der Bettdecke gefaltet. Anna sagt nichts, sitzt neben ihm auf einem Hocker, streicht über seine Hände und freut sich an den großen blauen Augen, dem goldgelben Haarschopf. Auch Bergers wilde Reiter von Deutschordenburg waren mal krank, aber alle wurden auch wieder gesund.

Muss ich sterben?

Da lacht Anna, weil das so rein, so unbefangen in ihren Ohren klingt, beinahe wie Musik.

Eine Schwester hat gesagt, ich bin voller Würmer.

Anna hält ihre Hände an seine Wangen. Sie rückt so dicht an das Krankenbett, wie sie kann.

Beim Angeln nehm ich Würmer, und die frisst der Fisch.

Anna legt sich neben den Jungen, Gesicht an Gesicht. Sie riecht sein verschwitztes Haar und die ranzige Haut. Leise summt sie, was Regina gern singt.

Drei Monate nach Stalins Tod hat sich Bürgermeister Lötzsch so weit gefasst, dass er an das große Reinemachen denkt, nämlich den Laden auszukehren, kraftvoll und entschlossen wegzufegen, was in Lanzerow nichts mehr zu suchen hat. Entweder Schlageter und Konsorten treten in die LPG ein und sabotieren nicht weiter den sozialistischen Aufbau, entweder Pilgrim unterlässt seine Hetzreden von der Kanzel, entweder Mulsow und Hennich stellen ihren Schwarzhandel ein, oder? Was, oder? Lötzsch sagt, was es zu sagen gibt, damit ihm all die abgebrühten Subjekte nicht übers Maul fahren: Es gibd geehne Aldernadive.

An diesem Junitag ist es bereits am frühen Morgen schwül, und als Lötzsch das Bürofenster öffnet, stinkt es nach Penkuhns mit Küchenabfällen beladenem Gespann. Mistfliegen umkreisen die nackte Glühbirne in seinem Büro, putzen sich auf dem Stalin-Porträt an der Wand, und um das Geschmeiß nicht hören zu müssen, stellt Lötzsch das Radio an. Vom Mühlenberg sieht er den Überlandbus nach Stralsund abfahren, nun wieder mit Anna, die sich in den vergangenen zwei Wochen geweigert hat, im Krankenhaus zu arbeiten, weil man ihrem kleinen Liebling ein Bein amputiert hat. Aus der Entzündung war Wundbrand geworden. Georg ist nun verkrüppelt, und Anna kann den Anblick nicht ertragen. Was ist jetzt mit seinem Lachen?

Auch wenn Anna wieder geregelter Arbeit nachgeht, Lötzsch wird sie einbestellen wie jeden der unsicheren Kantonisten von Lanzerow. Er holt von diesen Kandidaten die Akte heraus, schaut sich die Sündenregister an und gerät in Wut über das, was man ihm an Machenschaften zumutet. Er ist entschlossen, heute, am 16. Juni 53, das Strafgericht abzuhalten. Allein und ohne dass Genossen der Kreisleitung Händchen halten. Statt morgendlicher Unterhaltungsmusik wird nur geredet, Lötzsch dreht von Radio DDR zum Berliner Rundfunk, wo dieselbe Stimme spricht. Als Lötzsch die Meldung das erste Mal hört, lacht er auf, nach dem zweiten Mal sieht er nach, ob der Zeiger an der richtigen Stelle der Skala steht, und als die Meldung ein drittes Mal wiederholt wird, stampft er mit dem Fuß auf die Dielen. So nicht und nicht in Lanzerow und nicht mit ihm. Niemals.

Benguhn, ruft er und läuft zur Werkstatt seines Hausmeisters, würde am liebsten die Stufen in einem Satz nehmen: Benguhn, aber die Werkstatttür ist verschlossen.

Benguhn, ruft er wieder, würde wenigstens gern einem dieser Konterrevolutionäre in den Arsch treten.

Fritz ist mit dem Fuhrwerk zum Strand gefahren; er hat vom Betriebshandwerker im Schweinestall einen Eimer mit weißer Farbe bekommen und streicht damit nun die Kajüte von Anna II. Um sich auf See vor Regen zu schützen und auf dem Boot übernachten zu können, hat Fritz eine Kajüte aus Sperrholz gebaut. Die Leisten um die Fenster nach Backbord und Steuerbord malt er rot, obwohl er die Farbe nicht mag, aber davon gibt es in seiner Werkstatt eimerweise.

Benguhn, ruft Lötzsch, als er Schritte im Flur hört, aber es ist die Kosanke, die wird er nicht aufhalten, froh darüber, dass er dieses subversive Element einer sinnvollen Tätigkeit zugeführt hat; die anderen kommen auch noch dran. Lötzsch wartet in der Tür, bis sie in der Kulturhaus-Bibliothek verschwunden ist, wo sie Bücher aussortieren muss. Oberst Dimitroff hat sie als Dank für die Beileidsgrüße zu Stalins Tod ankarren lassen. Die Freude über dieses Geschenk verflog, als Lötzsch eine erste Inspektion vornahm, denn was er in Händen hielt, waren lederne Bände mit Goldschmuck auf den Buchrücken, mit Wappen der Grafen von Hahn auf Basedow, derer von Bassewitz, derer von Bothmer in Klütz auf den Titelseiten, und als Lötzsch weiterblätterte, sah er, dass alles, der ganze Mist, auf Französisch verfasst ist. Auf jeden kleinen Schritt nach vorn fünf Rückschläge. Es gab nur einen einzigen Grund, die Ladung nicht gleich in den Heizungskeller zu schaffen: subversive Elemente zu zusätzlicher Arbeit zu verpflichten, sie sollen die Stempel auf den Titelseiten unleserlich machen, besonders schöne Illustrationen von Landschaften und Tieren heraustrennen, um damit die Wände im Haus zu schmücken. Dann hört Lötzsch erneut die Radiomeldung, dass westliche Saboteure, Kriminelle und Agenten in die Hauptstadt der DDR eingedrungen sind, um die Werktätigen gegen ihre eigene Regierung aufzuhetzen, Streiks anzuzetteln und den ersten Arbeiter-und-Bauern-Staat auf deutschem Boden zu stürzen. Von einer machtvollen Gegendemonstration hört Lötzsch, Werktätige kommen zu Wort, die ihr Land mit ihrem Blut gegen Adenauers Bande verteidigen werden. Wer würde mit ihm, dem Bürgermeister, Lanzerow vor diesen Konterrevolutionären schützen?

Noch ist es ruhig in Lanzerow. Aber es gibt drei Radiogeräte, ausgerechnet bei Schlageter, dem Pfaffen und beim Apotheker.

Da fällt ihm das Wort Offensive ein, Thema im letzten Weiterbildungskurs für Leitungskader. Schon Genosse Lenin sprach von der Notwendigkeit einer Offensive bei Gefährdung des Klassenauftrages. Er wird Lanzerow bei der Großdemonstration in Berlin würdig vertreten. Er wird alle fortschrittlichen Lanzerower auffordern, ihm nach Berlin zu folgen. Die Kreisleitung wird sehen, dass Lanzerow nicht nur ein verstocktes Nest ist. Er, Lötzsch, wird vorneweg marschieren und ein Schild hochhalten, das er selbst beschriftet hat: »Wir kämpfen für den Sozialismus in der Welt.«

Benguhn, ruft er durchs Haus, und weil niemand reagiert, nimmt er selbst das verbeulte Megafon vom Schrank und zieht damit durch die Gassen.

Geplärrfetzen trägt der Wind bis in die Schilfhütte, wo Regina, Olaf, Jacob und Hans sitzen und Hans gerade lacht, weil Olaf nach drei verhusteten Zügen an einer Pfeife seine Hose herunterlässt: Bei dir hängt ja alles, und präsentiert, was bei ihm nicht hängt, und sagt: Wer hat jetzt eine Palme?

Jacob stochert mit einem Schilfrohr in der Tabakasche herum, und Olaf versucht erfolglos, eine Palme hinzubekommen.

Dann ist Regina an der Reihe und soll bei Hans anfassen.

Hat sich wat, sagt sie und geht aus der Höhle, obwohl Hans: Bleib hier, du blöde Pute, ruft, du bist ja figride.

Selber figrid, ruft sie zurück und tapst, die Schuhe in Händen, durch das Schilf, dessen Rispen in ihren zerzausten Haaren hängen bleiben. Vom Friedhofsweg sieht Regina die Frau Pastorin im Garten des Pfarrhauses, geht zu ihr, bei ihr gibt es Kekse und Lurchis Abenteuer.

Erst Kekse, dann kämmt die Frau Pastorin Reginas lange Haare: Die sind ja völlig verpfitzt, mit einer Bürste, auf deren Holzgriff »Kraft durch Freude« eingebrannt ist. Danach singt Regina eine halbe Stunde lang, auf dem Klavier begleitet, und dann legt die Frau Pastorin den Stapel mit Lurchis Abenteuern auf den Tisch. Regina schaut zuerst nach neuen Heften mit dem listigen Salamander, den auch Hans nicht austricksen kann.

Was figrid ist, fragt Regina.

Fritz und Anna streichen noch kleine Stellen an der Kajüte von Anna II, die vertäut am Fischereisteg liegt. Trotz klebender Farbe riskiert Fritz mit seiner Angel an Bord eine Ausfahrt. Anna sitzt vor der Kajüte auf dem weißen Küchenhocker und beobachtet das gegenüberliegende Ufer, Weiden stehen dort, und auf dem Hang des Mühlenbergs wächst der Weizen.

Fritz wirft den Anker und hängt den Blinker an die Angel, starrt auf das Wasser, und Anna legt Kleid, Bluse und Unterwäsche ab. Sie springt ins Wasser, erschrocken reißt Fritz die Angel hoch. Mit hastigen Zügen kommt sie nur langsam voran, dreht sich im Kreis, planscht dann mehr, als dass sie schwimmt, und Fritz brummt, weil sie alle Fische verscheucht. Ihr Kopf gerät immer öfter unter Wasser, er steht auf und nimmt seine Schirmmütze ab, und dann, noch eine Angellänge vom Boot entfernt, verschwindet Anna ganz. Fritz springt ihr nach, packt sie am Arm und zieht sie an die Bordwand.

Als sie wieder ruhig atmet, sagt Anna, dass sie schon immer gern im Wasser war.

Lauter, ruft Otto, mach den Kasten lauter.

Anwalt König dreht am Fernsehapparat. In den Abendnachrichten wird nichts Neues über den Arbeiteraufstand berichtet, die Bilder von prügelnden Polizisten, Russenpanzern und in

Handschellen weggeschleppten Bauarbeitern kennt er, gleich ist wieder jemand zu sehen, der im Gerangel ein Schild mit der Aufschrift »Wir kämpfen für den Sozialismus in der Welt« hochhält, bevor ihn Bauleute niedertreten, die von Polizisten niedergetreten werden, und Otto sagt: Seht euch diesen Bekloppten an, was will der eigentlich?

Dann bricht die Aufzeichnung ab. Der Reporter sagt, dass angesichts der Panzer mit dem Schlimmsten gerechnet werden muss, und Elisabeth, im Salon am Flügel stehend, drückt ihre Hände auf die Brust: Mein Gott, jetzt kommt der Russe und hungert uns aus.

Blödsinn, wozu ist der Alliierte hier? Otto hält seinem Jungen ein Stück Speckschwarte hin, an dem Karl leckt und nagt.

Der Russe ist nicht das Problem, den halten die Alliierten in Schach, sagt Anwalt König, unsere Kommunisten sind es. Diese Bauleute im Osten wissen nicht, was sie tun, die sind ferngesteuert.

Wie! Ferngesteuert? Die wollen mehr in der Lohntüte haben, die wollen leben, und zwei, drei Idioten halten da solche Schilder hoch, das ist alles.

Der Anwalt, Otto unterbrechend: Die im Osten halten solche Schilder nicht hoch, die werden hier bei uns geschrieben, das sind unsere Kommunisten, die dahinterstecken. Wir kämpfen für den Sozialismus in der Welt, diesen Blödsinn denken sich unsere Linken aus. Die wollen jetzt drüben ihre Steinzeitwelt einrichten, die sie bei uns nicht zustande gebracht haben. Unsere Kommunisten wollen sich im Osten austoben und uns im Westen einmauern. Wir sind dann ohne Hinterland, Blond wird nicht mehr rüberfahren können. Wir werden dann auf einer Insel ohne Quelle sitzen, für das Kunsthaus Kypscholl und König wäre das eine existenzielle Bedrohung.

Otto lacht, dass Karl am Speck zu lecken aufhört: Also müssen Russenpanzer rollen, damit wir nicht eingemauert werden, und blickt zu Karin, die den Speck einwickelt.

Ihr ist egal, ob Otto oder der Anwalt sie für blöd halten und sie deshalb bei Geschäftsgesprächen nicht vor die Tür setzen. Es reicht ihr, dass er Karl auf den Arm nimmt, wenn er nach Hause kommt: Na, Schweinebacke? Es reicht ihr, wenn Otto dann nach der Nachtigall fragt, ob sie im Suff wieder Blödsinn angestellt hat. Es reicht ihr, dass sie für drei Stunden am Tag ins Clausewitz kann, wo die Puffmutter sich immer häufiger von Karin vertreten lässt: Mädel, du bist Dienstälteste, du schmeißt den Laden. Sie vermisst auch die Ausflüge ins Bootshaus nicht. Sie ist in ihrem Leben genug begrapscht und berammelt worden, und es gab weiß Gott bessere Liebhaber als Otto Kypscholl, dem seine Nase zu bluten anfängt, wenn er kommt. Aber sie ist vorsichtig und achtet auf Anspielungen von Otto, dem Anwalt oder von ihrer Schwiegermutter. Anspielungen, die Gefahr bedeuten, die ihr den Garaus im Hause Kypscholl machen könnten, obwohl sie alles vermeidet, um nicht Ottos Zorn auf sich zu ziehen. Aber es gibt einen Umstand, den er besser nie erfährt. Und wenn doch, kann sie nur auf Karl, ihren Schutzschild, setzen. Der eine Mutter braucht, damit er nicht in Elisabeth Kypscholls Fänge gerät. Für den Fall der Fälle jedoch spart Karin jeden Groschen, den sie im Clausewitz verdient.

Um sich von diesen Gedanken abzulenken, schaut sie sich im Fernsehen die Nachrichten an: streikende Arbeiter in Ostberlin, prügelnde Polizisten und den Verrückten, der sein Schild in die Kamera hält.

Zu der Zeit ist Bürgermeister Lötzsch bereits im Schnellverfahren mit anderen aufgegriffenen kriminellen und konterrevolutionären Elementen zu fünf Monaten Haft verurteilt und unverzüglich in das Gefängnis Brandenburg geschafft worden. Erst dort wird Lötzsch klar, dass er sein Schild im falschen Demonstrationszug hochgehalten hat, nicht in jenem der Partei der Arbeiterklasse am Marx-Engels-Platz, sondern in dem der streikenden Bauarbeiter auf der Stalinallee. Weil er eine S-Bahnstation zu weit gefahren ist.

Was hast du Eichmann gesagt, hast du ihm einen Befehl gegeben, hast du ihm gesagt, er soll sich was einfallen lassen? Wie oft hast du mit ihm über die Angelegenheit gesprochen? Warum Eichmann? Kanntet ihr euch von früher?

Lilienthal beugt sich mit seiner Lupe über die limitierte Sondermarke auf dem Ersttagsbrief zur Eröffnung der Olympischen Sommerspiele 36 in Berlin, der Führer im Dreiviertelprofil und die Marke von ihm deutlich lesbar signiert. Lilienthal hat sie für zweihundert Dollar auf dem Linzer Trödelmarkt erworben. Von der gleichmäßig scharfen Zahnung geht er mit der Lupe einen Millimeter weiter zum Druckrand, einen weiteren Millimeter zur makellos gleichmäßigen Untergrundfarbe, dann drei Millimeter weiter bis zur Jacke des Führers, und dann hält er die Lupe auf dessen Augen gerichtet. Zwei Punkte mit zwei Strichen darüber. Er hat immer wieder zwei solche Punkte mit Strichen darüber gezeichnet; es sah jedoch nie anders aus, als von Kinderhand gemacht.

Was hat Eichmann dir gesagt, als die ersten Schornsteine rauchten? Ihr müsst doch miteinander geredet haben. Lilienthal sieht unter der Lupe das feine Druckraster auf der Marke. Man sollte diese Augen vergrößern, dass sie eine Leinwand ausfüllen, zwei banale Punkte. Er steckt den Ersttagsbrief in den Schutzumschlag zurück, legt ihn ins Album und stellt es ins Regal. Auf seinem Schreibtisch liegt jener anonyme Brief, den er gestern erhalten hat, geschrieben am Tag zuvor, 3. Juli 57, und adressiert:

An den Juden Lilienthal, Linz, Judenvilla. Zuerst von Lilienthal in den Papierkorb geworfen, aber wegen des Poststempels wieder hervorgeholt. Unsicher, ob er lesen soll, was ihm einer der Neider aus der jüdischen Gemeinde vorzuwerfen hat, und liest dann doch: Der Mann, den Sie suchen, ist Verwalter einer Kaninchenfarm in Tucumán bei Buenos Aires. Er nennt sich jetzt Ricardo Klement und wohnt in einem kleinen Haus mit seiner Frau und vier Kindern. Im Haus leben noch ein Dackel namens Fifi und ein Schäferhund mit Namen Rex. Im Wohnzimmer hängen drei Ansichten der Alpen und eine der Stadt Linz. Daneben eine Kuckucksuhr. Er reitet gern, auch seinen Söhnen hat er das Reiten beigebracht. Kameradschaftstreffen hält er in der Stadt ab, im Casino Juan, mittwochs, zum Skatspiel. Ein Judenfreund.

Lilienthal sitzt lange vor den Zeilen. Hat er jemals ein größeres Bedürfnis gehabt, die beruhigende Stimme von Elias Finkel zu hören, wann hat er sich mehr gedemütigt gefühlt als durch dieses Schreiben? Nicht im Lager von Mauthausen, nicht als Ankömmling in der Bindermichl-Siedlung, nicht beim Verhör durch den amerikanischen Geheimdienst. Weiße Wände umgeben ihn, im Regal stehen seine Briefmarkenalben und am Fenster hängen Spinnweben. Man hat ihm schon viele Fallen gestellt, aber man hat ihn nie mit Eichmann geködert.

Herrgott, sagt Lilienthal, damit das Schweigen endet, hat die Hand schon am Telefon, um Finkel anzurufen, unterlässt es, geht raus und fährt mit seinem Ford stadtauswärts, um Felsen und Kiefern näher zu sein, atmet Harzgeruch ein, sieht Wolkenwirbeln nach und bleibt dennoch angespannt, erschrickt wegen eines aufflatternden Vogels, wegen eines Steinschlags irgendwo.

Etwas später erhält Lilienthal erneut einen Brief vom selben Absender: Der Judenfreund sorgt sich, weil er Lilienthal leidend gesehen hat, und schlägt ein Treffen vor, bei Anton Gärtner, wo es gutes Bier und leckere Semmelknödel gibt.

Ich war seit 37 sein persönlicher Referent, ich war immer an seiner Seite, ob ich es wollte oder nicht, sagt der Judenfreund, den sich Lilienthal älter vorgestellt hat.

Man hat mich Eichmanns Schatten genannt. Mein erster öffentlicher Auftritt an seiner Seite war im Juni 37. Die Jüdische Gemeinde Berlin gab für ihren Rabbi Joachim Prinz eine Abschiedsfeier, es war ein opulentes Fest. Was Rang und Namen hatte, war gekommen, zweitausend Gäste. Eichmann musste als Kommissar für Judenfragen anwesend sein und ich auch. Wir sind bei solchen Anlässen ohne Uniform erschienen, Eichmann trug einen Seidenanzug. Er war schlank und groß, er machte schon was her, ich glaube, er wollte auch den Damen ein bisschen gefallen. Ich hatte in den Jahren fast jede Woche eine Rede für ihn zu schreiben. Er hat gern geredet und wurde viel eingeladen. Mal bei Julius Streicher, mal beim Außenminister, mal in Wewelsburg bei Heydrich. Stört es Sie, wenn ich einfach diese Namen sage?

Lilienthal blickt auf seine Uhr. Wer hat ihm diesen Mann geschickt, der Mossad, die Amerikaner?

Eichmann hat mir seine Notizen gegeben, und ich habe auf deren Grundlage Reden geschrieben. Keine Propagandareden, wie sie Goebbels gehalten hat. Eichmanns Reden waren rein sachlicher Art zur offenen Judenfrage. Vor Polen hieß es, dass der Jude aus allen großen deutschen Städten verschwinden soll. Zuerst aus Berlin. Eichmann hat mit Japan und China verhandelt, ob und wie viele Juden die aufnehmen. Gleichzeitig mit Palästina, damit man dort Juden reinlässt, er wollte einen Judenstaat in Palästina. Dem Führer war das egal, der hat im November 38 dem einen wie dem anderen Plan zugestimmt.

Da gab es für Juden bereits die Zwangsarbeitslager, sagt Lilienthal.

Man brauchte Arbeitskräfte, weil es überall schneller voranging, als man glaubte. Und weil Eichmann testen wollte, wie die deutsche Bevölkerung auf jüdische Zwangsarbeitslager reagierte. Wir haben deshalb in Berlin eine große Ausstellung vorbereitet, in der jeder Deutsche sehen konnte, wie es dort zuging. Der Jude konnte sich freikaufen oder kam ins Arbeitslager, bis er das Geld für die Auswanderung zusammenhatte. Ich habe das sogar an die ausländische Presse weitergegeben. In Stockholm hat man uns besonders gern zitiert. Aber die Engländer haben von Judenverschleppung geschrieben.

Lilienthal fragt, warum er für Eichmann gearbeitet hat.

Weil er mich darum gebeten hat.

Warum?

Weil ich Judaistik studiert habe, ich spreche Jiddisch und Hebräisch, ich kann Ihnen die Tora hersagen. Mich interessiert die Geschichte des jüdischen Volkes. Mir ging es nie um die Ausrottung der Juden.

Sondern?

Zu begreifen, dass der Nationalsozialismus eine tiefere Wirklichkeit, ein religiöses Gefühl ist. Unsere Sicht war eine neue Offenbarung, eine natürliche und zeitgemäße Offenbarung, die letztlich das Christentum und den Kommunismus ersetzt hätte. Wir haben häufig Debatten darüber geführt, auch mit Juden, und große Zustimmung erhalten, von Rabbinern und Judenältesten.

Lilienthal fragt: Sammeln Sie Briefmarken?

Der Judenfreund schüttelt den Kopf: Als dann 39 Polen passierte, hat keiner mehr vom Judenstaat gesprochen.

Können Sie noch Jiddisch und hebräische Texte lesen?

Ja, geben Sie mir etwas.

Sie waren bis zum Ende dabei?

Ja, mit all dem Schlamassel. Die erste große Deportation habe ich im Oktober 41 in Berlin erlebt. Die Namen der Betroffenen haben wir zuvor von der jüdischen Gemeindeverwaltung erhalten. Kann ich so mit Ihnen reden? Ich will Ihre Gefühle nicht verletzen. Die Sache mit der Endlösung kam später. Das Wort hat Eichmann erfunden, ich habe daran keinen Anteil. Nach dem Einmarsch in Polen gab es auf einmal so viele Juden, dass Umsiedlung, Auswanderung und Zwangsarbeitslager keine Lösung mehr waren. Eichmann sagte: Wir müssen eine Endlösung finden. Wir sind dann im Reich herumgereist, um die vielen Dienststellen von der Endlösung zu überzeugen. Es musste ja alles geplant werden: Erfassung, Gewahrsam, Transport, Lagerbeschickung, Lagerversorgung. Und was passierte? Einzelne Dienststellen schickten ihre Leute zu uns, damit wir deren Probleme lösten. Als Erstes kam ein Arzt, ein Hauptsturmführer aus Wewelsburg, mit seiner schönen Assistentin zu uns. Die beiden wollten eigentlich die nordische Rasse züchten, aber vorher kam die Sache mit der Euthanasie, das sollten wir in den Lagern übernehmen, aber dort war man noch nicht so weit. Die haben das dann irgendwie selbst gemacht, in der Irrenanstalt Brandenburg. Irre sind nie in die Lager gekommen.

Waren Sie in diese Assistentin verliebt?

Ich habe sie kaum kennengelernt.

Aber Sie erinnern sich an die Assistentin?

An ihre Ausstrahlung, an ihre großen blauen Augen, die Frau stand immer unter Volldampf.

Wir sind dann den nächsten Schritt gegangen, haben Leni Riefenstahl eingeladen, mit uns die Konzentrationslager zu besuchen. Sie sollte dort für einen Dokumentarfilm drehen. Wir haben auch andere Künstler geholt, Lale Andersen, Gustav Gründgens und natürlich Journalisten, die Fortsetzungsberichte mit Fotos für große Zeitungen lieferten. Wir waren zuerst in Zilina, einem kleinen slowakischen Lager für Zwangsarbeiter, nichts Besonderes. Dann in Schlesien in einem Getto, die nächste Station war Auschwitz. Kommandant Höß hat uns persönlich durchs Lager geführt.

Den Höß kannten Sie auch?

Er hat uns die Lagerwäscherei gezeigt, die Kleiderkammern, man hat von Franzosen und Slowaken Fotos gemacht, vielleicht wurden die auch befragt, das weiß ich nicht mehr. Die gesamte KL-Reise ist in drei Fortsetzungen in unseren Zeitungen erschienen. Wir hatten auch das Deutsche Rote Kreuz eingeladen, die haben ebenfalls berichtet.

Ich war zu der Zeit Zwangsarbeiter in Mauthausen, sagt Lilienthal, ich konnte leider nicht in der Zeitung lesen, was die geschrieben haben, und schiebt sein Notizbuch auf dem Tisch vor und zurück. Er hat vorgehabt, die Lügengeschichten des Judenfreunds zu notieren. Aber er hätte ein Tonband gebraucht, so bringt er nur wenige Worte aufs Papier, geschrieben auf blasse Bleistiftzeichnungen von Augen, Lippen, Wangen, eigentlich Finkels Malbuch, das Lilienthal, als er gerade kein Papier zur Hand hatte, von Finkels Platz genommen hat.

Eichmann ist durch Europa gereist. Wir waren bei den Judenältesten in Warschau, bei Rabbinern in Budapest und Amsterdam und haben Kontingente von Auswanderern ausgehandelt, einige sollten nach Palästina. Aber als wir bei Franco und Mussolini vorsprachen, du lieber Himmel, die wollten sofort die Lagerlösung. Wir haben sogar mit den Russen verhandelt. Die weigerten sich aber, Juden aufzunehmen, sondern wollten uns ihre Juden schicken. Das war 41. Dann ging es weiter, der Großmufti von Palästina, Amin al-Husseini, kam zu uns, der Führer hat ihn als den Türöffner des Nahen Ostens gesehen. In Palästina wollte man keine Judenkontingente, da waren dann die

Weichen gestellt, und es kam das Signal zur Endlösung. In den Dienststellen wurde ein Liedchen gesungen, wenn Eichmann aufkreuzte: Warte noch ein Weilchen, dann kommt Eichmann auch zu dir, mit dem Hackebeilchen macht er Kleinholz aus dir.

Das Lieben bringt groß Freud lässt Regina die Kinder auf dem Weg zur Essensausgabe singen. Sie ist mit zwölf Jahren die Älteste der Gruppe vier im Pionierferienlager Ernst Thälmann. Im Gleichschritt ziehen sie in die Bungalows, bestaunt von den anderen Kindern, in deren Aufstellung keine Ordnung zu bringen ist. Gruppe vier bleibt auch in der Reihe, als keine hundert Meter entfernt ein Frachter den Stralsunder Hafen anläuft. Die Kinder von Genossenschaftsbauern aus Mecklenburg zählen sechs Kräne und vier Etagen Aufbauten, und Regina, zum Schornstein mit Hammer und Sichel zeigend, sagt: Er kommt aus der Sowjetunion.

Einen Moment lang staunen die Jungen in ihren abgewetzten Lederhosen, verwaschenen Hemden und zu großen oder zu kleinen Sandalen über Regina. Sie kennt diese Fahne gut, weiß sogar, wie sie riecht, weil davon Dutzende auf dem Boden vom Druschba-Freundschaft liegen, von Lötzsch angeschafft, damit jeder Lanzerower sein Haus schmücken kann, die aber, von niemandem abgeholt, ihr und Olaf als Gespensterverkleidung dienten.

Kinder, setzt euch hin, sagt der Betreuer, das Lagerfeuer fällt sonst aus.

Beim Auftragen der Suppenschüsseln läuft ein Dreimaster aus, und wieder stehen die Kinder am Fenster.

Setzt euch hin, es gibt sonst heute Abend keine Nachtwanderung.

Regina Penkuhn ist nicht nur die Gruppenälteste, sondern darf zusammen mit einem Betreuer auch die Arbeitsgemeinschaft *Fröhlich sein und singen* leiten. An einem Tag wie diesem, an dem wegen des Regens der Frühappell ausgefallen ist, hat sie schon am Vormittag mit den Kindern geprobt, auch Liedverspaßen gespielt, am liebsten mit dem Namen des Lagerleiters Peter: Das Wandern ist des Peters Lust, weil er dann nicht trinken muss …

Nach dem Essen haben die Kinder der Gruppe vier keine Lust mehr weiterzusingen und toben, knallen Türen, laufen über Flure, springen aus Fenstern, dass Lagerleiter Peter die Jaulsirene dreht und auf dem matschigen Platz sofortigen Appell anordnet. Jungen, die Türdrücker abgeschraubt, Toiletten mit Klopapier verstopft, Frösche gefangen und aufgepustet haben, werden aufgefordert vorzutreten. Sie müssen zehn Mal die zehn Gebote der Jungen Pioniere aufsagen und anschließend die Flure putzen. Mädchen, die anderen Zahnpasta ins Haar geschmiert und Teddys die Glasaugen ausgerissen haben, werden in die Küche beordert, um beim Abwaschen zu helfen; für die Bestraften gilt Kinoverbot. Dann wird Regina Penkuhn aufgerufen. Sie erschrickt und sagt leise: Ich mache das nie wieder, und als sie neben dem Lagerleiter steht: Ich werde bestimmt nie wieder Lieder verspaßen.

Peter lobt Regina für ihren vorbildlichen Einsatz bei der Erfüllung eines wichtigen pädagogischen Auftrags: Für die emsige Verbreitung des sozialistischen Liedguts erhält sie als Auszeichnung eine Schlager-Süßtafel mit Sammelbild Nummer 321. Regina raunt, als sie wieder in der Gruppe steht, den Freunden mit den gierigen Blicken von Erbschleichern zu; sie hat das Wort bei Pastor Pilgrim aufgeschnappt, der hat es zu Schlageter gesagt. Schlageter will Bürgermeister von Lanzerow werden, denn Lötzsch hat aus Köln eine Karte geschrieben, wo er nun lebt. Von der Süßtafel wird Regina niemandem etwas abgeben; sie möchte sie ihrer Mutter schenken, ganz gleich, was ihr die Jungen für das Sammelbild 321 bieten. Regina versteckt die Tafel hinter ihrem Bungalow, klemmt sie zwischen Fallrohr und Bretterwand, da soll sie bleiben bis zum Ende des Ferienlagers.

Nachmittags fährt der gelbe Moskwitsch vom Landfilm vor. Kinder tragen Tische aus dem Speiseraum, der Vorführer stellt das Gerät auf, und die großen Jungs dürfen sich beim Umspulen der Filmrollen abwechseln. Regina setzt sich neben ihren Betreuer, um nicht länger wegen der Schokolade behelligt zu werden, und hört aufmerksam zu, was Lagerleiter Peter zum Film sagt. Der soll besonders wertvoll sein, er zeigt, wie westdeutsche Kriminelle in der DDR ihr Unwesen treiben und versuchen, Kinder aus der Republik für ihre Zwecke zu gewinnen. Deshalb heißt der Film *Sheriff Teddy*. Zuerst läuft jedoch *Der Augenzeuge*. Regina sieht Schlosser, die Mähdrescher einsatzbereit machen, und Bergleute, über deren schwarze Gesichter die Kinder lachen. Ein Polizeikommissar zeigt eine blaue Einkaufstasche und sagt, darin wurde das Baby einer werktätigen jungen Berlinerin geraubt, die gerade im Laden war und den Kinderwagen vor dem Geschäft hatte stehen lassen. Die junge Mutter konnte aber noch die Spur der beiden Männer aufnehmen und die Menschenräuber mithilfe der Volkspolizei stellen. Der Ministerpräsident der DDR sagt zu jungen Polizisten: Wie verkommen muss doch ein Mensch sein, der es fertigbringt, einen drei Monate alten Säugling seiner Mutter zu entreißen. Es werden nun Maßnahmen gegen Menschenhandel und Abwerbung eingeleitet, gültig schon ab dem 1. August 57.

Weil der Ministerpräsident lange redet, werden die Kinder ungeduldig, bewerfen einander mit Papierschnipseln, und Regina sagt so laut, dass es der Lagerleiter hört: Lasst das sein.

Wir haben uns 46 in Hamburg wiedergesehen, sagt Eichmanns ehemaliger Referent, der Judenfreund. Er besaß Papiere und hieß nun Otto Heininger.

Heininger, schreibt Lilienthal in Finkels Malbuch.

Er wusste, dass man ihn sucht, seit dem Nürnberger Prozess stand sein Name ganz oben auf der Fahndungsliste. Er bat mich um Hilfe, wollte irgendwo in der Provinz unterkommen. Ich habe ihm ein leer stehendes Holzfällerhaus in Altensalzkoth in der Lüneburger Heide besorgt.

Warum?

Meine Schwester lebt da und hat sich um ihn gekümmert.

Warum haben Sie Eichmann das Haus vermittelt?

Er war eine Art Sicherheit für mich: Wenn Eichmann unbehelligt bleibt, sagt er nicht gegen mich aus. 49 hat man mich allerdings verhaftet, nach einem Jahr wurde ich entlassen.

Sie haben niemandem gesagt, wo sich Eichmann aufhielt?

Ich wurde nicht danach gefragt.

Aber Sie wissen, wo er jetzt ist?

Ja.

Woher?

Ich habe ihn gesprochen, vor zwei Monaten.

Warum erzählen Sie mir das?

Abends, nachdem der Betreuer zu den Kindern der Gruppe vier Gute Nacht gesagt hat, stellen sich die Mädchen um Reginas Bett auf, ziehen ihr Decke und Kopfkissen weg und wollen wissen, wo die Tafel Schokolade ist.

Regina wehrt sich, als die Mädchen an ihrem Nachthemd zerren, aber gegen sechs kommt sie nicht an.

Das geht nun jeden Tag so weiter, sagen die Mädchen, so lange, bis die verdammte Schokolade auf dem Tisch liegt.

Lilienthal ist erschöpft, er liegt um diese Uhrzeit sonst auf dem Sofa, liest noch Zeitung, geht dann ins Bett. Nun sitzt er mit dem Judenfreud zusammen: Weil Eichmann Ihrer Schwester ein Kind gemacht hat, er das Kind nicht wollte und auch für den Unterhalt nicht aufkommen will, sind Sie zu ihm nach Argentinien gereist, habe ich Sie richtig verstanden?

Ja.

Und deshalb liefern Sie ihn ans Messer? Soll ich Ihnen das glauben? Das ist banal.

Der Judenfreund bleibt ungerührt: Wahrheiten sind meist banal, und Lilienthal abwinkend: Ich habe auch Platon gelesen. Aber ich rede nicht von Banalitäten, sondern über Eichmann, woraufhin der Judenfreund ungerührt fragt: Wo ist der Unterschied?

Lilienthal hat die Hände vor dem Gesicht: Wir machen morgen weiter, ich brauche Ruhe.

Der Betreuer der Gruppe vier reißt die Bungalowtür auf: Mädchen, jetzt ist Schluss, wenn ich euch noch ein Mal ermahnen muss, gibt es morgen keine Überraschung.

Augenblicklich sind alle still.

Eigentlich sollte ich euch das gar nicht erzählen, aber vielleicht ist hier Ruhe, wenn ihr erfahrt, dass uns morgen Genossen von der Kreisleitung besuchen. Wir überraschen sie mit einem kleinen Programm. Ihr singt drei, vier Lieder, Regina dirigiert. Die Genossen werden ganz sicher die eine oder andere Kleinigkeit für euch mitbringen. Und jetzt wird geschlafen.

Der Betreuer verlässt den Bungalow und pfeift beim Weggehen, aber die Mädchen wissen, dass er sich zurückschleicht, um an der Tür zu lauschen, und flüstern: Was sollen wir denn singen, Regina?

Hat sich wat. Ich sing nicht mit euch.

Wenn sie allein singt, bekommt nur sie die Süßigkeiten, die Mädchen beschließen deshalb, ein eigenes Programm ohne Regina aufzuführen.

Ihr könnt nicht mal Noten lesen, sagt Regina, und wer von euch soll die erste Stimme singen?

Die Mädchen schlagen vor, Regina von ihrem Vorrat an Süßigkeiten abzugeben, wenn sie zusammen singen, und dann auch zu teilen, was sie von den Genossen der Kreisleitung bekommen.

Am folgenden Tag begrüßt Lilienthal den Judenfreund mit einem Kopfnicken, und der fragt, als wartete er nur darauf, weiterzureden: Wo waren wir stehen geblieben?

Bei *Odessa*, sagt Lilienthal, zum Wichtigen.

Der Judenfreund fragt vornübergebeugt: *Odessa*?

Sie gehören zu *Odessa*. Man schickt Sie hierher, um mich aufs Kreuz zu legen, für wie dumm halten Sie mich?

Nein, das stimmt nicht.

Lilienthal hat mit dieser Antwort gerechnet: Und Bischof Hudal, der für Nazis Pässe ausstellt? Die syrische Botschaft, wo sich Nazis verstecken, bis sie ausreisen? Das Gold der Juden von Rom? Die Kisten im Toplitzsee?

Odessa gibt es nicht.

So? Und die römischen Juden, die sich freigekauft haben und anschließend erschossen wurden, gibt es auch nicht? Und den Großmufti von Palästina, der Flüchtlingsschiffe mit Juden vor Haifa beschießen lässt und anschließend zu Bischof Hudal reist?

Als ich 49 inhaftiert wurde, hat man mir angeboten, bei den Alliierten an der Aufklärung von Naziverbrechen mitzuarbeiten. Und diese Aktion hieß *Odessa*.

Lilienthal fuchtelt mit der Faust: Das sagen Sie mir ins Gesicht?

Ihr *Odessa* hat es nie gegeben. Hudal ja, die syrische Botschaft ja, den Großmufti ja. Aber es gab nie eine Organisation, wie Sie sie sich vorstellen. Die Alliierten brauchten so was wie *Odessa*, weil in Nürnberg wichtige Leute nicht auf der Anklagebank saßen: Mengele, Eichmann, Bormann, Gestapo-Chef Müller. Keiner wusste, wo die sind.

Sie waren bei Eichmann in Argentinien?

Ja.

Wann?

Vor zwei Monaten.

Sie haben ihn gesprochen?

Ja.

Was haben Sie besprochen?

Ich habe ihm gesagt, er soll sich um sein Kind in Deutschland kümmern. Er hat den guten Ruf meiner Schwester ruiniert, jetzt muss er zahlen.

Das war alles?

Ja. Ich glaube, er hat mir überhaupt nicht zugehört. Er hat mir Aufzeichnungen von Gesprächen angeboten, damit ich sie in Deutschland veröffentliche, wenn er stirbt.

Ist Ihr Freund krank?

Nein, nicht dass ich etwas gemerkt hätte.

Was waren das für Protokolle?

Ein Journalist war da, dem hat Eichmann alles erzählt, die Abschriften von den Tonbandaufnahmen lagen auf seinem Tisch.

Was steht in den Protokollen? Hat Eichmann sie Ihnen mitgegeben?

Ja.

Nach dem Gesangsvortrag im Ferienlager klatscht der Sekretär der Kreisleitung: Gut gemacht, Kinder, und winkt seinen Kraftfahrer mit einer großen Tasche zu sich, die dem Lagerleiter übergeben wird, der: Oh, welche Überraschung, sagt und aus der Tasche Zeichenstifte, Kleber, Malpapier und Bastelscheren zieht.

Junge Pioniere, sagt der Sekretär der Kreisleitung, Einsatz lohnt sich immer, ob in der Schule, zu Hause oder im Ferienlager. Ihr stärkt eure Heimat, das sozialistische Vaterland. Unser Genosse Walter Ulbricht ist stolz auf euch.

Eichmann beklagte, dass der Führer ihn nicht besser unterstützt hat, sagt der Judenfreund. Er meinte, dass Leute wie ich nur halbe Arbeit geleistet haben, und bedauerte, nicht eigenhändig Juden liquidiert zu haben. Von Anfang an hätten es seiner Meinung nach mehr sein müssen.

Der Lagerleiter lässt zur Verabschiedung des ersten Sekretärs das Lied der Jungen Pioniere anstimmen: Blaue Wimpel im Sommerwind, wehn, wo fröhliche Kinder sind, und weil es nicht, wie erwartet, nach dem Auftritt Süßigkeiten gibt, läuft Regina hinter ihren Bungalow, um nach der Schlager-Süßtafel zu sehen. Zwischen Fallrohr und Bretterwand klemmt nur ein welker Haufen Papier, an der geschmolzenen Schokolade nippen Fliegen, manche schillern grün, andere blau. Hinter dem Fußballplatz, am Zaun des Ferienlagers, wo keiner sie sehen kann, weint Regina. Andere Kinder haben mit Muscheln und Steinen vom Strand Geschenke für ihre Eltern gebastelt, Bilder gemalt, Blumen gepresst und auf Karten geklebt, aber Anna würde sich über Schokolade mehr freuen und dann von Dingen erzählen, die Regina nicht versteht, aber Hauptsache, sie erzählt.

Sie steht am Zaun und sieht den auf der Wiese herumstakenden Störchen zu, da kommen ihr Reime in den Sinn, die sie aufsagt, um sie nicht zu vergessen. Die Störche sind längst weitergezogen, Regina läuft in den Bungalow zurück, um die Verse aufzuschreiben, und beginnt: Für die liebe Mutter.

Jüdische Frauen und ihre Kinder sollten bei jeder sich bietenden Gelegenheit getötet werden, sagt der Judenfreund. Eichmann hat klare Anweisungen gegeben. Frauen, weil sie mit ihren Kindern die nordische Rasse weiterverseuchen, Kinder, weil die einmal zu Rächern ihrer Eltern werden. Der Führer wollte Europa bis spätestens 47 judenfrei haben.

Waren Sie bei der Besprechung am Wannsee dabei?

Nein. Aber ich musste einen Tag später nach seinem Diktat das Protokoll schreiben.

Wann haben Sie Eichmann zuletzt gesehen?

Vor zwei Monaten.

Hat er Genaueres zu der Besprechung am Wannsee gesagt?

Steht alles in den Aufzeichnungen.

Warum gehen Sie damit nicht zu den Behörden? Sagen, was Sie wissen, und kassieren das Kopfgeld. Davon könnte Ihre Schwester eine gute Zeit leben.

Aber mir würde man das Leben in Wien zur Hölle machen. Ich könnte mich gleich einsargen lassen. Von Ihnen erwartet alle Welt, dass Sie Eichmann finden.

Ich seh mir das an, sagt Lilienthal, Sie können mir die Aufzeichnungen geben.

Schlageter, der kommissarische Bürgermeister von Lanzerow, begrüßt Regina vom offenen Fenster aus, als sie am Marktplatz aus dem Ferienlager-Bus steigt: Die Kreisleitung hat vorhin angerufen, und weißt du, warum? Weil dem Sekretär euer Auftritt im Ferienlager so gefallen hat. Die Kreisleitung wird über eine weitere Förderung von dir beraten, freust du dich?

Regina schleppt ihren Rucksack durch die Gasse, ruft, als sie in ihren Hof kommt: Ich bin da.

Anna stopft gerade in der Küche Strümpfe, und als Regina von der Rückfahrt mit dem Bus zu erzählen beginnt, der am

Mühlenberg stecken geblieben ist, zeigt sie mit der Hand zur Treppe: Da oben is was für dich.

Regina kramt alles aus ihrem Rucksack, bis sie an die Mappe mit dem Gedicht gelangt, in Schönschrift geschrieben und mit Kleeblättern verziert, und legt das Geschenk für ihre Mutter auf den Tisch.

Da oben, sagt Anna und trägt die schmutzige Wäsche zum Kübel.

Regina läuft schnell die schmale Treppe hoch. Aus der Bodenkammer ist alles Gerümpel verschwunden, die Wände sind tapeziert, vor dem kleinen Fenster hängt eine Gardine, und davor stehen Tisch, Stuhl und ihr Bett aus dem elterlichen Schlafzimmer. Regina springt in die Kissen, öffnet das Fenster, schaltet die Leselampe an und aus und mustert im Regal die Bücher mit den goldverzierten Einbänden und den Wappen.

Mutter, wie lieb ich dich hab, sagt Regina in der Küche und umarmt Anna.

Abends liest Anna das Gedicht und geht in Reginas Zimmer. Lange schaut sie dem schlafenden Kind zu. Wie groß sie geworden ist. Wie war sie vor fünf Jahren? Wie hat sie da gesprochen?

Die letzten Ferientage verbringt Regina in ihrem Zimmer, sitzt am Fenster, riecht Heu, winkt Olaf zu, der vom Hof aus ruft: Kommst du mit ins Schilf? Hans hat neue *Tarzan*-Hefte.

Sie möchte im Haus bleiben, fragt Olaf aber noch, was figrid ist.

Und Olaf, sich durch die Haare fahrend: Wenn Weiber nicht können.

Was denn nicht können?

Wenn die keine Palme kriegen.

Du spinnst, sagt sie, wischt ihre Fensterbank, bis Olaf gegangen ist, und schlägt wie Frau Pilgrim auf dem Bett eine

Kerbe in jede Kissenmitte. Sie blättert in den Büchern, die wie Fischer Dreyer riechen. Weil sie noch keine Bilder hat, um die Wände zu schmücken, sucht Regina im Gerümpel, das nun im Spitzboden liegt. Ein alter Kalender fällt ihr in die Hände, aber die Fotos haben Wasserflecken, und das gerahmte Bild mit einer großen Sonnenblume gefällt ihr nicht. Dann sieht sie einen Stapel alter Bücher, größer und schwerer als jene in ihrem Regal, mit goldenen Ornamenten auf den dunklen Ledereinbänden, vor Wochen von der Hebamme hergeschafft, damit Lötzsch sie nicht verbrennt. Schon auf der Titelseite des ersten Buches findet Regina eine schöne Abbildung: ein strahlend blauer Himmel, die Bäume leuchten kräftig grün, und ein nackter Mann und eine nackte Frau liegen auf rotem Stoff. Was *Casanova* bedeutet, weiß sie nicht. Es gibt auch Bücher, deren Abbildungen Regina nicht herausreißt; auf einer sieht sie ein Pferd. Es steht über einer nackten Frau, deren Arme und Beine an Pflöcke gebunden sind. Auch die Bilder will sie nicht, auf denen Frauen die Palmen von Männern im Mund und im Hintern haben. Trotzdem blättert sie das Buch öfter durch und möchte es auch lesen, aber es ist nicht in ihrer Sprache geschrieben, und sie weiß nicht, was *de Sade* und *Justine* auf der Titelseite bedeuten.

Regina, ruft Olaf vom Hof, und sie schlägt erschrocken das Buch zu, der Landfilm kommt. *Sheriff Teddy*, ein Cowboyfilm, Indianer gegen Cowboys, gibt viele Tote, zwanzig bestimmt.

Ich habe Kopfschmerzen, ruft sie aus dem Fenster.

Dann musst du ins Kino, davon verschwinden sie.

Nachdem er gegangen ist, blättert Regina im *Eroticon obscure*, sie lacht über die Verrenkungen und aufgerissenen Augen,

da

wird im Kunsthaus Kypscholl und König die nächste Nummer aufgerufen, das Porträt einer preußischen Hofdame aus dem späten 18. Jahrhundert, das erstmals in den Kunsthandel kommt. Otto, der hinter dem Vorhang steht und in den Saal schaut, freut sich über die vielen Bieter. Amberg erhält den Zuschlag, auch für das nächste Los: Porträt der Herzogin Anastasia von Mecklenburg-Schwerin, Mutter der preußischen Kronprinzessin Cecilie. Bis 1918 im herzoglichen Schloss Schwerin, wegen Sammlungsauflösung jetzt erstmals versteigert. Otto hätte zur Herkunft der Bilder auch etwas anderes schreiben können.

Wenn der Krüppel so weitersteigert, spendieren wir ihm ein Abendessen, sagt Otto zu Anwalt König, und der, Zigarillo rauchend: Amberg verkauft die Sachen nach Amerika.

Das nächste Los, eine Prunkvase mit Ansichten Berlins, Entwurf Karl Friedrich Schinkel um 1830, Limit eintausend Mark, ersteigert Amberg für siebentausend Mark, und Otto: Morgen wirds auch wie geschmiert laufen.

Anwalt König hebt den Finger: Gemach, verehrter Geschäftsfreund, wir haben noch nie über zwei Tage auktioniert.

Als der Vorsitzende Richter am Jerusalemer Bezirksgericht mit seinen Beisitzern in der Tür erscheint, erheben sich die Anwesenden im Saal. Auch Eichmann in seinem Glaskäfig. Richter Landau sagt, dass er mehr über die Einstellung des Angeklagten zur sogenannten Euthanasie hören möchte, bevor die Zeugen aufgerufen werden.

Eichmann rückt seine Brille mit den dicken Gläsern zurecht, hält dabei den Kopf geneigt, als hörte er schlecht.

Haben Sie meine Frage verstanden?

Jawohl, Herr Vorsitzender, ich will darüber auch gern Auskunft geben, nur werde ich bedauerlicherweise dazu nicht allzu viel sagen können, weil ich mit all diesen Sachen rein gar nichts zu tun hatte.

Was sind all diese Sachen?

Ich denke, Ihre Frage zielt auf die Vorgänge in den Irrenanstalten Brandenburg und Hadamar ab. Aber mit dem Euthanasieprogramm des Gruppenführers –

Sie meinen Heydrich?

Ja, damit hatte ich nichts zu tun. Das wurde in Wewelsburg geplant und dann von Heydrichs Leuten umgesetzt. Ich kann mich nur daran erinnern, dass bei mir einmal ein Hauptsturmführer war, oder lassen Sie es ein Sturmbannführer gewesen sein, jedenfalls ein Arzt aus Wewelsburg mit seiner Assistentin, und um Unterstützung bei der Durchführung von Aktion E nachgesucht hat.

Wie hieß der Arzt?

Das weiß ich nicht mehr, ich habe ihn auch nicht wiedergesehen. Die Assistentin schon, die hat sich später, ich glaube in Buchenwald, mit erbgesundheitlichen Fragen beschäftigt.

Wie hieß diese Assistentin?

Vor Krüppeln habe ich immer Achtung verspürt, Herr Vorsitzender, nicht jeder kommt mit Gottes Segen zur Welt. Vor dem Leben habe ich Respekt.

Welches Leben meinen Sie, Angeklagter? Das Ihrer Karnickel in Argentinien?

Wenn Sie das so aussprechen, meinetwegen, auch vor dem Leben der Tiere auf meiner Farm.

Angeklagter, ich will Ihnen jetzt vorlesen, was Sie vor drei Jahren in Argentinien zu Protokoll gegeben haben. Das sollten wohl Ihre Memoiren werden. Sie sagten: Ich, der vorsichtige Bürokrat, der war ich, jawohl, ein fanatischer Kämpfer für die Freiheit meines Blutes, dem ich anstamme, und ich sage hier, genau wie ich es vorhin sagte, was meinem Volke nützt, ist für mich heiliger Befehl und heiliges Gesetz, jawohl. Ich will ganz ehrlich sagen, hätten wir von den 10,3 Millionen Juden, die ausgewiesen wurden, 10,3 Millionen Juden getötet, dann wäre ich befriedigt und würde sagen, gut, wir haben einen Feind vernichtet. Angeklagter, was sagen Sie dazu?

Eichmann, seine Brille zurechtrückend: Herr Vorsitzender, dazu kann ich nichts sagen, weil ich das nicht gesagt habe.

Lilienthal, der neben Finkel in der ersten Reihe sitzt, springt auf, erhebt die Faust, dass der Vorsitzende Richter strafend blickt. Finkel zieht Lilienthal schnell am Jackett auf den Stuhl zurück.

Angeklagter Eichmann, wir können Ihnen als Erinnerungshilfe gern das entsprechende Tonband vorspielen, Sie haben in Argentinien ja selbst alles auf Band gesprochen.

Herr Vorsitzender, dass ich einige Äußerungen in der Absicht, der Nachwelt die wahren Umstände der Geschehnisse darzulegen, gesprochen habe, will und kann ich nicht in Abrede stellen. Das könnte ich auch nicht. Aber selbst wenn meine Äußerungen schon vor einigen Jahren getätigt worden sind, so weiß ich doch, was ich gesagt habe. Ich habe etwas gesagt, das ist unbestritten, aber was ich gesagt habe, das sollte doch einer gründlichen Prüfung unterzogen werden. Was ich eben gehört habe, klingt wie eine Erzählung, als ob ich jemandem Geschichten oder dergleichen erzählt hätte.

Lilienthals Hände greifen unentwegt ins Leere, und als der Richter das Tonband mit Eichmanns Stimme laufen lässt, wird seine Unruhe noch größer.

Unsere Aufgabe für unser Blut und unser Volk und die Freiheit der Völker hätten wir erfüllt, hätten wir den schlauesten Geist der heute lebenden Völker menschlichen Geistes vernichtet. Vollständig ausgerottet.

Einen Moment lang nimmt Eichmanns letztes Wort Lilienthal die Unruhe, der Richter lässt das Tonband anhalten: Das ist Ihre Stimme, Angeklagter.

Ich will das nicht in Abrede stellen, Herr Vorsitzender,

durchaus nicht. Aber wenn man genau hinhört, dann ist gesagt worden, so jedenfalls habe ich das verstanden, und ich denke, jeder andere wird das ebenso verstehen, dass festgestellt worden ist, dass das Volk mit dem schlauesten Geist nicht vernichtet worden ist.

Weil Eichmann eine kurze Pause wünscht, unterbricht der Richter, und Lilienthal auf dem Flur zu Finkel: Sie haben keine Ahnung, wie nötig diese Pause war. Noch fünf Sätze mehr von diesem Monstrum, und ich hätte ihn in seinem Glaskasten attackiert. Zum Glück habe ich Sie an meiner Seite.

Wir sollten gehen, sagt Finkel.

Wie meinen Sie das? Jetzt? Was glauben Sie, was Eichmann bald im Gerichtssaal machen wird? Er wird mich frontal angreifen. Es kann gut sein, dass man mich dann als Zeugen aufruft. Aber ich bin vorbereitet. Es kann gut sein, dass man auch Sie als Zeugen hören will, Sie müssen auf alles gefasst sein.

Bat Yam, denkt Finkel, eine Autostunde von Jerusalem entfernt. Er könnte Goldschmids Dienstwagen nehmen, seine Frau aus der Schule abholen und nach Bat Yam fahren. Das Meer wie ein Mantel, so warm. Der Sand zum Versinken, so fein. Wer hat ihm gesagt, dass es vor Bat Yam Delfine gibt? Und Seepferdchen. Seine Frau liebt Seepferdchen. Lilienthal streift über seinen Oberlippenbart, reibt dann die Hände, holt tief Luft und nickt sich zu. Seepferdchen. Er muss jetzt gehen oder sich hier bekennen. Der Gerichtsdiener ruft zur Weiterverhandlung auf, und Finkel blickt zum Ausgang, zwanzig Meter Flur, und zur Tür des Gerichtssaals, fünf Meter Flur.

Lilienthals Stoß beendet Finkels Überlegungen, und er betritt den Saal.

Angeklagter, wir wenden uns nun der Besprechung vom 20. Januar 42 mit Heydrich am Wannsee zu. Waren Sie dort zugegen?

Soweit ich mich erinnern kann, ja.

Was war Ihre Aufgabe?

Gar keine Aufgabe, Herr Vorsitzender, ich hatte keine Aufgabe. Ich war von Müller, also Gruppenführer Müller, in seiner Eigenschaft als Chef der Gestapo aufgefordert worden, an der Besprechung teilzunehmen. Im Grunde war es eher eine lockere Zusammenkunft, so will ich das mal nennen. Wir haben ja auch Kognak getrunken, nicht viel, aber es war eine entspannte Atmosphäre.

Angeklagter, und dann haben Sie in der Villa am Wannsee über das schöne Wetter vom 20. Januar 42 gesprochen? In den Akten haben wir eine Liste Ihrer Vorschläge zur effektiven Ausrottung der Juden.

Ja, Herr Vorsitzender, die Liste habe ich gesehen und kann mich nur wundern. Mir ist absolut nicht erinnerlich, und eigentlich habe ich ein gutes Gedächtnis, dass ich jemals so eine Liste geschrieben oder in Auftrag gegeben habe.

Angeklagter, unter den Vorschlägen steht Ihre Unterschrift.

Mit Verlaub, Herr Vorsitzender, es steht wohl mein Name dort, das sehe ich, aber ich habe nichts unterschrieben. Für dieses Schriftstück bin ich schlechterdings nicht verantwortlich, ich entschuldige mich dafür, das in solcher Klarheit sagen zu müssen.

Dann hält Lilienthal in Händen, was Finkel an einen Verlust erinnert, über den er Monate nicht hinweggekommen ist; ein dunkel eingebundenes Büchlein. Um das nicht sehen zu müssen, blickt er stur geradeaus, vorbei am Staatsanwalt, vorbei an Eichmann.

Angeklagter, der Herr Staatsanwalt möchte Sie befragen.

Ja, ich stehe zur Verfügung.

An den anderen Verhandlungstagen hat Lilienthal dieses Buch nicht in Händen gehabt.

Angeklagter, in Band siebzehn der Zeugenakte gibt es gleich zu Anfang die Aussage eines Überlebenden einer Tötungsaktion durch Gas. Sie sollen diese Tötung angeordnet und die Zeit der Exekution mit ihrer Armbanduhr gemessen haben.

Bitte, wo soll das gewesen sein?

Dann blickt Finkel doch zum Büchlein, das Lilienthal nun aufschlägt, um nachzulesen, ob Eichmanns früherer Assistent dieselben Worte benutzt hat.

Der Staatsanwalt beugt sich über die Akte und sagt laut: In Cholm, und Eichmann, sich erhebend: Cholm? Wo soll das liegen?

In Polen.

Ich kenne das nicht.

Als Sie den Befehl gaben, den Transport nach Cholm zu schicken, von da aus, wo hätte der weiter hingehen sollen?

Eichmann zieht seinen Mund schräg und liest in seiner Akte nach: Ja, steht ja hier, nach Cholm.

Das heißt nach Sobibor, nicht wahr?

Soviel ich weiß, ist Cholm nicht Sobibor.

Der Staatsanwalt laut: In Wirklichkeit schickten Sie diese Leute nach Sobibor oder Treblinka und nach Majdanek.

Eichmann, mit dem Finger auf das Protokoll tippend: Hier steht Cholm, also muss Cholm stimmen, und der Staatsanwalt: Da steht Richtung Cholm, und Eichmann, der sich setzen wollte, aber nun wieder steht: Dass aus Cholm weiter abtransportiert worden ist, das steht da nicht, und der Staatsanwalt, Eichmann unterbrechend: Was war das Endziel? Werden Sie es endlich sagen?

Nach Cholm, das habe ich ja ausgesagt, dass ich dort hingeschickt wurde von meinem Amtschef und gesehen habe, wie Juden vergast wurden, und darüber habe ich berichtet.

Nein, Sie haben von Kulmhof gesprochen.

Ja, das ist doch dasselbe.

Und der Staatsanwalt, vornübergebeugt und in scharfem Ton: Nein, das ist nicht dasselbe. Chulm ist Chełmno.

Der Richter sagt, dass der polnische Name für Kulm Chełmno ist, woraufhin einer der Beisitzenden Richter den Kopf schüttelt: Nein, es gibt ein Kulm im Warthegau. Und Kulmhof ist dasselbe.

Ja, sagt Eichmann, aber nicht Cholm.

Ich sage, dass Kolm, Kulm, Kulmhof auf Polnisch alles Chełmno bedeutet, woraufhin der zweite Beisitzende Richter sagt: Das glaube ich nicht, und der dritte: Ich habe noch immer nichts begriffen, und Eichmann spielt mit seiner Zunge im Mund: Cholm ist nicht im Warthegau.

Nein, das ist im Generalgouvernement.

Und Eichmann, vom Richter befragt, sagt: Ja, bitte, ich war der Annahme gewesen, Cholm ist Kulm oder Kulmhof gewesen, aber ich will mich durchaus nicht zurückziehen oder drücken, wie der Herr Generalstaatsanwalt behauptet.

Dann liegt das Büchlein offen auf Lilienthals Schoß, und gnadenlos blättert er Seite für Seite um. Finkel sieht Skizzen von ihren Augen, Lippen, Wangen, über die Wörter wie: aufnorden, verrassen, Reichshygiene, Imhoff, Berger, Assistentin, geschrieben sind. Bischof Hudal ist viele Male unterstrichen. All diese Wörter haben ihre Lippen, Augen und Wangen ausgelöscht. Finkel klammert sich an seinen Stuhl, damit der Sog ihn nicht ins Uferlose treibt, und Lilienthal blättert weiter.

Einer der Richter sucht im Karton mit Akten, der Stapel droht umzufallen.

Es ist wieder alles da: ihr Lachen, ihre Unbefangenheit, ihre großen blauen Augen.

Und Eichmann mit monotoner Stimme: Ich habe ja in meiner Aussage festgestellt, dass ich dort gewesen bin, nur bin ich fest davon ausgegangen, dass es Kulm im Warthegau war. In

Cholm bin ich nie gewesen, aber es ist sehr leicht möglich, und das will ich gar nicht bestreiten und offenlassen, dass Cholm möglicherweise auch ein Vernichtungslager war. Wissen tu ichs jedoch nicht.

Der Vorsitzende nickt und notiert etwas, und Finkel springt vom Stuhl und ruft: Ich bin schuldig, dass Richter, Staatsanwalt und Eichmann sich ihm zuwenden.

Du bist verrückt, sagt Lilienthal und will Finkel auf den Stuhl drücken, doch der schlägt Lilienthal ins Gesicht, dass er taumelt. Schnell sind Gerichtsdiener bei Finkel und zerren ihn aus dem Saal.

Otto Kypscholl öffnet am zweiten Auktionstag schon mittags die Türen, Stunden vor dem Versteigerungsbeginn. Er streift Fusseln von seinem schwarzen Jackett und richtet die Krawatte. Der vorige Tag hat dank Ambergs Käufen gute Abschlüsse gebracht, aber alle Gemälde ist Otto nicht losgeworden, und er setzt in der zweiten Runde auf den Verkauf herrlicher Kommoden und ausgewählten Schmucks; darunter Ketten und Ringe, 43 in Paris aus dem Haus Rothschild mitgenommen. Otto steht wieder in der Tür, bereit, jeden Kunden persönlich zu begrüßen: Verehrte gnädige Frau Professor, Guten Tag, Herr Ministerialdirektor, Oh, das junge Fräulein von Prittwitz ist auch dabei. Aber es kommt keiner, es promeniert niemand auf dem Kudamm, und Autos fahren ebenfalls nicht. Er rückt den Aufsteller »Große Auktion von Kunst und Antiquitäten am 12. und 13. August 61« weiter auf den Bürgersteig. Ein Bärtiger fährt auf einem klapprigen Fahrrad vorbei, im Arm einen Stapel Zeitungen. Otto sieht dann ein Taxi an der Kreuzung halten, aber der Wagen biegt in eine andere Straße. Erst vier Minuten später kommt wieder einer, doch der Mercedes fährt auf der anderen Straßenseite. Da sieht Otto, dass Anwalt König auf das Geschäft zugeht.

Er stellt seine Aktentasche auf das Pult des Auktionators und holt tief Luft.

Und?, fragt Otto, stimmt das alles?

König spitzt die Lippen: Ich fürchte, ja.

Ich war am Brandenburger Tor, es wird gerade zugemauert. Auf unserer Seite kann man von Podesten aus zusehen. Gerade vorhin ist die Polizei angerückt, um die Leute zu vertreiben. Im Ostsektor stehen Soldaten, Tausende.

Trotzdem, Otto klopft mit der Faust gegen den Türrahmen, wir werden die Auktion nicht absagen.

Es wird schwierig werden, wirft Anwalt König ein.

Die Kunden werden schon kommen.

Der Zeitungsverkäufer fährt mit seinem klapprigen Rad, nun ohne Zeitungen, vorbei und ruft: Wenn der Iwan hier is, macht der allet zu Kleenholz.

Gestern haben hier zweihundert Leute gesessen, irgendwer von denen muss doch wiederkommen.

Anwalt König stellt den SFB, als Willy Brandt redet, lauter: Die Mauer bedeutet, dass mitten durch Berlin nicht nur eine Art Staatsgrenze, sondern die Sperrwand eines Konzentrationslagers gezogen wurde.

Verehrte Hörer, wir wollen Ihnen nicht vorenthalten, welche Verlautbarung die Regierung in Ostberlin soeben bekannt gegeben hat, die wir im Originalton Ostzone senden: Ihr rührselig jämmerlicher Appell an unsere Menschlichkeit hat breiten Widerhall bei uns gefunden. Wir versichern Ihnen, gemäß Ihrem Wunsch, Menschlichkeit zu zeigen. Unsere Panzer strotzen vor Menschlichkeit, denn sie bereiten Ihnen schlaflose Nächte. Denn endlich sind die Zeiten vorbei, da Ihre Kopfgeldjäger unsere Facharbeiter und Spezialisten abwarben, da Kinder ihren Müttern geraubt wurden, da Spekulanten unsere

Republik leer gekauft haben. Wir haben aus Menschlichkeit auch ein passendes Lied, gesungen vom Kinderchor der Jungen Pioniere: Unser schönes Berlin wird sauber sein, denn wir haben den kalten Kriegern am Rhein ihre Menschenfalle verriegelt und mit rotem Wachs versiegelt.

Stell das ab, die sind verrückt.

Ja, ja, der helle Berliner sagt prima, was reinigt so dufte das Klima.

Otto läuft durch die Stuhlreihen zum kleinen Tisch neben der Tür, wo die Bieternummern vergeben werden.

Es zieht jetzt Ruhe und Frieden ein, und sauber, ja sauber wird unsere Hauptstadt sein.

Er reißt den Stecker heraus: Ich habe den Russen immer gehasst, er ist ein Krebsgeschwür, er zersetzt alles, wo er auftaucht, und rüttelt an der Lehne eines gotischen Kirchgestühls, von Blond aus einer Ruine in Wismar geholt: Der Russe hat in Stalingrad Franzke von hinten zersiebt, das war Zielschießen auf das arme Schwein. Vor einer Kommode, von Blond jemandem abgeschwatzt, sagt er: Franzke war ein richtiger Kamerad, und die letzten Kameraden sind vor Stalingrad gefallen.

Na, na, sagt Amberg an der Tür, und Otto, bereit, zuzuschlagen, weil die Wut irgendwo hinmuss, verbirgt die zu Fäusten geballten Händen auf dem Rücken und braucht seine ganze Kraft, um nicht in die Visage des Krüppels zu schlagen, der ohne ihn, Otto Kypscholl, vor Stalingrad verreckt wäre, wie Franzke verreckt ist. Aber was macht König, die Arschmade? Begrüßt den Krüppel.

Ich bitte um etwas Geduld, wir hoffen, dass sich in der nächsten Stunde die Situation so weit entspannt, dass wir, wenn auch mit Verspätung, dort weitermachen können, wo wir gestern so erfolgreich aufgehört haben.

Amberg sitzt mit dem Auktionskatalog in der zweiten Reihe, die Beine übereinandergeschlagen, und sagt, dass er keine Eile hat und erst morgen nach Amsterdam zurückfliegt.

Nach einer halben Stunde, in der niemand dazugekommen ist, stellt Otto den SFB wieder an, von Spanischen Reitern und Stacheldrahtverhauen ist die Rede, und dass im Osten bewaffnete Postenketten hinter den Maurern warten.

Wir verschieben, sagt Otto leise, auf nächsten Monat, schon um diesen Mann in der zweiten Reihe loszuwerden, Betrüger, hinterhältiger Lump, und Anwalt König, sein vergoldetes Zigarilloetui in Händen drehend: Wir sollten heute die Auktion stattfinden lassen.

Warum, wenn niemand kommt?, sagt Otto.

Da pfeift Amberg beim Blättern im Katalog *Auf der Mauer, auf der Lauer* und klappt ihn zu: Kypscholl, gestern habe ich angesichts Ihrer vielen solventen Kunden aus Westdeutschland tatsächlich daran gedacht, in Berlin eine Dependance zu eröffnen, ist das nicht kurios? Ich bin erstaunt über Ihren prächtigen Kundenstamm und über die Preise, die sich hier erzielen lassen.

Konkurrenz soll das Geschäft beleben, sagt Otto, ohne ihn anzusehen.

Das könnte sich bald ändern. Fürchten Sie die Mauer nicht? Westberlin fehlt dann das Hinterland. Wenn der Osten demnächst die Transitwege kappt, wer soll dann aus Westdeutschland kommen?

Die Alliierten sind immer noch Schutzmacht von Berlin, der Russe kann gar nicht über den Westsektor verfügen.

Die Kommunisten mauern euch ein wie einen toten Pharao in seiner Pyramide.

Das ist ausgeschlossen, sagt Anwalt König so beiläufig wie möglich, während Otto sich kaum noch beherrschen kann,

Arme und Beine zappeln, er reißt sich das Taschentuch aus der Hosentasche, weil seine Nase zu bluten anfängt.

Seien wir realistisch, sagt Amberg und: Meinetwegen können wir noch eine Stunde warten. Wir können das Warten auch verkürzen. Mein Vorschlag, Amberg blättert den Katalog wieder durch, obwohl man über die eine und andere Position durchaus streiten kann, und blättert weiter, das ist nicht alles Kategorie eins und zwei.

Otto starrt, das blutige Taschentuch an die Nase haltend, zur Decke.

Mein Vorschlag unter Freunden ist, ich kaufe sämtliche Positionen der heutigen Auktion auf.

Otto nimmt das Taschentuch vom Gesicht, blickt erst zum Krüppel, dann zu Anwalt König, Blut tropft auf seine seidene Anzugjacke.

Ich kaufe alle Positionen zum Limit. Damit werden die Qualitätsunterschiede der einzelnen Losnummern ausgeglichen.

Da lacht Otto laut: Wie! Alles zum Limit?

Amberg, wieder in den Katalog blickend: Nehmen wir Losnummer 74, spätgotisches Chorgestühl mit vier Klappsitzen, reich dekorierte Wangen, Eiche, norddeutsch um 1450. Ich habe mir das Gestühl schon gestern von unten und rückseitig angesehen. Es gibt da keine handgearbeiteten Hölzer. Schreiner hatten erst seit 1815 die Abrichte, vorher gibt es keine makellos glatt gezogenen Hölzer.

Was soll das heißen?

Anwalt König legt seine Hand auf Ottos Schulter, und Amberg sagt, er fügt das Beispiel nur an, um das Qualitätsgefälle der angebotenen Gegenstände zu verdeutlichen. Losnummer 75, höfische Sitzbank mit gedrechselten Beinen und altem Gobelin als Bezug, ist sicherlich echtes Mittelalter, das gleicht das zu hohe Limit von Losnummer 74 aus.

Anwalt König schiebt Otto ins Büro und schließt die Glastür: Gönnen Sie Amberg nicht auch noch den Triumph Ihrer Fassungslosigkeit.

Otto schlägt mit der Faust gegen seine Stirn.

Amberg und Lewy ist eines der größten Auktionshäuser in Europa. Die können ohne uns zurechtkommen, aber wenn wir eingemauert sind, überlebt Kypscholl und König nicht.

Ich verkaufe niemals zum Limit, das liegt unter jedem Handelspreis.

Wir brauchen die Einnahmen. Wir haben Umbaukosten für die Geschäftserweiterung, Miete, Personalkosten, und wir brauchen Geld für Einkäufe.

Amberg, die Ratte, habe ich in Stalingrad vom Schlachtfeld geschleppt.

Vergessen Sie, dass Amberg da sitzt, denken Sie, es ist jemand, der gleich bar bezahlt, ein bisschen guter Wille reicht.

Ich will nicht mehr singen, ich will ins Auktionshaus, ruft zur selben Zeit Karl Kypscholl. Elisabeth schüttelt den Kopf und zeigt zu den Noten auf dem Flügel: Wir sind noch nicht fertig mit dem Unterricht, mein kleiner Liebling.

Karl klopft auf den Deckel des Flügels: Ich will nicht singen.

Dein Vater hat heute Auktion, da kannst du nicht stören.

Wieso stören?

Bei Auktionen haben Kinder nichts zu suchen.

Wieso Kinder? Ich bin elf Jahre alt. Ich kenn den Weg. Oder du fährst mich hin. Du fährst mich doch sonst auch.

Prinzessin Salome hockt vor der Zisterne, in die Jochanaan eingesperrt ist, und möchte ihn sehen. Die Prinzessin hat schon viel Seltsames über Jochanaan gehört. Dass er der Freund von Jesus ist, dass er Jesus getauft hat, man sagt sogar, dass der Prophet Jochanaan Wunder vollbringen kann.

Ich will trotzdem in die Auktion.

Die Prinzessin hat befohlen, dass der Prophet herauskommt, das macht er auch, stell dir einen Mann mit wildem Haar, mit Bart und schmutzigem Gesicht vor, mein Liebling. Du bist manchmal so schmutzig, wenn du aus deiner Werkstatt kommst, dass man dich kaum wiedererkennt. Der Prophet hat ein zerschlissenes Gewand an und hält sich die Hand vors Gesicht, so, weil das Tageslicht ihn blendet.

Ich kann auch ins Clausewitz.

Karlchen, was redest du, wie kommst du auf so was?

Weil Mutti da arbeitet, ich bin nicht blöd.

Der Prophet verlässt langsam das Verlies, und Prinzessin Salome ist verwundert über den seltsamen Mann, den sie schon immer sehen wollte, aber der König hat es ja verboten.

Ich weiß, wo das Clausewitz ist. Und Mutti ist da Chefin.

Und Elisabeth, mit beiden Händen einen Akkord anschlagend: Hör auf damit, oder wir gehen weder in den Zoo noch zum Jahrmarkt, und drückt ihr Enkelkind, das ihr bereits bis ans Kinn reicht: Mein Kleiner, wir wollen uns doch nicht streiten, und schlägt versöhnliche Akkorde an, dann eine Walzermelodie und, was Karl gern hört: *Auf der Mauer, auf der Lauer*.

Das singen sie nun gemeinsam.

Karlchen, jetzt zweistimmig, aber Karl läuft aus dem Zimmer, durch den Garten seiner Großmutter und holt aus dem Bootshaus Angel und Eimer. Schon bald lässt er, *Auf der Mauer, auf der Lauer* summend, die Angel auf dem Steg liegen, geht zum Weg, um Ameisen einzufangen, und lässt sie auf einem Stück Baumrinde schwimmen. Vier Ameisen bekommt er auf ein Rindenstück, das zum feindlichen Schiff, zum Russen, wird und angreifen will, weshalb Karl ein Bombardement mit Walnüssen beginnt. Als die Pose unter Wasser verschwindet und Karl eine Plötze herauszieht, ist er zufrieden. Er hat zwei Russen gefangen genommen, die im Eimer zappeln und springen, aber das nützt ihnen nichts, sie werden das durchmachen, was man Tarzan angetan hat, aber der hat überlebt.

Mit dem Eimer in der Hand geht Karl pfeifend in seine kleine Werkstatt. Damit ihm der Fisch beim anstehenden Verhör nicht aus den Händen rutscht, nagelt Karl ihn mit der Schwanzflosse auf ein Stück Holz. Der Russe zeigt sich unbeeindruckt, will Wasser schlucken. Karl knöpft die Träger seiner Lederhose ab, zieht sie Stück für Stück herunter und muss sich nach dem bücken, was zwischen den dicken Schenkeln kaum auszumachen ist. Karl pinkelt den Fisch an, der aufzuckt und sich windet: Warts ab, du Russe.

Er nimmt aus dem Regal zwei dünne Brettchen, aus denen jeweils die Spitzen von zehn Nägeln ragen. Die Nagelbretter hakt er in den Schraubstock seiner Werkbank, Auf der Mauer, auf der Lauer, legt behutsam den Fisch dazwischen und dreht den Schraubstock nur so weit zu, dass, sitzt ne kleine Wanze, der Fisch, schon deutlich geschwächt und kaum noch die Kiemen bewegend, nicht herausrutscht.

Seht euch mal die Wanze an, mit der Lupe in der einen Hand beugt sich Karl über den Kopf, die andere ist am Schraubstock, den er millimeterweise anzieht. Die Nägel drücken in die Schuppen, durchstoßen die Haut, aber nur so weit, bis helles Blut kommt; Karl hat es bei sich ausprobiert, es bringt niemanden um, man schreit kurz auf, als hätte man in eine Dornenhecke gegriffen. Die Augen sind wie tot, Fischaugen sind langweilig, aber was das Vieh für Laute von sich gibt, wenn Nägel weiter durch die Schuppen dringen, interessiert ihn. Er hat ein gutes Gehör und beobachtet mit der Lupe das offene Fischmaul, wartet auf einen Schrei,

da

schreit auch Otto Kypscholl in seinem Büro: Das ist ja widerlich, nachdem Anwalt König ihm das letzte Angebot von Amberg unterbreitet hat: Zwei Prozent über Limit, das ist einfach nur widerlich.

Er will gleich ins Hotel zurück, sagt König.

Soll er, ich halte den Krüppel nicht auf.

Zwei Prozent sind dreitausend Mark, damit können wir zwei Monatsmieten und das Personal bezahlen, ich rate Ihnen, den Vertrag mit Amberg zu unterschreiben,

und

Karl, noch immer in seiner Werkstatt neben der Garage, hört die Mutter kommen, er kennt das Motorgeräusch ihres Mercedes, gleich wird sie aussteigen und die Tür zuschlagen, sie macht es immer zu laut. Karl schiebt mit dem Schuh den Fischkadaver unter die Werkbank und hockt sich vor das Schlüsselloch an der Verbindungstür zur Garage. Seine Mutter richtet ihre Haare, legt Lippenstift auf und geht raus, dass es vom Geklapper ihrer Stöckelschuhe hallt. Die schwarze Tasche nimmt sie nicht mit. Karl wartet, bis die Garagentür zufällt, und ist mit fünf Schritten am Wagen. Alle Türen sind verschlossen. Er tritt gegen einen Reifen, rüttelt erneut an den verchromten Griffen, vorne, hinten, am Kofferraum – und der ist offen. Um an die Tasche im Fond zu gelangen, muss er die Abdeckung abschrauben, er hat es schon dreimal gemacht. Weil seine Schultern so breit sind, sein Kopf so groß ist, kann er sich nicht bis auf den Rücksitz zwängen, sondern schiebt seinen Arm in den Innenraum, fühlt den Taschenrand, den Reißverschluss, den er zur Hälfte aufzieht, und fühlt, wonach er sucht.

REGINA UND KARL

Regina dreht sich vor Olaf in ihrem etwas zu großen blauen Kleid, ohne dass Puffärmel oder Spitzenkragen verrutschen: Das trag ich zur Abschlussprüfung.

Meinetwegen, sagt Olaf, der vor Reginas Bett liegt und eine Franse aus der Überdecke zieht, fang schon an.

Regina schlägt ihre Vortragsmappe auf: Der welthistorische Sieg des Kommunismus in Wissenschaft, Technik und Kunst.

Zu laut, sagt Olaf.

Man muss mich ja verstehen.

Wer ist denn man? Ich denke, da sitzen nur deine drei Pauker. Olaf zieht wieder an einem Faden: Pauker, Pauker, Pauker. Wenn du freihändig redest, bekommst du von Haus aus eine bessere Zensur, bei uns war das jedenfalls so. Außerdem wollten wir baden. Olaf springt auf Reginas Bett, dass die Federn ein dumpfes Echo geben.

Die kommunistische Gesellschaft wird der größte Sieger der Menschheit in der Geschichte sein.

Olaf tastet nach den eisernen Bettfedern.

Das Negative der Vergangenheit wird beseitigt. Mit dem Sieg des Kommunismus wird es der Menschheit möglich, nicht nur alles –

Olaf, wieder vor Reginas Bett liegend: Sieben Federn sind rausgesprungen.

– was sie zum Leben benötigt, im Überfluss zu erzeugen.

Ich brauche eine Zange.

Die Gesellschaft wird auch von allen Erscheinungsformen der Unmenschlichkeit befreit.

Die Überlegenheit der kommunistischen Wissenschaft, Technik und Kunst zeigt sich an vielen Beispielen.

Am besten eine Rohrzange. Olaf kriecht unters Bett und zerrt an einer ausgehakten Feder.

Sowjetische Ingenieure werden einen riesigen Staudamm zwischen Alaska und Sibirien errichten. Pumpen schaffen das wärmere Wasser des Stillen Ozeans ins Eismeer.

Nummer eins ist fertig.

Dadurch schmilzt die Polkappe allmählich. Das abgeschmolzene Süßwasser wird aufgefangen und für die Bewässerung von Feldern genutzt. Mit der zusätzlichen Ernte können Millionen von Menschen ernährt werden.

Alle Federn eingehakt, auch ohne Zange.

Olaf holt einen der Kartons unter Reginas Bett hervor, darin liegen Fotos von der vorjährigen Klassenfahrt nach Weimar und in das KZ Buchenwald.

Das Klima am Nordpol wird bald gemäßigt sein, ebenso in Sibirien. Die Menschheit erhält endlich Zugriff auf die Naturschätze, es wird dort Bergwerke, Schmelzöfen und Fabriken geben und endlose Getreidefelder.

Letztes Jahr hattest du noch Zöpfe, ich kann mich gar nicht mehr daran erinnern.

Ihren achtseitigen Vortrag hat Regina sorgfältig auf der Erika-Reiseschreibmaschine in der Bibliothek im Druschba-Freundschaft geschrieben, auf Seite vier kommt das Beispiel vom Sieg der kommunistischen Technik durch die Eroberung des Weltalls.

Olaf pustet Staub vom Deckel, muss niesen, Regina unterbricht ihn: Hörst du überhaupt zu?

Meine Hände sind dreckig.

Jahrhundertelang haben die Kirche und der Militarismus alles unternommen, um der Menschheit das Weltall vorzuenthalten. Es sollte für alle Zeiten Gott und den Raketen der USA gehören. Mit dem Pionierflug des sowjetischen Kosmonauten Juri Gagarin vor zwei Jahren wurde der Bann gebrochen, und die friedliche Eroberung des Weltalls konnte beginnen.

Olaf hebt den Deckel vom nächsten Karton, vor sich ein Sammelsurium alter Stiche: Was ist das denn?

Auch auf dem Gebiet der Kunst trägt der Kommunismus den Sieg davon. Es ist die einzige Gesellschaftsform, die den Bedürfnissen der Werktätigen nach Erholung und Anregung zu eigenem Schöpfertum gerecht werden kann.

Regina, was ist das? Olaf hält einen der aus de Sades *Justine* herausgerissenen Stiche hoch, Männer und Frauen kopulieren auf einer gedeckten Tafel.

Bach, Händel und Mozart sind die Vorläufer der Volkskunst. Mit ihren eingängigen Melodien haben sie den unterdrückten Schichten in der Zeit der Ausbeutung das Überleben möglich gemacht. Händels berühmtes *Halleluja* aus dem *Messias* wird in Wahrheit von den proletarischen Massen gesungen, und ihr Ruf gilt der besseren Zeit.

Und das hier? Die treibt es mit einem Pferd.

Auch Bach und Mozart haben Volksmusik komponiert; es waren zwar Kaufleute aus Leipzig, für die Bach seine Kantaten geschrieben hat, aber einfache Menschen haben sie gesungen.

Mit einem Pferd, das musst du dir mal ansehen.

Ein gutes Beispiel für revolutionäre Volksmusik ist Mozarts *Die Hochzeit des Figaro*; darin nimmt Figaro den Kampf mit der Ausbeuterschicht auf, wenn er singt: Will der Herr Graf ein Tänzchen nun wagen.

Olaf, zwei kolorierte Stiche aus Choderlos de Laclos' *Gefährlichen Liebschaften* vor sich: So was hab ich noch nicht gesehen.

Den Schund kannst du wegwerfen.

Wo hast du das her?

Aus alten Büchern, der Boden ist voll davon. Kannst du alle mitnehmen. Ich habe nur zehn Minuten geredet, ich muss es auf mindestens fünfzehn schaffen.

Wieso aus alten Büchern?

Aussortiert, die dürfen nicht in der Bibliothek stehen.

Wieso habt ihr die Bücher?

Weil die in Leder gebunden sind. Das Leder kann man noch gebrauchen, man muss es nur abziehen.

Ich werd verrückt, wenn ich das sehe. Die hier schaukelt, vor ihr steht einer und will sie mit seiner Palme treffen. Und hier, von hinten und von vorn, ich werd verrückt, und fährt sich über den Hals, knöpft sein Hemd auf, als litte er unter Atemnot, und Regina mit einem Stift in der Hand: Ich erzähl noch über die *Fledermaus*, die läuft gerade in Stralsund, und schreibt Ergänzungen an den Rand. Olaf sitzt mit hochrotem Kopf vor Reginas Bett, er hebt die Arme und flüstert: Ich komme.

Das Gegenteil von einem volkstümlichen Stück wie der *Fledermaus* von Johann Strauss ist die Oper *Salome* von Richard Strauss. Dieser Komponist hat sein Talent an großbürgerliche Geldgeber verkauft, um ein dekadentes Machwerk zu schaffen, in dem die Verkommenheit der herrschenden Klasse durch eine raffinierte Musik gepriesen wird.

Ich hab ihn gar nicht angefasst, sagt Olaf.

Nimm die Dinger mit, dann brauche ich sie nicht wegzuwerfen.

Wieso wegwerfen?

Weil Frauen so was nicht im Kopf haben, das ist genetisch. Ich halte den Vortrag noch mal, ich muss jetzt fünfzehn Minuten schaffen.

Olaf legt behutsam die Stiche zusammen, immer lachen da Gesichter, nichts scheint mehr zu erheitern, als an Seilen aufgehängt zu sein, mit Gurken in den Körperöffnungen. Regina nickt zufrieden: Ich habe noch eine Ergänzung, ich habe geschrieben: Dekadenz ist nicht nur moralisch verwerflich, sie zerstört auch die Gesundheit. Johann Strauss hat in seiner *Fledermaus* mit volkstümlichen Melodien diese Dekadenz angeprangert.

Es geht schon wieder los.

Vielleicht ein Blutstau, ich hab das mal gelesen.

Scheiße, und was passiert dann?

Im Ferienlager hatte das auch einer. Der Lagerleiter hat dem Jungen eins über die Palme gezogen, der hat zwar gebrüllt, aber dann war es wieder gut.

Regina hält ihren Vortrag noch einmal, und Olaf, mit dem Taschentuch in der Hand, starrt auf seine Dauererektion.

Später fahren Regina und Olaf mit ihren Rädern bis zum Pfarrhaus um die Wette, und von da laufen sie weiter zum See.

Am 12. Juni 63 geht Regina Penkuhn in die letzte und wichtigste ihrer mündlichen Abiturprüfungen. Ihren Vortrag über den Sieg kommunistischer Wissenschaft, Technik und Kunst hält sie frei und gibt, weil es ihr Freude macht, der Prüfungskommission als Zugabe kleine Gesangsproben aus der *Fledermaus* und der *Salome*. Der Staatsbürgerkundelehrer fragt Regina, ob sie ihre Zulassung für das Studium an der Hochschule für Musik Hanns Eisler in Berlin schon erhalten hat, doch er grinst und will gar keine Antwort hören, sagt nur, dass Musiklehrer in den Schulen eigentlich dringender gebraucht werden als Opernsänger.

Wieder in Lanzerow, fährt Regina mit ihrem Rad zum Tischlerlehrling Olaf, muss mit ihm über die erfolgreich bestandene Prüfung reden und bringt ihm einen Karton von unter dem Bett mit.

Schade, dass du abhaust, sagt Olaf, den Karton auf den Beinen.

Besuch mich in Berlin.

Wenn ich hier mal wegkomme. Es gibt Arbeit für hundert Jahre: Fenster, Türen, Tische, Stühle.

Regina klatscht in die Hände: So lange gibt es keine Tischler mehr. Das wird irgendwann alles in Kombinaten gemacht, Fenster, Türen, Tische, von Automaten.

Aber vorher singen Automaten Opern, ich habe bei meinem Onkel gesehen, dass die Amis Roboter bauen, die sprechen können.

Hast du wieder Westfernsehen geguckt?

Eigentlich nur *Bonanza.*

Bababababam Babababababam Bonanza, singen beide, und Olaf trommelt das Pferdegetrappel auf den Deckel des Kartons.

Vierzehn Tage lang ist Regina Betreuerin im Kinderferienlager Ernst Thälmann bei Stralsund. Lagerleiter Peter lässt sie Morgenappelle durchführen, sie verliest das jeweilige Tagesmotto, wertet nächtliche Vorkommnisse wie auffällig häufige Toilettenbesuche, Gekicher und Kissenschlachten aus. Regina singt an Regentagen mit den Kindern, organisiert mit dem Lagerleiter das Sportfest, schreibt für die Disziplinen Tauziehen, Abwerfball, Ausdauerlauf und Luftgewehrschießen die Urkunden vor. Sie tröstet Kinder bei Heimweh, obwohl sie selbst nach Hause möchte, dort wird ihre Studienzulassung liegen, gestern oder heute mit der Post eingetroffen. Noch neununddreißig Tage bis zum Umzug nach Berlin, wo sie am liebsten jetzt schon wäre.

Gerade sitzen Regina und die anderen Betreuer zu Peters Füßen und hören sich die Schauergeschichten vom Internierungslager für Faschisten an, das 45 genau an dieser Stelle gestanden hat und aus dessen Baracken später die Bungalows des

Ferienlagers wurden. Regina weiß schon von den Ausbruchsversuchen der Faschisten, aber keiner glückte, und niemand entging seiner gerechten Strafe. Das beweisen die vielen Skelettfunde in der Umgebung; sie lassen die Kinder deshalb nicht außerhalb des Zauns spielen. Doch Regina hört Peter kaum zu, denkt an Berlin, dort würde sie im Kino sitzen, vier verschiedene Filme werden am Tag gezeigt, nach Lanzerow kommt das Landkino nur einmal im Monat. Opernproben würde sie besuchen und mit der Straßenbahn durch die Stadt fahren.

Berlin, sagt Anna, als Regina wieder in Lanzerow ist, da is Post für dich, und zeigt ihrer Tochter den Brief von der Hochschule für Musik Hanns Eisler. Die Aufnahmekommission bittet zu einem Gespräch, Fahrtkosten und Verpflegung werden gegen Vorlage der Quittungen erstattet.

Regina küsst und herzt Anna, die: Nich so viel, sagt und hastig nach den Nadeln im Dutt tastet. Seit einiger Zeit trägt sie die Haare wieder lang.

Regina, mehrere Stufen der Stiege auf einmal nehmend, läuft in ihr kleines Zimmer unter dem Dach. Endlich dort leben, wo sie singen und tanzen kann, wo es Mädchen wie sie gibt. In einem Internat mit Duschen, Fahrstuhl und Fernsehraum. Und die Oper. Regina setzt sich mit dem Buch *Berlin – Deine Hauptstadt, Deine Zukunft* an ihren Tisch und blättert darin. Zehnstöckige Hochhäuser, die im Sonnenlicht glänzen, sieht sie, Straßen, die breiter sind als der Markt von Lanzerow, Ausflugsdampfer, auf denen Mahlzeiten und Getränke serviert werden. Eine Abbildung über beide Buchseiten zeigt das Walter-Ulbricht-Stadion, größer als Lanzerow. Das Foto vom Automat-Imbiss am Alexanderplatz betrachtet Regina besonders lange, obwohl außer dem Neonschriftzug und dem Schaufenster in Milchglas nichts zu erkennen ist.

In sieben Tagen wird sie in Berlin sein.

Sie liest die Einladung von der Kommission erneut, aber es ist trotz bestandener Aufnahmeprüfung noch nicht die Zulassung zum Studium.

Karl Kypscholl zieht einen Kreidestrich an der Wand seiner Werkstatt für einen weiteren sinnlosen Tag im Berlin-Knast und dreht den Schraubstock auf, um die platt gedrückte Froschleiche abzukratzen: Der Herr hats gegeben, der Herr hats genommen. Er betrachtet den Kadaver flüchtig unter der Lupe. Noch fünf Tage, bis er die öde Stadt verlassen kann, noch fünf Nächte, bis er wieder ins Internat Maria Hilf in Kreyenburg darf. Dort gibt es kein Auktionshaus, in dem er mit Nudelfressern Kommoden schleppen soll, Silberzeug putzen, dass ihm die Hände tagelang nach Salmiak stinken, während der feine Herr Geschäftsführer in seinem Auto durch die Welt kutschiert, um Leute aufs Kreuz zu legen, die noch Krempel in ihrer Bude haben.

Karl schüttet die Reste der zerquetschten Tiere aus der selbst gebauten Auffangwanne unter dem Schraubstock in den Abfalleimer.

Heute hat er wieder bei dem Hosenscheißer von Anwalt Stunden in Betriebsführung nehmen müssen; er sollte wie ein Erbsenzähler errechnen, was der feine Herr Antreiber zusammengerafft hat.

Ich habe Ferien, hat Karl sich gewehrt, und Otto hat aufgelacht: Das Wort streich aus deinem Schädel. Als Geschäftsmann hast du keine Ferien, sondern hältst Tag für Tag den Laden auf Kurs, und der verheißt Gewinn, das begreift auch ein Dreizehnjähriger.

So spricht der Herr, dein Gott, aber für Karl hat der Mann seinen Heiligenschein verloren, weil er ein Leuteschinder ist, der alles und jeden in sein Auktionshaus sperrt, damit sie ihm

Sklavendienste leisten. Wer sich nicht rettet, endet im Suff wie die Nachtigall.

Am nächsten Morgen fällt der Antreiber am Frühstückstisch über Karl her, als wäre er die Zugabe auf dem Sklavenmarkt: Worin unterscheidet sich die Malerei von Raffal und da Vinci?

Schon wieder da Vinci?

Wie! Der junge Herr weiß schon alles? Ein bisschen Internatsschule, und schon kenn ich die Welt?

Otto, lass doch mal den Karl.

Ich würde ihn lassen, wenn du den Jungen nicht völlig verzogen hättest. Von vorn bis hinten verzogen, alles in den Arsch gesteckt, und dann ewig dieses dämliche Geklimper, was soll denn aus ihm werden? Seit Tagen frage ich ihn dasselbe. Ich bekomme nur blödsinnige Antworten, und schlägt mit dem Messer auf den Tellerrand: Mit vierzehn konnte ich exakt perspektivisch zeichnen. Seht ihn euch an, wie er am Tisch sitzt; ein Kerl wie ein Schrank und hängt da wie ein nasser Sack. Ich sag dir was, Karl Kypscholl, du bleibst so lange im Kloster, bis du gerade gehen kannst. Und damit du dich heute nicht zu sehr auf dem Bootssteg oder mit deiner Großmutter langweilst, wirst du mit unseren Knoblauchfressern zusammen eine Ladung Möbel ins Depot schaffen.

Nachdem Otto ins Auktionshaus und Karin ins Clausewitz gefahren sind, hat Karl, um etwas zu verdienen, eine Stunde bei der Großmutter auszuharren, bevor er abgeholt wird. Er begleitet sie am Klavier, und als Elisabeth Kypscholl singt: In dein Haar bin ich verliebt, Jochanaan, und Karl mit ihren ringschweren Fingern durchs Haar streicht, hat er zehn Mark verdient. Zwanzig Mark bekommt er bei: Deinen Mund begehre ich, Jochanaan, lass mich deinen Mund küssen. Und sie küsst Karl mit rot geschminkten Lippen. Dreißig Mark, wenn er seine

Großmutter zurückküsst, aber dennoch singt: Niemals, Tochter Sodoms, niemals, Tochter Babylons, dabei Paukenschläge am Flügel imitiert und auf den Deckel klopft: Niemals.

Danach schlägt die Augusthitze Elisabeth aufs Gemüt, und als Otto, der noch etwas vergessen hat, kurz in den Salon blickt, stellt sie sich ihm in den Weg: Wo ist Anna?, fragt sie, und Otto, die Arme hebend: Sie wird schon durchkommen.

Elisabeth kreischt, als wäre es der Beginn einer Stimmprobe: Das sagst du schon seit achtzehn Jahren.

Otto springt schnell die Treppe nach oben: Dann such sie selbst, in meiner Hosentasche ist sie nicht.

Komm zurück, so redest du nicht mit deiner Mutter.

Karl stellt sich neben Elisabeth Kypscholl, damit der Antreiber merkt, dass er auch trotz seiner dreizehn Jahre über alles im Bilde ist, obwohl er nicht genau weiß, wer Anna ist – die Schwester seiner Großmutter?

Wendet Karl sich an seine Mutter, zuckt sie mit den Schultern: Frag deinen Vater. Wendet er sich an seine Großmutter, erhält er dieselbe Antwort. Doch niemals wird er den Antreiber fragen, wer Anna ist.

Zweimal hat Karl den Sekretär seiner Großmutter durchsucht. Nacktfotos von Anita Berber hat er gefunden, Postkarten von Lale Andersen, Briefe aus Paris von Otto und Briefe in Sütterlin, die er nicht lesen kann, auch Ringe und Ketten, aber nichts, was erklärt, wer Anna ist. Aber: Wo ist Anna?, reicht als Abwehrwaffe gegen den Antreiber.

Karl drückt sich an diesem Tag vor dem Möbelschleppen, liegt mit einem Wehrmachtsfeldstecher auf dem Bootssteg und wartet darauf, dass sich Liebespaare mit ihrem Ruderboot ein Nest im Schilf suchen. Vorgestern trieb ein Paddelboot mit zwei nackten Frauen darin auf das Bootshaus zu. Als er dann zwischen den beiden noch einen Mann ausmachte, das Spielchen interessant zu werden schien, haben sie ihn entdeckt. Abends sitzt er neben der Nachtigall auf dem schwarzen Ledersofa und schaut *Die Hesselbachs,* wartet noch drei Stunden in seinem Zimmer, dann ist es endlich Mitternacht. Das ist seine Stunde. Denn der einzige Grund, warum Karl Kypscholl seine Sommerferien im Haus seiner Eltern verbringt, ist die große schwarze Tasche, die seine Mutter auf dem Rücksitz ihres Wagens lässt, wenn sie nachts aus dem Clausewitz kommt. Mit einer Drahtschlaufe öffnet Karl den Mechanismus der Wagentür. In der letzten Schulstunde vor den Ferien sprach Pater Johann in Maria Hilf von der Koinzidenz von Gott und Schicksal. Mein Schicksal liegt in dem, was ich den Unter- und Oberprimanern mitbringe. Karl nimmt nur so viel aus der schwarzen Tasche, dass der Diebstahl nicht auffällt, aber es muss ausreichen, um die Zeit bis zu den nächsten Ferien durchzustehen. Noch fünf Tage Berlin-Knast, dann fährt er zurück ins Internat, Melder werden sein Kommen Oberprim Gerold ankündigen, der wird ihn mit Handschlag begrüßen und nie mehr Stummelschwanz zu ihm sagen. Mit Kriechkälte kommt die Erinnerung an sein erstes Jahr in Maria Hilf zurück: Na, Stummelschwanz, brauchst ne Lupe? Da stand er in der Rangfolge ganz unten: Wasserträger, Pausenclown, Cloaca Maxima. Und dort in der Cloaca Maxima steckt, wer die Scheiße der anderen ausbaden muss. Ohne Schätze aus der Tasche seiner Mutter wäre er immer noch der, den alle aufziehen. Aber nun wird das niemand mehr sagen. Denn nun wirken Gott und Schicksal zusammen. Dank der schwarzen Tasche.

Regina Penkuhn steht vor der Kommission der Berliner Hochschule für Musik Hanns Eisler und kommt nicht dazu, ihre schwarze Tasche zu öffnen, um die Notenarrangements für Sopran mit Klavierbegleitung herauszuholen, die sie mitgenommen hat, falls sie trotz bestandener Aufnahmeprüfung noch einmal singen soll. Sie hat sich vorbereitet auf das *Notenbüchlein für Anna Magdalena Bach:* Willst du dein Herz mir schenken, so fang es heimlich an. Und auf das Chorstück *Wir winden dir den Jungfernkranz* aus Webers *Freischütz*.

Wir haben, Fräulein Penkuhn, uns noch einmal intensiv mit Ihren Bewerbungsunterlagen beschäftigt, sagt die Kammersängerin, die viel Schminke im Gesicht hat, und blättert in den Papieren, als suchte sie etwas, wir haben Ihre hervorragende Beurteilung gefunden, aber –

Da blickt die Kammersängerin auf, schaut zum Verwaltungsdirektor, der auch in den Unterlagen blättert, und Regina überlegt, ob sie besser das Blondchen aus Mozarts *Entführung aus dem Serail* geben soll, sie braucht nur fünf Minuten zum Einsingen.

Aber, Fräulein Penkuhn, sagt der Verwaltungsdirektor und schiebt die Bewerbungsmappe von sich, wir finden keinen Antrag auf eine Kandidatur in unserer Partei. Können Sie uns das erklären?

Wer sind Ihre Bürgen, Fräulein Penkuhn?, fragt die Kammersängerin, was Regina nicht irritiert, wohl aber deren raue und kratzige Stimme.

Regina schlenkert mit ihrer schwarzen Tasche, die zu dem langen blauen Kleid mit Spitzenbesatz und Puffärmeln passt: Pastor Pilgrim kann für mich bürgen.

Die Kammersängerin hebt beide Arme wie Pastor Pilgrim, wenn er sonntags den Segen spendet: Hier rutscht einiges durcheinander. Haben Sie einen Antrag auf Kandidatur in der Partei der Arbeiterklasse gestellt, ja oder nein?

Nein. Davon war bei der Aufnahmeprüfung keine Rede.

Und der Verwaltungsdirektor, etwas vorgebeugt: Fräulein Penkuhn, wie alt sind Sie?

Achtzehn.

Nein, das meine ich nicht, Ihr biologisches Alter kenne ich, mir geht es um Ihre moralische Reife. Wer an der Berliner Hochschule für Musik Hanns Eisler studieren, wer eines Tages auf einer Opernbühne unseres Landes stehen möchte, der muss nicht nur singen können. Der bringt schon so viel Reife, also einen gefestigten Klassenstandpunkt, mit, dass er von selbst den richtigen Schritt zu machen in der Lage ist. Haben Sie nicht mit Ihren Eltern darüber gesprochen?

Nein.

Mit dem Parteisekretär aus dem Betrieb Ihrer Eltern?, fragt die Kammersängerin.

In Lanzerow war nur Bürgermeister Lötzsch in der Partei.

Na also, haben Sie mit ihm geredet, haben Sie ihn um die Bürgschaft gebeten?

Lötzsch lebt jetzt in Köln.

Fräulein Penkuhn, auch wenn Sie aus einem Dorf in Mecklenburg stammen, es gibt in unserer Republik überall und an allen Orten Genossen.

Regina wird die Tasche schwer, die Noten wiegen so viel wie eine Stiege voller Äpfel.

Wissen Sie, Fräulein Penkuhn, wie viele Bewerber bei uns auf einen Studienplatz kommen? Wir könnten mit denen mühelos drei weitere Hochschulen aufmachen, und am Ende könnten wir in jeder Stadt der Republik eine Oper bestücken. Aber gleichzeitig fehlt es uns an Bewerbungen für die pädagogischen Berufe: Kindergärtner, Lehrer, Horterzieher. Da werden Zulassungen erteilt, obwohl die Kandidatur noch gar nicht erwogen wurde, geschweige denn vorliegt. Überlegen Sie, was Sie wollen.

Karl, der neben seiner Mutter im Auto sitzt, sagt: Halt, ich will hier aussteigen, bevor sie in die Allee zu Maria Hilf einbiegt.

Schämst du dich, wenn deine Mutter dich abliefert?

In den Herbstferien bin ich wieder in Berlin, sagt Karl und zieht seinen Koffer, der neben der schwarzen Tasche liegt, vom Rücksitz.

Wenn es Probleme gibt, rufst du uns an?

Es gibt keine Probleme.

Mach uns keinen Ärger, sagt sie noch bei offenem Fenster, und Karl, das dritte Jahr in Maria Hilf und Schüler der Quarta, sagt: Ich habe keinen Ärger.

Er grüßt die sandsteinernen Märtyrer entlang der schmalen Straße durch den Klosterwald, von früheren Internatsjahrgängen längst ihrer Attribute beraubt, und pfeift das vereinbarte Erkennungszeichen: Auf der Mauer, auf der Lauer, für den Melder, der irgendwo im Unterholz auf ihn wartet, sitzt ne kleine Wanze. Karl pfeift es wieder und wieder, damit er im Internat nicht ins offene Messer läuft, ihm keiner der Schwarzröcke seine Schätze abknöpft, aber eine Antwort hört er nicht. Der Melder müsste nun den Klosterwald verlassen haben, über die Wiese links am leer stehenden Fürstenflügel vorbei, im Schutz eines Walls entlang dem Schwesternhaus, vorbei an Bäckerei und Wäscherei, Werkstatt und Irrenhaus mit den vergitterten Fenstern, hinein in den Klostergarten. Von dort aus in die dritte Etage des Knabeninternats, da muss Gerold am Fenster stehen, um die Nachricht des Melders entgegenzunehmen. Auf der Mauer, auf der Lauer. Oberprim Gerold müsste jetzt Prim Ansgar zum Checkpoint schicken, wo der Schwarzrock vom Dienst sitzt und jeden Rückkehrer samt Koffer filzt, damit niemand von ihnen in Versuchung gerät, Schokolade oder Bonbons oder anderes hereinzuschmuggeln. Prim Ansgar hat, wie immer, wenn Karl hereinkommt, heftig über Brechreiz zu klagen oder über Schwindelanfälle, damit der Schwarzrock vom Dienst dem armen Zögling zu Hilfe eilt und Karl durchgewinkt wird.

Karl geht langsam durch die Ebereschenallee bis zum Klosterportal, unsicher, weil kein Melder zurückgepfiffen hat. Vor dem großen Klosterportal huschen die Irren in ihren blauen Arbeitsanzügen umher, er sieht zuerst den zahnlosen Nottebaum-Alois und Dreioka-Albert, die beide Laub vom Pflaster am Portal fegen, und nach zwanzig Schritten erblickt er Abt Gregor im weit geöffneten Klostertor. Zurück, raus aus der Schusslinie. Scheiße. Jemand hat geplaudert. Aber der Abt beachtet ihn nicht, sondern redet mit Bruder Clemens, der, auf einer Leiter stehend, die Bronzeengel im Klosterwappen poliert, dann nach Bruder Gottschalk ruft. Auch seine Lehrer für Musik, Zeichnen, Sport und Latein beachten ihn nicht. Karl eilt durchs Portal, über den Klosterhof, vorbei an der Verwaltung, durch den Torbogen und ist im Internat, wo Bruder Johann am Tisch des Diensthabenden sitzt. Karl blickt auf die nackten Füße mit den langen, aufgeworfenen Fußnägeln des Schwarzrocks, die in Sandalen stecken. Immer nach unten schauen, hat Oberprim Gerold gesagt. Bruder Johann, Lehrer für Altes und Neues Testament und Philosophie, schraubt an einem Telefonhörer herum. Er winkt Karl durch, und der läuft über bohnerwachsstinkende Flure, so schnell er mit dem schweren Koffer kann.

Kein Sextaner spielt im Gruppenraum, keiner von den überdrehten Quintanern oder Tertianern ist im Speiseraum, und in seinem Schlafsaal trifft Karl nicht einmal Schlafmütze Leo, den er fragen könnte, was zum Teufel in Maria Hilf los ist. Karl geht in den dritten Stock, wo die Prims ihre Zimmer haben, es reicht, wenn er sich kurz auf dem Flur zeigt, man wird es sofort Gerold melden, aber auf dem Flur ist es ferienstill. Er kehrt zurück in den Schlafsaal der Quartaner, wartet, auf seinem Bett sitzend, den Koffer mit den Schätzen neben sich, bis er Schritte hört. Es ist das Getippel von Bruder Clemens, der sagt, er soll sich umziehen und im Klostergarten helfen, dann geht der Schwarzrock weiter. Niemals würde Karl seine Schätze unbeaufsichtigt im Schlafsaal zurücklassen. Er bringt sie in zwei mit »ausgemustert« gestempelten Schulatlanten des Großdeutschen Reiches unter, trägt sie in die Schülerbibliothek. Schlafmütze Leo hockt manchmal dort, sonst keiner, deshalb ist die zweite Reihe vom Regal »ausgemustert« das sicherste Versteck. Heute allerdings ist zum ersten Mal ein Schwarzrock hier; er steht auf einer Leiter vor den geschweiften, engelbekrönten Regalen mit einem Stapel Bücher in Händen. Als hätte der Antreiber ihn gerade dabei erwischt, wie er im Auktionshaus den Lack auf Kommoden zerkratzt oder kleine Löcher in Gemälde bohrt, das für da Vinci, das für Vermeer, das größte für den Antreiber, steht Karl mit seinen Atlanten da.

Du kannst später Bücher tauschen, jetzt hilf deinen Kameraden im Klostergarten, sagt der Schwarzrock und blättert weiter.

Karl geht zurück in den Schlafsaal, legt die Atlanten in seinen Koffer und überlegt, wo sie bleiben könnten: Im Heizungsraum hatte er früher ein Versteck, aber dann übernahmen die Idioten Gradenlopp-Hans und Nottebaum-Alois vom alten Hausmeister das Heizen und schnüffelten überall rum. Bleiben die Blechkästen für Tauwasser unter den Fensterbänken auf dem Flur der Prims. Aber das ist nicht mit Gerold abgesprochen, da könnte jeder ran. Bleibt noch der Boden.

Junge, zieh dich um, sagt Bruder Clemens und kommt ihm so bedrohlich nahe, dass Karl aufspringt.

Ich bringe dich in den Klostergarten, und wartet darauf, dass Karl alte Klamotten aus seinem Koffer holt.

Karl blickt zum Marienbildnis an der Wand, aber was ihm Maria zulächelt, kann sekundenschnell zur Posaune von Jericho werden. Er öffnet den Koffer nur zur Hälfte, hat dann eine Anzughose und einen der guten Pullover in der Hand.

Damit willst du im Garten arbeiten?

Karl nickt, nur schnell weg, und folgt dem Schwarzrock durch den langen Flur der Klosterverwaltung, eine Wendeltreppe hinunter. Bruder Clemens schließt ein wappenbekröntes Eisentor auf, dann ist Karl im Klostergarten. Dort harken seine Klassenkameraden Wege, zupfen Unkraut aus Rabatten, und er soll mit Triefnase Leo Kartoffeln im Gemüsegarten ernten, vielleicht das Letzte, was er vor dem Rauswurf aus Maria Hilf macht, je nachdem, wer jetzt in seinem Koffer herumschnüffelt.

Karl holt eine Schubkarre aus dem Geräteschuppen und fragt Leo: Was ist hier eigentlich los?

Die spielen alle verrückt. Jemand vom Papst kommt her.

Der Papst?

Jemand vom Papst.

Warum?

Keine Ahnung, sagt Leo und wischt mit dem Ärmel seine Rotznase ab: Vielleicht will der sehen, ob wir zum Abendgebet mit sauberen Füßen erscheinen.

Wo sind die Prims?

Da lacht Leo: Die weißen die Wände im Scheißhaus. Sei froh, dass du heute erst kommst, wir müssen schon seit Tagen schuften.

Weil der Papst sich hier zeigt?

Übermorgen ist deshalb auch kein Unterricht. Und morgen, stell dir das vor, sollen wir auch arbeiten, obwohl morgen Sonntag ist. Man kann nicht abhauen, die Schwarzröcke sind überall.

Karl schafft drei Schubkarren Kartoffeln an die Tür der Klosterküche, Tittentilla in ihrer fleckigen Schürze klatscht bei jeder

Fuhre begeistert in die Hände: Was für herrliche Erdfrüchte, und gibt ihm vornübergebeugt, dass Karl glaubt, die Riesentitten ziehen die Köchin zu Boden, einen Klaps auf den Hintern.

Dann bricht das Rad der Schubkarre, Karl sucht im Schuppen zwischen Gartengeräten, Blumentöpfen, Gießkannen und Eimern vergeblich nach Ersatz. Spinnweben kleben ihm an den Händen und im Gesicht, und er flucht. Wo jedoch so viele Spinnweben sind, war schon lange niemand mehr, und dort wird er die Atlanten so lange verstecken, bis er etwas Besseres gefunden hat.

Vor dem Abendbrot schafft er unbemerkt die Bücher in den Schuppen, obwohl sich alle siebzig Internatsschüler in der Kapelle einzufinden haben, um, wie Bruder Clemens sagt, Psalmen aus der *Marienvesper* für den Gast aus Rom einzuüben.

Karl kommt zu spät in die Kapelle, auf den Pulten liegen schon die Noten.

Wir beginnen mit Psalm 121: Laetatus sum in his quae dicta sunt mihi: In domum domini ibimus – ich freute mich, als man mir sagte: Zum Hause des Herrn wollen wir pilgern.

Karl schaut zu den Oberprims. Gerold hat Pomade im Haar. Er flüstert mit seinem Vize Ansgar, obwohl Bruder Clemens die Arme zum Einsatz hebt. Gerold redet weiter, und der Schwarzrock kann nichts dagegen machen. Auch Bruder Gottschalk kann nicht gegen Gerold vorgehen, nicht einmal der Abt, denn dessen Vater ist Regierungspräsident und ein Skatfreund des Bischofs.

Bruder Clemens klatscht in die Hände, weil unsauber gesungen wird. Gerold flüstert unentwegt weiter. Hat ihn, Karl Kypscholl: Na, Stummelschwanz, brauchst ne Lupe?, vor zwei Jahren in die Cloaca Maxima gesteckt, aber dank der Schätze aus der Tasche seiner Mutter ist er im vergangenen Jahr aufgestiegen, vom Pausenclown zum Wasserträger, und steht nun, nach dem ersten Schulterschlag von Gerold, unter dessen Schutz, und es gibt niemanden mehr in Maria Hilf, der seine Stimme gegen ihn erhebt, niemand sagt mehr: Bruder Johann, der dicke Karl soll nicht an unserem Tisch sitzen, er schmatzt wie ein Schwein. Schweinekarl, Schweinekarl. Bruder Johann, der dicke Karl wäscht sich nicht, er stinkt so. Schweinekarl, Schweinekarl.

Wir singen natürlich auch die *Sonata sopra: Sancta Maria.*

Bruder Johann, der Schweinekarl pisst nachts ins Bett.

So? Da werden ihn unsere Oberprimaner wohl gründlich waschen müssen.

Sauber singen, ruft Bruder Clemens, den Mund auf, unser Gast aus Rom ist ein großer Liebhaber von Claudio Monteverdis Madrigalen.

Gerold und Ansgar haben ihn unter der Dusche nicht angefasst, das haben sie den Wasserträgern überlassen. Aber Gerold ist schreiend durch den Duschraum gelaufen, als Karl nackt unter dem Strahl Kaltwasser stand: Der ist schwanzlos, der kann doch gar nicht einpissen, der braucht ne Lupe.

Wir proben morgen weiter. Übermorgen früh steht ihr in tadelloser Uniform am Portal. Sobald Bischof Hudal aussteigt, begrüßen wir ihn mit dem *Laudate*. Der hohe Gast und unser Abt werden dann ein erstes kurzes Gespräch im Fürstenflügel führen, der Bischof wird anschließend mit uns das Hochamt in der Kirche feiern, wir singen dort aus der *Marienvesper*. Gehet hin in Frieden.

Im Gang ist Gerold neben ihm: Und?, fragt er, ohne Karl anzusehen, und ist schon fast vorbei, weil Ansgar den Weg für den Chef frei drängelt.

Ja, sagt Karl laut und deutlich, als wäre es ein Glaubensbekenntnis, und schickt noch ein Ja hinterher, da ist Gerold schon verschwunden.

Beim Abendbrot, als Gerold mit seinem Teller am Tisch der Quarta vorbeigeht und seine Hand auf Karls Schulter legt, erhält er von ihm einen Schulterschlag, alle siebzig Internatsschüler können es sehen. Gerold ist Karls Pate.

Dann spricht der Schwarzrock vom Dienst das Tischgebet, und Karl ist durchdrungen von Wärme und Kraft.

Damit die Herzen rein und frei für Bischof Hudal sind, ist Beichten angeordnet. Auf dem Weg zur Kirche pfeift Karl: *Auf der Mauer, auf der Lauer*, und summt das Lied auch noch in der Schlange vor dem Beichtstuhl mit dem schwarzen Vorhang, der Karl an die schwarze Tasche seiner Mutter erinnert, aber nur die macht seine Seele frei und rein.

Was ihn bedrückt, fragt der Schwarzrock hinter dem Gitter.

Dass er in den Sommerferien dreißig Frösche und ebenso viele Lurche im Schraubstock zu Tode gequetscht hat, sagt Karl.

Warum quälst du Kreaturen, es sind Geschöpfe Gottes.

Weil ich sonst nicht weiß, wie der Tod ist.

Über Leben und Tod entscheiden nicht wir.

Und wenn ich eine Mücke totschlage?

Einmal den *Rosenkranz* und zwei *Vater Unser*.

Karl wartet in der dritten Reihe auf den Einsatz von Bruder Clemens, als Bischof Hudal in einem dunklen Mercedes, wie seine Mutter einen besitzt, vorgefahren wird.

Laudatum, Laudatum, und gleich dreistimmig weiter, aber der Wagen hält nicht vor dem Portal, wo der Chor steht, sondern rollt wegen des Regens bis an die Treppe des Fürstenquartiers. Der Abt begrüßt den rot Gekleideten, so viel kann Karl noch sehen, Laudatum, dann verschwinden beide.

Bruder Clemens, vom Regen durchweicht, dirigiert weiter, bis Bruder Johann mit einem Schirm gelaufen kommt und: In die Kirche, alle rüber, der Bischof kommt in die Kirche, ruft.

Vorsicht, sagt Bruder Clemens, damit beim Aufstellen vor dem Altar niemand die Blumenvasen mit den tiefroten Anthurien umstößt. Ansgar schiebt Karl von der zweiten in die dritte Reihe zu Gerold. Selten stand er so dicht neben dem Chef. Karl sieht ihn an, schaut ihm aber nicht in die Augen. Gerolds Wangen glänzen wie eingecremt, seine Haare sind gegelt, er blickt geradeaus, vielleicht zur engelbehangenen Kanzel oder zu den schweren Silberleuchtern mit flackernden Kerzen darauf.

Großer Gott, wir loben dich, vierstimmig in unserer Bearbeitung, sagt Bruder Clemens und rudert mit erhobenen Armen, weil die Knabensoprane noch schwach klingen: Herr, wir preisen deine Stärke.

Heute Mittag, sagt Gerold, und Karl nickt, dann wird er ihn mit der ersten Ladung versorgen. Rein und frei ist seine Seele.

Vor dir neigt die Erde sich und bewundert deine Werke.

Karl blickt nun Gerold doch direkt an, der den Mund nur auf- und zumacht, ohne dass ein Ton herauskommt, dann schiebt ihn Ansgar zurück.

Kinder, ruft Bruder Johann am Eingang, mit dem Regenschirm winkend, alle rüber in die Kapelle, der Bischof wird dort die Messe feiern.

In der Kapelle mit den kahlen weißen Wänden und dem schmucklosen Holzkreuz auf dem Altar warten sie eine Stunde, singen aus der *Marienvesper* und, weil Bruder Clemens die Soprane so gern hört, *Großer Gott*. Karl klappt wie Gerold nur den Mund auf und zu und geht in Gedanken durch alle Flure und Gänge von Maria Hilf, um ein Versteck für die Schätze zu finden, die unmöglich länger im Geräteschuppen bleiben können, weil sie dort von irgendeiner Triefnase entdeckt werden können. Auf keinen Fall wird er noch einmal in der Scheiße landen, nie wieder Essen abgeben müssen oder Schokolade, Geld oder die Armbanduhr. Nie mehr Seife fressen.

Alles, was dich preisen kann, Cherobim und Seraphinen, stimmen dir ein Loblied an.

Nie mehr alle Kreuzweg-Stationen abgehen müssen. Station eins: nachts an der Außenklingel Sturm läuten, ohne erwischt zu werden. Station zwei: nachts die Aufsicht beim Schlafen erwischen und singen: *Seid wachsam, ihr heiligen Wächter*. Drei: laut einen schweinischen Witz erzählen. Vier: dem Schwarzrock vom Dienst mit schmutzigen Fingernägeln unter die Augen kommen.

Alle Engel, die dir dienen, rufen dir stets ohne Ruh: Heilig, heilig, heilig! zu.

Fünf: beim Küchendienst der Tittentilla ins Essen spucken. Sechs: Tittentilla Komplimente machen, ihr auf die Wange küssen. Sieben: ihr sagen, du stinkst aus dem Mund wie eine Kuh aus dem Arsch.

Bruder Clemens schaut, von den Engelsstimmen verzückt, zur weißen Decke.

Acht: Oberschwester Mechthild fragen: Was bedeutet vom anderen Ufer? Neun: sie fragen, was ein warmer Bruder ist. Zehn: ob die Irren von Maria Hilf beschnittene Juden sind? Elf: den Irren bei der Gemeinschaftsarbeit einen von den Schlagern beibringen.

Jede einzelne dieser Kreuzweg-Stationen hat Karl in der Quinta durchmachen müssen.

Zwölf: als Messdiener während des Gottesdienstes popeln.

Karl sieht auch zur weiß getünchten Decke hinauf, die ihn an den Luftschutzbunker des Internats erinnert, wo muffige und vollgepisste Matratzen liegen.

Dann ist Bruder Johann wieder da und sagt, Bischof Hudal musste soeben aufbrechen, wichtige Termine haben das verlangt, aber der Bote des Heiligen Vaters hat zugesagt, eine neue Heizung im Internat einzubauen.

Karl weiß mit einem Mal, wo er seine Schätze verstecken kann.

Bischof Hudal hat unserer Schule damit die Zukunft gesichert, und ich möchte aus diesem Gnadengeschenk eine Dankarbeit ableiten, eine Denkarbeit für alle Schüler, einen Aufsatz zum Thema: Die katholische Klosterschule ist Zukunft aus Tradition. Die beste Arbeit werden wir Bischof Hudal nach Rom senden.

Karl bringt die beiden Atlanten in den Luftschutzbunker und sucht die erste Lieferung für Gerold und Ansgar heraus. Fünfzig sorgfältig herausgetrennte Fotos aus Sexmagazinen, verwahrt in der schwarzen Tasche seiner Mutter, weil es im Clausewitz Razzien gibt und alles, was nach dänischen oder amerikanischen Heften aussieht, beschlagnahmt wird.

Scharf, wird Gerold sagen, die Brünetten, sich gegenseitig leckend, Schwarzhaarige, in denen zur Hälfte Bananen stecken.

Ultimativ, Rothaarige in Stöckelschuhen und Titten, größer als die von Tittentilla. Und für Ansgar hat Karl solche, die einen Ledergürtel zwischen den Beinen haben, eine Peitsche oder einen Polizeiknüppel in Händen.

Vier Fotos deponiert Karl wie abgemacht im Blechkasten unter dem ersten Fenster hinter der Pendeltür im Flur der Prims und geht dann in aller Ruhe auf dem Klo der Prims pinkeln, dort, wo er zum Ende seines ersten Jahres in Maria Hilf ein Gespräch zwischen Gerold und Ansgar belauscht hat. Die beiden haben sich in die Scheißhauskabine eingeschlossen.

Man kann bei der gar nichts mehr erkennen.

Weil du Blödmann die so oft gefaltet hast, die war echt ultimativ. Titten und Möse dürfen nie gefaltet werden. Besorg was Neues.

Woher denn?

Lass dir was einfallen, dalli dalli.

Dann rauschte die Klospülung, Karl konnte gerade noch flüchten, Gerold trat auf den Flur und ging an ihm vorbei, als wäre er, Karl Kypscholl, Luft, und danach kam Ansgar mit Tränen in den Augen heraus und stürzte sich auf Karl, weil ein lumpiger Quintaner nichts bei den Prims zu suchen hat, und schon gar kein Stummelschwanz.

Beim Abendbrot gibt Gerold das Zeichen mit der Gabel. Einmal hochhalten heißt: Alles angekommen. Löffel hoch heißt: Nachschub erbeten. Messer hoch heißt: Vorsicht, Schwarzröcke schnüffeln im Haus. Karl wird gleich, wenn das Abendbrot beendet ist, von Gerold wieder den Schulterschlag erhalten, alle werden es sehen, er ist sein Pate, und wer Gerold als Paten hat, wird einmal selbst Pate. Erst Vize wie Ansgar, der Chef wird, wenn Gerold das Internat verlässt, dann wird Karl Chef, wenn Ansgar abgeht, so ist die Regel.

Doch den Schulterschlag bekommt Karl an diesem Abend nicht; Bruder Gottschalk unterbricht das Abendessen.

Gradenlopp-Hans ist ausgerissen. Bevor es dunkel ist, müssen wir ihn finden, er braucht dringend seine Medikamente. Wir werden drei Trupps bilden, Gerold leitet den ersten, ihr sucht hinter dem Kloster bis zum Fluss. Trupp zwei unter Ansgar sucht im Kloster. Aufstehen. Zeitvergleich. In einer Stunde wieder im Klosterhof. Abrücken.

Keiner widerspricht, alle befolgen die Kommandos wie auf dem Sportplatz.

Dann wendet sich der Schwarzrock an den Tisch der Quarta: Trupp drei sucht im Klosterwald. Leitung, und blickt Karl an, der standhält: Karl Kypscholl. Zeitvergleich. Abrücken. Im Laufschritt.

Über Flure und Treppen, Gottschalk zu allem Übel einen Schritt hinter Karl, der laut: Eins, zwei, eins, zwei, rufen soll. Doch schon nach hundert Metern bleibt ihm die Luft weg.

Sie laufen über den Klosterhof, durch das Portal, die Baumallee entlang, dann erst beginnt der Klosterwald. Triefnase Leo und Schlafmütze Edgar hüpfen neben Karl, als wäre es der Weg zum Strand, die anderen seiner Klasse sind dicht hinter Gottschalk. Am Klosterwald bleibt Karl, nach Luft japsend, stehen.

Kypscholl, Weisungen geben, sagt Gottschalk, und Karl sagt: Da, und holt Luft, rein, und zeigt in den Wald, suchen.

Blödsinn, Kypscholl. Klare Befehle. Wer wo was wie.

Weil er immer noch schnauft, teilt Gottschalk selber ein und bleibt bei Karl. Der hängt schon nach zehn Metern im Brombeergestrüpp, reißt sich die Arme auf, stolpert und rutscht bauchtief in den Klostergraben. Er klammert sich ans Gras der steilen Böschung, die er ohne Hilfe nicht wieder hinaufkommt. Gottschalk steht oben und sagt: Flink wie ein Windhund, zäh wie Leder und hart wie Kruppstahl, aber die Hand reicht er Karl nicht, und dem treibt es Tränen in die Augen: Bitte.

Wie vor einem Jahr, da hat Karl vor dem Antreiber gekniet und seine Beine umklammert: Bitte, damit er ihn, den Stummelschwanz, nach den Sommerferien nicht wieder nach Maria Hilf schickt.

Lass los.

Maria Hilf ist die Hölle.

So ein Quatsch, lass los, das ist ja widerlich.

Bitte.

Und Elisabeth Kypscholl: Otto, was machst du mit dem Jungen?

Und Otto, sich aus der Umklammerung befreiend: Jammerlappen. Wenn wenigstens dein Großvater noch leben würde, aber hier wirst du nur zum Jammerlappen.

Gottschalk reicht Karl die Hand, und als er ihm danken will, unterbricht Gottschalk ihn: Im Laufschritt zurück.

Zur ausgemachten Zeit geben die Truppführer am Portal Meldung, den Ausreißer hat niemand gefunden, aber Gottschalk gibt Karl einen Schulterschlag, als wäre nun er Karls Pate.

Im Schlafsaal wird gegen eine Portion Milchreis gewettet, dass Gradenlopp-Hans gar nicht ausgerissen ist, sondern dass sich Gottschalk wieder etwas ausgedacht hat, weil er selbst so gern Räuber und Gendarm spielt. Karl sagt nichts. Er war Truppführer und wurde von Bruder Gottschalk ausgezeichnet. Erst passiert nichts, dann passiert alles auf einmal, und aus dem, was passiert, wird von allein mehr.

Die erste Einladung verteilt Regina an die Hebamme Kosanke, die mehr erschrocken als verwundert: Fritz und seinen Geburtstag feiern?, ausruft. Der Geizkragen hat seit zwanzig Jahren keinen Geburtstag mehr gefeiert. Aber kommen will sie schon deshalb, weil Regina von einer Überraschung spricht, mehr aber nicht verrät.

Wie es denn in Berlin ist, will die Kosanke wissen.

Jaja, sagt Regina, ich muss noch weiter.

Die zweite Einladung bringt sie zum alten Fischer Dreyer, der: Wat hat sich der Deibel ausgedacht?, fragt.

Apothekenhelferin Klingbeil nimmt die Einladung erfreut an, bietet Regina selbst gebackene Plätzchen und Kräutertee an. Zu den Pilgrims geht sie nicht aus Furcht vor Fragen, denen sie nicht ausweichen kann, wirft die Einladung nur in den Briefkasten vor dem Pfarrhaus. Sie wird, hat sich Regina überlegt, am Samstag unpässlich sein, wenn in der Wohnstube Gäste sind. Vielleicht fragt gar keiner nach ihr, weil der Fernseher im Mittelpunkt des Interesses stehen wird. Fritz Penkuhn hat ihn in Stralsund für fast den gesamten Vorrat an Selbstgebranntem erworben, was ihn noch immer schmerzt, und er musste zudem noch hundert der in Leder gebundenen Bücher vom Dachboden, die nur ein Irrer gegen einen fast neuen, aber doch schon einmal reparierten Fernseher Typ Sybille III mit Edelfurnier, tauschen kann, oben drauflegen.

Regina hat, weil sie wendig ist, das Antennenkabel für Sybille III in den Spitzboden verlegt, hat dort die Antenne gedreht, bis Anna, die im Hof stand: Gut, gerufen hat, weil Fritz, der am Fernseher den Sender einstellte: Gaut, in Richtung Anna gebrüllt hat. Ließ Regina die Antenne los, kam das: Schlecht, vom Hof, einen Zentimeter nach links brachte ein: Besser, einen Zentimeter nach rechts: Ganz schlecht. Nach Stunden, Regina sah kaum noch etwas auf dem Boden, kam das Erlösende: Gut. Und dann saßen sie zusammen vor dem Gerät und sahen im Deutschen Fernsehfunk den Kriminalfilm *Blaulicht 20 – Wunder wiederholen sich nicht,* mal mehr, mal weniger erkennbar, was auf dem Bildschirm geschah.

Da hat Fritz gelacht, wie Regina ihn noch nie hat lachen hören, und dabei: Dat glöwwt doch kein Mensch, gerufen. Sonn Spinnkram gewwt dat gar nich, und sich auf die Hosen geschlagen, weil der Kommissar erklärte, den Bösewicht, einen Schwarzmarkthändler, nach Lehrsätzen der sozialistischen Kriminalistik stellen zu wollen.

Auch Anna hat gelacht, und Fritz hat gesagt, dass er zu seinem dreiundfünfzigsten Geburtstag am Wochenende halb Lanzerow einlädt, weil da wieder ein Kriminalfilm aus der Serie *Blaulicht* läuft, lustiger kanns gar nicht werden.

Dein Körper ist die Wohnung des Herrn, halte sie rein, damit der Herr bei dir bleibt, sagt Bruder Johann und gibt der Quarta eine Stunde Zeit, um zu diesem Thema einen Aufsatz zu schreiben. Karl zieht mit seinem Stift das Herrn bis zur Unlesbarkeit nach, geschrieben hat er bisher nichts. Er schaut raus in den Klostergarten, dort wandern die Baumschatten über die Beete, alle fünf Minuten sieht der Garten anders aus. Zehn Minuten braucht es, bis die Nachmittagssonne den Geräteschuppen aus dem Schatten holt. Der Schwarzrock geht stumm lesend vor der Tafel auf und ab, immer sind da die langen Fußnägel, und Karl brennt vom Sitzen der Hintern. Dann sieht er den Lockenkopf aus der Sexta, seit drei Wochen im Internat, Heulsuse, Heimwehkind, langsam geht er, als suchte er nach Blumen, zum Geräteschuppen.

Noch dreißig Minuten, sagt Bruder Johann und wiederholt, als er auf Karls Blatt blickt, das Thema: Dein Körper ist die Wohnung des Herrn.

Wessen Körper? Meiner? Seiner? Es muss heißen: Mein Körper ist die Wohnung des Herrn, sonst hat der Herr seine Wohnung im eigenen Körper. Die Heulsuse verschwindet im Schuppen und lässt die Tür offen. Dann ist Gerold im Garten und geht geradewegs zum Schuppen. Macht der Sextaner den Kreuzweg? Vielleicht die Blumenschaufel von Schwester Mechthild ansägen? Oder Öl ins Blumenwasser tun? Oder Brotkrümel in die Samentüten füllen?

Noch fünf Minuten.

Oder soll die Heulsuse eine Kippe rauchen?

Dann kommt der Sextaner wieder aus dem Schuppen.

Ich sammele die Arbeiten jetzt ein.

Riecht an seinen Händen, wischt sie an der Hose ab und läuft aus dem Klostergarten.

Bruder Johann, das leere Blatt hochhaltend, fragt, wo Karls Arbeit ist. Karl zuckt mit den Schultern und muss an die Tafel, wo der Schwarzrock ihm ein mündliches Thema aufgibt.

Damit du dir als erste Zensur in diesem Schuljahr nicht die schlechteste einfängst, mein Junge. Der Herr ist mein Hirte, mir wird nichts mangeln, aus den Psalmen Davids. Wir hören.

David war Jude, sagt Karl.

Bitte?, sagt der Schwarzrock.

David war Jude wie Johannes der Täufer. Der hat Prinzessin Salome den Kopf verdreht, am Ende hat König Herodes Salome und Johannes den Täufer umbringen lassen, und dann hatte er den Schlamassel, ohne seine Tochter wird das Geschlecht aussterben. Aber schuldig war Johannes der Täufer, der hatte immer die Psalmen Davids erzählt, obwohl die Prinzessin etwas ganz anderes von ihm wollte.

Interessante Interpretation, allerdings eigenwillig, da würden wir gerne noch mehr hören.

Karl soll aus Flavius Josephus vorlesen, was über Johannes den Täufer und Salome geschrieben steht, und nach Karls Vortrag fragt Bruder Johann, ob Karl seine These aufrechterhalten kann, denn Flavius berichtet überhaupt nichts über Prinzessin Salome, die kann also schlecht in Johannes den Täufer verliebt gewesen sein. Vielmehr ist Johannes ein leuchtendes Beispiel für die Wohnung des Herrn.

Woraufhin Karl: Er war trotzdem Jude, sagt.

Beim Abendessen bekommt die Heulsuse von Gerold einen Schulterschlag, und alle sehen es. Karl spürt Hitze, die nicht vom heißen Tee kommt, und weil Gerold ihm, Karl Kypscholl, kein Zeichen für die nächste Lieferung gibt, sondern, ohne ihn anzusehen, vorbeigeht, kommt Kriechkälte. Die bleibt auch nachts, dass er überlegt, unaufgefordert etwas in den Blechkasten zu legen. Wie viel mag ein Schulterschlag von Gerold kosten?

Mitte Oktober, es ist warm wie im Sommer, gibt es eine abendliche Schrankkontrolle; Kakerlaken, die sich in versteckten Brotrationen eingenistet haben, rennen aufgeschreckt davon. Trotz sofortiger Generalvisitation mit Vernichtung aller angesammelten Leckereien steigt die Zahl der erschlagenen Tiere, und die euphorisch begonnene Jagd nach den Kakerlaken endet in Ratlosigkeit. Weder helfen Bruder Clemens' Klagen, dass über Maria Hilf wohl alle sieben Plagen hereingebrochen sind, noch strenge Kontrollen in den Zimmern, und dem Abt bleibt nichts anderes übrig, als das Internat für vier Tage zu räumen, damit die Kammerjäger ungestört ihr Gift einsetzen können. Karl versetzt es in Schrecken, dass jeder währenddessen das Internat verlassen soll. Alle Eltern wurden aufgefordert, ihre Kinder persönlich am Tor abzuholen. Da könnte der Antreiber auf ihn warten. Zum Glück aber kommt ihn seine Mutter abholen.

Während der Fahrt überlegt Karl, wie er dem Antreiber aus dem Weg gehen, sich unsichtbar machen kann.

Als er vor der Villa aussteigt, parkt dort ein großer Mercedes, der nicht dem Antreiber gehört.

Dein Vater hat Besuch von Herrn Ohmstedt. Benimm dich, Junge.

Bin sofort in meinem Zimmer verschwunden.

So weit kommt Karl nicht, der Antreiber und sein Besuch prosten sich gerade in der Eingangshalle mit Whisky zu, und der Antreiber sagt zu Karl: Na, fressen euch die Kakerlaken auf?

Und der Besucher: Mal ehrlich, die Viecher habt ihr selbst eingeschleppt, damit ihr mal rauskönnt, was?

Deshalb nehmen wir dich mit, zieh dich um, die Internatsuniform brauchst du auf meiner Jacht nicht.

Mit diesem Überraschungsangriff hat Karl, von einem Paar Schuhe zum anderen blickend, nicht gerechnet.

Vielleicht das letzte Mal in diesem Jahr, wir machen einen Segeltörn, und du bist Fockaffe.

Alle zuvor überlegten Ausreden, Durchfall, lernen müssen, sogar Museumsbesuch, laufen ins Leere, weil seine Mutter gerade Jacke, Hose und Turnschuhe für Karl bereitlegt. Sie hat also gewusst, was der Antreiber vorhat, dass er jetzt vor diesem Heini, der wohl gerade vom Golfplatz kommt, zum Affen gemacht werden soll. Die letzte Gelegenheit zur Flucht nimmt ihm die Nachtigall, die: Wie schön, dass du deinen Vater begleitest, sagt. Könnte er jetzt kotzen, würde die Ladung auf den schönen weißen Schuhen dieses Heinis landen.

Otto Kypscholl gibt auf der Jacht Kommandos wie gewohnt. Karl hat die Fock aufzuziehen, bei Böe dichtzuholen, bei Flaute etwas zu lockern, dabei sieht er zum Glück weder den Antreiber an der Ruderpinne noch den Heini am Großbaum. Das Wasser ist grau, riecht würzig, und je weiter sie segeln, desto mehr verlieren sich die Wellen. Da flucht der Antreiber, dass es über den See hallt, die Segel hängen wie leere Säcke, und Karl, auf dem Bug hockend, hat keine Ahnung, wohin mit sich.

Er soll zu ihnen kommen, sagt da der Heini, die Whiskyflasche in der Hand. Soll mal erzählen, wie es bei den Pfaffen zugeht. Ob er irgendetwas Vernünftiges lernt.

Ich pass schon auf, dass er vernünftig lernt, und Karl soll sich zum Antreiber setzen.

Er hat prima Zensuren, ich mach mir keine Sorgen um ihn.

Aber warum in Westdeutschland, warum nicht in Berlin? Wir haben hier hervorragende Privatschulen.

Weil dieser Sozi-Brandt alle Privatschulen abschaffen will.

Da hebt Ohmstedt einen Finger: Wir sind ja auch noch da, und so lange macht der Sozi das nicht.

Ich schätze Sie als guten und treuen Kunden meines Auktionshauses, Herr Abgeordneter. Sie und Ihre Frau Gemahlin pflegen einen auserlesenen Geschmack. Aber im Abgeordnetenhaus bestimmen leider die Sozis den Geschmack, und der ist schlecht.

Deshalb wäre es gut, wenn Sie sich bei der nächsten Wahl von uns aufstellen lassen. Sie sind bekannt, Ihr Auktionshaus ist in bester Lage, was für ein Aushängeschild!

Karl, was sagst du, soll sich dein Vater mit der großen Politik einlassen?

Die nächsten Sätze gelten ihm, Karl Kypscholl; dass er keiner von den Gammlern oder Anarchisten ist, die jetzt überall herumlungern, dass er schnell begreift und aus jeder Situation das Beste macht. Karl wartet auf eine Bösartigkeit oder Drohung. Er blickt dem Vater ins Gesicht und findet da keinen Antreiber.

Ende Oktober regnet es tagelang, es ist kalt, und Karl ist froh, dass die Idioten von Maria Hilf keine Lust zum Weglaufen haben. Die Neulinge toben weniger, seine Klassenkameraden sind vor der Zeit im Bett, und Gerold gibt nur noch jeden dritten Tag sein Zeichen. Im Klostergarten hat Karl ihn gar nicht mehr gesehen, aber einmal auf der Treppe zum Boden. Um dort was zu tun? Dann entdeckt er die Heulsuse auf der Bodentreppe.

Zu Beginn der Freizeit versteckt sich Karl in einem Verschlag, genau über dem Gang. Jeden auf dem Boden kann er von dort aus erspähen, über sich nur noch die Leiter zur Luke für den Schornsteinfeger, vor sich verstaubte Dachsparren, an denen ein Hornissennest klemmt. Ohne Jacke und Mütze friert er bald. Als es dämmert, verlässt er den Verschlag.

Bei seinem zweiten Ausflug auf den Dachboden hat er eine Jacke an und eine Pudelmütze auf. Beim dritten Ausflug hört er Schritte. Dann steht Heulsuse Robert da, sieht sich um, geht langsam weiter bis zum Mörtelstaub unter Karls Verschlag. Würde jetzt etwas Mörtel fallen, träfe es den Lockenschopf, Robert würde mit offenem Mund staunen wie die hübschen Burschen auf Gemälden von Caravaggio, den Bruder Clemens zum größten Maler aller Zeiten erklärt hat. Der lässt sie die Burschen im Kunstunterricht abzeichnen, dass Karl die Visagen zum Hals raushängen, weil er nicht schön zeichnen kann, weil er überhaupt nicht zeichnen will. Karl hält den Atem an, dann geht die Heulsuse bis zur Gaube neben dem Schornstein. Um da was zu tun? Karl beugt sich weit vor, und dann sind, er hat sie nicht bemerkt, Gerold und Ansgar unter ihm. Die Prims gehen bis zur Gaube, und Karl wagt sich nicht zu rühren, bis die drei hinter dem Schornstein verschwinden.

In den darauffolgenden Wochen beliefert er Gerold mit neuen Fotos aus den Magazinen, erhält dafür den Schulterschlag und riskiert ungefragt Kommentare wie: Die Letzten waren scharf, richtig ultimativ, doch Gerold antwortet ihm nicht.

Die Frühmesse am 23. November 63 hält der Abt; seine Lippen sind schmaler als sonst, er ist blass und verzieht keine Miene, irgendein Unheil treibt den Mann um, das spürt Karl und schaut zu Gerold, der aber ist mit seinen Fingernägeln beschäftigt, Ansgar popelt in der Nase, und Heulsuse Robert ist auch nichts anzumerken. Bis zur Predigt ist überhaupt nicht klar, welche Posaune geblasen wird.

Herr, nimm deinen Zorn von uns, wir sind nicht würdig, dass du einkehrst, sagt der Abt auf der Kanzel, und Karl ahnt, dass Schwächlinge und Fehlgeleitete das Thema sein werden, vom Glauben Abgefallene, vielleicht sogar er, Karl Kypscholl, weil irgendein Schnüffler sein Depot im Luftschutzbunker aufgespürt hat. Oder jemand hat ihn gegen einen Judaslohn verpfiffen. Gestern Abend war das Depot noch unversehrt.

Jeder kann im Schoß der Kirche Vergebung für seine Sünden finden, sagt der Abt und blickt Karl an, der mit einem Mal pinkeln muss, dass es schmerzt. Aber es gibt Verbrechen, die niemals Vergebung finden können, niemals gesühnt sein werden.

Man wird ihn aus Maria Hilf wegjagen, der Antreiber steckt ihn in ein noch strengeres Internat oder behält ihn gleich als

Arbeitssklaven, dem Gesäusel neulich auf dem Segelboot traut er immer noch nicht, auch wenn vom Vater keine Bösartigkeiten mehr gekommen sind, die Nachtigall ihn in Ruhe gelassen hat und seine Mutter mit ihm ins Kino gegangen ist. All das hat ihn verwirrt, denn was bei anderen vielleicht immer so ist, war bei ihm noch nie so.

Dieser Mord, sagt der Abt und sieht zum engelumwölkten Deckengemälde von Maria Hilf, wird niemals Vergebung finden, er ist das Werk irregeleiteter Menschen, die sich einen Götzen als ihren Gott erfunden haben, der Kommunismus heißt. Im Namen des Kommunismus begehen sie Verbrechen, für die es keine Absolution gibt. Sie scheuen nicht einmal den Präsidenten der Vereinigten Staaten. Wir halten Fürbitte für John F. Kennedy.

Die spricht Karl laut mit, der Tote ist tot und hält ihm Ungemach vom Hals. Und wenn Kommunisten und nicht ihm, Karl Kypscholl, der Zorn des Abtes gilt, dann sind Kommunisten seine Rettung. Karl achtet auf jedes weitere Wort des Abtes, denn noch kann er Unheil über ihn bringen.

Die kommunistisch Verhetzten und Verblendeten bedrohen unser Leben, unsere Freiheit und die Fundamente unserer Kirche. Den fanatisch Irregeleiteten aber rufen wir zu: Seht her, das Haus Gottes steht seit zweitausend Jahren auf sicherem Fels, und es wird auch den Kommunismus überstehen. Wir sagen den Kommunisten, dass sie in uns, in euch, die wahren Gotteskrieger fürchten müssen, die, Gnade des rechten Glaubens und Kraft bischöflicher Autorität, wehrhaft dem Unheil die Stirn bieten wie der heilige Georg. Wir, ihr tötet den Drachen mit Herz und Tat.

Obwohl die Predigt beendet ist, obwohl die Engelsstimmen unter Leitung von Bruder Clemens: *Seid wachsam, ihr heiligen Wächter*, singen, obwohl in den Gebeten nichts ihm Gefährliches anklingt, beobachtet Karl Bruder Gottschalk, Gerold und Ansgar, selbst Schlafmütze Leo.

Gehet hin in Frieden.

Im Unterricht verlangt Bruder Clemens, dass sie die Namen von Kommunisten aufschreiben: Verwandte, Bekannte. Denn der Kommunist hockt nicht nur in der Ostzone, er ist mitten unter uns.

Karl könnte Onkel Kasimir anführen, aber er macht es nicht. Vielleicht ist er, Karl Kypscholl, auch Kommunist, wenn er Gerold und Ansgar weiterhin mit Fotos nackter Weiber versorgt.

Am Nachmittag traut sich Karl wieder auf den Boden. Von Gerold und Robert sieht er, verborgen hinter dem Schornstein und nur für kurze Zeit, die nackten Hintern. Eisige Luft dringt durch Karls Pullover und Hemd bis auf die Haut. Vor Ekel kneift er die Augen zu, weil Oberprim Gerold, achtzehn Jahre alt, sich von einem Sextaner, zehn Jahre alt, erniedrigen lässt. Weil Gerold nach Scheiße, Pisse und Schweiß stinken muss.

Am nächsten Tag steigt Karl erneut auf den Boden, vor Ekel schnappt er nach Luft, sonst müsste er kotzen. Das Gefühl hat er schon den ganzen Tag, im Unterricht hätte er sich beinahe übergeben, als Bruder Johann das Klausurthema an die Tafel schrieb: Jegliches hat seine Zeit. Meine Freundin ist schön, als ich aufstand, ist sie gegangen. Weckt sie nicht, bis sie sich regt. Ich habe mich in ihren Schatten gelegt.

Weiß von Schnee ist der Klostergarten, schattenlos vom grauen Himmel die Bäume. Hinterhältig und voller Fallstricke ist, was an der Tafel steht. Die Tür zum Geräteschuppen ist halb offen, und es gibt keine Spuren im Schnee. Meine Freundin ist schön. Maria? Tittentilla? Die ist hässlich und stinkt. Stinkt Schnee? Karl setzt für Freundin Gott ein, dann Maria, dann Denken, dann Kommunist und weiß nicht, was er schreiben soll. Am Ende der Stunde hält der Schwarzrock Karls leeres Blatt hoch: Sicher hast du dir dabei etwas gedacht, ich, wir alle würden gern Anteil an deinen Überlegungen zum Thema nehmen, komm an die Tafel, sage sie uns.

Von der letzten Reihe grinsen die Schleimer nach vorn zu den Strebern, die Wasserträger ziehen den Kopf ein, und Karl sagt: Ich hab keine Freundin.

Moment, ruft der Schwarzrock ins Gelächter, und Karl: Weiber find ich eklig, die stinken, aber das hört schon keiner mehr.

Am letzten Schultag vor den Weihnachtsferien wartet Karl am Klosterportal auf seine Mutter. Doch nicht sie sitzt im anrollenden Wagen, sondern Blond, der Fahrer des Antreibers.

Karl blickt in die Schneelandschaft, manchmal auf den Tacho, zu Lichterketten an Weihnachtsbäumen in den Vorgärten von Käffern, und Blond singt mit der Flasche Underberg in der Hand, was im Radio läuft: Wenn bei Capri die rote Sonne im Meer versinkt.

Als Nachrichten gesendet werden, singt Blond: Bei uns gehts rauf, nie runter, wir sind das Wirtschaftswunter, und pufft Karl in die Seite. Der aber will hören, was im *Echo des Tages* als Sensation vermeldet wird: die Erfindung eines Klebers, der sekundenschnell Stoff, Glas und Metall unlösbar miteinander verbindet. Vielleicht sollte er sich den Wunderkleber besorgen, um damit den Fischen das Maul zu verkleben oder zwei Mäuse aneinanderzubacken.

Am Grenzkontrollpunkt vor Berlin leuchten Scheinwerfer ein Plakat an: »Willy Brandt ist gut für Berlin.«

Was muss er tun, damit es wieder so wird wie neulich, wenn er über Weihnachten zu Hause ist, fragt sich Karl.

Blond mit schnapsroter Nase setzt ihn aber nicht in der Wannseevilla, sondern im Auktionshaus ab. Quer über den Schaufenstern steht in großen Buchstaben »Weihnachtsauktion am 20. Dezember«. Er schiebt Karl ins Geschäft: Der da, und zeigt auf jemanden, der gerade ein Grammofon aufzieht: Eckbert, Depotchef das, sagt Blond, grüßt mit der Hand an der Mütze und geht.

Im Rauschen der Platte fragt Eckbert: Hört ihr das auch in eurem Kloster? Echter Swing aus den dreißiger Jahren.

Karl hat noch niemanden mit derart langen Koteletten gesehen.

Oder hört ihr bei euch Rock'n'Roll? Elvis? Eckbert macht ein paar Tanzschritte auf dem roten Teppich vor dem Auktionstisch: Ich soll dich unter meine Fittiche nehmen. Keine Angst, so schlimm wirds nicht, bläst seine Pausbacken auf und schlägt wie Blond die Hacken zusammen. Sechzig Stühle hat Karl aus dem Hoflager ins Geschäft zu tragen, er richtet sie in Zehnerreihen aus und schwitzt. Dann soll Karl den roten Teppich kehren.

Hört ihr Twist bei euch? Irgendwas müsst ihr doch hören, oder gibts bei euch nur fromme Gesänge, Halleluja?

Kann ich gehen?, fragt Karl.

Auf dem Kudamm ist Twist groß in Mode. Ich verrate dir was. Ich bring den Miezen im Ostsektor gerade Twist bei, und schwingt seine Hüften, als hätte er einen Reifen darum.

Kann ich jetzt aufhören?

Abends ist er endlich zu Hause. Elisabeth Kypscholl sitzt vor dem Fernseher und sagt, dass Karl seine schmutzigen Sachen gleich in die Waschküche schaffen soll. Bösartigkeiten waren das noch nicht. Aber wenn er die hört: Dreißig Fotos ultimativ, und er ist weg.

Karl legt sich in die Badewanne seiner Mutter, zwischen den Schaumbergen lässt er Kriegsschiffe kreuzen. Ein blauer Deckel 8x4 Badeparadies mit fünf Haarnadeln Besatzung, ein gelber Deckel Gard-Haarstudio mit sechs Streichhölzern Besatzung.

Blau bekommt die erste Breitseite, hat Schlagseite, nimmt Wasser. Der Gegenschuss haut drei Streichhölzer weg, Scheiße. Eisberge schieben sich dazwischen, Karl macht unter dem Schaum Strömung, damit Blau nicht ausbüxt wie die Irren von Maria Hilf. Nach dem Fangschuss holt Karl die Haarnadeln hoch, biegt die abgesoffenen Männer der Mannschaft von Blau so lange hin und her, bis die Nadeln brechen. Karl trocknet sich vor dem Standspiegel seiner Mutter ab, das Fett an ihm springt, er versucht dann, einen Ausgefahrenen zu bekommen. Achtzehn ist in Maria Hilf Rekord, Karl misst fünf Zentimeter. Mit Kölnisch Wasser reibt er seinen Hintern ein, damit er nicht stinkt, dann sitzt er im Salon seiner Großmutter auf dem schwarzen Sofa, die nach seinen Zensuren fragt und vor Freude in die Hände klatscht, weil bei *Was bin ich?*, dem heiteren Beruferaten mit Robert Lembke, in das groß eingeblendete Sparschwein ein Fünf-Mark-Stück fällt.

Das ist Guido, der errät nach drei Fragen jeden Beruf. Zu Weihnachten gibt es doch immer gute Zensuren, mein Junge.

Ausgefahren achtzehn stinkt dreimal mehr als fünf, und wenn die Nachtigall gleich singen will, Jochanaan, bleibt ihm nur, in die Werkstatt zu verschwinden.

Nach der Sendung möchte Elisabeth Kypscholl mit ihm singen.

Später, ich muss in die Werkstatt.

Die Tür ist verschlossen, auch zur Garage seiner Mutter.

Wo sind denn die Schlüssel?

Da musst du deinen Vater fragen, er ist der Chef im Haus, und jetzt bleib hier und leiste mir Gesellschaft.

Karl wartet in seinem Zimmer auf die Nacht und vertreibt sich die Zeit mit einer *Quick*, die er im Lager des Antreibers gefunden hat. Noch zweimal wird die Kaminuhr *Üb immer Treu und Redlichkeit* bimmeln, bis seine Mutter aus dem Clausewitz zurück ist.

Dann erst kommt er an den Schlüssel, kann in die Garage und findet, was er braucht. In der Illustrierten sind nur halbwegs gute Fotos unter dem Artikel *Die Brüste der Frau* abgebildet. Eigentlich nichts für Gerold.

Karl geht zurück in sein Zimmer, schläft ein, träumt, dass er in seinem Versteck unter dem Dach sitzt, Gerold winkt ihm von unten zu, Bruder Clemens sagt, dass seine Zeichnungen nichts, aber auch gar nichts mit den Knechten, Straßenjungen und Heiligen auf den Bildern Caravaggios zu tun haben, und Karl hält sich die Hände vors Gesicht, weil er mit einem Brett geschlagen wird.

Aufstehen, sagt der Antreiber und haut Karl die *Quick* um die Ohren, dass es pfeift, die Arbeit wartet. So was will ich nicht in meinem Haus sehn, davon bekommst du Gehirnschwund, und wirft die *Quick* vor Karls Bett.

Da ist sie wieder, die Bösartigkeit des Antreibers, die verschwindet nie, alles andere ist Verstellung und Heuchelei. Er wollte dem Antreiber eine Chance geben, hätte ihm sogar die Hand gereicht, hätte freiwillig die eine oder andere Stunde im Auktionshaus ausgeholfen. Aber diese Gelegenheit ist vergeben. Was immer ihm hier angetan wird, ab jetzt bleibt nichts ungesühnt.

Beim Verlassen des Hauses nimmt er drei Briefe vom Poststapel, adressiert an den Antreiber, und lässt sie in einen Gully fallen.

Solange der Antreiber im Geschäft ist, wird Karl vom zwinkernden Eckbert angetrieben. Als ihn Blond zu einer Schätzung chauffiert, kann Karl ins Lager, wo er weitere Illustrierte hervorholt und sie auf der Fensterbank liest. Brigitte Bardot nur im Badeanzug. Oswalt Kolle klärt auf: Kann der Liebesakt auch schädlich sein?

Nach Mitternacht steht Karl wieder in der Garage seiner Mutter, die schwarze Tasche findet er nicht im Wagen. Im Bett knetet er seine Bauchschwarte, das beruhigt, aber am nächsten Morgen ist ihm schlecht, Arme und Beine sind schwer, und der Antreiber lässt von ihm ab, weil er aussieht wie weiß gepinselt.

Weihnachten schenkt ihm der Antreiber zwei Bildbände über Barockmalerei, von seiner Mutter bekommt er einen Tweed-Dufflecoat, und Elisabeth Kypscholl: Nun freu dich, überreicht ihm eine Olympus Pen F mit drei Filmen: Damit du schöne Erinnerungsfotos machen kannst.

Weder Barockmalerei noch Fotografieren interessiert ihn, und das ganze Haus ist vom Geplärre frommer Lieder verseucht, nur im Bad seiner Mutter bleibt er davon verschont. Dahin zieht sich Karl zurück, und ihn befällt eine weibische Stimmung, dass er sich an irgendjemanden anlehnen möchte. Nicht an die Nachtigall, nicht an den Antreiber. Vielleicht an seiner Mutter. Vielleicht schon deshalb, weil mit ihr irgendetwas passiert sein muss, denn der Antreiber schreit sie oft an, und wenn sie widerspricht, sagt er nur: Na, dann zeig mal deine Geburtsurkunde. Die Nachtigall hat am Telefon von ihr als Hochstaplerin gesprochen. Er hat es laut und deutlich gehört. Wieso Hochstaplerin? Seine Mutter ist Chefin. Sie schmeißt die Pension Clausewitz. Seine Mutter ist sogar eine schöne Frau, wenn sie sich zurechtmacht. Sie trägt Goldketten, und einmal hat er sie in einer Hose gesehen, sofort hat die Nachtigall blöde Kommentare gebrabbelt. Vielleicht sollte er seiner Mutter etwas anderes schenken als ödes Gelumpe, das in Maria Hilf mit den Idioten gebastelt wird? Etwas, das den Antreiber ärgert. Etwas, das nur mit ihm und seiner Mutter zu tun hat. Vielleicht könnten sie sogar Verbündete werden? Vielleicht wäre auch alles anders, wenn er einen Bruder hätte? Sein Bruder müsste etwas jünger sein, alles würden sie gemeinsam machen, außer scheißen. Wie siamesische Zwillinge. Was der eine in Maria Hilf nicht kapiert, weiß der andere. Und er wäre dann von vornherein mindestens Wasserträger gewesen, ohne den Kreuzweg gehen zu müssen. Und der Antreiber hätte es mit zweien zu tun. Machte seine Mutter mit, wären sie zu dritt. Aber einen weiteren Jungen hat sie nicht bekommen. Ist sie deshalb eine Hochstaplerin? Sie ist Chefin. Vielleicht war sie mal eine Nutte, eine Hure, die darf keine Kinder haben? Vielleicht ist er gar nicht ihr Kind? Was ist eine Hure, wenn sie nicht herumhurt? Seine Mutter jedenfalls ist Chefin, darauf kann sie stolz sein, und er würde es auch in Maria Hilf erzählen, wenn sie nicht gerade Chefin im Clausewitz wäre. Es ist immer irgendjemand in Berlin und verirrt sich vielleicht in die Clausewitzstraße, und dann ist er im Arsch. Karl tapst mit den Füßen auf die Fliesen, immer auf die Silben von *Fröhliche Weihnacht überall.* Ist seine Mutter noch Chefin, wenn die Huren nicht huren wollen? Ist sie dann auch im Arsch?

Zwischen Weihnachten und Neujahr lässt der Antreiber nicht von ihm ab, dafür verliert er einen Teil seiner Post an die Kanalratten. Auch die Nachtigall muss büßen, weil sie wieder mit ihm singen will. Einen an sie gerichteten Brief aus Israel, dick, als steckten im Umschlag ein halbes Dutzend Klausuren, macht den Weg in die Unterwelt. Karl zögert noch, vielleicht lohnt es zu lesen, was dieser Elias Finkel aus Jerusalem seiner Großmutter schreibt. Er hat den Brief zwischen Daumen und Zeigefinger, und unter ihm ist der Abgrund des Gullys. Lesen oder fallen lassen. Auf Finkel reimt sich Pinkel. Dann fällt der Umschlag. Schon bedauert es Karl, raffinierter wäre es, Briefe zu vertauschen, dann bekäme der Antreiber zu lesen, was für die Nachtigall gedacht war. Zum Austauschen aber hat Karl keine Gelegenheit, die Post der nächsten Tage ist nur an den Antreiber adressiert. Amberg und Lewy, Amsterdam. Zu den Kanalratten.

An Silvester begrüßt Otto im Salon von Elisabeth Kypscholl Gäste: Herr Abgeordneter Ohmstedt, wir freuen uns besonders. Frau Professor, es ist uns eine Ehre. Oh, unsere überaus geschätzte Künstlerin. Und Karl muss auch ihnen die Hand reichen.

Während des Feuerwerks im Garten bleibt Karl auf dem Sofa neben seiner Großmutter sitzen, sie hat eines ihrer Fotoalben auf dem Schoß und sagt: Das ist Anna im Berliner Zoo, und blickt wieder traurig. Anna mochte Tiere gern, am liebsten Affen, und zu Otto, der gerade mit einer Sektflasche vorbeigeht: Aber Anna ist nicht da.

Der Antreiber starrt ins Album, wird rot im Gesicht und holt mit der Flasche aus, dass Karl sich duckt, der Schlag würde seinen Schädel vom Hals trennen: Wenn du den Jungen aufhetzt, brüllt er, und Karl kneift die Augen zusammen und ruft: Anna.

Der Antreiber ist verschwunden, als Karl die Augen wieder öffnet. Als wäre das Wort Anna ein Zauberspruch.

Wenn dein Vater sich so aufregt, blutet ihm die Nase, sagt Elisabeth Kypscholl, er darf sich nicht über alles so aufregen.

Anna greift vor Freude ins Leere: Is das schön, und Fritz, auf seine Taschenuhr sehend, sagt: Nu is, und Anna: Unsere Familie zusammen.

Regina sagt mit dem Sektglas in der Hand: Willkommen im neuen Jahr, und malt eine 64 an das beschlagene Fensterglas. Kerzen flackern auf dem Tisch, Regina stimmt ihre Gitarre und singt leise: *Das alte Jahr vergangen ist, wir danken dir, Herr Jesu Christ.*

Fritz legt Holzscheite in den Herd und klappert in seinen Pantinen zum Hocker von Anna II, auf dem ein Ballon mit Apfelschnaps steht: Mock ma *Lili Marleen*, dat is gaud.

Regina und Anna singen alle Strophen, und Fritz hält dabei sein Schnapsglas ans Kerzenlicht, dann umarmen sich die drei, und Anna sagt wieder: Is das schön, und streift über ihre langen Haare, dann singen sie: *Guter Mond, du gehst so stille.*

Fritz zupft am Deckchen, von Anna gehäkelt, um damit das Furnier vom Fernseher zu schonen, aber nun verdeckt es den Bildschirm, denn das Gerät ist kaputt. Mit einem Knall und Funken schlagend eine Woche nach dem Geburtstag von Fritz außer Betrieb gesetzt worden. Wegen Stromschwankungen, hat Fischer Dreyer gesagt, der seine elektrischen Geräte alle selbst repariert.

Regina fragt, warum Tante Kosanke nicht herüberkommt, und Fritz: Hat sich wat.

Warum? Sie war alle Jahre zu Silvester hier.

Hei bockt.

Warum eingeschnappt?

Anna möd vertellen, sagt Fritz mit einem Glas Selbstgebranntem in der Hand, das Anna ihm abnimmt, weil Fritz nicht mehr so viel trinken soll, eigentlich gar nicht mehr trinken soll. Denn seit seiner Umschulung zum Lastwagenfahrer der Gemeinde ist er zuständig für die Versorgung von Lanzerow mit frischen Lebensmitteln aus Stralsund, und Alkohol ist ihm untersagt. Anna kippt den Selbstgebrannten in den Blumentopf, den Regina mitgebracht hat, und sagt: Leider kommt die Kosanke nicht mehr, weil sie, Anna Penkuhn, nun staatlich geprüfte Hebamme und ausgebildete Hilfskrankenschwester ist und die Hochschwangeren der Umgebung an das Krankenhaus Stralsund meldet. Die Kosanke will nur Hausgeburten machen, aber die gibt es nicht mehr, weil die Kreisleitung verordnet hat, dass Mütter ihre Kinder im Krankenhaus zur Welt bringen sollen, und dafür ist sie, Anna Penkuhn, nun zuständig. Dann soll Regina von ihrem

Gesangsstudium erzählen. Anna und Fritz sagen, dass sie Regina in Berlin besuchen wollen, wenn sie irgendwo auftritt. Und sich das Internat anschauen. All die Ansichtskarten aus Berlin stecken am Küchenschrank.

Aber vom Studium mag Regina nicht reden, und Anna, danach befragt, mag nicht weiter von ihrer Arbeit in Stralsund berichten. Nur Fritz spricht davon, dass er nicht weiß, wie er den Laster, ausrangiert vom Bauhof Stralsund, durch die aufgeweichten Wege bis zur Landstraße bringen soll. Das sei noch schwerer, als einen Fernseher zu reparieren. Mit dem Pferdefuhrwerk ist er all die Jahre mit den Schlammwegen fertig geworden, aber der Laster versackt.

Am Neujahrstag klopft Regina bei Hebamme Kosanke, die in Decken eingehüllt und eine Fellmütze auf dem Kopf öffnet. Lange bleibt sie so in der Tür stehen, als erkennte sie Regina nicht, die: Frohes neues Jahr und alles Gute, sagt.

Dann geht die Kosanke ins Haus und lässt die Tür offen, Regina folgt ihr. Nasskalt ist es im Wohnzimmer, wo Fritz in den Jahren zuvor den Weihnachtsbaum aufgestellt hat, den sie mit den schönen bunten Kugeln schmücken durfte. Nun stecken Kiefernzweige in einer verbeulten Milchkanne. Dass es in der Berliner Oper bestimmt warm und gemütlich ist, sagt die Kosanke, und dass es bei ihr sonst immer warm und gemütlich war, aber lieber eine kalte Wohnung, als seinen Stolz verlieren.

Neben den Keksen auf dem Tisch steht eine Flasche Selbstgebrannter, wie Fritz ihn herstellt.

In Berlin ist es auch kalt, sagt Regina und tippelt mit den Fingern auf der Stuhllehne.

Ich lass mir nämlich keine Kohlen von Fritz bringen. Der kommt nicht über meine Schwelle, und die Kosanke rafft ihre Decken fester.

Anrichte, Sofa, Vertiko, Tisch und die drei Stühle standen schon immer im Zimmer, dennoch erscheint es Regina puppig klein. Auch die Kosanke scheint geschrumpft zu sein.

Seit Jahren hatte ich zwei Bezugsscheine für Kohlen, jetzt habe ich nur noch einen. Wem verdanke ich das? Fritz. Er hat das Kreuz bei »Nicht werktätig« gemacht. Er kann die Kohlen behalten.

Dann sagt die Kosanke, dass Regina sich setzen kann, freundlich klingt es nicht. Dass sie noch genau weiß, wie das Würmchen, und zeigt auf Regina, zur Welt gekommen ist. Und wer sie, und zeigt auf Regina, hochgepäppelt hat. Ihr den schönen Namen gegeben hat. Wem es zu danken ist, dass Anna nicht in der Idiotenanstalt oder gleich beim Russen gelandet ist.

Am Fenster aufgestellt sieht Regina drei Ansichtskarten, von ihr in Berlin an die Kosanke abgeschickt.

Ich gehöre nicht mehr zur werktätigen Bevölkerung, da gibt es nur einen Bezugsschein. Anna schafft die Schwangeren nach Stralsund, und ich soll nicht mehr entbinden. So weit ist das jetzt gekommen.

Auf dem Sofa sitzen Porzellanpuppen, deren Kleider Anna und Regina genäht haben. Die Kragen im Kreuzstich mit rotem Garn gestickt, Regina wird das bis in alle Ewigkeit nicht mehr verlernen.

Frag Anna, wer sie damals vor dem Schlamassel bewahrt hat. Jetzt rennt sie mit ihrem weißen Kittel herum, aber früher hat sie was anderes getragen.

Bei uns gibt es Neujahrsbraten, und du kommst mit rüber, sagt Regina.

Anna hat Schwarz getragen, wenn du verstehst.

Schweinebraten mit Klößen.

Anna war nie Kommunistin, das hab ich mir ausgedacht, damit sie nicht in der Idiotenanstalt oder gleich beim Russen landet.

Wir vergessen das alte Jahr und fangen neu an.

Du bist noch jung und naiv. Du glaubst, das funktioniert so einfach. Aber ich vergess so schnell nichts. Anna hat Schwarz getragen, Fritz hats auch gesehn. Und Schlageter. Im schwarzen Mantel aus Leder mit diesen Abzeichen ist Anna hier aufgekreuzt. Das vergess ich nie. Und weil ich keine Hausgeburten mehr machen darf, ist Anna Penkuhn staatlich geprüfte Hebamme. Dabei schafft sie die Frauen nur nach Stralsund. Das vergess ich auch nie. Das eine nicht und das andere nicht. Vielleicht hat sie schlimme Sachen gemacht, als sie die schwarze Uniform getragen hat. Ich hab mir gesagt, jeder muss wieder von vorn beginnen können. Aber dass Anna so undankbar ist, dass sie mir das antut, vergess ich ihr nie.

Da möchte Regina die Kosanke umarmen, sie drücken, damit der Zorn aus den Augen verschwindet und die Lippen nicht so verkrampft sind. Als Regina aufsteht, sagt die Kosanke: Du gehst jetzt.

Vom blassen Schild am Himmel versilbert und verschleiert, hocken Zusammengetriebene neben Karren mit wenig Habe und abgemagertem Schlachtvieh auf einem schmalen Felsweg. Daneben schaukeln hungernde Kinder auf weggeworfenen Leichen. Eine Alte mit rotem Kopftuch wiegt ein Mädchen, aus dem Dunkel kommen matte Gesänge. Wachen stehen am großen Feuer. Die Nacht ist heiß, Afrika glüht. Frauen mit Altweiberbart und haarigen Warzen schleichen tuschelnd herum, nur ihre Augen sind flink. Hände stoßen aus den Lumpen, faltig und zerschunden. Einem ist es gelungen, bis auf den Felsrand zu klettern, auch er vom Mondlicht versilbert, dann aber bröckeln auf der Felskante Steine unter den Holzpantinen ab und fallen den Wachen vor die Stiefel, dass die Alte mit dem roten Kopftuch aufschreit. Die herumschleichenden

Frauen erstarren, aber bevor die Wachen schießen, springt der Mann von der Felskante runter und läuft in seinen Holzpantinen durch Wüstendünen, bis es hell wird und das Felsmassiv als Strich am Horizont hinter ihm liegt. Dann sieht er vor sich den Gefangenentreck, die Wachen, die Alten, Kinder, das Schlachtvieh, und er kehrt um, sucht Schutz im Felsmassiv, aber auch da sind Gefangene, er läuft den Wachen direkt in die Arme. Zu wem gehört der?, fragen die Wachen, die Weiber schweigen, und die Alte im roten Kopftuch schaut nur auf ihr Mädchen. Dem Flüchtling sind die Hände gebunden, die Wachen stoßen ihn mit ihren Gewehrkolben vor die Frauen: Zu wem gehört der? Einer der Soldaten rammt sein Gewehr in den Sand, drückt den Mann auf die Knie und holt seinen Revolver aus der Seitentasche: Zu wem gehört der? Die Alte mit dem roten Kopftuch schließt die Augen, ihr Kind küssend, und der Posten hält seinen Revolver an die Stirn des Mannes. Als der Schuss fällt, reißt die Alte ihre Augen auf, da taumelt der Erschossene, Blut schießt aus dem Einschussloch in der Schläfe auf den heißen Wüstenboden und gerinnt sogleich, langsam öffnet sich sein Mund, ein Wort hat er noch auf den Lippen, aber dann fällt er mit dem Gesicht in den Sand und nimmt das Wort mit sich, und das Kind im Arm der Alten weint. Dem Erschossenen zittern Arme und Beine, während der Posten seinen Revolver wegsteckt.

Die flach stehende Sonne weckt Regina in ihrem kleinen Zimmer unter dem Dach, sie spürt die Wärme des Elektroheizkörpers neben ihrem Bett. Beim ersten stechenden Schmerz im Unterleib zuckt sie zusammen, krümmt sich, als die Kirchenglocken läuten, vierunddreißig Schläge zählt sie, um sich von der Wüste abzulenken. Das angetrocknete Blut zwischen ihren Beinen wischt sie mit einem Taschentuch ab. Weil das Stechen nicht wiederkehrt, steht sie auf, geht in

Bademantel und Schafwollsocken in die Küche hinunter, wo Anna am Herd Kartoffeln schält. Dass Fritz ins Druschba-Freundschaft muss, weil die Heizung eingefroren ist, sagt Anna, und dass Pilgrims traurig sind, da Regina ihnen nie aus Berlin schreibt, und legt Kartoffelschalen in den Korb fürs Kaninchenfutter.

Ich besuche die Pilgrims gleich, sagt Regina und verlässt das Haus nach dem Frühstück, froh, an der Luft zu sein.

Schnee glitzert in den Gassen. Je näher sie dem Pfarrhaus kommt, umso langsamer geht sie. Am neuen Schild »Friedhof – kein Durchgang zum See« teilt sich der Weg, ein Pfad ist zum Ufer und einer zum Pfarrhaus geschaufelt, Regina geht am Pfarrhaus vorbei, über den Friedhof und die Treppen hinunter. Der Mühlenberg wirft einen langen Schatten über den zugefrorenen See. Vom Steg aus schleudert Regina Schneebälle nach Krähen, die träge von den verkohlten Pfählen der abgebrannten Fischerei auffliegen, riskiert dann, immer in Ufernähe, einen Gang übers Eis zu den fünf Schwarzerlen im Schilf. Dort steht nun eine Holzhütte, wo früher das Versteck von Hans Mulsow und Olaf war, mit einer Decke als Tür. In der Hütte ist es still wie im Haus ihrer Eltern, eine gefährliche Stille, weil sie die Gedanken zulässt. Schwarze Uniform und Idiotenanstalt, die Worte der Kosanke stören die Stille. Oder ist die Kosanke so verbiestert, dass sie Geschichten erzählt?

Am Mittagstisch erzählt Regina, dass sie bei den Pilgrims gewesen ist und ihnen von Opernproben, Gesangstechnik und Phrasierungen berichtet hat. Da ist Anna zufrieden: Pilgrims verdankst du viel.

Ein paar Tage später reist Regina ab. Morgens in der Dämmerung trägt Fritz ihre Koffer bis zum Mühlenberg, von wo der Bus nach Stralsund abfährt. Ohne seine Pfeife aus dem Mund zu nehmen, sagt er: So is dat, mehr sagt er nicht.

Der Zug verlässt Stralsund in Richtung Berlin, noch immer ist es dunkel. Das Licht im Abteil ist zu matt, um lesen zu können, die Schienenstöße lenken vom Nachdenken über Kosankes Anspielungen ab. Regina kann nichts mit schwarzer Uniform und Idiotenanstalt anfangen, und als die Reklameleuchten von NARVA Berlin, VEB RFT und der *Berliner Morgenpost* aufflackern, ist die Kosanke vergessen. Regina sieht Baukräne, wo während ihres letzten Besuchs noch keine gestanden haben. Sie steigt am Hauptbahnhof aus, Hunderte von Menschen laufen aufgeregt umher und rufen sich im Qualm dampfender Lokomotiven Sätze zu.

Da bist du ja, sagt Gesine, die auf dem Bahnsteig auf Regina gewartet hat, und umarmt sie: Es ist höchste Zeit, dass du kommst, lass dich anschaun, ich werd hier sonst noch meschugge. Er darf nämlich nicht rüber.

Er?, fragt Regina.

Erzähl ich dir später, erzähl du erst mal, knöpft ihren langen Mantel auf und klopft auf ihre Hose: Was sagst du dazu? Eine echte Nietenhose, habe ich für dich zum ersten Mal angezogen. Mein alter Herr hat sie noch nicht gesehen, er ist im Theater, da kann er auch bleiben.

Die Straßenbahn quietscht in den Kurven, und Gesine bestaunt wieder ihre Hose: Stell dir mal vor, ich hätte die beim Studium an. Die würden mich in die Folterkammer stecken.

Ich pass schon auf dich auf, sagt Regina und blickt zu den beleuchteten Schaufenstern.

Nach sechs Stationen steigen die beiden aus, gegenüber von einer Hausruine, deren Fenster- und Türöffnungen mit Filmplakaten zugeklebt sind: »Premiere am 27. Dezember: *Karbid und Sauerampfer* – mit Erwin Geschonneck in der Hauptrolle.«

Gesine, ihren Mantel wieder zuknöpfend, sagt: Mein Vater will, dass wir uns den Quatsch ansehen. Wir bringen deinen Koffer in die Wohnung, aber dann gehen wir auf den Rummel.

Auf dem Riesenrad kreischen sie, von Bratäpfeln kleben ihnen die Finger: Ich bin wieder mit Eckbert zusammen, aber kein Wort zu meinem Vater. Von ihm habe ich auch die Hose, das ist im Westen der neueste Schrei.

Tauben picken Weißbrotreste an der Bratwurstbude, und am Schießstand hüpft ein Junge in eine Pfütze, dass Matsch an ihren Mantel spritzt. Regina könnte mit dem Jungen in die nächste Pfütze springen oder dem Alten mit Bierflasche in der Hand zurufen: Jutet Neues ooch, so glücklich ist sie.

Heute Abend sind wir in der Volkskammer, sagt Gesine, da wird getwistet. Drüben gibts das längst. Mein Vater glaubt, ich geh mit dir in den *Sauerampfer*-Kommunistenfilm. Nicht verplappern, wenn du ihn morgen im Theater triffst.

Gesines Vater geht im Parkett bis eine Reihe vor das Regiepult und sagt zu Regina: Von hier aus kannst du zusehen.

Der Regisseur reibt sich die Augen, und die beiden Assistenten, junge Männer, die mit Blättern hantieren, hüsteln, wenn er eine Geste macht.

Die Damen und Herren des Chores bitte zur zweiten Szene auf die Bühne, zweite Szene.

Gesines Vater, Beleuchter an der Komischen Oper, richtet die Scheinwerfer auf eine goldglänzende Schlossruine, Blaubart in Rüstung und Federhut geht bis an die Rampe und singt dem Orchester: Seid willkommen, ihr holden Damen, zu, woraufhin der Dirigent seinen Taktstock dreimal aufs Pult schlägt und die Musiker die Instrumente stimmen.

Königin und Hofstaat laufen auf die Bühne, der Dirigent gibt den Einsatz für den Chor, aber schon nach wenigen Takten unterbricht er die Sänger, Zigarrenqualm pustend: Herrschaften, ihr seid der Hofstaat und keine Kohlenträger. Also aufrechter Gang, Haltung, stolz. Noch mal, Position eins.

Brokatkleider rauschen, als der Chor zur Schlosskulisse zurückgeht, Blaubart singt leise: Seid willkommen, ihr holden Damen, dann hebt die Königin an, aber ihre Stimme ist verraucht und versoffen, die Töne klingen verwaschen.

Regina glaubt, auf der Bühne steht die dritte Besetzung, aber der Regisseur spricht sie mit: Verehrte Frau Kammersängerin, an, erklärt ihr, dass sie nuschelt und den Ton nicht hält. Die Kammersängerin ruft von der Bühne: Was denn noch?, und der Regisseur ruft zum Chor: Ruhe, wir sind in der Komischen Oper und nicht auf dem Spielplatz. Ich bin Walter Felsenstein und kein Kindergärtner. Noch mal die zweite Szene.

Regina beobachtet nur noch die Königin, und je länger sie das macht, umso mehr glaubt sie trotz Schminke, Perücke und Kostüm in ihr die Kammersängerin aus der Aufnahmekommission zu erkennen. Nach einer halben Stunde kann Regina die Melodien mitsingen, sie könnte sofort einspringen, um den Part der versoffenen Königin zu übernehmen.

In der Mittagspause sitzt Regina mit Gesines Vater in der verqualmten Theaterkantine am Tisch der Beleuchter, dicht bei den Kulissenschiebern, die Eintopf löffeln, die Tische der Solisten sind noch frei.

Ihr wart gestern im Kino?

Ja, sagt Regina, als die Damen und Herren des Chores eintreten.

Leider redet Gesine noch immer wenig von ihrem Studium, sie meint, sie ist erwachsen, und das ist ihr Leben. Man muss aber auf sie aufpassen.

Die Königin kommt in die Kantine und pustet Zigarettenrauch.

Hätte ich nicht immer ein Auge auf sie gehabt, wäre sie vor dem Abitur von der Schule gegangen.

Die Königin bleibt neben der Essensausgabe stehen und gibt einen schrillen Ton von sich, dass Gesines Vater den Kopf schüttelt.

Ich bin dir sehr dankbar, dass du dich jetzt um sie kümmerst, im Moment ist sie wieder überdreht, weil sie mit diesem Eckbert zusammen ist. Sie glaubt, ich weiß davon nichts. Gesine muss ihr Studium beenden, danach wird sie den richtigen Weg finden. Du bist in den Ferien gern hier, das weiß ich, aber es ist besser, wenn ihr beide vorerst in eurem Internat in Schwerin bleibt. Jedenfalls so lange, wie Gesine noch Kontakt mit diesem Eckbert hat.

Diese Schreckschraube von Königin hat ihr die Aufnahme vermiest.

Irgendwann werden die Genossen von diesem Westkontakt erfahren, und ich muss mich verantworten. Am besten berichtest du mir einmal im Monat, wie sich Gesine im Studium macht, ob sie Verbindung mit diesem Eckbert hält, eine Postkarte genügt, ich werfe die gleich weg, aber ich muss wissen, was los ist.

Regina blickt in eine graue Schneelandschaft, die schwarzen Rauchfetzen der Lokomotive ziehen vorbei, Gesine ist in eine *Quick* vertieft, verborgen hinter der *Jungen Welt*, falls Schaffner, Transportpolizei oder Zugestiegene ins Abteil kommen.

Hier, Gesine rückt dicht an Regina heran, Oswalt Kolle beantwortet Fragen der Leser: Hat das schöne Geschlecht auch einen Orgasmus? Und kichert, dass ihr die *Junge Welt* verrutscht: Wenn ich die Nietenhose trage, habe ich nur noch Orgasmus, das hört überhaupt nicht auf zu jucken, und macht Regina einen Kussmund wie die krächzende Königin in *Ritter Blaubart.* Oder hier: Ist Geschlechtsverkehr in der Schwangerschaft möglich? Fragen sind das. Ich geb das doch nicht auf, bloß weil ich schwanger bin. Würdest du das tun?

Regina sieht weiter ins Schneegrau.

Manchmal bist du komisch, juckt es nie bei dir? Es soll Frauen geben, die nie einen Orgasmus haben, aber das ist keine Krankheit. Die sind frigide.

Da lacht Regina: Figrid, und Gesine, die Zeitung zusammenlegend: Eckbert hat mir noch mehr zu Weihnachten geschenkt, und holt aus ihrem Portemonnaie eine Medaillonkette hervor, die sie vor Reginas Gesicht baumeln lässt: Eine Baronin aus Paris, Eckbert sagt, das ist eine Rothschild. Die Kette ist echt Gold, diese Steine, das sind Brillanten.

Warum nimmst du so was mit?

Du stellst Fragen. Wir sind verliebt, das ist ein Liebesgeschenk von ihm.

Eine halbe Stunde vor Ankunft singen beide gegen die Schienenstöße an, was sie immer singen, wenn sie bei Ende der Semesterferien nach Schwerin fahren: Schwerin ist ein übler Fleck, laufen selbst die Ratten weg, am schlimmsten ists im Schloss, da regiert Pauker Voss. Quält uns im Klassizismus, mit Marxismus-Leninismus.

Über dem Ausgang der Schweriner Bahnhofshalle hängt die Losung »Jeder Mann an jedem Ort, jeden Tag eine gute Tat« immer noch schief, wie bei ihrer Abreise. Regina und Gesine tragen die Koffer durch festgetretenen Schnee, vorbei am Schuster, am Fischgeschäft, an der Fleischerei, mal dekoriert mit Glitzerwatte, mal mit Tannenzweigen und Weihnachtskugeln, und im Schaufenster des Spielzeugladens dreht sich eine große Pyramide.

Voss macht mir jedenfalls keine Angst mehr. Mich kriegt der nicht.

Vor der »Süßen Ecke – Ihr Konsum-Schokohaus« setzen sie die Koffer ab. Schneegriesel liegt auf ihren Mänteln.

Wenn Voss oder mein Vater wieder mit der Partei anfangen, sag ich denen meine Meinung. Eckbert meint, man braucht den alten Säcken nur richtig die Meinung zu geigen, dann sind die still. Doch, so redet er. Die Atz hat sich der Voss geholt, mich bekommt der nicht.

Erst in der Schlossstraße sind so viel Salz und Sand gestreut, dass sie auf einem matschigen Pfad gehen können.

Voss kann mich auch rausschmeißen.

Sie stapfen über den Schlossplatz, von Schornsteinen weht Kohlerauch, vom See eisiger Wind, hin zum Schlosseingang. Regina klingelt über dem Plastikschild »Pädagogische Hochschule Schwerin«, in der Pförtnerloge schreiben sich beide ein.

Jede Wette, unsere Genossin Atz büffelt schon seit zwei Tagen.

Über die weiße Marmortreppe, einstige herzogliche Diplomatentreppe, tragen sie die Koffer nach oben, Regina rutscht dabei die Gitarre von der Schulter. Gesine tritt, wie immer, wenn sie daran vorbeikommt, gegen das vergoldete Gitter zur einstigen herzoglichen Kirchenloge, weil es Lärm macht. In Berlin bauen die jetzt Häuser mit Fahrstühlen, da schleppt keiner mehr irgendwas. Knopf gedrückt und hoch, sagt sie.

Auch Regina flucht, und das Genörgel beider hält an bis in den langen Flur der vierten Etage, wo es nach Desinfektionsmittel stinkt. Gesine boxt gegen die Wandzeitungen mit Selbstverpflichtungen, mal zu Ehren von »Karl und Rosa«, mal zum »Ruhm der Sowjetunion«.

An der Zimmertür 470 mit dem Namensschild von Hilde Atz, Gesine Kuhnke, Regina Penkuhn und Marion Stegner verzieht Gesine das Gesicht: Jede Wette, die Atz ist schon da und büffelt, und öffnet energisch die Tür. Die Luft im Zimmer ist trocken und stickig.

Na, schöne Ferien gehabt?, fragt FDJ-Sekretärin Atz von ihrem Bett aus, einen Hefter vor sich, und Gesine, ihren Mantel aufs Bett werfend: Ich bin juckig, das hört gar nicht auf, kennst du das auch?

FDJ-Sekretärin Atz liest weiter, und Regina geht ans Fenster, das sich aber nicht öffnen lässt, und sieht nach draußen. In der Dunkelheit ist der Schweriner See, vielmals größer als der Lanzerower See, nur zu ahnen. Dahinter sind Wälder, und zweihundert Kilometer entfernt liegt Berlin, wo sie sein möchte, aber nicht sein darf, weil eine versoffene Kammersängerin sich gegen sie entschieden hat.

Doktor Voss schreibt bestimmt Montag eine Klausur, sagt die Atz, woraufhin Gesine in die Hände klatscht: Meinem Liebsten muss ich schreiben, damit er an seine Liebste denkt. Ich bin nicht so blöd und erzähl ihm alles. Kerlen darf man nie alles sagen, die spielen sonst verrückt, und geht dicht ans Bett der Atz: Aber er fickt so gut.

Alte Sau, sagt die FDJ-Sekretärin, springt vom Bett und verlässt mit ihrem Hefter türkrachend das Zimmer.

Regina verstaut Pullover und Hemden in ihrem Schrank, geht in den Duschraum mit schimmelschwarzen Wänden und wäscht sich mit der aufgeweichten Kernseife die Hände. Der Spiegel über dem Becken, in den Regina blickt, macht Flecken und Schlieren in ihr Gesicht. Sie beugt sich vor, holt tief Luft, öffnet den Mund weit, als wäre ein sehr langer Ton sehr laut zu singen, aber es gelingt ihr nicht einmal, die Luftsäule aufzubauen, dann hustet sie. Vom Flur hört sie Gemurmel wie im Theater vor einer Probe, doch das Stück hier heißt: *Ich studiere Pädagogik und werde Lehrer an einer Polytechnischen Oberschule der Deutschen Demokratischen Republik, Fachrichtung Musik und Deutsch.* Wie die Atz, wie Gesine, die am nächsten Tag neben ihr auf der Schulbank im einstigen Wohnzimmer der Herzogin sitzt und weiter ihren Brief an Eckbert schreibt. Regina an der Fensterseite beobachtet Schneewehen, die vom Wind mal vor einer Brunnenfigur, mal vor einer Parkbank, mal vor einer Parkvase aufgeschichtet und wieder abgetragen werden. Ein Hin und Her. Auch Doktor Voss geht vor der Wandtafel hin und her, »Sozialistische Musikpflege« hat er als Thema angeschrieben. Am längsten hält sich die Schneewehe vor der Parkbank. Doktor Voss spricht vom ständigen Missbrauch der Kunst durch bürgerliche Kreise. Wenn Eckbert den Brief liest, ist der so juckig, dass er hierherkommt.

Gesine nickt, was Doktor Voss, seine kleinen Augen hinter der Brille mit dicken Gläsern zukneifend, seinerseits mit einem Nicken beantwortet, und er fragt, ob sich die Herrschaften hier überhaupt ihrer Verantwortung als künftige Musikpädagogen bewusst sind, denn dieses Verantwortungsgefühl muss Tag für Tag aufs Neue geweckt werden, da keine der Künste mehr gefährdet ist als die Musik.

Still ist es, als würde ein Geheimnis angekündigt.

Musik ist, da unterbricht Doktor Voss seine Wanderschaft, Regina schaut ihn an, Gesine hört auf zu schreiben, die subversivste aller Künste, denn sie lässt Raum für alle Empfindungen und Gefühle. Wo die Kraft der Worte endet, beginnt Musik. Wer sie missbraucht, begeht Verrat am Volkswohl, wer parteilich mit ihr umgeht, berührt die Seele des Volkes.

Wenn Eckbert wirklich nach Schwerin kommt, schieben wir jede Stunde eine Nummer.

Die sozialistische Musikwissenschaft verhindert den Missbrauch von Musik, gleichwohl sind Kompositionen in der Welt, die großes Unheil gebracht haben und die vom Klassenfeind noch immer benutzt werden, um weiteres Unheil zu stiften.

Doktor Voss hat seine Wanderung von der Tür zur Tafel wieder aufgenommen, Regina beobachtet, wie die Schneewehe vor der Parkbank gerade ihren Kamm verliert, auch die Wehe vor der Vase verschwindet, während Doktor Voss zum Plattenspieler geht und *Les Préludes* von Franz Liszt als Beispiel volksfeindlicher Musik laufen lässt. Ein Kratzer auf der Platte wird der Nadel zum unüberwindlichen Hindernis, Liszts Fanfarenstöße wiederholen sich, schmettern bedrohlich, dass Doktor Voss einen Schritt vom Gerät zurücktritt, und Regina weiß, dass sie endlich wieder singen muss, damit sie in diesem Kaff nicht eingeht, damit sie die Schmerzen im Bauch loswird, auch weil sie besser singen kann als die Königin im *Ritter Blaubart.*

Doktor Voss beendet den Spuk; wer spontan einen Kurzvortrag zum Thema halten möchte, fragt er und schaut zur Bankreihe neben der Tür, vielleicht zu den Studenten, vielleicht aber nur zur mit Goldleisten eingefassten Tür, von deren Rahmen Putten winken: Wer möchte?, schaut zur Bankreihe am Fenster, vielleicht zu Studenten, vielleicht zu den Intarsien in der Wandvertäfelung: Fräulein Kuhnke?

Gesine presst ihre Hände auf den Brief, zuckt die Schultern und sagt: Musik muss man singen können. Schlager.

Das wollen Sie bitte exakter ausführen, Fräulein Kuhnke.

Dass alle was davon haben.

Vielleicht ist das Stichwort gar nicht so schlecht, um über die neuesten Erscheinungen westlicher Unterhaltungsmusik zu sprechen.

Twist, Rock'n'Roll, ruft Gesine.

Musik, die niemand nachsingen kann, ist keine Musik, sondern dekadenter Auswurf einer sterbenden Gesellschaft, meint Fräulein Kuhnke, sagt Regina, die sogleich von Doktor Voss nach Wagners *Ring des Nibelungen* befragt wird, aufrecht in ihrer Bank sitzend, antwortet sie, dass es mithilfe des wissenschaftlichen Kommunismus auch möglich ist, nach objektiven Kriterien wahre Volksmusik von dekadenter zu unterscheiden: Beispielsweise die Erkennbarkeit von Motiven. Das meinte Fräulein Kuhnke. Musik, die man nicht nachsingen kann, ist keine Volksmusik. Es gibt noch weitere Merkmale, zum Beispiel ob eine schwierige Tonart oder eine einfache benutzt wird. Oder ob volkstümliche Instrumente zum Einsatz kommen. *Der Freischütz* ist eine wahre Volksoper, ebenso die *Zauberflöte*. Dagegen sind *Salome* und der *Ring des Nibelungen* Ausdruck und Höhepunkt imperialistischer Kunst.

Ist die *Salome* Ihrer Meinung nach immer noch Kunst, Fräulein Penkuhn?

Jedenfalls ist Händels *Messias* Kunst, weil in den Chören zum ersten Mal proletarische Massen zu Wort kommen, wenn sie mit dem *Halleluja* eine bessere Zukunft herbeisingen. Mozart ging noch einen Schritt weiter, weil er in *Die Hochzeit des Figaro* singen lässt: Will der Herr Graf ein Tänzchen nun wagen, und damit die Französische Revolution von 1789 vorwegnimmt.

Und die *Salome,* Fräulein Penkuhn?

In Berlin wird derzeit an der Komischen Oper *Ritter Blaubart* inszeniert. Der Regisseur zeigt am Beispiel der Königin, wie krank die Gesellschaft ist, denn die Königin kann nicht singen. Sie ist geschminkt wie eine Mumie, eigentlich ist sie schon tot.

Würden Sie die *Salome* auch so inszenieren, Fräulein Kuhnke?

Ich kenn das Stück nicht, und flüstert: Arschgeige.

Aber die Beatles kennen Sie?

Wer kennt die nicht?

Ihre künftigen Schüler.

Die Beatles kennt jeder, Sie, ich, meine kleine Schwester, unsere FDJ-Sekretärin Atz, jeder.

Doktor Voss, seine Brille abnehmend: Mit der Musik ist es wie mit der Freiheit. Was ist Freiheit? Ist Rock'n'Roll Freiheit?

Ich tanz jedenfalls gern.

Freiheit ist in Wirklichkeit, wenn die Wildheit des Denkens aufhört, wenn, wie Fräulein Penkuhn deutlich dargelegt hat,

Gesetzmäßigkeiten unser Denken und Handeln bestimmen. Weshalb Parteilichkeit und Wissenschaftlichkeit zwei Seiten einer Medaille sind. Daraus folgt, Fräulein Kuhnke, dass man auch wissenschaftlich komponieren kann.

Eine halbe Stunde später, Sport steht auf dem Stundenplan, sagt Gesine beim Warmlaufen: Die Arschgeige wollte mich wieder aufs Kreuz legen.

Beim Warmlaufen im herzoglichen Rittersaal blickt Regina zu den fürstlichen Vorfahren, auf riesige, bleiverglaste Fenster gemalt, Niklot im Kettenhemd mit Lanze, Gunzelin in Turnierrüstung, Albrecht in ledernem Wams, dann pfeift die Sportlehrerin und rollt Bälle herbei, mit denen Schnelligkeit und Geschicklichkeit zur weiteren Festigung des Kollektivs trainiert werden.

Ich will wieder singen, sagt Regina in der Staatsbürgerkundestunde, abgehalten in der herzoglichen Bibliothek, und fragt Gesine, ob sie mitkommt, zum Singen im Kirchenchor.

Gesine, auf ausgeräumte Bücherschränke starrend, nur die vergoldeten Namensschilder von Aristoteles, Augustinus, Hegel, Homer, Humboldt, Kant, Ignatius von Loyola, Luther, Newton und Zenon sind geblieben, sagt: Nein.

Warum?

Weil mich Singen nicht interessiert.

Neben Reginas Bank hängt eine Karte von Mittelamerika. Alle Nebenflüsse des Amazonas kennt sie, kann mühelos deren Windungen nachzeichnen. Manche Kerben im Parkett verlaufen gewunden wie Amazonasflüsse.

Warum singen? Warum keine Kerle?, fragt Gesine.

Die breiteste und tiefste Kerbe ist im Mittelgang. Wäre das Parkett der brasilianische Urwald, die vergoldete Tür zum herzoglichen Schreibkabinett der Pazifik und die Tür zur herzoglichen Admiralität der Atlantik, dann käme sie auf der tiefsten

Kerbe von Cusco über Pucallpa, Iquitos und Manaus bis an die Ostseite des Kontinents.

Ich kann ohne Kerle leben, aber nicht ohne Singen.

Worüber Gesine lachen muss, die Dozentin unterbricht kurz und blickt strafend zu Regina und Gesine, die: Wenn wir beide in Berlin sind, lernst du Eckbert kennen, flüstert: Damit du weißt, wie ein Kerl sein muss.

Dann quälen Regina wieder Bauchschmerzen. Sie entschuldigt sich bei der Dozentin und geht auf ihr Zimmer, und um sich abzulenken, legt sie sich mit einer von Gesines Zeitschriften ins Bett. Die kräftigen Farben beruhigen. Das Rotgelb der Zigarettenwerbung: »Halt! Wer wird denn gleich in die Luft gehen, greif lieber zur HB«. Ein grüner VW-Käfer – »davon haben Sie geträumt« – vor blauem Himmel. Jemand isst Spaghetti: »Underberg – vor dem Essen nach dem Essen«. Regina starrt dann die Filmwerbung für »*Winnetou* – mit Pierre Brice« an, das Gewehr fest in der Hand, die Lippen rot. Die Schmerzen im Bauch bleiben.

Als die Seminare beendet sind und die Lehrer das Schloss verlassen haben, geht Regina gebückt über die schmale Wendeltreppe in die Zwischenetage, wo in den einstigen Ministerräumen nun Lehrerzimmer, Konferenzsaal und Lager für Sanitärartikel untergebracht sind, bis zum Ende des Ganges. »Nur für den Lehrkörper«, steht auf einem Schild zu den Duschen. Regina lässt eine von ihnen laufen, nach fünf Minuten ist das Wasser warm, sie zieht sich aus, ist dann umdampft, dass sie husten muss, bald wird das Wasser weniger und der Strahl hart, peitscht ihren Rücken, pladdert gegen den Plastikvorhang. Sie spürt keinen Schmerz mehr und streckt im Wohlgefühl ihre Arme dem Wasser entgegen. Dann legt sie sich hin, damit der Strahl das Blut antreibt, sie könnte stundenlang so liegen, wassergeborgen, und sieht ihren langen Haaren nach, fadenreiches

Gespinst, das im Strudel über dem Abfluss kreist. Das Wasser kühlt ab, beruhigt die erregte Haut. Regina stellt sich ans kleine Fenster, Dunkelheit dahinter. Sie würde, wäre es Sommer, im Lanzerower See schwimmen, die Haut unter dem leeren Himmel rot werden lassen. Olaf könnte ihre Brüste berühren, was soll der anders machen als Eckbert. Sie läge da, zöge der Zeit die Schuhe aus.

Spätnachmittags lassen die Schmerzen nach, noch schleicht Regina im Zimmer mehr, als dass sie geht.

Du musst raus hier, du brauchst eine Luftveränderung, sagt Gesine, ist schon im Mantel und trägt Lippenstift auf: Wenn ich wie du hier rumhocken würde, hätte ich auch Bauchschmerzen. Du brauchst einen Kerl, sonst wirst du frigide, das ist erwiesen.

Da stellt sich FDJ-Sekretärin Atz im Blauhemd in die Tür und sagt, dass aus aktuellem Anlass eine außerordentliche Seminarversammlung einberufen ist, sofort, und Anwesenheit ist Pflicht.

Wie lange?

Nicht lange, wenn Fräulein Kuhnke oder Fräulein Penkuhn die Initiative ergreifen.

Der Hausmeister, sagt die FDJ-Sekretärin im herzoglichen Speisezimmer, nun Gruppenraum, weigert sich, künftig unsere Toiletten in Ordnung zu halten.

Eigentlich ist das nur ein Spiel mit den Kerlen, du musst nicht glauben, dass ich von früh bis spät daran denke, außerdem habe ich Eckbert.

Die Toiletten sind laufend durch Mullbinden und Schlüpfer verstopft. Der Hausmeister weigert sich ferner, die Abfalleimer in den Toiletten zu entleeren, weil dort oft altes Brot liegt.

Gesine, mit einem Schminkspiegel in der Hand, sagt laut: In den Winterferien machen wir uns schöne Tage in Berlin.

Es ist aber allen Studenten der Pädagogischen Hochschule bekannt, dass Mullbinden in die Abfalleimer gehören und Essen nicht auf die Zimmer mitgenommen werden darf. Die FDJ-Leitung wurde von der Schulleitung aufgefordert, das Problem in Eigeninitiative zu lösen.

Und Gesine, Regina den Schminkspiegel hinhaltend: Ich würde dich mal in Lanzerow besuchen, du sagst immer, es ist da so schön. Oder machen deine Eltern Theater, wenn ich mit Eckbert aufkreuze?

FDJ-Sekretärin Atz schlägt Selbstverpflichtungen vor: Jeder von uns wird eine Aufgabe zur Reinhaltung der Sanitäranlagen übernehmen. Für die Toiletten habe ich Kuhnke und Penkuhn eingeteilt, für Waschbecken und Abfalleimer habe ich –

Gesine unterbricht: Ich trag aber gar keine Schlüpfer.

Die FDJ-Sekretärin redet weiter, Gesine auch: Ich verpflichte mich, meine Vorlagen beim Hausmeister persönlich abzuliefern, und jetzt will ich in die Stadt, kommst du, Regina?

Regina drückt ihre Hände fest zusammen, hofft, dass Gesine den Mund hält.

Doch die sagt nun: Ich hau hier ab. Die können mich mal alle. Ich fahr morgen nach Berlin, mir ist egal, was mein Vater sagt.

Und die Atz, laut werdend: Wir sind noch nicht fertig, es gibt weitere Klagen, und wartet, bis es ruhig wird.

Vielleicht hast du morgen Post von ihm.

Vielleicht. Das sagst du schon seit Wochen. Ich schreib und schreib, aber bei mir kommt nichts an, ist das normal?

Reiß dich zusammen.

Wir leben hier wie im Kloster, das ist ungesund, das ist erwiesen. Dazu sollte sich mal die Schulleitung äußern.

Was glaubst du, was dein Vater macht, wenn du in Berlin aufkreuzt?

Der soll in seinem Scheißtheater die Lampen andrehen und sich mit seiner Partei vergnügen.

Dein Vater wird dich persönlich hier abliefern, und seine Genossen sorgen dafür, dass dein Eckbert nie mehr zu uns rüber kann.

Es gibt Beschwerden von Einwohnern der Stadt, weil Studenten der Pädagogischen Hochschule spät in dieser berüchtigten Spelunke gesehen wurden.

Casino heißt die Kneipe, ruft Gesine, ist aber nichts für Jungfern und Zuträger, steht auf und fragt Regina: Kommst du jetzt mit?

Regina würde mitgehen, Schmerzen spürt sie nicht mehr, aber nicht ins Casino, sondern zum Chor. Sich frei zu singen, obwohl es im Dom eiskalt ist, aber sie wird nicht frieren, sie wird umarmt und gewärmt von den Stimmen der anderen, und der Chorleiter wird sie wegen ihrer ausgezeichneten Intonation und Klarheit der Stimme loben und Regina bitten, jeden Mittwoch zu kommen, weil er so eine Stimme braucht wie die ihre, für Bachs *h-Moll-Messe,* die sie zu Pfingsten aufführen wollen.

Was ist jetzt?, fragt Gesine.

Da steht Regina auf, während die anderen Studenten fragen, warum das Essen so schlecht ist, dass man sich Vorräte anlegen muss, warum nur lauwarmes Wasser aus den Duschen kommt, warum man die Heizungen nicht abstellen kann, wo sich nicht einmal die Fenster in den Seminarräumen öffnen lassen. Wenn man die wenigstens aufmachen könnte, da stürzt sich schon niemand zu Tode.

Stürz dich nicht zu Tode, sagt Eckbert am Portal von Maria Hilf, als Karl mit seinem Koffer voll Wechselwäsche auf den Wagen seiner Mutter zustolpert. Nur raus aus dem verhassten

Internat, weg von hier, vier Wochen Februarferien, gib Gas, zeig, was die Kiste kann.

Alles in Ordnung, junger Mann?

Sie fahren auf schneevermatschtem Kopfsteinpflaster, im Rückspiegel verschwinden langsam die glänzenden Kreuze der Kirche in kahlen Baumkronen. Eckbert stellt das Radio an und jault auf, dass Karl erschrickt: Das ist jetzt das Neueste!, und dreht das Radio so laut, dass es Karl in den Ohren schrillt, wie in den letzten Wochen, als er sich von der Klosternutte Robert wieder anhören musste: Na, Stummelschwanz, brauchst ne Lupe? Ohne ihm dafür die Fresse polieren zu dürfen. Ohne ihm einen Tritt in den Arsch zu verpassen, dass der festbackt an der Wand, von wo ihn sein Stecher Gerold abkratzen kann.

Das ist Elvis, das hört man jetzt. Oder was hört ihr?

Und alles, weil ihm die Bilder ausgegangen sind. Die Herren Oberprims brauchen jeden Tag neue affengeile und extrascharfe Weiber, um ihren Samenkoller in den Griff zu bekommen. Aber mit einem Mal war sein Schatzlager leer. Die Oberprims haben sich an Robert abreagiert, und der ist ohne Kreuzweg aufgestiegen.

Hört ihr nur fromme Gesänge? Sag mal was. Liebeskummer? Kenn ich, hab ich auch schon gehabt, geht vorbei. Mach dir nichts aus Weibern.

Karl hat im Luftschutzbunker noch einmal zwischen den verpissten Matratzen nach Fotos gesucht, vielleicht sind welche liegen geblieben, aber dann kam Gerold mit seinem Vize Ansgar und dem Favoriten in den Bunker. Karl konnte sich gerade noch hinter einem Stapel Matratzen verstecken, schon tobten die drei ihre Geilheit aus.

Eckbert, das Radio leiser drehend: Lach ich mir eine an, ist da immer schon eine in Reserve. Damit man nicht auf dem Trocknen sitzt.

Karl bekam vom Matratzengestank einen Würgereiz, und schon standen die Prims und die Nutte neben ihm.

Ich mag es überhaupt nicht, wenn man mir nachspioniert, hat Gerold gesagt, entweder mitmachen oder verschwinden.

Ich habe mir gerade eine in Ostberlin angelacht, und wenn alles klappt, bringt die auch noch ihre Freundin mit, eine Unschuld vom Lande. Eckbert klatscht in die Hände, der Wagen bleibt trotzdem auf der Autobahn in der Spur: Welcher Wochentag ist für Frauen der wichtigste?, und klatscht weiter: Der Waschtag.

Dann hat Gerold zur Klosternutte gesagt, er soll nachsehen, ob bei Karl schon was passiert ist, ob Stummelchen einen Zentimeter zugelegt hat, aber vor Wut war Stummelchen noch geschrumpft: Da ist gar nichts mehr, hat Gerold ausgerufen.

Was haben Frauen und der siebenköpfige Drache gemeinsam? Ihr Blutbad.

Karl bohrt seinen Daumen ins Doppelkinn.

Was überlegst du? Kannst du mal was sagen?

Er, Karl Kypscholl, hat sich entschieden: Er wird nicht wieder nach Maria Hilf zurückkehren, und niemand wird ihn in einem anderen Internat abliefern – weil man ihn verstümmelt hat. Der Antreiber und die Arschmade von Doktor König werden ihn um Verzeihung bitten, weil sie ihn ins Internat gesteckt haben, die Nachtigall wird beide deswegen zur Sau machen und seine Mutter auch. Er wird seiner Mutter die Wunde nur einmal präsentieren, vielleicht wird man ihn gleich ins Krankenhaus schaffen, verstümmelt, wie er ist.

Dein Vater und Doktor König sind in den nächsten Tagen nicht da, und Blond, der alte Preuße, ist in der Ostzone, um ranzuschaffen. Wir beide räumen das Lager auf, alles ganz locker.

Karl rollt sein Doppelkinn, das beruhigt. In drei Stunden wird er in Berlin sein, sein erster Gang wird ihn in seine Werkstatt führen, wo er seinen Schwanz in den Schraubstock klemmen wird, um den Zipfel mit der Eisensäge abzutrennen, zwei, drei Mal hin und her, und er ist verstümmelt. Das waren die Oberprims letzte Nacht, sie haben ihm ein Kissen aufs Gesicht gedrückt, alles ging so schnell, das wird er jedem sagen, auch der Polizei. Von seiner Mutter wird er gepflegt werden. Sie kümmert sich dann wie nie zuvor um ihn, wird Tag und Nacht bei ihm bleiben und endlich ganz für ihn da sein.

Da rollen Karl Tränen die Wangen herunter. Er wischt sie sofort weg, und Eckbert stößt ihn an und sagt: Ich war früher jedenfalls froh, wenn ich nach Hause konnte, bei Muttern gabs das beste Essen.

Er wird seiner Mutter erzählen, wie pervers es in Maria Hilf zugeht. Jeder treibts da mit jedem. Nur weil er nicht pervers sein will, hat man ihn verstümmelt. Manche müssen da die eigene Scheiße fressen. Und nachts läuft Tittentilla durch ihren Schlafsaal und begrapscht die Jungen. Er will, wird er seiner Mutter sagen, das alles auch Bischof Hudal schreiben, damit der aus Rom kommt und in Maria Hilf Strafgericht hält. Mein Junge, wird seine Mutter erwidern und ihn lange in den Arm nehmen. Niemand kann ihn, Karl Kypscholl, besser verstehen als seine Mutter. Und dann wird er sie beschützen, wenn der Antreiber oder die Nachtigall sie wieder schlechtmachen. Von meiner Mutter sprecht ihr nicht so, wird er sagen, da kann der Antreiber sich gleich so aufregen, dass ihm die Nase blutet.

Karl schnauft Rotz ins Taschentuch und hält es in der Hand während der Fahrt über die Autobahn, am Grenzkontrollpunkt, in den Straßen Berlins, bis der Wagen endlich vor der Villa am Wannsee stehen bleibt.

Im Salon der Nachtigall, den er durchqueren muss, um in seine Werkstatt im Keller zu gelangen, riecht es nach Kaffee,

Karl wird die fünfzehn Schritte schnell gehen, er hat keine Zeit für die alte Frau, die auf dem schwarzen Ledersofa sitzt, neben ihr ein alter Mann, dem sie die Hand hält, Karl sieht es aus dem Augenwinkel.

Junge, komm her, begrüße meinen Gast.

Ja, sagt Karl und geht weiter.

Karl, wir haben hohen Besuch.

Darauf ist er nicht gefasst, er muss sich sofort verstümmeln, muss bluten und sagt: Ich blute, und rennt die Treppe hinunter.

In ihm ist genug Wut, um es zu tun, und Hass auf die Oberprims, auf die Klosternutte, auf Bruder Clemens, der ihn vor drei Tagen gefragt hat, ob er für ein großes Gemälde von Caravaggio, das *Martyrium des heiligen Petrus*, das für die Kapelle kopiert werden soll, Modell sitzen möchte – als einer der wilden Henker, weil er so überzeugend hässlich ist. Und Robert soll den siegreichen Amor geben, nackt, mit Pfeil und Bogen in Händen, weil die Nutte die Verführung in Person ist.

Alle seine Werkzeuge sind am Platz, haben treu auf ihn gewartet, Zangen zum Greifen zappelnder Fische und Frösche, zwei feine Skalpelle, um aufzutrennen, Pinzetten, um herauszunehmen, am liebsten ein noch schlagendes Herz. Die Eisensäge zum Knochendurchtrennen liegt bereit, unter den Wangen des Schraubstocks steht eine Schüssel, in der landet, was oben abgesäbelt oder herausgequetscht wird. In ein paar Minuten wird da sein Stummel liegen, damit er für immer das Überflüssigste der Welt los ist.

Karl nimmt die Säge. Schon als er das Blatt berührt, ratscht er sich seinen Daumen blutig, den er noch ableckt, als kein Blut mehr kommt; es beruhigt wie das Bohren im Doppelkinn. Zweimal die Eisensäge bewegt, und er ist das Ding los. Vielleicht hört er es nicht einmal, wenn es in die Schüssel fällt. Das Blut wird er mit einem Taschentuch abdrücken und, wenn nichts mehr nachläuft, seine Hose hochziehen und seiner Mutter sagen, was man im Kloster mit ihm gemacht hat.

Karl schnallt seinen Gürtel auf, die Hose rutscht auf die Schuhe, er dreht den Schraubstock auf und presst seine Hüfte gegen die Wangen, damit irgendetwas beim Zudrehen klemmen bleibt. Der Stummel brennt, beim weiteren Zudrehen durchzuckt ihn ein stechender Schmerz, der in die Beine, in den Bauch und in den Nacken peitscht, dass ihm Tränen kommen. Karl will nach der Eisensäge greifen, die aber liegt zu weit entfernt, sodass er sich wieder ausspannen muss. Beim zweiten Einspannen stören die verfluchten Tränen, im Nacken wieder die Stromstöße, weshalb er die Eisensäge weglegt, um die Augen trocken zu reiben. Dabei holt er sich am scharfen Sägeblatt erneut einen Schnitt in der Daumenkuppe. Vor Wut schlägt er auf die Werkbank, zieht seinen Stummel dabei noch länger, noch stärkere Stromschläge, und Karl ist froh, dass er den Schraubstock noch aufdrehen kann. Da hört das Peitschen auf, aber ein Brennen setzt ein, als hätte er ausgefahren zwanzig in den Schraubstock gespannt, doch seiner ist ausgefahren sieben, die Nutte hat es im verpissten Matratzenlager gemessen. Hat dann auf Befehl von Gerold bei sich gemessen, ausgefahren dreizehn, dann beim Oberprim achtzehn.

Karl kühlt seinen Stummel mit einem Hammer von unten und einer Zange von oben. Als er glaubt, dass Hammer und Zange warm vom Stummel sind, legt er sich bäuchlings auf den Betonboden seiner Werkstatt, wie Bruder Gottschalk es manchmal macht, wenn er vor dem Altar von Maria Hilf meditiert. Oder der Jungfrau seine Sünden beichtet.

Junge, sagt Elisabeth Kypscholl vor dem Fernseher, das war nicht nett von dir, vorbeizugehen, ohne meinen Gast zu begrüßen. Das war immerhin Elias Finkel.

Nie gehört.

Willy Brandt, unser Bürgermeister, hat ihn heute Vormittag empfangen, hier, das wird gerade in den Nachrichten gebracht.

Karl beachtet sie nicht, geht in sein Zimmer, kriecht ins Bett, damit der Schmerz nachlässt. Er drückt eine Faust zwischen die Beine und hört die Kaminuhr aus dem Salon des Antreibers *Üb immer Treu und Redlichkeit* spielen. Schlaf findet er nicht, um Mitternacht schleicht er die Treppe hinunter, um Eiswürfel aus dem Kühlschrank seiner Großmutter zu holen.

Junge, und sie macht eine lange Pause, da bist du ja. Ich wusste doch, und holt tief Luft, dass du deine, und hustet, Großmutter nicht allein lässt. Komm her. Hierher, und klopft neben sich auf das Sofa. Sie zeigt auf eine leere Flasche. Die hat mir Finkel mitgebracht. Sonst nichts. Professor Elias Finkel, und stößt die Flasche an, dass sie umfällt. Kommt mit einem Mal aus Israel zu mir und dann zu Willy Brandt. Er sagt, er hat mir geschrieben. Die Weinflasche rollt bis an den Flügel.

Weißt du, wo dein Herr Vater ist? Nein? Weggefahren. Weißt du auch, warum? Nein? Elisabeth Kypscholl hält die Hände vors Gesicht. Nein? Er hatte Angst, als er gehört hat, dass Finkel in Berlin ist. Dein Vater ist vor Finkel weggelaufen. Mit seinem Köter, dem Anwalt König. Einer kommt, der andere haut ab, aber von Anna weiß keiner was. Warum ist das so?

Sie weint und lässt sich auf Karl fallen, als wäre er ein Kissen.

Er ist zu dämlich, hat es nicht geschafft, kurzen Prozess zu machen. Nun droht ihm gnadenlos die Rückkehr nach Maria Hilf, und er kann keine extrascharfen Weiberfotos für die Oberprims mitbringen. Seine Mutter ist schon seit Tagen nicht mehr zu Hause gewesen: Sie schläft besser im Clausewitz, bis alles geklärt ist, hat Elisabeth Kypscholl gesagt, und Karl: Was geklärt?

Du wirst es schon erfahren.

Wieder in seinem Zimmer, versucht Karl es mit einem Gebet, damit der Herr dem Antreiber den Garaus macht. Sekundenkleber, von dem er zwei Tuben gekauft hat, wird er ihm zwischen die Arschbacken schmieren, dann auf seinen Schwanz, dann in seine Ohren, dann die Augenlider, dann, weil er mit offenem Mund durchschnarcht, die Nasenlöcher mit Kleber zugedrückt. Warten wird er noch ein Weilchen, dabei den Mund Millimeter für Millimeter zudrücken, bis die Lippen vom Kleber zusammengehalten werden. Er hat es mit Daumen und Zeigefinger ausprobiert, nach fünf Sekunden backt die Haut fest, nichts mehr zu machen. Da wird sich der Antreiber zum Leben antreiben, aber damit kommt der nicht durch.

Beim Aufwachen am nächsten Morgen spürt Karl noch immer den brennenden Schmerz zwischen den Beinen. In der Nacht kam ihm der Einfall, seinen Stummel im Schraubstock zu verlängern, statt ihn abzuschneiden. Jeden Tag für eine Stunde in die Werkbank spannen. Streckübungen. Jeden Tag einen Zentimeter. Bei ausgefahren dreizehn wird er aufhören.

Eckbert holt ihn zum Arbeiten im Kunsthaus Kypscholl und König am Kudamm ab, aber jeder Schritt fällt ihm schwer. Karl geht so breitbeinig, dass Eckbert: Hast du eingeschissen?, fragt.

Karl fürchtet, dass ihm sein dunkelblaurot angeschwollener Schwanz abfällt, und ist öfter auf der Toilette als im Lager, wo er Kommoden für die nächste Auktion polieren soll, woraufhin Eckbert anerkennend sagt: Alle Achtung, in deinem Alter konnte ich gerade ein Mal am Tag, aber du hast wohl so was wie einen Samenkoller? Was macht ihr da eigentlich in eurem Kloster?

Er winkt Karl zur demoliertesten aller im Lager abgestellten Kommoden, eingeklemmt zwischen Truhen und Schränken, zieht die unterste Schublade auf: Hier, ich zeig dir was.

Playboy, liest Karl, immer *Playboy* mit immer anderen, kaum bekleideten Frauen darauf.

In Amerika ist das schon lange ein Renner, hier brauchen die etwas länger, aber man darf jetzt damit handeln, jedenfalls privat. Am Kiosk gibts die Dinger nicht. Schau rein. Aber nicht, dass dein Samenkoller hier ausbricht.

Karl blättert in einem der Magazine, die Seiten glänzen, die Farben sind grell.

Ich verrate dir was: Die sind für meine Ostmiezen bestimmt. Du wirst es nicht glauben, aber die kennen so was nicht. Die werden da wie auf dem Mond gehalten. Die Dinger sind drüben ein Bombengeschäft. Ich habe dort eine Kneipe, da tausche ich die Hefte gegen nette Kleinigkeiten. Mal Silberbesteck, mal schönes Porzellan. Meine Ostbetschwestern versorge ich natürlich gratis. Er nimmt Karl das Heft aus der Hand, wirft es in die Schublade und schiebt sie mit seinem Schuh zu: Kein Wort davon zu deinem Vater.

Karl nickt heftig und wartet auf weitere Geheimnisse, die irgendwann so mächtig sein und so viel Kraft haben werden, dass er damit den Antreiber zum Teufel jagen kann.

Abends ist er müde, in seine Werkstatt geht er dennoch, um seinen Stummel ein weiteres Mal zum Verlängern einzuspannen. Schon das Herunterziehen der Hose schmerzt, noch mehr das bloße Berühren, weshalb er nur den äußersten Hautzipfel einklemmt. Eine Stunde steht Karl so, entfernt sich nach jeweils zehn Minuten um einen Millimeter von der Werkbank.

Danach sitzt er im Salon seiner Großmutter vor dem Fernseher, um die Schmerzen zu verdrängen.

Er ist vorhin abgereist, sagt Elisabeth Kypscholl. Sie haben es gerade in den Abendnachrichten gebracht. Er fliegt zu Adenauer, aber er hat sich nicht von mir verabschiedet.

Flink, wie Karl es von seiner Großmutter nicht kennt, geht sie an ihren Sekretär und holt ein großes Fotoalbum und einen Stapel verschleifter Briefe, während Hans-Joachim Kulenkampff in *Einer wird gewinnen* das schöne Fräulein Renate vorstellt, das ihm assistieren wird. Elisabeth streicht über den ledernen Einband des Albums und blättert behutsam Seite um Seite um. Auf der Suche nach nackten Weibern hat Karl all die Fotos längst gesehen.

Das ist Anna mit meinem Bruder Kasimir 36 im Berliner Zoo. Da war sie sechzehn Jahre alt. Sie hat sich immer für Affen interessiert. Da steht sie mit ihrem Verlobten Siegfried, ein Arzt, ein so guter Junge, den der Pole umgebracht hat. Das ist mein letztes Foto von Anna, 44 in Rastenburg. Sie hat dort eine Krankenstation geleitet. Dann ist der Russe gekommen. Hier sind Annas Briefe, du kannst sie lesen. Dann weißt du, was sie für ein wunderbarer Mensch ist. Dein Vater ist immer widerspenstig gewesen, auch wenn man ihm das nicht sagen darf, Anna war das nie. Lies nur, sagt sie und drückt Karl den Stapel Briefe in den Schoß, dass er aufstöhnt.

Das ist mein seligster Wunsch: Ich möchte wissen, was mit Anna ist, und blickt ihn an, als wäre sie Salome und er der angebetete Jochanaan.

Karl steht auf, denn gleich beginnt die Nachtigall entweder zu singen oder zu jammern.

Elisabeth umarmt ihn: Du wirst Anna finden, ich weiß, das wirst du, und Karl weiß, wo er scharfe Weiber für Maria Hilf herbekommt, wie blöd ist er eigentlich?

Im Mai 64 sagt Doktor Voss vor der Seminargruppe III im Wohnzimmer der Herzogin, dass er gar nicht wissen will, wer die armseligen Schundhefte angeschleppt hat, und hält einen *Playboy* und eine *Quick* am ausgestreckten Arm hoch: Jeder von uns weiß, dass der Kapitalismus, diese Krankheit und Geißel der Menschheit, in seinem Endstadium liegt. Wir kennen die Gesetzmäßigkeiten, nach denen dieses Krebsgeschwür in seinem Todeskampf so viele wie möglich anstecken muss. Dazu gehört auch dieser Auswurf. Betrachten wir ihn ohne jede Verlegenheit, sagt Doktor Voss, die Augen zusammengekniffen und die Hefte noch immer hochhaltend.

Noch nie war es im herzoglichen Wohnzimmer derart still. Regina blickt dorthin, wo keine Gefahr droht, auf die Bank, auf ihr Kleid, zu den Schuhen, Gesine neben ihr kippelt wie eine Halbwüchsige mit dem Stuhl.

Wir haben keine Scheu vor dem nackten Körper. In unseren Presseorganen, in unserer Kunst, in unseren Filmen wird die Schönheit des nackten Menschen gewürdigt. Aber hier? Er ist pornografisch vorgeführt. Auf Details weiblicher Geschlechtsorgane reduziert. Der Mensch und seine Gefühle, die Liebe, sind zur käuflichen Ware geworden, ein typisches Merkmal des Kapitalismus im Endstadium. Ich will jetzt nicht hören, wer diese Hefte mitgebracht hat, denn ich gehe davon aus, dass diejenige sich bei mir meldet, aber ich will von Ihnen hören, wie Sie sich fühlen würden, wenn statt dieser Frauen Sie, Fräulein Atz oder Fräulein Penkuhn, in die Prostitution genötigt würden.

Regina erschrickt nicht, als ihr Name fällt, erst ihrer, dann Gesines, das musste so kommen, weil Gesine die dämlichen Hefte offen hat herumliegen lassen und die Atz die Dinger gesehen hat. Regina weiß, dass Voss es nicht beim Lamento belassen, sondern sich jede einzeln vorknöpfen wird, und am Ende steht der Rausschmiss. Regina schaut auf, als Doktor Voss beide Hefte fallen lässt.

Es ist also offensichtlich, dass es sich bei diesen Erzeugnissen um einen Angriff auf unsere sozialistische Gesellschaftsordnung handelt. Der Angriff gilt Ihnen und unserer Zukunft, unseren Kindern, sie sollen mit dem Gift der Zersetzung infiziert werden. Eines Tages wird das, was jetzt als vulgäre Fotos daherkommt, im Westfernsehen über den Bildschirm flimmern, einzig mit der Absicht, den sozialistischen Aufbau ins Wanken zu bringen. Erinnern Sie sich an das Jahr 61, an die imperialistische Wühltätigkeit? Als man versuchte, unsere Werktätigen gegen ihre eigene Regierung aufzuhetzen? Unsere Antwort kam prompt und war die einzig richtige: Den Aggressor haben wir mit unserer Friedensgrenze gestoppt, er gelangt physisch nicht mehr zu uns, deshalb bedient er sich nun dieser Mittel. Zeitungen, Fernsehen, Rundfunk. Er setzt darauf, dass wir diesen Angriffen erliegen, aber, und das frage ich Sie: Müssen diese Versuche an unserer gefestigten Ideologie nicht abperlen wie Wasser von einer Scheibe? Was folgt daraus? Denn auch eine gefestigte Ideologie bedarf der Weiterentwicklung.

Die Atz meldet sich und schlägt einen Subbotnik vor: Wir könnten unseren Klassenraum verschönern. Ich weiß nicht, ob wir all das alte Zeug von den Wänden bekommen, die Bilder können wir abnehmen und die Decke, die überstreichen wir, damit man all das nicht mehr sehen muss.

Gesine sagt, dass sie einen Bauingenieur kennt, der bald das sozialistische Schwerin aufbauen wird. Der könnte mit seiner Brigade kommen, und man könnte gemeinsam den Schmuck im Klassenraum abschlagen.

Das ist ein bestechender Vorschlag, Fräulein Kuhnke, findet Doktor Voss, zumal auf diese Weise die Verbindung zur werktätigen Bevölkerung intensiviert wird. Man sollte es auch nicht dabei belassen, nur Ihren Seminarraum zu verschönern. Im Schloss gibt es siebzig Unterrichtsräume. Nicht alle tragen diesen Wust reaktionärer Machtzeichen, aber Sie können mit einer sozialistischen Baubrigade in vielen Räumen Hand anlegen, auch wenn die Tage des Schlosses ohnehin gezählt sind.

Die Edelmetalle kann man der Produktion zuführen, schlägt die Atz vor, was Doktor Voss lobt. Er sagt, dass praktische Arbeitseinsätze nur der Anfang sind, denn der ideologische

Kampf wird gesetzmäßig an Intensität zunehmen, und schreibt als Klausurthema an die Tafel: Der Mensch ist nicht sich selbst machende Freiheit. Der Mensch ist erst in einer von Ausbeutung und Unterordnung freien Gesellschaft frei. Und bitte mehr als drei Seiten.

Abt Gregor, wegen seiner Leibesfülle Gregor der Große genannt, sagt, eines der drei beschlagnahmten *Playboy*-Hefte hochhaltend: Wir werden in Maria Hilf wegen so etwas nicht andere Saiten aufziehen, wir wissen, dass hier einer unter euch schwach geworden ist, oder, das halten wir auch für wahrscheinlich, es ist ein gescheiterter Angriff bolschewistischer Banden, die seit einiger Zeit unser Land mit so etwas überziehen, und lässt das Heft fallen, dass Karl aufschreckt.

Banden, die keine Mühen scheuen, ihre Perversionen in die Familien hineinzutragen. Die kommunistische Zersetzung unseres Glaubens zielt auf die niederen Instinkte des Menschen.

Nach den Ferien ging alles zwei Wochen lang gut, er, Karl Kypscholl, noch immer mit rotschwarz geschwollenem Stummel, hat die Prims affengeil versorgt, dann fand der Idiot von Gradenlopp die Hefte, weil er die verpissten Matratzen in den Heizungsraum schaffen sollte. Er hat sich nackt ausgezogen, war mit seinem Ausgefahrenen und den *Playboy*-Heften durchs Internat geirrt und hat gebrüllt wie frisch kastriert.

Wie erbärmlich, wie nichtig in unserer Freundschaft mit Jesu. Sie ist nicht nur Erkennen, sie ist vor allem Gemeinschaft des Wollens, was bedeutet, dass unser Wille hineinwächst in das Ja zu den Seinigen.

Karl wartet darauf, dass er vortreten muss, um zu sagen, weshalb er für die Kommunisten arbeitet.

Bei allen Kulturvölkern ist über die intime Sphäre der geschlechtlichen Begegnung zwischen Mann und Frau der schützende Schleier der Scham gelegt. Dieser Schleier, dieser Schutz unseres christlich-abendländischen Fundaments, soll, geht es nach den Kommunisten, eingerissen werden.

Man wird ihn, Karl Kypscholl, wie einen Verbrecher vorführen und dann mit Schimpf und Schande rausschmeißen. Karl überlegt, sich zu melden, dem Abt und Schwarzrock Gottschalk, der danebensteht: Ich wars, zu sagen, weil er dann sofort aus Maria Hilf rauskommt, ohne noch einmal an seinen Stummelschwanz denken zu müssen.

Der Bolschewik setzt in seiner Naivität, in seinem Fanatismus, die kommunistische Weltrevolution zu erzwingen, auf euch, auf unsere Jugend. Euch nimmt er als Geisel.

Aber wenn er, Karl Kypscholl, sich jetzt meldet, steckt ihn der Antreiber in ein noch schlimmeres Internat.

Dann tritt Gottschalk vor und sagt leise, dass er diesen Vorfall zum Anlass nimmt, den wahren Glauben auch wehrhaft zu verteidigen: Nehmen wir diese Zeichen ernst, nehmen wir uns selbst ernst. In Absprache mit unserem Schutzpatron, seiner Exzellenz Bischof Hudal, sind wir berechtigt, einen wehrhaften Bund zu gründen. In die Katholischen Jungmannen von Maria Hilf kann ab sofort jeder eintreten, der willens ist, unsere Werte zu verteidigen. Die KJMH werden wie unsere Pfadfinder organisiert sein, aber die KJMH werden anders auftreten. Wir gehen in die Öffentlichkeit. Wir platzieren uns in der Stadt mit Hinweisschildern vor Kiosken, die solche Machwerke verkaufen, wir überkleben Werbungen dafür auf den Litfaßsäulen, wir stehen vor Kinos, in denen Filme von Ingmar Bergman gezeigt werden, wir gehen in Geschäfte, in denen Kondome verkauft werden, wir blockieren Krankenhäuser, in denen Schwangere ihre Frucht abtreiben lassen. Wer möchte?

Ich wars, sagt Karl, fest entschlossen, sich feuern zu lassen und sofort abzuhauen, nach Italien oder Frankreich, er ist alt genug, und er hat vorsorglich goldenes Klimperzeug aus dem Sekretär der Nachtigall eingesteckt, das kann er überall verkaufen, damit kommt er bis nach Paris, und da findet ihn niemand.

Gut, sagt Bruder Gottschalk, das habe ich erwartet. Karl Kypscholl meldet sich als Erster, er bekommt den verantwortungsvollen Posten des Gruppenführers im KJMH. Bis Ostern werden wir wehrhaft sein.

Engelsgesang, Ihre Stimme ist Engelsgesang, sagt Hildegard Priester, Leiterin des Schweriner Domchors, zu Regina nach der Probe, und dass sie auf einen Tee ins Pfarrhaus nebenan kommen soll.

Ich muss mich noch auf eine Klausur vorbereiten, sagt Regina und geht ins Casino, die Bauarbeiterkneipe, keine fünfzig Meter vom Dom entfernt. Auf der Bühne singt jemand in Gummistiefeln und mit gegeltem Haar wie Elvis Presley. Gesine sitzt rauchend an der Bar zwischen Männern.

Ich sollte dich abholen, sagt Regina.

Wieso denn jetzt schon?

Du bist zu früh, sagt Bauingenieur Eduard.

Wenn das Schloss abgerissen wird, schütten Eduards Leute damit einen ganzen See zu. Und da bauen sie dann schöne Häuser drauf. In zehn Jahren gibts da eine neue Stadt.

Nein, sagt Eduard mit seinem Bierglas in der Hand, in fünf Jahren, der Plan sieht fünf Jahre vor.

Wir müssen zurück, sonst macht der Pförtner den Laden dicht, sagt Regina.

In fünf Jahren gibts keinen Pförtner mehr. Und das verdammte Schloss auch nicht. Und den Voss versenken Eduards Leute gleich mit im See, oder Eduard?, und küsst den Bauingenieur ab, gerade noch kann er sein Bier abstellen: Den Voss kannst du jetzt schon versenken.

Ich benötige einen Bericht zu den Vorkommnissen, da zähle ich auf Sie, Fräulein Penkuhn, sagt Doktor Voss zu Regina. Ich habe mir Ihre Kaderakte angeschaut, Sie haben gute Voraussetzungen, um in unserer Gesellschaft eines Tages eine verantwortungsvolle Position übertragen zu bekommen. Das Vertrauen dafür müssen Sie sich jeden Tag erarbeiten. Mich interessiert vor allem die ideologische Einstellung Ihrer Studiengruppe. Wir lassen zwar niemanden fallen, aber wir lassen auch nichts durchgehen.

Auf dem Gang mit dem statuenbekrönten Kamin, höher als sie selbst, krümmt sich Regina vor stechendem Schmerz im Bauch. Sie schafft es noch bis zur herzoglichen Ankleide mit den verspiegelten Wänden, da wird der Schmerz dumpf, es wird ihr schwindlig, und sie hält sich an vergoldeten Weinlaubranken eines Rahmens fest. Nur einmal blickt sie in den Spiegel, blutleer ihre Lippen und bleich das Gesicht wie ein Wintermond.

Dennoch geht sie abends in den Dom, probt die Messe von Bach. Von ihrer Stimme ist kaum etwas zu hören, aber sie hört die anderen. Im Anschluss lädt Chorleiterin Priester sie erneut zum Tee ins Pfarrhaus ein, dahin will sie nicht, auch nicht Gesine aus dem Casino abholen, will in ihr Bett, die Decke bis über die Ohren ziehen.

Dort wird sie von Gesine geweckt, die: Du hast was verpasst, lallt, im Casino war wenigstens Stimmung. *Lili Marleen* singt sie, bis auch die Atz wach wird und Ruhe verlangt. Ruhe? Das ist ein Kampflied, und lässt sich in ihr Bett fallen: Das hat Marlene Dietrich im Kampf gegen die Faschisten gesungen, das ist ein Freiheitslied, da ist man frei.

Zum Ostergottesdienst, als Regina mit dem Chor das schon eingeübte *Kyrie* aus der Messe von Bach singt, beruft Otto Kypscholl den Familienrat ein. Er sitzt im einstigen Arbeitszimmer des Totenhochtreibers auf dessen Platz, ihm gegenüber Elisabeth Kypscholl. Neben Otto breitet Anwalt König Akten aus, und Karl sitzt an der Seite, wo noch der Stuhl für seine Mutter frei ist.

Punkt eins, sagt Otto, über dessen schwarzen Anzug Karl grinst, weil er darin aussieht, wie sein eigener Leichenbestatter, der Brief vom Abt.

Da vergeht Karl das Grinsen, und er sagt: Mutter fehlt noch.

Fehlt nicht. Ich habe vom Abt eine Einschätzung angefordert, um mir ein Bild von der Entwicklung meines Sohnes zu machen. Abzüglich überflüssiger Floskeln liest sich das so, dass Maria Hilf dem Jungen gut bekommt. Der Abt hebt besonders Karls Einsatz beim Aufbau der Katholischen Jungmannen hervor. So was habe ich gern. Mein Lagerverwalter Eckbert schätzt dich ebenfalls als entwicklungsfähig ein. Anwalt König und ich werden überlegen, wie wir dich während deiner Ferien zukünftig im Auktionshaus sinnvoll einbinden. Nächster Punkt.

Aber davon hört Karl nichts, weil der Antreiber ihm von hinten die Beine weggeschlagen hat. Weil böse Gebete, weggeworfene Post und geklaute *Playboy*-Hefte nicht ausreichen, um ihn zur Verzweiflung zu bringen.

Punkt drei.

Da schweigt Otto, und Anwalt König, Papiere umherschiebend, holt tief Luft: Nach allem, was uns an Akten nun vorliegt, ist die Angelegenheit eindeutig.

Hochstaplerin?, fragt Elisabeth.

Der Anwalt nickt.

Dass sie uns so getäuscht hat. All die Jahre in unserem Haus, mein Gott, das hast du nicht verdient, mein Junge.

Da winkt Otto ab: Wir werden jetzt entscheiden, und Elisabeth Kypscholl wiederholt ihre Klage.

Kurzer Prozess, sagt der Antreiber, und der Anwalt holt erneut tief Luft, dass Karl drückende Hämorrhoiden vermutet.

Aber Karl kann doch jetzt gehen, er muss das nicht alles mit anhören, sagt Elisabeth.

Er gehört zur Familie, er hört sich alles an.

Mutter fehlt, sagt Karl, sie gehört auch zur Familie.

Ach, mein Junge, das ist es ja, weiterreden kann sie nicht, weil Otto zu seinem Sohn: Deine Mutter gehört nicht zur Familie, hat nie dazugehört, sagt.

Die Nachtigall kreuzt die Arme vor der Brust, und Karl bohrt ins Doppelkinn, er hat keine Ahnung, wovon die anderen sprechen.

Scheidung, Verlust aller Ansprüche und Abfindungen. Sofortiger Auszug.

Gut, Otto, das sagst du gut, mein Junge.

Nein, das ist nicht gut, sagt der Anwalt.

Wie! Wer hat mich denn all die Jahre genarrt? Eine Ehe und all die Zusicherungen von mir hätte es nie gegeben.

Sie ist eine Hochstaplerin, sagt Elisabeth.

Wir müssen zweierlei auseinanderhalten, sagt der Anwalt. Bei einer Scheidung zählt nicht, unter welchen Voraussetzungen die Ehe zustande kam, sondern wie die Ehe geführt wurde. Es stimmt, wir können jetzt anhand der Akten beweisen, dass Frau Karin nicht eine eheliche oder uneheliche Tochter von Hermann Göring gewesen ist.

Diese Akten zu beschaffen hat mich ein halbes Vermögen gekostet, und jetzt soll ich sie nicht verwenden können?

Karl erschrickt, weil der Antreiber so unerwartet mit der Faust auf den Tisch haut.

Ich habe mich mit dem Juden Lewy gutstellen müssen, damit er Papiere vom Prozess gegen unseren Reichsmarschall beschafft. Und da gibt es in der ganzen Familiengeschichte keine Karin.

Alles richtig, aber kein Gericht in Deutschland wird deshalb eine Ehe scheiden. Mein Vorschlag ist, wir pachten für sie das Clausewitz für zehn Jahre. Sie verzichtet dafür auf alle Ansprüche wie Versorgung und Unterhalt, nimmt ihren Mädchennamen wieder an und zieht hier aus.

Also, Otto, ich weiß nicht, sagt die Nachtigall, was Karl erstaunt, weil sie nie als Erste redet.

Da zahl ich noch drauf, damit ich diese Person loswerde?

Und der Anwalt leise: Immerhin hat das Auktionshaus eine Zeit von ihrer, nun, erwiesenermaßen unwahren Abstammung profitiert, indem es uns gelungen ist, vermeintliche Devotionalien aus dem Haus Hermann Göring an den Mann zu bringen.

Ich finde den Vorschlag nicht gut, sagt die Nachtigall. Sie hat uns mit Schimpf und Schande besuhlt, sie ist in Wahrheit –

Schluss, unterbricht Otto Kypscholl, weil er das nicht hören kann, weil seine Mutter wieder aus *Salome* erzählt, es fehlt nur noch, dass sie zu singen anfängt: Einverstanden. Und du, Karl, bekommst von mir die Aufgabe, das deiner Mutter mitzuteilen. Mein Anwalt schickt ihr das schriftlich.

Auf dem Bootssteg spuckt Karl ins Wasser. Er kann bis auf den Grund sehen. Zum Angeln ist das Wasser zu kalt, anderes Viehzeug zum Einklemmen in die Werkbank läuft nicht herum. Ameisen sieht er, wohl abgekommen von ihrer Straße oder ein Spähtrupp. In den KJMH baut er gerade einen Spähtrupp auf, hat Gerold und Ansgar Posten angeboten, aber die haben ihn verstoßen, den Schutz aufgekündigt, weil er keine neuen Hefte besorgt. Dass Gerold und Ansgar die Klosternutte Robert kaputt reiten, ist ihm egal. Aber ohne Segen der Prims stellt er keinen Trupp in Maria Hilf auf. Und für deren Segen braucht er doppelt so viele Hefte. Scharfe Hefte. Extrascharfe Hefte, wie sie im Clausewitz herumliegen.

Karl spuckt nicht mehr ins Wasser, sondern rappelt sich auf. Der Nachtigall, die an ihrem Lieblingsplatz im Garten mit einer Schere Hyazinthen schneidet, ruft er: Alles Gute, zu und überlegt in seinem Zimmer, was er mitnehmen soll. Er wird zu seiner Mutter ziehen. Ins Clausewitz. Er gehört zu ihr, nicht zum Antreiber. Den Fotoapparat wird er mitnehmen. Und im Clausewitz wird er mehr extrascharfe Hefte finden, als er wegschleppen kann.

Ich will Ihnen keine Beichte abnehmen, sagt Doktor Voss zu Regina, Sie müssen mir gar nichts erzählen, ich wünsche nur, dass Sie aus eigener Verantwortung heraus handeln und schildern, wie Sie die Situation unter Ihren Mitstudenten einschätzen. Sie schreiben, dass Sie zu Ehren des 1. Mai eine Wandzeitung gestalten wollen. Aber das ist doch selbstverständlich, Fräulein Penkuhn, und nimmt seine Brille ab. Sie wollen am kommenden Wochenende Ihren Seminarraum streichen, das ist längst beschlossen, und setzt seine Brille wieder auf. Ich vermisse Ihre Stellungnahme zu den Vorkommnissen im Februar. Die Sache mit den Schundheften hat sich beruhigt, aber sie ist nicht aus der Welt. Zumal auch wir Rechenschaft abzulegen haben. Bei uns, das wissen Sie, wird niemand fallen gelassen, aber wir, das wissen Sie ebenso, vergessen nichts. Mögen Sie den Tee nicht?

Regina nippt an der Tasse und sieht aus dem Erker der herzoglichen Raritätenkammer, nun das Arbeitszimmer von Voss, in den Schlossgarten. Auf den Brunnen und die Parkbank, im Winter schneeverweht, nun von Löwenzahn und Disteln umringt.

Manchmal glaube ich, die Leute hier werden nie ihre Knechtschaft los, haben tausend Jahre Sklavendienst im Blut und können damit auch noch tausend Jahre so weiterleben. Glühende Kämpfer wollen wir aus ihnen machen, aber ihre Augen leuchten nur beim Westfernsehen. Wenn das Politbüro planmäßig in zehn Jahren Geld und privates Eigentum abschafft, wenn jeder bei uns entsprechend seinen Fähigkeiten und Leistungen lebt, werden sich die Menschen anpassen müssen. Aber machen sie das mit Herz und Verstand oder weil wir es von ihnen verlangen? Werden sie über so etwas wie *Playboy* und *Quick* nur müde lächeln wie wir beide oder die Dinger heimlich durchblättern? Warum gerät Ihre Freundin in die primitiven Fänge des Klassenfeindes?

Gesine hat damit nichts zu tun.

Aber Fräulein Kuhnke hat erwiesenermaßen diese Hefte mitgebracht.

Ihr Freund hat ihr das in die Tasche gesteckt. Das war ein Spaß.

Wieso hat Fräulein Kuhnkes Freund solche Hefte?

Die gibt es drüben.

Wohnt Fräulein Kuhnkes Freund drüben?

Regina blickt wieder in den Park, wo der Wind hohes Gras umweht, dann zu ihren Sandalen: Ich weiß es nicht.

Das werden Sie doch in Erfahrung bringen.

Abends probt Regina mit dem Domchor das *Credo* aus der Messe von Bach. Sie steht in der ersten Reihe, ihre Stimme ist hell und klar, und Chorleiterin Priester zeigt Regina wieder an, sich zurückzunehmen, weil ihre Stimme den Chor dominiert.

Nach der Probe lädt die Chorleiterin Regina abermals ein, und dieses Mal geht sie mit ins Pfarrhaus.

Im Flur steht ein Geruch, den sie schon längst vergessen geglaubt hat, doch die Erinnerungen sind sofort da: Es ist eine Mischung aus von 8x4 Seife, Kölnisch Wasser und Waschpulver.

Im Wohnzimmer riecht es nach Zigarre und alten Büchern und in der Küche nach Kräutertee und Kaffee – wie bei den Pilgrims.

Mein Mann lässt sich entschuldigen, sagt die Chorleiterin in die Runde älterer Damen, die immer zum Tee kommen, er bereitet sich auf die Pfingstpredigt vor, aber der Höhepunkt wird zweifellos unser Auftritt sein. Man soll es nicht für möglich halten, wie groß die Nachfrage ist. Ich habe Telefonate aus Berlin, Rostock, sogar Lübeck und Hamburg erhalten. Es wird ein wunderbares Konzert, ein wahres Gotteslob.

Nun ist Regina später als Gesine im Schloss und hat, seit sie so oft singt, keine Schmerzen mehr.

Kurz vor knapp, sagt der Pförtner, der um elf das Tor abschließt und nach Hause geht.

Morgen ist mein Bauingenieur hier, sagt Gesine, die im Zimmer am Tisch sitzt und einen Brief schreibt, mal hören, was er meint. Kann gleich alles abreißen, dann brauchen wir nicht mehr zu pinseln.

Über das Initiativprogramm entscheidet aber nicht dieser Bauingenieur, sondern die FDJ-Leitung, sagt die Atz vom oberen Doppelstockbett. Und ob wir überhaupt einen Freundschaftsvertrag mit diesen Bauleuten abschließen, bestimmt auch die Parteileitung. Soviel ich weiß, ist niemand von euch Kandidat unserer Partei, dann könnt ihr auch nicht mitreden.

Woraufhin Gesine antwortet: Und wie ich mit Eduard reden kann, ich habe sogar schon mit ihm geflüstert.

Das ist typisch, du Flittchen.

Gesine legt ihren Füller zur Seite und steht auf: Komm aus deinem Bett und sag das noch mal, ich glaub, ich hab mich verhört.

Flittchen.

Hab ich doch richtig gehört. Sagst du mir das auch hier unten?

Die Atz klettert runter, bleibt aber hinter dem Tisch: Die Spatzen pfeifen das ja schon von den Dächern, deine moralische Einstellung ist eine Schande für unsere Schule, das hat auch Herr Doktor Voss gesagt.

Und Gesine, um den Tisch herumgehend: Mir flüstern die Spatzen zu, dass du bei deinem Herrn Doktor Voss auf dem Schoß sitzt. Was macht ihr da für Spiele?

FDJ-Sekretärin Atz verpasst Gesine, so schnell, dass sie sich nicht wegducken kann, eine Backpfeife: Flittchen.

Hört auf, ruft Regina und hat noch immer den Geruch aus dem Pfarrhaus in der Nase.

Gesine und die Atz fallen ringend auf den Boden, die Atz liegt unten, ihre Arme ausgestreckt, von Gesine festgehalten, und soll wiederholen, was sie gesagt hat. Die FDJ-Sekretärin bringt aber nur ein Wort heraus, da küsst Gesine sie auf den Mund, Regina schüttelt den Kopf.

Macht dein Genosse Voss das mit dir?, und greift der Atz zwischen die Beine, oder das?

Bauingenieur Eduard wird von der Seminargruppe III im Wohnzimmer der Herzogin begrüßt. FDJ-Sekretärin Atz liest die Selbstverpflichtung zu Ehren des Tags der Befreiung von der Tafel ab, mindestens fünf der herzoglichen Zimmer vom reaktionären Ballast zu befreien, wozu die Seminargruppe den Kontakt zu den Werktätigen sucht und einen Patenschaftsvertrag abschließt. Ziel soll sein, mithilfe und unter Anleitung der Bauarbeiter die Selbstverpflichtung schnell umzusetzen: Erstens, unseren Seminarraum vom Parkett, der Wandvertäfelung und den Deckenbildern zu säubern, normale Türen einzusetzen. Zweitens, den Seminarraum für Staatsbürgerkunde von allen alten Buchregalen, Parkett und Bildern an der Decke zu befreien. Drittens –

Da unterbricht Bauingenieur Eduard, der auf dem Platz von Doktor Voss sitzt: Warum denn alles rausreißen? Man kann doch die Decken abhängen. Auf das Parkett lassen sich Hartfaserplatten schrauben. Und die Flügeltüren? Die sind von den vielen Bleiornamenten so schwer, die kann man abmontieren und zum Altmetallhandel geben.

Und die Wände, überall an den Wänden ist das alte Zeug, das lenkt ab, man hat nie den Kopf frei, sagt die FDJ-Sekretärin.

Die kann man auch mit Hartfaserplatten verschalen. Dann werden eure Räume kleiner und lassen sich besser heizen.

Unsere FDJ-Sekretärin hat recht, sagt Gesine und steht auf, wir sollten allen Ballast abwerfen. Sie geht zwei Schritte zur Tafel und gibt der Atz einen Kuss auf den Mund, worüber Eduard lacht, während Regina die Schultern zuckt, Gesine ist nicht zu helfen.

Regina ist froh, am späten Nachmittag das Schloss verlassen zu können, um im Dom ein letztes Mal vor dem Auftritt zu proben.

Zum Pfingstgottesdienst sind alle Kirchenbänke besetzt, was Regina erschreckt. Sie schiebt sich von der ersten Reihe in die zweite und wäre, um nicht von irgendeinem erkannt zu werden, gern in der vierten verschwunden.

Karl entwickelt Filme in der Dunkelkammer des Fotolabors von Maria Hilf. Die Kamera, Weihnachtsgeschenk der Nachtigall, wollte er nach Ostern Gerold für einen Schulterschlag schenken, aber zum Glück wollte der sie nicht. Nun hütet Karl sie wie seinen Augapfel. Sie ist Gold wert. Sie schützt ihn. Weil er den Oberprim mit bestimmten Aufnahmen in Schach halten kann. Weil Karl mit dem Wunderding, dessen Klick man kaum hört, fotografiert, was Gerold und Ansgar und Robert miteinander treiben. Was Schwarzrock Clemens mit Robert treibt. Was die Irren miteinander treiben.

Karl hat in Schwester Mechthilds Fotokurs gelernt, den Apparat zu bedienen, sie hat ein Fotolabor eingerichtet, hat den Jungen erklärt, wie man richtig aufnimmt und die Filme in Wannen mit Entwickler und bei Rotlicht auf Papier bringt.

Jetzt macht Karl selbst Fotos. Nie hat er sich freier gefühlt, nie ist es aufregender gewesen als in den Verstecken von Maria Hilf, die er seit dem Frühling täglich weiter zu kleinen Schutznestern ausbaut. Trinkflaschen liegen dort, Bananen nimmt er mit. Hinter der Schülerbibliothek verbirgt er sich in der Besenkammer. Vom kleinen Loch eines abmontierten Heizungsrohres sieht er ins Atelier von Bruder Clemens, hat Leinwand, das Modell und den Schwarzrock genau im Visier. Vom Verschlag im Spitzboden beobachtet er die Prims, wenn sie sich vor dem Schornstein austoben. Er kann sogar in die Mönchszelle von Bruder Gottschalk blicken, weil der Spiegel an seinem Fenster angebracht hat, um den Hof kontrollieren zu können. Vom Fenster des Lagerraums neben Gottschalks Zelle erkennt Karl im Spiegel, was der Schwarzrock auf seiner Liege treibt.

Nie hat Karl den nächsten Tag, das Licht, in dem er seine Aufnahmen macht, mehr herbeigesehnt. Er spaziert nun stolz und gefährlich in der Uniform eines Gruppenführers des KJMH über den Hof: knielange Lederhose, weißes Hemd mit schmalem Schlips und auf dem Ärmel das Zeichen der KJMH mit dem Auge Gottes darüber, von den Idioten aufgenäht. Es gibt Tage, da verknipst er einen ganzen Film und sitzt noch bis spätabends in der Dunkelkammer, um seine Beute sichtbar zu machen. Um sie vor den Augen anderer zu schützen, hat Karl ein bombensicheres Versteck; die neuen Schätze bewahrt er in einer Spekulatius-Blechkiste auf und schiebt sie unter die lose Verkleidung des zweiten Beichtstuhls in der Kapelle. Weil das Gotteshaus nie verschlossen ist, hat er Tag und Nacht Zugang, außer vor den Messen, wenn die Schwarzröcke in den Kästen sitzen, um Beichten abzunehmen.

Nie war Karl sicherer, wenn er mit seinem Trupp zu Kontrollgängen in die Stadt ausrückt. Nach dem Pfingstgottesdienst gibt er das Zeichen zum Aufbruch. Weil bei dem schönen Wetter die Leute frühjahrsgeil sind, ins berüchtigte Striplokal wollen. Am Bahnhof treiben sich Perverse herum. Es ist eine Freude, in dieser Lederhose gehen zu können, dieses Hemd zu tragen. Karl pustet Fusseln vom Ärmel, und wenn einer seiner weißen Kniestrümpfe ins Rutschen kommt, zieht er ihn sorgfältig hoch. Sein Körper ist gestählt, weil Gottschalk ihn trainiert. Längst ist die Schwellung am Stummel, der sich keinen Millimeter hat verlängern lassen, abgeklungen. Er ist, wie er immer war, und er ist für Karl bedeutungslos geworden, zumal die Prims mehr und mehr mit ihren Abschlussprüfungen beschäftigt sind. Sieben Jungmannen hören auf sein Kommando, das zählt. Sein Trupp wird nicht nur gegrüßt, man winkt ihnen aus Fenstern zu, das zählt. Manche Türen schließen sich. Die Fernfahrerkneipe Marianne, in Wirklichkeit ein Bordell, hat, worauf Karl Kypscholl besonders stolz ist, einen Außenposten eingerichtet, um vor den KJMH zu warnen. Mit dem Megafon in der Hand klagt Karl vor der Kneipe den Sündenpfuhl hinter den Mauern an. Längere Wege in der Stadt legt der Trupp, Pfadfinderlieder singend, zurück: *Flinke Hände, flinke Füße, wache Augen, weites Herz*, danach langsamer im Schritt und Flugblätter verteilend: *Lebt denn der alte Holzmichel noch*. Man soll hören, wenn die KJMH kommen.

Genossin Gresskamp, Sicherheitsverantwortliche der Pädagogischen Hochschule Schwerin, sagt zu Regina, dass sie nichts Unmögliches von ihr hören will, und faltet ihre Hände auf einem blau geflammten Notizbuch: Die Leitung der Hochschule hat Ihren Einfluss auf Ihre Mitstudenten als vorbildlich eingeschätzt, Herr Doktor Voss hält große Stücke auf Sie, mit Ihrer Beurteilung werden Sie sicher einen geachteten Platz in einem Lehrerkollektiv finden. Aber um Sie geht es nicht, sondern um Gesine Kuhnke und um deren Freund.

Ich kenne ihn nicht.

Ach so?

Eine unerträglich lange Pause folgt, dass Regina an ihre Bauchschmerzen denkt, aber da schmerzt nichts mehr, sie muss nur dem Blick der Frau standhalten, nicht auf den See schauen oder an die Wände des herzoglichen Sagenzimmers, zu den lebensgroß gemalten Fresken, Hero und Leander einander in den Armen liegend, daneben Daphne und Cloe, Paris und Helena, mal mehr, mal weniger bekleidet.

Man sollte diesen Herrn Eckbert kennenlernen, Sie, Fräulein Penkuhn, sollten ihn kennenlernen.

Ich? Warum?

Weil man seinen Klassenfeind kennen muss und weil wir uns Sorgen um Ihre Freundin machen, denn wir möchten nicht, dass sie in seine Fänge gerät. Oder haben Sie sich noch nie gefragt, warum er so oft in unsere Hauptstadt einreist?

Die sind verliebt.

Das könnte man glauben, aber ich kann Ihnen Fotos zeigen, und tippt auf ihre Mappe, da ist dieser Eckbert mit anderen jungen Frauen zusammen. Der Herr aus dem Westen hält unsere Republik anscheinend für ein Freiwildgehege. Es wird Zeit, dass wir ihn uns mal näher anschauen, bevor er noch mehr Unheil anrichtet. Vielleicht fassen Sie kurz zusammen, was Fräulein Kuhnke über ihn erzählt hat? Irgendwann können Sie selbst einschätzen, welches Gefahrenpotenzial er für unsere Republik darstellt.

Apoll macht einen Kussmund.

Wie ich in Ihrer Kaderakte gelesen habe, wollten Sie eigentlich Gesang studieren, und lässt wieder diese Pause, in die man reinschreien könnte, bis es in den Ohren pfeift.

Vielleicht ergibt sich eine Möglichkeit, doch in diesem Beruf zu arbeiten. Bei Ihrer Stimme.

Ja, sagt Regina, und der Ärger über sich selbst ist noch am nächsten Tag so groß, dass sie beim Arbeitseinsatz so wild mit dem Hammer auf die Wandpaneele des herzoglichen Wohnzimmers schlägt, dass Holz splittert.

Ob sie ein Loch in die Wand hauen will, fragt jemand aus der Patenbrigade der Bauarbeiter und nimmt Regina den Hammer aus der Hand.

Zur Ruhe kommt sie erst beim Singen im Domchor, bei Liedern von Mendelssohn Bartholdy.

Abends bleibt sie lange im Pfarrhaus bei den Kriegswitwen und Fräuleins, die sich aus der *Quick*, der *Neuen Revue*, dem *Stern* vorlesen. Sie blättert die Hefte durch und sieht, dass alle Kreuzworträtsel darin gelöst sind.

1967

Ich kann nicht länger auf die Hämorrhoiden Rücksicht nehmen, sagt der Antreiber so laut, dass Karl beim Verlassen seines Zimmers im Flur stehen bleibt und an der Tür lauscht, was der Anwalt auf den Anschiss entgegnet.

Blond hat sie wahrscheinlich gefunden.

Wie! Wahrscheinlich? Ich will Gewissheit.

Sie soll in einem Kaff bei Stralsund leben.

Und?

Angeblich ist sie nicht ganz beieinander.

Ich will Klarheit. Fahren Sie dorthin und schaffen Sie Klarheit.

Karl versteht nicht, was der Anwalt erwidert, und will weiter, es reicht ihm zu wissen, dass sich beide wieder in den Haaren liegen.

Wer hat damals dieses verfluchte Testament aufgesetzt? Ich oder Sie? Wer hat sich um die Finanzen des Auktionshauses zu kümmern, ich oder Sie?

Karl findet Gefallen an diesem Streit und wartet darauf, dass sich der Anwalt endlich zur Wehr setzt, sein Maul aufreißt, den Antreiber wegbrüllt.

Ich, Herr Anwalt Doktor König, muss jetzt Teile aus meiner Privatsammlung ins Schaufenster am Kudamm stellen, weil Sie falsch kalkulieren. Hier, diese Kaminuhr, die ich in Masuren 44 vor dem Russen gerettet habe, mein Lieblingsstück, muss ins Auktionshaus. Weil Sie nicht richtig rechnen. Und dieser Stuhl.

Wissen Sie, wo der stand? Haben Sie auch nur eine Ahnung, wem der gehört hat? Nein, so was kümmert den Herrn Paragrafenreiter nicht. Den Stuhl habe ich aus Russland gerettet, der hat Zarin Katharina gehört.

Karl hört Schritte und huscht bis zum Treppenabsatz, aber auch dort versteht er das Gebrüll des Antreibers noch.

Mir ist scheißegal, was Sie mit ihr anstellen, ich brauche das Vermögen von Hermann Kypscholl.

Karl sieht auf seine Armbanduhr und läuft, weil er sonst zu spät zu seinem Treffen mit Eckbert kommt, aus dem Haus. Während der S-Bahnfahrt stellt er sich vor, wie der Antreiber mit seinem Lieblingsstück im Arm die Treppe herunterfällt, noch einmal bimmelt es *Üb immer Treu und Redlichkeit,* dann nie wieder. Wie Schnapsnase Blond das Auto mit der Uhr im Fond gegen einen Baum setzt oder wie jemand die Uhr aus dem Geschäft klaut und, damit sie nicht bimmelt, vorher die Hämmerchen vom Spielwerk verbiegt. Er würde dem Dieb die drei Handgriffe, die er dafür benötigt, zeigen.

Am Bahnhof Friedrichstraße wartet Karl auf Eckbert, der aus Ostberlin kommt und ihm eine Überraschung mitzubringen versprochen hat. Von der Plakatwand blickt ein Halbvermummter mit Kippe im Mund, »*Spion zwischen zwei Fronten*« steht in Großbuchstaben darauf, und quer darüber klebt: »Mit Romy Schneider und Gert Fröbe.« Züge bremsen quietschend: Zurückbleiben, nuschelt es aus dem Lautsprecher.

Karl sieht da Eckbert mit einer Umhängetasche, so wie er rübergefahren ist.

Na?

Eckbert klopft seine Jacke ab, als wäre sie verstaubt, und nickt zufrieden: Bin alle Hefte losgeworden, die drüben können nicht genug bekommen, und gibt Karl den geliehenen Fotoapparat zurück samt einer Filmrolle: Überraschung. Jetzt sieh selbst, wie scharf Ostmiezen sind. Ich habe sie fotografiert, in allen Stellungen. Entwickle mir die Bildchen. Soll ich dir noch was sagen?, und reibt seine Hände: Ich hab sie endlich geknackt. Erst eine kleine Prise gekifft, das macht Stimmung, dann habe ich sie dabei fotografiert. Das mach mir mal nach.

Karl steckt die Filmrolle ein.

Ich hab noch was mitgebracht, und holt ein Buch heraus. Das hatte die bei sich. Damit du mal siehst, womit die sich beschäftigen. *Sozialistische Pädagogik – Lehrbuch für die Oberstufe*. Hier drin sind die besten Witze, die ich kenne, das ganze Buch ist ein einziger Witz, man kapiert kein Wort.

In einem Café am Kudamm liest Eckbert aus dem Buch vor und lacht nach jedem Satz. Karl beobachtet die Arbeiter, die draußen am Straßenrand metallene Absperrgitter aufstellen.

Wenn du eine Ostmieze knacken willst, red nie mit der über Politik, das kostet dich Stunden, wenns blöd läuft, kommst du gar nicht zum Schuss.

Auf der Straße patrouillieren berittene Polizeistreifen.

Red mit denen über Haarshampoo oder Parfüm.

Frauen stehen hinter der Absperrung, und Kinder winken mit Papierfähnchen den Pferden zu.

Ostmiezen sind von Natur aus schwer zu durchschauen, die ticken anders.

Karl hat Mühe, »Berlin begrüßt die Kaiserin von Persien« zu lesen. Ein Plakat mit »Berlin ist das Märchen aus 1001 Nacht« zieht dicht am Fenster vorbei.

Wenn du achtzehn bist, nehme ich dich zum Anlernen mit. Das Mösenblut von denen schmeckt jedenfalls bitter. Schneid dir mal in den Finger und leck das ab, und dann leck mal, wenn du zwischen den Beinen einer von drüben liegst. Extrem anders.

Die Absperrgitter werden inzwischen so dicht belagert, Kinder sitzen auf den Schultern ihrer Eltern, dass Karl nichts mehr vom Geschehen auf der Straße mitbekommt.

Meine Fotos sind vielleicht noch nicht perfekt, aber das kann man lernen. Drüben bezahl ich keinen Pfennig, die sind mit Parfüm oder Zigaretten zufrieden. Aber mit den Aufnahmen kann man hier Geld scheffeln. Hefte. Was die in Amerika treiben, das kann ich auch. Die Aufnahmen mache ich in der Ostzone, die Hefte lass ich in Dänemark drucken und vertreib die Dinger selbst. Maximaler Reingewinn. Ich teile mit niemandem. Höchstens mit dir, wenn du mir die Aufnahmen entwickelst. Eckbert bezahlt, legt Ostmark als Trinkgeld auf den Teller und wartet an der Tür auf die Reaktion des Kellners: Guck dir die Schwuchtel an.

Auf der Straße sind Rufe und Schreie zu hören, schwere Motoren dröhnen heran, Konfetti fällt Karl ins Haar. Er bleibt dicht hinter Eckbert, der, um schneller voranzukommen, in die Bismarckstraße ausweicht. Keine zwanzig Schritte entfernt laufen ihnen Vermummte mit Schildern »Tod dem Schah und den USA« entgegen. »Friede mit Vietnam«, liest Karl noch, dann zieht Eckbert ihn zur Seite, aber aus der anderen Richtung kommen Männer in schwarzen Lederanzügen mit gezückten Knüppeln angerannt.

Die ersten Schläge treffen Karl, der von hinten nach vorn gedrängt und von vorn zurückgestoßen wird, auf Schultern und Bauch. Schilder, Schuhe, Brillen fliegen umher, Pfeifen trillern lauter als das Geschrei. Karl fällt über jemanden, der am Boden liegt, nimmt die Arme über den Kopf, bis keine Schuhe mehr um ihn herum treten. Er blickt auf, zerbrochene Schilder liegen auf der Straße. Karl wischt beim Aufrappeln seine Hände am Jackett ab, hockt sich vor die junge Frau, über die er gestolpert ist, Blut rinnt ihr von der Stirn auf das lila

Halstuch. Karl greift nach ihrer Hand, blickt sich dabei nach Hilfe um, aber da sind nur noch zwei Arbeiter, die Metallzäune zusammenschieben und Fähnchen auffegen. Dumpfes Krachen dringt von der Schlacht am Ende der Bismarckstraße zu ihm.

Scheiße, sagt er, weil Eckbert nicht da ist und eine verletzte Frau vor ihm liegt. Er beugt sich über ihren Kopf, um sie atmen zu hören, drückt ihre Hand, sie drückt zurück. Nicht fest, nicht schwach, Karl verliert die Angst, hätte ihre Hand noch lange so gehalten, hätte sie sich nicht aufgesetzt: Diese Schweine, das Blut wegwischend, das war ein Hinterhalt.

Schnell ist sie auf den Beinen, da hockt Karl noch, und läuft in Richtung der abgedrängten Vermummten. Tauben gurren von Dachrinnen, die Arbeiter ziehen weiter.

Fünf Minuten später ist er im Kunsthaus Kypscholl und König.

Ich konnte gerade noch die Kurve kriegen, sagt Eckbert, deinen Fotoapparat hab ich, hast du meinen Film?

Beide kleben Losnummern der nächsten Auktion auf Sessel, Kommoden, Gobelins und alte Teppiche, an denen die Schilder schlecht haften, und Karl sagt: Mit denen könnte man ein schönes Feuer machen.

Karl arbeitet täglich zwei Stunden im Geschäft. Dafür, das hat der Antreiber der Großmutter und dem Anwalt versprochen, würde er den Jungen bis zum Beginn seines Studiums von anderer Arbeit verschonen. Keinen Streit, keine Provokation soll es geben, Burgfriede, am besten kein Wort, weshalb sich Karl nur im Auktionshaus aufhält, wenn der Antreiber nicht da ist. Lob für das vorzeitige und mit Bestnote bestandene Abitur in Maria Hilf war ohnehin nicht zu erwarten.

Den größten Teil des Tages verbringt Karl in seinem Fotolabor, eingerichtet im früheren Bastelkeller. Die Werkbank, nun mit einer Glasplatte abgedeckt, ist sein Arbeitstisch, auf dem das Vergrößerungsgerät mit Wechselobjektiv auf schwerem Stativ steht, daneben die Vergrößerungskassette mit verstellbaren Formaten und die elektrische Belichtungsuhr. Auf kleinen Tischen hat er Wannen für das Fixierbad, die Spülung der entwickelten Bilder und den Trockner. Erworben auf eine Zeitungsanzeige hin, bezahlt mit dem Geld für einen Ring, den Karl seiner Großmutter aus dem Sekretär geklaut hat.

Dass Ostmiezen schärfer aussehen als extrascharfe Weiber aus dem *Playboy,* kann Karl sich nicht vorstellen. In der kleinen Dunkelkammer vor der Werkzeugwand legt er Eckberts Film in die Entwicklerdose und dreht ihn gelangweilt, mit den Schuhen gegen den einen und anderen Karton unter der Werkbank stoßend, dass Fotos herausrutschen. Beim Drehen im Halbdunkel versucht er zu erraten, welches der zahllosen Fotos da nun liegt: der Irre Gradenlopp-Hans beim Begrapschen von Tittentilla zwischen Kochtöpfen und Pfannen? Oder Oberschwester Mechthild halb nackt beim morgendlichen Waschen am Brunnen? Tertianer im Geräteschuppen beim Sündigen? Primaner im Feuerschutzbunker beim Erleichtern um die Wette – wer schafft es am weitesten, und wer wird am meisten los? Karl tritt wieder gegen einen der Kartons. Fällt da Schwarzrock Gottschalk bei der Selbstbefleckung heraus? Oder Bruder Clemens im Atelier bei der Selbstgeißelung, aufgenommen vom Flur durch ein kleines Leitungsloch? Oder Bruder Johann, der im Klosterwald den Erdboden fickt? Die meisten Aufnahmen sind so langweilig wie das Drehen eines Filmes in der Entwicklerdose. Spannend zu fotografieren sind nur die kurzen Augenblicke, in denen jemand seine Augen vor Lust verdreht, den Mund halb geöffnet wie Maria auf dem großen Altarbild in der Klosterkirche.

Karl hat die Fotos, sein Klostertagebuch der vergangenen drei Jahre, nie gezählt. Es gibt sie, und das allein hat ihn geschützt.

Nicht die Hefte von Eckbert, sondern seine Fotos, von deren Existenz alle im Kloster wussten, aber niemand hat sein Versteck und seinen Apparat je gefunden. Wegen seiner Fotos konnte ihm keiner etwas anhaben, deshalb war er nicht nur Truppführer des KJMH, sondern bald deren Chef, von Gottschalk in Nahkampf ausgebildet, geschliffen, hart wie Kruppstahl, zäh wie Leder, flink wie ein Windhund. Karl schrieb immer bessere Zensuren, ohne dass seine Arbeiten besser geworden wären, übersprang die Unterprima und wurde Oberprim, die Nutte Robert sein Vize. Niemand richtete mehr ein böses Wort gegen ihn, und der Abt von Maria Hilf winkte, wenn Karl ihm über den Weg lief: Grüß Gott, der junge Herr Kypscholl.

Karl nimmt Eckberts Film aus dem Entwickler, wässert und spannt ihn in das Vergrößerungsgerät. Wenn die KJMH mit ihren schönen Uniformen, gespendet von Bischof Hudal, in die Stadt marschierten, die Nutten am Bahnhofsviertel türmten und die Kunden in den Blumenladen flüchteten, war das zum Grölen, und nie war das Leben schöner.

Karl wirft das erste Foto auf die Platte, dreht am Objektiv, damit erkennbar wird, was Eckbert aufgenommen hat, aber es bleibt verschwommen. Warum schmeckt Mösenblut bitter? Die nächsten Fotos, vielleicht ein Bein, vielleicht ein Arm, sind auch unscharf. Ostmiezen könnten bitteres Blut haben, weil sie schlecht essen.

Zehn Bilder hängt Karl zum Trocknen an die Wäscheleine, stellt die Geräte ab, geht hoch in den Salon und leistet seiner Großmutter Gesellschaft, die auf das *Heitere Beruferaten* wartet. Die Nachtigall bezahlt ihn für seine Anwesenheit nach angebrochenen Stunden.

Im Fernseher läuft gerade eine Sondersendung zum Besuch des Schahs von Persien und seiner Gemahlin. Der Reporter sagt: Das hohe Paar genießt nach dem schönen ersten Tag nun die Darbietung von Mozarts *Zauberflöte* in der Deutschen Oper. Staatskarossen werden gezeigt, freundlich blickende Polizisten und mit Blumen winkende Kinder, und Elisabeth Kypscholl sagt, als die lächelnde Herrscherin in der Opernloge zu sehen ist: So eine schöne Frau.

Dank dem unermüdlichen und besonnenen Einsatz unserer Polizeikräfte, sagt der Reporter, sind unseren hohen Gästen glücklicherweise Bilder wie diese erspart geblieben, als kommunistisch unterwanderte Revolutionäre aus der berüchtigten Studentenszene sich in der Bismarckstraße zusammenzurotten versuchten, um den Empfang des Schahs und seiner Frau zu stören. Sie schwangen die Bolschewistenfahne und riefen: Tod dem Schah und den USA.

Warum machen sie das? Elisabeth faltet die Hände auf der Brust: Karl, warum machen Menschen so was?

Hat er das lila Halstuch gerade auf der Mattscheibe gesehen?

Einer der Aufständischen, sagt der Reporter, wurde von einem Stein am Kopf getroffen, ganz offensichtlich aus den eigenen Reihen, und Elisabeth, einen Zeigefinger erhoben: Das schadet denen gar nicht, früher hätte es so was niemals gegeben, die wären alle im Arbeitslager gelandet oder gleich, und zieht hastig einen Strich durch die Luft.

Mit halbstündiger Verspätung beginnt das *Heitere Beruferaten*.

In den Spätnachrichten werden die Bilder aus der Bismarckstraße nicht mehr gezeigt, der Sprecher berichtet, dass ein Student gestorben ist, entweder an einem Steinwurf oder durch einen Kopfschuss, wahrscheinlich aus den Reihen der Aufständischen.

Vielleicht schmeckt das Mösenblut von Ostmiezen bitter, weil die anders ficken, weil bei denen andere Hormone freigesetzt werden.

Der Nachrichtensprecher verliest eine Erklärung der Polizei, dass jeder Provokation bei der für morgen angekündigten Demonstration auf dem Gelände der Freien Universität mit aller Härte begegnet wird, und der Abgeordnete Ohmstedt spricht vom Totalversagen der regierenden Sozialdemokraten.

Länger kann Karl nicht im Salon seiner Großmutter sitzen bleiben, er hört den schweren Motor vom Wagen des Antreibers und flüchtet in sein Zimmer, sortiert dort die Fotos von Eckbert, mit denen er am nächsten Morgen das Haus verlässt. Er hat extra Taschengeld eingesteckt für das Mädchen mit dem lila Halstuch, das er wiederfinden muss; er will sie ins Café Kranzler einladen.

Karl fährt mit der S-Bahn bis zur Haltestelle Botanischer Garten. Schon drei Straßen vor dem Campus patrouillieren Polizeistreifen zu Pferd und zu Fuß. An einer Sperre wird er nach seinem Ausweis gefragt und wohin er will.

Ich bin noch Schüler, ich wohne da vorn.

Eine Straße weiter, an der nächsten Sperre, sagt er dasselbe und muss seine Tasche leeren. Mit den in Folie eingewickelten Fotos können die Polizisten nichts anfangen.

Den Zugang zum Campus versperren Wasserwerfer und Mannschaftswagen, ein Polizist ruft Karl zu: Geh nach Hause, gleich beginnen hier die Wasserspiele, und zeigt auf die Wagen, aber das hört er nicht mehr, weil: Mörder, Mörder, alles übertönt. Studenten halten Bilder des toten Kommilitonen hoch.

Karl nimmt den Weg hinter der Postenkette, bis er in einer Bombenlücke Durchschlupf findet, unter einer Weißdornhecke durchkriecht und so auf den Campus gelangt.

Von einem Pritschenwagen vor dem Auditorium Maximum singt eine Frau mit langen weißen Haaren ins Megafon: Sag mir, wo die Blumen sind, wo sind sie geblieben?

Mörder, schallt es vom Tor und vor der Mensa, und auf ein Zeichen hin ist es dann für eine Minute still.

Dann sieht Karl das lila Halstuch, sie klettert auf den Pritschenwagen, und die weißhaarige Sängerin überreicht ihr das Megafon: Ich bin Margrit von der Soziologischen Fakultät. Ich bin beauftragt, im Namen der Revolutionären Zelle folgende Erklärung abzugeben.

Karl drängelt nach vorn, vorbei an rauchenden, Kaugummi kauenden und debattierenden Studenten. Manche von ihnen klatschen, andere pfeifen.

Rudi, Rudi, rufen sie nun, auch Margrit brüllt das ins Megafon, und als Karl sich fast bis zum Wagen vorgearbeitet hat, steigt sie herunter. Er ist noch zehn Meter von ihr entfernt, kann ihr Halstuch sehen, aber er kommt nicht vorwärts, es ist, als watete er in brusttiefem Wasser, dann verliert er sie aus dem Blick. Karl drängt sich hinter dem Wagen und dicht an der Polizeiabsperrung weiter, klettert in die Astgabel eines Baumes, um Margrit ausfindig zu machen. Oben ruft er wie die anderen, als wäre das ihr Name: Rudi, Rudi, so laut er kann, bis ihn der Strahl eines Wasserwerfers trifft. Er rutscht tropfnass vom Baum herunter, kriecht bis zur Weißdornhecke, dort nehmen ihn Polizisten in den Knebelgriff, zerren ihn zu einem Mannschaftswagen und ketten ihn an eine Holzbank. In seinem Gesicht kleben Rotz und Wuttränen, nichts von dem, was er im Nahkampf bei Gottschalk gelernt hat, hilft ihm gerade, der einstige Chef der KJMH hängt da wie ein Sack. Auch aus den anderen ist alle Spannung gewichen, aber es macht ihnen scheinbar nichts aus, sie grölen: Haut die Bullen platt wie Stullen, singen die *Internationale,* während der Wagen Straßensperre für Straßensperre passiert und in einem Kasernenhof so scharf bremst, dass die Handschellen in die Haut schneiden.

Mörderbande, rufen die Studenten, als sie in einen Kasernenkeller geprügelt werden, wo man jeden von ihnen absucht, breitbeinig und die Hände über dem Kopf an der grün gestrichenen Wand stehend. Was in den Taschen ist, wird in den Gang geworfen, auch Eckberts Fotos.

Als weitere Studenten in den Keller gestoßen werden, ist Margrit dabei, Karl riskiert einen Seitenblick auf sie.

Ein Polizist mit beschlagnahmten Ausweisen in den Händen verlangt Angaben zu ihrer Person: Margrit Baumann, geboren am 20. April 44, wohnhaft Bleibtreustraße 12, sind Sie das?

Margrit summt den *Irischen Segen*. Karl kennt ihn, den mussten sie bei Bruder Clemens oft singen.

Einer der Polizisten hebt die Folie mit den Fotos auf: Was haben wir denn da?, und hält sie den anderen Polizisten hin.

Nicht nur ein Kommunist, sondern auch noch ein Perverser.

Karl wird eine Etage tiefer in eine Zelle gesperrt und hört, nachdem Eisentür und Riegel zugekracht sind, nichts mehr. Er leckt an den Lippen, hat Durst, seine Hose ist klamm, und an den Händen hat er Kratzer. Aber es ist still. Ruhig bleiben, hat Gottschalk gesagt, tief durchatmen. Mit Kant gesprochen: Was kann ich wissen, was kann ich tun, was darf ich hoffen? Als Jungmann gesprochen: Wie ist meine Lage, wie komm ich da raus, wo will ich hin?

Die Zelle misst fünf Meter längs, drei Meter breit. Dann stehen zwei Polizeibeamte in Zivil in der Tür, fragen nach seinem Namen und der Adresse, seinem Studiengang und warum er solche Fotos besitzt. Wer sie angefertigt hat, was er damit vorhat.

Wer etwas von dir wissen will, weiß schon was, aber er weiß nie alles, hat Gottschalk gesagt. Alles, was du sagst, geht von deinem Guthaben ab.

Ich muss auf die Toilette, sagt Karl.

Das muss jeder, aber nicht jeder darf. In unserer freiheitlich-demokratischen Grundordnung gibt es kein Pissrecht für solche, die unsere freiheitlich-demokratische Grundordnung abschaffen wollen, und schon gar nicht für Perverse, sagt der Polizist und will hören, warum Karl nackte Kinder fotografiert. Hat euch der Kommunismus schon so zerfressen, dass ihr euch an Kinder ranmacht?

Karl schwitzt und friert wie vor Jahren in Maria Hilf, als er tief in der Cloaca Maxima saß.

Irgendwann schiebt man ihm eine Schüssel Erbsensuppe zu, die Karl erst anrührt, als sein Hunger stärker ist als der Ekel vor der Suppe. Die Schüssel zwischen die Beine geklemmt, löffelt er, bis jemand an der Zellentür sagt, dass er dem Untersuchungsrichter vorgeführt wird.

Die Beschuldigung, sagt der Untersuchungsrichter, lautet auf Gefährdung der Sicherheit und Ordnung, Widerstand gegen die Staatsgewalt sowie Herstellung und Verbreitung von pornografischen Schriften.

Karl schweigt, und der Untersuchungsrichter, auf die ausgebreiteten Fotos starrend, sagt: Ihr studiert auf Staatskosten, man bietet euch eine Zukunftsperspektive, ihr braucht hier nicht einmal den Wehrdienst anzutreten, und euch fällt nichts Besseres ein, als den Ast abzusägen, auf den ihr klettern wollt.

Er liest Paragrafen aus dem Strafgesetzbuch vor, während Karl über sein Guthaben nachdenkt. Dann sagt er seinen Namen, dass er kein Student ist und auf den Fotos kein Kind zu sehen ist, sondern Eckberts Ostmieze.

Sie sind minderjährig?, fragt der Untersuchungsrichter, und Karl muss erzählen, wer Eckbert ist, dass er zufällig an der Uni vorbeigekommen ist und von den Demonstranten überhaupt niemanden kennt.

Nach dem Einsatzbericht der Polizei haben Sie mit Steinen geworfen, woraufhin Karl den Kopf schüttelt.

Und die Fotos?

Für Eckbert.

Von wem hergestellt?

Ich habe ein kleines Fotolabor zu Hause.

Gibt es da noch mehr solcher Bilder?

Von der Frau?

Ja.

Nein.

Von anderen?

Nur andere Fotos.

Und Ihre Eltern?

Er schweigt.

Der Untersuchungsrichter telefoniert, und Karl wartet eine halbe Stunde, neben sich einen Polizisten, bis zaghaft an die Tür geklopft wird. Anwalt König deutet eine Verbeugung an, ohne dass es der Untersuchungsrichter bemerkt, aber bevor er reden kann, ruft der Antreiber im Flur: Einsperren, behalten Sie den, ich will den nicht.

Der Untersuchungsrichter blickt auf und sagt: So einfach ist das nicht in einem Rechtsstaat.

Der ist doch verrückt im Kopf, unterbricht ihn der Antreiber.

Bevor wir Ihren Sohn einsperren, sollten Sie sich mehr mit ihm befassen. Damit, was er in seinem Fotolabor anstellt, wenn Sie mal einen Blick auf die Bilder werfen wollen?

Dass er auf den Bildern gar nichts erkennt, sagt er, woraufhin Karl nickt und einen Augenblick lang glaubt, der Antreiber werde ihn raushauen.

Vielleicht sollten wir uns das Fotolabor Ihres Sohnes ansehen?

Den Dreck schmeiß ich weg.

Der Untersuchungsrichter ordnet eine Hausdurchsuchung

an, und Otto Kypscholl ruft entsetzt: Wie! In meinem Haus? Wegen dem? Der ist genauso abartig wie seine Mutter.

Die Kartons unter Karls Werkbank haben die Polizisten schnell gefunden, der Untersuchungsrichter lässt sie auf der Glasplatte ausleeren, stochert in den Fotos herum, und der Anwalt hält den zappelnden Antreiber zurück.

Wer ist das?

Der Abt von Maria Hilf.

Und das?

Bruder Clemens.

Das?

Primaner.

Das haben Sie alles selbst aufgenommen?

Ja.

Das?

Der kommt gerade aus dem Bordell, der Bürgermeister von –

Schon gut.

Karl steht nun aufrecht, ganz Chef der KJMH.

Da reißt der Antreiber eine Rohrzange von der Werkzeugwand, Karl weicht aus, er trifft das Vergrößerungsgerät, dass es kracht, und drischt weiter auf Fixierschalen, Wannen und Dosen ein.

Der Untersuchungsrichter läuft geduckt in den Flur, während die Polizisten dem Antreiber die Arme festzuhalten versuchen.

Herr Kollege, fragt der Richter draußen im Kellergang, wie ist Ihre Meinung?

Und Anwalt König, die Trümmer betrachtend: Gewisse Dinge zwischen Himmel und Erde sollten nicht passieren.

Ja, sagt der Untersuchungsrichter und verfügt, dass sämtliche Fotos sofort beschlagnahmt werden und Karl Kypscholl sich beim städtischen Jugendamt zum freiwilligen Arbeitseinsatz zu melden hat.

Wie viele Stunden halten Sie für angemessen?

Karl wird schlecht bei der Vorstellung, Straßen zu fegen, Hundescheiße einzusammeln, Papierkörbe zu leeren.

Zehn Stunden.

Nehmt den mit, ich will den nicht mehr in meinem Haus haben.

Junger Mann, wie sind denn Ihre Zukunftspläne?

Der und Pläne? Ein Schmarotzer vor dem Herrn ist das.

Der Anwalt stellt sich vor Otto Kypscholl: Der junge Mann wird sich freiwillig zur Bundeswehr melden. In einem halben Jahr ist er volljährig, dann beginnt sein Dienst an der Waffe.

Das mag so sein, aber gegen Ihren Freund Eckbert werde ich ein Strafverfahren wegen Herstellung und Verbreitung pornografischer Schriften einleiten.

Der soll sich zum Teufel scheren, der wird nie wieder mein Geschäft betreten.

Der Untersuchungsrichter, Anwalt König und Otto Kypscholl die Hand gebend, sagt, dass er den Schund mitnehmen wird, gibt aber den Beamten kein Zeichen zum Einsammeln der Fotos.

Das haben wir gleich, da mache ich Tabula rasa, den Dreck schaffen wir sofort aus der Welt, und ist schnell, wie Karl den Antreiber noch nicht gesehen hat, mit einem Benzinkanister aus der Garage zurück. Er übergießt die Fotos und zündet sie an, dass es einen dumpfen Knall gibt, und der Untersuchungsrichter schaut zu.

Karl würde dem Antreiber am liebsten einen Stoß von hinten verpassen, damit Asche zu Asche wird, damit endlich alles ein für alle Mal vorbei ist.

Anwalt König beobachtet zufrieden den Untersuchungsrichter, der hustend mit den Polizisten den Raum verlässt.

Als die Flammen über den Fotos unbändig werden, dreht der Antreiber einen Feuerlöscher auf, zurück bleiben Gestank und Karls verkohltes Guthaben. Aber der Fotoapparat ist unversehrt.

Karl wagt sich nicht aus seiner schützenden Ecke und hofft, um den Fotoapparat zu retten, dass Antreiber und Anwalt schnell verschwinden, und König sagt: Ich habe übrigens heute weitere Informationen erhalten. Sie lebt demnach tatsächlich in diesem Lanzerow.

Der Antreiber brüllend: Auch das noch.

Kein Grund zur Aufregung.

Wie! Kommunisten erben die Millionen von Kapitalisten, und ich soll mich nicht aufregen?

Es gibt immer Möglichkeiten, derartige Angelegenheiten zu bereinigen.

Gibts noch mehr Horror an diesem Tag?, sagt der Antreiber, endlich die Kellertreppe hochgehend.

Sie hat eine Ausbildung zur Hebamme und Krankenschwester gemacht. Wenn die Informationen stimmen, arbeitet sie als Gemeindekrankenschwester.

Wir brauchen das Kapital jetzt und hier.

Sie hat eine Tochter, die studiert in Schwerin, mehr versteht Karl nicht, kann endlich aus seiner Ecke heraus und rettet seinen Fotoapparat. Der Spannhebel funktioniert, ebenso der Auslöser. Über ihm fallen Türen laut ins Schloss, der schwere Motor vom Wagen des Antreibers braust auf.

Mit einer Stange stochert Karl verkohlte Fotoreste aus der Asche. Bald liegen Dutzende Fetzen vor seinen Schuhen, von manchen weiß er sofort, welches Foto das war, Ansgars Gesicht, die fetten Schultern von Tittentilla, Engel vom Deckengemälde in Maria Hilf. Die Fetzen mit Bäuchen, Beinen, Hintern jemandem zuzuordnen gelingt Karl kaum. Aber er hat den Geruch seines Verstecks im Matratzenlager in der Nase, Karl erinnert sich an den trockenen Staub im Spitzboden, an die Stimmen von Gerold und Bruder Gottschalk, hat das *Ave Maria* im Ohr, gesungen von den Neuen mit ihren unschuldigen Stimmen, und will keine Tränen in den Augen haben.

Margrit wohnt tatsächlich in der Bleibtreustraße, ihr Name steht am Briefkasten und an der angelehnten Tür im zweiten Stock. Schon im Flur, wo Jacken liegen und Schuhe aufgereiht sind, hört Karl Stimmen, was ihn unsicher macht. Den Rückzug ins Treppenhaus schneidet ihm jemand mit einer Pfeife im Mund ab, vielleicht so alt wie Anwalt König.

Wir werden nicht nur täglich mehr, sondern stündlich, sagt er und schiebt Karl in ein Zimmer, großformatige Fotos bärtiger Männer mit einem Gewehr in Händen und das einer Friedenstaube sieht Karl an den Wänden. Margrit sitzt da auf dem Teppich, und die Pfeife setzt sich daneben, der Platz vor einem übervollen Aschenbecher war frei. Karl nickt Margrit zu, die ihn nicht beachtet, nur den anschaut, der laut und mit erhobener Hand: Die Revolution verläuft in drei Etappen: erstens die Befähigung des Proletariats zur Revolution, zweitens der massenhafte zivile Ungehorsam, drittens, sagt.

Die Pfeife unterbricht den Redner: Der erste Schritt muss sein, und blickt dabei freundlich in die Runde, dass wir Zugang zum Proletariat finden.

Karl nickt Margrit abermals zu, die: Warum nicht zuerst Chaos?, fragt. Wir stürzen die faschistisch-revanchistische Ordnung ins Chaos. Jedem Chaos folgt Selbstorganisation.

Das ist Unsinn, das ist unwissenschaftlich und abzulehnen, sagt der im Pullover zu Margrit, die: Rudi, die moderne Wissenschaft hat gerade die Chaostheorie bestätigt, das kannst du nachlesen, entgegnet. Rudi, seine fettigen Haare aus der Stirn schiebend, sagt: Es gibt objektive Kriterien für eine Revolution, und an die halten wir uns.

Karl bohrt einen Finger ins Doppelkinn.

Die Bullen haben noch vier unserer Genossen in ihrer Gewalt, nach welchen objektiven Kriterien kommen die da raus?, fragt die Pfeife, und Rudi, sich hastig umdrehend, fragt: Wer ist das?, und zeigt auf Karl.

Ich wollte nur zu ihr, sagt Karl, als wäre er ein Sextaner und beim Naschen in der Küche von Maria Hilf erwischt worden, und schabt mit der Schuhspitze am sich auflösenden Teppich.

Margrit zuckt die Schultern.

Wegen neulich, sagt Karl.

Neulich?

In der Bismarckstraße. Als die Bullen kamen.

Regina weicht Genossin Gresskamps Blick nicht aus, zeigt, dass man ihr keinen Honig ums Maul zu schmieren braucht.

Dank Ihrer pädagogischen Fähigkeiten beeinflussen Sie Ihr Seminarkollektiv positiv, Sie haben seit Ihrer Kandidatur für unsere Partei und seit Doktor Voss Ihr Bürge ist, einen großen Entwicklungssprung gemacht, sagt Genossin Gresskamp. Man ist der Meinung, dass Fräulein Penkuhn das Zeug hat, verantwortungsvolle Aufgaben an der Frontlinie zu übernehmen. Da Sie Eckbert schon mehrere Male, wenn auch nur kurz, getroffen haben und er eine besondere Rolle bei der unmittelbaren Einflussnahme auf die progressiven Kräfte in Westberlin spielt, ist nun vordringliches Ziel, diesen Kontakt auszubauen und zu nutzen. Wir wissen natürlich, sagt Genossin Gresskamp, dass Ihre Kontaktperson in unserer Hauptstadt mit Schundheften und Antiquitäten handelt. Wir wissen von seinen guten Verbindungen zu Persönlichkeiten der revolutionären Szene an der Freien Universität, und sei es nur, um diese mit Rauschgift zu versorgen.

Nun schaut Regina doch weg, zur geweißten Decke des herzoglichen Spielzimmers, befreit von vergoldeten Ranken, zu den Wänden, befreit von vergoldeten Spiegelrahmen, Wandzeitungen hängen da, größer als die Landkarten in der herzoglichen Bibliothek.

Ihre Berichte, Fräulein Penkuhn, müssen ab sofort konkreter werden. Sie müssen von der Kontaktperson Angaben zur Organisationsstruktur der Revolutionären Zellen einholen, wir brauchen Informationen über die Mitglieder und die von ihnen geplanten Aktionen.

Eine Fliege setzt sich auf Reginas Hand, dreht sich mal links, mal rechts herum. Regina lässt es zu, rührt sich nicht, hat sich unter Kontrolle.

Wir müssen vorbereitet sein, um die Entwicklung steuern zu können, Ihre Stimme, Fräulein Penkuhn, wird uns helfen. In einem halben Jahr beenden Sie hier das Studium. Wir beabsichtigen, Sie in Berlin an der Komischen Oper als Chorsängerin unterzubringen. Mit einem Zusatzstudium werden Sie nach kurzer Zeit als Solistin auf der Bühne stehen. Sie üben dann nicht nur Ihren Traumberuf aus, sondern werden das Privileg haben, auf Gastspielen andere Länder und die Menschen dort kennenzulernen. Wie gefällt Ihnen das?

Nachmittags wartet sie am Alexanderplatz in Berlin, Eingang Bahnhof, auf Eckbert. Sie wird sich nicht von Eckbert umgarnen lassen, sie ist nicht Gesine. Sie wird nur so weit gehen, wie sie die Situation unter Kontrolle hat. Wenn sie sich nach Zärtlichkeiten sehnt, verabredet sich Regina mit Olaf, der kein großer Verführer ist, wahrscheinlich nicht einmal ein guter Liebhaber, aber das schützt vor Achterbahnfahrten, wie sie Gesine erlebt.

Eckbert ist pünktlich, Regina hat ihn nicht kommen sehen, so gut sie auch aufgepasst hat.

Hallo, sagt er und klopft ihr wie einem Kumpel auf die Schulter, das beruhigt Regina sofort, damit scheint alles geklärt, sie braucht keine billige Anmache zu fürchten.

Viel Zeit habe ich nicht, Geschäfte. Ich konnte nicht mal die *Playboys* einpacken. Aber einen Fotoapparat habe ich dabei, und lacht, dass seine Zähne im gebräunten Gesicht noch weißer scheinen. Hier ist es mir zu langweilig, wir fahren raus.

Raus? Wohin?

Ans Wasser, an die Luft. Ich möchte schöne Motive für das schönste Mädchen des Ostens.

Wieso fotografieren?

Damit ich dich immer bei mir habe.

Da grinst Regina, ihre Sandalen kann er fotografieren oder ihre Umhängetasche. VEB Lederwarenwerke Schwerin.

Mein Auto steht auf der anderen Seite vom Bahnhof.

Du bist mit dem Wagen da?

Was denkst du? Wer weiß, wer mir auf den Fersen ist, und tippelt Regina mit seinen schönen langen Fingern über die Brüste: Ich kenne einen kleinen See, gleich um die Ecke.

Im Auto hört Regina im RIAS von weiteren Studentenunruhen, und Eckbert, mit der Zigarette im Mund, sagt: Bei uns ist was los. Nicht so verschlafen wie bei euch. Aber da kommt ihr auch noch hin.

Er biegt hinter den letzten Häusern von Pankow in einen Sandweg, überholt Radfahrer und jemanden, der Kamille pflückt.

Es hätten ruhig noch mehr Leute unterwegs sein können, denkt Regina, damit Eckbert nicht verrücktspielt. Von seinen Revolutionären Zellen soll er reden, über Rudi Dutschke.

Gesine hat immer von dir geschwärmt. Sie wäre so gern wie du, sagt Eckbert. Aber sie ist so schrecklich impulsiv, so unbeherrscht.

Der See ist ein Teich, schilfumwachsen, nur ein kleiner Steg verrät das Wasser.

Jetzt wird er seinen Fotoapparat herausholen, und sie soll für ihn den Affen machen, und Regina fragt, was ihr aufgetragen wurde, wenn sie die Situation nicht unter Kontrolle hat, das hat ihr die Gresskamp empfohlen: Warum sind bei euch die U-Bahnfahrten so teuer?

Eckbert stellt das Radio lauter, um einen Song von Elvis mitzusingen. Auch Regina kennt *Can't Help Falling in Love*, aber sie fällt auf seinen Bluff nicht herein.

Wie gefällt er dir?, fragt Eckbert, er hält einen Ring in der Hand, den er Regina auf den Finger schiebt. Darf ich dich am Hals küssen, nur am Hals? Ich glaube, deine Haut ist weich wie Wellenschaum.

Da lacht Regina, Halsküsse hat sie schon Dutzende schadlos überstanden, und das Geschmachte von Elvis kann ihr nichts anhaben. Aber dann ist es doch anders: Seine Lippen, die weicher sind als ihre Haut, spürt sie, und dann etwas, das tiefer, viel tiefer dringt. Da dreht sie sich weg, aber Eckbert bleibt an ihrem Hals. Es sind seine Zähne, die ihre Haut massieren, seine Lippen saugen, und seine Zunge bohrt, dass Regina mit den Armen rudert, aber er hält sie fest. Sie glaubt, ihr bleibt die Luft weg. Aber sie kann atmen, reißt ihren Mund auf, damit Eckbert auch dort einfällt. Dann sind seine Hände an ihrer Brust, zwischen den Beinen, und überall schreit ihre Haut nach ihm, sie muss ihre Bluse loswerden, um atmen zu können, und die anderen Sachen, damit er überall ist, dass Eckbert sie fotografiert, bemerkt Regina nicht.

Anna bemerkt Regina nicht, sie steht in der offenen Tür von Kosankes Zimmer. Die Kosanke liegt auf ihrem Sofa, umgeben von ihren Porzellanpuppen, und fragt unentwegt, wie spät es ist und ob Schlageter ihr am Donnerstag die Milch vorbeibringt. Da misst die staatlich anerkannte Gemeindeschwester Anna Penkuhn den Blutdruck der alten Frau. Warum ihr nachts immer die Milch gestohlen wird, fragt sie, wann endlich die Polizei kommt.

Jetzt erst fällt Annas Blick auf Regina, die Kosanke richtet sich auf und ruft: Die klaut meine Milch, und reißt sich die Messmanschette vom Arm.

Regina umarmt ihre Mutter, die: Es wird nicht besser, sagt und die Werte in den hinteren Teil ihres längst abgelaufenen Kalenders schreibt.

Regina reicht der Kosanke die Hand, die auf ihre Lippen beißt und das Kinn vorschiebt.

Vor einem halben Jahr fing das an, sagt Anna, seitdem wirds nicht besser, und pocht auf ihren Kalender, in dessen vorderem Teil sie den Zustand von Schwangeren notiert und im hinteren Rassemerkmale wie Kopfumfang, Hautfarbe, Augenfarbe, Beinlänge. In diesem Büchlein hat sie auch den Tod einer Schwangeren bei der Geburt notiert, mit einem kleinen Kreuz hinter dem Namen. Verblutet, Atemstillstand. Anna wollte nicht, dass eine geisteskranke Frau ein weiteres geisteskrankes Kind in die Welt setzt.

Ich will meine Milchkanne, ruft die Kosanke, und Anna zu Regina: Sie tut mir so leid, und steckt ihren Kalender ein.

Regina zieht die Decke über der Kosanke glatt, und die einstige Hebamme schiebt wieder ihr Kinn vor, ihre Augen sind groß, wie Regina sie noch nie gesehen hat.

Vor dem Haus sagt Anna: Besser wird es nicht mit ihr. Verkalkung.

Warum kann sie nicht in ein Heim?

Das hat sie nicht verdient.

Ich habe ihr Nylonstrümpfe aus Berlin mitgebracht. Regina reicht Anna die in Geschenkpapier geschlagenen Strümpfe. Aber Anna schenkt dem Päckchen keine Beachtung, starrt nur auf Reginas rechten Ringfinger. Da trägt Regina das Geschenk von Eckbert, den sie nun mehrmals in Berlin getroffen hat, ohne Gesine, mal sind sie ins Kino gegangen, mal in eine Eisbar.

Was ist?, fragt Regina, weil Anna, nun kreidebleich, in der Bewegung verharrt, man könnte sie anstoßen, und sie würde umfallen. Regina zieht ihre Hand zurück, sieht auf den Ring, den Eckbert Karl abgekauft hat – und der hat ihn aus der Schmuckschatulle seiner Großmutter, ein Geschenk von Anna zu Elisabeth Kypscholls vierzigstem Geburtstag, 545er-Gold, die Initialen E K auf der Oberseite eingraviert.

Dann fällt Anna wirklich um wie eine Puppe, niemand hat sie angestoßen.

Regina ruft um Hilfe, aber viel zu leise. Erinnerungen daran, was sie im Erste-Hilfe-Kurs gelernt hat, kommen ihr, und doch weiß sie nicht, was tun. Sie nimmt das Dienstfahrrad ihrer Mutter und rast zum Druschba-Freundschaft, wo Fritz gerade Kartons vom Lastwagen hebt. Fahnen sind darin für den Tag der Republik am 7. Oktober, von der Kreisleitung früher geliefert, damit nicht wie im vergangenen Jahr niemand flaggt, angeblich, weil die Fahnen zu spät ausgegeben wurden.

Anna, ruft Regina noch auf dem Rad.

Fritz hat schon lange keinen mehr Annas Namen so verzweifelt rufen hören. Als beide vor ihr knien, liegt sie wie eine Schlafende da, und Fritz nimmt vor Ratlosigkeit seine Schirmmütze ab.

Als würde Anna die würzige Luft, die Sonne und das weiche Gras unter sich genießen. Sie tragen Anna nach Hause, Fritz zerrt an den Beinen, Regina an den Armen. Dass ihre Mutter so leicht ist, jagt Regina den nächsten Schreck ein. Aus dem Hebammenkoffer nimmt Fritz eine mit Salmiakgeist gefüllte Ampulle, bricht das Glasröhrchen in der Mitte durch und hält Anna beide Enden unter die Nase. Stoßartig steigen Salmiakdämpfe auf, treiben Regina und Fritz Tränen in die Augen, sie müssen husten.

Anna kommt zu sich, und Regina drückt ihre Hand, an ihrer Hand der Ring von Eckbert, die Mutter starrt darauf, wendet sich ab und schließt wieder die Augen.

Dat is allens veel tau veel für sie, sagt Fritz, das zerbrochene Röhrchen noch in der Hand, und damit es Anna nicht wieder die Sprache verschlägt, sie vielleicht wie damals nicht mehr spricht, lässt Fritz den Fernseher laufen, von Fischer Dreyer repariert. Regina gibt ihrer Mutter Tee, Anna trinkt mit geschlossenen Augen, liegt dann mit zusammengepressten Lippen.

Veel tau veel un allens wegen di.

Wegen mir? Wieso wegen mir?

Fritz schiebt Regina an die Tür, und da soll sie die Wahrheit sagen. Wo sie in Wirklichkeit studiert. In Berlin oder in Schwerin? Und was sie studiert. Oper oder Lehrer? Weil Freunde von Pilgrims im Schweriner Kirchenchor singen, weiß er nun alles. Anna auch. Von Pilgrims.

Zurück im Zimmer, sagt Fritz: Ick mog dat, zu Regina und wäscht Anna behutsam das Gesicht.

Regina geht die schmale Treppe hoch, verkriecht sich im Bett ihres Zimmers, starrt die Decke an, die viel zu niedrig ist, die Wände, die viel zu eng stehen, ihr Regal mit den Büchern, von denen sie keines zur Hand nehmen will. Von draußen hört sie Feldlerchen, mal schlägt eine Tür, mal bellt ein Hund. Sie schließt das Fenster und die Augen, weil es nur so um sie herum weit wird. Aber es bleibt hell, obwohl sie ein Kissen über ihre

Augen legt, und erst als die Sonne rot glühend versunken ist, wird es so weit um sie, dass sie betet, wie Pastor Pilgrim es sie zehn Jahre zuvor gelehrt hat.

Als der Mond Schatten des Fensterkreuzes über den Teppich schiebt, beengt das Zimmer sie wieder. Ausgestreckt wie Anna liegt sie, Arme und Beine wie tot, nur die Gedanken machen noch Geräusche. Der Schatten des Fensterkreuzes rückt vom Teppich an die Wand. Der Lärm in ihr hört nicht auf, Regina stellt den Plattenspieler an, ein Geschenk von Eckbert, und legt den Schluss der *Salome* auf, ein Geschenk von Pastor Pilgrim. Die Klänge dehnen sich bis zum Himmel, bis zum Mond, die große Kälte darüber, die an der Wand verschwindet, weil der Mond untergeht.

Warum hast du mich nicht angesehn, Jochanaan? Wohl, du hast deinen Gott gesehn, aber mich, mich hast du nicht gesehn.

Was sie hört, muss schon immer da gewesen sein, ist der Widerhall dessen, was schon immer war. Verschwunden ist die Lust auf den Liebeskummer, den ihr Eckbert bereitet, auf das Aufstehen, auf Essen und Trinken, auf den Ring an ihrem Finger. Nur der Wunsch, sich in Klänge aufzulösen, bleibt. Luftmusik, Wassermusik, Erdmusik.

Als sich der Plattenspieler abstellt, ist es dunkel, sie ist nassgeschwitzt und friert, und sie ist frei von Gedanken.

Am nächsten Morgen sitzen Anna, Regina und Fritz am Tisch, Anna isst und trinkt, sagt jedoch nichts, und ihr Blick geht an den beiden vorbei.

Fritz rückt an seiner Schiebermütze, als wäre das für Anna das Zeichen zum Sprechen. Regina will die Hand ihrer Mutter halten, Anna zieht sie dieses Mal nicht zurück, streift aber den Ring von Reginas Finger ab, umschließt ihn zitternd mit ihrer Faust.

Qualm steht im Wohnzimmer der Kommune Bleibtreustraße, das Parlament genannt wird, wo die Pfeife ein Manifest zur ideologischen Zersetzung der Polizei verliest, während Karl Margrits Hand hält, damit sie zudrückt wie neulich auf dem Straßenpflaster. Im Nebenzimmer küssen sich zwei Männer auf dem Sofa, Karl sieht ihnen durch den Türspalt zu, bis der Sprecher der Revolutionären Zelle eine Erklärung abzugeben verlangt: Dem Staatsterror kann nur alttestamentarisch begegnet werden, Auge um Auge, Zahn um Zahn. Das gilt besonders für Scharfmacher wie den Abgeordneten Ohmstedt.

Da lacht Karl auf, weil Ohmstedt vielleicht schon auf der schwarzen Liste steht, und Ohmstedt ist der Kumpel des Antreibers, da wird auch er auf der Liste landen. Wenn das Revolution ist, dann ist er, Karl Kypscholl, ein Revolutionär.

Warum nicht Mao, warum Bakunin?, ruft die Pfeife in die Runde hinein, in der wieder durcheinandergeredet wird, und fragt dann, was Karl darüber denkt, schließlich ist es ja vor allem die nächste Generation, die von der Revolution profitiert.

Hühnerhaufen, sagt Karl, und auf einmal ist es still, man sieht ihn verwundert an.

Was er damit meint, fragt der Sprecher der Revolutionären Zelle.

Dass man mit einem Hühnerhaufen nichts gegen die Polizeigewalt ausrichten kann, antwortet Karl, dass man einen trainierten Trupp braucht, der gezielt losschlägt.

Das ist Sektierertum, so funktioniert keine Revolution, die muss von allen revolutionären Kräften getragen werden, dann ist sie stark, Auge um Auge.

Karl hat recht. Wir laufen weg, wenn die Bullen anrücken, wir fallen um, wenn sie die Wasserwerfer auf uns richten, sagt Margrit, und die Pfeife: Revolution ist zuerst Kopfsache. Wenn der Gedanke Kopf und Körper erfüllt, sind wir einsatzbereit, deshalb sind die Überlegungen von Karl richtig.

Dagegen protestiert der Sprecher der Revolutionären Zelle, und die beiden verliebten Männer im Nebenzimmer rufen: Make love, not war.

Wie sich Karl einen Trupp gegen den Terrorstaat vorstellt, fragt die Pfeife, und Karl, der Hand in Hand mit Margrit viel zu lange ein Bedürfnis aufgeschoben hat, sagt: Ich muss mal.

Die Toilette ist verstopft und stinkt, Karl überfällt ein Brechreiz, und er pinkelt ins Waschbecken. »Ohne Möse gibts nur das Böse«, hat jemand mit Lippenstift auf den Spiegel geschrieben, Karl sagt das wie eine Mutprobe laut vor sich her.

Als er sich wieder zu Margrit setzt, referiert die Pfeife, Soziologieprofessor an der Freien Universität, über die notwendige Zerschlagung der Familie, einhergehend mit der Zerschlagung staatlicher Strukturen.

Da merkt Karl wieder auf, weil der Antreiber Familie ist und Zerschlagung bedeutet, diesen Mann zu entmachten und zum Teufel zu jagen, von wo ihn auch der Anwalt nicht zurückholen kann. Auch der muss verschwinden, er hat noch eine offene Rechnung mit ihm, sein Fotoarchiv ist ungesühnt in Flammen aufgegangen.

Du hast doch einen Fotoapparat, sagt Margrit. Wir brauchen Fotoprotokolle von unseren Sitzungen.

Jetzt?

Ja.

Und was?

Was du willst.

Die Pfeife sagt, dass Karl für ihn das mustergültige Beispiel eines Opfers perverser Sexualerziehung ist: verklemmt, unsicher, unfähig, sich zu öffnen, eigene Lust zu entwickeln und damit zu leben. Oder hat jemand von uns Karl schon einmal ohne seinen Pullover gesehen? In Unterwäsche? Nackt? Das spricht Bände, und er zeigt zu den beiden Männern auf dem Sofa im Nebenzimmer.

Die Kommune Bleibtreustraße beschließt, dass Karl mit seinem Fotoapparat fortan Aufnahmen von allen Sitzungen machen soll, ein Fototagebuch.

Wir haben keine Gardinen, keine Duschvorhänge, wir bauen die Türen aus, weil wir ein offenes System sind, sagt die Pfeife zu Karl, und wir leben für jedermann offen, egal, ob wir debattieren, essen oder bumsen. Wir tragen die eigene Sexualität kollektiv ins politische Bewusstsein.

Das möchte ich nicht, ich kann hier nicht fotografieren, sagt Karl.

Margrit umarmt ihn, grün leuchten ihre Augen, und auf ihrer Nase sieht er Sommersprossen: Jeder von uns hat hier seine Aufgabe. Wer keine Aufgabe hat, kann nicht zu uns gehören. Aber wir zwingen niemanden. Du kannst Flugblätter an die Zeitungskioske kleben, die *Bild* und andere Hetzblätter verkaufen. Vielleicht hilft dir das, deine Angst zu überwinden.

Karl verlässt mit einem Packen Flugblätter die Kommune, um sie in den nächsten Gully zu stopfen, ab zu den Kanalratten, und fährt fünf Stationen mit der S-Bahn nach Kreuzberg zu Eckbert, bei dem er wohnen will, Geld hat er keines mehr.

Ich hab bloß zwei kleine Zimmer.

Nur zum Schlafen.

Wenn ich Besuch habe? Die mögen nicht, wenn noch jemand da ist. Was ist mit deiner Angebeteten Margrit? Jeder muss irgendwie mit dem Hintern an die Wand. Du hast einen Fotoapparat, du bist mit diesen Revoluzzern zusammen. Ich kenne jemanden von der Zeitung, der würde gut für Bilder aus eurer Kommune zahlen. Der macht auch Fotos für Heftchen von Beate Uhse. Überlegs dir.

Im August 67 ist Karl wieder in der Kommune Bleibtreustraße, er ist pleite, hat keine Lust mehr, Eckbert zu erklären, wie man die Miezen richtig fotografieren muss, damit es scharfe Bilder werden.

Margrit begrüßt ihn: Na, Ausreißer, mit einem Kuss.

Die Pfeife referiert über die schlechte Organisation des Studentischen Selbstschutzes, der noch immer nicht in der Lage ist, Versammlungen vor Störungen der Revolutionären Zelle zu schützen, anrückende Polizei rechtzeitig zu melden.

Karl möchte Margrit sagen, dass er weder verklemmt noch scheu ist, wie die Pfeife behauptet hat, dass er auch kein Problem hat, sich auszuziehen, er würde es sogar für sie machen, aber nur vor ihr und nicht vor der versammelten Mannschaft, doch da spricht die Pfeife von Mannschaft und bringt Karl aus dem Konzept.

Eine schlagkräftige Mannschaft brauchen wir, bisher gibt es im Studentischen Selbstschutz ganze sechs Freiwillige, dabei brauchen wir sechzig oder besser noch hundertfünfzig.

Karl, sagt da Margrit und knufft ihn in die Seite, warum machst du nicht im SSS mit? Du kannst zuschlagen wie Titos Partisanen, und drückt ihm die Hand, dass Karl: Meinetwegen, sagt.

Genossin Gresskamp fragt Regina, warum sie ihr Referendariat in Stralsund und nicht in Berlin antreten möchte. Diesem Antrag wird man kaum stattgeben können, auch wenn es verständlich ist, dass Sie Ihrer kranken Mutter nahe sein wollen.

Sie können Ihre Mutter besuchen, aber wir brauchen Sie in Berlin, wir brauchen Sie jetzt an der vordersten Front, Genossin Penkuhn, oder müssen wir Sie erst aus Lanzerow holen?

Nein, sagt Regina.

Gut. Ich wusste, dass wir auf Sie zählen können. Genossin Penkuhn, in welchem Monat sind Sie? Vierter oder fünfter?

Wir haben einen Termin vorbereitet, den Eingriff werden Sie schnell hinter sich bringen.

Nein, sagt Regina, und meine Kandidatur ziehe ich zurück.

Da faltet die Gresskamp ihre Hände: Nennen Sie mir den Grund?

Ich möchte keine weiteren Berichte über andere schreiben.

Genossin Gresskamp lehnt sich zurück, verschränkt die Arme: Verstehe, man ist verliebt. Die Zielperson hat Ihnen den Kopf verdreht. Immerhin sind Sie noch so weit bei Verstand und sagen das.

Nein, sagt Regina und drückt den Finger, auf dem Eckberts Ring gesteckt hat.

Gut. Sie sind jung, nichts ist verloren. Wir gewähren Ihnen einige Zeit lang Ruhe. Sie sind schwanger, der Zielperson werden Sie schreiben, dass es Ihnen momentan nicht gut geht. Es ist sehr bedauerlich für uns, weil Sie sich an die Zielperson so weit herangearbeitet haben.

Nein, sagt Regina, ich bin nicht in Eckbert verliebt.

Sondern? In jemand anderen?

Nein.

Wir sprechen uns nach Ihrem Krankenhausaufenthalt wieder. Danach werden Sie sich gereinigt fühlen. Frei von Stimmungen.

Nein, sagt Regina, woraufhin Genossin Gresskamp sich vorbeugt, dass Regina deren Atem riecht: Das Wort Nein ist bei uns äußerst unbeliebt, Fräulein Penkuhn, und lehnt sich wieder zurück. Genau genommen hat in unserer Gesellschaft niemand ein Recht auf Verneinung. Wenn Sie die Zielperson unter charakterlichen und moralischen Gesichtspunkten ablehnen, ist das nur zu begrüßen. Wenn Sie das Kind von ihm ablehnen, ebenso. Sich mit einem Nein aber gegen den Schutz der eigenen Gesellschaft, der eigenen Familie zu stellen ist mindestens dumm zu nennen.

Regina hält sich die Hände vors Gesicht, nun ist es dunkel, Genossin Gresskamp verschwunden.

Die legt eine graue Mappe auf den Tisch, schlägt sie auf und schiebt Regina die wenigen Blätter darin zu: Vielleicht können Sie uns bei der Lösung eines anderen Problems helfen, Fräulein Penkuhn.

Regina sieht abfotografierte Seiten, gestempelt mit »Ministerium für Staatssicherheit«, darunter ein anderer Stempel, »Archiv Lilienthal«.

Ich lasse Sie einen Moment lang allein, Fräulein Penkuhn. Lesen Sie in Ruhe, es betrifft immerhin Ihre Mutter, steht auf und geht und sagt noch in der Tür: Sie werden schreckliche Sachen erfahren, Sie werden nicht wahrhaben wollen, dass Ihre Mutter diese Dinge getan hat. Wir hätten das kaum ermitteln können, man hat uns die Unterlagen zugeschickt. Wenn Sie mich brauchen, rufen Sie mich, und sagt noch beim Zuziehen der Tür: Was Ihre Mutter anbelangt, wird sie für ihre Taten angeklagt werden. Sie wird den Rest ihres Lebens im Gefängnis verbringen. Es sei denn, man würde sie als unzurechnungsfähig einstufen. Sie könnte dann in einer Heilanstalt leben. Entscheiden Sie, Fräulein Penkuhn.

Karl Kypscholl, nun Truppführer des SSS, hat nach wochenlangem Training im Grunewald aus sieben Saftsäcken gestählte Kerle gemacht, über die er befindet: Wir sind einsatzbereit, bereit zur Ausführung von revolutionären Aufträgen.

Die Pfeife nickt und schweigt.

Karl steht gerade, als würde er Gottschalk Meldung machen. Dauerlauf, im Dreck robben, am Seil hangeln, Nahkampf, alle Stationen hat er mit seinen Mannen absolviert.

Aber jede unserer Aktionen ist abzuwägen, wir brauchen kein Feuer unterm Dach, keine wilden Angriffe. Dialektisch gesehen, nützt jeder unserer Fehler nur den konterrevolutionären Kräften, sagt die Pfeife nach langem Zögern.

Karl, sagt Margrit, fasst ihn am Arm, machst du die Fotos von uns?

Und Karl, zur Pfeife gewandt: Was ist mit dem SSS?

Karl hält sich bereit, erwidert die Pfeife. Er kann in der Küche schlafen. Es kann sein, dass Bullen kommen und hier alles auf den Kopf stellen. Dann verschwindest du besser über das Dach vom Anbau.

Auf seiner Matratze liegend, Jacke und Hose bereit, wartet Karl auf seinen Einsatz.

Endlich, ein paar Tage später, gibt ihm die Pfeife den ersten Befehl für einen nächtlichen Partisanenangriff: Mannshoch und mit roter Farbe sind Parolen ans Rathaus und an die Innenbehörde zu schreiben.

Am nächsten Morgen ist in den Nachrichten von kommunistischen Schmierereien an mehreren Regierungsgebäuden die Rede. Die Kommune ist zufrieden, und Karl bekommt den nächsten Befehl: die Reifen von Einsatzfahrzeugen der Polizei zerstechen. Auch das gelingt, und in den Nachrichten wird darüber berichtet.

Karl wird von der Pfeife gelobt, von Margrit geküsst. Soll in der Runde, Weinflaschen stehen da und eine Kerze brennt, von seinem Elternhaus erzählen. Dass sein Vater ein Scheißunternehmer ist, sagt er.

War der Nazi?

Da zuckt Karl die Schultern, weil er sich das nie gefragt hat.

Und dein Großvater?

Hat der Russe umgebracht.

Der Russe bringt niemanden grundlos um, sagt die Pfeife, war dein Großvater ein Kriegsverbrecher?

Da zuckt Karl wieder die Schultern, das hat ihn bislang auch nicht interessiert, weil er mit niemandem aus seiner Familie etwas zu schaffen haben will, außer mit seiner Mutter, und die war kein Nazi. Karl behält das Weinglas in der Hand und trinkt in kleinen Schlucken, damit er nicht weiterreden muss, und ist froh, als über die Chinesische Kulturrevolution gestritten wird, da will keiner mehr etwas von ihm.

Nachts schläft Karl neben Margrit, darauf hat er all die Tage gewartet, muss nicht mehr das Zimmer verlassen, wenn die Pfeife erscheint und Margrit sich für ihn auszieht. Karl gehört dazu. In Maria Hilf hatten sie Angst vor ihm, hier ist er nun einer von ihnen, auch wenn ihn das Debattieren und Verlesen von Resolutionen langweilt, er dabei so heftig in sein Doppelkinn hineinbohrt, dass seine Haut schon gereizt ist.

In den folgenden Nächten demoliert Karl mit seinem Trupp Kioske, die trotz Warnung die *Bild*-Zeitung verkaufen. Auf dem Übungsgelände des SSS im Grunewald baut er Molotowcocktails. Dann brennen die Kioske, und Karl kann nicht genug bekommen vom Anblick aufflackernder Flammen, er läuft immer erst davon, wenn er Sirenengeheul hört, da sind die anderen SSSler schon längst über alle Berge.

Karl schleicht im Morgengrauen zu Margrit auf die Matratze und erzählt von seinem Glücksgefühl, und sie sagt nur: Mein kleiner Held.

Ich hab alles aufgenommen, und zeigt auf seinen Fotoapparat.

Der richtige, der harte Kampf gegen den Staat steht unmittelbar bevor, es wird einen Generalstreik wie in Frankreich geben, Rundfunkanstalten werden besetzt, da wird mehr brennen als nur die Kioske, wo die *Bild* verkauft wird. Die *Bild* selbst muss brennen, und Margrit drückt Karls Hand.

Er küsst ihre Brüste, weil er sich die Lippen nicht zu küssen traut.

Das wird ein schönes Feuer.

Die ersten Autos vor dem Springer-Verlagshaus brennen schon, als Karl das Zeichen zum Angriff gibt. Schade, Bruder Gottschalk, dass du nicht dabei bist, wenn wir gleich die beste aller Welten zu einer noch besseren machen.

Karl schwärmt mit zwölf schwarz vermummten SSSlern aus, jeder bewaffnet mit Mollis, Schlagringen und bei der letzten Straßenschlacht erbeuteten Knüppeln. Die Polizeisperre vor dem Eingang des Verlagsgebäudes zu umgehen scheitert nach wenigen Metern an den Wasserwerfern, die Karl nicht hat kommen sehen. Der Strahl wirft ihn und seinen Trupp in den Straßendreck, er kann sich gerade noch unter eine Bank retten, da kracht über ihm schon der Wasserstrahl aufs Holz. Ein Polizeitrupp läuft dicht an ihm vorbei, jeden Moment werden sie ihn zum Krüppel schlagen oder gleich abknallen wie Benno Ohnesorg, er wird mit seinen Mollis am Gürtel ins Gras beißen. Karl rollt sich zusammen, den Kopf in Hundescheiße, vielleicht Menschenscheiße, aus Verzweiflung und Angst abgelassen, weil überall Mörderbanden herumlaufen. Nie waren in ihm mehr Hass und Angst. Aber der schwarze Rauch der brennenden Autoreifen schützt ihn, die Bullen laufen weiter, das Sirenengeheul wird leiser, die Wasserwerfer fahren an den Feuern vorbei. Karl kriecht unter der Bank vor, mild liegt die Abendsonne auf dem Springer-Hochhaus. Seine ersten Schritte sind tapsig, schnell ist die Angst weg, der Hass aber bleibt, treibt ihn an. Er läuft durch bullenfreie Nebenstraßen, klettert über Zäune und Hinterhöfe und gelangt zum vorher ausgemachten Treffpunkt, Pauls Kneipe, hundert Meter vor dem Kudamm, dem Hauptquartier des SSS.

Sechs seiner Leute sind da, trinken am Tresen Bier und Schnaps und streiten mit Langbärtigen von der Revolutionären Zelle über die richtige Taktik im Partisanenkampf. Karl wäscht sich auf dem stinkenden Scheißhaus sein nach Scheiße stinkendes Gesicht, da kommen noch sieben aus seinem Trupp in die Kneipe.

Ihr müsst weg, ruft der Wirt, die Bullen rollen mit einem Großaufgebot an, die kesseln das Revier ein.

Karl befiehlt den Männern, über den Kudamm Richtung Westen zu fliehen, und einige von der Revolutionären Zelle schließen sich an. Er gibt einen seiner Mollis ab.

Der Kudamm ist gesperrt, Frauen hasten in Hauseingänge, aus Richtung Gedächtniskirche hört er Sirenengeheul, und Karl, das lila Halstuch, Geschenk von Margrit, vors Gesicht ziehend, ruft: Angriff.

Wie zahllose Male im Grunewald, wo sie Tag und Nacht trainiert haben, rennt Karls Trupp über den Kudamm. Beim ersten Juweliergeschäft auf ihrem Weg werfen sie die Scheiben ein. Keiner der gläsernen Schaukästen auf dem Bürgersteig bleibt verschont, ein Kiosk am Straßenrand brennt in Windeseile, und Wut und Hass bereiten Karl so viel Freude, dass er: Weiter!, ruft, obwohl die Polizeisirenen dicht hinter ihnen heulen, weiter, um dann auf die vier großen Schaufenster des Kunsthauses Kypscholl und König zu zeigen und den ersten Stein zu werfen. Die Schaufensterscheibe zerfällt klirrend, und als alle Scheiben zerschlagen sind und die Sirene noch lauter heult, schleudert Karl einen Molli ins Geschäft, dorthin, wo die alten Teppiche liegen, die seinen Gruß feurig erwidern. Der zweite Molli fällt auf den Tisch mit mittelalterlichen Folianten. Einen Molli hat Karl noch, den hebt er sich auf,

und

Anna, die immer noch wenig spricht, ihre Arbeit als Gemeindeschwester seit ihrem Zusammenbruch nicht mehr ausübt, streicht über Reginas Bauch, über die straff gespannte Haut, wartet auf eine Bewegung des Kindes, und wenn sie etwas spürt, lacht sie.

Auch Fritz, der gerade von der Kosanke kommt, die nun von ihm gefüttert wird, erfreut der Anblick.

Er wärmt nun für alle das Mittagessen auf, und weil es ihm wieder mal anbrennt, öffnet er das Fenster zur Gasse hin. Ein Wagen mit Berliner Kennzeichen bremst vor dem Haus, der Fahrer beugt sich an die Scheibe, fährt wieder an, bremst, auf dem Rücksitz erkennt Fritz eine Frau.

Wolln di tau uns?, fragt er und rührt wieder im Essen.

Regina knöpft ihr Hemd zu, um Fritz zu helfen, blickt auch aus dem Fenster und glaubt, die Gresskamp im Auto zu erkennen, das wieder anfährt,

und

Karl trifft mit dem nächsten Stein die Lieblingsuhr des Antreibers, die hält jedoch dem Beschuss stand, bleibt auf der glänzend polierten Kommode mit den vergoldeten Beschlägen stehen. Vor Hass reißt er einen eisernen Abfallkorb aus der Verankerung,

und

Regina zieht ihre Mutter aus dem Haus, die: Is Otto da?, fragt. Wir müssen weg, ruft Regina und zerrt ihre Mutter über den Hof.

Seid ihr mall?, ruft Fritz und versucht, Anna festzuhalten,

und

Karl wirft den Eisenkorb nach der Lieblingsuhr des Antreibers, sie fällt ins Feuer, und er schreit vor Freude,

und

Regina schreit so verzweifelt: Wir müssen weg, dass Anna mitläuft.

Genossin Gresskamp wird niemanden kriegen, nicht Anna, die in die Klapsmühle soll, nicht sie, Regina Penkuhn, die niemals das Kind von Eckbert abtreiben wird.

Sie werden niemals ihre Stimme bekommen, weil sie nicht mehr singen will, nie mehr, nicht im Chor, nicht auf einer Bühne.

Und Eckbert wird sie ihnen nicht ausliefern, niemals, sie wird ihn warnen, damit er denen nicht ins Messer läuft, nie wieder rüberkommt,

und

als das Geschäft des Antreibers in vollem Freudenfeuer lodert, die Wand aus Polizisten bedrohlich nahe ist, Karl im Weglaufen begriffen, macht er jemanden im Auktionshaus aus, der über brennende Trümmer hin zur Kaminuhr steigt. Der Mann verschwindet in den Flammen, als einer der Teppiche verpufft, einen herrlichen Funkenregen hinterlassend.

Da lacht Karl, er könnte diesem Schauspiel, diesem Funkenflug stunden-, ja, tagelang zusehen. Vielleicht hätte der Antreiber ihn, Karl Kypscholl, nur einmal in den Arm nehmen sollen, und alles wäre anders geworden.

Karl läuft ins Nebenhaus, da kennt er jedes Stockwerk, rennt die Treppe hoch, in eine der leer stehenden Wohnungen, die Wohnungen sind schon lange nicht mehr abgeschlossen, stürmt ins Erkerzimmer, und von dem Fenster dort fotografiert er die anrückenden Bullen, die seinen Trupp SSSler vor dem Geschäft des Antreibers einkesseln. Er hält den Atem an, um das Bild nicht zu verwackeln, aber die Hände zittern, sein Körper feiert noch. Er legt den Fotoapparat so auf die Fensterbank, dass Karl ihn nicht zu halten, sondern nur abzudrücken braucht. Nach zehn Minuten ist die Wand aus Polizisten vorbeigerollt, gefolgt von Mannschaftswagen mit Gefangenen. Dann kommt die Feuerwehr.

Karl läuft über den Hinterhof, durch Nebenstraßen und sucht, weil berittene Polizei dort zum Angriff pfeift, Schutz in einem Tordurchgang, der in die Clausewitzstraße führt.

Bei der Pension klingelt er, seine Mutter öffnet die Tür: Ich muss mich umziehen, und reißt die Vermummung ab, das lila Halstuch steckt er ein, die schwarze Jacke lässt er vor der Tür liegen. Ich muss mich waschen.

Dein Vater hat mich angezeigt, weil ich dich das letzte Mal hereingelassen habe.

Ich brauche wenigstens ein frisches Hemd.

Dein Vater behauptet, ich zwinge dich hier, pornografische Fotos zu machen.

Karl stößt die Tür auf und läuft bis zum Tresen, dort wäscht er sich Hände und Gesicht.

Die Polizei war hier und hat alles auf den Kopf gestellt.

Er reißt eine Jacke von der Garderobe.

Man will mir die Konzession entziehen, ruft sie Karl nach, der drei Stufen auf einmal nimmt.

An der ersten Polizeisperre vor dem Springer-Haus sagt er zum Posten, dass er in der Redaktion erwartet wird, an der zweiten Sperre sagt er, seinen Fotoapparat zeigend: Das hier ist für die morgige Ausgabe, und im Verlagsgebäude wird er von dem Redakteur abgeholt, den ihm Eckbert vermittelt hat,

und

Fritz läuft Anna und Regina hinterher, seine Rufe verhallen über der Wiese, da sind die beiden schon im nahen Wald verschwunden.

Danksagung

Ich danke meiner Lektorin Marion Kohler.

MIX
Papier aus verantwortungsvollen Quellen
FSC® C014496

Verlagsgruppe Random House FSC® N001967
Das für dieses Buch verwendete FSC®-zertifizierte Papier *EOS*
liefert Salzer, St. Pölten.

1. Auflage

Typografie und Satz: DVA/Brigitte Müller
Gesetzt aus der Caslon
Druck und Bindung: GGP Media GmbH, Pößneck
Printed in Germany
ISBN 978-3-421-04620-8

www.dva.de

Ulla Hahn
Das verborgene Wort
Roman

Die fünfziger Jahre in einem katholischen Dorf am Rhein: Hildegard Palm, Kind kleiner Leute, ist offensichtlich aus der Art geschlagen. Sie legt eine Sammlung schöner Wörter und Sätze an, Bücher werden zu Hillas Rettungsinsel – als Gegenwelt zum Unverständnis der Eltern und der Dorfgemeinschaft.

Ein mitreißender Entwicklungsroman in bester deutscher Tradition, ein unübertroffenes Sittengemälde der fünfziger Jahre, ein großes sprachphantastisches Epos.

»Ein beeindruckender, streckenweise überwältigender Roman.«
Neue Zürcher Zeitung

»*Das verborgene Wort* spiegelt wie kaum ein anderer Zeitroman die kulturelle Atmosphäre der fünfziger Jahre.«
Die Zeit

608 Seiten,
gebunden
mit Schutzumschlag
ISBN 978-3-421-04243-9

DVA
www.dva.de

Ulla Hahn
Aufbruch
Roman

Ihr Leben scheint vorgezeichnet: Kinder, Küche, Kirche. Doch die siebzehnjährige Hilla träumt sich weg – weg aus der Papierfabrik, weg aus dem erzkonservativen Dorf am Rhein.

Nach *Das verborgene Wort* hat die Bestsellerautorin Ulla Hahn erneut einen imposanten Roman vorgelegt, der feinnervig vom Erwachsenwerden, Wachwerden, Menschwerden erzählt und zugleich die bundesrepublikanischen Mittsechziger mit epischem Temperament und unbestechlicher Milieugenauigkeit spiegelt.

»*Aufbruch* ist ein mit langem Atem brillant erzähltes Werk.«
Die Welt

»Ulla Hahn schreibt ihre Geschichte auf überaus gelungene Weise fort: Sie schaut genau hin und vermag es gerade durch ihre präzisen Milieustudien zu packen.«
NDR Kultur

592 Seiten,
gebunden
mit Schutzumschlag
ISBN 978-3-421-04263-7